Isabel Kritzer

Sisu

Älter als die Erde

ስሱ

Drei Galaxien.

Fünf Welten. Sechs Völker.

Ein letzter Kampf!

Drachenmond Verlag

DRACHENMOND VERLAG

Astrid Behrendt
Rheinstraße 60
51371 Leverkusen
http: www.drachenmond.de
E-Mail: info@drachenmond.de

Lektorat: Alexandra Fuchs
Korrektorat: Michaela Retetzki
Satz: Marlena Anders
Layout: Astrid Behrendt
Illustrationen: Isabel Kritzer
Umschlagdesign: Marie Graßhoff
Bildmaterial: Shutterstock

Druck: Booksfactory

ISBN 978-3-95991-911-1

Alle nicht geografisch benannten Orte, die Handlung und sämtliche Personen in diesem Buch sind frei erfunden. Etwaige Ähnlichkeiten mit Bestehendem und lebenden oder toten Personen sind rein zufällig. Die Verknüpfung von realen wissenschaftlichen Fakten mit Historischem und Phantastischem ist willkürlich.

Für Alexandra Fuchs,
ohne die ich dieses Buch nie geschrieben hätte.

Und für Alexander Neurauter,
der mich mit seinen traumhaften
Galaxie-Fotografien dazu inspiriert hat.

Sowie für all die besonderen Menschen,
die mir Mut gemacht haben, meine Träume zu leben!
Ihr seid die wahren Helden!

SONNE
(DIYONOS
ERDE
(SEVI)
KEKIFA
(KIFU)
SIMETI
(SISU)
AVELOR
(HURGATHEN
AYSIS
ZYMAHA
AMENDON
(TEUFELSANBETER)

»Wir waren Sisu! Sie waren Kifu!
Wir waren das Licht, sie die Dunkelheit.
Wir brachten Hoffnung, sie den Tod.
Wir waren in der Unterzahl. Sie waren schwach.«

Playlist

»Ich gehör nur mir« – Elisabeth das Musical
»Never give up, it's such a wonderful life« – Hurts
»Dieser Weg wird kein leichter sein« – Xavier Naidoo
»Unforgettable« – Robin Schulz & Marc Scibilia
»Scars to your beautiful« – Alessia Cara
»Flaws« – Bastille
»Skyfall« – Adele
»Superheroes« – The Skript
»Stargazing« – Kygo ft. Justin Jesso
»Einfach sein« – Die Fantastischen Vier
»Soulmate« – Natasha Bedingfield
»People help the people« – Birdy
»Wrecking Ball« – Miley Cirus
»Hallelujah« – Pentatonix

Vorwort

Ich weiß, eigenständig und stark zu sein, erfordert Mut!
Hab den Mut!

Denn:
»Die Angst sollte dich niemals davon abhalten,
dein Leben zu leben.«

Straßensymphonie – Alexandra Fuchs

Prolog

VOR 186 TAGEN

IVA

Kaputt

Jeden Abend eine Tablette.
Jeden Morgen die bleibende Müdigkeit.
Jeden Tag die immer gleiche Frage: »Wie geht es dir?«
Jedes Mal die automatisiert gelogene Antwort: »Gut.«

Wenn ein Ding in unzählige Einzelteile zerbrochen ist,
wenn es nie wieder ganz sein wird, dann ist es: *kaputt*.
Bis jemand sich daran wagt, es Stück für Stück zusammenzusetzen.
Es wird wieder ganz, aber es wird nie wieder *so* sein, wie es einst war.

Nun bin ich aber kein Ding.
Ich bin Fleisch und Blut, Haut und Knochen, Gefühl und Sensibilität!
Kann ich überhaupt wieder zusammengesetzt werden?
Kann ich darauf hoffen, dass mich jemals wieder jemand zusammensetzt?

Was wäre, wenn ich gar nicht zusammengesetzt werden müsste?
Wenn ich gut wäre, so wie ich bin?
Wenn ich nicht kaputt, sondern nur anders wäre?
Was wäre, wenn ich sogar *besonders* bin?!

Ihr glaubt mir nicht?
Dann findet die Wahrheit heraus.

Teil 1

Wie alles begann …

»Hoffnung war ein trügerisches Ding,
das sich einschlich, ob man wollte oder nicht.
Auch das Alter ließ sie nicht schwinden,
schloss sie vielmehr weg,
um dem Verstand zu gewähren,
über den Körper zu regieren.«

Kapitel 1

VOR 613 TAGEN

CHELEMNA

Die Letzten zweier Dynastien

»SCHLIESSLICH KOMMT IRGENDWANN DAS ENDE EINES JEDEN.«

»Sie stellen ihn als Held dar. Wieder und wieder«, knurrte der Teufelsanbeter, während sein riesiger geschuppter Schwanz neben mir über den Boden zuckte. »Weil er einen *Drachen* getötet hat!« Krachend fegte die dornenbesetzte Spitze einen ganzen Haufen Säulentrümmer beiseite, der lose auf der verdorrten Wiese gelegen hatte.

Unheilverkündend bebte der Boden, indes sich sein mächtiger echsenähnlicher Körper voller Wut zu seiner ganzen Größe aufplusterte. In einer erregten Geste öffneten sich die mit mehreren Krallen und Federn besetzten schwarzen Flügel und roter Dampf waberte aus geweiteten Nüstern unterhalb der blutunterlaufenen kleinen Augen.

»Er war ein Mörder. Nichts als ein grausamer Mörder!«, heulte er nun und machte seinem Volk, den Flammenwesen, alle Ehre, indem er eine rot-orangene Stichflamme in Richtung des Sees vor uns spie. Einige verdorrte Grashalme fingen dabei Feuer und wurden zu trügerischen Minifackeln, die durch eine Handbewegung von mir erloschen, bevor sie einen Flächenbrand verursachen konnten.

Auch wenn die Show gut war, verzog ich genervt das Gesicht. Bei Himemi konnte man sich nie sicher sein, wann er seine Interessen durchsetzen wollte und wann er sich wahrhaftig im Rausch der Trauer und des Zorns befand. ›Schauspieler‹ beschrieb seinen Chrakter treffend, ›labil‹ seinen Geisteszustand.

Trotzdem war er äußerst gefährlich und tödlich, darin ähnelten wir uns.

»Er hat Seti umgebracht. Seti war unschuldig und *kein* Drache«, brüllte Himemi so laut, dass ich den Impuls unterdrücken musste, mir die Ohren zuzuhalten. Erneut fegte er mit seinem geschuppten Schwanz zornig Trümmer beiseite. »Sie war wie ich. Sie war *mein.*«

Es war stets die gleiche Leier! Die mir inzwischen zu den Ohren herauskam. Wer hätte gedacht, dass solch ein plumpes Wesen derart fanatisch lieben konnte?

»Ich weiß«, entgegnete ich äußerlich ruhig, um dem Ganzen für heute ein Ende zu bereiten, und stieß innerlich einen Seufzer aus. Warum verdammt noch mal musste eigentlich immer ich mich mit Himemis Manie herumschlagen? *Richtig*, weil ich ungern wichtige Angelegenheiten delegierte. Und wenn seine Manie mir nicht so nützlich gewesen wäre, hätte ich dem längst ein Ende gesetzt. Kurz und schmerzlos.

Oder auch nicht.

Je länger ich darüber nachdachte, desto sicherer war ich mir, dass ich es genießen würde, ihn zu töten. Wahrscheinlich würden wir kämpfen. Das wäre eine Herausforderung, da er die Größe einer kleineren Bergkette hatte und seine Oberfläche einer dampfenden dunkellilanen Rüstung glich. Aber ich sah das sportlich. Vielleicht würden sich dabei ganz neue Gefühlsregungen ergeben, wenn Himemi physische, nicht psychische Schmerzen erlitt. Wenn er sie seinetwegen und nicht um Setis willen verspürte.

Ein interessanter Gedankengang, den ich mir bewahren würde. Schließlich kommt irgendwann das Ende eines jeden. Selbst wenn ich es mir momentan nicht leisten konnte, Himemi zum Spaß umzubringen.

Während der Teufelsanbeter weiterhin die Landschaftsgestaltung meiner ohnehin ziemlich trostlos anmutenden Ländereien übernahm, schweifte mein Blick über den großen dunkelblauen See zu meiner Residenz.

Dunkelgraue, solide gemauerte Türme stachen mit ihren Spitzen in die tief hängende Wolkendecke des eisblauen Himmels. Kleine Schießscharten, schmale vergitterte Fenster und ein großes nietenbesetztes Tor mit dicken Ketten vervollständigten das Bild der Unüberwindbarkeit dieser Mauern. Noch nie war einer der einstmals vielen Gefangenen aus meiner Festung entkommen.

Wenige Flugstunden auf Himemis Rücken entfernt lag die Hauptstadt dieses Planeten. Sie hatte, genau wie mein Anwesen, schon deutlich bessere Tage gesehen. Das wusste ich wie jeder andere auf Kekifa nur zu gut. Trotzdem strahlte unser alter Familiensitz, im Gegensatz zu der traurigen Ansammlung von metallenem Hüttenwerk und betonierter Tristess der Stadt, Macht aus. Eine kalte, von Grausamkeiten und Blutvergießen herrührende Macht. Eine, die unwiderruflich mit mir verbunden war und die einen der Gründe darstellte, warum ich stets hierher zurückkehrte.

Ich hielt die Kifu zusammen. *Ich* war ihr König und *ich* würde sie wieder erstarken lassen. Würde uns zu neuem Ruhm führen. Uns zusammen mit meinem Bruder Firihati als letzte Nachfahren unserer königlichen Dynastie zum Sieg verhelfen! Dem endgültigen Sieg – über die Sisu.

Ein weiterer Feuerschwall Himemis, gefolgt von Gebrabbel, brachte ihm meine Aufmerksamkeit zurück. »Sie erzählen sich, er hätte gewaltige Kräfte besessen, wäre mutig und tapfer gewesen, redegewandt und furchtlos«, knurrte der Teufelsanbeter voller Abscheu, mit zuckenden Nüstern.

»Furchtlos?« Das entlockte mir ein ironisches Lachen. »Leider hat er Firihati nie gegenübergestanden.« Denn wenn mein Bruder eines konnte, dann war es, jemandem Furcht einzujagen. Ihn zu erschrecken. Zu *Tode* zu erschrecken, um genau zu sein. Wenn er wollte, selbstredend. Nur, wenn er wollte. Ansonsten war er ein gut aussehender, charmanter Bastard. Die schwarzen Haare und die ebenmäßige Nase hatten wir von unserer Mutter geerbt. Genau wie die schlanke, hochgewachsene Gestalt. Was genau wir von unserem Vater hatten, war mir unklar. Vielleicht die Streitbarkeit. Nicht jedoch den Willen aufzugeben.

Ich würde niemals aufgeben. Nicht, solange ich lebte.

Deshalb musste ich mich mit Himemi arrangieren. Die Hitze seines Feuers war es, die mich und die Meinen bei Kräften hielt. Die enorme physikalische Schwingung der Teilchen, die entstand, sobald er die erste Flamme spie, versorgte uns mit ausreichender Energie, um zu überleben, wenn wir sie von der züngelnden Hitze absaugten. Ausgehungert wie wir waren, wurde unser Körper von selbst zum Energiemagneten und Himemis extrem heißes Feuer erlosch binnen Sekunden.

Für Firihati, Pami, meinem Ersten Berater, Xanei, meinem besten Krieger, und mich ein wöchentliches Vergnügen. Für die Bewohner der Hauptstadt ein seltenes. Denn Himemis Kräfte und sein Wille, sich uns zur Verfügung zu stellen, waren begrenzt.

Er war das *letzte* Flammenwesen. Ein starkes, aber eben doch nur eines. Während wir schwach waren – viel zu schwach, um auf ihn zu verzichten. Kam der von mir ersehnte Tag des Endkampfes zwischen Kifu und Sisu, würde ich Himemi unter allen Umständen schützen. Denn sollten wir wider Erwarten den Rückzug antreten müssen und all meine anderen Pläne ihr Ziel verfehlen, blieb sein Feuer die einzige Chance für den kümmerlichen Rest meines einst so stolzen Volkes, zu überleben.

Allerdings konnte ich ihn nicht kontrollieren. Er hatte seinen eigenen Kopf. Einen schrecklich eigensinnigen *Dickschädel!* Wenn Himemi kämpfen wollte, würde ich ihn nicht aufhalten können – mir blieb nur zu hoffen, dass all meine mit Engelszungen vorgebrachten falschen Versprechungen ihn, wie die letzten Jahrhunderte über, besänftigen würden. Ab und an versuchte ich es gar mit Humor, doch stieß ich meist auf taube Ohren.

Das Flammenwesen hatte ebenso heute meinen lauen Scherz entweder nicht registriert oder nicht witzig gefunden, denn inzwischen waren wir einen Schritt weiter im üblichen Ablauf seiner Klagen.

»Seit dem elften Jahrhundert ehren ihn die *Erdlinge* mit Wandmalereien in Schlössern, Burgen und heutzutage sogar mit Bildern in ihrem seltsamen *In-ter-net!*« Die Nüstern des Flammenwesens zuckten unkontrolliert. Es sah angewidert aus. »Seit dem dreizehnten Jahrhundert muss ich mir schlechte Gedichte anhören und sie besingen ihn seit jeher mit ihren *furchtbaren* Liedern!«

Nichts Neues. Und zunehmend überwog meine Ungeduld.

»Dieses Jahr überbieten die Veranstaltungen alles! Festspiele in Worms, Aufführungen an der Semperoper, im Royal Opera House, in der Dutch National Opera, an der Göteborg Opera, der Melbourne Opera und der Met Opera in New York. Außerdem Theateraufführungen in Baden-Baden, Chemnitz, Oxford, Brüssel, Marseille, Budapest und San Francisco. Dazu kommen Veranstaltungen in Venedig, Toulouse und …«

Ja. Ja. Immer dasselbe. »Es reicht!«, herrschte ich Himemi an. Jetzt hatte ich wirklich genug. Konnte er nicht ein einziges Mal seine vermaledeite Klappe halten? Oder zumindest *irgendwann* die geistige Stopp-Taste finden? Sein Klagelied war wie ein Tonband, das einmal eingelegt bis zum Schluss abgespielt werden musste. *Komme, was wolle.* Nur war ich nicht sein Seelenklemptner! Ich war der verdammte König der Kifu. Ich erwartete Respekt!

Statt ihm das entgegenzuschreien, statt es ihn direkt mit Taten zu *lehren,* ermahnte ich mich zur Ruhe. »Du hast deinen Standpunkt ausreichend erläutert. Und ich verfluche Sigfried, den angeblichen Drachentöter, und die Nibelungen seit ihrer Uraufführung. Genau wie du! Aber es ist keinem geholfen, wenn wir uns stets aufs Neue daran aufhängen. Diese Geschichte ist wie jede andere, die die Sewi erzählen – ein äußerst schwacher Versuch, Unwissenheit in Wissen zu wandeln. *Menschen*«, ich spuckte es angewidert aus. »Selbst das Wort – *ihre* selbst gewählte Bezeichnung – ist nichts als eine Hülse, genau wie sie. *Sisu, Kifu,* das bedeutet wenigstens etwas.«

»Und was haben sie daraus gemacht?«, unterbrach Himemi mich. »*Lichtalb* und *Schwarzalb?* Was soll *das* sein?«, höhnte der Teufelsanbeter.

Ahh! Ich hasste diese Verunglimpflichungen. Er wusste genau, wie er mich erzürnen konnte. Ob das im Moment allerdings klug war, bezweifelte ich. Meine Geduld hing bereits am seidenen Faden.

»Klingt einfach beschissen«, grollte er ungerührt.

Ja, das tat es! Geschmeidig krümmte sich meine rechte Hand in Richtung des langen Messers, das hinten im Bund der schwarzen Anzughose mit Bügelfalte steckte. Diese trug ich zu einem meiner unzähligen dunkelgrauen Hemden. Ich brauchte es nicht, um jemandem wehzutun. Aber ich liebte es, damit zu spielen. Muster faszinierten mich. Besonders wenn sie Strich um Strich in einen lebenden Körper geritzt wurden. Langsam, säuberlich, exakt folgten sie einer Gleichmäßigkeit und ließen durch meine Hand ein ausgewogenes Bild entstehen. Eines, dessen Schöpfer ich war. Ich ganz allein.

Mein Stempel auf der Haut des Besiegten.

Mein Siegel als Zeichen der Macht. Bezahlt mit Blut und Tränen. Geschaffen durch Stahl und Akribie.

»Es spiegelt nur das Wesen der Sewi wider«, zischte ich.

»Vielleicht.« Der große Kopf des Wesens nickte.

»Dumm. So dumm, unwissend und schwach.«

»Daran wird sich nichts ändern.«

»Ja, genau *darüber* könnte ich mich aufregen«, gestand ich nun doch ein.

Der Teufelsanbeter stieß einen röhrenden, fast lachenden Laut aus. »Du tust es jedenfalls stets aufs Neue!« Seine Augen blitzten hinterlistig. »Und das darf *ich* mir dann anhören«, kam bereits die ihm unbewusste Retourkutsche. Eine, die mir für ihn viel zu durchdacht vorkam – dafür, dass er sich scheinbar im gefühlsmäßigen Tunnel der Rachsucht befand.

Himemi führte etwas im Schilde. Seine Provokationen schienen mir heute zielgerichteter als üblich – angereichert mit Hintergedanken. Er wollte etwas, das konnte ich spüren. *Nur was?* Welcher Teil unserer Vorsehung würde sich dieses Mal bewahrheiten?

Angefangen hatte alles lange vor meiner Zeit. Vor Äonen von Jahren. Damals, so war es mir erzählt worden, kämpfte Keni, der regierende König der Sisu, mit Lelit, unserem regierenden König, um die Vorherrschaft in der Galaxie. Lelit kam irgendwann in den Besitz eines Artefaktes, welches das Machtgefüge zu seinen Gunsten beeinflusste. Vielleicht kreierte er es gar, vielleicht hatten die Weltenweber, als Erschaffer der Galaxien, ihre Finger im Spiel. Keni wollte sich jedenfalls nicht geschlagen geben und suchte außerhalb des Krieges, der bisher zwei Völker umfasste, nach Verbündeten. Diese fand er in einer anderen Galaxie: die Flammenwesen. Mit Himemi, der sich durch das Versprechen Kenis, ihm für seine Dienste nach dem Krieg das Artefakt Lelits zu überlassen, einverstanden erklärte, hatten die Sisu ebenfalls eine mächtige Waffe. Ihnen gelang so der Diebstahl des Artefaktes und die Befriedung unserer Galaxie. Während Keni daraufhin Wort hielt und die Kriegsbeute Himemi übergab, wusste er nicht, dass das Artefakt nur für die Kifu von unschätzbarem Wert war.

Es wird gemunkelt, es soll eine unerschöpfliche Energiequelle für die Krieger unserer Kifu-Armee dargestellt haben. Selbstredend gab es davor und danach besondere Besitztümer, doch keines von ihnen war wie dieses.

Friedliche Jahre zogen fortan ins Land, aber unter der Oberfläche brodelte es, während die nächste Generation geboren wurde. Isirenya, einer der Söhne Kenis, und Gidiya, einer der Söhne Lelits, wuchsen von unschuldigen Kindern zu Männern heran. Rachsüchtig trafen sie schließlich, die kriegerische Tradition ihrer Vorfahren fortführend, aufeinander und Gidiya tötete Isirenya im Zweikampf. *Ein Sieg für die Kifu.* Doch damit war der wieder aufschwellende Konflikt nicht beendet. Isirenya hatte mit Fire, seiner Frau, vor seinem Tod ein männliches Zwillingspaar gezeugt. Einer der beiden, Degineti, machte sich Jahre später zu Himemi auf, um ihn erneut um Hilfe zu bitten – in der Absicht, den Tod seines Vaters zu sühnen.

Auf Amendon, dem Heimatplaneten der Flammenwesen, fand er allerdings nichts als Zerstörung vor. Der Besitz des Artefaktes hatte Himemis Sippe gegeneinander aufgebracht und sie hatten bei ihren Ränkespielen in blinder Gier und Tobsucht einen Großteil des Planeten eingeäschert. Degineti fühlte sich im Namen seines Großvaters dafür verantwortlich und bot Himemi an, der als Einziger mit Seti, seinem Weibchen, überlebt hatte, das Artefakt mitzunehmen und an seiner statt zu verwahren. Himemi wollte allerdings nicht davon ablassen, deshalb beschloss Degineti, es zu stehlen – zum Wohle der Flammenwesen und der Sisu, deren Position er gegenüber den Kifu in Zeiten der Unsicherheit stärken wollte. In der alles entscheidenden Nacht kam es jedoch zum Kampf. Seti wurde getötet und das Artefakt durch Himemis Feuer zerstört.

Degineti kehrte bestürzt und geläutert, aber unversehrt zurück zu seiner Frau, Nefisi, und sie gebar ihm wenig später Kinder. Himemi verblieb trauernd auf Amendon – der Letzte seines Volkes. Gidiya seinerseits witterte nun eine weitere Chance, die Kifu erstarken zu lassen, und zog in böswilliger Absicht los, um Degineti und dessen Kinder zu töten. Während er den Sisu kaltblütig ermordete und damit das Wohlwollen Himemis auf unser Volk lenkte, entkam Nefisi mit den Babys. Eine Unzahl von Finten, Schlägen und Gegenschlägen zwischen den Sisu und den Kifu folgte. Ein Manöver erfolgloser und kräftezehrender als das vorhergehende. Erst als Himemi in seiner fortwährenden Wut, nach etlichen gescheiterten Friedensverhandlungen zwischen den Völkern mit mir zusammen, Simeti, den Heimatplaneten der Sisu, einäscherte, starb das letzte Kind Deginetis, der Vater von Amilaki King, meinem Erzfeind.

»Von hinten habe ich die Krallen durch den Rücken in sein Herz gebohrt und ihn auseinandergerissen. Amilakis Vater hat gelitten. Hat die Schuld seines Vokes zu spüren bekommen!«, ließ mich Himemis blutrünstiges Knurren aus der Vergangenheit auftauchen. »Und das war nur der Anfang …«

Immerhin waren wir damit am gleichen Punkt der Geschichte angelangt.

»Glaub mir, das kann ich wieder tun. Mit jedem«, grunzte der Teufelsanbeter unheilverkündend. Dampf waberte aus seinen Nüstern. »Er hatte eine *körperliche* Schwachstelle, die ich gefunden habe. Jeder hat eine – auch wenn nicht immer die gleiche«, fügte er überraschend weise hinzu und nickte behände mit dem hässlichen Kopf.

Ich wartete ab, da ich aus Erfahrung wusste, dass Himemi gleich zum großen Finale ansetzen würde. In *drei – zwei – eins …*

»Alles wegen eines Artefaktes. Wegen Macht und Vorherrschaft musste Seti sterben. Meine Seti.« Sabber tropfte gelblich schimmernd von seinen geifernden Lefzen. »Die *Erdlinge* erzählen das, was damals geschah, fortwährend, ohne Unterlass. Und sie werden *nie* damit aufhören. Ob nun Nibelungen oder neuerdings wieder Tolkien … mit diesem Ring, diesem verfluchten Ring. Die gleiche Geschichte, die gleiche Absicht, da hast du völlig recht – *immer* ein und dieselbe. In hundert Varianten. Mit tausend Gesichtern und Abertausenden von Masken. Meine Geschichte. Deine Geschichte. Es wird Zeit, dass das aufhört, findest du nicht?!« Das Flammenwesen schnaufte erregt, doch wirkte sein Blick klar wie nie zuvor. »Drachentöter, dass ich nicht lache. Sie haben keine Ahnung. Weder wie es sich damals zutrug noch über das, was heute vorgeht. Sie wissen nicht das Geringste über ihren verehrten Siegfried oder uns. Das sollten wir ausnutzen. Zu unserem Vorteil, um sie alle zu töten, um sie bezahlen zu lassen – ein für alle Mal! *Die Sewi und die Sisu.*«

Als ein roter Schleier sich über seine zu Schlitzen verengten Pupillen legte, sah ich die Raserei in seinen Blick treten. Sah, wie sich sein Geist zurückzog und seinen Instinkten die Kontrolle überließ. Ich wusste, dass er irre war. So weit von der Rationalität entfernt wie jeder, den ich fünf Stunden auf der Streckbank gefoltert hatte. Dennoch brodelte ein wildes Lachen von meinem Brustkorb hoch, aus meinem Mund. Ich konnte nicht anders, ließ mich vom Hoch seiner und meiner überbordenden Gefühle mitreißen. Sog sie auf, machte sie mir zu eigen und zog Energie daraus. Seine Mordlust stachelte mich an, setzte Adrenalin in mir frei und machte mich im gleichen Augenblick süchtig nach mehr.

Mir war klar, dass sich meine Interessen von seinen unterschieden. Er war voller Rachedurst – wollte alle töten. Ich war voller Visionen und wollte überleben. Wollte siegen, wollte der eine, der letzte, der *wahre* König der Galaxien sein! Das war allerdings unmöglich, wenn alles Leben erloschen war. Mein Volk benötigte Nahrung und dafür brauchten wir entweder ein neues Artefakt oder einen neuen Planeten, denn unserer hatte seinen Zenit längst überschritten. Wie es mit vielen anderen Welten im Laufe der Zeit geschehen war, hatten wir ihn ausgenommen und nun blieb nichts außer dem ungenießbaren Gerippe übrig.

»Such sie. Finde sie. Triff sie. Jeden Einzelnen. Oder ich werde es tun!«, beschwor mich der Teufelsanbeter. »Aber du wirst sowieso Dunkelheit und Verdammnis über alle bringen. Es hat längst begonnen. Dein Name ist deine Prophezeiung – genau wie bei uns anderen. Ob du willst oder nicht, du wirst sie erfüllen, weil du sie bis jetzt immer erfüllt hast. Das wissen wir beide, Chelemna.«

Ich nickte ergeben. In dem Punkt hatte er uneingeschränkt recht. Während mein Bruder Firihati Furcht säte, brachte ich Dunkelheit. Eine alles verschlingende Dunkelheit, die nun, durch mich, nach der Erde gierte.

Kapitel 2

VOR 495 TAGEN

IBABI

Die Wächterin

»SIE WAREN BLINDE IN EINER WELT VOLLER LICHTER.«

Fast mein ganzes Leben hatte ich über die Erde gewacht. Hatte Kriege erlebt, Krankheiten und Herrscher kommen und gehen gesehen. Ein manches Mal hatte ich im Nachhinein nicht mit Sicherheit sagen können, welches dabei das größere Übel gewesen war – besonders im letzten Millenium.

Heute schwebte ich, wie ich es gerne tat, über den Dächern von New York. Besser gesagt stand ich fast in der Luft über dem Empire State Building, während meine kaum sichtbaren Flügel, die ihren Ursprung in Höhe meiner Schulterblätter hatten, in nicht wahrnehmbarer Geschwindigkeit die Luft um mich verdrängten. Mein leuchtend blaues Haar flog im Wind. Die rot gefärbten Spitzen glänzten. Der Saum meines weißen Kleides hob sich in der lauen Prise. Auf Hochglanz polierte Metallkuppen zierten die Zehenpartie meiner schwarzen Stiefel. Hätte ich in der Welt der Menschen einen Nachnamen wählen müssen, ich hätte mich für *Style* entschieden und es mir zur Aufgabe gemacht, ihn jeden Tag neu zu interpretieren.

Allerdings mangelte es mir auch so nicht an Beschäftigung. Ich hatte observiert, absorbiert und mit Staunen die Entwicklung der Menschen erlebt. Ich war älter als die Erde, älter als das, was über

Gott erzählt wurde – trotz allem war ich nur ich. *Atibiko*, stark, nannte meine Art die Ausprägung unseres Volkes, obwohl wir das für mich nur in Bezug auf manches waren. Wir besaßen außergewöhnliche Fähigkeiten, ja. In anderer Hinsicht waren wir dafür unendlich schwach. Den *Sewi,* wie wir die Menschen nannten, nah, so hatte Nanna, meine Ziehmutter, es stets zu erklären versucht. Und egal, was wir nun waren, existierten wir in allen drei belebten Universen oder hatten es wenigstens einst. Unter all den menschlichen und menschenähnlichen Individuen und all den anderen: den Kifu, Flammenwesen und Hurgathen. Lust und Bösartigkeit ließ diese immer wieder wie Aasgeier auf der Erde einfallen und ganze Landstriche verwüsten. Ein mancher Wirbelsturm der letzten Jahrhunderte war durch sie wider Natur verursacht worden. Aus Unachtsamkeit oder weil ich es nicht hatte verhindern können.

Gänsehaut kroch meine Arme hinauf. Trotz malte mir Falten auf die Stirn. Schuld drückte wie bleierne Gewichte auf meine zarten Schultern.

Energisch straffte ich mich.

Diese Erinnerungen lagen in der Vergangenheit, das Hier und Jetzt zählte. *Jetzt* war ich weder jung noch dumm genug, mich ablenken zu lassen. *Jetzt* stand ich in der Blüte meiner Kraft, denn die Zeit lief für uns in anderen Bahnen. Anders als die der Menschen. Unser Körper bestand nicht aus Gewebe und Materie. Beides ließen wir am Ende der Ausbildung zurück, wenn wir *Zymaha* wurden. Wir waren astral – Geist, purer Wille, selbstloses Sein, wenn man so wollte. Gerade deshalb konnten wir zwischen den Welten wandeln, Dimensionen bereisen, die den Sewi und vielen anderen verschlossen blieben und den wenigen fähigen Wesen ein großes Maß an Kraft abverlangten. Vielleicht waren wir in diesem Sinn das, was der Inkarnation einer Seele am nächsten kam.

Wir starben erst, wenn wir es wollten, wenn wir uns für immer aufgaben – wie die Sisu, aus deren Blut wir in grauer Vorzeit hervorgegangen waren. Allerdings war ihre Stärke, ihre dauerhaft gleichbleibende Gestalt, die sie unter den Sewi unerkannt verweilen ließ, gleichzeitig ihre Achillesferse. Wurde ihr Körper in Gänze zerstört, waren sie unwiderruflich dem Tod geweiht. *Keine erfreuliche Vorstellung.*

Ich schluckte, verscheuchte die Gedanken an all das und ließ meinen Blick schweifen.

Heute erzählte die Nacht eine Geschichte samtiger Stille. Väterchen Ludopus, der Wächter der Milchstraße, hatte seine Sterne auf Hochglanz gewienert, bevor er sie, im übertragenen Sinn, stolz ans Himmelszelt gehängt hatte. Ich konnte ihm nicht absprechen, dass er das Sonnensystem zuverlässig vor Feinden bewahrte.

Als mein zweites Jahrtausend in Aysis, meiner sonnigen Heimatwelt, zu Ende gegangen war, hatte er es sich nicht nehmen lassen, pflichtschuldig zu meiner kleinen Ehrenfeier zu eilen. Er war Nannas männliches Pendant, ihr *Libi*, wie wir es nannten. Ein kauziger Kerl mit lichtem Haar und verknittertem Anzug. Lange war das her, über dreißig Millionen Jahre. Und mehr als einmal hatte ich meine Ziehmutter vermisst. Lebensfroh, weiß gewandet und immer mit einem Scherz auf den roten Lippen, war sie das pulsierende Herzstück von Aysis. Schon ewig hatte ich sie nicht mehr gesehen. Die Erinnerungen waren alles, was mir geblieben war.

Ich seufzte still.

Der Mond tauchte die Umgebung von New York unter mir in fahles Licht. Hier und da arbeiteten noch einige in den Büros der unzähligen Gebäude. Ich genoss die Ruhe nach der Geschäftigkeit des Tages. Das Leben hatte sich verändert, seit die Elektrizität entdeckt worden war. Der Mensch hatte einen technologischen Quantensprung getan.

Alles blitzte, blinkte, vibrierte und leuchtete. Tag und Nacht. Die Stadt pulsierte trotz der späten Stunde im Takt unzähliger schlafender Herzen. Herzen, die so voll von ihrer selbst und ihren eigenen Bedürfnissen waren, dass sie nichts außerhalb ihrer Vorstellungskraft wahrnahmen. Sie sahen nur, was sie sehen wollten. Sahen uns Zymaha nicht. Sahen weder die Sisu noch die Kifu. Sie waren Blinde in einer Welt voller Lichter.

In dem Maß, in dem Kommunikation, Industrie und wissenschaftliches Bewusstsein Gestalt annahmen, verkümmerten die Natur und die Merkmale, aufgrund derer der Planet Erde einst für uns auserwählt worden war – damals, als wir flüchten mussten.

Vielleicht hatte Inati, die Seherin, genau diese Abwendung von Werten vorhergesehen? Wer wusste schon, was das Universum ihrer gliedlosen Gestalt zugeflüstert hatte oder welch aberwitzige Verschachtelungen ihre geistige Präsenz nahm.

In Augenblicken wie diesen schwebte ich staunend über einer der großen Metropolen und bewunderte die Hartnäckigkeit, mit der die Menschheit dieser Welt ihren Stempel aufdrückte. Nicht einmal die Grenzen des Planeten geboten ihnen Einhalt. Der in einer Vielzahl im Weltraum schwebende Unrat zeigte faktisch die Rücksichtslosigkeit und fehlende Weitsicht. Mir sei dank hatte nicht jeder Meteorit durch die Atmosphäre an den Ort seines Ursprungs zurückgefunden. Das ein oder andere Mal, wenn ich all die menschlichen Bemühungen der Weltraumerkundung beobachtet hatte, hatte ich mich gefragt, wann es endlich so weit sein würde; wann einer unter allen sehen würde, was die anderen nicht wahrhaben wollten: Dass es außerhalb ihres Universums und den darin geltenden Naturgesetzen noch andere Parallelwelten gab. Parallelwelten wie Aysis, meine Heimat. Dass die Zeit nicht immer der gleichbedeutende Maßstab war und die Physik ihres Universums nichts unüberwindbar Festgeschriebenes.

Amendon, der Planet der Flammenwesen, deren letzter Vertreter treffend als Teufelsanbeter bezeichnet wurde, war die beste Analogie. Waren sie wütend und hatten sich nicht im Griff, vernichteten sie mit ihrem Feuer alles um sich herum. Ihnen konnten die Flammen nichts anhaben – ihrer Umwelt und Nahrung allerdings schon. Inzwischen war die Spezies fast gänzlich ausgestorben. Schuld daran waren allein sie selbst.

Als ich fünfhundert Jahre meiner Ausbildung dort hatte verbringen müssen, hatte ich mich bis zuletzt nicht an die ätzenden Dämpfe, die die unwirtlichen Gefilde durchzogen, gewöhnen können. Ganze hundert Jahre hatte es gedauert, bis meine Netzhaut geheilt gewesen war.

Bei einem ihrer seltenen Kontrollbesuche hatte Inati mir, als ich durch Himemis Manien bereits an der Grenze zur absehbaren Verrücktheit gestanden hatte, Dalin mitgebracht.

Meinen Zymaha-Ritter mit angeborenem Charme, mein männliches Pendant, mein Libi. Mein Eros, mit Flügeln, ohne Pfeil und Bogen. Er war nicht der einstige Prinz der Sisu, in den ich mich vor Urzeiten auf den ersten Blick verliebt hatte, aber er war da gewesen. Und das hatte in dieser Situation alles bedeutet. Er war gleichermaßen meine Ablenkung und mein Verderben gewesen – kurzfristig. Bis ich unsere Verantwortung übernommen hatte, für die Menschen da zu sein. Die Kifu, Flammenwesen und Hurgathen, die sich auf die Erde ›verirrten‹, in ihre Welt zurückzuverbannen, bevor sie größeren Schaden anrichten konnten.

Während die Jahre mich darauffolgend hatten stiller werden lassen, hatte Dalin sich kein bisschen verändert. Die Zeit schien seine Jugend sogar anzufachen. Unersättlich suchte er den Kick in allem, was die Sewi im Laufe ihrer Geschichte zur Bewusstseinserweiterung verwendet hatten. Was genau er sich davon erhoffte, war mir schleierhaft. Wahrscheinlich wusste er das selbst nicht. Eines konnte ich allerdings mit Gewissheit sagen: *Gefunden hatte er es bis jetzt mitnichten.*

Zu meinem Bedauern war es mir irgendwann egal geworden. War *er* mir fast gleichgültig geworden. In meinem Herzen brannte nur ein fortwährendes Feuer. *Leider.* Denn Amilaki, der letzte König der Sisu, war unerreichbar für mich – schon immer und seit über einem Jahrzehnt für immer. Doch war Hoffnung ein trügerisches Ding, das sich einschlich, ob man wollte oder nicht. Auch das Alter ließ sie nicht schwinden, schloss sie vielmehr weg, um dem Verstand zu gewähren, über den Körper zu regieren.

Einst hatte es Inatis Schelte gebraucht, um mich aus meiner Liebestrunkenheit aufwachen zu lassen. Um zu realisieren, wie viel Unglück die Kifu währenddessen über die Erde gebracht hatten, weil ich weggesehen hatte, vor Eifersucht zerfressen, von Neid geblendet, mit Missgunst erfüllt – wegen eines *Menschen.* Wegen Anisiti Amilaki King, der Frau, die Amilaki King, wie er seit der Neuzeit in dieser Welt genannt wurde, sich geschaffen hatte. Vom folgenden Aufwachen zehrte ich für die Ewigkeit. Es hatte mich zu der werden lassen, die ich war.

Geschichte, Religion, Naturwissenschaften und alles dazwischen – ich hatte mehr Wissen, als es ein Mensch im kurzen Zyklus seines meist unbedeutenden Lebens erlernen konnte. Mich konnte kein Roboter ängstigen, *womit auch?* Ich konnte alles, was eine Maschine je zu bewerkstelligen vermochte – und noch viel mehr.

Ich war das, was die Sewi für übersinnlich hielten, für *göttlich.* Ich war aufmerksam. Ich war menschlich. Vielleicht war ich meinem Wesen nach sogar menschlicher als die Menschheit in den letzten

Jahrhunderten. So vieles hatte sich wiederholt, so viele unnötige Auslöschungen und Verwüstungen, und trotzdem lernte eine Generation nichts von der vorhergehenden.

Wie kleine Krabbeltiere zog es sie näher zueinander. Jeder wollte in einer der aus dem Boden sprießenden Städte wohnen. Alle, so schien es mir, wollten sie am liebsten in ein einziges Haus ziehen und so bauten die Handwerker immer höher hinaus. Bei jedem weiteren Wolkenkratzer kam mir unwillkürlich der Turmbau zu Babel in den Sinn. Alles war schon einmal da gewesen. Alles wiederholte sich. Und wie dieser ausgegangen war … *nun* … das konnte man nachlesen, nicht wahr?

Dabei gab es so viel unberührte Natur, die keiner wahrzunehmen schien. Wenigstens konnte ich dort hin und wieder einige ruhige Tage verbringen, in der trauten Gesellschaft tierischer Einsiedler der eisigen Weiten der Gletscher. War ich anschließend in die umtriebige Geschäftigkeit der Millionensiedlungen zurückgekommen, hatte ich das Ende bereits nahen gesehen. Nicht in nach menschlichen Maßstäben absehbarer Zeit, aber in für mich wahrnehmbarer Zukunft.

Niemals war eine Stille wirklich still und jegliches, das keinen Raum fand, sich zu regen, verkümmerte. Zunehmend fragte ich mich, ob die Bedrohung der Spezies Mensch inzwischen nicht mehr vorrangig von den Parallelwelten ausging, sondern vielmehr von sich selbst. Und welchen Plan, welche Aufgabe hatte mir die Inati dann zugedacht?

Sie war die oberste Wächterin, das heilige Orakel; sie hatte mich in meinen ersten Jahren Nanna anvertraut und bestimmt, dass Dalin getrennt von mir aufwuchs. Sie allein lenkte unser Schicksal. In ihrer Präsenz allgegenwärtig und doch als Gestalt nicht greifbar.

Genug davon! Die Nacht hatte mich ungewollt melancholisch gestimmt.

Geringfügig verlangsamte ich meinen Flügelschlag und ließ mich in der absoluten Dunkelheit nahe dem Windschatten des Empire State Buildings nach unten gleiten. Je näher ich der mäßig belebten Straße auf dem Boden kam, desto ruhiger wurde meine Atmung.

Die Sewi erzählten sich, Gottes Sohn sei gestorben, um ihre Sünden auf sich zu nehmen, und schließlich wieder von den Toten auferstanden. Vielleicht benötigten sie erneut eine Lichtgestalt, wider ihrer Natur, die Mensch wurde, um sie an das Menschsein zu erinnern? Oder eher an das *Sisu*-sein, das in ihren Genen schlummerte? Damit sie zu ihrem Ursprung zurückfinden und sich trotz allem Wandel selbst treu bleiben konnten. Um aufzuwachen und tatsächlich zu *sehen*. Vielleicht war es eben das, was Dalin suchte: Liebe, Nähe, Beistand, Pflege, ein offenes Ohr – *Menschlichkeit.*

Als meine Füße einen Augenblick später auf dem Beton des Gehweges aufsetzten, drehte ich mich leicht und schritt im nächsten Moment gewohnt schwungvoll in Richtung Central Park.

Die Präsenz der Kifu, die ich aus den feinen Schwingungen des Universums las, nahm seit Wochen mit unglaublicher Intensität zu und war mit einem speziellen Charakter behaftet. Das konnte nur eines bedeuten: Xanei Jones, oft die Speerspitze genannt, Chelemnas bester Krieger, suchte trotz aller Hindernisse seinen Weg in die Stadt. Der Eroberer-König der Kifu hatte also einen Spitzel ausgeschickt! Und wenn ich die verschlungenen Ströme richtig las, war auch er selbst nicht weit.

Die Alamglocken in meinem Kopf schrillten im Gleichklang. Das Wort *Weltenkrieg* rückte unangenehm bedrückend in meinen gedanklichen Fokus. War es nun so weit? Noch stand alles offen …

Was immer passieren würde, eines war klar: Das ewige Spiel hatte von Neuem begonnen. Die Arbeit rief. Es galt, den Schaden, der bald entstehen würde, einzugrenzen. *Dunkle Zeiten brachen an* – für alle von uns.

Kapitel 3

VOR 279 TAGEN

IVA

Der Beginn einer Eiszeit

»MIR GING EIN LICHT IN DER DIMENSION EINES GANZEN STROMKRAFTWERKES AUF.«

Hätte ich es mir aussuchen können, würde ich in einem Ort namens *Frühling* wohnen und in meinem Herzen wäre immer *Sommer.* So wie die Dinge lagen, traf allerdings weder das eine noch das andere auf mich zu. Stattdessen war ich *tot.* Nicht körperlich, versteht mich nicht falsch. Geister tippten wohl kaum mit ihren durchscheinenden Fingern auf Tastaturen herum. Und obwohl das Jenseits sicher eine Unzahl anderer nicht jugendfreier, interessanterer Vergnügen bot, die das mit dem Tippen ausglichen, versteht ihr sicher meinen Punkt. Ich war innerlich tot. Und das nicht erst seit gestern. Ihr könnt euch euer Mitleid also sparen. Bestimmt erfreut sich zur gegebenen Zeit jemand anders daran. Ich hingegen war in dieser Hinsicht *gerne* tot, könnte man sagen. Klingt seltsam, klärt sich aber noch. Kommen wir also erst einmal auf das *wie* vor dem Warum zu sprechen. Ganz einfach: Ich lebte in einer seelischen Eiszeit. Zumindest fühlte es sich für mich mit meinen fast sechzehn Jahren so an.

Und für die unter euch, die sich jetzt denken: Ah … *ja klar …* mit fünfzehn, da tickt die Welt in einem anderen Takt, da sitzt die rosarote Brille ohne zu wackeln auf der Nase und jeder Kratzer im Nagellack ist mindestens eine mittelgroße Katastrophe, die ein ausgiebiges Krisengespräch unter Freundinnen erfordert – *ja*, genau *so* war ich. *Früher*. Bestimmt war ich da auch nicht die Einzige. Vermutlich hatte jeder behütet aufgewachsene Teenager keine genaue Vorstellung davon, was das Leben wirklich für Prüfungen bereithielt. Vermutlich hingen wir alle unseren Traumvorstellungen vom perfekten Leben nach und gingen davon aus, dass sie eines Tages, wenn wir nur hart genug dafür arbeiteten, eintraten.

Vielleicht schafften manche es tatsächlich, diese Vorstellungen ohne große Enttäuschungen bis zum Ende ihres Lebens beizubehalten und zu verwirklichen. *Chapeau* – davor ziehe ich den Hut. Möglicherweise würde ich sogar einiges dafür geben, zu tauschen. Aber da bis jetzt kein Gott oder Dämon vor meiner Tür gestanden und mir einen unmoralischen Handel unterbreitet hatte, ging ich davon aus, dass jeder sein Leben lebte und ich eben mit meinem zurechtkommen musste.

Was hatte sich bei mir verändert, fragt ihr euch? Warum redete ich mit fast sechzehn von innerem Tod? Und zwar tot im stillen Sinne, nicht *Nagel-abgebrochen-Riesendrama-schenkt-mir-Aufmerksamkeit*-tot. Eine ausgezeichnete Frage. Oder eigentlich nicht – wie man es nimmt. Ihr denkt jetzt, dass mich meine erste Liebe versetzt hatte oder meine Eltern sich scheiden ließen?

Ja, ein Teil davon ist geschehen. Aber erstens war das lange her und zweitens fand ich Chris Wenworth bereits zwei Wochen später nicht mehr so toll, da er nämlich die widerwärtigste Zicke der ganzen Schule, auch bekannt als Julia McAllen – im wahrsten Sinne des Wortes und ohne überkreuzte Finger hinter dem Rücken –, vor der ganzen Schule mit *Zunge* (Herrgott, Maria und Josef!) knutschte. War wohl mehr verliebt sein und keine Liebe, denn wenn ich ehrlich war und da wir hier ehrlich sind, bitte schön: Mir ging ein Licht in der Dimension eines ganzen Stromkraftwerkes auf, dass Gott bei ihm vielleicht alle Energie während der Kreation des Aussehens verbraucht hatte und es dementsprechend nicht mehr zur Schaffung einiger der kleinen grauen Zellen weiter innen gereicht hatte. Ihr wisst schon, die Dinger, die gemeinhin *Gehirnzellen* heißen. Aber genug davon, schließlich will ich hier nicht lästern. Gut, ein *bisschen* schon.

Ihr fragt euch jetzt, mit was ich nicht klarkomme. Oder ihr fragt euch nichts von alldem. *Auch okay*. So oder so werdet ihr es erfahren.

Warum?! Ganz einfach, weil das nicht nur meine Geschichte ist. Es ist ein Stück weit eure. Überrascht? Gespannt? Neugierig? *Gut so!*

Wo waren wir also stehen geblieben? *Ahh … ja.* Bei meinem rüden Erwachen, als die schillernde Seifenblase meiner Fantasievorstellung vom Leben platzte und der Winter den Sommer in meinem Herzen verdrängte.

Ich verrate euch etwas im Vertrauen: Pink ist immer noch meine Lieblingsfarbe, ich mag prickelnde Zitronenbonbons, glitzernde Fingernägel, witzige Superheldenfilme *(Iron Man … hach! Captain America … schmacht!)* und habe ein gewaltiges Aber vor der Farbe Schwarz. Das nennt man vermutlich in einigen Kreisen eine gespaltene Persönlichkeit. Gespalten fühlte ich mich wirklich, aber sicher *nicht* durch meine Persönlichkeit!

Ich war ein lustiger Mensch. *Eigentlich.*

Ich war fröhlich. *Normalerweise.*

Ich lächelte gerne und oft. *Ehrlich.*

Allerdings waren mir all diese Eigenschaften abhandengekommen. Und die anderen in der Schule erwarteten geradezu, dass ich mir die Augen schwarz umrandete, zum dunklen Lack statt zum bunten griff und mich kleidete, als wolle ich auf meiner eigenen Beerdigung den Ehrengast mimen. *Herzlichen Dank.* Wenn es etwas gab, das ich nicht wollte, dann definitiv *das.* Außer es gäbe *Pizza,* in dem Fall könnten wir noch einmal darüber verhandeln. Denn unser Hausmädchen Fegegita verstand es, den Pizzahimmel auf Erden zu erschaffen. Aber Spaß beiseite, wenn ich etwas abgrundtief hasste, waren es Schubladen. Und ich spreche nicht von jenen in meinem Kleiderschrank, bei denen ich mit meiner Mutter übereinstimmte, dass sie dringend eine ordentliche Aufräumaktion gebrauchen könnten.

Da war eine Dunkelheit in mir, die ich nicht zu benennen vermochte. Die mich in eine Art Totenstarre, in ein *vor mich hin* vegetieren versetzte, mich zu einem Schubladeninhalt machte. Klingt seltsam? Dann will ich jetzt wirklich nicht länger um den heißen Brei herumreden …

Kapitel 4

VOR 494 TAGEN

IVA

Als der Wind sich drehte

»WÄRE ES EIN THEATERSTÜCK GEWESEN, WÄRE WOHL DER VORHANG GEFALLEN.«

Der Tag, an dem sich der Wind für mich drehte, war ein Freitag. Die schrille Schulglocke läutete das Ende eines der zähesten Schultage in der Geschichte meiner gesamten Schulzeit ein.

In der letzten Stunde hatte Miss Murray, meine Geschichtslehrerin, knappe fünfzig Mal ihre überdimensionierte knallrote Brille hochgeschoben – ich hatte mitgezählt, um mir die Zeit zu vertrieben. Nicht unbedingt ein Vergnügen bei einer Dame in einem beißend orangefarbenen Cordrock, der sich furchtbar mit ihrer Brille und der rostroten Haarfarbe um meine Aufmerksamkeit gestritten hatte. Ihr Anblick war wirklich keine Augenweide gewesen! Aber da es mir an Beschäftigungsalternativen gemangelt hatte, war ich eben darauf ausgewichen.

Jetzt erfüllte mich Erleichterung darüber, die Schulwoche überstanden zu haben. Leider war das Outfit fester Bestandteil ihres Kleiderschrankes und würde mir wohl nicht für immer erspart beiben. Manchmal fragte ich mich, ob sie es darauf anlegte, jeden Tag wie eine Farbexplosion auszusehen. Bis jetzt hatte ich darauf keine Antwort gefunden.

Miss Schrecklich-pünktlich-und-über*korrekt* war jedenfalls während des Unterrichts überraschend nervös gewesen. Vielleicht, so überlegte ich, während ich nun aufstand, hatte sie endlich jemanden kennengelernt, der farbenblind genug war, um sich mit ihr zu einem Date zu verabreden. Vielleicht … *Wer wusste das schon.* Ich wünschte es ihr – als Geschichtslehrerin war sie nämlich klasse. Außerdem, wenn ich richtiglag und an ihrer Stelle wäre, wäre ich auch mit den Gedanken woanders gewesen. Hätte auch mit der Nervosität zu kämpfen gehabt.

Und nervös war ich sowieso ebenfalls. Damit saß ich im sprichwörtlichen Glashaus und sollte mir die mentalen Steinwürfe eigentlich kommentarlos verkneifen. Aber Gedanken ließen sich nun mal nicht stoppen.

Vorausschauend hatte ich bereits fünf Minuten vor Schulschluss mein Geschichtsbuch, meinen Ordner, den Block und mein – wie sollte es anders aussehen – wunderbar rosarotes Federmäppchen in meine ebenfalls rosafarbene glitzernde Tasche gleiten lassen.

Endlich durch den Gong erlöst, verabschiedete ich mich mit einem schnellen Kuss auf beide Wangen von Liane, meiner besten Freundin, deren langes blondes Haar mich prompt an der Nase kitzelte. Sie war schon immer und ewig meine rechte Nebensitzerin und ich ihre linke – zusammen bildeten wir das *Dreamteam* schlechthin. Dann eilte ich im Sturmschritt über den gepflasterten, sich schlagartig füllenden Schulhof.

Meine Highschool sah aus wie jede andere. Eckiger Bau, in die Jahre gekommene ergraute Fassade mit gruselig pastelliger Farbwahl der wenigen Zierelemente und einer Ausstrahlung, die der zeitlichen Modernität der Dreißiger nachempfunden zu sein schien. Kurz: *grottenhässlich.*

Augenrollend warf ich mein extrem langes schwarzes Haar über die Schulter, bevor ich den engen rosa Sweater über der Bluejeans aus der gleichen Bewegung heraus zurechtzupfte und mich halbwegs gerüstet fühlte. *Gerüstet für das Wochenende.* Tatsächlich stand auf dem angrenzenden Parkplatz schon der dunkle Van mit dem silbernen Kühlergrill meiner Tante Mariyam Garcia.

Obwohl Mariyam nicht wirklich meine Tante war, da sie laut meinem Vater Joze nur über mehrere Ecken mit uns in verwandtschaftlicher Beziehung stand, liebte ich sie über alles. Sie war jedoch nicht der vorrangige Grund für meine Begeisterung. Der wahre Grund war, dreimal dürft ihr raten … ein Junge: Iyesu Garcia, der Sohn meiner Tante. Iyesu, der die schönsten dunklen Augen und das wuscheligste Haar besaß, das ich jemals bei einem männlichen Wesen gesehen hatte. Außerdem den coolsten Style und das lässigste Lächeln. Und *ja,* Liane war genau meiner Meinung. Oft sah ich ihn leider nicht, da Mariyam viel arbeitete und Iyesu, den sie allein aufzog, deshalb schon in jungen Jahren von ihr auf ein piekfeines Internat ins Ausland geschickt worden war.

Einmal hatte ich meine Mutter Desita belauscht, wie sie Mariyam gefragt hatte, warum diese sich nicht zusammenriss und sich mehr Zeit für ihr Kind nahm.

»Es ist, wie es ist. Du kannst nicht auch noch von mir erwarten, dass ich nur für ihn lebe«, hatte Mariyam geseufzt. »Ich habe viel geopfert. Überleg dir lieber, wo er heute wäre, wenn ich mich nicht seiner angenommen hätte! Ich gebe mein Bestes. Wirklich. Schau ihm ins Gesicht und sag mir, was du an meiner Stelle tun würdest. Könntest du es jeden Tag ertragen?«, hatte sie gefragt.

Mir war das damals seltsam erschienen, hatte ich doch nichts an Iyesus Gesicht auszusetzen gehabt. Eigentlich konnte ich mir das bei keiner Frau mit normalem Augenlicht vorstellen! Denn *holy moly,* er war ein echter *Hottie!* Aber vielleicht hatte es damit zu tun, dass Iyesus Vater aus Gründen, die mir unbekannt waren, da wir partout nicht darüber sprachen, weg war und er ihm möglicherweise ähnelte. Allerdings war Iyesu, meiner Meinung nach, Mariyam wie aus dem Gesicht geschnitten. Ein Rätsel ohne Lösung. Zumindest für mich – im Moment.

Als ich ihn nun, nachdem ich die Schiebetür des Vans schwungvoll aufgezogen hatte, auf der Rückbank entdeckte, strahlte ich.

»Hi Iyesu!« Meine Stimme zitterte leicht.

»Hey du«, entgegnete er breit grinsend.

Beim Hineinklettern musterte ich ihn. Wollte mir jedes Detail einprägen. Er trug wie ich Jeans, allerdings dunkle, dazu ein blau-weißes Karohemd und eine schwarze Cap mit einem großen Swoosh, dem Nike-Zeichen. *Verdammt, sah er süß aus!* Ich würde Liane am Montag alles haarklein beschreiben.

Lächelnd erwiderte ich Mariyams angedeutete Begrüßung vorne. Mit ihrer steifen Kleidung sah *sie* aus wie immer. Bestimmt hatte sie sich gerade erst von ihrem Bürostuhl losgerissen. *Es war stets dasselbe mit ihr.* Der schwarze Businessrock wirkte mehr als nur ein bisschen unbequem. Die Feinstrumpfhose mündete bestimmt in genauso schwarzen hochhackigen Schuhen mit Pfennigabsätzen, die ich allerdings von meiner Position aus nicht sehen konnte, da sie hinter dem Steuer saß. Selbst ihre weiße, absolut knitterfreie Bluse und der gestrenge dunkle Blazer wirkten versnobt. Nur aus dem Dutt, zu dem sie ihr caramellfarbenes Haar geschlungen hatte, hatte sich im Nacken eine einzelne Strähne gelöst. Mutig kringelte sich diese und schrie geradezu in die Welt, dass selbst die perfekte Mariyam nicht alles im Griff hatte.

Hihi. Ich lächelte unwillkürlich. Meine Mutter stand im krassen Gegensatz zu ihr. Sie war herzlich, leicht orientalisch angehaucht und für alles offen. Obwohl ich ein Einzelkind war, hatte sie ihren Job, Innenarchitektin, bei meiner Geburt an den Nagel gehängt und war, bis ich das Gröbste hinter mir gelassen hatte, zur Hausfrau *verkommen,* wie mein Vater immer scherzhaft sagte. Inzwischen führte sie mit ihrer Schwester, Geschäftspartnerin und guten Freundin Saki Anderson einen für New Yorker Verhältnisse kleinen Blumenhandel. Erst letztes Jahr hatten sie sich vergrößert und ich war gespannt, wie es weitergehen würde.

»Was Desita anfasst, wird zu Gold«, hatte ich Mariyam mehr als ein Mal neidvoll sagen hören. Es war die Wahrheit! Umso überraschender mutete die gleichzeitige Häuslichkeit meiner Mutter an. Eine Glucke war sie zum Glück nie gewesen, trotzdem bekamen mein Vater und ich Schelte, wenn wir sie und das frisch gekochte, immer pünktlich servierte Essen versetzten. Obwohl ich gerechterweise sagen musste, dass sie so gut kochte, dass es mir leidtat, wenn ich mittags oder abends nicht zu Hause essen konnte.

An diesem Tag traf das auch zu, doch störte es mich nicht wie sonst, denn ich würde mit meiner Tante und meinem Cousin etwas unternehmen. Den Gutschein dafür hatte ich zum letzten Geburtstag bekommen. Ein ganzes Wochenende nur wir drei, hatte Tante Mariyam gesagt und geheimnisvoll gezwinkert. Iyesu hatte gegrinst und hinter dem Rücken seiner Mutter ein Daumen-hoch-Zeichen erkennen lassen.

Nun gurtete ich mich neben ihm an, während mein Blick auf die kleine pink-rot gestreifte Reisetasche auf dem schwarzen Sitz mir gegenüber fiel, die ich gestern Abend gepackt hatte und die meine Tante wie versprochen heute Vormittag, während ich in der Schule gewesen war, bei uns abgeholt hatte. *Hervorragend.* Sicher hatte Fegegita sie ihr ausgehändigt. Das Hausmädchen war, seit ich denken konnte, tagsüber bei uns. Abends ging sie zu sich, um Zeit mit ihrer Schwester, die ich nicht kannte, zu verbringen.

Ich lächelte zufrieden.

Das Auto setzte sich mit einem Ruck in Bewegung, während ich mich noch umsah. Weitere zwei Taschen, die von Iyesu und Mariyam, standen auf dem anderen Sitz gegenüber. Eine weinrot, eine weiß mit braunen Ledergriffen.

Als wir uns in den Strom von Wagen einordneten, die von meiner Schule wegrollten, begann Mariyam wie üblich, die anderen Fahrer zu beschimpfen. Wobei der Verkehr in New York gerade zur Rushhour wirklich furchtbar war. Das musste man ihr zugestehen. Da waren jegliche Verunglimpflichungen nicht nur gestattet, sondern meist auch angebracht. Außerdem fand ich, dass sie außerordentlich kreativ bei der Wortwahl ihrer Ausdrücke vorging. Trotzdem bemühte ich mich immer tunlichst, keinen der aufgeschnappten in Gegenwart meiner Eltern zu gebrauchen. Das wäre äh … kontraproduktiv.

Plötzlich standen wir. Blechmassen vor uns, um uns, hinter uns. *Tja*, die Großstadt hatte ihre Vorteile, die Verkehrsanbindung gehörte definitiv nicht dazu – ebensowenig wie die Immobilienpreise. Ausziehen mit achtzehn war ein Wunschtraum, sollte ich nicht vorher im Lotto gewinnen.

»Na, bist du gespannt, wohin es geht?«, riss mich Iyesu aus der Betrachtung eines sich im Schneckentempo vorbeischiebenden gelben Taxis.

Vor denen ließen sich die Touristen besonders gerne fotografieren. Würde ich für jeden Schnappschuss auf einem der mir in die Hand gedrückten Fotoapparate, Handys oder Tablets einen Dollar bekommen – ich hätte die erste Million vor meinem fünfundzwanzigsten Geburtstag in der Tasche! *Kein Witz!* Womöglich könnte ich mir damit einen eigenen Wohnschrank leisten, im Keller eines der großen Apartmentkomplexe, unter der Treppe … wie *Harry Potter.*

Ich riss mich von der Scheibe los und erwiderte sein Grinsen. »Klar! Verrätst du es mir?«, flüsterte ich so leise, dass Mariyam es nicht hören konnte. Vielleicht standen dann die Chancen auf eine Antwort besser?

»Das hättest du gerne!« Er lachte laut und ungeniert. »Nein, du musst dich gedulden.«

Er hatte mich also nur in Versuchung führen wollen. *Schade.* »Hm«, machte ich mit heiß werdenden Wangen wenig zufrieden und wandte mich wieder dem Verkehrsgeschehen zu.

»Wir werden eine Weile fahren«, unterbrach meine Tante ihr Gefluche und drehte sich um Verständnis heischend zu uns.

Was sie nicht sagte. Brauchte man bei Stau nicht immer eine Weile?

»Mom, können wir einen Film schauen?« Iyesu drückte bereits auf ein paar Knöpfe in der Mittelkonsole zwischen uns und ein kleiner schwarzer Bildschirm senkte sich von der Decke des Vans herab.

»Sicher.« Mariyam, die wieder nach vorne blickte, nickte uns im Rückspiegel zu. »Aber Iyesu! Bitte kein Schlachtenlärm, während ich mich auf die Straße zu konzentrieren versuche«, warnte sie.

Was?! Ich kicherte verhalten.

»Auf dem Rückweg vom Flughafen hat mich einer dieser Leinwandschüsse derart erschreckt, dass ich fast in den Graben gefahren wäre«, fügte sie in meine Richtung hinzu. Es klang nicht ganz ernst gemeint.

Iyesu nickte trotzdem ergeben, grummelte vor sich hin und hielt unschlüssig inne. Ich verkniff mir zwar ein lautes Lachen, grinste aber breit. *Typisch Junge.* Die Auswahlkriterien für Filme waren so durchschaubar: Action, Action und noch mehr Action. Die aber leider eine gewisse Anzahl an Dezibel nach sich ziehen würde. Und Gewalt und … das schlimme T-Wort. Genau, *Titten!*

»Seit wann bist du in New York?«, fragte ich ihn nach kurzem Schweigen. War er heute erst angekommen? Sein Internat lag, soviel ich wusste, irgendwo in der Schweiz und er flog jede Ferien hin und her. Am Wochenende nur selten. Der Flug war lang, daher lohnte es sich nicht. Das fand ich sehr schade, denn wir hatten uns schon immer außerordentlich gut verstanden und verbrachten einen Großteil seiner Zeit im Big Apple zusammen. Es kam mir manchmal gar vor, als würden wir uns jedes Jahr näherstehen – zumindest was mich betraf.

»Seit heute Morgen. War eine ziemliche Bruchlandung. Der Pilot hat irgendwas von Luftlöchern erzählt. Ich hab ihm kein Wort geglaubt. Der hatte einen über den Durst getrunken … wie er die Maschine verrissen hat.«

Meine Pupillen weiteten sich, während vor meinem inneren Auge schreckliche Bilder vorbeizogen. *Ach du je!* Iva, denk an was Schönes! An was *Schönes!*

»Iyesu!«, rief Mariyam ermahnend vom Fahrersitz. Sie schien ihm die Horrorgeschichte nicht abzunehmen. Hatte sie mir nicht erst etwas von *in-den-Graben*-Fahren weismachen wollen? Da kam wohl die Verwandtschaft zum Tragen.

»Echt wahr!«, versuchte er seine Mutter halbherzig zu überzeugen. Mariyam hob nur zweifelnd eine Augenbraue, wie ich im Rückspiegel sah. »Schon gut, Mom.« Iyesu lachte. »Ist ja nichts passiert, aber es war komisch – ganz ehrlich –, solche Druckdifferenzen über New York?! Kann ich mir nicht vorstellen.«

»Das ist schon möglich«, beschied Mariyam ihn, indes ihr Blick ruhig auf die Straße vor uns gerichtet blieb. Ihre Stimme hatte jedoch einen seltsamen Unterton.

»Jedenfalls fliege ich Sonntagabend wieder«, meinte Iyesu zu mir.

Ich zog daraufhin einen Flunsch. Ich hatte ihn gerne um mich. Andererseits musste er genau wie ich nächste Woche zur Schule. *Blöde Schule.* Aber das zu denken, brachte mir auch nichts … außerdem war sie meist gar nicht sooo schlimm. Also: *blöde Entfernung!* Das traf den Kern der Dinge.

»Sehen wir uns in den nächsten Ferien?«, wollte ich sogleich wissen. Iyesu war ein Jahr älter und ich wusste, dass Jungs es irgendwann nicht mehr cool fanden, mit jüngeren Mädchen abzuhängen. Hoffentlich war der Zeitpunkt bei ihm noch nicht gekommen.

»Glasklar«, erwiderte er prompt und zerstreute meine Bedenken mit einem breiten Lächeln.

Inzwischen hatte meine Tante uns wieder aus dem schlimmsten Innenstadtchaos manövriert und wir fuhren gleichmäßig auf der Schnellstraße dahin.

»Gut« Ich lächelte ebenfalls und betrachtete erneut die vorbeiziehende Landschaft, während Iyesu auf einer kleinen Fernbedienung weiter durch die Mediathek klickte.

Häuser. Brücken. Bäume. Andere Fahrzeuge. Ich mochte es, Auto zu fahren. Mitzufahren. Ich fühlte mich sicher. Und trotzdem … schnell. Sobald wie möglich, das hieß sobald ich sechzehn werden würde, wollte ich den Führerschein machen. Ich war mir im Klaren, dass es meinem Vater vor dem bloßen Gedanken graute. Aber das würde mich nicht davon abhalten. Er konnte mir ja einen Panzer kaufen – der bot Rundumschutz.

Ich lachte tonlos über das Bild in meinem Kopf.

»Ah, ich wollte dir was geben«, überraschte Iyesu mich da.

Erstaunt schaute ich ihn an.

Er unterbrach sein Tickern und verrenkte sich fast, um trotz Sicherheitsgurt an seine Hosentasche zu kommen. Je länger er brauchte, desto mehr Chaos herrschte in meinem Gehirn. Oder war es mein Herz, das unverhältnismäßig verrücktspielte?

Endlich zog er ein sorgsam zusammengewickeltes Band heraus und hielt es mir hin.

»Von mir, für dich«, sagte er und hatte tatsächlich den Nerv, mich noch mehr in Verlegenheit zu bringen, indem er leicht errötete. *Er!*

Meine Hand zitterte, als ich das dünne rosa Lederband in Empfang nahm und vorsichtig, so wie er es mir bei dem braunen Band an seiner linken Hand zeigte, um mein rechtes Handgelenk wickelte.

Ich verspürte zu Iyesu eine Verbundenheit, die ich sonst zu niemandem in diesem Maß empfand. Nicht einmal zu Liane. Und dieses Band bewies, dass er sich – sogar auf für alle sichtbare Weise – mit mir verbunden zeigen wollte. Dass er es auch fühlte – diese besondere Chemie, dieses Verständnis füreinander, diese Wärme zueinander, die zwischen uns war.

Seine kleine Geste machte mich wahnsinnig glücklich. Sie ließ mein Herz hüpfen und meinen Magen vor Freude Saltos schlagen.

Für das Zusammenbinden der Enden lehnte ich mich zu Iyesu hinüber, kam ihm ganz nah, damit er mir helfen konnte. Konzentriert beugte er sich vor.

Es war das Letzte, was er tat.

Plötzlich ging alles ganz schnell. Die folgenden Bilder zogen wie mit dreifacher Geschwindigkeit abgespielt an mir vorbei. Ein Ruck ging durch die Karosserie des Autos und ließ meinen Hinterkopf hart gegen die Kopfstütze des Sitzes prallen. Ich konnte schon beim nächsten Herzschlag nicht mehr sagen, ob wir von vorne, von hinten oder der Seite gerammt wurden. Es fühlte sich vielmehr an, als käme es von allen Seiten gleichzeitig, bevor sich das Gefühl unangenehm umkehrte.

Meine Welt schrumpfte auf die bloße Verwirrung meiner Sinne. Da war der Schock. Da war die Angst. Die unglaubliche Angst. Da war der Tod, von dem ich annahm, dass er nahte. Und da waren Farben, die in meinem Blickfeld erschienen, um schnell wieder zu weichen – noch bevor ich sie richtig wahrnehmen konnte. Da waren so viel Emotionen, dass ich gar nicht wusste, was eigentlich passierte. Da war alles und nichts auf einmal.

Dann gingen die Lichter aus. *Meine Lichter.* Und wäre es ein Theaterstück gewesen, wäre wohl auch der Vorhang gefallen.

Zu meiner großen Verblüffung – das sage ich jetzt nicht nur so, es war tatsächlich mein erstes Gefühl, als ich die Augen aufschlug – klärte sich der Schleier, der über meinen Lebensgeistern gelegen hatte, wieder. Ich hob die Lider in einer steril wirkenden Umgebung. Alles war weiß, strahlend, *leer.* Irgendetwas piepte und um mich war es unangenehm hell. Es roch nach desinfizierenden Chemikalien und Krankheit. Ich stand nicht mehr unter Schock, war auch nicht mehr verwirrt, ich hatte nur noch furchtbare Angst. Angst um Iyesu und Mariyam.

Als ich unter Schmerzen den Kopf drehte, entdeckte ich kurzzeitig erleichtert meine extrem bleiche Mutter und meinen müde wirkenden Vater hinter einer Glasabtrennung schräg vor dem harten Krankenhausbett, in dem ich, wie ich nun registrierte, lag.

Meine Mutter hatte eine Hand in verzweifelter Geste an das Glas gepresst, als versuchte sie mich trotz der Barriere zu erreichen. Ihre grauen Augen waren unter dem zerzausten goldblonden Haar gerötet. Ihre Kleidung bestand wie immer aus einem weiten, farbenfrohen Sarong, der ihre hochgewachsene, schlanke Figur mit seinem fließenden orangefarbenen Stoff umschmeichelte.

Mein Vater trug einen seiner hellgrauen Anzüge und stand direkt neben ihr, mit ihr verbunden durch ihre Hand in seiner. Ich sah die schlichten Eheringe blitzen, bevor ich wieder den Blick anhob. Dad wirkte unendlich traurig. Seine Augen waren rot geädert, sein Gesichtsausdruck erschöpft. Er sah gealtert aus. Unwillkürlich wusste ich, dass die Situation schlimm war. Dass etwas Furchtbares passiert sein musste. Etwas, von dem ich mir nicht sicher war, ob ich es würde verkraften können. Ich war hier, ich war wach. Und ich konnte …? *Ja, konnte ich!* … alles spüren und bewegen. *Uff!* Wen also hatte es stattdessen getroffen?

Und wie? Das war die entscheidende Frage!

Fast meinte ich, die Last der ganzen Welt beugte Dads Oberkörper nach vorne. Sein rabenschwarzes Haar, das meinem so ähnlich sah, lag platt gedrückt an seinem Kopf an. Die markanten Züge seiner Kinnpartie erschienen mir weicher zu sein als üblich.

Keiner regte sich. Wir starrten uns einfach an. Sie da draußen, ich hier drin, in der unangenehmen weißen Krankenhauskutte. Alle mit unzähligen stummen Fragen in den Augen.

Irgendwann nahm ich ein störendes Ziepen an meiner rechten Hand wahr und senkte den Blick zu der Stelle. Dort steckte eine Nadel, die eine durchsichtige Flüssigkeit aus einem Beutel, den ich an einem Infusionsständer neben meinem Bett erspähte, an mich weitergab. *Kochsalzlösung*, nahm ich an. So weit, so normal. Dann bemerkte ich, dass etwas fehlte: Das Armband! Ich musste es verloren haben, weil Iyesu es nicht mehr hatte festbinden können. *Oh nein!* Ermattet und voll ausufernder Traurigkeit sank ich zurück.

Nichtsdestotrotz versuchte ich mich innerlich zusammenzureißen. Da war so viel, das ich wissen wollte. Ich hatte so viele Fragen.

Einige Stunden später war ich verzweifelt, ungläubig und resigniert. Denn keine davon war mir beantwortet worden.

Nicht, weil keiner mit mir gesprochen hatte, nein, sie sprachen vielmehr alle mit mir. Meine Mutter, die mir nicht mehr von der Seite wich, mein Vater, meine Ärzte, die Polizei, die Inspektoren der Versicherung, Fegegita und Liane, die mich besuchten. Sie alle wollten genau wissen, was passiert war.

Ich wollte das auch!

Nur hatten wir andere Vorstellungen davon gehabt, wie der Informationsaustausch hätte stattfinden sollen. Ich war davon ausgegangen, sie würden mir sagen, was passiert war und wie es Iyesu und Mariyam ging. Sie hingegen waren davon ausgegangen, ich würde zur Klärung der Umstände beitragen. Und ich hatte mich wirklich bemüht! Aber, wie inzwischen sicher klar wurde, waren wir zu keiner zufriedenstellenden Übereinkunft gekommen. *Für niemanden.* Und da begann der Anfang vom Ende.

Das Auto war in unzählige Teile auseinandergerissen worden, die in einem Umkreis von fünfzig Meter verstreut aufgefunden worden waren. Die Wucht der Explosion war so heftig gewesen, dass sie drei um uns fahrende Fahrzeuge zur Seite geschleudert hatte, die ihrerseits in andere Wagen gekracht waren. Die folgende Massenkarambolage auf der Schnellstraße inklusive zehn Toten, fünfzehn Verletzten und zwei Vermissten hatte es in die landesweiten Nachrichten geschafft.

Die Polizei und einige schmierig aussehende Detectives in tadellos geschniegelten Uniformen von irgendwelchen speziell einberufenen Kommissionen vermuteten, eine Bombe sei die Unfallursache gewesen. Doch konnte für diese Theorie kein Beleg erbracht werden und in meinem Umfeld oder dem meiner Tante und meines Cousins ließ sich zudem kein Motiv für solch einen Anschlag finden. Es war hoffnungslos. Gleichzeitig war es die einzige Hoffnung, denn einen anderen Ansatz konnte niemand bieten.

Schleierhaft war, wie ich einigermaßen heil davongekommen war. Und warum ich lebte, respektive überhaupt da war. Noch schleierhafter allerdings mutete das Verschwinden meiner Verwandten an. Man hatte weder von Mariyam noch von Iyesu genug Blut gefunden, um ihren Tod mit Sicherheit feststellen zu können. Ihre Leichen konnten nicht geborgen werden und Teile der *Extremitäten* – die Detectives sagten es, als handle es sich dabei nicht um Arme und Beine – waren nicht gefunden worden. Allerdings nahmen die Ärzte an, dass meine Tante, sollten sie und mein Cousin es aus dem Auto geschafft haben, kurz darauf verstorben sein musste, bei dem beträchtlichen Blutverlust.

An der Unfallstelle war jeder Stein umgedreht worden, auf der Suche nach irgendeinem Hinweis, doch es hatte nichts geholfen. Weder Mariyam, ob nun tot oder lebendig, noch Iyesu waren gefunden worden.

Die Schutzgeldforderung, die daraufhin aufgrund unseres beträchtlichen Familienvermögens, speziell des meines Vaters, erwartet worden war, traf nie ein. Kein Erpresser meldete sich. Vielleicht hatte es aber einfach keinen gegeben.

Alles wurde immer seltsamer und ich war mittendrin gefangen – ohne Ausweg. *Es war ein Albtraum.* Nur konnte ich nicht aufwachen, *denn der Albtraum war mein Leben.*

Kapitel 5

VOR 311 TAGEN

IVA

Ein Brief an das Leben

»ZIEH DICH WARM AN.«

Liebes Leben,
wir beide werden uns eines Tages an einen Tisch setzen und reden. Glaub mir, es gibt einiges, das ich dir zu sagen habe!

Ich studiere meine Rede jeden verdammten Tag ein. Vor dem Spiegel. Mit Gestik und Mimik. Wie sich das eben gehört, schließlich geht es um den ganz großen Auftritt! Das kannst du mir glauben.

Ich bin gut – richtig gut, kann ich dir sagen. Und ich rate dir: Zieh dich warm an. Verdammt warm! Denn kommt der Tag, an dem wir aufeinandertreffen und miteinander abrechnen, dann bist du so was von geliefert.

Mit unfreundlichen Grüßen
Iva Scott

Kapitel 6

VOR 250 TAGEN

IVA

Das Ende einer Eiszeit

»DA WAR NOCH SO VIEL LEBEN VOR MIR – MIT SO WENIG HOFFNUNG, UM ES DURCHZUSTEHEN.«

Nach einigen Monaten hatte sich die Aufregung gelegt. Ich hatte ein neues Smartphone bekommen, neue Erkenntnisse waren hingegen keine aufgetreten. So bitter es klang, irgendwann hatten sie aufgegeben. Ich hatte es kommen sehen, in ihren zunehmend distanzierten Gesichtern. In ihren immer kürzer werdenden Besuchen bei mir zu Hause.

Inzwischen ging ich wieder zur Schule, wenn auch begleitet von zwei von meinem Vater beauftragten Riesen in schwarzem Zwirn, die mich beschützen sollten. *Nur* … vor was eigentlich? Einem in mich rasenden Auto oder einer Bombe wohl kaum. Aber da ich das Gefühl hatte, dass es ihm dadurch besser ging und ich außerdem vermutete, dass die Schule ihm einiges dafür abgeknöpfte, dass sie dieses Extramätzchen duldete, hatte ich brav genickt und sogar begonnen, mich an die beiden zu gewöhnen.

Zu meiner Erleichterung war das am Ende einer irritierenden ersten Woche des Getuschels auch meinen Klassenkameraden gelungen. Ganz so, als gehörten Moti und Kuta Johnson, die beiden Schatten mit den in Stein gemeißelten dunkelhäutigen Gesichtern und dem beträchtlichen Bizeps, zu mir. Ich hatte damit zwei dauerhafte, auffällige Accessoires. Ausgefallene Handtaschen brauchte ich nicht mehr, um mich abzuheben. *Da jubelte doch der Geldbeutel,* sagte ich mir ironisch.

Gleichzeitig erinnerten sie mich jeden Tag unangenehm daran, dass Mariyam nicht wie sonst zum Abendessen vorbeikommen würde. Ich vermisste das ungemein, denn sie hatte immer ein offenes Ohr für mich gehabt. Ihr Rat und ihr schlichtes Zuhören, wenn ich Redebedarf gehabt hatte, waren mir wichtig gewesen. Gerade durch ihre pragmatische Weltanschauung waren wir uns ähnlicher als meine Mutter und ich. Deshalb hatte Mariyam mich manchmal besser verstanden. Meist hatte sie uns jedoch in ihrer ganz eigenen, sehr amüsanten Art von einem aufdringlichen Manager oder einem neuen Vertragsabschluss berichtet. Sie war nämlich für einen der großen Energiekonzerne im Vorstand tätig gewesen.

Auch wenn es mich bisher nie besonders interessiert hatte, hätte ich nun alles dafür gegeben, wenn sie mir ein weiteres Mal von ihrem letzten Deal mit den Arabern erzählt hätte, den sie schließlich zusammen mit meinen Eltern mit Champagner begossen hatte. Doch das alles schien unwiderruflich vorbei zu sein.

Ich verzog im Alltag keine Miene. Darin war ich inzwischen geübt, denn das hatte ich auch nicht, als die letzten Ferien vor der Tür gestanden hatten und ich meine Zeit nicht mit Iyesu hatte verbringen können. Liane war so einfühlsam gewesen, mich stattdessen zu sich einzuladen, und ich war meinerseits wirklich bemüht gewesen, witzig zu sein, normal zu sein – doch sie war nicht er.

Obwohl wir selbstverständlich noch immer beste Freundinnen gewesen waren und ich versucht hatte, für sie dieselbe zu sein, die ich vor dem Unfall gewesen war, scheiterte ich kläglich. Nicht nur in den Ferien, eher im Allgemeinen. Ich wusste es und sie bemerkte es ebenfalls. Alles fühlte sich plötzlich falsch an. Und ich fand nichts, das sich richtig anfühlte.

Mindestens einmal alle zwei Wochen hörte ich meine Mutter in ihrem und Vaters Zimmer weinen, wenn sie glaubte, ich würde es nicht mitbekommen. Ich hatte das Gefühl, ihr fehlte Mariyam noch mehr als mir. Mein Dad wirkte ebenfalls von Gram gebeutelt. Sein stoischer, immer gleicher Gesichtsausdruck sprach Bände über all das, was er nicht *aus*sprach. Allerdings machte es ihrer beider Kummer nicht unbedingt leichter für mich. Meine Mutter hatte wenigstens Saki, wen hatte ich? *Liane?* Die weiter in ihrer Welt voll eitlem Sonnenschein lebte? Einer Welt, die früher meine gewesen war, die mir nun aber völlig fremd zu sein schien.

Mir ging es auch ohne diese Gedanken nicht gut. Ich hatte keinen Hunger, keine Lust auf nichts und keine Motivation. Mein Vater lief zunehmend mit leeren Augen umher. Sah ich genauso fertig aus? Alles erschien auf einmal bedeutungslos. Und jede einzelne Frage, die ich direkt nach dem Unfall im Kopf gehabt hatte, schwirrte noch immer darin herum.

Ich wurde stiller. Zu still.

Der nächste Schritt, den meine Klassenlehrerin, die *berühmt-berüchtigte* Miss Murray, schließlich für angebracht hielt und anregte, hieß, jeden Donnerstag nach der Schule einen Psychiater zu besuchen. Sie schlug die Maßnahme vor, weil ich nicht mehr die Freude am Unterricht und die Beteiligung aufwies, die sie von mir gewohnt war. Dauerhaft geistig abwesend wirkte. Kurz: einfach nicht mehr ich zu sein schien. Allerdings war ich mir nicht im Klaren, wobei ein Psychoonkel mir helfen sollte. *Zu vergessen?*

»Reden!«, sagten alle. »Schafft Seelenfrieden!«

Große Worte!

Der Mann im Alter meines Vaters, und wohlgemerkt Miss Murrays *Bruder*, mochte mitsamt seiner gemütlichen Praxis, den selbstredend roten Haaren und der altbackenen Kleidung nett sein, Mariyam und Iyesu würden von unseren Gesprächen allerdings nicht wieder auftauchen und ich würde nicht ohne Weiteres vergessen, was passiert war. Darum bemühte ich mich schließlich selbst seit geraumer Zeit ohne nennenswerten Erfolg.

Wie ich die Sache sah, hätte ich nichts verhindern oder besser machen können. *Wir waren zur falschen Zeit am falschen Ort gewesen,* sagte ich mir. Oder alles hatte andere, höhere Beweggründe, die sich nur Eingeweihten erschlossen – zu denen ich offensichtlich nicht gehörte. *Noch nicht.* Oder vielleicht nie gehören würde. Aber mein Psychiater gehörte sicher auf gar keinen Fall zu ihnen!

Nicht, wenn er sich beständig so verhielt, wie ich ihn erlebte. Sein brauner, absolut furchtbarer Strickpullover, der dringend von der Modepolizei beschlagnahmt gehörte, sprach ebenso wenig für Abgebrühtheit. Da hatten Bruder und Schwester definitiv die gleiche Geschmacksverirrung in den Genen vererbt bekommen. Wohingegen Miss Murray allerdings ab und an eine richtige Beißzange sein konnte, war Dr. Murray sanftmütig wie ein verspieltes Lamm.

Manchmal fragte ich mich, *wer wen* therapierte. Ich war mir nicht sicher, ob der gute Doktor eigentlich wusste, was draußen, vor der Tür seiner Praxis, vor sich ging. Was das bedeutete: *Reales Leben.* Und – auf die Gefahr hin, mich zu wiederholen – sein Pullover vermittelte mir nicht den Eindruck, dass er in den letzten zehn … gut, sagen wir fünf Jahren einen Fuß vor seine eigene Praxistür gesetzt hatte. Zumindest unter Garantie in kein Bekleidungsgeschäft. Wie lange lieferte Amazon eigentlich schon Lebensmittel? *Hm* … ob ich ihn darauf hinweisen sollte, dass das große A auch Kleidung verkaufte?

Ja, das waren in etwa die tiefgründigen Fragen, mit denen ich mich in seiner Praxis beschäftigte, während ich ihm erzählte, wie mein Tag verlaufen war: *durchweg langweilig.* Jedoch machte er stets den Eindruck, darauf zu warten, dass ich ihm vom Besuch *Moses* oder einem *brennenden Dornenbusch* erzählen würde oder so ähnlich. Ihr wisst schon, davon, dass sich tatsächlich etwas Spannendes ereignet hätte, etwas Besonderes. Allerdings musste ich ihn stets enttäuschen. Da war nur der Alltag und der war immer gleich. Ein Auf jagte ein Ab – meine persönliche Achterbahn. Das exogene Umfeld, wie er es nannte. Auf ›Für-Normalsterbliche‹: Die Idioten und Katastrophen, die mir jeden Tag begegneten, ja ebendie, verhielten sich, wie sie sich immer verhielten. Idiotisch und katastrophal, was sonst – aber eigentlich nicht der Rede wert.

»Keine Auffälligkeiten«, notierte Dr. Murray meistens knappe zwanzig Minuten nachdem ich in dem großen, bequemen beigen Doppelsessel ihm gegenüber Platz genommen hatte. Dem konnte ich nur zustimmen, da die einzige *Auffälligkeit* der Unfall gewesen war und der hatte schließlich diese ewig graue Flut konstant gleicher Tage ausgelöst. *Juhu,* da schloss sich der Kreis und wir waren wieder am Ausgangspunkt.

Allerdings konnte ich mir sowieso schwerlich vorstellen, dass sich das Rätsel, was an diesem Tag wirklich passiert war, je lösen würde.

Trotz allem ließ es mich nicht los und ich hatte das Gefühl, dass meine Eltern mich mit der Zeit anders ansahen. Ich vermutete, dass sie mir die Schuld gaben, obwohl sie es nie aussprachen. Oder auf etwas warteten … *aber worauf?* Eine Entschuldigung? Wofür? Ihr Verhalten war wahrhaft seltsam und ein bisschen unangenehm.

Schuld stellte sich dann als das mit Abstand am wenigsten sinnbringende Wort heraus, das ich meinem Psychiater hätte anvertrauen können. Obwohl genau das die einzige Unsicherheit war, über die ich je von mir aus hatte sprechen wollen. Er ritt förmlich darauf herum. Bis ich am Ende nicht mehr wirklich wusste, wer eigentlich an was aus welchem Grund welche Schuld trug. Was Schuld eigentlich war, was sie bedeutete, was ich damit zu tun hatte und wie ich darauf reagieren sollte. Es war furchtbar und es wurde immer furchtbarer.

Während Liane und die anderen in der Schule weiter auf ihren rosaroten, orange-blauen, zitronenbonbon-prickelnden Wolken schwebten und kurzzeitig betroffen, allerdings eben nicht langfristig mitfühlend über die Sache hinweggingen, konnte ich es nicht vergessen.

Ich. Konnte. Einfach. Nicht.

Vielleicht, wenn alles einer logischen Erklärung gefolgt wäre. Vielleicht, wenn wir die beiden hätten begraben können. Vielleicht, wenn die Gefühle in mir, die durch den Gedanken an Iyesu ausgelöst wurden, nicht derart präsent gewesen wären.

Allein die Tatsache, dass alles mysteriös blieb und die Hoffnung, Iyesu in diesem Leben wiederzusehen, bestand, selbst da die Chance gering war, ließ mich nicht davon loskommen. Es machte mich verbissen. Es machte mich unglücklich, ließ meine Familie nach und nach emotional auseinanderbrechen. Zumindest kam es mir so vor. Unsere Gespräche schienen bereits im Ansatz zu verstummen. Meine Mutter begann, gesetztere Farben zu tragen – auch wenn das bei ihr weit entfernt von konservativem Schwarz-Weiß war. Mein Vater arbeitete noch länger und mehr denn je zuvor. Es war eine Spirale, die sich enger um uns zog, die uns zu ersticken drohte. *Uns, als Familie.*

Nach einem Jahr unsinnigem Gerede, das Dr. Murray mit den Worten ›Wunderbarer Anfang!‹ betitelte (Wer es glaubte. Aber wahrscheinlich erzählten ihm die wirklichen Härtefälle ständig, wie sie sich abmurksen wollten. Da war die Unterhaltung über mein langweiliges Leben sicher geradezu *erfrischend.*), begann mein Psychiater, mir Psychopharmaka zu verschreiben. Er hatte inzwischen diagnostiziert, dass ich mir selbst die Schuld gab – wie auch immer er auf diese *grandiose* Erkenntnis gekommen war. Wenn ich ihn da mal nicht fälschlicherweise mit der Nase darauf gestoßen hatte. Meine Stimmungsschwankungen, die innere Taubheit und Trauer bekamen damit einen offiziellen Namen: *Depressionen.*

»Sind Sie sicher?«, fragte ich ihn zuerst abwehrend.

»Iva, sieh dich an, was sollen wir sonst mit dir machen?«

»Ich weiß nicht, ich dachte, Sie geben mir Tipps, die mir helfen, die äh … schlimmeren Tiefs auszugleichen.«

»Tipps?«

»Ja, *Tipps.* Sie wissen schon: Selbst bei Wirtschaftsschwankungen gibt es zum Beispiel Subventionen, die diese ausgleichen«, zumindest hatte ich das meinen Vater öfter sagen hören. »Und na ja … sie sind doch der *Experte?!*« Ich schaute ihn empört an. Bekam *er* die Bezahlung fürs Therapieren oder ich?

»Hm«, machte er und betrachtete mich längere Zeit prüfend.

Das wiederum gab meinen Gedanken Raum. Mal abgesehen davon, dass ich mir nicht den ganzen Bockmist anhören wollen würde, den die Leute zweifelsohne bei mir abladen würden, wäre ich Psychiater, könnte ich den Job mit Sicherheit genauso gut ausüben wie Dr. Murray – ganz *ohne* Titel. War ›*Hm*‹ wirklich alles, was er zu sagen hatte? Äußerst geistreich! Lernte man das im Psychologiestudium?

Ich seufzte. »Na, Sie wissen schon«, wiederholte ich bekräftigend. »Iva, stell dich auf einen Fuß, wenn du merkst, dass es dir schlechter geht, weil die Traurigkeit dich einholt, atme tief durch und zähe stumm bis zehn, dann geht es gleich wieder. So was eben«, fügte ich trotzig hinzu.

»Aha. Und hilft das?«, wollte er von mir wissen.

Ich kniff die Augen zusammen. »Ernsthaft?«

»Ernsthaft«, nickte er gänzlich entspannt. »Ich nehme an, du hast es bereits ausprobiert?« Er sah mich fragend an.

»Ja. Und nein, es hilft nicht«, gab ich leicht beschämt zu. »Zufrieden?«

»Ein bisschen.« Er wirkte besänftigt. Ich meinte gar einen Hauch von Amüsement in seinen Augen wahrzunehmen. »Siehst du, jetzt hast du die Problematik erkannt und dir die Antwort selbst gegeben. Ich werde dir keine solchen Tipps angedeihen lassen, weil sie schlicht *nichts* bringen. Du beleidigst dich, mich und im Speziellen deine eigene Intelligenz. Ich traue dir durchaus zu, bereits einen einfachen Weg aus der Situation gesucht zu haben. Aber den gibt es nun mal in den seltensten Fällen und die sitzen eher nicht auf meiner Couch. Schließlich hätten sie dann ja keinen Anlass dazu, oder? Denn das hier ist ein steiniger Weg …«

Jaaa. Das war für mich eine mentale *bis-hierhin-und-nicht-weiter*-Situation. Ich würde gleich geistig kotzen.

»… ein langer, den du Stück für Stück gehen muss. Ich kann dich begleiten, aber an die Hand nehmen kann ich dich nicht. Du musst den Pfad finden und vorausgehen«, endete Dr. Murray, anscheinend völlig unwissend, was ich gerade dachte.

Dieser Weg wird *kein* leichter sein auf fünfzig Arten und Weisen … schon klar. Wo hatte er den Text geklaut? Aus einem der Ratgeber, die im Regal über seinem überdimensionierten dunkelbraunen Schreibtisch an der rechten Wand standen? Aus einem Liedtext, einem Roman? Klauten die sich das alle gegenseitig? Aber das konnten ich und meine Intelligenz dann ja wohl auch selbst lesen. *Merci vielmals.*

»Du musst deinen Platz im Leben finden. Kennst du dein Ziel, wird es einfacher, den Weg zu beschreiten.«

»*Hm*«, machte ich ergeben und fand, dass sich das fast so professionell anhörte wie bei ihm vorher. Er hatte sicherlich mit einigem recht, aber ich sah den Nutzen seines Geschwafels für mich nicht. Es war alles so *unkonkret* … Ab diesem Punkt war es mir ehrlich egal, was er derart fleißig in seine grüne, zu hundert Prozent recycelbare Akte über mich kritzelte. Ich war im Geiste weit, weit weg. Wenn ich eines verstanden hatte, dann dass ich für mich selbst kämpfen musste. Dass *ich* mir die Leiter bauen musste, die mir aus dem schwarzen Loch heraushelfen würde, das mich zu konsumieren drohte oder ebendies irgendwann eintreten würde. Doch war ich mir nicht im Klaren, wie ich das zu bewerkstelligen vermochte. Ob nicht wenigstens eine der von ihm angepriesenen Pillen den Schmerz und die Leere in meinem Inneren abtöten oder füllen konnten? Eine klitzekleine Tablette im Austausch für ein wenig innere Ruhe?

Ich will ehrlich sein, die Verlockung siegte und ich schluckte schlussendlich der Verzweiflung wegen, in der ich mich nach mehr solcher sich mir nicht erschließender Sitzungen befand, *alles,* was er mir verschrieb. Ich war nicht stolz darauf, hoffte aber auf ein stetiges glücklicher sein. Wollte, dass die kleinen Tabletten meinen geistigen Nebel lichteten. Dass sie mir das Gefühl der Hilflosigkeit und des Alleinseins nahmen. Doch der Schmerz wich nicht. Dr. Murrays Gerede lullte mich bestenfalls aus Langeweile ein – in der einen Stunde, in der wir uns wöchentlich sahen.

Ich wusste selbst nicht, warum der Verlust des Unfalls noch so präsent war, warum die Zeit nicht begann, meine Wunden zu heilen. Warum ich eher öfter und mit intensiveren Gefühlen an Iyesu dachte. Aber ich lernte damit umzugehen, mein wahres Ich zu verstecken. Das, das traurig war. *Das, das keiner sehen wollte.* Auf die harte Tour hatte ich in der Schule bemerkt, dass alle nur begrenzt Geduld mit mir hatten. Dass sie nicht mehr trösten wollten, sondern sich die alte, nette, normale Iva zurückwünschten. Und ich konnte es ihnen nicht verdenken.

»Ich mir auch!«, hätte ich ihnen an manchen Tagen gerne entgegengeschrien. »*Ich* mir auch! Mehr, als ihr alle zusammen.«

Doch selbst dafür war ich zu feige, zu lethargisch, bereits schon zu sehr mit mir beschäftigt. Mit dem Teil von mir, dem es nicht gut ging und der eigentlich jedes Mal, wenn die Frage »Wie geht es dir?« kam, nicht wusste, was er antworten sollte. Dem, der zerrüttet war und sich nicht so anfühlte, als würde er je wieder heilen, sollte Iyesu nicht doch irgendwann auftauchen. Obwohl diese Chance realistisch betrachtet äußerst gering war und immer mehr schwand. Was blieb, war ein Tagtraum. Und selbst dieser verblasste.

Manchmal wünschte ich, ich könnte einfach den *Escape*-Button drücken. Ihr wisst schon, den am PC, mit dem man fast alles rückgängig machen kann. Gut, die kleineren Probleme. Die der Elektronik, wohlgemerkt. Nicht die meines Lebens. *Leider.* Trotzdem barg die Vorstellung einen gewissen Charme, dessen ich mich nicht erwehren konnte.

Da war noch so viel Leben vor mir mit so wenig Hoffnung, um es durchzustehen. Ich kämpfte, um mich, gegen mich, mit allem, was ich hatte, und verlor jedes einzelne Mal die Achtung vor mir selbst.

So begann die erste Eiszeit in meinem Herzen Einzug zu halten. Ich verabschiedete mich mental stetig weiter von der Welt.

Meine Eltern schienen es nicht einmal wahrzunehmen. Zu beschäftigt war meine Mutter mit ihrer eigenen Trauer. Zu beschäftigt war mein Vater der Bank vorzustehen, die sich seit Jahrhunderten im Familienbesitz befand. Ich verstand das, wirklich. Aber es machte mich zynisch.

Meine Klassenkameraden hörten irgendwann auf, mich zwanghaft mit einbeziehen zu wollen. Ich war zur Schweigsamen mutiert. Eine Schweigsame mit pinken Sachen und glitzerndem Nagellack. Den einzigen Dingen, die es schafften mir kurz ein Lächeln ins Gesicht zu zaubern. Alltag kehrte ein und tatsächlich gelang es mir irgendwie, unauffällig mit dem Strom zu schwimmen. Nur zu gut wusste ich, was Routine war, aber ich hatte verlernt zu leben. Bis ich irgendwann alles leid war: die Situation, die Tablettenschluckerei, die nur bedingt etwas brachte, das erzwungene Lächeln.

Ich ließ mich fortan treiben. Phasen der absoluten Dunkelheit folgten auf Phasen, in denen ich Knall auf Fall erblühte. In denen plötzlich alles besser war. Ich konnte es mir selbst nicht erklären. Die Farben der Umgebung waren heller, die Freundlichkeit der Menschen um mich richtiggehend spürbar, irgendwie bedeutungsschwanger, nicht mehr aufgesetzt. Ein liebes Wort wurde zum Highlight meines Tages. Genauso konnte mich eine kratzbürstige, vor den Latz geknallte Anschuldigung eines unachtsamen Mitschülers tief verletzen.

Ich pendelte zwischen Himmel und Hölle, Freud und Leid und hatte zunehmend weniger Kontrolle darüber.

Meine Eltern belastete das ab einem gewissen Punkt doch. Ich sah es in ihren resignierten Gesichtern, in den ratlos wirkenden Blicken, die sie sich zuwarfen, in der Rastlosigkeit meiner Mutter. Allerdings konnte ich ihnen nicht helfen. Ich konnte ja nicht einmal mir selbst helfen. Und es waren vielmehr sie, die mir helfen sollten, oder? Aber – Vorsicht Wortspiel – es *half* alles nichts.

An guten Tagen wollte ich die Welt umarmen, ich war voller überschäumender Glücklichkeit, ich schäkerte mit Kuta und Moti, die mich überallhin begleiteten, und kaufte auf dem Rückweg von der Schule exotische Blumen für meine Mutter bei einem der vielen Straßenhändler von New York. Manchmal hatte ich das Gefühl, einen Zentimeter über dem Boden zu schweben, so gut ging es mir – und nein, es war nicht wegen der Tabletten, ich nahm schließlich durchgängig die gleiche Dosis. Es schien aus meinem Innersten zu kommen. Doch immer wenn ich nach unten sah, konnte ich nichts Auffälliges bemerken. *Was erwartete ich auch zu sehen?!* Etwa, dass ich schwebte?

Die Natur schien an diesen Tagen zu mir zu sprechen. Ich meinte gar zu hören, wie sie sang, wie sich Knospen voller Wonne sonnten, wie sie Zufriedenheit ausstrahlten, indes die wärmenden Strahlen sie streiften.

An schlechten Tagen konnte es hingegen passieren, dass ich es nur mit eiserner Überwindung schaffte aufzustehen. Alles, jede Bewegung, jeder Atemzug war für mich wie der Klimmzug an einer unendlich hohen Stange und laugte mich aus. Stand in der Küche der Salz- nicht neben dem Pfefferstreuer, meinte ich wahrzunehmen, dass dieser geräuschlos nach seinem Gegenstück schrie, weil er es bitterlich vermisste. Ich glaubte seine Traurigkeit zu spüren, nahm auf einmal die Sorgen und Ängste der Menschen um mich anders wahr. Tiefgreifender, erdrückender, an der Grenze meiner Belastbarkeit. An solchen Tagen ging ich nicht gerne zur Schule. Alles war zu laut, zu nah, zu intensiv. Die anderen merkten es nicht. Aber ich wusste tief in mir, dass etwas nicht stimmte, nicht stimmen konnte – *mit mir.*

Da war eine Dunkelheit in mir, die in solchen Phasen an mir zerrte, mit der ich einen Kampf um die Vorherrschaft in meinem Inneren führte. Eine Finsternis, die mir Angst einjagte. *Verdammte Angst.*

Ich konnte es zunehmend weniger steuern. War plötzlich ganz und dann wieder … *zerbrochen* – in lauter Einzelteile, deren Bruchstücke und Brösel wie ein Jackson-Pollock in wildem Durcheinander auf dem Boden meiner Seele verstreut lagen. Zu meinem Widerwillen konnte ich mich, egal wie lange ich mich damit beschäftigte, nicht genug konzentrieren, um das Puzzle zu lösen und mich wieder zusammenzusetzen. Es gelang mir einfach nicht, aus all den Splittern ein großes Ganzes zu basteln. Der Glitterkleber war leer, der geistige Discounter hatte durchgängig Ladenschluss zwecks Volkstrauertag.

Es war, als ob mir etwas entging: Der Grund für meine Unfähigkeit. Vielleicht gab es auch einfach keinen. Vielleicht war ich auch schlicht zu schwach und nicht in der Lage, das zu kitten, was langfristig nicht mehr zu kitten war. Und jemand anders tat es leider nicht für mich.

War ich nun dazu verdammt, mein ganzes beschissenes Leben in ständigem Bangen zu verbringen, welches Gefühl mich beim Aufwachen empfing?! *Hoch? Tief?* Ich kämpfte beständig – glaubt mir, ihr wisst nicht, was für mich *kämpfen* hieß. Bis an welche Grenzen ich ging und über welche hinaus. Ich weiß es.

Ich war stolz genug, das Ringen um mein äußeres, stummes Ich jeden Tag zu gewinnen. Dennoch merkte ich, dass es an mir zehrte, dass ich den Kampf nicht mehr allzu lange würde fortführen können. Dass entweder er mich komplett vereinnahmen würde oder ich ihn ein für alle Mal gewinnen musste.

Manchmal stellte ich mir deshalb die Traurigkeit, die sich immer wieder in meine Seele schlich, als greifbaren Feind vor. Wie einen stacheligen Kaktus, den ich zu Fall brachte, indem ich ihn in meinen Gedanken mit einem Lasso aus der Ferne einfing und ihn, auf einem rosa Mofa wegfahrend, fällte. Oder ich goss ihn mit Essig, woraufhin er einging. Oder ich spießte lauter weiße, flauschige Kissen auf all seine Stacheln, sodass er mir nicht mehr gefährlich werden konnte.

Mental war ich richtig kreativ. In der Realität brachte es mir leider nichts. Doch schwor ich mir eines: Nie aufzugeben, solange ich Herrin meiner Sinne war!

Kapitel 7

VOR 129 TAGEN

IVA

Bittere Erkenntnisse

»Wie eine Ertrinkende, die nach Luft schnappt und stattdessen Wasser einatmet, füllte ich meine Adern mit Dunkelheit.«

Irgendwann sah ich ein, dass ich nicht dafür geschaffen war, einsam zu sein. *Seelisch einsam, moralisch einsam.* Wir – die Menschen – brauchen einen Vertrauten. Am Anfang mag es einem nicht so vorkommen, am Ende wird man fast verrückt – nur mit sich und den eigenen Gedanken. Keinem mehr zu vertrauen und ständig alles zu hinterfragen, war äußerst zermürbend. Keine langfristige Lösung.

Meist drehte ich mich gedanklich im Kreis, der zu einem Abgrund wurde, der undurchdringbar, unendlich, unlösbar schien. Der mich zu verschlingen dohte. Verlor mich – *in mir.* Unsere Spezies … *ich* … war aber eigentlich für die Interaktion geschaffen. Ohne Miteinander, Wärme und Kommunikation starben wir den leisen Tod. Büßten das ein, was uns von anderen Lebewesen abhob. Was uns unterschied.

Selbst der verbissenste Einsiedler, der monatelang keine Seele sah, hielt sich meist einen Gefährten, einen Hund oder eine Katze. Das Tier war sein stiller Begleiter, der die Leere füllte, ihm vertraute und ihm seine Zuneigung schenkte. Ich *liiiebte* Hundefilme made in Hollywood. Ich schaute sie nur zu gerne. Wer auch nicht? Aber ein Leinwandhund war kein richtiger Hund. Er war nicht mehr als eine Silhouette aus Tagträumen und kurzfristigem Vergnügen. *Nicht real.* Genauso erschienen mir meine Optionen, der Einsamkeit zu entfliehen.

Aber wir brauchten Nähe. *Ich* brauchte Nähe.

In den dunkelsten Stunden war ich fest davon überzeugt gewesen, für mich sein zu wollen. *Allein* sein zu wollen. Wenn einem die genommen wurden, die einem wichtig gewesen sind und es weiß Gott plötzlich nicht mehr waren; wenn man mit Dingen konfrontiert wurde, die die eigene Vorstellungskraft überstiegen, begann man zu trauern, zu zweifeln, zu hassen und schließlich zu *ver*zweifeln. Wenn einem innerlich alles so wehtat, dass man das Gefühl hatte, die eigene Seele drückte einem die Kehle zu. Wenn alles in einem schrie, aber keiner es hören konnte oder wollte.

Es war zu viel. Das Mysterium des Unfalls. Die Traurigkeit meiner Mutter. Das Schweigen meines Vaters. Die selbst gewählte Entfremdung von Liane. Alles zusammen war zu viel für mich gewesen!

Ich hatte das Ruder verloren, während mein Leben auf eine Klippe zusteuerte, und entkam dem aussichtslos erscheinenden Gefühlskarussell meines Schicksals nicht. Wie eine Ertrinkende, die nach Luft schnappt und stattdessen Wasser einatmet, füllte ich meine Adern mit Dunkelheit. Wurde von meinem eigenen Körper gezwungen zu empfinden – *egal* was. Das brachte mir keine Ruhe, keine Freude, es konnte nicht einmal die klaffende Lücke in mir schließen.

Die unter euch, die bereits einen innig geliebten Menschen gewaltsam verloren haben, können sich vielleicht vorstellen, warum es mir so ging, warum ich mich schlecht fühlte und weshalb ich nicht den Schalter umlegen und ein (echtes!) Lächeln anknipsen konnte. Für die anderen: Wollt ihr wissen, was ich empfand, wenn ich Bilder anschaute? Glückliche Fotografien von uns. Von Iyesu und mir. Oder Mariyam.

Ich sage es euch: Meist fühlte es sich an, als würde mir ein glühender Dolch ins kalte Herz gerammt und langsam umgedreht. Als würde ich gleichzeitig Scherben schlucken, die meine Kehle zerfetzen, und Rauch einatmen, der mich taumeln ließ. Als würde Säure meinen Magen verätzen und mir quälend den Atem nehmen. Es fühlte sich an, als würde ich verbrennen, ohne eine einzige Flamme berührt zu haben; als würde ich schreien, ohne einen Ton von mir zu geben, als würde ich trauern, ohne Tränen zuzulassen, und lieben, ohne je der Liebe in ihrer Blüte begegnet zu sein.

Das waren die Momente, die ich gleichzeitig hasste wie liebte, denn sie zeigten mir trotz allem, dass ich lebendig war, dass *ich* noch in *mir* steckte. *Irgendwo.* Die Momente, die mir Angst einjagten, eine Heidenangst, um genau zu sein, waren die, in denen sich eine kalte Leere meiner bemächtigte. In denen kein einziges Gefühl an die Tür zu meinem Herzen klopfte und ich selbst zur Unbeteiligten in meinem Leben verkam. Zu einer Randgestalt, einer Komparse meines eigenen Films. Es waren die Momente, in denen das Leben in einem bedeutungslosen Strom gleicher Tage eines schier nie enden wollenden Wahnsinns der Stumpfsinnigkeit an mir vorbeizog, ohne dass ich irgendeine Intention, eine Motivation gehabt hätte. Alles war mir egal. *Ich* war mir egal. Obwohl ich mir nicht egal sein wollte. Denn ich war mit Sicherheit nicht perfekt, aber ich war auch keines dieser Mädchen, die sich hatten verbiegen lassen, um anderen zu gefallen. Ich hatte mein Leben bisher gelebt, wie ich es für richtig gehalten hatte. Wie es mir möglich gewesen war. *Ein beschauliches Leben.*

Doch auf was sollte ich mich von nun an verlassen? Wahrscheinlich gab es, wie bei vielen Dingen, kein Patentrezept. Grob umrissen war ich momentan um die Perspektive eines Zieles, vor allem aber eines *Weges* beraubt. Und die Unsicherheit, wie ich diesen Pfad zwischen all den widersprüchlichen, extremen Gefühlen in mir wiederfinden sollte, ließ mich gar nicht erst mit der Suche beginnen. Meine Eltern würden mir bei fast allem, für das ich mich im Leben entschied, zur Seite stehen, da war ich mir sicher. Die emotionale Leere in mir war damit aber nicht gefüllt. Zum Teil lag das sicher an mir selbst.

So schlug ich mich mehr schlecht als recht durch Tage und Wochen der Eintönigkeit, ohne dass jemand an meinem Vegetieren Anstoß nahm. Doch wusste ich, dass ich dringend an mir arbeiten sollte. Dass es an mir war, etwas zu ändern.

Endlich wieder zu *leben.* Nicht nur zu überleben.

Eines Abends sah ich dann in einem Film, wie sich die Hauptdarstellerin mit einer Flasche Schnaps zu ihrem imaginären verstorbenen Verlobten an den Tisch setzte, um sich von ihm zu verabschieden. Nicht für immer, eben für *dieses Leben.* Eine Art letzte Ehre. Und was soll ich sagen, die Idee erschien mir so bekloppt, dass ich sie fast schon wieder logisch fand. Außerdem war ich verzweifelt.

Verzweifelte taten bekanntlich die seltsamsten Dinge. Dementsprechend dachte ich mir, dass ein Versuch ja nicht schaden konnte. Entweder es half oder der Alkohol würde wenigstens meine Gefühle betäuben – zumindest für den Moment. *So viel zur Theorie.*

In der Praxis schlich ich mich Stunden später mit grauem Hoodie und tief ins Gesicht gezogener Kapuze ins dunkle Wohnzimmer. Dabei kam ich mir wie bei einem dieser *extra*geheimen Geheimaufträge vor. Als würde ich gleich einen Glasschneider ansetzen und funkelnde Juwelen in schwarze Sporttaschen stopfen.

Selbstredend hatte ich weder Geräte noch Taschen vorzuweisen, abgesehen von der Bauchtasche meines Hoodies. Stattdessen zuckte mein Blick unstet durch den Raum, meine Hände schwitzten und indes ich meine Beute – eine Wodkaflasche – endlich aus Dads wohlsortierter Bar genommen hatte, hätte ich sie fast fallen lassen. *Oooppsii!*

Nach schnellem Rückzug in mein Zimmer, bei dem ich zu meinem Glück nicht entdeckt wurde, konnte ich endlich mit dem eigentlichen Vorhaben beginnen. Erfolg krönte dieses allerdings auch nicht wirklich. Bereits nach einem Viertel der Wodkaflasche, die ich entwendet hatte, war ich stockbesoffen. Ja, wirklich. Die Wände kamen irgendwie näher, ich hatte plötzlich drei Schreibtischstühle (?!) und irgendwie war alles so … *verschwommen.*

Das Etikett der Flasche hatte ziemlich teuer ausgesehen. Vielleicht hätte ich auch deshalb nicht ganz so viel von der durchsichtigen Flüssigkeit trinken sollen. Aber man lebte ja nur einmal.

Ein unkontrolliertes Kichern entwich meinen feuchten Lippen. Im Moment konnte ich nichts ernst nehmen. *Tanzten da rote Punkte durch den Raum?* Staunend verfolgte ich diese mit den Augen. Der pure Alkohol sprach aus mir. *Bewegten die sich immer schneller?*

Auf einen Schlag wurde mir furchtbar übel und die Welt drehte sich, ohne dass es mir gelang, sie anzuhalten, immer weiter und weiter und weiter. Dabei hatte es mir nicht einmal geschmeckt! Anscheinend hatte selbst der Preis nichts zur Qualität des Gesöffs beigetragen. Zumindest nach meinem Erachten. *Was für ein Mist!* Warum tranken die Menschen freiwillig etwas, das sich anfühlte, als würde man industrielles

Feinwaschmittel oder Spiritus zu sich nehmen – zumindest stellte ich mir das so vor – und auch nicht viel besser roch?! Mann, brannte das in meinem Rachen. *Widerwärtig!*

Dazu kam, dass der emotionale Schmerz in meinem Inneren mich inzwischen fast erdrückte. Er nahm mir die Luft zum Atmen, stand mit schweren Füßen auf meinen unendlich wackeligen Knien und zog mich in ungeahnte Tiefen. Er war schlimmer als je zuvor.

Es hatte keinen Abschied gegeben, nur die unzähligen Erinnerungen, die unablässig auf mich einzuprasseln begannen. Und das Ende vom Lied, der mit Sicherheit schrecklichsten Nacht meines Lebens, bestand im stummen Vorwurf in den weit aufgerissenen Augen meiner Mutter, die mich am nächsten Morgen unter genuscheltem Protest aus dem Bett zerren musste.

Schule. *Richtig, da war was.* Das war das wunderhübsche Gebäude, in das ich mich jeden Tag gezwungenermaßen schleppte. Mein Kopf stand kurz vor dem Explodieren. Hätte ich die Trinkerei nur gelassen.

Mom und Dad davon zu überzeugen, dass ich nicht dabei war, mir ein Alkoholproblem anzulachen, war bei der Restalkoholfahne keine Kleinigkeit und, da war ich mir sicher, deutet bereits auf eine glorreiche Karriere hin. Internationale Verhandlungsführerin bei der UNO oder der UN oder so … man wird ja träumen dürfen. Auf jeden Fall einer Karriere weit weg von allem, was mir Iyesu in Erinnerung rufen konnte und mich zum Alkohol greifen ließ – sollte ich meinen Lebensweg mitbestimmen.

Am Morgen meines sechzehnten Geburtstages hatte ich auf einmal ein Hoch wie lange nicht mehr. Es war herrlich, es war himmlisch, es war fast, als wäre *ich* wieder Ich. *Was für ein Gefühl!*

Eigentlich war das alles, was ich mir für meinen Ehrentag hätte wünschen können. Hätte ich dafür jedes der Geschenke, die ich in meinem ganzen Leben bekommen hatte, eintauschen müssen, ich hätte es sofort und ohne mit der Wimper zu zucken getan. Gut, abgesehen vielleicht von dem einen rosa Glitzernagellack, der so schön funkelte. *Das war ein Witz!*

Wahrscheinlich hätte ich sogar meinen kleinen Finger dafür gegeben, wieder *Ich* zu sein. Und das meine ich nicht auf die *Ich-habe-zu-viele-Mafia-Filme-gesehen*-Art, das meine ich bitterernst. Na gut, mit einem Zwinkern. Aber so gut kennen wir uns inzwischen, nicht wahr?

Trotzdem traute ich dem Hoch nicht über den Weg. Aus Erfahrung wusste ich, dass diese Phasen verdammt launisch sein konnten. Sie waren manchmal zickig, als hätten sie nicht genug Schlaf abbekommen, konnten sich ohne Vorwarnung für eine Stunde legen, bevor sie sich verstärkten oder sich ins Gegenteil verkehrten – vielleicht schliefen sie dann? Und sie konnten sich ebenso abschwächen – möglicherweise war dies das *Mit-offenen-Augen-schlafen*-Stadium? In jedem Fall wollte ich das heutige Hoch vollkommen auskosten, denn wer wusste, ob es vielleicht das letzte sein würde?!

Deshalb überspannte ich für meine Verhältnisse ein wenig den Bogen, nachdem ich meinen Toast mit Erdbeermarmelade genussvoll verschlungen hatte. Ich war nicht plötzlich verrückt, nein. Ich wollte *nur* eine Party. Eine große. Mit allem Drum und Dran, wie sich das gehörte für *Sweet Sixteen!*

Meine Eltern fielen trotzdem fast von unseren eleganten hellen Holzstühlen am großzügig gedeckten Frühstückstisch, nachdem ich ihnen meine kurzfristige Entscheidung, ihr *Pent*house in wenigen Stunden zu einem *Toll*haus für Minderjährige umzufunktionieren, entschlossen mitgeteilt hatte. Ich rechnete damit, dass auf die beklommene Stille, in der mein Vater sein Ei etwas zu ausführlich salzte, lautstarker Protest folgen würde – der allerdings ausblieb. Stattdessen rang mein Vater nach Silben wie Luft und meine Mutter schmiss sich mir (sie sich mir (!) wohlgemerkt) überbordend freudig an den Hals.

Mentale Notiz an mich selbst: Sollte ich je wieder ein normales Leben führen und etwas wollen, das mir sonst vermutlich nicht erlaubt worden wäre, sollte ich mich längere Zeit davor krankstellen. *Funktionierte 1a.*

Grundsätzlich war das sicher kein schlechter Plan, abgesehen von der unbedeutenden Tatsache, dass ich in Zukunft gar keine Anstrengungen für das Kranksein unternehmen müsste und in meinem Tief gefangen nichts wollen würde – außer meiner gesegneten Ruhe. Aber das nur am Rande.

Nachdem ich Triaden von Fragen beantwortet und all das Geherze großzügig über mich hatte ergehen lassen, kam meine Mutter zu den konkreten Wünschen bezüglich der Party. Wobei es mir eigentlich ziemlich gut gefallen hatte, umarmt zu werden. Es war ungewohnt gewesen und intensiv, aber irgendwie schön. Ich hatte fast wieder das Gefühl gehabt, mit den Fersen über dem Boden zu schweben, während meine Zehen noch selbigen berührt hatten. *Crazy*, oder?

Irgendwann räusperte sich Moti.

Er und Kuta kamen wie auch Fegegita immer schon frühmorgens und nahmen die erste Mahlzeit des Tages mit meiner Familie ein. Da die beiden so still gewesen waren und wie üblich am anderen Tischende völlig fixiert auf die Unmengen auf ihren Tellern gestarrt und diese in Rekordgeschwindigkeit ihren Weg zu den jeweiligen Mündern gefunden hatten, hatte ich sie fast vergessen. Moti wirkte verlegen, während er nun sein Besteck säuberlich auf seinem leeren Teller zurechtrückte und sich erneut räusperte. Ich nahm an, die Unterbrechung all des ungewohten Trubels durch ihn war ihm unangenehm. »Iva, wenn du nicht zu spät zur Schule kommen willst, sollten wir jetzt gehen.«

Einen Tick zu bemüht nickte meine Mutter, wie auf ein geheimes Zeichen hin. Sie hatte dabei frappierende Ähnlichkeit mit einem dieser Wackel-Dackel, die alte Leute auf der Hutablage ihres Autos spazieren fuhren. Nun, ein außerordentlich gut aussehender orientalischer *Wackel-Dackel.*

Da war wohl jemand geradezu übereifrig und wollte mit der Organisation der Party beginnen. Ich seufzte still. Wenn das kein Beweis für meinen Zustand war, wusste ich auch nicht, denn meine Eltern schätzten ihre Privatsphäre sehr. Das umschloss insbesondere die Wohnung und jegliche Besucher. Am letzten Geburtstag, den ich hatte feiern wollen, hatte ich meine Mutter über eine Woche beknien müssen, meine Party bei uns ausrichten zu dürfen – und das war ein Kindergeburtstag gewesen.

Irgendwie stimmte mich diese Erkenntnis ein bisschen traurig. *Doch nichts da!* Ich räusperte mich nachdrücklich. Die Traurigkeit würde früh genug wieder mein ungebetener Gast sein. Heute würde gefeiert werden. *Zelebriert!!* Über die Stränge geschlagen – bis zum Umfallen … äh, ins Bett fallen.

»Aber natürlich. Geh nur, Schätzchen«, flötete meine Mutter just. Ich schmunzelte unwillkürlich. *Schätzchen?!*

»Ich kümmere mich mit Saki und Fegegita um alles. Lade du deine Freunde ein! Das wird eine großartige Feier. Wirklich toll, Iva, dass du diese Idee hattest – nicht wahr, Liebling?«, wandte sie sich an meinen Vater.

Stirnrunzelnd starrte er sie offensichtlich überfordert mit geöffnetem Mund an, den er eine Sekunde später schloss, bevor er vehement nickte. »Aber natürlich!«

Ich konnte mir ein Grinsen nicht verkneifen. Er klang nicht besonders überzeugt, eher von der rasanten Wendung geistig überfahren. Eigentlich sollte er sich inzwischen an Spontaneinfälle und deren sprunghafte Umsetzung gewöhnt haben, denn meine Mutter schoss durchaus öfter in ihrer Euphorie über das eigentliche Ziel hinaus. Zumindest war das früher häufiger der Fall gewesen. Aber ich zählte auf Fegegita. Unser Hausmädchen kannte mich gut genug, um die anderen beiden ein bisschen einzubremsen. Und wenn nicht – na ja, ich wollte doch *klotzen* statt *kleckern,* nicht wahr? Dieser Tag gehörte mir, *nur mir!* Und ich würde ihn bis zur letzten Minute auskosten, *jawohl!*

»Aber Mom«, sagte ich, bevor ich vom Tisch aufstand. »Erinnere dich, ich werde sechzehn, nicht *sechs*. Ja?«

»Aber natürlich, Schätzchen!«, bestätigte sie eilig mit aufleuchtenden Augen.

Natüüüüürlich! Oh Mann, ich war soooo gut drauf! Keine Ahnung, was da mit mir passierte und wo das auf einmal herkam. Ehrlich gesagt war es mir auch richtiggehend egal, wohin das Tief plötzlich verschwunden war. Hoffentlich dahin, wo der Pfeffer wuchs. Dort konnte es dann getrost bleiben – und wenn es nach mir ging, nie wieder den Rückweg antreten.

Hach ja! Ich grinste, während mein Vater leise schnaubte. Das würde ein spannender Geburtstag werden.

Kapitel 8

VOR 63 TAGEN

IVA

Mein 16. Geburtstag

»ALICE'S HUTMACHER KONNTE ICH MIR WOHL KAUM AUSBORGEN.«

Manchmal ist das Leben scheiße!

Für die Ausdruckspolizisten unter euch: Lest einfach darüber hinweg und verfolgt ein paar richtige Gangster, denn ich sage nur die Wahrheit. SCHEIßE – groß gedruckt. Jawohl, so ist das. Und wenn ich es mir recht überlege, könnt ihr das *manchmal* streichen und durch *oft* ersetzen. *Willkommen in meiner Realität!*

Wenden wir uns dem Grund meines unflätigen Ausfalls zu, nämlich der einen Sache, die es, abgesehen vom Willen und der Vorbereitung zu einer Party, bedarf: richtig, deren, die mit einem feierten.

Es war etwas Besonderes für mich, die Welt in hellem Glanz wahrzunehmen. Deshalb wollte ich unbedingt an diesem Tag, der zufällig mein Geburtstag war, eine Feier veranstalten. Deshalb wollte ich Gäste. *Viele Gäste! Tja …* und da lag der Hase im Pfeffer. *Sozialleben*, was ist das? Steht das im Wörterbuch?! Kann man das bei iTunes downloaden oder beim nächsten Takeaway mitnehmen?

Lasst es mich so ausdrücken: Solltet ihr euch je gefragt haben, ob man alle Folgen einer Staffel meiner Lieblingsserie (welche das ist, verrate ich nicht – vielleicht erratet ihr es ja im Laufe dieser Geschichte) an einem Tag anschauen kann. Kann man. Das war Programm bei mir – Samstagsprogramm und Sonntagsprogramm. *Das* war mein Wochenende. *Ein ziemlich cooles Wochenende* – seit dem Unfall. Klingt armselig? *Vielleicht.* Aber ich hatte auf diese Weise unzählige exotische Länder bereist, Schlachten geschlagen, für die ich im richtigen Leben nie mutig genug gewesen wäre, und die verrücktesten Abenteuer erlebt. Alles in allem: Ich hatte mich erfolgreich abgelenkt und trotzdem bequem im Bett liegen bleiben können. *Win – win!* Mein eigentlich völlig unbedarfter Zeitvertreib hatte auch bis jetzt niemanden gestört – am wenigsten mich. Was wollte ich mehr? Ach ja, richtig … Partygäste. Na ja und *Iyesu.*

Allerdings wusste ich nicht genau, aus welchem Hut ich Gäste hervorzaubern sollte. Alice's Hutmacher konnte ich mir wohl kaum ausborgen, um mir kurz eine magische Kopfbedeckung anzufertigen. Und mein Sozialleben hatte nicht nur durch meine *Win-Win*-Wochenendsituation gelitten. Ich hatte Liane von mir gestoßen, sie ausgeschlossen, bis sie sich schließlich abgewandt hatte. Es war nicht so, dass sie böse auf mich gewesen wäre. Vielmehr hatte ich das Gefühl, dass sie schließlich überfordert und resigniert das Handtuch geworfen hatte. Ich konnte es ihr nicht verübeln.

Doch vielleicht war noch nicht alles verloren. Ich wollte diese Party so sehr. Wenn das kein Zeichen war, wusste ich auch nicht. Es hieß also, die viel umrankte Frauenpower auszupacken und sich nicht ganz so dröge zu zeigen, wie ich es sonst tat. Mutig zu sein! Aus mir herauszugehen. *Wie früher.*

Erstaunlicherweise war es gar nicht schlimm, in der Schule während der ersten Pause nach einem obligatorisch nervösen Klogang auf Liane zuzugehen. Sie war noch immer meine Nebensitzerin und so konnte ich mit verhaltenem Tonfall zu ihr sagen: »Miss Matlock, ich habe eine Botschaft für Sie!« Ich wollte witzig sein. Hoffte sehr, dass ich den richtigen Nerv getroffen hatte. *Davon hing alles ab.*

Liane drehte sich derart schnell um, dass sie fast von ihrem wackeligen weißen Pult gefallen wäre, hätte Julia McAllen sie nicht geistesgegenwärtig an der Hüfte festgehalten. *Jaaa, Julia. Die* Julia. Ihre neue beste Freundin, die vor Lianes baumelnden Füßen auf deren unbequemem Stuhl saß. Überraschung zeichnete sich auf dem hübschen Gesicht meiner ehemals besten Freundin ab, zusammen mit leichtem Unglauben und freudiger Erwartung.

Es war lange her, dass ich das Wort an sie gerichtet hatte. *Zu lange.*

»Miss Scott, dann lassen Sie mal hören!« Ihre Stimme klang ein kleines bisschen atemlos. Als freute sie sich, dass ich … sie angesprochen hatte? Immerhin spielte sie mit.

»Bei mir steigt heute eine Fete. Ich lade dich ganz herzlich ein.« Ich ließ meinen Blick ein wenig länger auf Julia verweilen, obwohl ich die schwarzhaarige kleine Hexe nicht besonders mochte. Ich konnte nachvollziehen, warum die anderen manchmal *Schneewittchen* zu ihr sagten. Mit ihrem blassen Teint und dem meist roten Lippenstift war sie prädestiniert dafür. Fragte man mich, entsprach ihre Persönlichkeit eher jener der *Dreizehnten Fee.* Nun denn, Gelegenheit machte Freunde … oder – in meinem Fall – eher Partygäste, nicht wahr?

»Bring gerne *Freunde* mit«, presste ich also zwischen den Lippen hervor. Je mehr kamen, desto lustiger, oder? Und vielleicht steigerte das bisschen heruntergeschluckter Stolz die Chance, dass meine ehemals beste Freundin mich wieder … mochte? Wahrnahm? Ernst nahm? Irgendwie war mir das wichtig. Sogar *sehr* wichtig, um genau zu sein.

»Oh!«, war alles, was Liane herausbrachte. Sie fuhr sich mit pink lackierten Krallen, passend zum Lipgloss und ihrem eng anliegenden Oberteil, durch die blonden Strähnchen.

Wir hatten bereits früher die gleichen Sachen gemocht, inklusive der Lieblingsfarbe. Auch ich trug heute ein pinkes Shirt mit V-Ausschnitt und rosa Sneaker zu hellen Jeans, allerdings zeigte ich weniger Haut.

Lianes Stirn hatte sich indes leicht gerunzelt. Sie dachte nach. »Du hast heute Geburtstag, nicht wahr?«, fragte sie schließlich mit schräg gelegtem Kopf. Ihre Stimme hatte einen sanften Klang angenommen.

Ich hörte Julia wenig begeistert seufzen, bevor sie sich scheinbar gelangweilt ihr blaues Federmäppchen von ihrem Pult rechts von Liane angelte. Sie komplettierte als Nummer vier unsere Sitzreihe. Und sagte ich bereits, dass sie ebenfalls nicht unbedingt mein größter Fan war? *Nein?!* Abneigung beruhte wohl meist auf Gegenseitigkeit. Mit Chris hatte es damals begonnen – nun war wohl Lianes Freundschaft Thema.

»Jap«, antwortete ich deshalb, wieder auf die Unterhaltung fokussiert. Dass sie sich erinnerte, war toll … gänzlich unerwartet und damit der helle Wahnsinn!

Liane nickte. Ihre Augen glänzten plötzlich. »Schön, wann soll's losgehen? Ich sag es den anderen, wenn du möchtest. Und …«, sie stockte einen Moment. »Ich komm gerne früher und helf dir – du weißt schon – beim Vorbereiten und … anderem?« Ihr Tonfall war immer leiser geworden, sodass ich mich unwillkürlich über meinen Stuhl seitlich vorgebeugt hatte, um das Satzende verstehen zu können.

Wow! War das ihre Art, mich wissen zu lassen, dass sie mich nicht ganz abgeschrieben hatte? Machte mich eine Party wieder *sociable?* Anscheinend. Mir sollte es recht sein. Und vielleicht tat ich wirklich einen großen Schritt aus meinem Schneckenhaus heraus. Vielleicht konnte ich tatsächlich irgendwann wieder normal sein.

Rüde riss mich Julias spitze Zunge aus meinen Tagträumereien. »Kommen die auch?«, fragte sie mich und zeigte mit einem perfekt french-manikürten Nagel auf Moti und Kuta, die ich nun wirklich ganz vergessen hatte. Sie waren wie eine Kette, die man ständig trug: Irgendwann gehörte sie zu einem. War ein Teil von einem. Und wenn man sie verlor, war das Gefühl des Verlustes präsenter, als es das Gefühl der Anwesenheit je gewesen war.

»Warum? Findest du die heiß?«, mischte sich, bevor ich dazukam, ihr eine saftige Ansage zu machen, Jason Fishburn, mein linker Nebensitzer, in unser Gespräch. »Also ehrlich, die sind ein bisschen alt. Selbst für dich, oder?«

Julia quietschte beleidigt und versuchte ihn daraufhin zu boxen, scheiterte jedoch an der Länge ihres Arms. Ich saß schließlich auf dem Stuhl zwischen den beiden.

Jason seinerseits machte nur amüsiert ein anzügliches Geräusch samt dazu passender Geste. Mein Blick blieb an ihm hängen. Seine kurzen, hellen Haare standen heute verdammt attraktiv verstrubbelt von seinem Kopf ab. *Der Styler!*

Erzürnt sprang Julia auf, hechtete hinter mir unkoordiniert vor, stürzte sich auf ihn und gemeinsam kippten die beiden zur Seite. Es entstand ein Gerangel im engen Gang zwischen den Stühlen auf dem Boden, das Liane plötzlich mit »Julia, Julia!«-Rufen anfeuerte. Da keiner für Jason Partei ergriff und der Feind meiner Feinde doch irgendwie mein Freund war, *oder so ähnlich,* begann ich, »Jason! Jason!« zu rufen.

Das beendete schlagartig die Bewegung in dem Haufen von Gliedern. *Gut gemacht, Iva,* dachte ich mir. Normales Verhalten war – mit dem Stempel ›*Freak*‹ auf der Stirn – wohl nicht gerne gesehen. Mein Gesicht glühte verräterisch. Möglicherweise hätte ich direkt eine Flüstertüte zur Hand nehmen können. *Großartig.* Denn die komplette Klasse war nun des Spektakels gewahr geworden. Wenn die anderen mich nur nicht anschauen würden, als hätte ich grüne Haut, Facettenaugen und wäre ein *Alien*. Allerdings hätte ich, wäre ich tatsächlich E.T., wahrscheinlich bereits eine Vielzahl von Objektiven samt unvermeidbarem Blitzlichtgewitter vor meinem Gesicht und darauf konnte ich nun wirklich verzichten!

»Ähäm!«, räusperte ich mich hörbar verschämt, obwohl mir ohnehin alle Aufmerksamkeit gebührte. *Tja*, dann galt es, diese jetzt auszunutzen, oder? Das Beste aus jeder Situation zu machen. »Ich veranstalte heute Abend eine Party. Um sieben gibt's etwas zu essen, ab neun ist die Tanzfläche eröffnet. Und für die unter euch …«, ich ließ meinen Blick erneut zu Julia schweifen, die sich sortierte und prompt ebenfalls rot wurde, »… die sich fragen, ob Moti und Kuta auch da sein werden. Jap. Genau wie unser Hausmädchen und meine Mutter. Schließlich muss sich jemand dem voraussichtlichen Tohuwabohu, das wir veranstalten werden, annehmen und obwohl ich euch bitte, Freunde mitzubringen, sind Türsteher nie verkehrt.«

Still applaudierte ich mir selbst für meine ohne Oktavenverschiebungen vorgebrachte kleine Ansprache, während die Klasse sich von meiner unerwarteten Gesprächigkeit erholte.

»Cool!«, sagte Jason hörbar vom Boden, auf dem er sitzen geblieben war, in die Stille. Seine roten teuren Sneaker zogen meine Augen wie Alarmleuchten an. Die blaue Hose sah ein bisschen staubig aus.

»Gibt's einen Anlass – mal abgesehen von deiner Auferstehung von den Unbeteiligten?«, wollte er frech wissen und verzog seine markanten Gesichtszüge zu einem charmanten Lächeln.

»Iva hat Geburtstag«, ließ ihn meine ehemals beste Freundin vorlaut wissen, dass *sie* etwas wusste, das *er* anscheinend *nicht* wusste. In ihrer Stimme schwang dabei die kaum zu überhörende Genugtuung darüber mit.

»Cool!«, gab Jason ein weiteres Mal von sich, während er sich elegant erhob und sein weißes T-Shirt notdürftig glattstrich.

Na, dann war ja jetzt alles cool, dachte ich ironisch. Das allgemeine Gespräch setzte wieder ein und ich hörte, dass bereits über heute Abend gesprochen wurde. *Richtig cool!* Einige würden wirklich kommen. Ich hatte Gäste! Das würde was geben. Immerhin war ich nun am Ziel meiner heutigen Wünsche.

Ich grinste. Verstohlen linste ich zu Moti und Kuta, die wie üblich hinten saßen und auf ihren identischen kleinen Laptops herumtippten. Ob sie Arbeitsprotokolle schrieben? Für meinen Vater? Irgendwie eine seltsame Vorstellung – schließlich wäre ich dann Gegenstand dieser Zeilen.

Sie erweckten den Anschein, als hätten sie den kleinen Aufruhr gar nicht bemerkt, ich wusste es aber besser. Begegnete man den wachen Augen von einem der beiden Johnson-Brüder, war klar, dass ihnen nichts entging. Gar nichts. Sie waren nur gut darin, mit ihrer Umwelt zu verschmelzen. Zweifelsohne eine vorteilhafte Fähigkeit, wenn man den Beruf des Leibwächters ausübte.

Aufseufzend stellte ich Sekunden später fest, dass die kleine Pause auch schon um war. Wir setzten uns wieder geordnet auf unsere Plätze. Der Unterricht begann für eine weitere Schulstunde. Es war wie üblich. Doch ich konnte den Abend kaum erwarten.

»Ich glaube, ich hab zugenommen. Guck mal, das spannt, oder?« Mit zweifelnder Miene begutachtete Liane sich in dem großen Spiegel, der an der linken Wand meines Zimmers hing.

Ich konnte das Grinsen nicht verbergen. Es war eine normale Aussage. Eine, die keiner brauchte – *außer ich.* Denn das bisschen Normalität, das Liane seit zwanzig Minuten verbreitete, nämlich seitdem sie ohne Vorwarnung zur Haustür hereingeschneit war, Fegegita herzlich begrüßt und mit dem ganzen Teeniewahnsinn inklusive Selbstzweifeln angefangen hatte, fühlte sich für mich so *richtig* an. Es weckte mich auf und erinnerte mich daran, wie es vor dem Unfall gewesen war, zu einem Zeitpunkt, zu dem wir noch *bff* gewesen waren, wie Liane es oft bezeichnet hatte.

Best friends forever. Ich hatte schon damals an dem Konzept gezweifelt. Insbesondere an dem *forever.* Mal ehrlich, was hält schon für immer? Nichts *im* Kühlschrank und auch nichts *außerhalb*, nicht mal im Kryoschlaf. Abgesehen von Vampiren, die waren für die Ewigkeit geschaffen. Aber da es die nicht gab, machte es das keinesfalls glaubwürdiger. Selbst das Leben endete irgendwann, das meine ich rein pragmatisch.

In diesem Sinne traute ich unserer neuen Zweisamkeit nicht ganz über den Weg. Auf meine Frage nach Julias Verbleib zuckte Liane nur mit den Schultern und antwortete: »Kommt später nach.«

Aha! Dafür, dass die beiden in der Schule häufig so dicke wirkten, war Liane auf einmal ziemlich gleichgültig. Sollte mir recht sein. Ein kleines Teufelchen in mir fand das sogar *gut*. Zu gut vielleicht. Aber hey, ich hatte ältere Anrechte auf Liane. Ich hatte sie als Erste *angeleckt*. Ja, ich wusste trotz meinem *Einzelkind*-Dasein genau, wie das mit dem Essen und Sonstigem *vor* den Geschwistern (und damit auch allen anderen!) beanspruchen ging!

Ich war mir bewusst, dass ich mich, wenn Julia mitmischte, wie eine Wilde ohne Manieren und Kinderstube aufführte. Zumindest innerlich. Das war kindisch und ich tat ihr das ein oder andere Mal sicher unrecht. Aber irgendwas in mir sah, wenn ich ihr gegenüberstand oder lediglich an sie dachte, rot. Möglicherweise weil ich nicht schnell verzieh. Nicht, wenn es um die wenigen Menschen in meinem Leben ging, die mir wichtig waren oder es zumindest einmal gewesen sind.

Mit Julia verband ich, dass sie mir zuerst Chris und nun Liane weggenommen hatte. Das machte es mir schwer, ihr eine ehrliche Chance zu geben. Sie kennenzulernen. Obwohl ich mir immer wieder sagte, dass auch ich die Schuld an den beiden Ereignissen trug. Hatte ich doch Liane ab einem gewissen Punkt nicht mehr an mich herangelassen. Jetzt, da ich sie möglicherweiße wiederhatte – *daran arbeitete* –, wollte ich sie nicht mehr gehen lassen. Ich verspürte seit heute Morgen eine zunehmende Rivalität zu Julia, die aus meiner eigenen Unsicherheit erwuchs. Und Julia selbst trug nicht dazu bei, es mir einfacher zu machen, ihr die mentale Friedenspfeife zu reichen.

»Ehrlich mal, hab ich ein Bäuchlein bekommen?«, holte mich Lianes abstruse Frage ins Hier und Jetzt. *Abstrus* deshalb, weil sie *mega*schlank war. Das Bäuchlein existierte höchstens in ihrer Fantasie!

«Hm, da hilft wohl nur Shapewear«, grinste ich ziemlich provokant meine *vielleicht-wieder-beste-*Freundin an. *Heyho, Sarkasmus.*

Sie verdrehte, wie erwartet, sogleich spielerisch die Augen. »Über Männer, die enge Sackquetscherbadehosen oder Unterhosen tragen, wird getratscht … aber als Frau zwängt man sich freiwillig in eine Gummipelle, um schlanker zu wirken.«

Ich lachte. *Ja,* das traf den Nagel auf den Kopf. Auch wenn ich beides nicht besonders erstrebenswert fand: Bauch- oder Sackquetschen. Klang regelrecht nach *Folter*, wenn man mich fragte. Und die konnte getrost im Mittelalter bleiben, wo sie meiner Meinung nach nicht einmal angebracht gewesen war.

«Nee, ehrlich. Man kann doch nicht erwarten, dass der Mann einen aus einem absolut unsexy Gummischlauch pellt und sich freut, wenn er plötzlich doppelt so viel vor sich hat«, redete Liane sich weiter das Unverständnis von der Seele, während sie ihr Oberteil wechselte. Ich hatte bereits den Überblick verloren. War sie bei Nummer fünf oder sechs?

Ich hatte mich bei der riesigen Reisetasche, die sie hinter sich hergeschleppt hatte, direkt verwundert gefragt, ob sie vorübergehend bei mir einziehen wollte. Nun war ich schlauer: Liane hatte ihre halbe Garderobe und ihre komplette Sammlung an Schönheitsutensilien dabei. Das brauchte man anscheinend, um sich ordentlich auf eine Party vorzubereiten. Auf eine mit *Jungs*, versteht sich.

Ich war ja so was von Von-hinter'm-Mond. *Wie hatte ich bisher nur überlebt?* Ohne die Hälfte von all den Sachen und Substanzen zu besitzen, von denen ich sowieso keine Ahnung hatte, wozu sie eigentlich gut sein sollten. *Nun ja* … da hatten wir es, ich hatte wohl nicht *richtig* gelebt. War mehr tot denn lebendig gewesen. Um als Mädchen zum sozialen Leben zu gehören, musste man heute, so schien es, mindestens Schminkkram für zwei Zentimeter Make-up auf dem jungfräulichen Gesicht besitzen. *Jungfräulich*. Haha. Wie treffend.

Nie wieder wollte ich in mein ›Schneckenhaus‹ zurück, schwor ich mir in der Sekunde. Auch wenn Shapewear nicht unbedingt den ultimativen Anreiz darstellte und ich mich einem Brimborium, wie Liane es vollführte, nicht gewachsen fühlte.

«Obwohl es Körperteile gibt, bei denen ein Mann sicher nicht *Nein* sagen würde, wenn sie plötzlich größer wären«, gab ich von neuem Mut beseelt zu bedenken. *Tschaka!* Ein bisschen was wusste ich schließlich.

Ich erntete damit einen amüsierten Blick von Liane. »Na ja, deine Brüste wirst du wohl nicht einquetschen«, meinte sie.

»Wenn ich mir das bei manchen angucke, würde ich eher sagen, *hochquetschen* ist das richtige Wort.« Selbstverständlich dachte ich an Julia, die da Talent zeigte, soweit ich das beurteilen konnte, sagte es jedoch nicht laut.

Liane hielt inne und legte in gespieltem Ernst ihre Stirn in Falten. »Also, *Herr Polinski* würde jetzt sagen: Die beiden Ausprägungen verhalten sich in diesem Fall umgekehrt proportional.«

Sergeij Polinski war unser überkorrekter, extrem stylischer Mathelehrer, den die meisten weiblichen Wesen an unserer Schule anhimmelten – abgesehen von mir. Mir war er zu glatt, zu *schleimig* nett, zu bemüht. Irgendwas stimmte mit dem nicht. Oder er war echt einer dieser Gutmenschen. Aber das musste er dann erst beweisen. Seit er vor einem Jahr neu zum Kollegium gestoßen war, hatte er bestimmt mülleimerweise kleine Zettelbotschaften seiner Schülerinnen wegschmeißen müssen. Ob ihn das nicht nervte?

Ich kicherte. »Du meinst, weil ohne Push-up der Busen halb so groß, wohingegen ohne Shapewear der Bauch doppelt so groß ist?«

Jetzt kicherte Liane lauthals.

Von ihr angestachelt, nickte ich übertrieben weise. »Aber du besitzt selbstredend natürliche Schönheit, sodass du das alles nicht brauchst?«, foppte ich sie, weil sie erneut begann, an ihrem Oberteil zu zupfen.

»Na ja, ich halte nur nichts von Mogelpackungen. So nötig habe ich es nicht, einen zu finden. Außerdem ist das alles …«

»Aha!«, fuhr ich dazwischen.

»Was?«, fragte sie irritiert.

Ich hatte einen Flashback. Es war fast wie früher. »Genau das, was du gerade gesagt hast, ist der Punkt. Du hast es nicht nötig und du bist nicht dick, meine Güte!«

»Hm«, machte Liane zweifelnd, musterte sich ein letztes Mal und schien sich endlich zu gefallen. *Gott sei Dank!* Ich seufzte still. Viel mehr Shirts hätte sie wohl nicht auspacken können, *oder?*

»Du bist auch echt hübsch, wenn du dich mal traust und herausputzt!«, warf sie mir unerwartet zu, drehte sich und begann, sich ohne zu fragen zuerst an meinem Gesicht, dann an meinen Haaren zu schaffen zu machen. *Uff!* War das mein Lohn für das Kompliment eben? Sagte sie das pflichtschuldig?

Ich bin keine Barbiepuppe – holt mich raus!, war alles, was ich fünf Minuten später dachte, wagte Liane aber nicht zu verscheuchen. Trotzdem konnte ich nicht verhindern, dass ich mich während ihres Herumgewurschtels an mir einem genauen gedanklichen Check meiner selbst unterzog. Meine Haare waren wie immer: fatzeglatt. Gut, nach Lianes Bemühungen würden sie das wahrscheinlich nicht mehr sein. Ich hatte leicht gerötete Wangen, einen freudigen Glanz in den Augen und etwas Gloss auf den Lippen. Ein pinkes Kleidchen, dessen fließender Rock durch Tüll luftig ausgestellt und teils umhüllt wurde, bedeckte meinen schmalen Körper – das Essen und ich waren ja in letzter Zeit keine dicken Kumpels gewesen. Meine Füße steckten in ebenfalls pinken High Heels, die ich vorher aus dem Schrank meiner Mutter entwendet hatte. Schon praktisch, die gleiche Schuhgröße zu haben, denn in meinem fand sich so was nicht. Wozu auch, bisher hatte ich es mit Partys nicht so gehabt. Gut, das war die *Untertreibung* des Jahrhunderts. Ich hatte es mit gar nichts gehabt, in das Menschen, echt lebendige und vor allem *sprechende* Menschen involviert gewesen waren. Und vor dem Unfall … waren die Partys irgendwie anders gewesen. Der Kuchen hatte deutliche Priorität vor den Jungs gehabt. Jetzt war das andersherum. *Schwer begreiflich. Ich* freute mich nämlich mehr auf den Süßkram. Der machte wenigstens keine Probleme. Die *süßen* Typen schon.

Mein Magen gab just ein vorwurfsvolles Knurren von sich.

Eigenwilliges Tier!

Liane lachte und versicherte mir: »Gleich fertig!«

Also ließ ich meine Gedanken zurück zum Thema Jungs wandern – dem Grund, aus dem Liane sich derart Mühe gab, bombig auszusehen: *Ja, ich war ebenfalls ein richtig guter Fang*, dachte ich sarkastisch. Sah man von dem schwarzen Humor, der fehlenden Erfahrung, dem fehlenden Vorbau, den weder aufregenden noch blonden Haaren und den definitiv nicht vorhandenen besagten zwei Zentimeter Schminke in meinem

Gesicht ab. Zusammengefasst: Ich war ein *absoluter* Männertraum. Öko-bio war doch in, oder? Zumindest letzten Monat noch … und ich war definitiv zu hundert Prozent natürlich. Alsooo im *Bio*supermarkt wäre ich teurere Ware als die chemische Gemischtwarensuppe aus der Einheitsküche. Und etwas anderes war ein Schönheitsideal auch nicht. Alle sollten die gleiche Nase, die gleiche Figur, das gleiche Lächeln haben. *Nicht mit mir!* Meine Nase machte, *was* sie wollte, *wann* sie wollte, *wie* sie wollte. Aber so was von! Ich tanzte eben gerne aus der Reihe! Wenn ich schon tanzte.

»Fertig!«, kommentierte indes Liane hinter mir. Hervorragend, denn in dem Augenblick knurrte abermals mein Magen. *Peinlich, peinlich.* Ich versuchte, das Geräusch durch einen eher schlecht geschauspielerten Huster zu überdecken.

Äh ja … erneute mentale Notiz an mich: Schauspielunterricht täte gut, wäre sicher zudem für die … hust … geplante Karriere von Vorteil.

Da piepte mein Handy, das schräg vor mir auf meinem kleinen weißen Beistellschränkchen lag, und zog vor dem Blick auf die mögliche Verunstaltung meines Haares meine Aufmerksamkeit auf sich. Zu sehen war ein Social Media-Symbol: Ich war markiert worden.

Liane unterwegs mit Iva: Mit der Besten festen.

Genau das stand unter einem Bild, das sie von schräg hinten von uns beiden geschossen hatte und auf dem ich verlinkt war. *Holla … okay.* Wann war das geschehen? Während meiner Öko-Bio-Abschweifungen? Und was sollte mir das sagen?

Verblüfft stand ich einen Herzschlag lang einfach da. Als ich mich zu Liane wandte, schien diese es bereits erwartet zu haben. Aufmerksam beobachtete sie meine Reaktion.

Ich drückte impulsiv den Like-Button. »Sind wir wieder …« *Mamma Mia.* Ich konnte es nicht aussprechen. Dabei war mir der Gedanke doch bereits vorher gekommen. *Sei kein Waschlappen!,* sagte ich mir. War ich aber. Tsss.

»Freunde?«, fragte Liane ruhig. »Beste Freunde?«

Ich nickte. *Grandiose Leistung, Iva. Sehr kreativ und herzlich. Ein stummes Nicken.*

»Waren wir das nicht immer?«, erkundigte Liane sich zaghaft während sie bemüht ruhig ihr Haar zurückstrich.

Jetzt war ich von den Socken. War dem so? Na ja, wir hatten nie *den* großen Streit gehabt. Trotzdem hatte sich etwas verändert.

»Schon«, war alles, was ich herausbrachte, während ich blinzelte wie ein schläfriges Reptil unter der Warmlichtlampe. *Der Schauspielunterricht war so was von beschlossene Sache!*

»Gut«, Liane lächelte. »Ich habe dich vermisst, weißt du. Du warst unheimlich weit weg. Ich bin gar nicht an dich rangekommen. Dann hab ich es irgendwann … aufgegeben.«

»Und Julia?«, wagte ich Unausgesprochenes anzudeuten.

Liane sparte sich das ›Und?‹ oder das ›Ja?‹ oder was immer in der Situation unpassend, allerdings nicht unvermeidbar gewesen wäre. Stattdessen nickte sie, um zu zeigen, dass sie verstanden hatte und antwortete: »Ist nicht du. War nie du. Und wird *nie* du sein, Iva! Ich dachte, das wäre offensichtlich? Ich meine … wir sprechen von *Juliaaa.*« Sie wirkte ein bisschen resigniert, als sie den Namen in die Länge zog. So als wüsste sie nicht, warum sie das gerade *mir* erklären müsste.

Ich schüttelte verwirrt den Kopf.

Okay, der Tag hatte bereits jetzt drei rote Kreuze im Kalender verdient. Verdammt, mich beschlich das Gefühl, dass die Überraschungen noch lange nicht alle ausgesprochen oder eher *ausgepackt* worden waren, die mein sechzehnter Geburtstag für mich bereithielt.

»Mädels!«, die Stimme meiner Mutter drang durch die Tür zu uns, als sie anklopfte und den intensiven Moment zerplatzen ließ wie eine schillernde Seifenblase. Trotzdem blieb die altbekannte Vertrautheit bestehen, vor allem, da Liane nach meiner Hand griff und diese sanft drückte.

»Seid ihr fertig?«, wollte Mom von außen wissen. »Fegegita meinte, ihr seid schon eine ganze Weile da drin.« Die Klinke senkte sich langsam. »Die ersten Gäste sind gerade mit mir eingetroffen und ich würde kurz Liane begrüßen wollen, bevor ihr zwei euch ins Getümmel stürzt.«

Oh, dann hatten wir uns gar nicht an den Vorbereitungen beteiligt. Allerdings nahm ich an, dass Fegegita uns gerufen hätte, wenn helfende Hände notwendig gewesen wären. Äußerlich ruhig nickte ich Liane zu, die bestätigend zurücknickte. »Sind wir!«, rief ich laut und entzog ihr meine Hand.

Die Tür öffnete sich unvermittelt.

»Fegegita hat mir gesagt, dass du da bist. Wie schön.« Meine Mutter lächelte, vor uns stehend. Heute trug sie einen leuchtend gelben Sarong. »Oh, Iva, du hast etwas mit deinen Haaren gemacht und … ein bisschen was aus deinem Gesicht. Das sieht gut aus!«, redete sie weiter. »Aha! Sind das meine Schuhe?«

Das ging schnell. Ich grinste entschuldigend und sie lächelte breiter. Heute wirkte sie wieder wie früher. Munter, locker, voller Energie. Wie eine fröhliche Sonne auf zwei Beinen, die uns mit ihrer Wärme einhüllte. Ich mochte das. Denn genau *das* war für mich das ultimative Mom-Gefühl. Es war definitiv ein besonderer Tag.

Während meine Mutter und Liane sich ausführlich herzten, hatte ich endlich die Gelegenheit, meine Haare zu betrachten. Ich musste mehrmals hinschauen. Ehrlich: Mir fiel partout kein Unterschied auf. *Umso besser.* Ich gefiel mir, wie ich war. Außerdem mussten mich die anderen ansehen, nicht ich mich.

Später war die Party in vollem Gange. Wir stopften uns mit einer obskuren Mischung aus süßen wie herzhaften Snacks den Magen voll. Es gab sogar eine Bowle, die Tante Saki, schenkte man meiner Mutter Glauben, organisiert hatte und die ein bisschen nach Alkohol schmeckte. Hätte ich meine Eltern nicht so gut gekannt und gewusst, dass sie diesbezüglich wirklich streng waren, hätte ich gedacht, Saki wäre es gelungen, der Party mit ihrem Glücksgebräu den besonderen Schubs zu geben. Während ich noch rätselte beschloss ich, dass das einfach die beste Bowle aller Zeiten war.

Still dankte ich meiner Tante.

Saki war, genau wie Desita, ein wenig exzentrisch. Bei ihr ging das allerdings in die okkulte, leicht esoterische Richtung. Oft trug sie ausgefallene Kopftücher. Diese betonten, direkt über dem Scheitel in einen kunstvollen Knoten geschlungen, ihr fein geschnittenes Gesicht, das dem meiner Mutter so ähnelte. Weite, stets farblich passende Hosen umhüllten meist ihre schlanken Beine und gaben ihrem Look etwas von einem Djinn aus *1001 Nacht*. Ich mochte das sehr – genau wie sie und ihre unkonventionelle Art.

Ich lächelte unversehens und genoß dabei einen weiteren Schluck Bowle. Dass ich gerade nach meinem Wodkazwischenfall nicht einen Gedanken an Alkohol zu verschwenden brauchte, war sicher. Nichtsdestotrotz amüsierten sich alle großartig. Unsere kleine Vorhalle mit der Garderobe und den weißen glänzenden Fliesen war zum Tanzboden umfunktioniert worden und Kuta hatte bisher keinen hinauswerfen müssen. Alle benahmen sich. *Tschakaa hoch zwei!* Ich war glücklich.

Meine Partyplanerinnen hatte sich mit der mintfarben-pinken Dekoration und dem angesagten DJ selbst übertroffen. Fast meine ganze Klasse war gekommen, zudem einige aus Parallelklassen, und manche hatten tatsächlich Freunde mitgebracht. Meine Botschaft war angekommen und hatte sich wie beabsichtigt herumgesprochen. Ich hatte sogar allerlei unverhoffter Geschenke bekommen, die sich inzwischen auf dem Beistelltisch in der Küche besorgniserregend stapelten. Hauptsächlich waren es lustige Scherzartikel, Kosmetika, deren Verwendung sich mir nicht erschloss, oder Gutscheine, die ich mehr oder weniger gut gebrauchen konnte. Glaubt mir, der schiefe Turm von Pisa war gegen den Haufen perfekt austariert.

Auch hatte ich inzwischen unzählige Selfies über mich ergehen lassen und fast Lachmuskelweh (rein vom Gefühl her, sollte es diesen Begriff wirklich geben!). Deshalb verzog ich mich von der großen Meute weg in Richtung Wohnzimmer, in dem ich Liane mit Julia, Jason und ein paar anderen sitzen gesehen hatte. Sie hatten vorher Flaschendrehen gespielt, das ich nicht besonders mochte. Denn wenn ich jemandem die Zunge in den Hals steckte, wollte ich wenigstens selbst bestimmen, wer es war. Nicht dass ich das momentan überhaupt tat.

Nun war die Flasche verschwunden und ich traute mich zu ihnen.

»Hey ho!«, begrüßte mich Jason, wie immer vorlaut. Er trug jetzt Schwarz in Schwarz. Sein vermutlich extra hochgegeltes kurzes Haar stand ihm ausgezeichnet. Zu gerne hätte ich die Spitzen berührt. Nur kurz. Nur zum Test, ob sie sich hart oder weich anfühlten.

Ach du lieber Himmel! Was war mit mir los?! So was hatte ich früher nie gewollt. Stieg mir *Sweet Sixteen* bereits zu Kopf oder lag es an Jason, der sich genau wie Liane Mühe gab, gut auszusehen?

Lenk dich ab, Iva. Lenk dich ab!

Äh.

Sterbender Schwan.

Blinzelndes Hundebaby.

Quakende Ente.

Was dachte ich für einen Schwachsinn?! War ich völlig von Sinnen? Und das wegen Haaren? Ich musste mich wirklich zusammenreißen!

»Hi!«, quetschte ich leicht verzögert heraus und ließ mich auf dem freien Fleck Teppich neben Liane und vor unserem runden, metallenen Fernsehtisch nieder. Der war sicher schon vor der Party von Fegegita gänzlich leer geräumt worden.

»Also …«, nahm Julia in dem Moment das durch mich unterbrochene Gespräch wieder auf und schaute in die Runde. »Wie wäre es mit einem weiteren Spiel?«

Der Ausschnitt ihres blau-weißen Kleides zeigte wie häufig fast mehr, als ich zu verkraften bereit war. Schnell ließ ich meinen Blick abschweifen und musterte die Anwesenden. Es saßen mehr Mädchen im Wohnzimmer. Die Jungs stellten eindeutig die Unterzahl dar. Allerdings waren alle aus meiner Klasse.

»Klar!«, stimmten ihr einige direkt zu.

»Okay«, Julia nickte gebieterisch und schüttelte in einer divenhaften Geste ihr Haar.

Wollte sie sexy wirken? Ich sah unwillkürlich zu Jason, bei dem das tatsächlich zog. Er starrte sie an. *Unverhohlen.* Würde er etwa gleich sabbern? Ich biss mir auf die Unterlippe. Was kümmerte es mich?

»Hier die Regeln …«, hob Schneewittchen gerade an. »Aus drei Aussagen muss der, der im Kreis rechts von euch sitzt, die falsche erkennen. Schafft derjenige das nicht, muss er trinken. Danach ist er dran. Kichern ist erlaubt, Tipps geben nicht. Es wird natürlich umso lustiger, je skurriler das ist, was ihr euch einfallen lasst.« Sie machte eine dramatische Pause. »Nach jeder Runde müssen alle, die getrunken haben, Plätze tauschen. *Wie* ist egal, aber es ist nicht erlaubt, auf einen Platz, auf dem man schon saß, zurückzukehren. Außer natürlich …«, wiegelte sie sogleich das Stirnrunzeln mehrerer ab, »... es geht nicht anders. Die nächste Runde startet der Letzte der vorangegangenen. Noch Fragen?«

»Jep«, machte ich, was auch immer mich ritt.

Mit genervtem Blick wandte sie sich mir zu. »Ja?«

»Was trinken wir?«

»Wir lassen die hier wandern«, antwortete einer der dunkelhaarigen Jungen. Fabian Doyle, meinte ich mich an seinen Namen zu erinnern. »Erst mal«, schob er nach und zog eine bereits ziemlich leere Flasche Wodka hinter seinem breiten Rücken hervor.

Die kam mir einen Tick zu bekannt vor. Suchend schwenkten meine Augen zur Bar meines Vaters, die unverändert abgeschlossen zu sein schien. *Uhh!* Da zeigten meine Mitschüler wohl ungeahnte Talente.

»Ist das ein Problem?«, fragte Fabian, meinem Blick folgend.

»Nein!«, antwortete Liane nachdrücklich für mich. »Wir fangen an«, bestimmte sie einfach.

Ähh ... War mir das recht? Ich wusste es nicht.

»Fein!« Julia kümmerte sich nicht weiter um mich, während ich wortlos und vor allem vergeblich Lianes Aufmerksamkeit suchte. Was ich wusste, war, dass ich für immer und ewig der Buhmann sein würde, wenn ich jetzt die Vernünftige raushängen ließ. Wollte ich das? Definitiv nicht. Also ... hallo, *Gruppenzwang*.

Ich schwieg.

Der Atemzug, in dem mich die Ahnung überkam, dass mir jemand noch etwas anderes als Wodka verabreicht haben könnte und ich dringend mit den *Win-Win*-Wochenenden aufhören sollte, da ich zu viel Science Fiction gesehen haben musste, war gleichzeitig der Moment, in dem ich aufstand, um aufs Klo zu gehen.

Gut, möglicherweise war ich außerdem im Vergleich zu den anderen, die solche Spiele sicher regelmäßig oder zumindest regelmäßiger machten, nicht trinkfest. Ich, die zum zweiten Mal in ihrem Leben raue Mengen harten Alkohol in sich hineingoss, als würde sie Wasser trinken und stünde kurz vor dem Dehydrieren. Nach dem Wodka hatten wir eine Flasche Whiskey kreisen lassen, ebenfalls aus der Bar meines Dads. Und ich hatte fröhlich mitgemacht. Ich war selbst schuld. Besonders daran, dass ich mir gerade in etwa so standfest wie ein dreibeiniger Hund vorkam. Ich sah es bereits vor meinem inneren Auge: Das war die *Ahhh-don't-worry-all-is-alright-oooppsii-sie-kippt-im-nächsten-Moment-bewusstlos-um*-Situation. Das kam auf der eigenen Party sicher besonders gut an. Nicht.

Da ich das aus naheliegenden Gründen unbedingt vermeiden wollte, lehnte ich mich einen Augenblick lang gegen die glatte Wand des Gangs und atmete tief durch. Ein und aus, ein und aus, ein und aus … was für zwei zauberhafte Worte … *ein und aus*. Das würde schon wieder werden. *Irgendwann*. Hoffentlich bevor meine Mutter mich entdeckte. Mom wäre sicher nicht gerade angetan. Das konnte ich ihr aber nicht ankreiden.

Das einen ein paar Schlückchen dieses fast durchsichtigen, völlig harmlos wirkenden Gebräus so aus der Bahn werfen konnten. Unglaublich! Und ich lernte anscheinend meinerseits nicht dazu.

Aus dem Wohnzimmer, keine fünf Schritte entfernt, hörte ich gerade, dass wieder Julia an der Reihe war. »Erstens: Ich bin schon mal als Stripperin aufgetreten. Zweitens: …«

Ja darauf würde ich wetten, meine Liebe, hätte ich am liebsten laut zu ihr hinübertrompetet und dabei wirr gekichert. Allerdings wollte ich gar nicht wissen, ob es von ihren drei Aussagen die falsche gewesen war. Oh Mann, ich war wohl ziemlich hinüber. Vorsichtig machte ich einen Schritt den Flur entlang. Und noch einen. Schließlich hatte ich ein Ziel. Die Toilette. Es ging doch auch schon besser … oder?

Wackelig blieb ich an der nächsten Ecke erneut stehen. Gehen war anstrengend. Ich spitzte die Ohren. Das war einfach.

Die Meute auf der Tanzfläche hatte sich abgekühlt und der DJ stimmte sich unüberhörbar darauf ein, die komplette Herz-Schmerz-Palette, die sein Mischpult zu bieten hatte, aufzulegen. Langsam schloss ich die Lider und lehnte mich mit dem Rücken an die angenehm kühle Wand. Ich kannte den Song, kannte den Text nur zu gut. Es war *Flaws* von Bastille. Er kroch mir von den Ohren in die Glieder, riss mich mit und wühlte mich auf. Ließ mich die Musik fühlen, nicht nur hören.

Die Stelle handelte von einem tiefen Loch in der Seele und der Frage, ob dieses wieder gefüllt werden konnte. Die Zeilen kamen mir so … eindringlich vor. So *real.* Ihre Bedeutung bahnte sich ihren Weg von meinem Kopf tief in mein Herz und ließ mich schlucken.

Nein, das konnte ich verdammte Scheiße nochmal nicht, wollte ich schreien. Dieses *Loch* in mir, es wollte einfach nicht … wollte *nicht* … Meine Güte, gerade das war mein Problem.

Verzweiflung ergriff mich. Warum spielte der DJ so was auf einer Party? Auf *meiner* Party! Ich konnte mir nur mit viel Mühe die aufsteigenden Tränen verkneifen. Das war nicht lustig! Gar nicht lustig. Es traf einen Nerv in mir. Einen, der mich verletzlich machte. Das durfte doch nicht wahr sein. Was war nur los mit ihm?

Selbstverständlich war mit dem DJ gar nichts los und das wusste ich. *Ich* war das Problem. Denn ich konnte nicht loslassen. Selbst heute nicht. Es gab unglaublich viel, das mich immer und immer wieder an Iyesu erinnerte. Einfache Dinge wie dieses hier. Mariyam war in meiner Erinnerung bereits verblasst. Obwohl ich mich deshalb unversehens schuldig fühlte, war es richtig. Weil es so sein sollte.

Bei Iyesu hingegen konnte ich es mir nicht erklären. Warum ich derart an ihm hing. *Ja,* wir hatten eine enge Beziehung gehabt. *Ja,* ich hatte ihn angehimmelt. *So what?* Das konnte nicht mein ganzes restliches Leben bestimmen.

Manchmal hatte ich das Gefühl, dass ich ihn fühlen konnte. Seine Präsenz, mental, tief in mir. Bis jetzt hatte ich mir das nicht eingestehen wollen. Denn mal ehrlich, wie obskur klang das bitte? Ziemlich abgedreht – selbst für mich in meinem äußerst angeheiterten Zustand.

Es war zum verrücktwerden! Sicher konnte man, wenn man bereits verrückt war, zunehmend verrückter werden. Also in welchem *Verrücktsein-Stadium* befand ich mich? Bei solchen Fragen vermutlich in einem, in dem sie andere in verschnürten orangefarbenen oder wohl eher weißen Kitteln direkt zur Klapse geleiteten. Ich schluckte.

Dann wurde ich wütend. Auf mich.

Plötzlich war da wieder dieses Gefühl des Schwebens. *Klasse.* Das hatte mir zu meinem *Glück* gefehlt! Unverändert blieb es bestehen, wollte nicht weichen, egal wie sehr ich mich auch zu konzentrieren versuchte: auf die raue Tapete unter meinen Schultern, die ich durch mein dünnes Kleid spüren konnte, auf die hypnotisierende Musik, auf die lauten Geräusche meiner Gäste. So viele waren gekommen, außer …

Meinen Vater hatte ich heute Abend noch nicht gesehen. Ich war nicht überrascht. Wahrscheinlich hatte er sich seit dem Frühstück in Arbeit vergraben und rar gemacht. Das sähe ihm ähnlich. Andererseits war er immer eher der Bodenständige und meine Mutter die mit dem Pep für zwei. Das war für mich völlig okay. Ich liebte sie beide. Wir hatten immer zu den glücklichen Familien gehört, zu denen, die sich genügten. Zumindest bis zum Unfall.

»Na, fühlst du dich anders?«, riss die Stimme meiner Mutter mich just unsanft aus meinen vorbeiziehenden Gedanken.

»Öhöm«, machte ich nur und öffnete vorsichtig erst das eine, dann das andere Auge. Immerhin sah ich sie nicht doppelt.

Mom lehnte tiefenentspannt in einem weiten blauen Kleid mit offenen Haaren an der Wand mir gegenüber, als wären wir zwei Freundinnen, die sich auf einer Party, oder – ihrer Kleidung nach – eher auf einem Festival, unterhielten. Sie musste sich umgezogen haben und … entweder ich hatte wirklich ordentlich *einen im Tee* und fantasierte oder irgendwelche Außerirdischen hatten den Körper meiner Mutter übernommen. Wo blieb die lautstarke Standpauke über den Missbrauch von Alkohol? Denn der war mir sicher anzusehen. Und was bitte sollte ich spüren? Nicht, dass ich nichts spürte. Ich spürte eine Menge. Ich spürte, wenn ich aufmerksam in mich hineinhorchte, mich ganz darauf konzentrierte, eigentlich fast zu viel. Verwirrend viel. Aber was war das für eine absonderliche Frage?

»Ich nehme an …«, versuchte ich zusammenhängend, ohne zu lallen zu sagen – und ich fand, es gelang mir einigermaßen gut! Na ja, wie ich das eben mit meiner momentanen Wahrnehmung beurteilen konnte. »Nach einem Trinkspiel würde sich jeder anders fühlen?« So, jetzt war es raus. Jetzt würde sie mir den Kopf abreißen und ihn sich von Fegegita morgen zum Frühstück servieren lassen – *auf einem Silbertablett.* Ich war fast ein wenig erleichtert. Nicht wegen der Kopf-Sache, die war *Furcht einflößend.* Vielmehr weil ich bisher selten gegen Regeln oder Versprechen verstoßen hatte und daher die Auswirkungen schlecht abschätzen konnte. Das mit dem Alkoholkonsum hatte ich ja erst unlängst versprochen … Dann fiel mir ein, dass die Frage vielleicht auf das eine Jahr mehr, das ich nun offiziell überall angeben konnte, gemünzt gewesen war. *Sweet Sexteen* – wir waren wieder beim Thema. *Ich war so eine Idiotin.* Hatte ich mir gerade selbst mein Grab geschaufelt?

Meine Mutter reagierte aber überhaupt nicht wie erwartet, sondern starrte sekundenlang auf meine Füße.

Schnell checkte ich, ob da irgendetwas war. Nein, ich hatte noch beide Schuhe an. Ohne Flecken oder anderen Auffälligkeiten. Erleichterung durchflutete mich.

Ihr Lächeln reichte hingegen von einem Ohr bis zum anderen und sie wirkte seltsam zufrieden, indes sie sich eine goldblonde Strähne hinters Ohr strich und sich von der Wand abstieß.

Seltsam. Mehr als seltsam. Meine Verwirrung nahm zu. Das konnte wirklich nicht meine Mutter sein.

»Keine Sorge, was du fühlst, hat nichts mit den Promille zu tun. Oder zumindest den kleinsten Teil. Wir werden es dir morgen in Ruhe erklären.«

Wir?! Okay, das verwirrte mich zunehmend und es machte mir Angst. Was genau meinte sie, dass ich fühlte? Tat ich etwas Komisches, ohne es mitzubekommen? Hatten die Pillen von Dr. Murray irgendwelche Nebenwirkungen, die erst in Form von Langzeitschäden sichtbar wurden? Vielleicht wirkten sie in Kombination mit Alkohol anders. *Verdammt!* Ich hätte gar nicht erst beides zu mir nehmen sollen. Pillen *und* Alkohol. Womöglich hatte mir das bereits den ersten Horrortrip eingebracht. Das erschien mir wahrscheinlicher. Aber dann hätte meine Mutter wohl kaum glücklich geschaut, oder? Loswerden wollte sie mich hoffentlich nicht. Das *Problem*kind ins Internat abschieben, wie Mariyam vormals mit Iyesu, oder?

Schmunzelnd beobachtete meine Mutter mich weiter. Meine Gedankengänge waren wohl offensichtlich. »Amüsierst du dich?«, fragte sie aus dem Nichts.

»Äh«, zusammenhängende Sätze waren um diese Uhrzeit und in diesem Stadium nicht mein Ding. Unvorhersehbare Gesprächswendungen genauso wenig. »Ja, schon. Toll. Tolle Party.« Ich atmete tief durch. Mist, jetzt wurde mir schwindelig. »Habt ihr wirklich toll organisiert«, schob ich hinterher. *Toll.* Ganz *toll.* Am besten sagte ich noch mal toll. Mein Hirn war wie leer gefegt. Wie hatte es dazu kommen können? Ich war an einem Punkt, an dem ich eigentlich nur ins Bett wollte, um in den kuscheligen Tiefen meines Kissens und meiner Decke zu versinken.

»Prima. Es ist bereits spät. Wir werden die Gäste langsam nach Hause schicken«, sagte meine Mom, als hätte sie meine Gedanken gelesen. Oder hatte ich das unbewusst ausgesprochen? Ich war wirklich hinüber.

»Leg du dich schon mal hin«, schlug sie vor.

Erleichtert seufzte ich. Was immer sie mir morgen sagen wollten, es konnte eindeutig warten, denn jetzt, ganz dringlich, wollte ich ausschließlich schlafen.

Teil 2

Wie sich alles veränderte …

Leider konnte ich schlecht Liane anrufen und zu ihr sagen:
»Du, hör mal, ich weiß seit gerade eben,
dass ich die Welt vor den Bösen retten soll.
Das macht mir eine höllische Angst.
Würdest du mich ablenken?«

Kapitel 9

VOR 63 TAGEN

DARIN

Entfesselt und verführt

»DIE ERDE WAR EINE SPIELWIESE VOLL UNENTDECKTER ABENTEUER.«

Die Menschen waren ein williges Volk, zumindest die Frauen. Und mir konnte keine widerstehen. Die Inati hatte uns, Ibabi und mich, ins Paradies geführt.

Selbst nach all der Zeit empfand ich die Erde als faszinierende Spielwiese voll unentdeckter Abenteuer. Ibabi sollte sich endlich den Stock aus dem Arsch ziehen und alles lockerer nehmen. Ich verstand sie nicht. Warum sollte ich erwachsen werden, zu welchem Zweck? Mit welchem Preis? Oder vielleicht war *erwachsen* der falsche Begriff. *Verantwortung übernehmen*, richtig, das war es, was sie von mir wollte.

»Nimm es ein Mal ernst – ein einziges Mal!«, hallte das leidige Echo ihrer Stimme in meinen Gedanken wider. Vermutlich hatte ich mir ihre immer gleiche Ermahnung schon zu oft anhören müssen. Selbst die Tonalität hatte sich tief in meine Erinnerung eingebrannt. Diese Zeile würde ich wohl nie wieder vergessen.

Ich seufzte, während sich ein ebenmäßiges Frauengesicht mit hellem Haar und großen blauen Augen in mein Blickfeld schob. Damit sah ich weniger von der heruntergekommenen Holzdecke über mir und mehr von der Verheißung, für die ich hierher, in diesen völlig versifften Laden gekommen war.

Just lächelte die junge Frau, deren Namen ich weder genannt bekommen noch erfragt hatte. Geheimnisvoll hoben und senkten sich die Lider ihrer verführerischen, fast lilafarbenen Augen. Sie wirkte dabei, als ob sie meine Gedanken bezüglich unserer weiteren *Interaktion* erraten hätte. Vermutlich keine allzu große Leistung in einem Etablissement wie diesem. Alle kamen wegen des Gleichen her, zumindest auf die ein oder andere Art – genau wie ich. Trotzdem schenkte ich ihr ein betörendes Lächeln. Charmant zu sein, brachte mir vielleicht noch ein paar Extras, wenn ich es geschickt anstellte.

»Entspann dich«, flüsterte ich ihr mit rauer Stimme zu. Und siehe da, es ließ sie prompt erröten. Keine große Kunst, denn glaubt mir, wärt ihr so alt wie ich, würdet ihr hinsichtlich dessen auch jeden Kniff beherrschen. Mein *Bad-Boy*-Look, die fast schwarzen Haare und meine unzähligen Tattoos zogen fast immer. Wenn das nicht reichte, dann musste ich eben meinen Charme spielen lassen. Irgendwann wurden sie alle weich.

Carpe diem, das hatte bereits die Epoche des Barocks begriffen. Treffender hätte mein Lebensmotto nicht sein können. Und ich hätte mich in keiner besseren Position befinden können als in der momentanen: *aufs Kreuz gelegt.* Im doppelten Sinn. Bei der Anzahl an Scheinchen.

Das war mir bereits klar, seit ich dieses Zimmer betreten hatte. Allerdings war ich nicht in Eile, dafür genoss ich das Abenteuer viel zu sehr. Vielmehr versuchte ich zu ergründen, wie das anscheinend nicht besonders abgebrühte Mädchen über mir in einem schmuddeligen Laden wie diesem gelandet war.

Zerrüttetes Elternhaus?

Schulden? Abhängigkeiten?

Süchte oder Sehnsüchte? *Hatten wir die nicht alle?*

Es gab unzählige Gründe. Und ich würde lügen, wenn ich behaupten würde, dass die Anteilnahme an ihrem Lebensweg, wie auch immer dieser aussehen mochte, meine Vorfreude auf das Kommende überstieg. In mir war lediglich ein Funke Anstand. Allerdings meldete der sich äußerst selten zu Wort und ich war mir nicht sicher, ob heute einer dieser Tage sein würde. Wenn ich mir ihr hübsches Gesicht mit den Sommersprossen und ihre spärliche Bekleidung, die aus einem einfachen beigen, weit aufklaffenden Kaftan bestand, noch länger ansah: *Eher nicht.*

Ihre Haut war milchig weiß. Samtig. Geradezu strahlend vor jugendlicher Frische. *So zart*, so herrlich rein.

Probehalber zog ich an der ledernen Manschette, die meinen rechten Arm am Kopfende des hölzernen Bettgestells fixierte. Die Streben des alten Lattenrostes unter der Matratze, auf der ich lag, quietschten durch die abrupte Bewegung. Da meine Füße und der andere Arm ebenfalls fixiert waren, spürte ich diese, während sie an den Ledermanschetten rieben. Es prickelte in meinen Handgelenken, als das Blut darin schneller zu zirkulieren begann. Genüsslich erlaubte ich mir, für einen Moment die Augen zu schließen.

Das war der Grund, weshalb ich herkam, auch wenn es mich enorme Kraft kostete. Unermüdliche Übung, über Jahrmillionen hinweg, hatte mir die Stärke verliehen, mich für eine oder zwei Stunden zu materialisieren, Fleisch und Blut zu werden – meine Flügel blieben dabei unsichtbar. Sie waren Teil meiner astralen Präsenz, nicht meiner leiblichen Inkarnation. Sich wahrhaftig zu materialisieren, war ein schmerzhafter Prozess. Einer, der darin bestand, aus biologischen Bausteinen, oder vielmehr deren Molekülen, wie bei einem Puzzle nach und nach ein Gefäß, einen Körper zu formen, indem schließlich die Essenz, also das eigentliche Bewusstsein, verankert werden konnte. Entwich meine Essenz, so zerstreuten sich die Bausteine wieder.

Meine Flügel zu zeigen, war mir deshalb nur möglich, wenn ich die Lichtbrechung nutzte, um mich sichtbar zu machen. Dann nahmen mich die Sisu in einem Zustand wahr, den sie als ›halb materialisierte‹ Form bezeichneten, obwohl wir Zymaha dabei genau genommen überhaupt nicht materialisiert waren. Wir waren ein Trugbild. Ein selbstkreiertes – das abbildete, was wir einst verkörperten. Aber sollten sie denken, was sie wollten. Deshalb konnte ich allerdings mit meinem festen Körper nicht fliegen. In ihm war ich ganz und gar an die Erde gebunden. *Menschlich.*

Die Sewi ihrerseits bezeichneten geflügelte Wesen als *Engel.* Sie glaubten, wir stammten aus dem Himmel, waren die Guten. Und obwohl wir tatsächlich zum Himmel *aufsteigen* konnten, so waren wir Zymaha, wie alle anderen, von Geburt aus weder gutherzig noch bösartig. Wir waren keine religiösen Gestalten, keine Märchenfiguren, sondern ebenso Lebende wie sie – wenn auch auf eine etwas andere Art. Gerade deshalb war das Materialisieren für mich wie eine Sucht, der ich nicht entkam, wie ein innerer Trieb, den ich nicht beiseiteschieben konnte.

Ja, ich war *Macht* und *Licht*, dennoch bedeutete beides nicht, dass gute Taten selbstverständlich damit einhergingen. Dass ich das Glück gepachtet hätte. Wie alle war ich auf der Suche danach. War in der Zeit, die ich mir ab und an mit einem Menschenmädchen gönnte, so viel mehr als nur eine Schattengestalt, mehr als ein ominöser Wächter, den keiner kannte, keiner sah und hörte. Ich fühlte mich lebendig. *Frei. Zugehörig. Normal.*

Ich war da. Greifbar.

Ein Körper. Physische Emotion!

Wie sie. Die Frauen. Die Sewi. Die Sisu.

Gerade das machte es spannend. Machte mein ewiges Dasein voller immer gleicher, heimlicher Vergnügen zu einem Genuss. Und an manchen Tagen traf ich sogar unerwartet auf ein Juwel wie dieses unverbrauchte, gerade erblühte Mädchen über mir.

Meine Sinne waren geschärft, mein Körper bereit zu einem *Katz-und-Maus*-Spiel, wie ich es liebte. Selbstredend, weil ich es stets aufs Neue gewann. Das letzte lag viel zu lang zurück und der Startschuss zu diesem war bereits gefallen, indem ich den Raum betreten hatte. Was nun? Wie würden sie sich entscheiden?

Ich hatte gelernt, dass die Menschen ein neugieriges Volk voller wundersamer Einfälle und amüsanter Überraschungen waren. Manchmal hatte ich gar das Gefühl, das Glück ereilte ihre Spezies häufiger als der Verstand. Konsum, Egoismus und Egozentrik ließen alles außer Rand und Band geraten. Nicht, dass mir das missfiel, aber es zog die Kifu und die, die ihnen untertan waren, an.

Ich versteifte mich unwillkürlich, während sich die Lippen des Menschenmädchens unversehens warm und weich auf meine pressten. Das war … *ahh.* Kurzzeitig verabschiedete sich mein klarer Verstand. Wohlbehagen durchströmte meinen Körper. Mein Herz schlug schneller. Das zarte Aneinanderschmiegen der Münder, das zögerliche Erforschen ihrer heißen Mundhöhle mit meiner Zunge war sooo gut! *Unbeschreiblich.* Als würden helle Strahlen der Sonne die dicken grauen Regenwolken, die den Horizont in meinem Kopf bis zu diesem Moment verschleiert hatten, im Nu auflösen.

Ich seufzte laut.

Es ging hier nicht um Sex. Es ging um körperliche Nähe, um Berührung, um mein innigstes Begehren. Das Universum gebar meine Art, wenn die Entstehung eines belebten Planeten bevorstand, wenn neue Hüter benötigt wurden. Erwachten wir, gab es immer zwei von uns, jeder mit der gleichen Aufgabe betraut: den Planeten und seine Bewohner zu schützen. Jeder für sich und trotzdem keiner allein. Wir waren zwei Hälften, die unterschiedlich sein mochten und trotzdem ein Ganzes bildeten: Mann und Frau. Allerdings hatte meine Libi, Ibabi, ihr Herz an einen anderen verschenkt. Schon vor Ewigkeiten. Und ich hatte mich damit abgefunden. *Seit* Ewigkeiten.

Wir stammten ursprünglich von den Sisu ab, durch unseren Wächterrang zu Zymaha mutiert. Die Kifu hingegen waren Nachtwesen – der Feind! Sie waren das genaue Gegenteil von uns. Deshalb hatten sie keine Weltenwächter. Charakter und Taten hin oder her, es gab klare Grenzen! Selbst für mich und meine verdorbene Moral.

Wir waren das Licht, sie die Dunkelheit.

Wir brachten Hoffnung, sie den Tod.

Wir waren in der Unterzahl. Sie waren schwach.

Doch regte Gier ihren Appetit und so währte die alte Fede immerfort – die zwischen Sisu und Kifu, zwischen Gut und Böse. Langsam hatte ich Ermüdungserscheinungen beim bloßen *daran denken.* Aber nach über dreißig Milllionen Jahren konnte mir das wohl keiner *verdenken*. Allerdings zeigte Chelemna, der König der Kifu, diese leider nicht im Geringsten. Ich fragte mich manchmal, was, abgesehen vom Offensichtlichen, seinen Hass auf die Sisu derart befeuerte? Niemand mit geistiger Gesundheit konnte ohne einen triftigen Grund dauerhaft fanatisch sein. Sich stets weiter in das Aushecken abstruser Schläge und Gegenschläge hineinsteigern. Aber vermutlich war gerade das der Punkt: Chelemna war verrückt!

Das Ende des Kusses unterbrach meinen neuerlichen, tief schürfenden Gedankenfluss. Mein Wohlbehagen wich einem Gefühl von Verlust.

Aus großen, geweiteten Augen blickte mich die Kleine an. Schreck stand ihr ins Gesicht geschrieben.

Oh jaa! Sie hatte gerade eine der goldenen Regeln dieses Etablissements gebrochen. War meinem Charme und meinem guten Aussehen erlegen, wie schon viele vor ihr. Besonders die Tinte unter meiner Haut war inzwischen sogar Trend. Dabei hatte ich damit lange vor all den *Hipstern* angefangen – lange vor dem Küssen. Denn auch das war eine hervorragende Gelegenheit, etwas zu spüren. Da gab es einige empfindliche Stellen am Körper … Entsprechend war fast kein Fleckchen meiner Haut mehr frei. Nur mein Gesicht zierte nichts als ein Bartschatten – und so sollte es bleiben. Ich achtete auf mein Aussehen.

Schade und wunderbar zugleich. Schade, da sich damit das *Katz-und-Maus*-Spiel bereits jetzt, fast ohne mein Zutun, entschieden hatte – bei ihr war ein einziges Lächeln der Schlüssel zur Himmelspforte der Empfindungen gewesen. Wundervoll, weil ich nun das höchste Ziel meines Besuches erreicht hatte. Den Kuss! Einen, um den ich nicht einmal hatte kämpfen oder feilschen müssen, weil er mir geschenkt worden war.

Ich lächelte. *Einen wundervollen Kuss.*

Längst hatte ich herausgefunden, dass die Lippen eine der empfindlichsten Stellen meiner leiblichen Hülle waren. Das lag vor allem an der dünnen Hautschicht. Von unzähligen Nervenenden gespickt, wurden sie zum perfekten Tastorgan – oder eben, um in Berührung mit anderen Glückshormone durch den Körper zu schicken. Die Sewi nannten sie nicht umsonst Amorbögen.

»Wenn du mich noch mal küsst, werde ich den ersten *und* den zweiten Kuss für mich behalten«, lockte ich das Mädchen und versuchte, sie mit honigsüßer Stimme dazu zu bringen, ihren ›Fehler‹ zu wiederholen. Dafür entscheiden musste sie sich selbst, schließlich hatte ich mich fesseln lassen.

Allerdings ließ sie mich nicht lange warten, sondern wirkte genauso *Kuss*-ausgehungert wie ich. Aufseufzend brachte sie ein atemloses »Okay« heraus, bevor ihr Lippenherz wieder mit meinem verschmolz.

Meine Sucht nach körperlicher Nähe kam nicht von ungefähr. Die Ausbildung zum Weltenwächter war hart gewesen. Es hatte lange gedauert, bis ich die Welt von Avelor, in der ich tausend Ausbildungsjahre hatte absolvieren müssen, nicht mehr nur in Rottönen gesehen hatte. Bis ich meine Hülle abgeschüttelt hatte und astral geworden war.

Möglicherweise wäre es besser gewesen, mein Sehnerv wäre beschädigt geblieben: Die Lieblichkeit der Eindimensionalität Avelors und die absolute Ausgestorbenheit der Sphäre, abgesehen von den wenigen Aufzuchtstationen der Hurgathen, die von den Kifu auf Kekifa zu Nutz- und Reitzwecken eingesetzt wurden, war sowohl verstörend als auch faszinierend gewesen. Leider war auch die Zeit auf der Erde eine recht einsame Angelegenheit für mich.

Keine Frage, es war genial, unsichtbar zu sein und fliegen zu können. Ich hatte einige Probleme weniger als die Sewi. Ich musste nie einen Parkplatz suchen. Benötigte weder Bahn- noch Flugzeugtickets. Brauchte nicht einkaufen zu gehen, da mein Astralleib keine Nahrung benötigte. War von allem unabhängig. Das war *top*. Keine Schlepperei, riesige Kosten- und Zeitersparnis!

Allerdings hatte ich Zeit ohne Ende. Ich wusste nicht wohin damit oder eher … *wohin mit mir*. Hätte ich Zeit verkaufen können, hätte ich das getan. Vielleicht in einem kleinen *Tante-Emma*-Laden mit blinkender Leuchtreklame im Schaufenster. ›*Darin's time to take away*‹ – klang doch super! Kunden wären vorprogrammiert, denn die Sewi hungerten geradezu nach Zeit, genau wie die grauen Herren in *Momo* von Michael Ende. Ihre Probleme wie Stress und Zeitnot nahmen rasant zu, wohingegen sie immer weniger eines mit dem Alleinsein hatten – im Gegensatz zu mir. Wobei das durch die neuen, für mich seltsamen technischen Geräte, in die sie alle immerzu hineinstarrten, doch wieder der Fall zu sein schien. Die Sewi schafften es, in der Masse zu vereinsamen. *Unglaublich*. Ihr Volk wuchs und wuchs, ohne die Bedeutung des Ausmaßes der baldigen Überbevölkerung in Gänze wahrzunehmen, dabei machte *ich* mir tatsächlich Sorgen.

Bisher war es recht unterhaltsam gewesen, die Verantwortung für die Erde zu tragen. Meist hatte ich mich einfach gedrückt. Zu meiner Verteidigung: Wie man sah, lebten trotzdem (fast) alle noch. *Eher zu viele*, um genau zu sein. Aber jetzt … jetzt konnte ich die Veränderungen, die im Begriff waren einzutreten, geradezu spüren! Das Machtgefälle verschob sich. Die Schwingungen des Universums kündeten bereits zum zweiten Mal innerhalb kürzester Zeit von Großem.

Die letzten Monate über hatte das Grundrauschen zugenommen – war lauter geworden. Heute setzte meinen extrem feinen Sinnen gar ein wahrer Funkenregen an elektrisierten Teilchen zu. Das erschreckte wie faszinierte mich gleichermaßen.

Ich hatte einen Verdacht, woran dies liegen mochte. Oder, um genau zu sein, an *wem*. Einen *Geschmack* im Mund, den ich meinte zuordnen zu können, obwohl mir das Aroma immer wieder entglitt. Doch verursachte mir die bloße Vorstellung, dass ich recht haben könnte, nicht nur Gänsehaut – nein, sie war so ungeheuerlich, dass ich mich ganz dem *Carpe diem* verschrieben hatte und den Tag für besondere Vergnügungen nutzte. Schlussendlich war alles – mit Ausnahme von Ibabi, mir und einigen anderen – vergänglich, besonders die Schönheit des Menschenmädchens, das mir noch die nächte Stunde zu Diensten stehen würde.

Kapitel 10

VOR 62 TAGEN

IVA

Ihr Kleingläubigen, ihr!

»Ich versuchte den Trick zu knacken, der kein Trick war.«

Der Kater hatte seine blutigen, unbarmherzigen Krallen in mich geschlagen. Der ohne kuscheliges Fell und samtige Schnurrhaare. Verflixter Alkohol! Immerhin konnte ich mich im Gegensatz zu Bradley Cooper in *Hangover* an alles erinnern – *leider*. Zum Glück war Wochenende. Einen Schultag hätte ich vielleicht – geprägt durch meine äh … Vielzahl an Erfahrung mit dem Neben-sich-Stehen – überstanden. Aber was nicht sein musste, musste wirklich nicht sein.

So saß ich schlussendlich nach kurzem gedanklichen Ringen mit mir selbst (in meinem Zimmer, versteht sich!) inklusive dunkler Sonnenbrille am Frühstückstisch. Ich sah dabei wie das Häufchen Elend aus, das ich war, wenn indes dieses Mal aus anderen Gründen als sonst. *Genau* hatte ich gesehen, wie meine putzmuntere, bereits gestylte, duftig weiß gewandete Mutter und auch Fegegita sich nach meinem wenig damenhaften Hereinschlurfen in ausgeleierter rosa Jogginghose und farblich unpassendem Pulli ein Schmunzeln zu verkneifen versucht hatten und schändlich daran gescheitert waren. Tja, Schadenfreude war bekanntlich die schönste aller Freuden und ich gönnte sie ihnen, großzügig wie ich war.

Erstaunlich fand ich die Tatsache, dass ich weiterhin auf der Hochwelle schwamm. *Das war super!* Eigentlich ein Grund, um gleich wieder eine Party zu schmeißen. Nicht, dass meine Eltern da mitgemacht hätten … oder mein brummender Kopf.

Ebenso faszinierend waren die fleißigen Hauselfen, die tatsächlich das komplette Chaos von gestern Abend beseitigt zu haben schienen – soweit ich das auf meinem kurzen Weg durch den Flur, hinter den dunklen Gläsern meiner Sonnenbrille wahrgenommen hatte. Die Hauselfen mit Namen Fegegita, Desita, Moti und Kuta, wie ich vermutete. Ich beschloss, mich bei ihnen zu bedanken, sobald der *Presslufthammer*, der in meinem Hirn offenbar ganze Straßenzüge niederriss, schweigen würde.

Gequält stieß ich einen leisen, leidgeprüften Seufzer aus.

Langsam sah daraufhin mein Vater, heute im himbeerfarbenen Morgenmantel – den er wohl unverfroren meiner Mutter geklaut hatte –, von seiner Zeitung auf und musterte mich. Unwillkürlich machte ich mich kleiner. Jetzt würde sicher die bisher ausgebliebene Gardinenpredigt kommen. *Au weia!* Ich hatte es gewusst.

Lustlos knabberte ich mehr oder weniger verzagt an der labberigen Toastscheibe auf meinem Teller und wartete.

»Es ist an der Zeit«, sagte mein Vater schließlich an meine Mutter gerichtet. Mom nickte gewichtig.

Wie ominös. An welcher Zeit? Ich verstand nur *Bahnhof.*

»Iva, wir müssen uns unterhalten. Bitte komm nach dem Frühstück in mein Arbeitszimmer«, wandte er sich an mich.

Ich schluckte und schaute eingeschüchtert. Immerhin würde ich dann erfahren, was die Geheimniskrämerei zu bedeuten hatte. Mein Kopf brummte. Ich erinnerte mich an meine gestrige Befürchtung. Wollten sie mich tatsächlich auf ein Internat abschieben? Hatte ich mich nicht immer angestrengt, allen die gute Iva zu zeigen? Es war irgendwie deprimierend, nicht zu wissen, was los war. Es war … anstrengend. So, wie mich seit dem Unfall eigentlich alles anstrengte.

Von meinen Eltern kam auch kein Hinweis mehr.

Also kaute ich schweigend und noch lustloser am Rest meines Toasts herum. *Schön*, dann spielten wir dieses Spiel eben auf ihre Weise. Solange ich die Sonnenbrille anbehalten durfte und keiner schrie, war mir heute eigentlich alles recht.

Eindringliche Worte meiner Mutter brachten mich dazu, aufzuschauen: »Es gibt zwei wirklich wichtige Tage im Leben: den deiner

Geburt und den, an dem du begreifst, aus welchem Grund – *wozu* – du geboren wurdest.«

Das ließ mich meinen Toast vergessen, der mir prompt aus dem offen stehenden Mund fiel. *Wie unappetitlich* – für den Moment jedoch völlig egal. Ich war krampfhaft damit beschäftigt, jegliches geistige aktive Potential mit der Lösung des Rätsels, das mir ihre Wort aufgaben, auszuschöpfen. Ziemlich erfolglos.

»Diese Tage enthüllen dir mehr über dich, dein Leben und deine Persönlichkeit als alles andere«, fügte sie geheimnisvoll hinzu, während mein Vater vor sich hin lächelte.

Aha! Die Rädchen in meinem Gehirn drehten sich so schnell sie konnten, schienen aber irgendwie anders kalibriert zu sein als die meiner Eltern. Ich fühlte mich – im Großen gesprochen – wie das dritte Rad am Wagen, das im Gegensatz zu den anderen derzeit nicht wusste, welches Ziel dieser ansteuerte.

»Sisu«, sagte meine Mutter bereits zum dritten Mal. Wobei, ich musste mich direkt korrigieren: *Die Frau, die ich für meine Mutter gehalten hatte*, sagte es zum dritten Mal. Eigentlich war sie das noch immer – meine Mom, meine ich –, nur nicht meine biologische. Es war … seltsam und schwer zu begreifen. Meine Gefühle diesbezüglich konnte ich im Moment nicht so recht definieren. Der Schock brachte mich dazu die Information kurzfristig eher zu verdrängen.

Ich schluckte und runzelte anschließend die Stirn.

Sisu.

Die Wortwiederholung verwandelte das, was ich gerade erfahren hatte, nicht in etwas weniger Absurdes. Sisu klang für mich wie eine chinesische Katzenfuttermarke oder eine japanische Gesichtspflege. Wahrscheinlich sollte ich mich jetzt direkt bei allen Asiaten entschuldigen, die das sicher überhaupt nicht fanden. Aber ehrlich, hätte es sich nicht irgendwie *epischer* anhören können? Andererseits, was hatte ich schon für Ansprüche anzumelden? Genau, gar keine. *Niente.*

Tja, Sisu also. Selbst *Bisou* klang besser und das hieß immerhin *Kuss* auf Französisch, wenn ich in der Schule richtig aufgepasst hatte.

Sisu …

»Können wir zurück zum Anfang spulen?«, bat ich seufzend und beendete damit Desitas fortwährende Aneinanderreihung dieses für mich absolut sinnlosen Wortes. *Pah!* Da sollte noch einer sagen, Erwachsene sahen den großen Zusammenhang. Davon spürte ich momentan überhaupt nichts.

Mein Va… ähhh, Joze nickte. Er sah schicksalsergeben drein. »Desita, sollen wir es ihr nicht zeigen?«

Oh ja! Hervorragende Idee! Zeigt es mir!, wollte ich rufen, tat das allerdings nicht. Denn direkt während des nächsten Wimpernschlags kam mir in den Sinn, dass ich ja gar nicht wusste, worum es ging. Sisu, ja klar. *Aber wartet … was genau zeigen?!*

Dieses Mal schien meine Mu… ähh, Desita nicht wie am vorigen Abend des Gedankenlesens mächtig zu sein. Stattdessen fühlte ich mehr, als dass ich es aktiv tat, wie mein Körper plötzlich geschockt aufsprang und an die getäfelte Bürowand zurückwich, um sich zu schützen.

Eine unglaubliche Szene spielte sich vor meinen Augen ab.

Nein, Desita hatte sich nicht in eine fleischfressende Heuschrecke verwandelt. Sie hatte auch *keine* unsichtbaren Tentakel materialisiert oder irgendeinen seltsamen Overall an. Sie tat etwas in völligem Einklang mit sich und der Umgebung, das dermaßen mühelos und irreal war, dass ich nicht wusste, ob ich meiner Wahrnehmung trauen durfte: Sie schwebte.

Wirklich und wahrhaftig.

Nur die Farben hatten sich unmerklich verändert. Hätte ich sie nicht wie das achte Weltwunder angestarrt, hätte ich es vielleicht gar nicht mitbekommen. Ihr Körper war einen Tick verblasst. Aufgefallen war es mir hauptsächlich bei ihrem Gesicht. Jedenfalls … das Schweben … *es war keine Projektion, kein Film, kein hallo, Marvel oder DC Universe – es war echt!* Tief in mir drin wusste ich das und konnte es trotzdem nicht akzeptieren. Wollte es nicht akzeptieren.

Ich bin mir nicht sicher, ob ihr euch die Szenerie emotional vorstellen könnt. Glaubt mir, wenn tatsächlich eines Tages jemand *real* vor euch schwebt, ist es vorbei mit der Bewunderung. Dann erstarrt euer Herz schmerzhaft mitten im Schlag, eure Augen treten beim Starren hervor und eure Glieder sind plötzlich völlig nutzloser

Wackelpudding. Durch euer Gehirn ziehen Tausende und Abertausende von Fragen gleichzeitig, die alle nach einer Antwort verlangen, die ihr vermutlich nie bekommen werdet. Und die allerwichtigste in meinem Fall: Wenn sie schweben kann, was kann sie außerdem? Die Frage nach der Macht! Eine äußerst beunruhigende Frage. Deshalb gaukelt euch euer Verstand eine Art Ersatzbefriedigung vor. Er sucht nach einer rationalen Lösung und möchte mit dem, was er weiß, herausfinden, wie das, was ihr seht, sein kann. Soll ich euch das Ergebnis dieses Prozesses verraten?

Ganz einfach: Es kommt zu keinem, weil ihr es nicht erklären könnt. Nicht, wenn es um etwas wie das Schweben geht. Außer ihr ruft laut: *Zauberei!* Aber seien wir ehrlich, obwohl wir das seit den Anfängen phantastischer Erzählungen glauben möchten, tun wir es tief in unserem Inneren nicht. Denn Zauberei, das wird uns von klein auf eingebläut, gibt es nicht. Das ist tatsächlich so. *Sorry.* Meine Geschichte handelt also nicht vom x-ten Zauberlehrling, obwohl das sicher unterhaltsam wäre. Sie handelt von den Sisu, wie mir mein *nicht-wirklich*-Vater und meine *nicht-wirklich*-Mutter gerade eröffnet hatten. An dem Punkt, warum das der Fall ist, sind wir allerdings noch nicht. Noch stehe ich da wie bestellt und nicht abgeholt und habe die leise Vermutung, dass Verrücktheit mitunter ansteckend sein könnte. *Verrückt* schienen mir in dieser Sekunde nämlich alle Anwesenden zu sein – mich selbstverständlich eingeschlossen und mit dickem Marker rot umkringelt.

Behutsam wagte ich mich schließlich aber doch aus meiner eher entwürdigenden Position an der Wand, die mir sicher nicht helfen konnte. Vorsichtig ging ich zu Desita, die unvermindert und majestätisch anmutend schwebte, während sie mir freundlich und fast im Zeitlupentempo die Hand entgegenstreckte wohl, um mich nicht zu erschrecken. Mit dieser einfachen Geste wirkte sie ein bisschen wie eine der Heiligen auf diesen kleinen Bildchen, die ältere Leute manchmal als Glücksbringer bei sich hatten. Oder die man in prunkvolleren Kirchen sah. Vielleicht wegen ihres goldenen Haares und des weißen Kleides, das sie trug. Ikonen meinte ich.

Wenn sie allerdings das Gegenteil davon und damit der Teufel in Person war, hatte er sich bisher ganz gut für eine Mutter gemacht, war alles, was ich zu denken imstande war. *Galgenhumor, hallo!* Trotzdem blieb da diese Neugier bestehen, die mich dazu brachte, es unbedingt begreifen zu wollen. Das große unerklärliche *es. Das Schweben.*

Vorsichtig tastete ich zuerst mit der Spitze meines rechten Fußes den freien Raum unter ihr ab. Da war kein unsichtbares Podest. Das überzeugte mich jedoch nicht. Ich versuchte weiterhin den Trick zu knacken, der kein Trick war. Konnte es nicht akzeptieren: Es *musste* ein Trick sein! Allerdings hatten wir nicht den ersten April, geschweige denn Halloween und das alles war auch ziemlich weit davon entfernt, mich zu erheitern.

Suchend ließ ich meinen Blick zur Decke gleiten. Konnte da oben etwas kaum Sichtbares befestigt worden sein, das sie hielt? Aber wozu dann das Ganze?

Jozes herzliches Lachen unterbrach unsanft meine emsigen Nachforschungen, die ohnehin bisher keinen Anhaltspunkt geboten hatten. Grollend sah ich ihn an. *Na, herzlichen Glückwunsch.* Schön, dass sich wenigstens einer prächtig amüsierte.

»Desita, vielleicht solltest du dich bewegen«, schlug er gut gelaunt vor. »Ich glaube, Iva denkt, du hängst irgendwie am Haken.«

Das denkt Iva tatsächlich, äffte ich ihn gedanklich nach. Dass gerade er sich über die Situation lustig machte, fand ich unangebracht. Im Erklären hatten sie beide eine ›Fünf! Setzen!‹ verdient. Wobei das, was sie mir erklären wollten, wohl auch eine Masteraufgabe darstellte – das gestand ich ihnen zu.

Während Desita nun anfing, hin und her zu gleiten, nachdem sie Joze ein schmalziges: »Nur an deinem Haken!« zugeworfen hatte, beschloss ich, dass es genug war. Der anfängliche Flucht- und Hysterieimpuls hatte sich gelegt und *hey*, bisher hatte mich keiner verspeisen oder versklaven wollen. Es stand – im wahrsten Sinne des Wortes – nur ein bisschen Geschwebe im Raum. Das lief doch richtig … *toll.*

Seltsam ruhig setzte ich mich auf einen der beiden braunen, an der beigen Polsterung längst abgewetzten Holzstühle, die vor dem hochmodernen glänzenden Metallschreibtisch meines *nicht-wirklich*-Vaters standen. Dann starrte ich ihn nonchalant über den oberen Rand des Bildschirms seines PCs hinweg an. Langsam schob ich die Sonnenbrille hoch, bis diese mittig auf meinem Kopf saß.

»Cool, wir können … fliegen«, stellte ich sarkastisch fest. »Können oder haben wir noch was? Laserblick, Megastärke, Zeitspringen, Heilkräfte, irgendetwas?«, wollte ich wissen und feuerte ein ganzes Repertoire an Dingen ab, die ich während meiner *Win-Win*-Wochenenden aufgeschnappt hatte.

»Iva!«, rief Desita erregt, die, nun wieder in voller Farbe neben mir Platz nahm. Mein Verhalten schien nicht das gewünschte zu sein. *So was.* Ehrlich, wie hätte sie denn bitte an meiner statt reagiert?

»Was?!«, rief ich dementsprechend. »Ist doch eine berechtigte Frage.«

Joze murmelte etwas von *dieser-ganze-neumodische-Medien-Scheiß*-gehört-verboten, sagte laut indes: »Okay, noch mal von Anfang an, ja? Dir zu Beginn zusammenhangslose Fakten aufzutischen, war vermutlich nicht hilfreich, deshalb werde ich versuchen, dir einen Teil unserer Geschichte zu erzählen – deiner Geschichte –, der Geschichte der Sisu. Vielleicht schafft das eine Identifikationsgrundlage, auf der wir aufbauen können.«

Ich nickte. Identifikation. *Soso.* Dann mal los!

»Die ursprüngliche Sprache, von der das Wort Sisu abstammt, wie auch die meisten der Namen, die den Sisu in den letzten dreißig Millionen Jahren bei ihrer Geburt gegeben wurden, stammt nicht von dieser Welt.« Er sagte es, ohne die Stimme zu heben. Wohingegen in meinem Kopf die Warnleuchten taghell aufflammten, während ich nur zu starren imstande war.

Dreißig Millionen Jahre?! *What the fuck!*

Nicht von dieser Welt?! *Eine Nummer kleiner ging's wohl nicht?*

Joze sprach bereits weiter: »Genau genommen stammt sie auch nicht aus diesem Sonnensystem. Wir haben sie mitgebracht. Amharisch, die Sprache, die selten, aber von einigen wenigen in Äthiopien gesprochen wird, kommt unserer am nächsten. Sie drückt übersetzt aus, welche Eigenschaften mit jedem Namen und damit der Person verbunden sind. Die Bezeichnung, mit der man uns ruft, ist deshalb nicht bloß ein Wort, sie ist ein Fundament – eine Vorsehung. Kennst du den Namen, kennst du den Sisu.«

»Oder den Kifu!«, warf Desita leise ein.

Kifu?

Joze runzelte die Stirn und nickte. »Korrekt, oder den Kifu. Es ist ein bisschen wie eine Wort-Bild-Analogie.«

»Und was heißt Sisu?«, fragte ich dazwischen.

»Einfühlsam«, antwortete Desita prompt.

»Und Kifu?«

»Böse« Joze sah mich ernst an.

Ich nickte. »Okay … wir sind die einfühlsamen Guten und es gibt ein schauriges Pendant – die *mysteriösen* Bösen. Verstanden.« Elementare Grundlage jedes Hollywood-Blockbusters und anscheinend auch dieser Geschichte gelernt: Unterscheide Weiß von Schwarz. Jetzt war ich spitzenmäßig gewappnet. War der Rest auch so *simpel?* Handelte nicht alles von Macht, Geld, Liebe oder Tod? Vermutlich. Weil das die Dinge waren, die von jeher alle antrieben.

Ungeduldig wippte ich auf meinem Stuhl. »Und … wer sind *die?* Was bedeuten eure Namen? Woher kommen wir? Wo oder wer sind meine leiblichen Eltern? Und was können wir tatsächlich?«

»Eines nach dem anderen«, versuchte Joze mich zu beschwichtigen. Er wirkte irritiert. »Wie ich zu Anfang dieses Gesprächs sagte, sind wir ein sehr, sehr altes Volk. Wir sind älter als die Erde und damals, vor circa dreißig Millionen Jahren, hier … gestrandet.«

»Und die Menschen? Ich meine, wir leben unter ihnen, oder? Und sehen alle gleich aus?! Obwohl sie nicht wie wir sein können – sonst wäre es kein Geheimnis, dass es Sisu gibt. Woher weiß ich also, wer wer ist? Woher weiß ich, dass ich eine Sisu bin?«, konnte ich mich nicht abhalten, wieder ziemlich konfus dazwischenzufragen. Das ging mir zu langsam. *Ich wollte keine historische Abhandlung, ich wollte Klarheit.* Ich wollte umfassendes Wissen. Und das am besten seit gestern! Dabei kam mir das Wort Sisu noch immer schwer über die Lippen.

Joze seufzte hörbar. »Ich reden, du zuhören!«, sagte er streng.

Desita kicherte.

Sie kicherte! Das hatte ich ja noch nie gehört.

Ich nickte ergeben. Solange er endlich mit den interessanten Dingen herausrückte, war ich einverstanden.

»Einst war Simeti unser Heimatplanet und wir das, was heutige Forscher eine Hochkultur oder eine hochentwickelte Spezies nennen. Damals … bevor Simeti dem gleichen Schicksal erlag, das bereits eurer

Sonne Lichtjahren zuvor zuteil wurde: der Verbrennung. Wie du sicher weißt, glimmt ein Feuer, bis es keine Nahrung mehr bekommt. Nun, im Vergleich zu eurer Sonne, die selbst heute menschliche Ewigkeiten vor sich hat, war Simeti bereits kurz nach seiner eingeleiteten Vernichtung dabei, zu sterben.« Er schluckte hörbar. »Es kommt immer auf das an, was in Brand gesetzt wird – auf die Substanz, das ›Material‹. Inzwischen ist nichts mehr von unserer Heimat übrig; nur noch der Strudel eines mittelgroßen schwarzen Lochs.«

Wie es sich angefühlt haben musste, seine Heimat zu verlieren? All das Chaos, das Leid, der Schmerz und die Hitze, die von allem Besitz ergriff. Ich schauderte.

Die Beklemmung, die Jozes Erzählung in mir ausgelöst hatte, ließ mich ein egoistisches: »Schön! Und was hat das mit mir zu tun?« schlucken. Ich wagte mir nicht auszumalen, wie es gewesen war, alles, was sie gekannt und geschätzt hatten, in Flammen aufgehen zu sehen. Mir war sofort aufgefallen, dass Joze erzählte, als wäre er dabei gewesen. Das konnte kein Zufall sein. Gleichwohl … dann war er theoretisch wie alt?! *Ur-ur-ur-ur-ur*alt! Das konnte nicht stimmen.

»Unsere Welt brach uns damals sprichwörtlich unter den Füßen weg. Schneller, als wir schauen konnten. Wir mussten handeln oder sterben. Die Wahl lag bei uns. Und es gab nur eine Hoffnung, die wir hatten: Die Legende, aus deren Schoß in grauer Vorzeit die Wächter der Galaxien – die Wächter aller belebten Planeten –, die Zymaha, geboren worden waren, sprach von einem Orakel. Im Ernstfall einer gleichzeitigen Vernichtung des Weltenwächterpaars, das unsere Welt schützte, und einem Zerfall der sieben Trimate, die regierten, sollte dieses dem, der es rief, einen Wunsch erfüllen. Amilaki, der junge König, der uns damals zusammenhielt, verlangte in der größten Not nach dem Orakel, um Schutz für uns zu erbitten. Schutz in Form einer Rückgängigmachung des Geschehenen, also einem Eingriff in das Raum-Zeit-Kontinuum. Doch die Inati, die oberste Seherin, die erschien, wies ihn zurück, denn er forderte Unmögliches. Sie gebot ihm stattdessen seinen Wunsch aufzusparen und zeigte ihm den einzigen Ausweg, den sie sah: die sofortige Umsiedelung des gesamten Volkes auf einen Planeten, der sich gerade erst zu entwickeln begann. Der dieselben Rohstoffvorkommen, dieselben klimatischen Bedingungen aufwies und dessen Magnetfeld ähnliche Kräfte ausübte, wie es das unsrige getan hatte.«

Nervös knetete ich die Hände. Auch Desita schien gespannt zu lauschen, dabei kannte sie die Geschichte sicher, oder? Wie alt mochte sie sein? Hatte sie das Grauen ebenfalls am eigenen Leib verspürt oder war sie nur Zuhörer wie ich? Vermutlich sprachen die beiden so oder so nicht oft darüber. Wozu auch? Besonders positiv nostalgisch angehaucht wurde man davon nicht.

»Eine Art Geschenk waren drei Weltenwächter, die uns fortan beschützen sollten: Ibabi und Darin, die gerade ihre Ausbildung abgeschlossen hatten, und Väterchen Ludopus, der schon lange als kundschaftender Wächter agierte und nun zum Sternenwächter der Milchstraße bestimmt wurde. Obwohl die Erde ungleich kleiner war als Simeti und damit nicht groß genug für alle Sisu ...«, er stockte. »... hatte die Inati das wohl vorhergesehen, da es nur circa achttausend von uns schafften, unbeschadet zur Erde zu kommen. Die achttausend Stärksten. Sie strandeten dort, wo heute Äthiopien liegt. Auf einem Planeten, der für die Menschen, die es damals noch gar nicht gab, mit heute etwa 4,6 Milliarden Jahren uralt zu sein scheint und uns wie frisch geboren vorkam.«

Ich staunte.

Desita nickte bestätigend. »Moderne Wissenschaftler sind der wahren Wiege der Menschheit schon recht nahe gekommen.«

Okay. Mir stand der Mund offen.

Joze fuhr fort: »Unter den Ankommenden waren auch auch Amilaki, Desita, Saki, Fegegita, Tesifa und ... ja, auch Mariyam. Letztere hast du bisher nicht kennengelernt, aber das wirst du bald. Das Klima war vollkommen anders als heute. Die Durchschnittstemperatur lag bei etwa fünf Grad. Die Erde erkaltete bereits. Es bildete sich eine Eiskappe über der Antarktis. Die Entwicklung heutiger Tektonik und Vegetation, die beginnende Artenvielfalt ... nun, was soll ich sagen, alles stand am Beginn einer großen Veränderung.«

»Es sind seitdem auch *Millionen* Jahre vergangen«, warf ich, meine Stimme wiederfindend, trocken ein. »*Keine* Veränderung wäre bei der Zeitspanne eher ungewöhnlich.«

Joze nickte. »Versuch dir trotzdem vorzustellen, wie es damals war: Im Prinzip nicht anders als nach jedem Krieg. Nur, dass es für uns nicht einmal Trümmer zu bergen gab. Viele hatten ihre Geliebten verloren, viele hatten ihr Libi verloren – *Libi*, das bedeutet Herz. Es symbolisiert für unser Volk die weit engere körperliche und mentale Verbindung, die wir zu unseren Geschwistern haben. Sisu gebären nur ein Mal und immer Zwillinge des gleichen Geschlechts, die ihre Fähigkeiten normalerweise ab dem sechzehnten Lebensjahr voll entfalten.« Er sah mich intensiv an.

»Die Zeugung und Geburt sind bewusste, anstrengende Prozesse, aufgrund derer die Eltern zwischen zehn und zwanzig Jahre später sterben – oder wie wir sagen: *erlöschen*«, übernahm Desita das Reden. »Für uns ist diese Spanne ein Wimpernschlag, der allerdings das Aufziehen des Nachwuchses ermöglicht. Es geht weniger darum, Eltern zu werden, sondern vielmehr um klassische, biologische Reproduktion. Dadurch wird die Anzahl der Individuen des Volkes konstant gehalten. Unser Geschwisterkind ist jedoch unsere einzige Familie, die bleibt, unser Libi, unser Herz, bis wir heiraten.« Sie musterte mich wie Joze zuvor, als sollte ich zwischen den Zeilen lesen.

Und das versuchte ich. Aber … war ich nicht ein Einzelkind? Wie konnte ich eine Sisu sein? Wo war mein Zwilling? Hatte ich etwa eine *Schwester??* Ich hatte mir heimlich schon immer Geschwister gewünscht! Das wäre … wow! *Eine Zwillingsschwester …* Den Gedanken wiederholte ich laut.

»Leider nicht«, ernüchterte mich Joze direkt.

Gespannt blickten er und Desita mich weiterhin an, als stünde ich trotzdem kurz davor, die Millionenfrage bei *Wer-wir-Millionär* zu knacken. Dabei war ich ganz weit davon entfernt. Ich trauerte noch immer der Vorstellung hinterher, eine Zwillingsschwester zu haben. Außer … *nein*, das konnte nicht sein! Schließlich war er unverkennbar männlich und ich mochte ihn sehr. *Zu sehr* – zumindest dafür. Trotzdem … »Ist *Iyesu* mein Libi?«, fragte ich stockend. War das die Erklärung für meine ungewöhnlich tief empfundene Trauer? Für den Verlust, den ich zunehmend spürte? Und die Zuneigung?

Stille trat ein.

Ich wartete nervös.

Endlich nickte Joze. »Ist er.«

Vielleicht meinte ich deshalb manchmal zu spüren, dass er irgendwo da draußen war. Bedeutete das, dass er lebte? Nervöse Freude gepaart mit Unglaube und der Vorsicht, mir jetzt nicht zu viel zu erhoffen, hielten mich in Atem.

»Dann ist er gar nicht älter?«, platzte ich heraus. Irgendwie wollte ich meine Vermutung, meine ungewöhnlichen Gefühle betreffend, für mich behalten. Meine Gedanken liefen Amok – mit in Glitzer getauchten pinken Gummigeschossen bewaffnet. Es war nicht so, dass ich meinen *nicht-wirklich*-Eltern nicht mehr vertraute, nur kam das alles äußerst überraschend und der Unfall war ja wirklich sehr dubios gewesen. Dahinter steckte sicher mehr, als es den Anschein erweckte!

»Ist er nicht. Aber eure Papiere sind echt. Gleichzeitig entsprechen sie natürlich nicht der Wahrheit. Du bist *offiziell* von einer Sewi-Familie, einer Menschenfamilie, durch uns adoptiert worden. Und Mariyam gab bei ›Vater‹ einen Sewi auf Iyesus Geburtsurkunde an. Sie war damals gerade erst … hergezogen. Darin bestand demnach kein Problem. Wir nutzten das Alter als zusätzliche Sicherheitsmaßnahme, um euch zu schützen.«

Schützen?

»Wir suchen im Übrigen noch immer nach den beiden«, warf Desita leise ein. »Ich wollte es dir sagen, aber ich wusste nicht wie, ohne mehr zu erzählen. Das war bis jetzt nicht möglich, denn auch wir haben Regeln.«

»Und?«, fragte ich aufgeregt. Meine Hände waren unwillkürlich feucht geworden. Mein Herz schlug ungewöhnlich schnell. Hoffentlich hatten sie im Gegensatz zu den unfähigen Detectives eine Spur!

»Leider verläuft die Suche bisher erfolglos«, gab Joze zu und machte damit meinen Lichtblick innerhalb weniger Sekunden zunichte. Er schaute wahrhaft düster drein.

»Kifu?«, fragte ich vorsichtig. Natürlich hätten es auch Menschen oder eine andere … außerirdische (denn das waren sie ja, oder?) Rasse sein können.

Oh mein Gott! Ich realisierte das erst jetzt richtig. Joze sprach eindeutig von extraterrestrischem Leben. Von ihnen. Von mir! *Ich war ein Alien!* Das war erschreckend. Dabei fühlte ich mich kein bisschen … *alienated.*

Schnell schob ich den Gedanken beiseite und konzentrierte mich auf das Gespräch. Für mich waren die *Kifu* (als Entführer!) intuitiv nach all dem die logische Erklärung. Die Bösen mussten es sein. Das waren sie immer. Zumindest in den Filmen und Serien, die ich schaute. Doch warum waren sie es hier? Denn das hier war schließlich das *echte* Leben.

»Ja, Kifu. Heute wie damals«, murmelte Desita leise.

Ob diese Bestätigung jetzt gut oder schlecht war – keine Ahnung. *Damals?* Wie damals bei der Vernichtung Simetis? Aber welches Damals auch sonst.

»Obwohl wir es nicht genau wissen«, fuhr sie fort. »Lass uns das Thema vorerst beenden und auf unsere Geschichte zurückkommen.« Sie machte eine bedeutungsschwere Pause. »Der Fall Simetis und der sieben Trimate war das Ende einer Weltordnung. Unserer Weltordnung«, offenbarte sie. »Das Ende einer Ära voller Glück, Zufriedenheit und des erfüllten Lebens, wie wir es kannten.«

Joze sah sie beklommen an. Er nickte zustimmend. »Fast alle, die überlebt haben, hatten Verluste erlitten. Den größten Verlust, so schien es, musste Amilaki einstecken. Seine Anisti Amilaki, seine Frau, würden wir hier sagen, war nicht stark genug. Sie hat die Erde nie erreicht.«

Das klang in der Tat tragisch. Der junge König tat mir unendlich leid, denn ich konnte seine Gefühle gut nachvollziehen. Ich wusste nicht, ob mir zum Weinen oder zum Lachen zumute war. Es war unsere Geschichte, meine Geschichte. Und doch war sie für mich nichts anderes als eine Erzählung. *Irreal.* Ich wollte sie begreifen, allerdings hängte sich mein Verstand an all den Details auf, die mir unklar waren.

»Wie seid ihr überhaupt angekommen?« Raumschiffe hatte es vor dreißig Millionen Jahren noch nicht gegeben, oder? Wobei Captain Nero und sein hochmodernes romulanisches Bergbauschiff *Narada* ebenfalls aus der Zukunft gekommen waren, jedoch im Zeitalter der Sternenflotte landeten. Sagte also die Zeit in dieser Hinsicht gar nichts aus? Möglich war alles. Allerdings war Nero auch eine Figur aus *Star Trek* – Science Fiction, geschrieben durch die Hand eines Autors –, dessen größter Fan ich *by the way* war.

»Wir erklären dir das besser später, im Zusammenhang mit deinen Talenten … deinen Fähigkeiten, ja?«, meinte Desita praktisch denkend.

»Es wird das Beste sein«, stimmte Joze ihr zu. »Hast du je die Schöpfungsgeschichte gelesen?«, fragte er mich plötzlich.

»Die in der Bibel?«

»Welche sonst?«

»Was weiß ich. Die der Wissenschaft«, nun war ich ein bisschen angefressen. »Chemische Evolution, biologische Evolution, schon mal gehört?!« Zuerst packten sie mir Batzen für Batzen aufs Tablett und jetzt wurde Joze schnippisch. *Echt jetzt?* Musste das sein? Was erwarteten die beiden von mir? Dass ich laut ›Juhu!‹ rief?! Und alles direkt glaubte? Nein, dafür klang es zu sehr nach einem Märchen. Obwohl bisher das übliche Disney-Happy End fehlte.

»Von mir aus auch die – jede enthält einen Teil der Wahrheit«, wiegelte Joze ab. Dann wirkte er, als sammle er sich für das Kommende. »Amilaki betrauerte den Verlust seiner Frau fürchterlich und schuf sich, statt eine andere Sisu zur Frau zu nehmen, aus der Natur der Erde, nenne es von mir aus den Bausteinen, die die chemische Evolution bereitstellte, eine Frau nach dem Ebenbild seiner Anisiti. Sie war das erste beseelte, menschenähnliche Wesen. Ein Wesen, das nicht der biologischen Evolution zuzuschreiben war, und die beiden lebten glücklich. Richteten sich eine Wohnstatt mit Garten ein und nannten diese Edeni. Jetzt sollte dir hoffentlich ein Licht aufgehen!« Joze sah mich direkt an.

Sicher, der *Garten Eden.*

Ich schlug die Augen nieder. Wenn die Geschichten sich einigermaßen deckten, würde diese nicht besonders gut ausgehen. *Also ohne Happy End.* Schade, ich hätte es dem König bei all den Tiefschlägen gegönnt.

Desita war ungewöhnlich still.

»Nun …«, brummte Joze. »Sie gebar ihm Kinder, die ersten Menschen, oder Sewi, wie wir sie nennen«, fuhr er ungerührt fort. »Doch Ibabi, die junge Wächterin, die sich von Anfang an in den ehemaligen Prinzen verliebt hatte, neidete ihnen ihr Glück. Insbesondere, da Darin, ihr Partner und Libi – bei den Zymaha bedeutet es beides –, ein ziemlich fauler Nichtsnutz war … und *ist.*« Er schwieg.

»Was hat sie getan?«, wagte ich zu fragen.

»Man hätte meinen sollen, einer drohenden Vernichtung zu entfliehen hätte ausgereicht, um nicht noch mehr Schmerz verursachen zu wollen. Die Liebe ist indes eine mächtige Waffe. Sie entfesselt Kräfte, die unaufhaltsam wirken. So ließ Ibabi es zu, dass Pami Hansen, der erste Berater von Chelemna, dem Erobererkönig der Kifu, der uns alle erst ins Unglück gestürzt hat, mit seinem Hurgathen Zafi – einem riesigen silbernen Löwen mit Flügeln aus feinsten Federn – eines Tages Haus und Garten Edeni zerstörte. Es war ein politisches Ränkespiel, doch starb infolge des Angriffs Amilakis Frau. Ein zweites Mal sozusagen, und er selbst begann sich danach Stück für Stück zurückzuziehen.«

Shit! Gleichzeitig dachte ich: Ich will den Löwen unbedingt mal sehen! Allerdings nur, wenn auch dieser mich nicht verspeist. »Wer von ihnen war die Schlange?«, fragte ich leise und erinnerte mich an den Religionsunterricht. Adam und Eva lebten im Garten Eden. Also Amilaki und seine Anisiti in Edeni. Und eine hinterlistige Schlange vertrieb sie, meinte ich mich zu erinnern. Stellte sich nur die Frage, ob dies Ibabi oder Pami gewesen war.

»Ibabi.« Desita sah fast traurig aus. »Sie hat sich seitdem verändert. Es ist viel Zeit verstrichen. Sie war uns eine gute Wächterin, was man von Darin nicht behaupten kann. Wenn sie könnte, würde sie ihren Fehler mit Sicherheit ungeschehen machen.«

»Das hilft nichts«, entgegnete Joze fast zornig. Er schien nicht bereit zu sein, alte Verfehlungen zu vergeben. Selbst wenn diese Ewigkeiten zurücklagen.

Desita verzog den Mund. »Nein, vermutlich nicht.«

»Und der Apfel?« Ich versuchte noch immer Ordnung in die Geschichte zu bringen. Die drehte sich doch auch um einen vergifteten Apfel in den Eva biss, durch die Schlange verführt. Dann musste es …

»Pami, und falls du jetzt gleich fragst: Zafi bedeutet Baum.«

»Die Vertreibung aus dem Paradies ist nichts anderes als eine umgekehrte Sinnbild-Fabel.«

Ich nickte. *Okaay.* Es war mehr denn skurril, dass etwas, das ich mit meiner praktischen Natur unter ›Ammenmärchen‹ eingeordnet hatte, tatsächlich geschehen war. Aber sagte man nicht, dass in jeder Geschichte ein Krümel Wahrheit steckte? In dieser war es eben ein ganzer Brocken.

Meine Gedanken begannen zu springen. Es war ungeheuerlich. Und ich so … *unwissend.*

»Und Iva? Was bedeutet mein Name?«, überlegte ich laut. Würde ich gleich vor meinem eigenen Wesen erschrecken oder war es derart offensichtlich, dass es mir ein innerliches ›Ahh!‹ bescheren würde?

Jozes Stimmung hob sich schlagartig wieder, zusammen mit seinen Mundwinkeln. »Iva«, sagte er, »heißt Iva.« Er lachte vergnügt.

»Sehr lustig«, grummelte ich enttäuscht. »Ich dachte, jede Sisu hat einen *altehrwürdig-supergeheim-verschlüsselten* Namen?«

Joze grinste, ganz augenscheinlich weiterhin amüsiert. »Ja.«

Ich fühlte mich zunehmend veräppelt.

»Du hast einen zweiten Namen, den dir Tesifa verraten kann«, erbarmte sich Desita. »Wir kennen ihn nicht. Das ist eine kalkulierte Sicherheitsmaßnahme.«

»Oh!«, machte ich, weil jemand, von dem ich nichts wusste, eine Menge über mich zu wissen schien. Insbesondere etwas, dem für die Sisu solch eine große Bedeutung zukam wie meinen wahren Namen. *Wie das schon klang.* »Und wann lerne ich Tesifa kennen?«

»Nächste Woche. Du wirst einen Nachmittag bei ihr verbringen, um zu lernen, wie du deine Kräfte beherrschen kannst. Dann kannst du ihr Löcher in den Bauch fragen! Sie ist übrigens Fegegitas Libi, ihre Schwester. Also sei ganz du selbst und frag, was immer dir auf dem Herzen liegt. Du brauchst keine Angst zu haben.«

Aha! Das war beruhigend. Ich mochte unser Hausmädchen und Geschwister waren sich vielleicht ähnlich.

»Zurück zum Eigentlichen: Das war ein erster, halbwegs geordneter Geschichtsabriss, den ich unterbrechen möchte, um dir zu erklären, wie die Völker und Welten zueinander stehen«, erklärte Joze. »Ich weiß, dass das viel auf einmal ist, aber mir ist sehr daran gelegen, dass du nach diesem Gespräch, wenn auch nur grob, von allen Zusammenhängen wenigstens einmal gehört hast.«

Ich nickte. Mein Wissensdurst war *lange* nicht gestillt. Völker, und vor allem Welten (Plural!), klang mehr als spannend!

»Es gibt unserem – begrenzten – Wissen nach momentan drei belebte Galaxien mit einst sieben Völkern, von denen noch sechs existieren. Vormals gab es sieben belebte Welten, von denen nur fünf unversehrt sind. Die Wächter haben aufgrund ihrer uneingeschränkten Transzendenz, die sie sich während ihrer Ausbildung aneignen, sicher aktuellere Informationen, aber ihr Codex gebietet ihnen, die Geheimnisse des Alls zu bewahren. Jede Frage dahingehend ist vergebliche Liebesmühe. Was sie nicht von sich aus preisgeben wollen, wird keiner je erfahren.« Er fuhr sich zerstreut durchs Haar. Der Codex gefiel ihm anscheinend nicht besonders.

Drei Galaxien!

Fünf Welten!

Sechs Völker!

Unglaublich! Und alle verband ein Kampf? Der zwischen Sisu und Kifu?

»Die drei Galaxien«, sprach Desita an seiner statt weiter, »gliedern sich in unser Sonnensystem, in die dazu im 45 Grad-Winkel liegende Galaxie, in der einst Simeti verglühte, sowie eine parallel liegende Galaxie mit einem Planetensystem, das unter anderem Aysis, die Heimstatt der Zymaha, umfasst. Wie du weißt, zieht in unserem Sonnensystem die Erde ihre Bahnen. In der zweiten Galaxie existiert neben Simeti *Kekifa*, der Heimatplanet der Kifu. Und in der dritten Galaxie, die eine Art Unterebene zur zweiten bildet, befinden sich zu dem Planeten der Wächter das Nest der Teufelsanbeter, Amendon, und Avelor, der Zuchtplanet der Kifu für ihre Hurgathen.«

Jaaa … Das war vielleicht doch ein *bisschen* kompliziert.

Nach einem Blick in meine geweiteten Augen griff sich Desita Stift und Papier von der Ablage rechts auf Jozes Schreibtisch und begann, in aller Schnelle die erläuterte Konstellation zu skizzieren. Als sie fertig war, schob sie ihr künstlerisch wertvolles Ergebnis (drei Ellipsen mit sieben Punkten) in die Mitte des Tisches und tippte mit dem Stift zielsicher auf das Sonnensystem der Erde.

»Werfen wir einen Blick auf die Spezies. Da haben wir auf der Erde die Sewi, die Menschen, die Amilaki erschuf und uns, die Sisu. Die Sonne …« Sie verschob die Spitze des Kugelschreibers. »… beherbergte einst die Aufzucht unserer Reittiere, die wir liebevoll Diyonos nannten.«

Diyonos … Dinos … Dinosaurier? »Es gab sie nie hier?«, fragte ich atemlos. *Gooosh!* »Aber die angestaubten Knochenfunde in den Naturkundemuseen überall auf der Welt sind doch echt, oder? Oder nicht?« Das Skelett des Tyrannosaurus Rex, unter dem ich mal bei einem Schulausflug gestanden hatte, war mir verdammt real und Furcht einflößend vorgekommen! Ein Relikt aus längst vergangener Zeit – trotzdem beeindruckend. Auf so was waren Joze und Desita geritten?! Oder wie durfte ich mir das vorstellen? Das war … das konnte … *also* …

»Es gab sie hier, ganz zu Anfang, da wir versuchten, einige von Simeti mitzubringen. Dennoch verendeten sie. Sie waren die kalten Bedingungen der Eiszeiten, die in Zyklen auf der Erde herrschten, weil die Wärmequelle zu Beginn unseres Asyls auf diesem Planeten noch nicht genug Hitze spendete, nicht gewohnt und starben bereits innerhalb viel zu kurzer Zeit aus«, erklärte Desita. Sie klang unendlich traurig.

»Durch das fortschreitende Verglühen wurde die Sonne bis zur heutigen recht stabilen Verbrennung immer heißer«, übertönte Joze sie.

Desita deutet ein Nicken an. »Auf Simeti, wohin wir vor Urzeiten einen Teil der Kolonie evakuieren konnten, da die hiesige Sonne in Flammen aufging, war es sehr viel wärmer. Die Wärmequelle unserer Heimatgalaxie ist um ein vielfaches größer im Vergleich zu der dieses Systems, musst du wissen. Damals, als wir zur Aufzucht die Sonne wählten, war der Planet selbst kalt, wurde aber von vier brennenden Planeten umkreist, die inzwischen vollständig und ohne Spuren zu hinterlassen verglüht sind. Sie war damit der vielversprechendste Stern des Systems.«

»Nun, die Diyonos waren schlussendlich nicht anpassungsfähig genug – im Gegensatz zu uns«, meinte Joze pragmatisch. »Wir konnten die fehlende Restwärme der Umwelt, der Luft entziehen, die Diyonos konnten es nicht.«

Ähhh … Ich fühlte mich zunehmend überfordert.

»Also die Knochen sind echt«, beantwortete Desita meine eigentliche Frage. »Nur … hatten die Diyonos genau wie wir andere Lebenszyklen als die Sewi. Dementsprechend ist die Datierung ihrer Überreste irreführend.«

Joze schnaubte abwertend, er schien nicht viel von den Anstrengungen der Menschen zu halten, ihren Ursprung ergründen zu wollen.

Desita hingegen tippte bereits mit dem Stift auf die zweite Galaxie. »Über Simeti haben wir schon gesprochen. Zu Kekifa gibt es nicht viel zu sagen, nur dass eine Galaxie meist ähnliche Wesen hervorbringt. Im Aussehen unterscheiden wir uns nicht besonders von den Kifu, allerdings hat sich jede Spezies mit ganz eigenen Fertigkeiten den Umweltgegebenheiten ihres Planeten angepasst. Wobei es auch da eine recht märchenhafte Legende gibt, dass die Sisu und die Kifu einst aus einem Schoß hervorgegangen sind. Aber das ist in der Tat keine historische Geschichte, sondern eine fantastische – zumindest soweit wir wissen.« Sie verzog das Gesicht zu einer Grimasse. »Um dir ein plastisches Bild zu vermitteln: Kekifa ist ziemlich trostlos. Das war nicht immer so, lässt sich aber nicht mehr rückgängig machen. Ohne sich weit aus dem Fenster zu lehnen, könnte man sagen, dass die Vorstellungen der Hölle, die die Sewi gerne hegen und pflegen, in diesem Zusammenhang nicht allzu weit hergeholt sind.«

»Ja und Chelemna fühlt sich sicher geschmeichelt, von den Sewi als Teufel dargestellt zu werden.« Joze lachte bitter auf. »Vielleicht hat er ihnen diesen Floh sogar selbst ins Ohr gesetzt. Das traue ich ihm ohne Weiteres zu.«

Ich schaute hin und her. Die Macht, die die Kifu anscheinend über die ... Sewi erlangen konnten, erschreckte mich. Das alles war überwältigend. Und die ganzen Informationen eigentlich weit über dem Pensum, das ich an einem Tag aufnehmen, begreifen und abspeichern konnte. Dabei fing es gerade erst an!

»Na ja, zu den Kifu nachher mehr.« Desita klopfte auf die letzte Galaxie und das System mit den drei Planeten, die sie eingezeichnet hatte. »Aysis. Dort werden die Zymaha aufgezogen, bis sie ihre Ausbildung beginnen. Allerdings ist eine Reise hin und zurück, die ohnehin von der Erde aus für uns nicht möglich ist, keinesfalls empfehlenswert. Die Sphäre ist das galaktische Bermudadreieck.«

Ich brachte tatsächlich ein kleines Lächeln zustande. Schade, dass sich Chelemna da anscheinend noch nicht hinverirrt hatte und auf Nimmerwiedersehen verschwunden war.

»Amendon ist, *na ja ...* bewohnt kann man vielleicht auf eine spezielle Art sagen. Der Planet ist das Nest grausamer Kreaturen, die sich irgendwann ansiedelten und sich fast selbst ausgerottet haben: Flammenwesen. Er spendet mit seiner Hitze dem System Wärme. Damit ist er gleichzeitig ungeliebt, aber unverzichtbar. Bleibt Avelor, der die gleiche Aufgabe für die Kifu hat wie einst die Sonne für uns hatte«, endete Desita.

Stille trat ein.

»Okay, das war einiges, worüber ich nachdenken werde. Aber mir liegen noch immer zwei Fragen auf der Zunge«, sagte ich langsam.

Geschichte war schön und gut, ich wollte allerdings auf die für mich vorrangigen Fakten zurückkommen. Auf die, die mich betrafen – ganz konkret.

»Die Fähigkeiten?«, fragte Desita.

Ich lächelte.

Joze nickte. »Nun, wir sind keine Comicsuperhelden, aber wir können die innere Struktur eines jeden Stoffs wahrnehmen. Wir können Schicht um Schicht mit unseren Sinnen durchdringen und unendlich viel tiefer gehen. Bedürfnisse, Schmerzen sind für uns offensichtlich. Wir können sie spüren, wenn wir unsere Aufmerksamkeit darauf fokussieren. Und wir haben die Macht zu verändern. In Maßen können wir elementarste Strukturen neu anordnen und vor allem können wir die Dichte von allen auf der Erde vorkommenden Materialien bestimmen. Das war es, was du bei Desita gesehen hast. Sie hat ihre Molekülstruktur kurzzeitig manipuliert, auseinandergezogen und sich leichter gemacht. Dadurch konnte sie schweben, sehr vereinfacht ausgedrü…«

»Ich habe dich beobachtet, Iva. Gestern haben deine Fußsohlen den Boden für den Bruchteil einer Sekunde nicht berührt«, schnitt Desita ihm das Wort ab. »Weißt du, was das bedeutet?«

Mooooment! Was?! Deshalb hatte sie mir auf die Füße gestarrt! Ich war nicht betrunken gewesen. Also das auch. Aber eben nicht nur. Das hieß, ich konnte es! Schweben. *Wirklich und wahrhaftig.*

»Hast du es gemerkt?«, fragte sie mich. »Ich denke, du hast großes Talent, wenn du bereits jetzt unbewusst beherrscht, wofür manche Sisu jahrelang trainieren müssen – alles ist Übung, Übung, Übung, klar. Angeborenes Talent kann dir jedoch keiner nehmen.«

Da klang eindeutig meine Mom durch. Der Schalter ließ sich wohl nicht von einem auf den anderen Tag umlegen.

»Ja!« Ich war froh! So froh, es mir nicht eingebildet zu haben. »Das heißt, ich kann die Signale, die mir Teilchen der Umwelt senden, empfangen«, fasste ich zusammen. »Und ich kann in gewissem Maße auf sie einwirken?«

»Genau«, sagten meine *nicht-wirklich-*Eltern wie aus einem Mund.

»Okay« *Das* klang reichlich skurril.

»Du bist empfindsamer. Fühlst mehr«, meinte Desita und gestikulierte dabei wild.

Aha! Fühlte mehr. Das sollte eine Fähigkeit sein? Nahm ich deshalb nicht Tabletten? Andererseits … das Hoch war noch da! »Und werden die Depressionen weggehen?«, spann ich den Gedanken laut weiter.

»Vermutlich«, meinte Desita lächelnd.

»Das klingt für mich, als hätte ich meine Zeit bei Dr. Murray völlig umsonst verbracht, wenn eine Besserung absehbar war? Warum habt ihr mich *da* hingeschickt?« Auf der einen Seite war die Offenbarung toll, auf der anderen empfand ich sie wie einen Schlag vor den Kopf. Ich verstand es nicht. Ehrlich nicht.

Desita schien zu zögern. »Aus verschiedenen Gründen. Früher haben wir frei gelebt. Wir konnten *wir* sein. Konnten immer fliegen. Es war wie gehen. Heute steht es ungefähr sechstausend zu acht Milliarden mit zunehmender Tendenz für die Sewi und wir sind nicht einmal mehr wirklich zu Gast, verstehst du? Wir wollten keine Aufmerksamkeit erregen. Außerdem ist es ungewöhnlich, dass vor dem sechzehnten Lebensjahr Schwingungen aufgenommen werden können, denn erst ab dem Stichtag des Geburtstages erlangt ein Sisu normalerweise nach und nach die Kontrolle über seine Kräfte. Diese entwickeln sich dann – im selben Maß wie der Sisu. Zumindest ist uns nichts anderes bekannt. Wir dachten, der Unfall hätte dir zugesetzt und wollten dein Bestes. Eine irre Story hätte die Situation womöglich nur zugespitzt und Dr. Murray ist doch nett.« Sie klang ehrlich bemüht und mitfühlend.

Ja er war nett. Einen Tick *netter* wäre es natürlich gewesen, wenn wir dann auch bei Gesprächen geblieben wären.

»Nun ja, wenn du deine Fähigkeiten beherrscht, wirst du kontrollieren können, was zu dir durchdringt. Was du, zumindest durch sekundäre Quellen, fühlst. Tesifa ist da genau die Richtige, um dich zu unterweisen.« Sie klang bestimmt. »Du hast völlig recht, dann brauchst du in Zukunft weder Tabletten noch Dr. Murray. Ehrlich gesagt hatte ich schon gestern das Gefühl, dass sich dein *hm* … Problem auf natürliche Art und Weise regelt. Du wirkst auch heute ausgeglichen. Lass mich bitte trotzdem abklären, wie wir das Antidepressivum absetzen, ja?«

Ich nickte stumm. *Klar*, das verstand ich. Ohne Nebenwirkungen würde die Entwöhnung sicher nicht ablaufen. Aber Dr. Murray nicht mehr sehen zu müssen, wäre eine echte Erleichterung.

»Weißt du, es ist in gewisser Weise wie die Pubertät«, versuchte sich nun Joze an einer Erklärung. »Da muss jeder durch. Bei dir könnte das, was in deinen Genen geschlummert hat, durch den Unfall früher ausgelöst worden sein. Dazu kommt, dass keiner – außer vielleicht den Weltenwächtern, die das Kräftegefüge minutiös spüren – genau weiß, wann dein Vater erloschen ist und damit seine Kraft womöglich schon in Teilen auf dich überging. Üblicherweise normalisiert sich alles mit dem sechzehnten Geburtstag. Dann haben wir Sisu diese Art der *Pubertät* überstanden.« Er hielt kurz inne. »Ein Erklärungsansatz unserer Wissenschaftler beruht darauf, dass die meisten physischen sowie Vitalfunktionen des Körpers in diesem Alter maximal ausgeprägt sind, beziehungsweise mit jedem weiteren Lebensjahr nachlassen. Die Elastizität der Linse im Auge, die dein Sehvermögen besonders in der Nähe bedingt, verliert beispielsweise an Schärfe. Unser Erbe, unsere Kräfte konservieren den Optimalzustand durch eine stetig gleichbleibende Zellreproduktion, da sie von unserem Körper aktiv kontrolliert und gesteuert wird. Der Körper geht in eine neue Phase seiner Konstitution über. Von nun an wird es auf jeden Fall besser! Betrachte das Vergangene damit als abgeschlossene Periode, als eine Art temporäre Verpuppung bis zum Erwachsenenzustand – körperlich und mental.«

Das wollte ich nur zu gern. »Ookaaay.« Ich zog das Wort in die Länge. Jetzt, da mein Antrieb zurück war, wollte ich jede Minute nutzen. Erst mal bedeutete das, mehr zu erfahren. Ich hatte unglaublich viele Fragen, ich wusste gar nicht, welche ich zuerst stellen sollte. Und sie anscheinend nicht, welche sie zuerst beantworten sollten. Wir würden uns an die neue Situation gewöhnen müssen.

»Was können die Kifu?« Die Frage brannte mir unter den Nägeln, seit ich wusste, dass sie möglicherweise Iyesu entführt hatten.

Über die Bösen informiert zu sein, war sicher von Vorteil.

»Nun, während wir Emotionen spüren, saugen sie diese ab. Sie brauchen Gefühle, wie wir den Sauerstoff zum Atmen. Sie geben ihnen Macht.« Joze klang angewidert.

Ich schaute ihn erstaunt an. Wie sollte ich mir das vorstellen?

»Das klingt wie Magie und ist vielleicht unglücklich formuliert. In Wahrheit geht es vielmehr um physikalische Energieübertragung.

Gefühle sind ein erregter Zustand. Nicht nur emotional, sonder auch physisch. Dieser wiederum bedingt im Körper oder Gewebe und teils außerhalb Schwingungen. Werden die auf das eigene System übertragen, ist ein beliebiger Einsatz der so gewonnenen Leistungsfähigkeit möglich. Physikalisch gesehen: bewegte Masse und damit Energie.«

»Die sie brauchen wie jeder andere auch«, fügte Desita hinzu. »Im Gegensatz zum Sauerstoff, den sie aus ihrer Atmosphäre zwar kennen, aber nicht gewohnt sind, durch die Nase einzuatmen wie wir.«

»Hm«, machte ich. »Wenn also jemand neben mir steht und äh … lebt, jedoch nicht atmet, ist er ein Kifu?« Ich versuchte zu klingen, als verstand ich, was genau die beiden mir sagen wollten. *Tat ich nicht* und ich war in jedem Fall beunruhigt. Kamen daher all diese Vampire-atmen-nicht-saugen-Menschen-*leer*-Geschichten? Nur eben kein Blut. Trotzdem gewissermaßen das Leben aus ihnen.

Bisher hatte ich Vampire immer cool gefunden – und das nicht nur wegen *Twilight* und Edward Cullen. *Der hatte seine Bella ja bereits gefunden.* Vielleicht sollte ich meine Position jetzt überdenken. Mich fröstelte es.

»So in etwa.« Joze grinste jungenhaft. »Aber es ist unwahrscheinlich, dass du einen triffst. Unsere Verteidigung und eine kleine, nicht ganz unbedeutende Raum-Zeit-Sache stehen dem im Weg.«

Whaaat? Da ließ er einfach mal nebenbei zwei wahre ›Bomben‹ fallen! Welche Verteidigung und was für eine Raum-Zeit-Sache? Ich öffnete direkt den Mund, setzte an … dann schloss ich ihn wieder. *Halt!* Ja, ich war neugierig und ja, es ergaben sich mit jeder weiteren Aussage von Joze oder Desita unheimlich viele Folgefragen, die meinen Bauch kribbeln ließen. Jedoch gab es etwas, das mich unmittelbar beeinflusste. Das ich fast verdrängt hatte und zuerst klären sollte!

»Kommen wir auf die Elternsache zurück«, bestimmte ich. Hoffentlich war das ein übersichtlicheres Terrain. Noch hatte ich das Gefühl, ein Clown hüpfe diesbezüglich im nächsten Moment aus einer Kiste und riefe: »Ätssch! Reingelegt.« Ein *schwebender* Clown … *klar*. Mein schwer gewordenes Herz akzeptierte langsam, dass das nicht passieren würde.

Desita sah mich traurig an. »Du bist immer *mein* Mädchen! Ich war, nein, ich *bin* gerne deine Mutter.«

»Des, sie wird auch dein Mädchen bleiben. *Komme, was wolle.*« Jozes Stimme klang rau. Als wäre ihm schwer ums Herz.

Urplötzlich stiegen mir Tränen in die Augen, die ich erfolglos wegzublinzeln versuchte. Alles war so verzwickt. Alles schien so überwältigend. So unbegreiflich. Ich hätte nie erwartet, einmal mit der ›Adoptionskeule‹ umgehen zu müssen. Jetzt, da das sozusagen der Fall war, war ich ratlos. Warum konnten die beiden denn nicht meine Eltern sein? Warum konnten wir nicht in einer Zeitschleife hängen bleiben, an einem der schönen Tage vor dem Unfall? Mein Magen formte einen Klumpen, meine Zehen kribbelten unheilverkündend. Ich seufzte. Augenscheinlich weil nicht einmal das allmächtige Orakel die Zeit beeinflussen konnte.

»Du musst wissen, wir Sisu sind nicht alle gleich begabt. Es ist wie bei Menschen mit einem gleichen Talent, das der eine mehr hat, der andere weniger«, setzte Joze schließlich an. »Dein Vater war äußerst talentiert. Er war mein Bruder, er war … mein Libi.«

Ohhhhh. Das erklärte die Haarfarbe, die wir teilten.

»Und er hat sich entschlossen, dich und deinen Bruder in meine, Mariyams und Desitas Fürsorge zu geben. Es war seine Entscheidung – die wir respektiert haben. Denn er war der Erstgeborene, *der* Prinz. Und später König … Er war *Amilaki King*.«

Ich saß da und starrte. Meine Hände waren heiß. Mein Kopf drohte zu explodieren. Ich war die Tochter des Prinzen äh … Königs? Ich war … war ich eine *Prinzessin?!* Und gab es so was wie ein Schloss? In Äthiopien? Oder war das nur ein Titel? Nun, wenn, dann zumindest kein amerikanisch anerkannter. *Ach verdammt.* Viel wichtiger war: Ich würde ihn nie kennenlernen, meinen leiblichen Vater. Hatten er und Joze große Ähnlichkeit gehabt? War das überhaupt wichtig? War *er* wichtig gewesen, Amilaki King? Zu Zeiten der Umsiedelung – ja. Aber bei meiner Geburt? Heute?

Respektieren?! In meinem Herzen war es kalt geworden. »Und wer regiert jetzt?«, fragte ich laut. Alle, die ich kannte, hatten Jobs. *Richtige* Jobs. Oder gab es gar keine Sisu-Regierung auf der Erde?

»Tesifa hat vor langer Zeit die Führung des neu errichteten Trimats auf sich genommen. Amilaki war fast seit Anbeginn der menschlichen Ära nicht mehr an einer Regentschaft interessiert«, antwortete Desita.

»Seit Anisiti starb?«, warf ich fragend ein. »Warum nicht du, Joze? Regieren, meine ich?«

»Ich leite, sagen wir, das Familienunternehmen. Irgendwie müssen schließlich auch wir uns ernähren«, meinte er trocken.

Ah! Die Bank. Nun, vom Nagen am Hungertuch waren wir weit entfernt.

Mein Gedanke musste meinem Gesichtsausdruck anzusehen gewesen sein, denn Joze verzog die Mundwinkel zu einem stillen Grinsen. Das Thema war für ihn damit anscheinend beendet. Er setzte zu einer weiteren Erklärung an: »Sollten zwei Sisu sich für Kinder entscheiden, besiegeln sie ihren Tod meist spätestens mit dem sechzehnten Geburtstag des Zwillingspaars. Dann scheidet das Herzstück unserer Kräfte, das, was die Sewi mit ›Unsterblichkeit‹ bezeichnen – die einfühlsame Seele, das Chi, das unser Wesen ausmacht –, in die ewigen Jagdgründe des Universums, um irgendwann auf eine nächste Generation überzugehen. Das sagt zumindest die Tradition. Die Realität ist, dass wir schwächer werden und unsere irdische Form schließlich stirbt wie die der Sewi auch. Obwohl es bei uns am Ende ungleich schneller geht.« Er runzelte die Stirn. Dann sagte er: »Ungleiche Zwillingspaare finden sich eigentlich ausschließlich bei den Zymaha, da diese ihre weltlichen Hüllen infolge der Ausbildung fallen lassen und nur durch den Geist verbunden eine Partnerschaft fürs Leben eingehen. Damit empfinden sie so wenig wie möglich sonstige Verbundenheit. Wollen sie Kinder, müssen sie sich in ihrer vormaligen Gestalt materialisieren. Ein äußerst kräftezehrender Prozess, für den sie sehr stark sein sollten. Für die meisten unmöglich. Ich denke es ist von der Inati vermutlich auch nicht unbedingt in einer Vielzahl erwünscht. Normalerweise lenken die Wächter deshalb nur durch Beeinflussung der Teilchen die Lichtbrechung um und zeigen sich so.«

»Nun zu dir, Iva!«, sagte Desita ernst. »Wahrscheinlich ist, dass, obwohl Amilaki nicht mit uns darüber sprechen wollte, nachdem er euch brachte und bevor er ging, Ibabi doch eine Rolle in seinem Leben gespielt hat. Schließlich sind du und Iyesu unterschiedlichen Geschlechts. Allerdings ist das eine Mutmaßung, da wir sie seitdem weder in Person gesehen noch gesprochen haben. Genau wie jede Vermutung über die resultierenden Kräfte. Ihr seid so oder so die Kinder des Königs, das macht euch zum Ziel der Kifu, und einen Übergriff dieser haben wir mit allen Mitteln zu verhindern versucht.«

»Deshalb wuchs Iyesu bei Mariyam auf!« Langsam klärte sich zumindest ein Teil des Nebels. Aber ob ich bei Joze, dem Bruder des einstigen Prinzen, gut verborgen war? Ich zweifelte.

»Ja. Leider erinnerte er Mariyam sehr und vor allem seltsamerweise an die Anisiti, der er wirklich ähnlich sieht. Du musst wissen, sie war ihre Libi.« Desita legte sich gedankenverloren eine Hand an die Stirn.

Rätsel über Rätsel. War eines gelöst, kam ein neues hinzu. Immerhin verstand ich jetzt wenigstens das. Ich konnte nicht glauben, wie alt sie alle waren.

»Sind wir unsterblich?«, bezog ich mich auf Jozes frühere Aussage. Meine Gedanken sprangen wild umher.

»Nein. Na ja, fast. Wir können krank werden, uns schlapp und müde fühlen, uns ein Bein brechen oder einen Ausschlag holen. Wir sterben nur nicht daran«, erläuterte Desita. Gedankenverloren zwirbelte sie an einer Strähne ihres wunderschönen goldenen Haares.

Joze sah mich unverwandt an. »Die Genesungsphase zieht sich trotzdem. Wir sterben zwar fast ausschließlich, wenn wir es wollen, wenn wir uns aufgeben oder uns für Kinder entscheiden. Aber auch wenn man unseren kompletten Körper verbrennt, kocht oder anderweitig bis zur letzten Zelle zerstört. Dann war es das, selbst für uns. Obwohl wir mit den Wächtern den Großteil des Erbguts teilen, können sie Dinge, die für uns unmöglich sind, zum Beispiel ohne dauerhaften Wirt existieren.«

»Kocht und brennt klingt nach den Hexenprozessen im Mittelalter«, murmelte ich und bewies Geschichtskenntnisse. *Miss Murray wäre stolz auf mich.*

Desita blinzelte unter schweren Lidern. »Es waren dunkle Zeiten. Die Kifu flüsterten den kirchlichen Herrschaften, die es ohne uns gar nicht gäbe, allerlei in ihre hochwohlgeborenen Ohren.« Wut sprach aus ihrer Stimme.

»Das ist eine andere Geschichte, Des«, beschwichtigte Joze sie und fasste mit seiner großen Hand über den Tisch, um ihre kleinere zu halten. Es war eine beschützende Geste, die mir das Herz aufgehen ließ. *Das war meine Familie!*

Behutsam legte ich meine Hand auf ihre beiden. So saßen wir eine Weile schweigend da, bis Desita sagte: »Dein leiblicher Vater hat euch ein Video hinterlassen. Von uns hat es bisher keiner gesehen. Wir wissen nicht, was dich erwartet, fanden jedoch, dass dir, also euch …«, sie schluckte, »… die Ehre gebührt, es als Erste zu sehen. Die Qualität ist wahrscheinlich nicht überragend, eben aus deinem Geburtsjahr. Aber es gibt dir vielleicht die Möglichkeit, ein paar Sachen, die wir nicht wissen, von ihm zu hören. Ihn überhaupt zu hören und zu sehen.« Sie stockte. »Schlaf eine Nacht über allem, was wir dir erzählt haben. Es bringt nichts, dich weiter zu überfrachten. Versuch es zu verstehen und am Sonntag werden wir zu Mr Daniels fahren, der das Video sicher für uns aufbewahrt.«

Ich schnappte nach Luft, zog meine Hand zu mir und ballte sie mit der anderen in meinem Schoß zur Faust. Auch Desita löste ihre Hand aus Jozes.

Ein Video!

Es kam mir vor, als wäre emotional plötzlich alles ganz weit weg und gleichzeitig viel zu nah. Eine Botschaft! Bei Mr Daniels, unserem Familienanwalt. *Woho!* Das war … das hätte ich nie zu hoffen gewagt.

Ich zappelte aufgeregt auf meinem Stuhl herum. Still sitzen war mir nicht mehr möglich.

»Es wissen nur sehr wenige davon und das soll so bleiben«, warnte mich Joze leise.

Als ob ich *das* weitererzählt hätte. »Kein Problem. Wie ihr wisst, haben ich und mein Sozialleben sowieso unsere Diskrepanzen.« Ich fixierte beschämt die Wand hinter Jozes Kopf. Es war etwas anderes, das tatsächlich auszusprechen. Spielte aber bei all dem, das sich tat, keine große Rolle mehr.

»Bitte auch kein Wort zu Moti, Kuta oder Liane, ja?« Desita ignorierte meine vorangegangene Aussage. Ihr schien es todernst zu sein.

»Versprochen.« Ich schaute ihr forschend ins Gesicht. »Sind Moti und Kuta keine Sisu?« Ihre Namen klangen sehr wohl danach.

»Doch der dritten, reinen Generation.«

Damit waren sie nicht *sooo* steinalt. Und gehörten anscheinend nicht zum allerengsten Kreis. *Ich schon.* Allerdings wurde ihnen mein Leben anvertraut. Dann mussten sie zumindest grob in die Geheimnisse meiner Herkunft eingeweiht sein, oder?

Ich versuchte, meine Gedanken zu strukturieren. Bestimmt gab es noch etwas, das ich fragen wollte. Bestimmt hatte ich etwas Wichtiges übersehen. In meinem Kopf ging alles kreuz und quer. Ich seufzte. Nun, ich hatte jetzt eine *Ewigkeit* lang Zeit, Fragen zu stellen und die neue Welt, die sich mir urplötzlich eröffnet hatte, zu entdecken.

Morgen war erst mal der Tag der Tage.

Wie mein Vater wohl aussehen würde? Hatten wir Ähnlichkeit?

Meine linke Hand begann ungewollt zu zittern. Ich klemmte sie mir unter den anderen Arm. Nervosität kroch unangenehm beengend meine Luftröhre empor. Ein Video von meinem leiblichen Vater! Für Iyesu und mich! Das ich *allein* sehen würde. Einem Impuls folgend schlug ich mehrmals betrübt die Wimpern nieder. Dann straffte ich mich. Was mochte Amilaki King zu sagen haben? Würde er als Vater sprechen oder als König der Sisu? Mein Herz pochte ruhelos. Schon bald würde ich es wissen.

Kapitel 11

VOR 61 TAGEN

IVA

Die Botschaft

»Man ist nie zu alt,
um beschützt zu werden.«

Silas Daniels schob einen großen, an den Ecken bereits vergilbten Briefumschlag von seiner Seite des massigen Schreibtisches über die glatte, kalte Tischplatte zu mir. Darauf stand in akkurater Schrift (der Handschrift meines leiblichen Vaters?) mein voller Name mit einem ungewohnten Zusatz in der Mitte: *Iva A. Scott.*

Für was das A als Abkürzung diente?

Bestimmt war es mein Sisu-Name!

Aber warum stand mein Name darauf, während der von Iyesu fehlte? Ich wollte es unbedingt wissen, doch war jetzt nicht der richtige Zeitpunkt für solche Fragen, denn der Inhalt des Umschlags interessierte mich viel mehr. Außerdem: Wer hätte es mir beantworten sollen? Amilaki schonmal nicht.

Moti und Kuta waren, wie besprochen, abwesend. Hinter mir stand Joze mit vor der Brust verschränkten Armen. Desita hatte neben mir auf einem der verchromten, superunbequemen Stühle Platz genommen. Wir alle waren angezogen, als hätten wir vor, später in die Oper zu gehen. Selbst den Anwalt bekleidete ein ungewöhnlich förmlich wirkender, steifer Dreireiher in Anthrazit. Darüber wirkte sein schmales Gesicht mit dem kurzen ergrauten Haar gestreng.

Oft sah ich ihn nicht. In seinem Büro war ich genau genommen nie zuvor gewesen, da er meist Joze bei uns einen Besuch abstattete. Da war er immer leger gekleidet. Unbewusst hatte heute wohl jeder zu dunklen Stoffen und feineren Sachen gegriffen. Vielleicht war es tatsächlich eine Frage der Ehre für sie alle – *ein Abschied*. Auch wenn der Tag für mich gleichzeitig ein Kennenlernen darstellte.

Ich starrte den unscheinbaren Umschlag an, als würden ihm in der nächsten Sekunde Fangzähne wachsen und er mich daraufhin anfallen. Dieser einfache Umschlag kam mir zugleich wie ein Versprechen und eine Drohung vor. Würde er halten, was ich mir erhoffte? Nur … was *erhoffte* ich mir eigentlich?

Wenn ich ehrlich war, musste ich zugeben, dass ich mich für das hier nicht bereit fühlte. *Ganz und gar nicht.* Noch nicht. Aber wäre ich es *je?* Was würde mir der Inhalt anhaben können? Wären es die üblichen Zeilen, die man bei einem Abschiedsbrief zu verfassen pflegte – nur eben mündlich? Dann wäre ich in der Lage, damit umzugehen. Was, wenn dieser letzte ›Brief‹ noch mehr Geheimnisse beinhaltete? Sozusagen das Ausmaß meiner jetzigen Haltlosigkeit um einen ungewissen Faktor steigern würde. Das wäre nicht schwer, da ich an dem meisten von dem, was mir gestern erzählt worden war, schwer knabberte.

»Er wollte dich beschützen, indem er dich weggab«, hatte Desita zu mir während der Fahrt ins Zentrum von New York gesagt. Dort befand sich die exklusive Kanzlei von Mr Daniels in einem der *fancy* komplett verglasten Hochhäuser.

»Mich *beschützen?* Vor was? Der Realität, die ich jetzt erlebe, ob ich es will oder nicht. Ob ich sie verstehe oder nicht? Vor sich?« Aus meinem Tonfall war die mitschwingende Anklage deutlich zu hören gewesen. Ich hatte kurz die Augen geschlossen, um Fassung gerungen. Trotzdem hatte meine eingesunkene Haltung sicher resigniert gewirkt.

»Beschützen …«, murmelte ich nun in die Erinnerung verstrickt, ohne meinen verzweifelten Blick vom Tisch zu nehmen. Ich hatte inzwischen eine Menge Attribute im Kopf, um meinen Erzeuger zu beschreiben. Dieses war *nicht* dabei. Dafür kannte ich ihn nicht gut genug. Würde ihn wahrscheinlich nie gut genug kennen. *Wie auch?* Wieso hatte er überhaupt Kinder in die Welt gesetzt? Ich meine, ich wollte mich keinesfalls beschweren. Aber wäre er einfach gestorben, hätte sein *Chi* oder wie dieses Seelending genannt wurde, vielleicht auch so in den ewigen Jagdgründen zu dem der Anisiti finden können. *Friede-Freude-Eierkuchen.*

»Man ist nie zu alt, um beschützt zu werden.« Mr Daniels vor mir bekam von all dem, was in meinem Kopf vorging, nichts mit. «Der Instinkt des Schutzes, diese besondere Sorgfalt an den Tag zu legen, tritt nur dann auf, wenn wir jemandem große Zuneigung entgegenbringen, wenn wir ihn schätzen und respektieren. Wenn er uns wichtig ist. Sehr wichtig«, der Anwalt musterte mich einen Moment über seine rahmenlose Brille hinweg. Er schien sich in der belehrenden Rolle zu gefallen, obwohl er *null* Ahnung hatte, um was es ging. Um was es *speziell für mich* ging. »Dein Vater hätte bestimmt gewollt, dass ihr eine lange gemeinsame Zeit vor euch gehabt hättet. Manchmal hat das Leben leider andere Pläne.«

Oder die Protagonisten, die auf der Bühne des Lebens ihr Gastspiel gaben, dachte ich und sah blicklos nach unten. Die intensiven Emotionen ließen mich zur Poetin werden. Auf einmal schnürte sich mir die Kehle zu. Ich presste die Zähne aufeinander und kämpfte gegen den aufkommenden Reiz der Übelkeit, die sich in meinem Bauch zu entwickeln begann.

Gleichzeitig hoben Mr Daniels und ich die Köpfe. Unverwandt blickten wir uns in die Augen. Meine grünen trafen auf seine blauen. Taxierten einander. Bevor der große Mann vor mir sein Innerstes wieder verschloss. Für einen Moment war seine tiefe Trauer deutlich sichtbar gewesen. Wie ein graues Tuch hatte sie seine Pupillen verschleiert und ihm die Strenge seiner Haltung genommen.

Wie gut hatte er Amilaki King gekannt? Anscheinend besser, als ich es angenommen hatte. Aber er war kein Sisu, oder? Und trotzdem ein Eingeweihter?

»Ich verlange nichts von dir, Iva«, sprach er leise weiter. »Als sein Vertrauter möchte ich dich ausschließlich *bitten*, ihm zu vergeben. Ein erstes und ein letztes Mal. Für dich.«

Ich hörte Desita leise seufzen. Ihre linke Hand flatterte zu ihrer Brust.

Mr Daniels Worte waren bewegend. Trotzdem saß ich wie angewurzelt da. Weder zuckten meine Lider noch bewegte sich mein Kehlkopf.

Einer Sphinx gleich betrachtete ich den Mann vor mir. Versuchte ihn einzuschätzen.

Mein leiblicher Vater hatte sicher mit vielen Leuten zu tun gehabt, die ich gar nicht kannte. Weil ich seine Welt nicht gekannt hatte. Weil meine Welt so beschränkt gewesen war: der immer gleiche Alltag, Schule, Freunde, Familie.

Warum mussten mehr und mehr Fragezeichen auftauchen, je mehr ich versuchte, mich mit ihm zu identifizieren? Er war ein komplizierter Sisu gewesen, das stellte kein großes Geheimnis dar. Würde ich ihn eines Tages verstehen? Und ihm … vergeben können? *Irgendwann.*

»Lassen sie uns jetzt den Umschlag öffnen«, regte Mr Daniels an, da ich beharrlich schwieg.

Ich nickte automatisch, griff nach der braunen unspektakulär wirkenden Papiertasche und riss sie mit einem kräftigen Ruck auf. Heraus fiel eine unbeschriftete Videokassette in einer durchsichtigen Hartplastikhülle direkt in meinen Schoß. Behutsam nahm ich sie von meinen Schenkeln in die rechte Hand und drehte sie hin und her. Ich konnte keine Beschriftung oder etwas Außergewöhnliches feststellen. Plötzlich wollte ich das Video am liebsten schon gesehen haben. Allerdings fokussierte ich meine Aufmerksamkeit im nächsten Moment auf den großen Bildschirm, der hinter einer hölzernen Schrankwand, die sich rechts von uns langsam zur Seite schob, sichtbar wurde.

Freundlich lächelnd streckte der Anwalt mir die gepflegten Finger entgegen und klaubte das Objekt aller Begierde aus meiner Hand. Vorsichtig legte er es vor sich auf den Tisch, öffnete die schützende Hülle und nahm die Kassette heraus.

Ich beobachtete ihn still.

Desita stand ruckartig auf und zog eilig die schweren Vorhänge der beiden großen Fenster links von uns zu.

Joze gab wie ich keinen Mucks von sich. Wir harrten unbewegt der Dinge, die kommen mochten. Die Spannung im Raum stieg merklich an.

»Tzzzt!«, machte der Einzug des Videorekorders. Dieser musste auf Mr Daniels Seite des Schreibtisches knapp unter der Platte angebracht sein, da ich gerade so sehen konnte, wie die Kassette verschwand.

Auf einen Knopfdruck des Anwalts hin wurde es dunkel im Raum und ich starrte gebannt in die Richtung des Bildschirms. Dieser erwachte kurz darauf zum Leben.

Ein mir wie auch Joze entfernt ähnlich sehender Mann in einem klassischen schwarzen Anzug mit weißem Hemd saß vor einer hellen, strukturlosen Wand, die wenig Platz für Spekulationen über seinen Aufenthaltsort bot, und versuchte sich an einem kläglichen Lächeln.

Dass es Amilaki King war, entnahm ich den unruhig-erfreuten Reaktionen der anderen im abgedunkelten Zimmer.

Nach einigen Momenten des Schweigens begann der Mann schließlich zu sprechen. »Iva, Iyesu, ich hoffe, ihr seht dieses Video gemeinsam …«

Joze legte mir unwillkürlich eine Hand auf die Schulter, drückte kurz und nahm sie dann weg.

Ich seufzte tonlos und biss die Zähne zusammen.

»Ihr seid mein Stolz, meine letzte Gabe an diese Welt, meine Kraft, meine Kinder. Ihr seid wertvoll, weil ihr *besonders* seid. Aber diese Besonderheit macht euch auch zum Ziel der Nachwesen, denn *ihr* seid die wichtigsten Genträger, die die Sisu je hervorgebracht haben. Vielleicht bedeutet das für euch momentan noch nichts – für unser Volk bedeutet es *alles!* Eines Tages werdet ihr das verstehen. Geht bis dahin mit offenen Augen und Armen durch diese Welt! *Meine* und *eure* Welt.«

Eine Pause entstand, in der ich nicht zu atmen wagte. Man hätte eine Stecknadel fallen hören können. Gänsehaut kroch meine Arme hinauf. Es gab keinen Zweifel daran, dass dieser Mann, mein leiblicher Vater, äußerst mächtig gewesen war. Ich spürte es intuitiv und fieberte darauf hin, dass er weitersprach.

»Joze, Desita, Mariyam, Tesifa und Fegegita sollten euch inzwischen unsere Welt erklärt haben. Ihr fragt euch sicher, wie ihr eure Gabe am gewinnbringendsten einsetzen könnt? Nun, unsere Kraft bemisst sich allein an uns. An dem Potenzial, das wir aufbringen, um sie auszuschöpfen. Seid stark. Seid experimentierfreudig. Denn ihr müsst euch diese Frage selbst beantworten. Auch werde ich euch zu eurer Sicherheit nicht sagen, wer eure Mutter ist. Wenn die Zeit dafür kommt, werdet ihr es wissen. Das verspreche ich.«

Mit weit aufgerissenen Augen starrte ich das bewegte Bild meines leiblichen Vaters an. Wir waren also besonders? Meinte er damit noch mehr *freaky*, als die Sisu ohnehin waren? Er wollte nicht sagen *warum*. War mehr an Iyesus und meiner Geburt ein Geheimnis, nicht nur die Wächtersache? Schließlich waren wir nicht vom gleichen Geschlecht, ihm hätte bewusst sein müssen, dass diese Gleichung nicht besonders schwer zu knacken wäre. Also könnte er ruhig ein wenig zur Klärung beitragen, fand ich.

»Ich habe zu lange gelebt«, fuhr Amilaki fort. »Lange genug, um alles aufzubauen und den Zerfall zu erleben. Wieder und wieder. Aber es lohnt sich zu kämpfen! Verinnerlicht das. Es lohnt sich, mutig zu sein. Ich bin es nicht mehr. Ihr seid es! Deshalb ist es an euch, den Kampf für mich zu schlagen. Beschützt die Erde, *unsere Zuflucht*, vor den Kifu und ihren Schergen! Schafft das, was mir nicht gelungen ist: glaubt an euch, bis zum Ende.« Er versuchte sich erneut an einem Lächeln. Dieses Mal erreichte es sogar seine grünen Augen. »Manchmal möchte ich die Menschen, meine eigene Schöpfung, aus ihrer stupiden Hülle der antrainierten Gleichgültigkeit schütteln. Ich möchte sie mit einem Fingerschnippen vor dem Gesicht zum Aufwachen zwingen. Dazu, hinzusehen. Doch was, wenn es nichts aufzuwecken gibt – *nicht mehr*? Wenn sie genau das geworden sind, was wir einst vorgaben zu sein. Was dann? Die ewige Frage. Wir Sisu haben uns untergeordnet, nachdem sie sich gegen uns gewandt haben. Jede Fähigkeit, jedes außergewöhnliche Talent zieht Neid an und Neid bietet fruchtbaren Boden für das Böse. Wisst euch zu schützen. Wisst eure Talente geschickt einzusetzen. Lasst diesen Boden nicht entstehen.«

Ich nickte unwillkürlich. Verstand, was er sagen wollte. Hatte bereits selbst darüber nachgedacht. Was würde passieren, falls jemand Desita fliegen sehen würde? Sie würden es nicht glauben. Wie ich am Anfang. Oder sie in irgendeinem medizinischen Forschungslabor untersuchen wollen, um es schließlich auch zu können. Um Waffen zu schaffen. Um uns zu *benutzen*.

Keine schöne Vorstellung.

»Wenn ihr dieses Video seht, bin ich nicht mehr da. Meine Essenz, meine Kraft weilt weiter in euren Genen und ihr seid die beste Chance, die ich den Sisu geben konnte. Eine letzte Chance, den ewigen Zwist beizulegen.« Er hob die Hand. »Es ist an der Zeit, sich zu verabschieden. Ich wünsche euch von Herzen das Beste. Vergesst nie, dass ihr *meine* Kinder seid. Und dass ihr alles erreichen könnt, was ihr euch vornehmt, wenn ihr darum kämpft!«

Danach wurde der Bildschirm schwarz.

Stille erfüllte das Zimmer. Eine schwermütige Stille, die anhielt.

Kapitel 12

VOR 60 TAGEN

IVA

Der ganz normale Wahnsinn

»Das Leben überraschte mich immer wieder.«

Ich könnte die Geschehnisse der letzten Tage in eine Schublade stecken. Mit Label: Das Vergangene. Damit wäre alles gegliedert, erklärt und begründet. Auch das oder vielleicht gerade das, was ich nicht verstand. Und in diese Kategorie ließe sich einiges einordnen. Wir waren Sisu. *Punkt.* Vielleicht sollte ich es einfach zu den Ereignissen des letzten Jahres packen. *Who cares?* Und Deckel drauf, wie es sicher manch anderer tun würde. Doch war das ganz und gar nicht meine Art.

Das Leben überraschte mich immer wieder. Wenn ich gerade dachte, ich hätte viel gesehen, verstünde die großen Zusammenhänge, *Pustekuchen.* Obwohl das mit schlappen sechzehn in der Tat vermessen wäre. Anscheinend gab es immer die nächste Stufe, die einen weiter nach außen führte. Noch weiter über den sprichwörtlichen Tellerrand hinausblicken ließ.

Verdammt! Statt also die Dinge hinzunehmen, wie sie waren, drehte und wendete ich sie in Gedanken bis zur Ermüdung. Ein klares Anzeichen für ein schlechtes Gewissen. Denn ja, ich fühlte mich schuldig. An Geschehnissen, die man nicht in eine Schublade stecken konnte. Meine Gedanken schweiften beständig zu Iyesu und dem Unfall. Jetzt war ich mir nämlich sicher: Es konnte kein Zufall gewesen sein! Aber warum war ich nicht ebenfalls verschwunden? Stets aufs Neue die gleiche Frage …

Die mysteriösen Umstände erschienen mir im Angesicht all der gerade offenbarten Wahrheiten noch besorgniserregender. Iyesu ging mir nicht aus dem Kopf. Er war mein Libi. Ich brauchte ihn. Und er brauchte mich.

Der Kreis derjenigen, die von dem Wochenendausflug gewusst hatten, war begrenzt und ich wurde das Gefühl nicht los, dass Joze und Desita mir etwas verschwiegen. *Etwas Entscheidendes*. Aber wie sollte ich – die sich gerade in dieser neuen Welt zurechtzufinden versuchte – wissen, was es war? Allerdings suchten die Sisu ja nach Mariyam und Iyesu. Das war gut, oder? Aber gab es wirklich *Hoffnung* – nach all der Zeit? Ich wusste es nicht.

Heute war Montag und damit Schule – davor war allerdings erst einmal Zähneputzen angesagt. Als ich ins Bad direkt neben meinem Zimmer wankte, war ich noch schläfrig. Ich registrierte deshalb erst nachdem ich mir kaltes Wasser ins Gesicht gespritzt hatte und aufsah, dass ein knallpinkes Post-it am Spiegel klebte. Direkt vor meiner Nase hängend, sprangen mir die akuraten Lettern in Desitas Handschrift förmlich ins Gesicht:

Heute: Lächeln! :-)
Funktioniert nicht?
Probiers noch mal.

Und tatsächlich entlockte mir gerade die letzte Zeile ein Schmunzeln, auch wenn ich bei der ersten noch unverändert grummelig dreingeschaut hatte. Desita war und blieb eine wirklich tolle … *Frau?*

Drüber würden wir reden müssen. Ich wusste nicht, wie ich sie und Joze fortan anreden sollte. Ob sich etwas änderte. Um die Tarnung äußerlich zu wahren wahrscheinlich nicht und zwischen uns, hatten wir gesagt auch nichts. Nur die Worte *Mutter* und *Vater* wogen so schwer in meinem Mund. Ich konnte mich kaum dazu durchringen, sie wie bisher auszusprechen. Musste unwillkürlich direkt über ihren Wahrheitsgehalt nachdenken.

Seufzend spuckte ich Zahnpasta ins weiße Waschbecken. Dann lächelte ich wieder.

Ein wenig grotesk kam es mir schon vor, mit Kuta und Moti im Schlepptau wie üblich nach dem Frühstück aufzubrechen. Liane, Jason, Julia und die anderen hatten alle keine Ahnung von der Parallelwelt, die ich jetzt kannte, *von meiner Welt.* Allerdings gehörte ich seit der Party wieder ein bisschen mehr zu ihrer, stellte ich nach einem schnellen Blick in die sozialen Netzwerke fest, bevor ich auf dem Schulparkplatz aus dem Auto stieg. Es schien, als hätten Desita, Saki und Fegegita den richtigen Riecher bei der Organisation gehabt. Nun, drei Tage später, wurde noch immer über meinen Geburtstag gesprochen, geschrieben, gepostet und getwittert.

Auf dem Weg über den gepflasterten Hof durch die große, schwere Eingangstür zu meinem Klassenzimmer nahm ich die interessiert-bewundernden Blicke wahr, die mir und meinen zwei Begleitern zugeworfen wurden. Vielleicht lag es daran, dass ich endlich aus meinem Tunnel der geistigen Umnachtung erwacht war. Vielleicht aber auch daran, dass sie mich tatsächlich anders sahen. Die *skurrile* Iva war zur *hippen* Iva geworden. Mir schmeichelte die Aufmerksamkeit.

Die erste Stunde war jedoch wie üblich montags: stupide, entnervend und vor allem eines, nämlich *langwierig.* Sie zog sich schlimmer, als es jeder Kaugummi je vermocht hatte.

Herr Dr. Tanjo Lerando, für uns kurz *Dr. Leo,* mein Chemielehrer, gab sich wie so oft größte Mühe, dass wir uns zurück ins Bett wünschten. Ehrlich, ich hatte keine Ahnung, ob er das extra plante oder es nicht besser konnte. Die Rolle ›Pädagoge‹ verfehlte er jedenfalls völlig. Auch das dunkle Sakko zur schwarzen Hose und schwarzen Schuhen passte, meiner Meinung nach, nicht recht in eine Schule. Dazu kam ein heller Rollkragenpulli, der seinen dürren Hals und die hagere Gestalt unvorteilhaft betonte. Ich hatte bei seinem Anblick immer das Bild eines Geiers im Kopf. In der Forschung konnte ich ihn mir gut vorstellen. Leider hatte ihn das Glücksrad des Lebens hierher verschlagen – zu unserem und scheinbar seinem Unbehagen.

Amüsiert beobachtete ich, wie Jason bei jedem weiteren ›sozusagen‹ von Dr. Leo einen Strich der bereits beachtlichen Liste auf seinem Collegeblock hinzufügte. Damit konnte man sich die Zeit auch vertreiben. Verstohlen gähnte ich und musterte völlig desinteressiert die Maserung meines Tisches. Die weiße Lasur löste sich bereits ab. Wenn ich noch länger hinsah, verwandelte ich mich bald in einen Holzwurm. Inzwischen hatte nämlich wenig galant mein Magen leise angefangen zu knurren. Heute Morgen war es hektisch gewesen, weil ich so lange im Bad gebraucht hatte, und ich war nur dazu gekommen, ein Glas Orangensaft hinunterzustürzen. Das rächte sich jetzt.

Um mich abzulenken, zog ich einen Stift aus meinem pinken Mäppchen und fing an, eine Ecke meines Chemieordners anzukritzeln. Erwähnte ich bereits mein unglaubliches Kunsttalent? *Nicht?!* Nun, es beschränkte sich auf undefinierbare Schmierereien. In diesem Sinne hätte ich also durchaus mit Desita verwandt sein können. Man denke bloß an ihre Galaxienkarte zurück. Wobei ich nicht vorschnell urteilen sollte – vielleicht bot mir irgendwann irgendjemand mal Millionen dafür. In einem anderen Leben … *schon klar*. Das war in etwa so wahrscheinlich wie der Lottogewinn für meinen Wohnschrank.

Unzufrieden seufzend ließ ich den Stift wenig später wieder sinken.

Im gleichen Wimpernschlag vibrierte mein Handy in der Hosentasche meiner rosa Jeans. *Welch willkommene Ablenkung!* Unauffällig zog ich es unter dem Pult hervor und sah, dass mir Jason in WhatsApp geschrieben hatte. *Woa!* Wir hatten nie Nummern getauscht. Hatte er sich extra die Mühe gemacht, meine Nummer aus der Klassengruppe abzuspeichern? *Anscheinend!* Ich war ehrlich beeindruckt. Was eine Party nicht alles nach sich zog. Da er neben mir saß … was schrieb er mir denn um Gottes willen?

Neugierig tippte ich auf die Nachricht. Diese öffnete sich.

Iva auf Mission: Bewaffnet mit einem Stift zieht sie durch die Welt der Chemie. Wird sie die Langeweile besiegen? Wir hoffen das Beste für die furchtlose Kämpferin.

Unversehens machte sich ein Grinsen auf meinem Gesicht breit. In meiner Fantasie saß ich mit einem übergroßen Bleistift, der mir als Lanze diente, und meinem Chemieordner, den ich wie einen Schild vor mich hielt, auf einem Kampfross, gefaltet aus den Blättern des Chemiebuchs. *Hust.* Wahrscheinlich hätte es für ein Pferd in Lebensgröße mehrere Chemiebücher gebraucht, aber ich war mir einigermaßen sicher, dass fast jeder in der Klasse bereit gewesen wäre, mir seines zu spenden – bei der allgemein spürbaren Euphorie für das Fach. Oder den *Lehrer?!* Mein treues Gefährt scharrte in meiner Vorstellung mit den Hufen und blies Dampf aus seinen Nüstern, während ich meinen Feind, selbstredend Dr. Leo, grimmig fixierte. Diese schlug weiterhin mit der Waffe der Langweile um sich – in meiner Szene und der Realität. *Ende des Drehbuchs.*

Mein Chemielehrer legte vorne tatsächlich eine unermüdliche Geduld an den Tag. Und das in einem Tempo … jedes Schneckenrennen bot einem Zuschauer mehr Speed. Bösartig konnte man auch vermuten, ihm schliefe das Gesicht während seines eigenen Unterrichts ein. Ähäm.

Ich spähte zu Jason, der mich unter seiner silbernen Cap breit angrinste, dann tippte ich darauflos.

Jason der Tapfere: St(r)ich um St(r)ich rang er mutig seine Feinde nieder und eilte schließlich an Ivas Seite, um mit ihr gemeinsam die letzte Schlacht zu schlagen. Werden unsere Helden gewinnen?

Schnell drückte ich auf Senden, bevor ich es mir anders überlegen konnte, und wagte erst einmal nicht, den Kopf zu heben. Meine Wangen fühlten sich unnatürlich warm an. Ich war mir unsicher, was das zu bedeuten hatte. Flirteten wir etwa? Im Chemieunterricht? Über WhatsApp? Das war … neu für mich.

Leider war der Tisch, an dem ich saß, anscheinend keine besonders gute Deckung und Dr. Leo hatte gerade heute für ihn untypische Adleraugen. »Miss Scott, würden Sie uns an dem Grund Ihrer Erregung teilhaben lassen?« Seine Stimme ließ keinen Spielraum, ich *musste* antworten.

Oh Gott, war das peinlich. Hätte er nicht wenigstens *Erheiterung* sagen können? Was dachte Jason bloß. Und was um Himmels willen dachte die Klasse? Erregung – *ernsthaft*? Was für ein Wort! Ich leuchtete sicher kirschtomatenrot. Dementsprechend brachte ich ein gestottertes »N-n-ichts!« heraus, das bei Dr. Leo nur ein koordiniertes Heben seiner buschigen Augenbrauen verursachte. Aber so war das mit den toughen Gedanken und dem tough *sein*. Dazwischen lagen nicht nur Welten, sondern definitiv *mehr* als drei Galaxien.

»Soso, nichts.« Er wandte sich von mir ab und ich war erleichtert, dass er mein Handy nicht entdeckt oder zumindest nicht erwähnt und einkassiert hatte und die Angelegenheit ausgestanden war. Bis er wieder zur Klasse gedreht genüsslich anhob: »An eurer Arbeitsmoral scheint es allgemein zu hapern. Kurztest nächste Stunde über alles, was wir heute durchgenommen haben!«

Das sich erhebende allgemeine Protestgeschrei fiel mit dem Gong zusammen und Dr. Leo winkte ab, seltsam mit sich zufrieden wirkend, bevor er seine Sachen schnappte und Sekunden später aus dem Raum verschwunden war.

Ich saß geschockt da. Chemie war eindeutig nicht mein Stecken*pferd* und ich hatte überhaupt nicht aufgepasst – wie sollte ich den Test bestehen? Was für ein Schlamassel. Hätte mir mein übermächtiger Erzeuger nicht wenigstens ein fotografisches Gedächtnis vererben können?

»Du blöde Kuh!«, unterbrach in dem Moment Julias wenig kultivierter Ausruf von rechts mein Selbstmitleid. »Das hätte nicht sein müssen!«

»Julia, krieg dich ein!«, verteidigte mich Jason direkt von links, während ich mich drehte und sie perplex anstarrte. *Wir waren noch nicht einmal aufgestanden.*

Dann hatte ich mich wieder gefangen. Na warte! »Besser blöde Kuh als falsche Schlange!«, fauchte ich aufgebracht und sah aus dem Augenwinkel, wie sich im hinteren Bereich des Zimmers zuerst Kuta und darauffolgend Moti langsam erhoben.

»Haha. Ich lache. Hart«, gab Julia mit ironischer Miene zurück und zog eine ihrer schwarzen, bestimmt professionell gezupften Augenbrauen affektiert nach oben. Dabei wippte ihr heutiger Pferdeschwanz wild auf und ab.

»Häh?«, machte ich im gleichen Tonfall. Julias Kommentare konnten mir gestohlen bleiben. Auch die anderen, die sich inzwischen um uns geschart hatten oder aufmerksam herüberstarrten, sahen gelinde gesagt verwirrt aus.

»Hast du nicht *Fifty Shades of Grey* gesehen?«, fragte sie noch affektierter.

»Neee. Da scheint mir ja was ganz *hartes* entgangen zu sein …«, entgegnete ich und rollte in gespielter Verzweiflung die Augen. *Oje!* Bei der lief echt was schief.

»Na ja, du hast es definitiv nicht mit den harten Sachen, was? Bist auf deiner eigenen Party verschwunden. Hattest wohl vor allen anderen einen sitzen?«

Wie bitte? War ihr noch zu helfen? Also *das* musste ich mir, vom Wahrheitsgehalt mal abgesehen, wirklich nicht anhören. Julia verspritzte mehr Gift als alle Giftschlangen des New Yorker Zoos zusammen. Und da war ich früher mit Desita oft gewesen! Ich wusste, wovon ich sprach. Passend trug sie heute auch noch ein giftgrünes Oberteil zur sandfarbenen Hose.

»Das …«, sagte ich betont langsam, »… ist bösartiges, bewusstes auf jemanden treten. Du willst mich beleidigen? Du willst mich mit deinen Worten verletzen? Du suchst *Streit?!* Da kann ich nur sagen: Überlegt dir gut, ob deine verwöhnten Füßchen in einen Nagel treten wollen. Denn ich mache es dir sicher nicht leicht und das tut am Ende weh – richtig weh!«

Ich schaute in die Runde. Kuta und Moti waren, so weit ich sah, stehen geblieben. Eine unnatürliche Ruhe hatte sich nach meinen deutlichen Worten über das Klassenzimmer gesenkt. Ich hasste es, schon wieder im Mittelpunkt zu stehen. Gewohnt war ich eher, nicht beachtet zu werden. Allerdings hatte ich nicht damit angefangen, andere zu beleidigen. Und mir war gerade einfach die Hutschnur geplatzt. Trotzdem tat es mir leid, dass die anderen wegen mir den Test schreiben mussten. Also atmete ich tief durch und sagte an meine Mitschüler gewandt: »Sorry, dass ihr wegen mir Dr. Leo im Nacken sitzen habt.«

Jason schüttelte sofort den Kopf und endlich machte Liane, die das Geschehen mit größer werdenden Augen verfolgt hatte, einen verbalen Schritt auf mich zu. »Mach dir keine Gedanken Iva, das hätte jedem passieren können. Wir haben alle geschlafen, deshalb war er fuchsteufelswild. Womöglich hätte er dich sonst gar nicht ermahnt.«

Das war wohl ihre Art, für mich Partei zu ergreifen. *Vor Julia.* Ich hob meine Mundwinkel und sah sie dankbar an. Langsam legte sie ihre Hand auf meinen Unterarm, kurz unter dem Ärmelaufschlag meines lila Samtshirts, das ich heute zu den rosa Hosen und weißen Nikes trug. Sie ihrerseits war Ton in Ton mit pinken Sandalen und einem Kleid von Polo Ralph Lauren.

»Du bist wirklich wieder da, hm?«, flüsterte sie, sodass nur ich es hören konnte.

Ich nickte lächelnd. Das Wochenende war um, der Glanz ein wenig abgemildert, aber meine Verfassung hatte sich nicht verschlechtert. »Ich bin wieder da! So was von *da*«, sagte ich in normaler Lautstärke.

»Na, ganz toll!«, schnippisch schnappte Julia ihr weißes Smartphone von ihrem Pult, schob zwei meiner gaffenden Mitschüler zur Seite und verließ den Raum. Liane und ich schauten ihr überrumpelt nach. Hochmütig zu stolzieren hatte sie in jedem Fall drauf – und Abgänge, deren aufrechte Haltung selbst die der Queen in den Schatten stellte. *Das* musste man ihr lassen.

Ich atmete langsam aus. Endlich zerstreuten sich auch die anderen und der Rest der kleinen Pause bis zur nächsten Stunde schien normale Züge anzunehmen.

»Ich seh echt schwarz, was den Test betrifft. Chemie ist mit Abstand mein schlechtestes Fach und ich hab gar nicht aufgepasst«, vertraute ich Liane an. Dabei beobachtete ich, wie sich meine Leibwächter unauffällig zurückzogen und sich wieder auf ihre Plätze setzten.

»Glaub nicht, dass ich da mehr Plan habe.« Sie zuckte entschuldigend die Achseln.

»Ich kann euch Nachhilfe geben«, bot plötzlich Jason neben uns an. Er lag mehr auf seinem Pult und Stuhl als dass er saß. Extrem langsam hob er den Kopf und sah von seinem Handy auf.

»Cool!«, quietschte Liane begeistert.

Äh … nicht *cool*. Also, schon. Aber … ach, ich wusste wirklich nicht recht. Wäre das die Lösung?

»Iva?«, fragend sah er mich an.

Ich räusperte mich. »Ja, das wäre wirklich super.«

»Cool.« Er nickte. »Heute Mittag hätte ich Zeit.« Aufmerksam schaute er mich an.

Ich war überfordert. War das eine Frage? Erwartete er eine Antwort? Sollte ich einfach ›Ja!‹ sagen?

»Ich auch!«, quiekte Liane eine Oktave höher. Das brachte mich schlagartig in die Realität zurück.

Jason schien nicht nur mir das Hirn zu vernebeln. Ob zusammen zu lernen dann eine gute Idee war? Abgesehen von meinem ganz persönlichen Chaos zu Hause? Andererseits wollte ich den Test einigermaßen würdevoll überstehen, sofern das überhaupt im Bereich des Möglichen lag – und da ich keine bessere hatte. Was blieb mir also übrig – außer *Frontalangriff*?

»Gut, ich auch. Wie wär's, wenn ihr nach der Schule mit zu mir kommt?«, hörte ich mich selbst fragen.

Keine Minute später stand die Verabredung fest.

Als wir nach der sechsten Stunde im Auto saßen, das mit fünf Personen wirklich *kuschelig*-voll war, zückte ich mein Handy, um Fegegita vorzuwarnen – schließlich mussten zwei hungrige Mäuler mehr gestopft werden. Im Unterricht hatte ich mich für den Rest des Tages nicht mehr getraut, es hervorzuholen, und in den Pausen war irgendwie jedes Mal etwas dazwischengekommen. Allerdings kochte unser Hausmädchen – wenn sie kochte, was ungefähr einmal im Monat und zufällig heute der Fall war – immer für gefühlt zehn Personen mehr. Alle satt zu bekommen, sollte kein großes Kunststück sein.

Tatsächlich freute sie sich unbändig, als wir, von Moti und Kuta gefolgt, durch die Tür traten. Wie üblich hatte sie eines ihrer bunten, eng anliegenden Kleider an und ein freundliches Schmunzeln im offenen Gesicht. Krause dunkle Haare umrahmten dabei ihre Züge wie ein unordentlicher Heiligenschein, inklusive der netten Grübchen auf ihren Wangen.

»Ich hoffe, ihr habt ordentlich Hunger mitgebracht, es gibt Pizza!«, verkündete Fegegita stolz. Mit einem Zwinkern in meine Richtung fügte sie hinzu: »Iva, ich soll dir von deinen *Eltern* ausrichten, dass sie erst zum Abendessen nach Hause kommen, aber ein Hallo in die Runde schicken.« Sie sah mich bedeutungsschwanger an. »Ich habe extra nachgefragt. Desita erwartet noch eine Lieferung exotischer Blumen. Sie meinte, sie holt sich, zusammen mit Saki, nur eine Kleinigkeit um die Ecke und Joze war gerade auf dem Weg zu irgendeinem Verlagshaus. In einem Titel aus deren Portfolio soll wohl bald ein mehrseitiger Artikel über die Bank erscheinen.«

»Mega!« Ich lächelte sie breit an und zwinkerte, durch diese Informationen erleichtert, zurück. Meist kamen meine Eltern zum Mittagessen nach Hause – insbesondere meine Mutter zum Kochen. Wie hätte ich sie dann angesprochen? Wie hätte ich mich ihnen gegenüber vor den anderen verhalten? Ich wusste es nicht.

So viele Dinge waren trotz des langen Gespräches ungeklärt geblieben, wenigstens dachte Fegegita mit! Sie war wunderbar. Ich hingegen fühlte mich unsicher, ob ich zu Desita wieder *Mom* und zu Joze *Dad* sagen sollte, um den Schein zu wahren. Das wäre irgendwie falsch. Erklärungen allerdings ebenfalls. Eine komische Situation. Wir sollten das schnellstmöglich festlegen.

Geschwind geleitete Fegegita mich und die anderen ins helle Esszimmer und kurz darauf schlangen wir tonnenweise italienisches Essen hinunter. *Verdammt lecker!* Mir war, als würde ich seit meinem Geburtstag selbst mehr schmecken. Ob das allerdings an meinem andauernden Hoch oder meiner Sisu-Natur lag, vermochte ich nicht zu sagen. *Egal* – Hauptsache, es blieb so!

Mit vollem Magen zu lernen war jedoch keine gute Idee. Unsere Gedanken schienen sich in Zeitlupe zu formieren. Jason bemühte sich nach Kräften, mich und Liane bei der Stange zu halten. Irgendwann gab er es schließlich auf und wir saßen gemütlich in meinem Zimmer und quatschten. Er hatte sich meinen Schreibtischstuhl gesichert, Liane und ich belagerten mein Bett.

»Der Unfall damals … ist dein Cousin eigentlich je aufgetaucht?«, fragte er aus dem Nichts.

Ich erstarrte. Gerade war der Mittag wirklich schön gewesen. So schön normal. Warum hatte er es nicht auf sich beruhen lassen können? Der Unfall war kein gutes Thema. Vor allem nicht im Moment. *Irgendwie nie.* Tendenziell würde ich mich an Fragen dazu gewöhnen müssen, wenn ich wirklich ein Sozialleben haben wollte. Ob Sisu oder Sewi, Neugier schien unvermeidlich zu sein. Dementsprechend zuckte ich nonchalant die Schultern und versuchte mir das Unbehagen, das seine Frage in mir ausgelöst hatte, nicht anmerken zu lassen. »Nein, weder er noch meine Tante. Der Fall ist nie aufgeklärt worden.« Die Traurigkeit, die in meiner Stimme mitschwang, konnte ich nicht unterdrücken.

Liane strich sich unsicher ihr langes blondes Haar zurück und begann, die Ärmel ihres Kleides hochzukrempeln. »Und es gibt keine Anhaltspunkte?«

»Nein, leider nicht. Alle haben unheimlich viele Fragen gestellt. Und ich … ich weiß einfach nicht, was passiert ist. Warum ich da bin und sie nicht«, gab ich stockend zu. »Ich wünschte, es wäre anders.« *Oh nein*, das hatte ich nicht sagen wollen – auch wenn es der Wahrheit entsprach.

Jason war stiller Zuhörer gewesen, nun nickte er und wirkte sehr nachdenklich. »Okay. Es ist dir also wichtig, oder?«

Ich fing mich wieder. »Natürlich ist es das. Mein Cousin und meine Tante haben mir viel bedeutet. Bedeuten mir viel«, korrigierte ich mich gleich. Ich wollte es nicht verschreien.

»Vielleicht könnte ich ein bisschen nachforschen«, bot er zögerlich an, während er mit seinen Zeigefingern direkt über dem Knie einen stummen Rhythmus auf den blauen Jeansstoff seiner Hose klopfte.

Liane nickte euphorisch. »Jason ist echt ein Computergenie! Er hat den Abschlussfahrtfilm der Oberstufe letztes Jahr geschnitten. Erinnerst du dich, wie gut der war? Vielleicht findet er irgendeine Spur, wenn du ihm Details erzählst.«

Ich sah die beiden skeptisch an. Ich kannte den Film. Die Oberstufler hatten ihn überall gezeigt, so stolz waren sie darauf gewesen. Und er war gut gemacht worden. Eindeutig! Nur … von *Jason?* Dem Jason neben mir. *Einem Computergenie?!* Wann war das denn passiert? Hatte ich wirklich so viel verpasst?! *Hm* … ich überlegte. *Ja,* ich wollte wissen, was mit Iyesu geschehen war. *Ja,* ich wollte ihn wiedersehen. *Ja,* ich wollte die Wahrheit erfahren. Aber wie sollte Jason Dinge herausfinden, die nicht einmal die Polizei hatte entdecken können, die nicht einmal die Sisu wussten? Unschlüssig biss ich mir auf die untere Lippe.

»Komm schon, gib mir eine Chance«, bat er mich leise und sah mich mit großen, hoffnungsvollen Augen an. »Wenn ich nichts finde, hast du nichts verloren. Und wenn ich etwas finde … nun, dann hab ich einen Wunsch frei, okay?« Jason wandte seinen Blick nicht von mir.

Liane kicherte.

Ich wusste genau, was sie dachte. War ich *daran* interessiert? Ich war mir nicht sicher. Meinte Jason denn *so was? Mit mir?* Eher unwahrscheinlich. Und … würde er überhaupt etwas herausfinden? Vermutlich nicht. Also bestand auch keine Gefahr, oder? Ich seufzte.

Gott, war das kompliziert. Vielleicht machte ich es komplizierter als es war? Darin war ich absoluter Vollprofi.

»Na, komm schon.« Sein Augenaufschlag war genau wie sein Tonfall: eine Spur zu treuherzig.

Gut, sollte Mister *Von-sich*-überzeugt zeigen, was er draufhatte! »Deal!«, sagte ich laut.

Liane klatschte begeistert in die Hände. Sie wirkte damit wie die Zuschauerin einer Talkshow. Der Abmachung wies ich gedanklich den gleichen Stellenwert zu.

Jason grinste frech. »Dann mal los: Ich will alles wissen. Und achte auf die Details. Die Details sind das Wichtigste!«

Ich verkniff mir ein Augenrollen. »Ja, Herr Hobbydetectiv!«

Die Geschichte des Unfalls zu erzählen, war für mich nicht mehr so lustig wie das Geplänkel zuvor. Es schmerzte wie am ersten Tag. Jason fragte ab und an nach. Erstaunlicherweise klang daraus echtes Interesse und er dachte mit. Am Ende war ich gespannt wie ein Flitzebogen, ob er tatsächlich etwas Neues zutage fördern würde. Inzwischen war schließlich alles digital, Verkehrskameras zum Beispiel. Da musste es doch eine Spur geben! *Irgendeine.* Trotzdem blieb der Zwiespalt tief in meinem Inneren bestehen.

Dass ein Jugendlicher Rätsel knackte, die Experten nicht lösen konnten, gab es nur in Filmen, oder? Und das hier war keiner. Sonst hätte ich längst ab und an auf Pause gedrückt und zurückgespult. Aber das war die Realität. *Äußerst bedauerlich.*

Als Jason dann am frühen Abend gegangen war, stieß mich Liane kurz darauf bei der Verabschiedung in die Seite und meinte: »Siehst du, er ist gar nicht *so* übel.«

Ich seufzte still. Irgendwie schwante mir, was sie da durch die Blume sagen wollte. Und genau *das* war ja eigentlich mein Problem. Ich fand ihn so gar nicht übel.

Kapitel 13

VOR 59 TAGEN

DESITA

Kaltes Unbehagen

»WÄHREND DIE KNOSPEN IM LICHT DER SONNE AUFBLÜHTEN, BLÜHTE AUCH ICH AUF.«

Bereits nach dem ersten Händeschütteln erinnerte ich mich wieder, warum ich damals, als Ivas Klassenlehrerin auf uns zugekommen war, zugestimmt hatte, dass meine Tochter Dr. Murray besuchen könne. Seine Vorzimmerdame, seine Praxis und er machten heute den gleich vorgestrigen Eindruck wie bei unserem ersten Kennenlernen. Die Frau mittleren Alters, die mir das Zeichen gegeben hatte, dass ich an ihr vorbei durch die angelehnte Tür treten durfte, wartete sogar wie schon letztes Mal mit einem antiquierten Faltenrock und einer *echten* Dauerwelle auf. Sie schien mir im falschen Jahrzehnt geboren worden zu sein.

Ebenso der Doktor selbst, der mit Sicherheit keine Gefahr darstellte, *irgendetwas* auf die Schliche zu kommen. Wenn er auch für Iva vielleicht keine große Hilfe gewesen war, so hatte sie doch wenigstens einen regelmäßigen Ansprechpartner neben mir, Joze, Fegegita und Saki gehabt. Eine Person, mit der sie hatte kommunizieren *müssen*, was angesichts der Umstände gut und wichtig gewesen war.

Ungern dachte ich an den Unfall, all die Formalitäten und schlussendlich unser erstes Gespräch in diesem Raum zurück. Seitdem schien sich die Umgebung, zumindest äußerlich, nicht verändert zu haben. Wenn ich mich nicht täuschte, trug Dr. Murray sogar die gleiche

Kleidung. Ob er den Pullover und die Hose mehrfach besaß oder ob es sich um einen Zufall handelte?

Dass er sich zur Begrüßung erhob, hätte ich nicht erwartet. Neugierig stöckelte ich mit wehendem orangefarbenem Rock, in den ich am Morgen säuberlich meine lilane Seidenbluse gesteckt hatte, an ihm vorbei, bis zu dem einzigen, sichtlich für Besucher reservierten Sessel im Raum. Dort angekommen, ließ ich elegant meine rot glänzende Handtasche an meinem Unterarm hinabgleiten und platzierte sie mittig auf der Sitzfläche. *Heute bevorzugte ich es zu stehen.* Meine Zehn-Zentimeter-Absätze schufen einen zusätzlichen Größenvorteil und genau auf diese Art gedachte ich, mit Dr. Murray zu sprechen: *von oben herab.*

Mäßig interessiert musterte er mich und meine Position mit aneinandergelegten Fingerkuppen, bevor er sich zur gegenüberliegenden Seite des Schreibtisches begab und sich von einem eindringlichen Quietschen begleitet auf seinem breiten Bürostuhl niederließ. Die Ordnung oder vielmehr fehlende Sortierung der auf seiner Tischplatte verstreuten Kleinode beschrieb entweder ein ausgeklügeltes System, das sich mir nicht erschloss, oder war pures Chaos. Ich wusste nicht, was mir mehr behagte. *Genie oder Wahnsinn?* Vermutlich lag beides eng beieinander. Doch in seinem Fall schien mir eigentlich keines von beidem vorzuliegen.

Seinem sanften Blick, auf den ich im nächsten Herzschlag traf, und der Stille zwischen uns entnahm ich, dass er darauf wartete, dass ich mein Anliegen vortrug. Ein wenig kam ich mir trotz meiner erhabenen Position vor, als wäre ich eine seiner Patientinnen und müsste nun erzählen, wo der Schuh drückte. Nun ja, in gewisser Weise kam ich genau deshalb, stellvertretend für Iva.

»Herzlichen Dank, dass Sie sich die Zeit für mich nehmen«, begann ich. Höflichkeit hatte schließlich noch niemandem geschadet. »Wir haben innerhalb der Familie in letzter Zeit viel darüber nachgedacht, wie die Zukunft für Iva aussehen könnte. Sie stimmen sicher mit uns überein, dass sie sich eher immer weiter zurückgezogen hat, statt dass ihr Problem kuriert wurde?« Ich musste ihm ja nicht auf die Nase binden, dass sie sich wie erwartet seit ihrem Geburtstag wieder pudelwohl fühlte – ganz ohne seine stümperhafte Therapie. Glauben würde er mir das sowieso nicht. Schließlich war das nicht normal. Und den Anschein der Normalität wollte ich auf jeden Fall wahren.

»Wir sind hier nicht beim *Wunderheilen*«, entgegnete Dr. Murray unerwartet heftig und ich sah Ungeduld in seinen dunklen Augen aufblitzen. Er fühlte sich angegriffen. Das Gespräch würde wohl kein Spaziergang werden. *Schade.*

»Nun, es hat auch keiner ein Wunder erwartet. Aber durch einen Arztbesuch sollte zumindest eine Besserung des Zustands, keine Verschlechterung erzielt werden«, bemerkte ich spitz. »Da stimmen Sie mir sicher zu?«

Er setzte sich aufrecht hin. Plötzlich schien er viel aufmerksamer zu sein als noch Augenblicke zuvor. Ein Angriff war in diesem Fall keine gute Verteidigung gewesen. Jetzt fühlte ich mich in die Ecke manövriert. Dabei sollte *er* das doch sein.

Ich atmete tief durch. Und noch mal. *Das tat gut.* Wenn dieser Termin ausgestanden war, würde ich Saki und mir bei Starbucks einen schönen Caramel Macchiato holen, bevor ich zurück in den Blumenladen fuhr. Zumindest ich hatte mir den süßen Kaffee wirklich verdient!

»Hören Sie«, sagte ich und setzte neu an. »Ich bin nicht hier, um Schuldzuweisungen auszusprechen. Ich bin hier, um Ihnen für Ihre Arbeit zu danken. Schließlich wissen wir nicht, wie sich Iva ohne Ihre Unterstützung entwickelt hätte. Jetzt haben mein Mann, ich und Iva dennoch entschieden, dass es an der Zeit ist, ein wenig frischen Wind in die Sache zu bringen. Eine Art psychischer Tapetenwechsel. Das ist eine persönliche Entscheidung, die nichts mit Ihren Fähigkeiten zu tun hat, und es geht uns dabei nur um Ivas Wohl.«

Dr. Murray sah mich besänftigt, allerdings weiterhin fragend an.

»Mein Mann kennt einen privaten Spezialisten, der häufig mit Unfallopfern arbeitet«, log ich, dass sich die Balken bogen. Dabei ging es *tatsächlich* um Ivas Wohlergehen, das mir in der Tat am Herzen lag. Mehr, als *er* sich vorstellen konnte. Irgendwie mussten wir aus der Nummer herauskommen, ohne dass der Doktor Alarm schlug. Mussten die Diagnose der Depressionen formvollendet at akta legen. Das hatte zu Anfang selbstredend keiner bedacht. Nun fiel es wie ein Boomerang auf uns zurück. »Und der nun endlich über freie Kapazitäten verfügt«, endete ich mit falscher Euphorie.

»Aha«, machte mein Gegenüber. Begeisterung klang anders. Aber ich beraubte ihn einer zahlenden Patientin.

Würde meinem Geschäft eine der großen Firmen, mit denen wir zusammenarbeiteten, die Blumenbestellung kündigen, wäre ich auch nicht der Jubel in Person. Ich musste trotzdem etwas überzeugender sein und den Charme mehr aufdrehen, schließlich wollte ich Dr. Murray für mich gewinnen.

»Iva scheint ihn zu mögen und es ist alles in die Wege geleitet. Da ihr ursprünglich anberaumter Therapiezeitplan bei Ihnen sowieso in den nächsten zwei Monaten dem Ende entgegengegangen wäre, bin ich hier, um Sie persönlich darüber in Kenntnis zu setzen, dass wir bis dahin nicht warten möchten und stattdessen die Chance, die sich Iva bietet, direkt ergreifen.«

»Verstehe, sie kommt also nicht mehr?«, war das Einzige, was Dr. Murray von sich gab.

Sagte ich das nicht bereits? Indirekt.

Stocksteif saß er da, wie einer dieser Steinbuddhas zur Raumzierde. Von denen schon einer, nebenbei bemerkt, die Atmosphäre im Raum zu zweihundert Prozent verbessern würde. »Genau. Wir möchten, dass sie sich ganz auf die neue Möglichkeit konzentrieren kann.«

Plötzlich gutmütig lächelnd, öffnete der Psychiater die gefalteten Hände und meinte: »Das klingt fair. Ich denke wie Sie, dass Iva nichts Ernsthaftes fehlt. Trotzdem ist der Knoten in ihrem Geist statt zu platzen immer straffer gezogen worden. Mitunter kann jede Art von Tapetenwechsel helfen, die Situation zu entspannen. Und wer weiß, vielleicht trifft ja mein Kollege den richtigen Ton.«

Ich nickte zustimmend. Jetzt kamen wir langsam zu einer Einigung. *Sehr gut.* »Das ist unser Ansinnen. Was mich direkt zum nächsten Punkt bringt. Auch hier haben wir im Einvernehmen entschieden, dass Iva versuchen möchte, die Antidepressiva nach und nach abzusetzen, um wieder ein bisschen mehr von sich selbst zuzulassen …«

»Da muss ich Sie warnen«, unterbrach mich Dr. Murray prompt. Ein Stirnrunzeln zeigte seinen inneren Disput. »Das kann unerwartete Stimmungsschwankungen zur Folge haben.«

»Ihre beiden Leibwächter beobachten sie jede freie Minute.«

»Das ist gut. Und dem ist, so sie es will, vorerst nichts entgegenzusetzen. Wir sprechen nicht von einer suizidgefährdeten Patientin. Aber seien Sie vorsichtig und fühlen Sie sich gewarnt! Mein Kollege wird Ihnen zur Seite stehen, nehme ich an?«

»Selbstverständlich!« Ich nickte vehement. Leere Versprechen konnte er von mir bis zum Abwinken bekommen.

»Gut. Setzen Sie es langsam ab, lassen Sie es ausklingen und vor allem halten Sie Iva an, viel zu trinken, das schwemmt die Rückstände schneller aus dem Körper. Und«, er hob den Zeigefinger, »was immer mein Kollege als Folgepräparat empfiehlt, Iva sollte es nicht gleichzeitig nehmen!«

Da ihm *das* wichtig zu sein schien, nickte ich angemessen oft. »Danke noch mal für Ihre Tipps. Wir werden alle beachten und behutsam vorgehen.«

»Tun Sie das«, er sah mich scharf an. »Und lassen Sie sich diesbezüglich von meiner Assistentin ein Merkblatt geben.«

»Werde ich«, versprach ich und griff nach meiner Tasche. Das ultimative Zeichen für einen Aufbruch.

»Na dann. Danke auch Ihnen, Mrs Scott, dass Sie die Angelegenheit persönlich mit mir besprochen haben. Das schätze ich sehr – in einer Welt der Kurznachrichten und E-Mails. Ich respektiere den Entschluss Ihrer Familie und wünsche Ihnen allen, im Speziellen Iva, das Beste. Richten Sie ihr das bitte aus.«

Seine Worte klangen aufrichtig.

Mit einem neuerlichen Händeschütteln verabschiedeten wir uns an der Bürotür des Doktors. Er war zum zweiten Mal extra aufgestanden. Ob wohl doch ein verkappter Gentleman in ihm steckte?

Seine Vorzimmerdame händigte mir auf Nachfrage mir keine Minute später den besagten Vordruck aus, den ich akkurat gefaltet in meine rote Handtasche steckte. Dann war die Audienz zu meiner Erleichterung endgültig beendet und ich stöckelte mit wehendem Haar die wenigen Stufen vor der Praxis hinunter, auf meinen kleinen roten Stadt-Flitzer zu.

Frohgemut schob ich mir hinter dem Lenkrad sitzend meine teure schwarze Sonnenbrille auf die Nase und dachte bereits an die zauberhaften Blumengestecke, die es heute noch zu binden galt. Sie schenkten mir Freude in jeder Stunde, die ich mit ihnen zubrachte. Sie waren für mich mehr als nur Pflanzen. Stille Lebewesen voll Gefühl und Schönheit, die mich stets an all die guten Seiten des Lebens auf der Erde erinnerten.

Während die Knospen im Licht der Sonne aufblühten, blühte auch ich auf. Und obwohl wir sonst nicht viel gemein hatten, verstand ich die Natur, die durch sie am Leben gehalten wurde, auf eine elementare Weise. Sie waren so *herzallerliebst*, so frisch und unbefleckt. Und wie auch die Blütenblätter sich schließlich nach ihrem Versteckspiel zwischen den Blättern des Kelches zeigten, konnte ich Iva endlich mein wahres Selbst zeigen.

Langsam entwickelte sich alles, trotz des unsäglichen Unfalls, wie es sollte. Das machte mich übermäßig glücklich und gab mir Hoffnung, dass auch die Dinge, die seit Maryiams und Iyesus Verschwinden unverändert zwischen Joze und mir standen, sich über kurz oder lang klären lassen würden. So musste es einfach sein!

Kapitel 14

VOR 57 TAGEN

IVA

Beherrsche sie oder sie beherrschen dich!

»Der Kronprinz war gefallen und kein Bauer würde ihn je ersetzen können.«

»Wir bestehen, oberflächlich gesprochen, aus Haut und Knochen. Diese gliedern sich in die verschiedensten Typen von Zellen. Betrachtet man das unter einem Elektronenmikroskop, werden alle Zellen, nicht nur unsere, sondern die der Bäume, der Tiere – *unserer Erde*, lapidar gesagt – aus Molekülen und eine Ebene tiefer aus Atomen gebildet. Aus kleinsten Teilchen. Sehen lassen sich diese unter günstigen Umständen bei einem Kristall als Präparat, wenn die Atome in einem regelmäßigen, dreidimensionalen Gitter angeordnet sind und in ihrer Position sozusagen *verharren*. Die Atome wiederum bestehen aus Protonen, Neutronen und Elektronen – diese ihrerseits aus winzigsten Elementarteilchen und so weiter. Übernehmen wir als vorläufiges Kettenende die umstrittenen Begriffe von Quarks und Strings.«

Ich nickte verblüfft. Mein Blick wanderte dabei unsteht durch den hellen Raum und meine Finger zupften am weichen Saum meines Shirts.

»Unabhängig von der Benennung ist im Prinzip nur wichtig, dass du dir *dich* in Form eines unglaublich komplexen Mosaiks vorstellst; als eine Puppe, die aus unzähligen Kugeln zusammengesetzt ist, die von kleineren Kügelchen gebildet werden – und so weiter. Nun versuch dir vorzustellen, wie sich die einzelnen Kugeln voneinander wegbewegen. Wie sie sich lösen und immer weiter auseinander driften. Kannst du das?«, fragte mich Tesifa, die mit streng nach hinten gebundenen kurzen dunklen Haaren, schwarzer Kleidung, schwarzer Brille und harschen Gesichtszügen in einem völlig leeren weißen Trainingsraum mit Teppichboden vor mir stand.

Sie war ein wenig Furcht einflößend und ich beäugte sie verunsichert. »Nein«, gab ich zu. Allerdings machte mir auch noch mein kalter Entzug zu schaffen.

Auf Desitas Bericht von ihrem Gespräch mit Dr. Murray hin hatten Joze, Fegegita und ich vorgestern abend schallend gelacht. Ich hatte mir die Unterredung gut vorstellen können und war einfach froh gewesen, nicht mehr vor Langeweile in seinem Sessel umkommen zu müssen. Die Tabletten abzusetzen, war jedoch allein meine Aufgabe gewesen. *Keine einfache.* Vor allem, da sich die Dinger nicht durchbrechen ließen, um die Dosis langsam zu verringern. Die erste hatte ich bei dem Versuch, sie mit einem Messer zu zerschneiden, völlig zerstört, die zweite zerquetscht und der dritten hatte sich dann Fegegita geduldig angenommen. Geholfen hatte das nichts. Sie war gleich gut – oder sollte ich sagen *schlecht?* – im Tabletten zerteilen gewesen wie ich.

Dementsprechend war schnell klar geworden, dass ich aufs Ganze würde gehen müssen und einfach nichts mehr nehmen. *Merkblatt hin oder her.* So hatte ich zwei Tage und unzählige Teekannen später das Gefühl, aus mindestens neunundneunzig Prozent Wasser zu bestehen und trotzdem war ein leichtes Kopfweh geblieben, das meine Konzentration einschränkte, sowie jeden Morgen eine aufkommende Übelkeit.

Ihren Kaffee stellten alle, seitdem mein Gesicht das erste Mal grünlich angelaufen war, mitfühlend aus meiner Reichweite. Immerhin wurde es besser. Ich war frohen Mutes, dass ich den Spuk in ein paar weiteren Tagen überstanden haben würde. Hilfreich war das heute leider nicht.

»Hm«, machte Tesifa unzufrieden, obwohl sie nichts von alldem wusste. Oder zumindest nicht von mir.

Ich kam mir prompt wie ein hoffnungsloser Fall vor. Ich verstand, was sie mir wie einer Fünfjährigen seit circa einer Stunde erklärte. Ich wusste, dass Gas eine geringere Dichte hatte als zum Beispiel Metall und deshalb leichter war. Ich wusste, was Diffusion bedeutete und ich wusste auch, dass sich zwei Phasen in einem Reagenzglas bildeten, wenn die beiden darin befindlichen Flüssigkeiten eine Weile standen und sich die schwerere schließlich absetzte. Ich wusste des Weiteren, was Atome waren und kannte das Periodensystem der Elemente. Ich hatte also (begrenzt!) zumindest irgendeine Ahnung von Physik. Aber das, was sie von mir verlangte, überstieg meine Vorstellungskraft.

Ja, ich wollte unbedingt fliegen. Hatte es auch irgendwie schon hinbekommen. Und *ja*, ich verstand, dass ich dafür leichter werden musste, da mir keine Flügel wachsen würden. Hingegen *nein*, ich war nicht mal eben auf die Schnelle in der Lage, meine physische Struktur zu verändern!

»Okay«, setzte sie erneut an. »Du kennst Sewi, die ihre Augenbrauen hochziehen können?«

Ich nickte. *Klar.* Mir fielen direkt Dr. Leo, Julia und ich selbst ein. Doch worauf wollte sie hinaus?

»Und andere können es nicht, richtig?«, fragte Tesifa unbeirrt weiter.

Wieder nickte ich und sagte zögerlich: »Ja.«

»Gut! Und weißt du, woran das liegt, also wie die meisten bewussten körperlichen Funktionen vonstattengehen, ob nun Sewi oder Sisu?«

Vehement schüttelte ich den Kopf. Natürlich hatte ich Biologiekenntnisse, trotzdem wollte ich es lieber von ihr hören. Selbst etwas sagen zu müssen, war nicht mein Anspruch. Blamieren würde ich mich so oder so. Hatte ich mich ja genau betrachtet schon.

»Jede bewusste physische Aktion benötigt einen Impuls, den unser Gehirn aufgrund unserer Vorstellungskraft durch unzählige Neuronen und Synapsen weitergibt und der als Auslöser fungiert. Das heißt, die Vorstellung von dem, was du tun willst, steht an erster Stelle. Sie ist das *Wichtigste*. Die Grenze dieser *Vision* setzt dein Gehirn. Die Grenze der Umsetzung liegt aber in gewissem Maße bei deinen Fähigkeiten. Allerdings hat Desita mir gesagt, dass sie dich bereits schweben gesehen hat. *Du kannst es!* Was wir uns jedoch nicht vorstellen können, kann nicht weitergegeben und auch nicht aktiv umgesetzt werden. Der Körper als Werkzeug wird nicht in der Gänze seiner Möglichkeiten genutzt, wenn der Verstand seinen Zweck versagt. Also noch mal: Stell es dir vor. Versuch es!«

Resigniert schloss ich die Augen und *versuchte es.*

»Und?«, fragte Tesifa nach einer gefühlten Ewigkeit.

Ruckartig hob ich die Lider. »Na ja, es ist nichts passiert«, sagte ich trotzig. Ich stand unverändert *genau* am selben Fleck wie zuvor. Das sah sie schließlich, oder? Meine Augen waren geschlossen gewesen, nicht ihre. »Ich meine, wie soll mich das fliegen lassen? Ich würde mich nur ewig weit ausdehnen und das hat Desita nicht getan. Sie hatte, soweit ich das beurteilen kann, ihre normale Gestalt!« Es war frustrierend.

Tesifa stieß ein bellendes Lachen aus. Sie schien sich blendend zu amüsieren.

Okay, was war so lustig? *Aber Hunde die bellten, bissen nicht, oder?*

Ich überlegte. »Allerdings sah sie etwas verblasst aus. Warum?«, wagte ich zu fragen.

»Eben wegen der Ausdehnung, um die es geht, und aufgrund des Prozesses, der hinter dem Fliegen steckt. Weniger Moleküle, weniger Stetigkeit ergibt weniger Lichtbrechung, was wiederum zu einer schwächeren Farbempfindung führt. Es ist alles eine Frage dessen, was bei den Rezeptoren unserer Augen, den Stäbchen und Zäpfchen ankommt.«

Spitze. Meine Frustration nahm zu. Ich brauchte bald Fachbegriffskärtchen. »Aha. Ich verstehe immer noch nicht, wie …?«

»Es geht in diesem Moment nicht darum zu fliegen. Es geht darum, dass du dich mit dir selbst vertraut machst. Ich sehe, du bist eine von der Sorte, die es verstehen will. Vielleicht ist das auch sinnvoll. Ich habe schon lange, wirklich lange keiner Sechzehnjährigen mehr erklärt, was sie ist.« Nach kurzer Musterung ließ sie sich zu meiner Verblüffung im Schneidersitz auf dem dünnen Teppich nieder, mit dem Rücken zur blanken Plastikwand, und klopfte mit der flachen Hand neben sich. »Zeit für eine kleine Chemiestunde.«

Oh nein. Ich stöhnte innerlich. Dann gab ich mir einen Ruck.

Gehorsam nahm ich neben ihr Platz, zog meine Knie an, umschlang sie mit den Armen und legte mein Kinn darauf ab. *Chemie also*, kein Wunder, da war ich nicht gut darin. *Aber!* Ich war bereit.

»Wenn ich dich fragen würde, aus was ein Sewi besteht, würdest du vermutlich sagen, aus Wasser«, begann sie und ich nickte unwillkürlich. Allerdings fühlte ich mich da als Sisu nicht anders. Ich bestand heute definitiv aus jeder Menge *Teewasser*.

»Hätte ich großes Glück, würdest du zusätzlich Proteine, Lipide, Kohlenhydrate, Nucleinsäuren und Mineralstoffe aufzählen. Und du hättest recht. Der schwerste dieser Stoffe im menschlichen Körper wäre das Wasser. Du müsstest also dehydrieren, um leichter zu sein und zu fliegen, oder? Das klingt nicht besonders gesund und ist definitiv auch nicht die Lösung. Eine beständige Versorgung mit Wasser, eine Art erweiterter Lebens-Kreislauf mit der Umwelt, ist ebenfalls nicht möglich. Da erstens nicht immer eine Wolke den Flug begleiten kann und zweitens die Aufnahme der Substanz währenddessen Schwierigkeiten bereiten würde.« Sie grinste, während ich aufmerksam lauschte.

»Es muss also einen anderen Ansatz geben und der lautet folgendermaßen: Wir tendieren dazu, alles in Substanzklassen aufzuteilen, weil wir uns darunter etwas vorstellen können. Gehen wir davon weg, sehen wir klarer. Schauen wir uns die reinen Elemente an, die den Körper ausmachen, ist das: Sauerstoff, Kohlenstoff, Wasserstoff, Stickstoff, Calcium, Chlor, Phosphor, Kalium, Schwefel, Natrium und Magnesium. Und, da wir gerade dabei sind, als Spurenelemente noch Eisen, nämlich in den roten Blutkörperchen, Iod, das zum Beispiel in Proteinen vorkommt, Fluor im Zahnschmelz, Zink sowie Kupfer, Mangan, Selen, Chrom, Molybdän und Cobalt in unterschiedlichen Enzymen.« Tesifa setzte eine kurze Pause. Wohl, um alles sacken zu lassen.

Ich fühlte mich bereits jetzt schuldig, weil ich mit Sicherheit schon einige der Bezeichnungen und Zusammenhänge vergessen hatte. Das war einfach nicht meine Stärke. Irgendwann schaltete ich bei so was immer auf Durchzug. Besonders wenn es um Aufzählungen ging. Nun atmete ich allerdings durch und beschwor mich, genau zuzuhören. Es ging ja nicht um einen blöden Kurztest, sondern um mein *Leben!*

Tesifa erklärte weiter: »Spannend ist hauptsächlich, dass das häufigste im Körper vorkommende Element Wasserstoff ist, aber nur rund neun Prozent des Körpergewichts ausmacht. Wohingegen sechsundfünfzig Prozent unseres Gewichts durch Sauerstoff verursacht wird, der nur fünfundzwanzig Prozent unserer Substanz einnimmt. Jetzt sind wir ganz nah am großen Geheimnis des Fliegens, zumindest was uns Sisu betrifft.« Sie stieß die Luft aus – ich hing gebannt an ihren Lippen.

»Atmen ist uns von Natur aus gegeben. Wir tun es, ob wir fliegen oder nicht, den ganzen Tag über. Und was geschieht während dieses

Vorgangs genau? Wir nehmen ein Gas auf und geben ein anderes ab! Genau das machen wir, um zu fliegen – wenn auch in viel größerem Umfang. Das Geheimnis beruht damit auf einer Entkoppelung des Sauerstoffs, der an die umgebende Luft abgegeben wird, während der Körper gleichzeitig durch die Atmung und die Hautoberfläche in ständigem Austausch mit dieser steht, um die lebensnotwendigen Tätigkeiten aufrechtzuerhalten. Etwas Sauerstoff verbleibt somit als austauschbarer Rest im Körper. Deshalb reicht dieses eine Gas nicht aus, um leicht genug zu sein.« Sie lächelte. »Nun, was meinst du, was ist der nächste Schritt? Komm schon, jetzt bekommst du es raus. Welche Elemente sind noch in der Luft enthalten?«

»Kohlenstoffdioxid!«, rief ich aufgeregt. Das ›atmeten‹ doch die Pflanzen, oder? Und wir verursachten es durch die ganze Emission, die Kraftwerke, Autos, Flugzeuge und vieles mehr bedingten. Was wiederum die Erde erwärmte, wenn man meinem Geografielehrer Glauben schenkte. *Evil stuff* – und das böse Kohlenstoffdioxid ließ mich fliegen?!

»Genau«, Tesifa nickte zufrieden. »Zumindest in etwa. Kohlenstoffdioxid ist nicht gleichzusetzen mit reinem Kohlenstoff. Aber dieser macht rund dreißig Prozent unseres Gewichts aus. Reduzieren wir das Element auf den notwendigen, durch einen ständigen Austausch angefachten Kreislauf, haben wir das meiste unseres Gewichts eingespart. Trotzdem reicht dies immer noch nicht aus.«

Ich merkte, wie sich meine Mundwinkel nach unten zogen. *Nicht?* Das klang langsam nach einer *sehr* komplizierten Sache.

Tesifa quittierte meinen Gesichtsausdruck mit schief gelegtem Kopf. »Es geht außerdem darum, die Elemente um sich in Bewegung zu versetzen und einen Kraftimpuls zu erschaffen, der den nötigen Auftrieb gibt.«

Ich sah sie groß an. *Das* klang nach Astronauten? Nach Raketen und Schubkraft.

»Zusammengefasst ist also gleichzeitig notwendig …«, sie hob einen Finger, »Erstens: Die eigene Struktur in Maßen auszudehnen und diese so zu halten.«

Ein weiterer ihrer Finger schnellte hoch. »Zweitens: Sauerstoff den eigenen Zellen wie auch der Luft in unglaublicher Geschwindigkeit zu entziehen und zuzuführen.«

Ich grinste breit. »Dauerhafter Sauerstoffaustausch! Klingt wie eine Detox-Kur?«, rutschte mir ungefiltert raus, was mir durch den Kopf schoss. *Jetzt* verstand ich, warum wir nicht alterten. *Hehe.*

Tesifa unterbrach ihre Ablaufschilderung und grinste. »Ja, so könnte man das sagen.«

Dann gesellte sich Finger Nummer drei zu den vorhergehenden nach oben. Sie fuhr fort: »Drittens: Kohlenstoff den eigenen Zellen wie auch der Luft in unglaublicher Geschwindigkeit zu entziehen und zuzuführen.«

Der nächste Finger folgte schneller, als ich schauen konnte. »Viertens: Alle Bestandteile der Luft – inklusive der durch die beiden ›Kreisläufe‹ kontrollierten – zu lenken, um Bewegungsimpluse zu schaffen, mit denen durch den Rückstoß, der beim Aussenden entsteht, gesteuert werden kann.« Nun war der letzte Finger ihrer rechten Hand oben. »Und fünftens: Sich möglichst auf die Flugrichtung zu konzentrieren, um Zusammenstöße zu vermeiden.« Ihre Mundwinkel zuckten verdächtig.

Eine Pause trat ein.

Ich dachte angestrengt nach. Das klang unglaublich. Allerdings hatte ich jetzt wenig Hoffnung, es jemals zu können. Seltsam nur … hatte ich es nicht schon getan … also ein bisschen? Dann konnte das eigentlich nicht so kompliziert sein. Das Gefühl abzuheben war in jedem Fall real gewesen. Auch wenn ich es damals nicht hatte wahrnehmen wollen. Aber das stand auf einem anderen Blatt.

»Was denkst du?«, fragte Tesifa mich.

»Klingt nicht nach Genuss. Vielmehr, als wäre ich derart beschäftigt, dass *nach-rechts-und-links*-gucken, um auch mal die Aussicht zu bewundern, Punkt sechs sein könnte«, brach es einigermaßen verzweifelt aus mir heraus. Jetzt hatte ich für sie bestimmt ein dickes, fettes *unbegabt* auf die Stirn gestempelt. Sicher war Amilaki hyperbegabt und ein exzellenter Flieger gewesen. *Tja.* Bei mir war der Apfel wirklich weit vom Baum weg ins Gras gefallen und anschließend den nächsten Abhang hinuntergerollt.

Tesifa lachte wieder und dieses Mal klang es schon nicht mehr so sehr nach Bellen. Vielleicht gewöhnte ich mich aber nur daran. Ernst sagte sie: »Iva, haben sie dir in Biologie erklärt, wie Mitochondrien arbeiten oder die Zellteilung funktioniert?«

Ich riss, von schlimmer Vorahnung erfasst, die Augen auf. Hatte das etwa auch damit zu tun? Wurde es jetzt noch komplizierter? »Ja, schon«, murmelte ich wenig begeistert. Irgendwo in den Tiefen meines Gedächtnisses verbarg sich sicher eine schemenhafte Erinnerung daran. *Mitochondrien* … waren das nicht die ›Kraftwerke‹ der Zellen?

»Dann weißt du auch, dass all diese Vorgänge ablaufen, ohne dass du bewusst jede einzelne Zelle anleiten musst, oder? Sie tut es einfach. Selbst wenn du nie erklärt bekommen hättest, was sie da tun und dass sie überhaupt existieren. So ist es auch bei uns. Es ist unsere Gabe. *Unsere* Besonderheit. Die Fähigkeit, die uns das Universum mitgegeben hat, ist die, mit der Umgebung eine … nun, sagen wir, ganz spezielle Beziehung eingehen zu können. Was ich dir zu erläutern versucht habe, sind die Grundbausteine, um die es geht. Eine Art bildliche Vereinfachung, damit du dir etwas unheimlich Kompliziertes wie das Fliegen in einzelnen Prozessschritten vorstellen kannst. Es Schritt für Schritt nachvollziehen kannst. Etwas, das dir helfen soll, den Impuls, über den wir gesprochen haben, deinem Körper zu geben.«

Also vereinfacht fand ich das nun nicht gerade. Ich war gut in Deutsch und Geschichte! *Und Kunst.* Tesifa war wohl nicht nur Millionen von Jahren alt, sondern außerdem genauso *angestaubt*. Trotzdem übte ich mich in Nachsicht und schwieg.

Nachdenklich runzelte sie die Stirn. »Joze sagt immer: ›Das Prinzip des Fliegens ist einfach. Der Körper gibt Teilchen an die Umgebung ab. Seine Masse verringert sich dabei im selben Maß wie die Gewichtskraft auf ihn, gleichzeitig steigt der Luftdruck in der unmittelbaren Umgebung des Körpers an. Die Auftriebskraft der Luft auf den Körper nimmt zu – wie bei einer Poolnudel im Wasser, die nach oben treibt – und du fliegst.‹ Vielleicht leuchtet dir sein Erklärungsansatz eher ein? Ich möchte dich trotzdem warnen, dass damit nicht zu spaßen ist. Fliegen kostet viel Kraft, es ist körperlich anstrengend, du solltest es untrainiert nicht allzu oft versuchen und schon gar nicht öffentlich.«

»Ja, selbstverständlich.« Ich meinte es völlig ernst, denn ich beherrschte es nicht und zumindest die Risiken *leuchteten* mir ein. So ganz verstanden, warum wir unsere Struktur ausdehnen mussten und Luftströme beeinflussten, hatte ich nicht. Aber ich wollte in Ruhe darüber nachdenken. Google war diesbezüglich bestimmt ein sehr guter, äußerst geduldiger Lehrmeister. Im Internet fanden sich die skurrilsten Dinge. Womöglich auch das.

»Okay.« Tesifa wirkte zufrieden. »Zehn Minuten bei besten Bedingungen zu fliegen, ist mit zehn Minuten rennen gleichzusetzen. Vielleicht kannst du dir jetzt den Kraftaufwand vorstellen, der uns abverlangt wird.«

Ich machte noch größere Augen. *Wow!* Also, entspannt klang das nicht. »Darf ich dich etwas anderes fragen?« Wenn wir schon mal geruhsam zusammensaßen, wollte ich die Gelegenheit nutzen.

»Was möchtest du wissen?«, fragte sie.

Alles!, wollte ich rufen, unterließ es jedoch. Denn es gab eine Frage, die mich bereits länger beschäftigte. Genau genommen seit dem Video verstärkt. »Warum heiße ich Iva … also ich meine, weil das nichts bedeutet. Nicht wie die anderen Sisu-Namen. Wie lautet mein richtiger Name? Er fängt mit A an, nicht? Joze und Desita sagten, nur du wüsstest ihn.«

Lange schaute Tesifa mich an, ohne eine Miene zu verziehen. Meine Gedanken rasten. Es war auf einmal eine äußerst unangenehme Situation. Gerade war sie so nahbar gewesen. Und jetzt? Wirkte sie höchstpersönlich wie ein Orakel.

»Es gibt Sisu, die haben bereits ihren Namen und es gibt Sisu, die erst einen brauchen, um etwas zu sein«, brach sie schlussendlich leise die Stille.

Jetzt war ich verwirrter denn zuvor. *Uhh!* Das war kryptisch! Was sollte ich werden? *Prinzessin?* Das war ich doch anscheinend schon – zumindest, wenn Titel bei den Sisu vererbt wurden wie bei den Familien in den royalen Klatschheften der Sewi. Oder war ich die neue Anführerin? War sie deshalb auf einmal furchtbar zugeknöpft? Weil ich ihr ihren Platz streitig machte? Dabei hatte ich gar keine Ambitionen. Zumindest nicht im Moment und nicht politisch. Wer würde einer Sechzehnjährigen ohne Schulabschluss folgen, die, abgesehen von *auf die Nase*, nicht einmal *fliegen* konnte? Die Antwort erübrigte sich irgendwie.

Der Kronprinz war gefallen und kein Bauer würde ihn je ersetzen können. Trotzdem oder gerade deswegen würde es, für wen auch immer, nicht einfach werden, als neu gekrönte(r) König(in) das Spiel zu retten. Das ewige Ränkespiel zwischen Sisu und Kifu. Soweit dazu überhaupt irgendjemand imstande war. Die Ausgangsbasis schien mir denkbar schlecht zu sein. Die Kifu waren, wenn ich das richtig verstanden hatte, zwar schwach aber in der Vormachtstellung.

Das Unbehagen in meiner Brust formte ein dichtes Knäuel. All die Verschwiegenheit. Wohin mochte sie führen? Ich wollte es mir gar nicht ausmalen. Alles war schon verworren genug, dabei war ich lange nicht zum Herzstück des Ganzen vorgedrungen, hatte gerade erst an der Oberfläche gekratzt.

»Adanyi«, flüsterte Tesifa plötzlich, bevor sie sich in einer schnellen, fließenden Bewegung erhob. Ihr Blick war stechend. Ihr Gesichtsausdruck ernst.

Zuerst sah ich sie fragend an, dann verstand ich es. Es war mein Name!

»Verrate ihn niemand. Schütze ihn mit deinem Leben!«, fügte sie eindringlich hinzu. »Schütze ihn mit aller Macht, sodass die Kifu ihn nicht erfahren!«

Okay, also *das* machte mir Angst. Momentan wusste ich nicht einmal, was er bedeutete. Ganz ehrlich? Ich hatte schlagartig Gänsehaut am ganzen Körper. Ich fürchtete mich – vor meinem eigenen Namen! Wie *seltsam* war das denn? Wie konnte ein Name derart mächtig sein, dass er es wert war, mit einem Leben geschützt zu werden – dafür zu sterben? Und warum musste ich ihn tragen? Warum wusste sie ihn dann überhaupt, hingegen Joze und Desita nicht? Weil sie die Anführerin war?! Auf einmal war ich mir nicht mehr sicher, ob es klug gewesen war zu fragen. Ohne dieses Wissen war es mir deutlich besser gegangen. Ich hatte mich sicherer gefühlt. Ich wollte jetzt, in dieser Sekunde gar nicht erfahren, was er bedeutete. All die Aufregung, die Neugier, die Vorfreude – verpufft. Ich war einfach noch nicht so weit.

Aufgewühlt benetzte ich meine trockenen Lippen und stand ebenfalls auf. Mein Kopf drohte langsam, aber beständig zu platzen. »Weshalb tragt ihr dann eure Namen offen?«

»Nun, wir haben unsere, genau wie du, seit sie uns von unseren Eltern nach der Geburt gegeben wurden. Sie sind so alt, wie wir es sind. Aber ihr Geheimnis ist längst gelüftet. Wir brauchen sie nicht zu verstecken. Du allerdings hast noch die Möglichkeit, dich zu schützen. Nutze diese!«

Das klang in der Tat einleuchtend. Damit war mein Wissensdurst vorerst gestillt. *One step at a time*, sagte ich mir und Tesifa schien es wohl genauso zu sehen.

»Komm nächste Woche am gleichen Tag zur gleichen Zeit wieder, dann werden wir unsere Übungen und das Gespräch fortsetzen«, wies sie mich an, bevor sie mit der Hand zur Tür zeigte, vor der Moti und Kuta in ihrem Büro auf mich warteten.

Wenn das nicht einen mentalen Tritt in den Arsch beinhaltete, wusste ich auch nicht. Dabei hatte ich den gar nicht nötig. Oder war es eine Gunst, erneut kommen zu dürfen?

Ich hatte begriffen, dass irgendwie alles mit mir, meiner Herkunft und meinem Volk *supergeheim*, *superkompliziert* und *supergefährlich* war.

Joze hatte meine Leibwächter sicher nicht nur wegen des Unfalls engagiert. So viel war klar. Dieser war vielleicht der Auslöser gewesen, doch dahinter steckte, wie scheinbar hinter allem, mit an Sicherheit grenzender Wahrscheinlichkeit noch ein anderes Motiv. Und ich würde herausfinden, welches!

Die Bedeutung meines Namens zu enträtseln, war ein guter Anfang.

Professor Google, mach dich bereit!

Kapitel 15

VOR 56 TAGEN

IVA

Nächtliche BFF-Gespräche

»DIE SCHUHE, DIE ICH IN ZUKUNFT WÜRDE TRAGEN MÜSSEN, WURDEN GRÖSSER UND GRÖSSER UND ICH WUSSTE NICHT IM ENTFERNTESTEN, WIE ICH SIE JE AUSFÜLLEN SOLLTE.«

Seit geschlagenen sechs Stunden saß ich am Schreibtisch. Die Zeilen auf dem erleuchteten Bildschirm meines aufgeklappten Laptops, verschwammen bereits vor meinen Augen, derart angestrengt starrte ich darauf. Möglicherweise wirkten sie auch unscharf, weil meine Wimpern nass waren. Nun gut … vielleicht weinte ich. Ein bisschen. Ein *großes* bisschen. *Ein stilles bisschen.*

Ich hatte das Gefühl, irgendwie nicht mehr *ich* zu sein und auch wenn das in diesem Fall nicht unbedingt schlecht war, war es doch erdrückend. Es war so irreal und ich war etwas hysterisch, je mehr ich es realisierte. Die Wahrheit konnte eine Waffe sein, eine, die sich gegen einen selbst wenden konnte.

Mein leiblicher Vater … Gott … war eine Legende. Ein Wesen aus längst vergangenen Tagen. Eine Urgewalt. Ein Monstrum. Ein Heiliger. Oder nichts von alldem? Für die Menschen, nein, korrigierte ich mich, für die Sewi war er einfach Gott. *Der* Gott. Ihr Gott. Egal, welchen Namen sie ihm über die Jahrhunderte hinweg gegeben hatten. Egal, ob Christen, Juden oder Muslime. Doch was war er für mich?

Unerreichbar traf es am ehesten. *Gestorben* klang so niederschmetternd. *Erloschen* ungleich fröhlicher, aber nicht minder wahr.

Sein Antlitz tauchte überall auf. Das ganze Netz war voll von ihm. Dagegen erblasste jeder Rockstar vor Neid! Allein Wikipedia hatte mich mit nur zwei Sätzen direkt am Anfang meiner wilden Nachforschung in Staunen versetzt:

Die christliche Bibel ist das meistgedruckte, am häufigsten übersetzte und am weitesten verbreitetste Buch der Welt. Allein 2014 wurden weltweit fast 34 Millionen vollständige Bibeln verbreitet.

»Ach du *heilige* Scheiße!«, erschrocken hatte ich mir die Hand vor den Mund geschlagen. Nicht, dass Gott (*Oder sollte ich sagen Vater?* Haha. Meinen schwarzen Humor hatte ich wohl nicht verloren.) das gehört haben könnte, aber die Jahre des schulischen Religionsunterrichts wirkten merklich nach.

Trotzdem blieb der Schock. All diese Menschen, die die Bibel nicht nur ins Regal stellten, sondern sie auch lasen, hatten die wahre Entstehungsgeschichte die ganze Zeit vor der Nase und begriffen doch nichts. Sie fragten sich vielmals, wie Liane damals in der dritten Klasse, wie Jesus übers Wasser gegangen war. Fragten sich, wie er von den Toten auferstanden sein konnte. Nun, ich fragte mich keines von beidem mehr.

Wer fliegen konnte und fast von allem genas, war in diesem Fall das Wunder selbst, oder?

Glücklich machte mich das keineswegs. Stattdessen hatte ich ein großes Kuddelmuddel im Kopf.

Hatten die alten Archivare da etwas durcheinandergebracht oder mein Vater sich heimlich ins Fäustchen gelacht, indem er seinen Sohn *Iyesu* genannt hatte? Oder hatte es Jesus tatsächlich gegeben? Und wenn ja, warum war mein Bruder nach ihm benannt worden? Sicher nicht aufgrund von Wundern, die für uns Sisu gar keine waren. Kam da *sein* schwarzer Humor durch?

Mir ganz persönlich ging es um die ersten paar Seiten der Bibel, um das Buch Genesis. Um die Schöpfungsgeschichte und den Teil mit Adam und Eva. Zufall konnte es nicht sein, dass gerade mein

Name, Iva, geschrieben dem von *Eva* verdammt ähnlich sah. Genau genommen sprach man die Namen im Englischen sogar fast gleich aus! Möglicherweise war das Amilakis Art, seine Anistiti zu ehren. Denn Eva, das hatte ich inzwischen noch mal nachgelesen, war in der Tat mit Adam zusammen, als seine Frau, im Garten Eden gewesen.

Auch Joze und Mariyam. *Josef* und *Maria* war eine seltsame Gemeinsamkeit. Die Geschichte, die Joze mir erzählt hatte, musste einen zweiten Teil haben! Das war die einzig logische Erklärung. Einen, den er mir vorenthalten hatte. *Warum?* Oder bildete ich mir ein, Zusammenhänge zu sehen, die nicht existierten?! Es war zum Verrücktwerden. Wobei mir geschwant hatte, dass es insgesamt um wesentlich mehr als das bisher Enthüllte gehen musste!

Die Informationsflut, die das Internet bot, konnte einen erschlagen, die Interpretationsbreite im besten Fall irritieren und ich hatte damit zu kämpfen, bei vielen Artikeln Wahres von absolut Substanzlosem zu unterscheiden. Manche Sewi schienen eindeutig zu viel Zeit und eine blühende Fantasie zu haben. Okkultismus, Sekten und Esoterik bedingten eine Vielzahl von wirren Gedanken. Zweifelnd bemühte ich schließlich den Google Übersetzer und stellte Amharisch ein. Ich wusste nicht, warum ich überrascht war, aber die Sprache wurde *tatsächlich* angezeigt! Neugierig gab ich zuerst DESITA ein. FREUDE blinkte keine Sekunde später schwarz auf weiß daneben auf. Ich lächelte. Das passte zu ihr.

FEGEGITA war die Nächste in meiner gedanklichen Reihe. LÄCHELN stand als Übersetzung da. *Wie schön!* Warum hatte ich das nicht schon früher gemacht?

TESIFA, fand ich danach heraus, stand für: HOFFNUNG. *Oh!* Welche Laus war denn der Hoffnung über die Leber gelaufen, dass sie fortan Schwarz trug? *Interessant!* Vielleicht verriet sie mir das eines Tages.

Jetzt flogen meine Finger geadezu über die Tastatur.

KUTA bedeutete ZORN.

MOTI hieß *TOD*. Ungläubig keuchte ich auf. Das war in der Tat eine Überraschung. Beide waren mir immer still, solide und vor allem vertrauensvoll begegnet. Ich hätte eher mit FELS oder Ähnlichem gerechnet. Welche Charakteristiken sich hinter den übrigen Namen verbargen?

Probeweise gab ich daraufhin INATI ein. Und siehe da, das Orakel war die MUTTER. Des Universums? Der Zymaha? Aller Sisu? *Allen Lebens?*

Arghh! Ich verkniff mir ein Stirnrunzeln und tippte direkt folgend CHELEMNA ein. Was trug der große Eroberer-König für Eigenschaften in sich? Bevor ich dieses Mal die Entertaste drückte, zögerte ich einen Moment. Wissen ließ sich nicht mehr rückgängig machen, das wusste ich nun. Könnte die Bedeutung seines Namens schlimmer sein als die von Moti? Könnte sie die Macht haben, mich zu erschüttern? *Egal!* Die Neugier siegte und … Ich wurde enttäuscht. DUNKELHEIT war das Wort, das der Online-Übersetzer mir lieferte.

Fast manisch fixierte ich mich jetzt auf AMILAKI. GOTT, lieferte Google mir. Prinz Amilaki King. *Prinz Gott König* bzw. *König Gott-König?* Man konnte auch übertreiben. Bescheidenheit war wohl keine der Eigenschaften meines alten Herrn gewesen. Ich schüttelte fasziniert den Kopf.

Hm, was als Nächstes? ANISITI AMILAKI?

GÖTTIN. Was sonst?

Mein Name kam mir in den Sinn.

Adanyi.

Still starrte ich auf das Übersetzungsfeld. *Jetzt oder nie!* Oder … vielleicht nicht unbedingt *jetzt-jetzt?* Ich dachte wieder an Tesifas Warnung.

Tief durchatmend klickte ich schließlich den Übersetzer weg und begann damit, die wissenschaftliche Seite der Story, die mir erzählt worden war, zu recherchieren – von der Wiege der Sewi, die nach neuesten Erkenntnissen tatsächlich im heutigen Äthiopien vermutet wurde, hin zu einigen Chemieseiten, durch die ich mich wacker kämpfte.

Die Ungewissheit in mir wuchs immer weiter. Sie zwickte mich im Bauch, spukte mir unangenehm im Kopf herum und ließ mich schlussendlich wieder den Google Übersetzer aufrufen.

ADANYI war schnell eingegeben. Mutig ließ ich die Augen offen, während Google arbeitete. Dann stand die Wahrheit in dem kleinen Feld: RETTERIN.

Ich starrte und starrte und starrte noch immer, während sich längst wieder ein feuchter Film vor meine Pupillen gelegt hatte. Der Aufruhr in meinem Inneren nahm unermessliche Ausmaße an. Das, was da stand, konnte nicht sein. Es war Versprechen wie Verantwortung zugleich. *Sie mussten die Falsche haben!* Ich eine Retterin?

Retterin wovon? Retterin für was?

Ich hatte nicht mal mich selbst vor meinen Stimmungsschwankungen retten können. Und das war gar nicht lange her.

Ein bitteres Lachen entwich meinen Lippen. Es klang in meinen Ohren seltsam hohl. Welche Eigenschaften hatte Amilaki in mir gesehen, dass er mir diesen Namen gegeben hatte? Die Schuhe, die ich in Zukunft würde tragen müssen, wurden größer und größer und ich wusste nicht im Entferntesten, wie ich sie je ausfüllen sollte.

Die Retterin der *ganzen verfluchten Welt?!*

Unglaube mischte sich mit Furcht und Zorn. Zorn auf meinen Vater, der mich nach meiner Geburt allein gelassen hatte. Der mich im Stich gelassen, mich verlassen hatte. Zorn auf Joze, Desita, Tesifa und wer auch immer Iyesu und Mariyam gerade suchte, aber nicht gefunden hatte.

Ungerecht!, schrie alles in mir. Ein seltsames Pulsieren breitete sich in meinem Körper aus. Ich konnte das Vibrieren der Zellen unter meiner Haut spüren, die wie emsige Bienen in einem Stock unermüdlich arbeiteten. Ich verstand die Welt nicht mehr. Ich verstand meinen Körper nicht mehr, verstand *mich* nicht mehr. Das war das schrecklichste Gefühl von allen.

Langsam klappte ich meinen Laptop zu. Die Bewegung fühlte sich mechanisch an. Ich war ruhig und unruhig zugleich. Heiße Tränen liefen mir die Wangen herab. Unangenehm schlug die Zunge beim Schlucken in meinem Rachen an und ich zog wenig *ladylike* die Nase hoch.

Vom hinteren Rand des Schreibtisches fischte ich mein Handy und blickte auf das dunkle Display. Und nun? Ich wollte jemandem mein Leid klagen. Mir alles von der Seele meckern. Leider konnte ich schlecht Liane anrufen und zu ihr sagen: ›Du, hör mal, ich weiß seit gerade eben, dass ich die Welt vor den Bösen retten soll. Das macht mir eine höllische Angst. Würdest du mich ablenken? Ach, und übrigens, mein leiblicher Vater ist Gott. Du weißt schon, der aus der Bibel. Und *hey*, gegen meinen ist deiner mit seinen sechzig Jährchen ein richtiger Jungspund.‹

Das war alles wirklich zum Brüllen komisch. *Nicht.*

Müde stützte ich mein Kinn auf den Händen ab und blinzelte ein paar Mal. Meine Ellenbogen drückten unangenehm auf das Metall des Laptopgehäuses und das Handy presste sich gegen meine Unterlippe. Ermattet ließ ich die Hände wieder sinken. Da vibrierte das Telefon, als hätte es meine Gedanken gehört, während ich mühsam die Augen aufhielt und meinen Kopf mit reiner Willenskraft davon abzuhalten versuchte, auf den Laptop zu sinken. Plötzlich war ich fix und fertig. Alle Kraft war meinen Gliedern entwichen. Mit schläfrigen Bewegungen drückte ich auf den erleuchteten Bildschirm und las die eingegangene Nachricht.

Dream of pink glitter and purple skys ...

Es war Liane und ich konnte mir ein Grinsen nicht verkneifen. Ihre Flughöhe lag wie immer eher über denn unter *Wolke sieben*. Ich schickte zuerst einen grünen Palmen- und dann einen rosafarbenen Herzsmiley zurück. Prompt kam die Antwort:

Welche Ausrede hast du, um diese Uhrzeit wach zu sein?

Ich schaute überrascht auf die Ziffern am oberen Displayrand. Es war nach Mitternacht! *Ohooo* ... dabei sollte ich dringend schlafen! Ich kannte mich. War ich nicht ausgeruht, wäre ich den ganzen morgigen Tag über eine Plage – nicht nur für mich selbst. Die Zeit war verflogen. Ohne dass ich es gemerkt hatte. Schnell stand ich auf, schlüpfte aus meinen Klamotten und schrieb:

Hab nicht auf die Uhr geschaut. Hab nachgedacht.

Zumindest entsprach das der Wahrheit. Flugs schmiss ich danach mein Handy hinter mich auf meine geblümte rosa Tagesdecke, öffnete meine Zimmertür und tappte auf leisen Sohlen ins Bad. Glücklicherweise lag das ja direkt neben meinem Zimmer, da war die Wahrscheinlichkeit gering, dass mein nächtlicher Ausflug Beachtung fand. Ich wusch mir eher alibimäßig das Gesicht, um die Tränen zu entfernen, putzte meine

Zähne und war im Nullkommanichts bettfertig. *Ha!* Wenigstens darin war ich gut!

Zurück in meinem Reich trat ich an mein einladend aussehendes Bett, sammelte mein Telefon ein, hob die Decke und krabbelte darunter. Desita oder Fegegita würden mich wie immer morgen früh rechtzeitig wecken. Verschlafen würde ich sicherlich nicht. Die Streichhölzer für meine Lider, damit diese auf keinen Fall im Unterricht zuklappten, musste ich mir allerdings selbst besorgen … vielleicht in Form von drei Schwarztees, denn Kaffee war ja momentan leider ausgeschlossen. Ich seufzte.

Eingekuschelt knipste ich mit der freien, ausgestreckten Hand an der Leiste über meinem weißen Nachttisch alle Lichter im Raum aus und drückte in einer Art letztem Check auf die Hometaste meines Handys.

Liane hatte meine vorhergehenden Worte mit einer Link quittiert. Gespannt ließ ich mich zu YouTube weiterleiten und beschloss, dass sie eindeutig die beste *beste Freundin* war, die ich mir wünschen konnte.

Adele sang, während ich die Augen schloss. Ihre Stimme hüllte mich ein, trug mich mit sich fort und schien mich auf ganz besondere Weise mitten ins Herz zu treffen.

Die Zeilen des eindringlichen Liedes schufen die Vorstellung zweier nebeneinanderstehender Menschen in meinem Kopf, die sich an den Händen hielten, während die Welt um sie herum kollabierte – die zusammenhielten im Angesicht der schlimmsten Gefahren. Die sich nicht fürchteten – nicht einmal vor dem gähnenden Abgrund, den meine Fantasie vor ihnen auftat.

Für mich waren das wir beide. Liane und ich. *Zwei Freunde*. Und als ich schon fast eingeschlafen war, wechselte Liane den Platz mit Iyesu. Mein Brustkorb zog sich zusammen, als ich tief einatmete. Freude schwemmte durch meinen fast weggetretenen Geist. Ein Lächeln stahl sich auf meine entspannten Lippen. Iyesu und ich. *Vereint.*

Teil 3

Wie sich alles zuspitzte …

»Das Feuer in mir flackerte,
doch mein Körper war am Ende.
Das wussten wir beide.
Vielleicht flackerte es deshalb.
Ein letztes Aufbäumen. Ein letzter Schrei.
Vor der Rückkehr zur Unendlichkeit.«

Kapitel 16

VOR 50 TAGEN

IVA

Weiche Knie und wahre Worte

»AUF EINMAL HATTE ICH BILDER IM KOPF, DIE ICH MIR LIEBER ERSPART HÄTTE.«

Die letzten eineinhalb Wochen waren schneller vergangen, als ich gedacht hatte. Der Chemietest, mit dessen Vorbereitung ich mich abzulenken versucht hatte, war in genau der Katastrophe gemündet, die ich vorausgeahnt hatte. Zumindest war das mein Gefühl beim Schreiben gewesen. *Kein Wunder*, dass mich Dr. Leo heute, da wir uns zufällig auf der großen Treppe im Schulhaus über den Weg liefen, böse unter seinen buschigen Brauen anfunkelte. *Iva, Iva, unaufmerksam und unfähig* – seine Gedanken waren für mich offensichtlich. Da er allerdings nicht die leiseste Ahnung hatte, mit was ich sonst gerade noch kämpfte – außer Chemie –, sah ich das gelassen.

Gut erzogen wie ich war, versuchte ich mich trotzdem an einem kläglichen Lächeln und bog schleunigst bei der nächsten sich mir bietenden Gelegenheit auf einen kurzen Flur ab, in den ich eigentlich gar nicht hatte laufen wollen. Einer direkten Konfrontation wollte ich nichtdestotrotz aus dem Weg gehen.

Dass ich mich mehr oder weniger vor der Tür zum Jungenklo befand, wurde mir erst bewusst, als ich fast frontal mit Jason zusammenprallte, der aus ebenjener kam. Verwirrt musterte er mich, bevor sich seine Lippen zu einem Grinsen verzogen. Auf die hatte sich mein

Blick ganz von allein fixiert. *Verdammte Axt!* Warum entwickelten meine Augen plötzlich ein Eigenleben? Und warum sahen seine Lippen so weich und einladend aus?

»Na, Iva, hast du dich verirrt?«, fragte Jason fast süffisant.

»Nee. *Ja.* Bin geflüchtet«, gab ich peinlich berührt und ein wenig von mir selbst genervt zu. *Iva, weiter oben spielt die Musik*, ermahnte ich mich innerlich und unterdrückte gleich darauf ein Kichern. Ging es Jungs, die auf äh … andere Rundungen starrten, etwa genauso? Taten sie das auch einfach aus einem Impuls heraus? Erschauernd beschloss ich, das Thema nicht weiter zu verfolgen. Dann lenkte ich meinen Blick bewusst von ihm weg, zur grauen Wand hin, die einige schwarze Striemen zierten. Da war wohl jemand mit seinem Ranzen vorbeigeschrammt.

»Oha. Vor wem denn?«, wollte Jason nun wissen.

Das hätte ich mir denken können. *Nächstes Mal zuerst überlegen, danach sprechen*, ermahnte ich mich selbst. »Dr. Leo«, gab ich widerwillig zu.

»Wollte der mit dir deinen Chemietest bereden?«

»Nein, aber er hat mich mit einem seiner speziellen Blicke erdolcht. Also weiß nicht … *vielleicht.*«

»Ach so. *Ja dann.* Warte doch erst mal deine Note ab, bevor du dich verrückt machst«, riet mir Jason, rückte seine silberne Cap zurecht und setzte sich in Bewegung. Ein schwarzes Poloshirt und eine gleichfarbige Hose komplettierten das Outfit. Sein Interesse an dem Gesprächsthema schien damit erloschen zu sein.

Überrumpelt trat ich einen Schritt zurück, um ihm Raum zu geben, und murmelte leise, während ich mich drehte: »Ich denke, die hat er mir deutlich zu verstehen gegeben.« Resigniert wandte ich mich in Richtung des Flurendes und der Treppe, von der ich gekommen war. Hin zu Moti und Kuta, die, wären sie nicht dunkel gekleidet, mit ihrer mokkafarbenen Haut und der absoluten Bewegungslosigkeit durchaus als zwei römische Zierstatuen der nahen Gangmündung durchgehen konnten.

Völlig unerwartet stoppte mich Jasons schwere Hand, die er mir von hinten auf die Schulter legte. Schreckhaft fuhr ich zusammen.

Er lachte leise. »Du hast die Hoffnung wohl aufgegeben, was? Wie wäre es mit ein paar weiteren Nachhilfestunden bis zur nächsten Klausur?«

»Bist du etwa auf den Geschmack von Fegegitas Essen gekommen?«, entwich es mir immerhin halbwegs schlagfertig und ich drehte mich ungläubig zu ihm. Wie kam er denn auf die Idee? Sein letzter Nachhilfeversuch war absolut unproduktiv gewesen. *Verstand einer den Jungen!*

»Ja, auf *den* auch …«, Belustigung klang aus seiner tiefen Stimme und jagte mir eine unerklärliche Gänsehaut über die Arme, während mir gleichzeitig heiß und kalt wurde. »Außerdem zeigen meine Nachforschungen erste Ergebnisse, die ich dir lieber in Ruhe erzählen würde. Nicht hier.«

Ahhh! Meine Pupillen weiteten sich aufgeregt. Jetzt hatte er mich. »Okay!«, willigte ich ohne weitere Überlegung ein. Ich war *sooo* gespannt! Was hatte er herausgefunden?

»Heute Mittag?«, fragte er.

Mist! »Heute kann ich nicht.« Ich konnte Tesifa schlecht versetzen. Außerdem brannte ich darauf, ihr weitere Fragen zu stellen. Zumindest wollte ich wissen, wie die Geschichte der Sisu weiterging. Und ich wollte fliegen … und *ach* …

»Kein Problem. Morgen?«, unterbrach Jason mein inneres Zwiegespräch.

Ich nickte erleichtert und deshalb gleichzeitig derart unkontrolliert, dass ich mich, wenn ich so weitermachte, als Wackel-Dackel zu Desita auf die Hutablage eines Oldtimers gesellen konnte. »Ja, supergerne!« Ich errötete.

Supergerne?! Seit wann gehörte das zu meinem Wortschatz? Würde ich wie Liane bald anfangen zu quietschen, wenn ich über oder mit Jungs sprach? Ich gab mir einen mentalen Klaps. *Mehr Fokus, Iva! Mehr Fokus und weniger Hormone!*

Jason schien von alldem nichts mitzubekommen. »Cool«, war alles, was er sagte – vermutlich sein Lieblingswort –, bevor er mich belustigt darauf hinwies, dass wir jetzt besser unsere Hintern in Richtung des Geografieunterrichts in Bewegung setzen sollten, wenn wir nicht zu spät kommen wollten. Romantisch war das nicht, aber er hatte recht. Den Anschiss eines weiteren Lehrers wollte ich nicht riskieren.

Tesifa empfing mich nach der Schule, wie schon letztes Mal, in ihrem Büro. Ihr ›Glaskasten‹, wie ich es bezeichnete, thronte ganz oben auf einem der höchsten Wolkenkratzer, die das Herzstück des Finanzdistrikts von New York bildeten. Sie und Joze könnten sich, stünden die Häuser enger beisammen und wären die Glasscheiben nicht verfugt sowie zusätzlich verschraubt (Frische Luft wurde sowie überbewertet …), fast gegenseitig auf die Fensterfronten ihrer Büros spucken.

Das wusste ich, weil ich ihn im Gegensatz zu ihr schon sehr viel öfter besucht hatte. Früher, als ich klein war, hatte ich sein Büro geliebt. Irgendwann war allerdings der Reiz verloren gegangen. Nun … wahrscheinlich gehörten unserer Bank beide Immobilien – und einige mehr. Also ja, wir waren ziemlich wohlhabend. Nicht, dass ich etwas dazu beigetragen hätte. Vermutlich sollte man das aber auch irgendwie sein, wenn man unzählige Jahrtausende hatte, um es zu etwas zu bringen. Oder um es genau zu nehmen: *dreißig Millionen Jahre.*

Trotzdem waren wir, die Gorillas und ich, bereits von der Schule aus im Stau gestanden. Moti, der vom Gas geben und Bremsen sicher einen eingeschlafenen Fuß haben musste, war nicht einmal aus der Ruhe gekommen.

Ich bewunderte sein stoisches Gemüt. Und hatte mit offenen Augen von einem Helikopter geträumt, mit dem wir über all die Autos hätten hinwegfliegen können. Auf seinen Namen hatte ich ihn nicht angesprochen. Kuta auch nicht. Eigentlich, war mir aufgefallen, sprachen wir allgemein nicht besonders viel. Tatsächlich nur das Notwendigste.

Noch vor Kurzem war mir das ganz recht gewesen, so hatte ich mit meinen Gedanken allein vor mich hin grübeln oder wahlweise schlafen können, je nachdem. Jetzt erschien es mir seltsam, derart wenig von den beiden zu wissen, die mir auf Schritt und Tritt folgten. Mich hatte nämlich ein beunruhigender Gedanke beschlichen: Direkt nach dem Unfall, da die Polizei mir keinen Personenschutz zugeteilt hatte, war mir Jozes Maßnahme logisch erschienen. Doch nun, über ein Jahr und ganz genau gar keine auffälligen Vorkommnisse später, stellte sich mir die Frage nach der *Wirtschaftlichkeit,* wie Miss Murray es gerne bei ihrer Erklärung der Marktregulierung einzelner Länder bezeichnete. Manchmal schweifte sie von Geschichte zu Gemeinschaftskunde oder Ökonomie ab. Schützten Moti und Kuta mich vor den anderen, den

Kifu, oder andere vor mir? Was, wenn sie gar nicht zu meinem Schutz da waren, sondern um mich zu beobachteten und zu bewachen?!

Wenn Iyesu entführt worden war und noch lebte, wovon ich einfach ausgehen musste, weil mein Geist nichts anderes akzeptierte, war er wertvoll für … nun, *wen auch immer*. Und ich im Umkehrschluss ebenfalls, nicht wahr?

Darauf würde mir sicher keiner eine ehrliche Antwort geben. Auch nicht Tesifa. *Gerade* nicht Tesifa, die heute in einem schwarzen Hosenanzug und mit passend düsterer Miene wenig herzlich wirkte. So

gar nicht nach *Hoffnung*.

Blinzelnd drehte ich mich. Die Aussicht hier oben war bombastisch. Nur bei einem Blick auf den kleinen Balkon mit der spärlichen Balustrade, der sich hinter mir befand, verspürte ich ein leichtes Flattern im Bauch. Höhenangst? Bei der möglichen Falltiefe sicher normal. Trotzdem – ich war eine Sisu. Wir flogen. *Zumindest die anderen*. Sicher hatten wir *keine* Höhenangst. Ich verzog unwillig das Gesicht und ließ mich auf einem der unbequemen dreibeinigen Stühle vor ihrem Schreibtisch nieder. Die Dinger konnte ich nicht einmal als Hommage an die moderne Kunst gelten lassen. Sollten sie Besucher quälen? Damit diese schneller wieder gingen? Ein anderer Zweck fiel mir partout nicht ein.

Ich klopfte ungeduldig mit den Fingerkuppen auf die Tischplatte.

Tesfia hörte auf, die Tasten ihres Computers zu bearbeiten und hob eine dunkel nachgezogene Augenbraue. »Nun denn, starten wir. Meine Zeit ist begrenzt«, ließ sie mich wissen. *Gerne.* Meine zwar nicht, aber ich hatte viel aufzuholen.

»Okay. Ich möchte mehr über die Geschichte der Sisu erfahren«, begann ich sofort.

Tesifa nickte. »Joze hat mir berichtet, was er und Desita dir erklärt haben. Das klang für mich nach einem ziemlichen Durcheinander. Aber wenn ich es richtig verstanden habe, weißt du, wie die ersten Menschen entstanden sind?«

Ich nickte. »Ja. Amilaki schuf sich eine Frau und sie gebar ihm Kinder. Die ersten Menschen, richtig?«

»Richtig. Kinder, auf die von seiner Kraft nicht einmal ein Bruchteil überging und die ihn deshalb auch nicht erlöschen ließen.« Tesifa nahm ihre Brille von der Nase und bettete sie vorsichtig auf einen Stapel Papier, der auf dem ziemlich leer wirkenden weißen Schreibtisch vor ihr lag. Minimalismus vom Feinsten! Mir fiel dabei auf, dass sie wirklich schöne blaue Augen hatte. Kornblumenblau – freundlich, *hoffnungsvoll.*

»Nur ein Bruchteil unseres Volkes schaffte es zur Erde. Die Planetenkonstellation zum Zeitpunkt unserer Umsiedelung war nicht optimal, wenn sie auch denkbar schlechter hätte sein können.«

Ihre Antwort ließ mich die Betrachtung vergessen.

Meinen etwas verwirrten Blick kommentierte sie nicht, stockte allerdings, bevor sie weitersprach: »Alle Systeme innerhalb der uns bekannten Galaxien rotieren aufgrund der Gravitations- beziehungsweise der Zentrifugalkraft ewig. Nicht, dass sie das nicht schon immer getan hätten … Die Begriffe sollte dir aus dem Physikunterricht etwas sagen. Jeder Vorausschauende hätte damit den Zeitpunkt der größten Annäherung oder der geringsten Distanz zwischen den Galaxien wie auch den Welten gewählt, um zu springen. Hätte die astronomische Anomalie eines Wurmlochs in der Raum-Zeit genau dann genutzt. Doch wir hatten keine Wahl. Wir mussten. Es war ein Debakel. Die drei neuen Weltenwächter, die das Orakel uns zur Seite gestellt hatte, taten ihr Bestes, um die astrale Präsenz derer zusammenzuhalten, die es nicht schafften, ihre physische Gestalt zu wahren. Die meisten von ihnen verendeten jedoch in den unendlichen Weiten des Alls, zwischen den Welten – irgendwo auf dem Weg durch das Wurmloch. Sie waren zu schwach. Die Wächter zahlenmäßig zu wenig. Nur den Stärksten von uns, den Stärksten einer ganzen Hochkultur, gelang es, völlig entkräftet, dennoch am Leben, von Simeti aus die Erde zu betreten.«

Sie verstummte.

Betreten?

Während ich nachsann, war Tesifa nicht zu bremsen. »Die Distanz zu überwinden, die unglaublichen Temperaturschwankungen auszugleichen, den anschließenden Verlust zu verkraften, war das Schwerste, was ich … was wir jemals tun mussten und ich denke nicht, dass wir es ein weiteres Mal schaffen würden. Am Ende ist da allein der Wille. Der eiserne Wille, der dich zusammenhält. Hast du ihn, Iva? Den eisernen

Willen? Den Willen zu überleben?« Tesifa sah mich eindringlich an, indes ich das Gefühl hatte, auf meinem Stuhl zu schrumpfen.

Hatte ich ihn? Wenn, schlummerte er wohl tief in mir. Aber brauchte ich denn einen eisernen Willen? War die Bedrohung meines Lebens derart präsent? Mir kam alles recht normal vor. Ich meine ... ich ging zur Schule und so ... Deshalb schwieg ich.

Tesifa runzelte die Stirn, setzte ihr schwarze Brille wieder auf und erzählte weiter: »Nach für unser Ermessen wenigen Jahren waren die Kinder Amilakis und seiner neuen Anisiti erwachsen. Viele der Sisu hatten weder ihr Libi noch einen neuen Partner und so begannen sich die Gruppen zu vereinen. Mischlinge entstanden, die sowohl die Gene der Sisu als auch die der Sewi in sich trugen. Unterschiedliche Kräftegrade zeigten sich und es begann sich im Kern das zu entwickeln, was heute gemeinhin mit ›Völkerreichtum‹ bezeichnet wird. Trotz allem tat sich verhältnismäßig wenig, es waren ruhige Zeiten. Mit der heutigen Bevölkerungsexplosion rechnete niemand. Amilaki hatte eher eine Reproduktion im Sinn, um unser Volk zu erhalten.«

Schon klar. Ich verzog den Mund. Das drohende Problem der Überbevölkerung hatten man selbst vor hundert Jahren noch nicht wahrgenommen.

»Vor circa hundertzwanzigtausend Jahren«, fuhr Tesifa fort, »war die Population der Sewi in Äthiopien, die sich unter einem einzelnen Trimat in verschiedene Stämme untergliedert hatte, so angewachsen, dass einige Klans beschlossen, Afrika zu verlassen und andere Teile der Erde die ihrigen zu nennen. Amilakis richtende Hand, die gerecht nichtsdestotrotz kompromisslos war, seit ihm die Kifu seine zweite Anisiti gestohlen hatten, gefiel nicht allen. Sie wollten ihre eigenen Herren sein, wollten frei sein.«

»Verstehe«, murmelte ich. Das konnte ich mir in der Tat gut vorstellen. Strebten nicht alle Wesen nach der ultimativen Freiheit, nach Selbstbestimmung, die aber leider meist im Chaos endete?

»Eine Art Völkerwanderung setzte ein, die durch verschiedene Phasen und Zyklen geprägt bis heute andauert«, vervollständigte Tesifa ihre Ausführung. »Am Anfang stammten die Sewi direkt von einem Elternteil Sisu ab. Sie waren fast Sisu, obwohl sie nicht die vollständigen Kräfte ihrer Eltern erbten. Doch es zeigte sich, dass unsere Gene, wenn sie in direkter Abstammung vererbt werden, dominant sind. Sie hatten fast all unsere Fähigkeiten, wenn auch in geringerem Maße. Konnten die Dichte ihrer Gestalt mit sehr viel Übung verändern und teilweise sogar kurz schweben. Sie heilten schnell, waren einfühlsam und harmoniebedacht. Dann wurden sie mehr, paarten sich untereinander und legten den Grundstein für die vielen heutigen Sewi. Unbegabte Sewi, die sich wünschten, all das zu können, was sie an uns Sisu beobachteten. Sie lebten dafür, sich und ihre Umgebung zu verändern, wurden unzufrieden und konnten doch nichts gegen ihre Urinstinkte und Träume ausrichten.«

»Der Traum vom Fliegen!«, flüsterte ich.

Tesifa lächelte dünn. »Zum Beispiel der noch heute währende Traum vom Fliegen«, bestätigte sie. »Sicher die am häufigsten gepflegte Fantasievorstellung der Sewi. Ich zolle dem im Übrigen große Bewunderung, schließlich haben sie lange geforscht, bis ihr Sehnen sich durch Maschinen erfüllt hat, nicht wahr? Ihre Hartnäckigkeit hat sich ausgezahlt.«

So konnte man es natürlich auch sehen. Und ich verstand sie, die Sewi, zu denen ich nun nicht mehr gehörte. *Nie wirklich gehört hatte.* Was würde ich dafür geben, wenn es mir gelang zu fliegen? *Einfach so.* Im Prinzip hatte ich den gleichen Traum. »Aber … das bedeutet, dass alle Sewi ein Stück weit Sisu sind!«, war meine nächste Schlussfolgerung.

»Ja, das bedeutet es.«

»Haben dann äh … einfühlsamere Menschen ausgeprägtere Sisu-Gene?« Es erschien mir folgerichtig zu sein. Außerdem dachte ich an mein Gefühlschaos, das ich wegen gerade dieser DNA durchlitten hatte.

»Du willst wissen, ob Menschen mit *dünnerer Haut*, wie man sagt, die eher zu Depressionen und Hochphasen neigen, den Sisu ähnlicher sind als andere Sewi?«, sagte Tesifa mir auf den Kopf zu.

Verlegen machte ich eine bejahende Handbewegung und schlug die Beine übereinander.

»Sind sie … aber sie sind trotzdem Sewi. Meist wissen sie selbst nicht recht, welchem Gefühl von all jenen, die sie in einem speziellen Moment empfinden, sie den Vorrang geben sollen. Die psychische Dissonanz, die sich für mich beispielsweise in diesem ganzen *Genpool*-Irrsinn zeigt, ist die: All die heutigen Naturschützer, die bei öffentlichen Bauprojekten schreien: ›Oh, ein Käfer!‹, um diesen vor dem Aussterben zu schützen, fühlen anscheinend die Frequenz, die er in seinem Fluchtinstinkt aussendet, wie wir es wahrnehmen könnten, und meinen, darauf reagieren zu müssen. Weil sie im Gegensatz zu uns nicht bewusst kontrollieren können, was sie empfangen und was nicht. Denn wie du bemerkt hast, hat sich seit deinem sechzehnten Geburtstag deine innere Unruhe gelegt und du fühlst dich normal. Wir Sisu müssen uns erst auf etwas fokussieren, um es sensibel wahrzunehmen. Wir können den Schalter selbst umlegen. Bei ihnen kannst du dir das wie bei einem kaputten Funkgerät vorstellen. Analog deiner Übergangsphase. Mal empfängt es, mal nicht und das auch noch unterschiedlich stark. Ihr Handeln scheint mir deshalb sehr inkonsequent zu sein. Auf der einen Seite steht besagter Käfer, auf der anderen Seite zählt ein Leben und seine Qualen nicht immer gleich viel wie ein anderes Leben. Wie kann sonst derselbe Mensch all die furchtbare Massentierhaltung ertragen und trotzdem in vollkommener Hingabe sein Steak essen, wo er nicht einmal einen Käfer verenden sehen kann?«, Sarkasmus troff aus ihren Worten.

Ich stieß den Atem aus. *Tja*, da hatte sie tatsächlich einen Punkt. »Es demonstrieren auch Menschen gegen die Massentierhaltung«, wandte ich ein. »Und manchen geht es bei dem Protest wegen des Käfers gar nicht um den Käfer.«

Tesifa nickte. »Natürlich. Was ich damit sagen wollte, ist, dass sie selbstverständlich einiges von uns geerbt haben, dennoch nicht wie wir sind. Sie sehen Momentaufnahmen eines Films. Urteilen manchmal gefühlvoll und manchmal ohne jedes Gefühl. Aber ja, es gibt einige, die eher wie wir sind, die nicht ganz so oberflächlich sind wie andere. Die allerdings genau das vielleicht gar nicht als Segen ansehen. Sie hinterfragen mehr, sie sehen und spüren mehr. Doch können sie es verkraften? Sie können es sich nicht aussuchen, es nicht kontrollieren. Ihre Gabe kann ein Fluch sein, wenn sie nicht lernen, sie zu beherrschen. Dann allerdings, wenn sie sich darauf einlassen, können sie sie einsetzen und gehen, anders als die ganzen Blinden um sie herum sehend durchs Leben.«

»Warum helfen wir ihnen nicht? Erklären es ihnen?«, warf ich ein. Wie sollten die Sewi etwas als Gabe anerkennen, das sie gar nicht richtig verstanden? Sie *konnten* es doch nur als Fluch einordnen.

»Wie würdest du ihnen helfen?«, nahm Tesifa meine Frage in einer Gegenfrage auf. Sie schien ehrlich interessiert zu sein.

»Nun, ich … weiß auch nicht«, gestand ich nach kurzem Nachdenken. Man konnte kaum eine Aufklärungskampagne starten. Wir waren in der Unterzahl. Wahrscheinlich würde sich schnell ein Feindbild verbreiten. Das Kind war eigentlich zu dem Zeitpunkt, zu dem wir uns vor der Öffentlichkeit zurückgezogen hatten, in den Brunnen gefallen. Das war schon lange her und hatte sicher seine Gründe gehabt. Ich dachte bestürzt an die Hexenverbrennungen, über die Desita gesprochen hatte. *Keine* erbauliche Vorstellung.

»Siehst du.« Tesifa lächelte. Auch wenn es ein trauriges Lächeln war. »Allen gerecht zu werden, ist ein schwieriges Unterfangen. Aber das Trimat investiert, seit die Pharmaindustrie an Größe und Bedeutung gewonnen hat, jedes Jahr große Summen in die Forschung und Entwicklung.« Sie verstummte.

Soso. Also in Medikamente? Die die Gefühle der Sewi ruhigstellen sollten? Wie das bei mir genau … nicht … funktioniert hatte? Das war ja eine großartige Lösung! Leider fiel mir auf die Schnelle keine bessere ein. Wenn das Trimat tatsächlich aus ursprünglichen Ankömmlingen, wie Tesifa selbst, bestand, hatten sie eine Menge mehr Zeit gehabt als ich, um darüber zu sinnen. *Apropos!* »Was ist eigentlich das Trimat?«

Erfreut hoben sich Tesifas Mundwinkel. Das Thema gefiel ihr wohl deutlich besser. »Wir stellen eine Art Rat dar. Eine Regierung, würdet ihr heute sagen. Die darauf achtet, dass die Gesetze eingehalten werden.«

»… und Zucht und Ordnung herrscht«, murmelte ich vorlaut.

Tesifa lachte. »Genau.«

»Haben wir ein Gesetzbuch?«, fragte ich neugierg. *Oh weh!* Hoffentlich musste ich nicht bald Paragraphen büffeln.

»Nein«, zerstreute Tesifa meine Bedenken. »Alle Sisu unterliegen der Gerichtsbarkeit ihrer Staatsangehörigkeit, das heißt der ihres Wohnsitzes beziehungsweise Passes und ausschließlich im Zweifelsfall der des Rates. Wir sorgen eigentlich nur dafür, dass sich keiner seiner Verantwortung entzieht und richten, wenn es sein muss, die, die offiziell nicht gerichtet werden.« Ihre Augen hatten einen harten Glanz angenommen. Mit ihr war sicher nicht zu spaßen.

Ich zog unwillkürlich die Schultern hoch.

»Kennst du die zwölf Gebote?«, wollte sie wissen.

»Klar. Die aus der Bibel, oder?« Irgendwie lief es immer darauf heraus. Ich sollte mir das Buch dringend kaufen! Oder besser noch: herunterladen.

»Ja, die. Die alten. Halte dich daran und flieg nicht in der Öffentlichkeit. So einfach können Regeln sein …« Sie zwinkerte.

Ich stieß die Luft aus. *Schön wäre es, wenn ich überhaupt fliegen könnte.* »Gab es denn noch nie einen Zwischenfall? Ich meine, hat sich jemand erwischen lassen beim Fliegen?«

»Natürlich, mehr als einer. Aber wir leben über den ganzen Erdball verteilt und wandern meist weiter, wenn die Spanne eines Sewi-Lebens verstrichen ist. Die Sewi bemerken uns kaum, nehmen meist nur wahr, was sie wahrnehmen wollen. Und heutzutage kann alles gephotoshopt werden. Selbst eine Aufnahme ist damit keine Katastrophe mehr. Die Digitalisierung kommt uns diesbezüglich zugute.«

Das fand ich fast witzig. »Und das Trimat besteht aus …?«, wagte ich zu fragen.

»Ursprünglich waren es Amilaki und seine zwei engsten Berater: Menori Baldwin und dessen Libi Mebirati Martin. Nach Amilakis Rücktritt übernahm ich die repräsentative Funktion, die ich bis heute innehabe. Joze hat dir sicher erzählt, dass es früher mehrere Trimate gab. Jedoch beschloss man nach einer ersten Volkszählung auf der Erde, dass die Gründung mehrerer Trimate, wie sie die Regierungsgeschäfte und die Verwaltung von Simeti erfordert hatten, nicht vonnöten war. Bisher sind wir damit gut gefahren.« Tesifa hielt einen Augenblick inne. »Ab einer gewissen Phase haben die Sewi sich selbst verwaltet. Das ist gut und richtig. Es hilft uns, uns auf das Wesentliche zu konzentrieren.«

Wesentliche? Und das wäre? Bevor ich dazu kam, das zu fragen, schaute sie auf die Uhr und schielte zur Tür des Trainingsraums rechts von ihr. »Die Zeit für heute ist fast um. Das ging schnell. Ich habe leider gleich einen Anschlusstermin. Zu praktischen Übungen werden wir dieses Mal demnach nicht mehr kommen, wie wäre es, wenn du mich nächste Woche wieder besuchst?«

Eifrig nickte ich. Unbedingt! Ich wollte mehr erfahren – *viel mehr!* »Gleicher Tag, gleiche Uhrzeit?«, fragte ich.

»Ja, das wäre toll.« Hektisch klappte sie einen kleinen, superflachen Laptop auf, den ich erst jetzt auf dem Schreibtisch registrierte und tippte – vielleicht unseren Termin in ihren Terminplan? »Ich kann dich nur bitten, dich zu gedulden und das Fliegen nicht selbst zu üben. Eigenständiges Training kann böse enden, wenn man kein Gefühl für das Gleichgewicht entwickelt. Aber ich möchte, dass du bis zu unserem nächsten Treffen etwas anderes ausprobierst. Betrachte die Dinge, die dir täglich begegnen, ganz genau und finde heraus, was ihre innigsten Sehnsüchte, ihre größten Ängste sind. Ich bin gespannt, was du mir berichtest!« Auffordernd sah sie mich an.

Dinge?? Hatten Sehnsüchte? Oookaay. Das würde ich erst glauben, wenn ich es wirklich wahrgenommen hatte. Allerdings wirkte Tesifa nicht, als würde sie scherzen.

»Gut«, bestätigte ich also skeptisch ihre Hausaufgabe. »Darf ich eine letzte Frage stellen?« Nervös knibbelte ich an meiner Unterlippe.

»Natürlich.« Es klang aufmunternd, obwohl sie eine Art Aufbruchsstimmung vermittelte, die mir sagte, dass meine Zeit für heute wirklich abgelaufen war.

»Wie tief geht die mentale Verbindung, die Libi untereinander haben?« Ich stockte. »Können wir sprechen? Oder irgendwas senden? Gedanken, Gefühle, Bilder?«

»Du willst Iyesu finden.« Es war eine Feststellung. Ich war also so durchschaubar wie eine Glasglocke. *Mhmpf!*

»Wollen wir das nicht alle?« Meine Erwiderung klang unbeabsichtigt scharf.

Tesifa seufzte, rieb sich die Hand und seufzte ein zweites Mal. »Doch, das wollen wir. Mehr, als du dir vorstellen kannst. Oder vielleicht kann auch ich mir nicht vorstellen, wie sehr du ihn vermisst. Ich sehe Fegegita ja jeden Abend.« Es waren besänftigende Worte. »Um auf deine ursprüngliche Frage zurückzukommen: Jede Verbindung ist individuell und vertieft sich mit der Zuneigung und dem Alter. Ihr seid noch sehr jung. Normalerweise würde ich dir raten, dich auch dabei in Geduld zu üben, bis sich ganz von allein eine Art gedankliche Kommunikation entwickelt. Ein intuitiver geistiger Austausch über die momentanen Gefühle und Überlegungen des anderen. Ein besonderer

Hyperlink als Geniestreich des Universums. Aber in diesem Fall ist die Zeit wohl unser schlimmster Feind.« Sie sah mich eindringlich an.

Ich wartete darauf, dass sie weitersprach.

»Da du fragst, nehme ich an, dass du und Iyesu euch zwar im üblichen Maß zugetan wart, aber ihr noch keine direkte geistige Verbindung zueinander aufgebaut habt. Wann auch?« Sie schüttelte den Kopf. »Ich kann dir nicht versprechen, dass sich etwas tut. Möglicherweise kannst du den natürlichen Prozess beschleunigen, indem du dir jeden Tag ganz bewusst fünf Minuten Zeit nimmst und deine Gedanken auf ihn konzentrierst. Ruf in deinem Kopf nach ihm – vielleicht antwortet er dir auf die eine oder andere Weise.« Sie rückte linkisch an ihrer Brille herum. »Bitte informiere mich, wenn du irgendetwas empfängst, das uns zu ihm führen könnte. Sei allerdings nicht enttäuscht, wenn sich nichts regt. Die Natur überlisten zu wollen, ist wie beim Glücksspiel auf den Jackpot zu hoffen … und es kommt zudem auf die körperliche Konstitution an«, endete sie leise.

Das saß. Auf einmal hatte ich Bilder im Kopf, die ich mir lieber erspart hätte. Fantasievolle Bilder eines entführten, verwahrlosten, halb verhungerten Iyesu, der kaum bei Bewusstsein war. Ich hoffte, das keines von ihnen auf die tatsächliche Situation zutraf, auch wenn ich absolut ahnungslos war, welche dies sein könnte.

Mit einem stummen Nicken verabschiedete ich mich und nahm erst wieder beim Aufstehen Moti und Kuta wahr, die die ganze Zeit über ihre massigen Leiber in zwei der cremefarbenen Sessel der Sitzgruppe knapp vor der Glasscheibe und dem Balkon gequetscht hatten. Schweigend waren sie mit der Aussicht zu einem Hintergrund verschwommen, den ich vollständig ausgeblendet hatte, so sehr war ich von dem Gespräch mit Tesifa eingenommen worden.

Kapitel 17

VOR 49 TAGEN

IVA

Ein Tag unter Normalsterblichen

»SEIN ZIEL GENAU ZU KENNEN, MACHT ES NICHT EINFACHER, ES ZU TREFFEN.«

Bei uns Mädchen fiel am nächsten Tag der Sportunterricht aus. Meiner Meinung nach war das kein großer Verlust. Unter Miss Tremlins gestrengem Blick rannte ich nicht gerade gerne durch den unverwechselbaren *alte-Socken*-Mief der Schulturnhalle, den wohl erst der Schweiß von Dekaden an Schülern vor mir so unvergleichlich hatte werden lassen. Außerdem war *›Becaaate!‹*, wie Dr. Leo sie pietätslos öfter durchs ganze Schulhaus rief, bekannt dafür, ihre Stunde stets durch ein schmerzhaft in den Ohren klingelndes Trillerpfeifentröten zu begleiten – ein weiterer Minuspunkt. Aus den freudigen Mienen der anderen konnte ich schließen, dass ich nicht die Einzige war, die so dachte. Dementsprechend hatte ich allerdings früher Schulschluss als Jason, mit dem ich für die Nachhilfe und Infos über Mariyams oder Iyesus Verbleib verabredet war. Inzwischen hatte die Anspannung diesbezüglich in meinem Inneren ihren Höhepunkt erreicht und mein ganzer Körper kribbelte unangenehm.

Kurz entschlossen überredete mich jedoch Liane, sie mit zu mir zu nehmen, damit sie den ekeligen Krautwickeln ihrer Mutter entfliehen konnte, die es bei den Matlocks zum Mittagessen geben sollte. Ihr Betteln und mein gutmütiges Mitleid hatten sich schließlich so weit angenähert, dass ich es als ihre Freundin nicht auf mich nehmen konnte, Liane in den anscheinend ernstlich drohenden Hungerstreik treten zu lassen. Außerdem erhoffte ich mir wenigstens ein bisschen abgelenkt zu werden, denn Liane brachte mit ihrer fröhlichen Art seit der Party die Sorte Abwechslung in meinen Alltag, die ich begrüßte.

Begeistert sprang sie mit mir, Moti und Kuta ins Auto und begrüßte wenig später Fegegita mit Küsschen und einer Umarmung. Auch Desita war von ihr abgebusselt worden, während ich grinsend danebengestanden hatte. Meine *nicht-wirklich*-Mutter, mein *nicht-wirklich*-Vater und ich hatten uns gestern abend endlich ›an einen Tisch gesetzt‹ und darauf geeinigt, dass wir uns in Zukunft mit den Vornamen ansprechen würden. Das war äußerst modern, oder? Und das normale Leben musste ja irgendwie weitergehen.

Das Essen wurde bei uns an Schultagen mittags meist zur selben Zeit serviert und heute kochte, wie sonst üblich, Desita. Was es gab, war eine Überraschung. Natürlich hoffte ich, wie an *allen* 365 Tagen, auf Pizza.

Da wir durch die weggefallene Stunde zu früh dran waren, mussten wir uns vorerst die Zeit zu zweit vertreiben. Für Liane, die aufgeregt vor sich hin plapperte, stellte das kein Problem dar. Als wäre ich bei ihr zu Hause und nicht umgekehrt, zog sie mich in mein Zimmer, direkt nachdem wir an der Garderobe Schuhe, Taschen und die Jacken abgestreift hatten. Hektisch lief sie am Fußende meines Bettes auf und ab, während ich mich ungleich langsamer auf den bequemen Schreibtischstuhl vor ihr sinken ließ.

»Gestern war ich nach der Schule noch shoppen. Weißt du, einfach ein bisschen *Schaufenster*-bummeln … und dann, ich hab echt den Schock meines Lebens bekommen, spricht er mich plötzlich an! Marc.«

Ahnungslos wie ich war, zeigte mein Gesicht wohl nicht den passenden Ausdruck, denn Liane schnaubte undamenhaft und schüttelte erregt den Kopf. Sollte ich Marc kennen? In unsere Klasse ging zumindest keiner. *Hm …* in einer Parallelklasse gab es einen, glaubte ich.

»Marc Stenstedt. Den aus der Parallelklasse«, erläuterte Liane ungeduldig.

Aha! Genau den! Attraktives Gesicht, braune Wuschelhaare und immer Trendklamotten am durchtrainierten Leib. *Ein wahrer Mädchen-*

schwarm. Warum standen eigentlich alle immer auf die gut aussehenden Typen? Was war mit den *inneren Werten?*

»Den, mit dem ich mal zusammen war«, schob Liane nach und sicherte sich damit augenblicklich meine Aufmerksamkeit. *Oh, lá, lá.* Ich strich mir eine vorgerutschte schwarze Strähne nach hinten. Wie hatte *das* an mir vorbeiziehen können? *Jetzt* wollte ich *alles* wissen!

»Na ja, es hat nicht wirklich jemand mitbekommen …«, murmelte sie und errötete. »Wir wollten kein Gerede und so. Im Nachhinein bin ich mir nicht mehr sicher, was er *eigentlich* wollte. Sei's drum.« Sie seufzte. Unsicher zwirbelte sie nun ihrerseits an einer blonden Haarsträhne.

Ich hob die Augenbrauen – alle beide. Unverhohlene Neugier hatte mich ergriffen. »Sprich weiter.«

»Jedenfalls besaß er gestern die Frechheit, mich zu fragen, wie's mir geht!« Wut blitzte in ihren Augen auf.

Ich stand irgendwie auf dem Schlauch. Ja, ähm, wie hatte er sie nur fragen können, *wie es ihr ging*. Das war richtiggehend … *skandalös*. Ich konnte mir ein Grinsen kaum verkneifen.

»Lach ruhig!«, knurrte Liane beleidigt und zerrte am Saum ihres rot-weiß karierten Sommerkleides. »Würde ich auch, wenn er mich nicht damals von einem Tag auf den anderen ignoriert hätte. Der feine Herr war nämlich zu feige, mir ins Gesicht zu sehen, um Schluss zu machen. Also hat er es gar nicht getan und einfach das Reden, Schreiben und Telefonieren eingestellt. Ewig später, nämlich gestern, will er nun wissen, wie es mir geht. Das hat ihn doch damals auch nicht interessiert?!«

Uhh! Ich war kurzzeitig baff ob der Dramen, die sich während meiner geistigen Abwesenheit – zwischen dem Unfall und der Feier zu meinem Sechzehnten – abgespielt hatten. Es wäre natürlich hilfreich zu wissen, wie viel Zeit Lianes ›ewig später‹ beschrieb. Sollte ich nachfragen? Oder sie erst beruhigen … »Vielleicht war das seine Art, um abzuchecken, ob du immer noch sauer auf ihn bist? Oder er hat ein schlechtes Gewissen entwickelt, weiß aber nicht, wie er die vertrackte Situation klären soll?«, schlug ich vor und kam mir dabei ein bisschen wie ein Scharlatan vor. Ahnung oder Erfahrung hatte ich ja selbst *null*. Warum fragte sie ausgerechnet mich? Ich fühlte mich geehrt. Hörte gerne zu, war verdammt gespannt – dennoch hatte ich bisher nicht einmal den Planeten ›Jungs‹ in Gänze wahrgenommen. Ich verstand nur bedingt, wie beispielsweise Jason tickte, der mir allerdings Nachhilfe gab und nicht mit mir *amourös* verstrickt war. Dachte ich zumindest …

Verdammt! Jason! Siedend heiß fiel er mir ein. Liane konnnte einen wirklich extrem effizient ablenken. Den hatte ich ganz vergessen! Wie ein geölter Blitz sprang ich auf, rannte zur Tür hinaus, den Flur hinunter, zu meiner Tasche in der Garderobe und zog mein Handy hervor.

Hey du! Bei mir ist heute Sport ausgefallen. Liane und ich sind bei mir. Wenn du magst, komm vorbei, wie wir es besprochen hatten. Wenn das nicht mehr passt, würde ich vorschlagen, kurz zu telefonieren? Ich will unbedingt hören, was du herausgefunden hast …

Mit mir zufrieden schickte ich die Message ab und trottete viel langsamer mit dem Telefon in der Hand zurück zu Liane. Die schaute mich groß an. »Wo brennt's?«

»Ich war eigentlich mit Jason verabredet. Das hatte ich verdrängt«, erklärte ich schuldbewusst.

»Der hat eh Sport«, meinte Liane leichthin. »Verabredet?« hakte sie dann mit äußerst neugierigem Unterton nach. Marc schien plötzlich von Priorität eins zu zwei gewechselt zu haben.

»*Nachhilfe*-verabredet.« Meine Wangen überzog eine leichte Röte. *Verräterischer Körper!*

»Hm«, machte Liane grinsend.

Wir mussten dringend das Thema wechseln! Wo waren wir vorher stehen geblieben? *Ach ja* …

»Marc also«, brachte ich ihr wieder in Erinnerung. Da jagte wirklich ein *Lieblings*thema das nächste. Nun gut. »Was hast du ihm geantwortet? Ich meine auf sein: *Wie geht's?*«

Liane lachte. Nun färbten sich ihre Wangen rötlich. Irritiert schaute ich sie an. Okay, was hatte ich verpasst? Oder kam die Pointe erst noch? »Sag schon!«

»Geantwortet hab ich nur ›Hervorragend, danke!‹. Allerdings …« Sie kicherte.

»Was?« Ich wedelte auffordernd mit den Händen. Sie ließ es sich echt aus der Nase ziehen!

»Na ja, danach hab ich gesagt: ›Ich muss dann mal … bin verabredet.‹, hab mich weggedreht und ihn stehen lassen, während ich zielstrebig in das Dessousgeschäft, vor dem wir zufällig gestanden hatten, gegangen bin.«

Ich stellte es mir bildlich vor. Insbesondere seinen vermutlich absolut sehenswerten Gesichtsausdruck in dem Moment, in dem Marc sich überlegt hatte, mit *wem* sie wohl zum Dessous kaufen verabredet gewesen war … und vor allem, für *wen* sie die schicke Unterwäsche überhaupt aussuchte. Es ging nicht anders, ich prustete los und Liane fiel mit ein. Wir schnappten gleichzeitig nach Luft, unterbrachen kurz, sahen uns an und lachten wieder. Wir giggelten wie die Weltmeister. Es war einfach zu schön … *ein weiblicher Geniestreich.* Oder einfach nur kindisch, aber das war einerlei. Der fröhliche Anfall dauerte eine ganze Weile. Schließlich nickte ich vergnügt. »Definitiv ein Punkt für Team Liane, würde ich sagen!«

»Aber *hallo!*«, war sie meiner Meinung. Wir klatschten uns übermütig mit den Händen ab.

Just vibrierte mein Handy und unterbrach damit die Unterhaltung. Gespannt schaute ich darauf. Jason hatte mir in WhatsApp geschrieben:

Kein Ding. Ich lass mich nach dem Mittagessen, sobald ich die Hausaufgaben fertig hab, von meiner Mutter zu dir fahren.

Wenn das nicht vorbildlich klang. Ich schüttelte den Kopf.

»Kommt er nicht mehr?«, deutet Liane meine Reaktion falsch.

»Er kommt. *Nach* den Hausaufgaben.«

»Was?! Ich hätte nie gedacht, dass der coole Jason tief im Inneren ein kleiner Streber ist.« Sie grinste. »Julia ist übrigens scharf auf ihn, falls dir das noch nicht aufgefallen ist. Aber er hatte bisher keine Augen für irgendwen … außer für dich.«

Ich verdrehte höchstselbst *meine* Augen, lief dennoch erneut rot an. Wurde das jetzt zur Gewohnheit? Iva, die menschliche Ampel? Und konnte es stimmen: Mochte Jason mich auf diese Weise? Sonst würde er mir kaum Nachhilfe geben. Oh Mann, *ich wusste, dass ich nichts wusste*, traf es auf den Punkt.

»Es gibt Essen!«, bewahrte mich Desitas Stimme, die durch die geschlossene Zimmertür drang, davor, Liane eine Antwort geben zu müssen.

Wie viel hatte sie von der Unterhaltung gehört? Es war mir irgendwie peinlich. Ich hatte viel Wichtigeres zu tun, als für Jason zu schwärmen. Zum Beispiel fleißig zu lernen oder Iyesu und Mariyam zu finden. Anscheinend sah mein schnell klopfendes Herz das anders.

»Ah! Ihr guckt einen dieser Kriegsfilme!«, beschuldigte uns Jason, als er gegen drei Uhr endlich seinen Kopf zu meiner Zimmertür hereinstreckte. Fegegita musste ihm aufgemacht haben. Ich hatte die Klingel der Haustür nicht gehört.

Irritiert schauten Liane und ich zuerst einander, dann den Bildschirm meines Laptops an, mit dem wir es uns am Fußende meines großen Bettes bequem gemacht hatten. *Ja,* wir schauten einen Film. Aber einen romantischen, ganz ohne jeglichen Krieg. Nicht mal mit *Zicken*krieg! Was also wollte Jason sagen?

Anscheinend las er uns das Unverständnis von den fragenden Gesichtern ab, denn er ließ sich dazu herab, seine Äußerung zu erklären: »Na, die *kriegen* sich doch, oder nicht?«

Was für ein Sparwitz. Ich schüttelte belustigt den Kopf.

»Ach so.« Liane kicherte. Das tat sie in seiner Gegenwart echt oft. »Klar kriegen die sich noch. Obwohl sie sich momentan tatsächlich *be*kriegen.« Sie lachte. »Apropo kriegen … ich mache mich auf den Heimweg. Ich muss die Erörterung noch *auf die Reihe* kriegen. Ich kann's mir echt nicht erlauben, wieder zu versagen.«

Es klang ein bisschen nach Ausrede. So, als wollte sie mir und Jason Zeit zu zweit verschaffen. *Die Kupplerin!* Trotzdem nickte ich pflichtschuldig und verabschiedete mich mit einem Wangenküsschen von meiner *wieder*-besten Freundin, die nach einem kleinen Winker in Richtung meines männlichen Besuchs keine Minute später den Raum verlassen hatte. Nun waren nur noch Jason, der seine heute himmelblaue Kappe zurechtrückte, und ich übrig. Das machte mich nervös. Krampfhaft versuchte ich, nicht von einem Fuß auf den anderen zu trippeln und bot ihm stattdessen den einzigen verfügbaren Stuhl an.

Dankbar nahm er Platz und zog aus einer schwarzen Neopren-Schultertasche, die ich erst jetzt bemerkte, einen großen Laptop hervor. *Okay.* Das wirkte professionell!

Aufmerksam beobachtete er meine Mimik. »Möchtest du zuerst Chemie lernen oder den aktuellen Stand der Nachforschungen erfahren?«

Die Wahl fiel mir leicht! »Alsoo … ich führe sicher ein Tänzchen auf, wenn ich bei der nächsten Chemie-Klausur eine gute Note schreibe. Aber …«

»Wirklich?«, unterbrach er mich lächelnd. »Auf meinem Schoß?« Er klopfte sich auffordernd auf die Schenkel. Sein Tonfall ließ einige Rückschlüsse zu.

Meine Lippen öffneten sich vor Erstaunen. Seine Geste brachte mich aus dem Konzept. *Meinte er das ernst?* »Äh … ich hoffe, dass das nicht der Wunsch ist, den du vielleicht bald frei hast.«

»Nicht nur vielleicht!«

»Na ja, kommt drauf an.« Verhandeln konnte ich und das gefiel mir sowieso viel besser. Flirten war *uaaa … fremdes Terrain!*

»Gut! Ich beweise dir, dass ich etwas herausgefunden habe, das du noch nicht wusstest!« Er klang siegessicher.

»Lass erst mal sehen!«, verlangte ich. Alles war besser, als auf das Tänzchen zurückzukommen.

Geschwind klappte er seinen inzwischen auf meinem Schreibtisch stehenden silbernen Laptop auf, während ich mich abwartend auf der Tischkante daneben niederließ. Noch konnte ich nicht auf den Bildschirm schauen.

Mein Herz pumpte schneller. Was würde er mir zeigen? Konnte es tatsächlich sein, dass Jason etwas herausgefunden hatte? Dass er gar Iyesu gefunden hatte? Nein, das hätte er sicher direkt gesagt. Damit hätte er geprahlt. *Oder?* Oder nicht?

Mit zittrigen Händen stützte ich mich nach hinten ab, während er konzentriert auf seine Tastatur einhackte. Meine Nervosität war so was von zurück.

Dann drehte er das Gerät zur Seite, sodass ich auf den Bildschirm blicken konnte, indes ich mich ihm zuwandte. Dieser zeigte eine Schwarz-Weiß-Fotografie, auf der Mariyam zu sehen war – zusammen mit einem dunkelhaarigen Mann, der seinen Arm besitzergreifend um ihre Mitte geschlungen hatte. Ich versuchte Details zu erkennen, scheiterte jedoch an der extrem schlechten Auflösung, die entweder der altertümlichen Technik, mit der das Bild entstanden war, oder dem schlechten Scanner angelastet werden konnte, der eingesetzt worden sein musste, um das Foto zu digitalisieren. Unzufrieden brummte ich vor mich hin.

Jason hingegen wackelte stolz mit dem Zeigefinger vor dem Foto herum. »Ich halte viel von der *Schneeball*-Nachforschungsmethode und hab deshalb meinen ersten Suchkreis direkt um die betroffenen Personen gezogen. Bei dir und Iyesu konnte ich, wenn ich ehrlich bin, nichts Interessantes finden. Mariyam weist Rätsel für mich auf«, meinte er stirnrunzelnd. »Begonnen hab ich damit, eure Gesichter mithilfe aktueller Fotos aus dem Netz durch ein Gesichtserkennungsprogramm zu jagen, um zu sehen, wie viele Übereinstimmungen es im Internet gibt. Um es kurz zu machen: einige. Deshalb hab ich beim Sichten mit denen angefangen, die aus der Reihe fallen.« Er holte Luft. »*Aus der Reihe* heißt, dass zum Beispiel ein Foto von Iyesu, das nach dem Unfall auf einem seiner eigenen Accounts online gestellt worden wäre, seltsam oder zumindest einen zweiten Blick wert gewesen wäre. Wer hat es hochgeladen? Wie viele Daten sind dazu abgreifbar et cetera?« Fragend schaute er mich an.

Ich nickte zustimmend. Er schien echt Ahnung zu haben. Was er sagte, machte Sinn. Strukturiertes Vorgehen lag Jason wohl im Blut. In jedem Fall war er auf etwas gestoßen, auch wenn ich gerade noch nicht begriff, auf was genau. Falls ich mich allerdings nicht täuschte, entnahm ich seiner zunehmenden Begeisterung, dass die Fotografie nicht das Einzige war, was er zu bieten hatte.

»Jedenfalls gab es keine Auffälligkeiten – bis auf dieses Foto.«

Oh! Meine Mundwinkel verabschiedeten sich eine Etage tiefer.

»Die Körnung sagt einiges über das Alter aus. Ich bin extra zu einem Fachmann gefahren, den mein Vater gut kennt, weil er die meisten seiner Objektive in dessen Geschäft kauft.«

Jasons Vater war Fotograf. Hauptsächlich shootete er Architekturstrecken, die in großen Magazinen auf Hochglanzpapier gedruckt wurden. Er war ziemlich berühmt in der Szene, vor allem in New York, und Jason dementsprechend beliebt an unserer Schule. Ich kannte niemanden, der ihn nicht *extrem* cool fand. Allerdings war Jason eher ein Einzelgänger. Was wohl einer der Gründe gewesen sein mochte, warum er sich für dieses Schuljahr gerade neben mich – *die stille Iva* – gesetzt hatte.

»Vielleicht kennst du den Laden sogar, das Heather's Edge an der hunderzehnten«, erläuterte er gerade.

Ich war in Punkto Fotografie wenig bewandert und schüttelte dementsprechend den Kopf.

Jason zuckte die Schultern. »Sam hat einen Blick darauf geworfen und meinte, dass das Bild ungefähr sechzig Jahre alt sein dürfte, also die Personen, Mariyam, damit heute um die neunzig.« Er warf mir nun seinerseits einen seltsamen Blick zu. »Ich hab ihm gesagt, dass das nicht sein kann, da eine der Personen heute im Alter meiner Eltern ist. Aber er war sich sicher, dass gerade *das* nicht sein kann.«

Ach du dickes Ei! Jetzt verstand ich. Und was sagte ich? Das Foto war wahrscheinlich wirklich echt und der Experte hatte recht. Allerdings konnte ich Jason schlecht erklären, dass der Lebenszyklus von Mariyam ein kleines bisschen länger dauerte als der von ihm und sie vermutlich nicht nur ein Jahr, sondern einige Jahrhunderte, wenn nicht Jahrtausende gleich alt aussah. Oder gar Millionen von Jahren?

Selbst in meinen Ohren klang das abstrus – und ich glaubte es wenigstens im Vergleich zu ihm. Ich schluckte. *Denk nach, Iva. Denk nach!*

Da kam es mir. Hatte Tesifa nicht etwas von Photoshop erzählt? Davon, dass uns die Digitalisierung nützlich sein konnte? Das war die Lösung! Man brauchte gar nicht unbedingt ein Bildbearbeitungsprogramm. »Vielleicht haben sie aus Spaß mit einer alten Kamera und einem alten Film fotografiert? Das hat doch Flair!«, schlug ich vor.

Zweifelnd schaute Jason von mir zurück zum Foto. »Und die seltsamen Klamotten?«

Geistesgegenwärtig schaute ich noch einmal darauf.

Meine Tante trug ein dunkles hochgeschlossenes Kleid mit einer Kordel um die Hüften und ihr Begleiter einen extrem altmodisch wirkenden Anzug inklusive seltsamem weißem Stehkragen. Modern war das vermutlich nicht mal vor sechzig Jahren gewesen. *Jetzt* musste ich kreativ werden.

»Ach komm, warst du in deinem Leben nie auf einer Kostümparty? Hast dich nie verkleidet? Cosplay oder so? Das ist witzig! Tante Mariyam sieht aus, wie ich sie in Erinnerung habe und kurz vor neunzig ist sie definitiv nicht«, versuchte ich für Jason die Logik walten zu lassen.

Mariyam auf einer Kostümparty. *Na klar!* Eine wahrlich seltsame Vorstellung. Wer derart viel arbeitete, dass er sein Ziehkind ins Internat abschob, hatte dafür weder Zeit noch Muße. Obwohl ich sie dafür nicht verurteilte. Aber Jason wusste nicht, was für eine Type Mariyam war. Er würde die Erklärung vielleicht schlucken. Denn sicher hatte er selbst keine bessere.

»Könnte sein«, bestätigte er mit zweifelndem Unterton, gab mir damit allerdings die Gelegenheit, zu den interessanteren Fragen fortzuschreiten – um nämlich herauszufinden, ob das etwas mit dem Unfall zu tun hatte.

»Wer ist der Mann?«, wollte ich wissen. »Den kenne ich nicht.«

Das zauberte ein Lächeln auf Jasons Gesicht. »Leider habe ich nur einen Nachnamen. Darf ich vorstellen …«, er vollführte eine irrwitzige Drehbewegung mit seiner rechten Hand, deren Zeigefinger schließlich auf dem Mann landete. »Mr Hill!«

Hill?! Das sagte mir gar nichts. Und klang auch nicht besonders außergewöhnlich. Enttäuscht verzog ich den Mund. Wobei, *Moment* … »Könntest du sein Gesicht nicht auch durch diese Software laufen lassen und schauen, ob du ihn in irgendeiner hinterletzten Ecke des World Wide Web findest?«

»Gut mitgedacht«, lobte Jason mich weiterhin lächelnd. »Das hab ich nämlich schon!«, sagte er zufrieden grinsend wie ein Kater, der die ganze Milchschüssel ausgeleckt hatte und jetzt genießerisch seine Barthaare spreizte. Damit erinnerte er mich auf unheimliche Weise an das streunende Vieh, das die Nachbarn in der Wohnung unter uns als *Haus*tier bezeichneten.

»Und?«, fragte ich und konnte vor Neugier kaum ruhig dasitzen.

»Nun, über Mr *Unbekannt*-Hill konnte ich leider nichts herausfinden, aber ich habe noch ein Foto gefunden. Und jetzt wird es richtig spannend!«, kündigte er an, bevor er auf den Weiter-Pfeil im Bildschirm klickte und ein neues Bild erschien.

Zuerst war ich irritiert. Im Vordergrund drängte sich eine Gruppe *gruselig*-bunt angezogener Asiaten, die absurde Handzeichen in die Kamera machten. Eine Reisegruppe, wurde mir klar. Im Hintergrund allerdings blieb mein Blick plötzlich an zwei Männern hängen, die schwarze Anzüge trugen.

Irgendwie, *irgendwas*, an dem Bild …

»Geht das größer?«, fragte ich und tatschte mit einem Finger der linken Hand auf die Köpfe der beiden.

Jason klickte noch mal. Und *zack!* Da waren die Männer … erstaunlich scharf. Er war wirklich gut vorbereitet. »Ich hab das mal bearbeitet, wir wollen ja nicht Pixel zählen«, warf er ein. Dann: »Erkennst du Mr Hill?«

Ich nickte automatisch. Meine Augen hatte sich auf die beiden absolut businessmäßig wirkenden Typen mit hochgegelten Kurzhaarschnitten und extrem teuer aussehender Staffage geheftet. Beide trugen schwarze Sonnenbrillen. Mr Hill wirkte wie eines dieser *Hugo-Boss*-Männermodels in Desitas und Sakis Fashionmagazinen. Was für ein krasser Gegensatz zu der antiquierten Gewandung vorher – aber eindeutig der *gleiche* Mann! Dafür brauchte ich keinen Softwarebeweis! Sein Begleiter wirkte weniger distinguiert. Dafür strahlte er mit den kantigen Gesichtszügen schon auf der Fotografie eine Gewaltbereitschaft aus, der ich in echt lieber nicht begegnen wollte.

Jason klickte ungefragt weiter. Nun waren ausschließlich die Köpfe der beiden zu sehen. In der Mitte dazwischen konnte ich den Ausschnitt eines Schildes erkennen, das ich vorher nicht bewusst wahrgenommen hatte. Ich keuchte. *Deshalb* war mir etwas bekannt vorgekommen. Ich wusste, *wo* das aufgenommen worden war! Auch wenn der Winkel ungewohnt und die Personen zuerst meine Aufmerksamkeit beansprucht hatten, dämmerte mir langsam, was Jason mir zeigte.

»Das ist am Flughafen«, stellte ich tonlos fest. *Am JFK!*

»Es ist der Tag, an dem Iyesu gelandet ist. Könnte zeitmäßig sogar sein, dass Mr Hill und sein Begleiter mit der gleichen Maschine angekommen sind. Das Foto entstand bei den Taxis im Ankunftsbereich … ist dir sicher bereits aufgefallen. Also nehme ich an, sie sind angekommen und flogen nicht ab. Außerdem habe ich, um sicher zu sein, den alten Flugplan bezüglich der Uhrzeit des Fluges gegengecheckt.«

Ich war sprachlos. Einfach sprachlos. Musterte nur wieder und wieder jedes einzelne Pixel des Bildes vor mir. Jason hatte es sicher aus einem sozialen Netzwerk. Betrachtete man beide Fotografien im Zusammenhang, waren die Männer zu hundert Prozent nicht zufällig da. Außerdem musste Mr *auch-nicht-gealtert*-Hill ebenfalls ein Sisu sein. Aber wer war er?

Frustriert musterte ich noch mal die dunklen Sonnenbrillen mit dem roten Streifen und dem auffälligen Markennamen. Was, wenn das keine Sisu waren, sondern Kifu? Alterten die eigentlich? Besaßen sie die gleiche Konstitution wie die Sisu – nicht. *Dann* … spann ich meinen Gedanken mit Blick auf den gerade noch leserlichen Schriftzug der Brillenbügel zu Ende, *trug der Teufel tatsächlich Prada.*

Außerdem: Die Kifu waren die Bösen. Und das große, ominöse Böse beging Straftaten wie Sachbeschädigung und Entführung. Es schien mir die einzig folgerichtige Erklärung. Eine, die meine Atmung beschleunigte und Furcht in mir aufkommen ließ. In was war Mariyam verwickelt? Warum hatten die Männer sie und Iyesu entführt? Was wollten sie von ihnen? Und wohin hatten sie sie gebracht? Warum war Mariyam ganz ungezwungen auf dem einen Foto mit Mr Hill zu sehen?

Ich hatte tausend Fragen und keine Ahnung. Die Lösung schien immer wieder zum Greifen nah zu sein und entzog sich mir dann doch. Ein Schritt vor, zwei zurück. Ich kannte einen Namen, wusste jetzt vermutlich, wer die Unfallverursacher waren und was sie getan hatten. Sein Ziel zu kennen, macht es aber nicht einfacher, es zu treffen. Es bürdete einem stattdessen eine neuerliche, zusätzliche Last auf: Ein größeres Maß an Verantwortung. Ich hatte Anhaltspunkte, allerdings keine Beweise. Nur Mutmaßungen. Die Polizei würde mich auslachen, sollte sie überhaupt bereit sein, einer Sechzehnjährigen mit einer verrückten Story ein Ohr zu leihen. Nein, das schien mir keine Option zu sein.

Tesifa hatte gesagt, ich solle sie informieren, wenn ich irgendetwas von Iyesu empfing. Nun, das hatte ich nicht … dafür jedoch zwei Fotos. Allerdings war ich unter Umständen zu voreingenommen. Zu sehr darauf bedacht, Zusammenhänge finden zu wollen.

Ich kannte Mariyams Liebesleben nicht, wusste nicht, ob es in all den Jahren jemanden gegeben hatte. Vielleicht stellte sich alles als mehr oder weniger großer Zufall heraus. Was war, wenn Mariyam ihren Liebhaber Mr Hill, der möglicherweise einer ihrer Geschäftspartner war, zusammen mit seinem Kompagnon am Flughafen abgesetzt hatte, da sie sowieso hingefahren war, um Iyesu abzuholen? Das würde Foto eins mit den Vertraulichkeiten erklären und auch, warum die beiden schnieken Businesstypen vor der Ankunft standen. Dann wäre es ein Fehlalarm, wenn ich zu Tesifa rennen würde. Und noch wollte ich nicht glauben, dass Maryiam mit den Kifu in Verbindung gestanden oder gar geklüngelt hatte.

Könnte. Hätte. Täte. Ich fuhr mir unwillig mit der Hand über die Stirn. Mir brummte der Kopf! Es waren nur zwei Fotos. Sie sagten möglicherweise *alles* aus oder *gar nichts*. Es war zum Haare raufen!

Ich beschloss, bevor ich weitere wilde Vermutungen anstellte und Tesifa informierte, mit Joze, der Mariyam am nächsten stand oder bei dem ich zumindest das subtile Gefühl hatte, er könnte am ehesten Bescheid wissen, über ihr Liebesleben zu sprechen – so unangenehm das anmutete. Dann würde ich weitersehen.

»Danke dir! Du hast echt was gut bei mir«, sagte ich schließlich an Jason gerichtet, der mich still hatte nachdenken lassen. »Ab hier übernehme ich.«

»Wusste ich es doch! Ich spar mir die Belohnung aber auf.« Er grinste.

»Für schlechte Zeiten?«, frage ich lachend.

»Man weiß nie, wann man einen Gefallen braucht. Nein, im Ernst, ich will mir erst überlegen, was ich will. Übrigens hab ich den zweiten Sonnenbrillentyp auch durch die Gesichtserkennung laufen lassen, aber das ist mit Brille natürlich schwierig. Herausgekommen ist leider nichts.« Er zuckte mit den Schultern.

»Ich denke, wir können froh sein, dass du die beiden Fotos gefunden hast«, warf ich ein. »Das eine ist ja wirklich ein zufälliger Schnappschuss. Vielleicht ändere ich jetzt meine Meinung über all die wuseligen Touristen mit ihren ständig klickenden Fotoapparaten.«

Jason lachte. »Ja, manchmal hat man Glück. Soll ich sie dir schicken? Ich hab seit zwei Wochen einen Internetstick für den Laptop – damit muss ich momentan angeben.« Er wackelte vergnügt mit dem Kopf. »Du musst jetzt ehrfürchtig erstarren.«

Nun lachte ich ebenfalls. Die Anspannung in mir hatte sich wieder gelöst. »Muss ich? Alles klar. Dann gebe ich mich mal angebracht beeindruckt.« Ich riss in gespielter Euphorie Mund und Augen auf und machte: »Ahhhaa!« Zwei Sekunden später klappte ich alles zu und blinzelte verschmitzt. Anschließend ließ ich mich zu einer Antwort herab: »Also ja, bitte, auf diese Weise kann ich sie meinen … Eltern zeigen. Im besten Fall wissen die mehr über Mr Hill.«

Jason drehte grinsend wie ein Honigkuchenpferd seinen Laptop wieder zu sich, steckte einen kleinen Stick in den USB-Port, woraufhin dieser zu blinken begann, und tippte auf einige Tasten. Kurz darauf machte mein Handy zweimal »Bling!«.

»Danke!«, murmelte ich und meinte es so. Er hatte sich wirklich Mühe gegeben. Das rechnete ich ihm hoch an.

»Keine Ursache! Und jetzt? Chemie?«

Das entlockte mir ein Aufstöhnen. Wie schnell sich das Blatt der Motivation wenden konnte. Statt spannende Nachforschungen anzustellen, hieß es, langwierig zu büffeln. *Uncool.* »Da sich die nächste Klausur nicht von allein schreibt. Jap. Lass uns dafür ins Esszimmer gehen, da können wir uns an den großen Tisch setzen«, schlug ich vor.

»Gute Idee!«, stimmte Jason mir zu.

Kapitel 18

VOR 46 TAGEN

MARIYAM

In der Höhle des Löwen

»GUT UND BÖSE, FAMILIE, FREUNDE, MANCHMAL KONNTE MAN ES SICH NICHT AUSSUCHEN.«

»Lass mich raus! Hast du mich gehört! Lass mich aus diesem Käfig, du Narr! Du hast kein Recht, mich festzuhalten. Gar kein Recht! Sieh ein, dass du verloren hast!« *Schon vor ewigen Zeiten*, fügte ich in Gedanken hinzu.

Ohnmächtige Wut ließ mich meine körperliche Schwäche für einen kurzen Moment, für ein verzweifeltes Aufbäumen meines Willens vergessen. Ich schrie, so laut ich konnte. Mit dem Mund und dem Geist. Ich wusste, dass er mich hörte, so wie er es immer getan hatte. Ich wusste nur nicht, ob er *zu*hörte.

»Du willst mich büßen lassen?! Für das, was ich *dir* angetan habe?« Ein schepperndes Lachen kam mir über die trockenen Lippen. Klamm fühlte ich die Nässe, die den kargen Zellenboden, die dicken eisernen Stäbe und mich bedeckte. Besonders die Tropfen, die auf meiner Oberlippe abperlten, trieben mich in den Wahnsinn. Plitsch! Platsch! Es war ein Wunder, dass ich mich bisher durch die Abwärme der Luft einigermaßen hatte warm halten können. Dass ich trotz des Blutverlustes überlebt hatte. Doch strengte es meinen Körper an – das Überleben. Allzu lange würde ich diese … Umstände nicht mehr aushalten.

Nun, ich hatte es gewusst. Hatte es immer schon gewusst. Dass es irgendwann enden würde. Mit dem ersten Schritt, den ich damals in die *richtige* Richtung gegangen war, hatte ich geahnt, dass ich mich eines Tages hier wiederfinden würde.

Viel hatte sich seit meinem letzten Besuch des unterirdischen Trakts nicht getan. Umbaumaßnahmen waren nie erwünscht gewesen. Nur hatte ich damals mit einer Fackel in der einen Hand und dem Schlüsselbund für die dicken Schlösser an den Zellentüren in der anderen auf dem Gang gestanden. Genau auf der gegenüberliegenden Seite, auf der ich mich jetzt befand. Eine längst vergessen geglaubte Erinnerung. Eine *verdrängte,* die mich nun unliebsam traktierte.

Entschlossen rüttelte ich ein letztes Mal an dem dicken, metallenen Zellengitter, dann ließ ich mich erschöpft zurück auf den kalten Boden sinken. Nicht einmal Ratten gab es. Alle hatten sie Reißaus genommen. Hatten den Rattenfänger erkannt und waren nicht seinem einlullenden Gesäusel erlegen. *Kluge Tiere.* Oder sie waren vielleicht bereits tot. Jeglicher Gefühle beraubt.

Schlaff lehnte ich mich an eine der feuchten Wände.

Die Zeit schien hier unten eine undefinierbare Größe zu sein. Dunkelheit war gar kein Ausdruck für die undurchdringliche Schwärze, die mich umgab. Kein Wärter, kein Licht, keine Zellengenossen. Ich war allein, *völlig allein.* Ein weiterer Punkt, der mich langsam, aber sicher dem ewigen Abgrund entgegentrieb. Anfangs hatte ich mich mit dem Gedanken getröstet, dass sie wenigstens Iyesu und Iva nicht hatten. Sicher hätte ich das gespürt. Sicher hätten sie die beiden wie ihre Augäpfel gehegt, schließlich waren sie das Wunder, auf das sie gewartet hatten. *Oder?* Zumindest hofften sie das. Und ich konnte es meinen Entführern auf eine verdrehte Art und Weise nachempfinden.

Gut und Böse, Familie, Freunde, manchmal konnte man es sich nicht aussuchen. Keines von alldem. Und obwohl man stets die Wahl über die eigenen Entscheidungen im Leben hatte, war es viel einfacher, sich für sich selbst zu entscheiden und nicht für das große Ganze. An einem bestimmten Punkt meines Daseins war ich fest davon überzeugt gewesen, dass beides bei mir in einem Schicksal zu vereinen gewesen war. Dass ich die Liebe gefunden hatte, dass ich meine *Bestimmung* gefunden hatte. Vielleicht hatte ich sogar meine Rolle erfüllt. Die

Rolle, die die Inati für mich gesponnen hatte, die mir vorherbestimmt gewesen war.

Und vielleicht war es nun tatsächlich an der Zeit, für immer zu gehen. Doch warum fühlte es sich dann falsch an? Warum brannte das Feuer der Lebensgeister in mir heller, als es das je zuvor getan hatte? Warum war ich so aufgebracht und wollte die Krallen in *ihn* schlagen? *Warum nur?!*

Ich wollte das nicht fühlen. Wollte nicht empfinden, wie ich es tat. Wollte aufgeben. Verstand mich selbst nicht. Warum sollte ich wie eine Löwin ihr Junges Iyesu beschützen? Iva beschützen? Es war der falsche Zeitpunkt. *Es war zu spät.* Warum konnte ich es nicht einfach gut sein lassen?

In mich gekehrt schloss ich die Augen. Auf oder zu, es machte keinen Unterschied. Alles war dunkel, um nicht zu sagen kohlrabenschwarz.

Eine Stunde oder eine Minute später – ich konnte es nicht abschätzen – trat die erste Unterbrechung des andauernden Kontinuums aus Warten, Schlafen und Warten ein, das sonst nur in Form von Essen aufgeheitert worden war. Durch einen Schacht in der Decke der Zelle waren Äpfel, Brot sowie Birnen ab und an zu mir heruntergeschmissen worden. Das war alles, aus dem mein Sein seit dem Unfall bestand – seit ich in diesen knapp vier Quadrametern erwacht war. Seit ich wusste, dass sie mich hatten.

Heute aber näherten sich Schritte. Feste, widerhallende Schritte, die ich bereits nach wenigen Atemzügen am Klang und der Frequenz erkannte. Unwillkürlich hielt ich die Luft an. Er hatte mich tatsächlich gehört. *Natürlich hatte er das.* Dann würden wir wohl plauschen. Wie früher. Ob es dazu auch Tee und Happen gab – *wie früher?* Vermutlich nicht. Vermutlich würde er mich nicht in den Salon mit dem dicken roten Teppich und den schweren samtenen Vorhängen bitten, die vermutlich noch immer von Kordeln mit goldenen Quasten gehalten wurden. Außer meinem Sarkasmus lief sicher nichts zu Hochform auf. Immerhin blieb mir so der Blick auf die grausamen, blutrünstigen Gemälde und die obskuren Statuen erspart, in deren Mitte er sich derart wohlfühlte.

Ich hatte mich am Anfang in seiner Gegenwart stets vollkommen entspannt. Mein Lebensweg war mir freier, anders, nicht mehr vorbestimmt erschienen. Jetzt stand *er* seit Langem für all das, vor dem ich hatte entkommen wollen.

Hielt *mich* gefangen.

Er war systematisch zu dem geworden, was er als Sohn seines Vaters so lange aus der Ferne verurteilt hatte. Zu einem düsteren Krieger. Einem, der nach Macht hungerte und an der Stelle seines Herzens eine kalte Faust beherbergte. Wie sein Vater zuvor, hatte er einen sehnlichen Wunsch verspürt. Der Unterschied zwischen ihnen bestand darin, dass *er* immer weitereiferte, während sein Vater einen Schritt zurückgetreten war.

Ich begriff im Angesicht meines zu erwartenden Endes, dass unser einstiges Verhältnis nichts anderes als ein Nutzen der Vorteile des jeweils anderen gewesen war. Er hatte sich um die alltäglichen Dinge gekümmert, dafür war ich sein Schlüssel zu der Welt gewesen, nach der er sich so lange verzehrt hatte. Nun, mit neu gemischten Karten und viel Abstand konnte ich nicht sagen, ob die Gefühle, die er damals gezeigt hatte, echt gewesen waren.

Wieder tat sich ein Abgrund auf und ich fragte mich, ob es nicht vielleicht sogar besser war zu wissen, was mir bevorstand. Ob ich mich damit trösten konnte.

Ich horchte in mich hinein.

Konnte man enttäuscht werden, obwohl man auf etwas vorbereitet war? Könnte ich mich betrogen fühlen, obwohl ich längst wusste, wie die Tatsachen aussahen? Auch wenn ich es mir erst jetzt eingestand. Die ehrliche Antwort war *Ja*. Ich war mit Sicherheit kein Unschuldslamm. Auch jetzt machte ich mir Vorhaltungen. Hatte ich seine schrittweise Wandlung bedingt? In jedem Fall war es viel zu spät – für Reue, für Vorwürfe und dafür, etwas, an all dem zu ändern. Gleich würde er bei mir sein.

Quietschend öffnete sich auch schon die Zwischentür, die die vier identischen Zellen, von denen ich eine belegte, vom Rest der Ebene abtrennte. Unwohlsein kroch von meinem Herzen in meine Glieder. Beschämt tastete ich nach meinen verfilzten Haaren und dachte an das zerrissene Businessoutfit, das schon deutlich bessere Tage gesehen hatte. Gewaschen und gebürstet hatte ich mich das letzte Mal, bevor sie mich verschleppt hatten. Wenigstens passte ich damit zur Umgebung.

Mutig straffte ich die Schultern. Ich würde nicht kampflos die Waffen strecken. Er würde kein einfaches Spiel haben. Nicht bei mir!

Doch wie galt es nun, meine Stärke zu demonstrieren? Sollte ich versuchen aufzustehen oder meine Kräfte sparen? Die Schreierei von vorhin hatte mich ausgelaugt. Immerhin hatte sie etwas bewirkt. Nicht, dass ich nicht schon vorher geschrien hatte. Wer am Ende war, war taktisch nicht besonders einfalls- oder abwechslungsreich. Abgesehen davon, dass hier keine Abwechslung möglich war. Aber irgendetwas musste dieses Mal an meinem Aufbegehren anders gewesen sein, sonst wäre er nicht gekommen.

Ich war versucht anzunehmen, dass es an mir lag, oder er endlich Mitleid zeigte, hätte ich ihn nicht besser gekannt. Ewig konnte er mich in diesem Loch nicht verrotten lassen. Wobei … er das genau betrachtet selbstverständlich konnte, dazu bräuchte er nicht einmal den Schlüssel wegzuwerfen. *Er* hatte die Entscheidungsgewalt und keiner würde es wagen, die Stimme gegen ihn zu erheben. Das hatte ich auf die harte Tour lernen müssen. Allerdings hätte er sich dann die Entführung, das Durchfüttern und das Ertragen meiner Schreierei sparen können. Masochistisch war er, zumindest meines Wissens nach, nicht und Fetische waren auch nichts Neumodisches. Sie beschrieben nur die dunkleren Triebe, die meist zu Recht seit jeher tief im Inneren verborgen wurden. Und über *seine* wusste ich *alles*.

Nun, einen divenhaften Auftritt im Abendkleid würde ich heute sowieso nicht geben. Da konnte ich getrost sitzen bleiben.

Im Kopf zählte ich die Schritte, bis ein Lichtschein auf meine geschlossenen Lider fiel und ich sie zaghaft öffnete. Sein schönes Gesicht war nah. So unerwartet nah. Es schwebte, spärlich beleuchtet, auf Höhe von meinem direkt vor der Zellentür. Er musste in die Hocke gegangen sein. *Für mich?*

Im Schein einer Kerze fochten wir nun ein Blickduell mehr unserer unzähligen aus. Es war unsere Art der Verständigung. War es immer gewesen. Unsere Seelen sprachen miteinander durch einen Blick in die Augen des anderen. Er sah gut aus, das registrierte ich am Gesichtsfeldrand. Männlich, elitär, bewundernswert. Das Alter hatte ihm nichts anhaben können. Die Macht konservierte ihn. Doch während ich, da meine Augen das für mich grelle Licht nicht gewohnt waren, fast nur noch weiß sah, wusste ich, dass ich dieses Mal verlieren würde. Das Duell und vielleicht mein Leben. Denn *ihn* hatte ich schon lange verloren.

Der Impuls zu blinzeln wurde übermächtig. Ich gab ihm nach. Tränenflüssigkeit rann mir aus einem Augenwinkeln und benetzte meine Wange. So würde es zu Ende gehen?

Er war allein gekommen, indes hatte er von mir auch nicht wirklich etwas zu befürchten. Das Feuer in mir flackerte, doch mein Körper war am Ende. Das wussten wir beide. Vielleicht flackerte es deshalb. *Ein letztes Aufbäumen. Ein letzter Schrei.* Vor der Rückkehr zur Unendlichkeit.

Langsam hob ich die Lider.

Er hatte sich nicht bewegt, sah mich schlicht lauernd an. Dabei lag in seinem Blick etwas so Endgültiges, dass ich fast zurückgezuckt wäre. Seine Stimme klang rau wie Schmirgelpapier, als hätte er die letzten Stunden geschrien, nicht ich. »In der Bibel heißt es Auge um Auge, Zahn um Zahn. Spannendes Buch. Und es wäre unendlich einfach, meine Entscheidungen damit zu begründen. Zu sagen: Gut, wir sind quitt. Du hast mich betrogen, ich habe dich in gewisser Weise getroffen. Und diese … Tatsache ist ein Kollateralschaden. Lass uns von vorne anfangen. Ach, und wo wir gerade dabei sind, ich glaube, ich liebe dich noch.« Seine Stimme war ein bitteres Zischen. »Ja, richtig«, hob er erneut an – angsteinflößend ruhig. Es klang gefährlich. Trügerisch. Nicht liebevoll.

»Ich glaube, ich liebe dich … *noch*. Trotz allem. Ganz schön blöd, nicht wahr? Das habe ich dem Ding in meiner Brust schon öfter gesagt – nicht, dass es auf mich hören würde.« Er musterte mich träge. *Ein Raubtier kurz vor dem finalen Prankenhieb.* »Eigentlich bin ich so schon lange nicht mehr. Und das weißt du.« Sein Geständnis war nichts als leere Worthülsen; nichts als das schmeichelnde Lied eines Rattenfängers. Ich wusste es, er wusste es. Warum vollführten wir trotzdem den ewigen Ringelreihen? Aus Gewohnheit?

»Du hast mir etwas bedeutet und ich habe dich verraten, doch auch du hast mich verraten«, krächzte ich. »Wir waren *beide* nicht treu. Und die bittere Wahrheit ist, ich bereue nichts von dem, was ich getan habe – mit dir oder den deinen. Ich bereue nur, dass wir nicht das bleiben konnten, was wir einst waren, denn in gewisser Weise habe ich dich damals ebenfalls geliebt.«

Er lachte amüsiert. Schrill. Irritierend. Es tat mir in den Ohren weh.

»Tief in deinem Inneren wusstest du, was du tust, als du gegangen bist. Du wusstest, was es mit mir machen würde und es hat dich nicht gekümmert. Auge um Auge. Nur du und ich, hier und heute«, sagte er. »Zahn um Zahn.«

Da begriff ich. Er hatte sich tatsächlich noch weiter verändert. War tiefer in die Dunkelheit gezogen worden. Tiefer den Kaninchenbau hinuntergeklettert als je zuvor. Hatte sich innerlich vom Licht abgewandt, während seine äußere Hülle noch immer etwas Engelsgleiches vermittelte. Er war gefallen, allerdings hatte ihn das ungleich mächtiger werden lassen. Nun gab es kein Zurück mehr für ihn. Der Rachedurst pulsierte so übermächtig durch seine Adern, dass es mich innerlich schüttelte.

Fasziniert beobachtete er mich, bevor er zum nächsten Schlag ausholte. *Oh ja,* er wollte mich vernichten. Seine erste Strategie war fehlgeschlagen, die rührselige Geschichte enttarnt. Mit was würde er nun aufwarten?

»Glaub mir, es gibt ein paar Dinge im Leben, die mir egal sind. Eines davon bist du«, zischte er mit einer kalten Verachtung, die ich ihm fast abnahm. »Dein Geschrei langweilt mich. Es stört die anderen. Was hast du dir nur gedacht? Dabei? Bei allem? Wie konntest du annehmen, dass es keine Konsequenzen haben würde, mich zu demütigen? *Früher. Heute.* Warst du so überzeugt von dir? So hochmütig und verblendet? Dann lass dir gesagt sein, dass es keinen Unterschied macht, wer du bist. Oder wer du einst für mich warst. Denn eigentlich bist du schon vor langer Zeit gestorben – für mich und die Meinen.«

Damit war das Urteil gefällt, das wusste ich. Nichts und niemand würde ihn umstimmen können. Einst hatte ich diese Fähigkeit besessen – nun nicht mehr. Längst nicht mehr.

Wieder tränten meine Augen, während ich ihn anstarrte und die Nässe sicher helle Spuren auf meine dreckige Haut zeichnete.

Wenn dies das Ende war, sollte er mich genau so in Erinnerung behalten. Ich war das, was er aus mir gemacht, was er mir angetan hatte. Wohingegen ich immer sein Licht, sein Weg aus der Dunkelheit hatte sein wollen. *Ein frommer Wunsch.*

Mit brüchiger Stimme fing ich an, die ersten Takte meines Lieblingsliedes von The Script zu summen. Vielleicht war es pathetisch, sicherlich irrational, aber genau das, was ich jetzt tun wollte. Es war mein allerletztes Aufbäumen, mein allerletzter Wunsch. Meine letzten Worte. Und er ließ mich gewähren, beobachtete nur.

Mit schmerzenden Stimmbändern schaffte ich es, die erste Strophe zu flüstern, bevor ich schneller als erwartet aufgab, während mir die Tränen in Strömen die Wangen hinunterliefen und meine Gefühle mich verließen. »Warum hast du nichts gesagt? Warum? *Warum* …«

All die Lügen über Jahre hinweg. All die Greueltaten, die sich direkt vor meinen Augen ereignet hatten. All meine Zukunftsvorstellungen für uns, meine Hoffnungen, meine Träume – zerplatzt. *Ja,* ich war stärker gewesen, als er es sich vorzustellen vermocht hatte. Hatte mein Herz gestählt und mich abgewandt von all den Dingen, die ich nicht mehr auszuhalten imstande gewesen war. Doch hatten sie mich nun eingeholt. Hatte *er* mich eingeholt und erneut hierher gebracht – um mich zu töten.

Das war das Ende. Unserer Beziehung und meines Lebens.

Endlich und endgültig.

Bald würde ich dehydriert sein, das spürte ich. Bald würde mich die Schwärze ganz in ihre Arme schließen. Bald wäre es vorbei. Wenn er es nicht schon davor beenden würde. Ein für alle Mal.

Kapitel 19

VOR 45 TAGEN

IVA

Das Shooting

»VIELLEICHT WAR ER IN DIESEM MOMENT SO VÖLLIG AUSSER SICH, ENDLICH ER SELBST.«

Seit vier Tagen versuchte ich mit Joze zu sprechen, um ihm die Fotos zu zeigen. *Vergeblich.* Auch Desita war durchweg im Stress. Sie plante zusammen mit Saki eine kurzfristige Blumenschau – was immer das sein sollte. Immerhin hatte sie zu ihrem alten Selbst zurückgefunden. Ich hegte den Verdacht, dass die beiden Schwestern zu viele Catwalk-shows im Fernsehen gesehen und nun Flausen im Kopf hatten. Und wenn ich das schon dachte … Wobei Liane von der Idee direkt angetan gewesen war. Vielleicht lebte ich in dieser Hinsicht unverändert ein Stück weit hinter dem Mond. So schnell ließ sich mein Einsiedlertum wohl nicht abschütteln.

Jedenfalls hatten sie für den Tag, an dem das Event stattfinden sollte, extra eine ganz besondere Location gemietet und da das in New York nicht billig war, musste alles andere rechtzeitig organisiert sein. Ein Kraftakt, der jede von Desitas und Sakis Minuten beanspruchte. Sogar das Kochen hatte seit zwei Tagen Fegegita übernommen. Nicht, dass ich mich darüber beklagte – es hatte immerhin schon einmal *Salami*pizza gegeben.

Also hatte ich mich in der Zwischenzeit mit den Übungen beschäftigt, die Tesifa mir aufgetragen hatte, und tatsächlich Fortschritte erzielt. Ich hatte festgestellt, dass es Materialien gab, die, um es vereinfacht auszudrücken, lauter schrien und andere, die flüsterten. Manche sandten einen dauerhaften Strom an unterschiedlichen Informationen aus. Andere ließen nur Gefühle oder Zustände erahnen. Da gab es zum Beispiel summende Geschäftigkeit oder zufriedene Ruhe, aber ebenfalls eine kraftvoll wirkende Aufbruchsstimmung. Letztere zeugte richtiggehend von der Erwartungshaltung, dass etwas geschah – etwas getan oder erschaffen wurde.

Ich konnte auch die Bewegung, der ein Körper unterlag, die Frequenz, mit der er schwang, wahrnehmen. Lernte, mich zu konzentrieren, um geistig Ebene um Ebene tiefer zu gehen, mehr zu entdecken, die Signale zu entblättern, zu erfassen und zu dekodieren.

Lebendige oder ehemals lebendige Dinge, wie etwa mein Pausenapfel, hatten komplexere Gefühlsmuster. Auch die Sachen, die in direktem Kontakt mit anderen Lebewesen standen, zum Beispiel die Stifte meines Federmäppchens, schienen dadurch stimuliert zu werden. Harte, schon immer leblose Körper waren eine schwer zu knackende Nuss.

Selbstverständlich spielte dabei die Temperatur eine Rolle. Rein physikalisch gesehen. Hitze, das hieß zugeführte Energie, verursachte Schwingung, sagte *Professor* Google. Kälte hingegen ließ die Teilchen starr und schwerfällig werden. Es war wie bei Echsen, die sich erst auf Betriebstemperatur brachten, bevor sie richtig aktiv wurden.

Die Materialien und, das nahm ich an, die Herstellungsmethode, die bei manchen Gütern angewandt worden war, wirkte sich stark auf ihren Gemütszustand aus. Ihr Sehnen wurde ein anderes, wenn ihre Rolle wechselte. Ihre Erfahrungen bestimmten ihr Sein – ähnlich wie das Bewusstsein von Menschen. Was mich auf die Frage brachte, was passieren würde, wenn ich meine Gabe an einem Klassenkameraden ausprobierte. Würde ich seine innersten Empfindungen wahrnehmen können? Vermutlich, wenn ich gut genug und geübt wäre. Bisher hatte ich mich noch nicht getraut, es einfach auszuprobieren.

Ich starrte momentan noch viel zu lange auf ein Objekt, bevor der ›Strom‹ zu fließen begann und ich etwas außerhalb der Norm wahrnahm. Die anderen Sisu brauchten sicher nur einen Blick.

Konnte Desita auf diese Art die Gefühle anderer lesen? Oder waren Sewi, Sisu und Kifu derart komplexe Gebilde, dass wir zwar Signale empfangen, diese allerdings kaum entschlüsseln konnten? Funktionierte es also rein bei Gegenständen oder weniger komplexen Elementstrukturen? Vielleicht kam es zudem darauf an, wie gut wir die Person kannten. Hatte nicht gerade Desita schon öfter meine Gedanken erahnt? *Zufall?!* Ich nahm mir vor, Tesifa zu fragen.

Auch in Sachen *mentale-Verbindung-zu-Iyesu-aufbauen* war ich ein bisschen vorangekommen. Jeden Abend, meist nachdem ich mich bettfertig gemacht hatte, war ich mit geschlossenen Augen entspannt auf meinen Kissen gelegen und hatte so eindringlich ich konnte an ihn gedacht. Das laute, mentale und ziemlich stupide ›Iyesu!‹-Rufen, mit dem ich begonnen hatte, hatte ich recht schnell eingestellt und stattdessen Erinnerungen an gemeinsame Erlebnisse erneut durchlebt.

Eine recht schmerzhafte Geduldprobe.

Schnell war mir bewusst geworden, wie viele Augenblicke es gegeben hatte, die ausschließlich uns beiden gehört hatten. Nach vier Abenden war ich von einer Sehnsucht nach ihm erfüllt gewesen, die extrem wehgetan hatte. Er war mein Libi, ja, aber er war inzwischen so viel mehr für mich. Meine Gefühle waren an diesen Abenden stärker als je zuvor. Ich *verehrte* ihn. Wäre ihm überallhin gefolgt, um ihn wiederzusehen.

Joze hatte bei unserem ersten Gespräch gesagt, für die Zymaha war ihr Libi ihr Partner. Konnte das bei Iyesu und mir der Fall sein – wenn wir wirklich gemischtes Blut in unseren Adern hatten? Das würde erklären, warum ich ihn so sehr vermisste und dieses Gefühl einfach nicht weichen wollte. Aber warum mochte ich auch Jason? Und hatte irgendwer nur einen Gedanken daran verschwendet, dass unsere gemischten Gene uns möglicherweise schwächten? Fiel es mir deshalb derart schwer, meine Talente zu entfalten? Schließlich gab es keinen Präzedenzfall. Wir waren ein Novum, *einzigartig*. Und ich wusste nicht, ob ich dem etwas Gutes abgewinnen konnte. Es war durchaus berechtigt zu zweifeln, fand ich. Wieso taten alle, als könnte ich der nächste Messias sein – die *Retterin*, wie mein eigener Vater mich benannt hatte? Oder musste ich mir mehr Zeit geben, weil diese bei uns eine andere Rolle spielte – im Gegensatz zu den Sewi? War ich zu ungeduldig? *Zu sehr* Sewi in dieser Beziehung?

Nichtsdestotrotz hatte ich bereits am zweiten Abend das Gefühl gehabt, als streichle eine mentale Hand vorsichtig meinen frei entfalteten Geist. Zuerst war ich überrascht gewesen und zurückgezuckt, hatte die Verbindung sofort gekappt. Dann, als mir klar geworden war, dass ich nichts zu verlieren hatte, hatte ich meinen Geist erneut auf Wanderschaft geschickt. Die Verbindung bestand seit diesem Zeitpunkt jeden Abend und ich hätte schwören können, dass ich, so verrückt es klang, an der puren Präsenz ablesen konnte, dass es Iyesu war, mit dem ich diese Vertrautheit teilte. Es fühlte sich nach ihm an.

Meine weiteren Anstrengungen, die ich darauf ausgerichtet hatte, ihm Bilder und Gedanken zu übermitteln, ihm Hilfsbereitschaft zu signalisieren oder Fragen über sein Befinden und seinen Aufenthalt zu stellen, blieben unbeantwortet. Vielleicht weil er keine Ahnung hatte, was er tat. Wie er sich mir mitteilen sollte. Vielleicht weil unsere Verbindung nicht stark genug war, oder möglicherweise, weil ich versucht hatte, intuitiv etwas zu tun, das ich selbst nicht beherrschte.

Jozes Anruf jetzt gerade war mir eine willkommene Abwechslung, die mich vom Grübeln ablenkte, mit dem ich mal wieder beschäftigt gewesen war. Abgesehen davon, dass die Neuigkeit, die ihn zu Begeisterungsstürmen verleitete, mir fast einen Tick zu viel Action bot. *Aber gut.*

»Auf einem Cover! Wir?«, ich zog eine Grimasse und drückte das Handy an mein rechtes Ohr. Leider war ich mir sicher, dass die Unwirklichkeit der Aussage nicht durch ein Gehörproblem erklärt werden konnte.

Die Nachmittagssonne tauchte mein Zimmer in goldenes Licht. Alles wirkte friedlich, selbst ich auf dem Bett, wie ich im Spiegel sah. Als könnte ich kein Wässerchen trüben. Mein Adrenalinspiegel hingegen wäre mit seinem stark angehobenen Wert durchaus imstande, eine ganz andere Geschichte zu erzählen.

»Auf was für einem Cover?«, wagte ich zu fragen. Meine Neugier siegte über meine Vorbehalte gegenüber der bloßen Tatsache, dass Joze mich zu Hause auf dem Handy anrief.

»Dem des Time Magazine«, antwortete er, schien jedoch nicht ganz bei der Sache zu sein. Im Hintergrund vernahm ich ein Tippen, das darauf schließen ließ, dass er am Schreibtisch saß und neben dem Telefonieren arbeitete. *Wie fleißig.* Der perfekte Manager und Bankier. Ich konnte ihn mir gut in einem seiner grauen Anzüge auf seinem wuchtigen dunklen Schreibtischstuhl vorstellen: rundum patent und professionell.

»Willst du die Headline wissen?«, unterbrach er meine Gedanken.

»Will ich?«, fragte ich ironisch. Ich wusste schon nicht, ob mir die Sache an sich gefiel.

»Keine Ahnung. Deshalb frage ich.« Ich hörte ihm das heimliche Amüsement an.

»Hast du Desita vor mir angerufen? Ich meine, sie muss mit aufs Bild, oder?«, wollte ich wissen.

»Natürlich … ich habe sie informiert und sie ist heute Vormittag vorbeigekommen, während du in der Schule warst. Ihr Zeitplan ist derzeit eng gesteckt.« Ich hörte, wie ein Stift über Papier kratzte. »Da sie außerdem einen ausführlichen Artikel über die Bank im Innenteil bringen möchten, wollen sie Einzelfotos von uns und das Cover wird *zusammengebastelt*. Das macht irgendein Künstler. Es wird das erste in dieser Aufmachung sein.« Er klang im selben Maß irritiert, wie ich es bei seinen Worten war.

»Zusammengebastelt?« *Ach du lieber Himmel!* Hatte ich etwa auch die Digitalisierung *irgendwas.0* verpasst und wir hatten jetzt die Unart, nicht mal mehr das, was auf einem Foto sein sollte, zusammen zu fotografieren? Wie würde es in zehn Jahren sein, oder in hundert, in tausend oder zweitausend?! Mir wurde beunruhigenderweise bewusst, dass ich es herausfinden würde. Wie seltsam musste unsere heutige Welt für Joze und die anderen sein? Was mochten sie alles miterlebt haben? Unglaublich viel Fortschritt durch die Industrie, die Technologie und anderes. So viel Neuerung … und immer wurde erwartet, dass man *up to date* blieb. Ich konnte es mir nicht vorstellen. Wirklich nicht.

»Keine Ahnung. Sie haben seit letzter Woche einen neuen Chefredakteur. Einen ziemlich jungen, ehrgeizigen, der davor Creative Director bei verschiedenen bekannten Labels mit großen Namen in der Luxusgüterbranche war. Die Verlagsleitung erhofft sich wahrscheinlich eine Auflagensteigerung durch seine unkonventionellen Methoden und den neuen *Look*.«

Ich konnte sein Naserümpfen fast durchs Telefon wahrnehmen.

»Frischen Wind haben sie sich auf jeden Fall an Bord geholt«, fuhr Joze fort. »Ob das, was er macht, Kunst oder Chaos ist, juckt mich gelinde gesagt wenig. Der Artikel ist schon länger in Planung und seit Kurzem steht ein fixer Termin.«

»Ach, stimmt!«, erinnerte ich mich wieder. »Fegegita hat diesbezüglich mal etwas erwähnt. Als du noch in der Abstimmung warst, glaube ich.«

»Ah … genau. Seine Idee, eine Identifikationsbasis zu schaffen und den Fokus Bank mit den Gesichtern der Familie zu verbinden, finde ich aus PR-Sicht einen interessanten Ansatz. Abgestimmte Kleidung, Accessoires, eine Stylistin und eine Visagistin sind auch da …«

»Und wenn ich mit meinem Gesicht nicht für die Bank einstehen möchte?«, unterbrach ich sein Herunterrasseln von Informationen. Ich sagte es tonlos. Dabei war es nicht böse gemeint. Ich hatte keine Ahnung vom Bankwesen. Gerade deshalb war ich mir nicht sicher, ob mein Gesicht als Vertrauensbasis für Kunden der richtige Weg war. Ich hatte mir nie Gedanken darüber gemacht, aber eigentlich war ich nie daran interessiert gewesen, eine Rolle in der Bank zu spielen. Also … was sollte *ich* auf dem Cover? Andererseits war es in Bezug auf Desita das Gleiche, oder?

»Wie meinst du das?« Die Hintergrundgeräusche waren verstummt. Mir schien, ich hatte Jozes ungeteilte Aufmerksamkeit. *Sehr gut.* Dieses Cover war ihm wichtig. Wichtiger, als er zuzugeben bereit war.

»Ich meine, es ist eine Sache, der Welt vorzuspielen, dass wir eine große, heile Familie sind; es ist eine andere, sein Gesicht für ein unüberschaubares Verwaltungskonstrukt, das sich Bank nennt, hinzuhalten und damit zur Zielscheibe derer zu werden, die unzufrieden sind. Das ist keine Kritik an deiner Kompetenz und ich weiß, dass wir … also ich … von der Bank und dem Gewinn profitieren, aber Leute, die mäkeln, gibt es beim besten Geschäftsmodell und ich frage mich, ob du das bedacht hast?«

Joze schwieg. »Verwaltungskonstrukt, Kompetenz, hm?«, fragte er. Es knackte in der Leitung. »Lernt ihr so was heutzutage in der Schule?«

Ich musste unwillkürlich kichern. »*Na ja* … nein, da sagen sie dir nur, dass du alles hinterfragen sollst.«

»Außer sie und das Schulsystem, was?«

Ich grinste. »Man könnte meinen, du gehst noch zur Schule.« Es war ironisch gemeint und ich hörte, wie Joze leise lachte.

»Die grundlegenden Verhaltensweisen haben sich über die Jahre nicht geändert. Und Iva?«

»Ja?«

»Über das Thema Familie möchte ich gerne noch mal mit dir sprechen. Allerdings nicht am Telefon. Ich denke, es wäre gut, wenn du mich im Büro besuchen würdest. Wenn ich es richtig mitbekommen habe, wolltest du mich sowieso in den letzten Tagen etwas fragen?«

»Äh«, überrumpelt fixierte ich eine Staubfluse, die von einem Sonnenstrahl auf meinem Schreibtisch in Szene gesetzt wurde. *Spot on!* In meinen Gedanken war sie plötzlich sinnbildlich ich.

Wollte Joze wirklich reden oder einfach, dass ich für sein Shooting kam? Vielleicht konnten wir ja einen Tauschhandel eingehen á la *eine-Hand-wäscht-die-andere?* Ich wollte Informationen über die beiden Fotografien, die Jason ausgegraben hatte, und er ein Foto von mir. Das klang doch mehr als fair. Ich sollte …

»Bis gleich«, hörte ich ihn sagen. Damit legte Joze bereits auf und ich blieb sprachlos zurück.

Nun würde ich in Zukunft ebenfalls die Krallen ausfahren. Ich wollte ihn unbedingt wegen der Fotos von Mariyam und Mr Hill befragen. Dafür blühte mir jetzt ein Shooting. *Gut*, dann war das eben so. Aber erst, nachdem ich die aktuelle Ausgabe des Time Magazine pedantisch inspiziert hatte.

Moti war eine halbe Stunde nachdem ich ihn angerufen hatte, mit der neuesten Ausgabe der Zeitschrift bei mir gewesen. Er und Kuta hatten mich gemeinsam zu Hause abgeholt. Gespannt war ich auf den Rücksitz der Limousine geglitten, um meine Nase direkt zwischen den Seiten zu vergraben.

Nicht schlecht! Interviews mit bedeutenden Persönlichkeiten, Markenwerbung der Oberliga, High-Class-Journalismus. Das war die Creme de la Creme der Berichterstattung. Joze hatte sicher seine Beziehungen spielen lassen müssen, damit wir beziehungsweise die Bank auf das Cover kamen. *Deshalb die Priorisierung!* Wobei der entschiedene Look und auch die Tatsache, dass nur eine Person mich vom Cover aus anstierte, wirklich für einen Umbruch zu dem stand, was Joze mir über *unsere* Ausgabe erzählt hatte. Würde die neue

Gestaltung nicht zusätzlich das Risiko eines Flops der ›Werbung‹ für das Geldhaus beinhalten?

Ich wusste weiterhin nicht recht, was ich von der ganzen Hauruckaktion halten sollte. Einerseits hatte Joze sicher das Beste für die Bank … und uns … im Sinn. Andererseits war *ich* die mit den Leibwächtern, oder? Reichte das nicht? Ich blieb gern im Hintergrund, fühlte mich im Mittelpunkt nicht richtig wohl. Wollte dem Präsentierteller für die Kifu fernbleiben. Vielleicht würde die Begeisterung noch kommen? Joze und Desita hatten das Dilemma sicher einkalkuliert. Oder bestand keines mehr, da die Kifu bereits Iyesu hatten und seitdem auf der Erde nicht mehr aktiv geworden waren? Wussten sie das und damit mehr als ich? Hing das unsichtbare Damoklesschwert nicht mehr dauerhaft über meinem Kopf – bereit zu fallen? Und würde ich nicht schlussendlich stolz sein, mein Gesicht auf dem Time Magazine gehabt zu haben? Zweifelsohne eine Ehre! Es könnte alles so einfach sein … *war es aber nicht.*

Flugs zog ich mein Handy aus der Hosentasche meiner grauen Röhrenjeans und schickte Liane eine Mitteilung, während wir noch immer durch die Straßen von New York rollten.

Was würdest du sagen, wenn ich auf dem Cover des Time Magazine wäre?

Die Antwort kannte ich eigentlich. Sie würde ausflippen. Es mega finden. Kreischen. Kichern. Das volle Programm. Sagte die Frage also mehr über mich aus als über sie? Wollte ich es, brauchte allerdings einen letzten Schubs? Den ich mir von ihr holte? Schrieb ich ihr deshalb? Ich konnte so sarkastisch und besserwisserisch sein. *Im Inneren.* Warum war ich nicht mutig? *Anderen gegenüber.*

Geil!

Ich lachte. Liane war schon eine Nummer. Ihre Wortwahl überraschte mich wenig. *Sie* sollte zum Shooting gehen, nicht ich. Wahrscheinlich würde sie das ganze Set mit einem breiten Lächeln verzaubern und völlig mühelos posieren, während sie Small Talk machte.
Ich seufzte und tippte.

Und wenn ich furchtbar aussehe?

Ja, mir konnte man wahrlich nicht mehr helfen. *Schisser! Schisser!*, rief alles in meinem Inneren, aber die Zeitschrift hatte unter Garantie eine hohe Auflage. Womöglich würde mich jemand auf der Straße erkennen. Oder ich machte mir mal wieder zu viele Sorgen. Viel zu viel Wirbel um nichts.

Ich seufzte erneut.

Liane hatte mir derweil ein Bild geschickt. Es zeigte Jennifer Lawrence aus *Die Tribute von Panem* in der neuen Diorwerbung. Nonchalant saß sie in einem rosa Kleid mit provokant-gelangweiltem Blick zurückgelehnt da, als würde ihr die Welt gehören, und hielt dabei einen Lippenstift wie eine Zigarette. *Das* war der Inbegriff von Coolness! *So* wollte ich sein!

Do it the Dior way!

Mit dieser letzten Anmerkung traf Liane den Nagel auf den Kopf. Ich wurde von einer heftigen Aufwallung der Zuneigung zu ihr gepackt. Sie kannte mich besser, als ich vermutet hätte. Obwohl ich mich verändert hatte, war die alte Iva, die *Vor-dem-Unfall-*Iva, immer noch in mir, ein Teil von mir. Die coole, nonchalante Iva mit der stets kessen Lippe, die das komplette Gegenteil des verhuschten Mäuschens gewesen war, in das ich mich verwandelt hatte. Die, die ein bisschen wie JLaw die Welt im Sturm zu erobern versucht hatte. *Ihre Welt.* Die Welt der rosaroten Zuckerwatten-Wolkenberge und zitronenbonbonsüße Tage ihrer Kindheit. Diese Zeit war längst vorbei, ebenso wie es mein Mauerblümchendasein sein würde.

Ich fühlte mich stark, bereit für die Zukunft meiner Teenietage! Um diesen inneren Halt nicht erneut zu verlieren, galt es mich ebenso wieder wie neu zu (er)finden.

Zeit, sich bei Liane dafür zu bedanken, dass sie mich mit der Nase voraus auf meine eigene Persönlichkeit gestoßen hatte.

Thx!

Direkt nachdem ich die Zeile gesendet hatte, kam die Limousine zum Stehen. Wir waren zwischen den Betonpfeilern angekommen, die das Vordach des stählernen Riesen trugen, in dem Joze arbeitete.

Bedächtig kletterte ich aus dem Auto und trat durch die gläsernen Schiebetüren. Kuta folgte mir auf dem Fuß, während Moti den Wagen wegfuhr, um ihn zu parken. Der weiße Marmorboden der Vorhalle gab mir das vertraute Gefühl, dass ich mich auf bekanntem Terrain befand.

Bewusst konzentrierte ich mich auf das gleichmäßige Murmeln und siehe da: Der Stein hatte so viele Geschichten zu erzählen, so viele Gefühle, Empfindungen und Erinnerungen, dass ich abrupt stehen blieb. Der Marmor war alt und die Schwingung, die ich empfing, strahlte Gelassenheit aus. Längst hatte er seine Herkunft vergessen. War zufrieden mit sich und denen, die ihn bewunderten. Ich hätte mich am liebsten genau dort, wo ich stand, hingesetzt und den ganzen Tag damit verbracht, zu lauschen.

»Iva?«, holte mich Kutas tiefe Stimme in die Wirklichkeit zurück. Automatisch lief ich los, weiter zur Mitte des Gebäudes, in Richtung der vielen Aufzüge. Von den Sewi oder Sisu, die in die eine oder andere Richtung strömten, kam mir niemand bekannt vor. Aber die Herren in ihren dunklen Anzügen mit den weißen Hemden und die Frauen im akkurat geschnittenen Hosenanzug oder Businesskleid sahen sich auch alle zum Verwechseln ähnlich.

Energisch drückte ich auf den Knopf und wartete mit Kuta, bis eine der Kabinen vor uns hielt. Aufzugfahrten, bei denen sich eine Horde transpirierender Fremder in eine winzige Kabine quetschte, waren mein absoluter Horror, doch ich schlug mich tapfer. Auf der zweithöchsten Ebene trat ich erleichtert hinter Kuta aus dem inzwischen komplett leeren Lift und atmete durch. *Halb so schlimm*, sagte ich mir, setzte ein breites Lächeln auf und ging um Fassung bemüht an Sybill Rowland, der blonden Empfangsdame, die ich direkt wiedererkannt hatte, vorbei. Die Konversation überließ ich Kuta. Sollte er mal aus sich herausgehen.

Gemächlich schlenderte ich, die Hände in den Hosentaschen, den Gang hinunter, an langen Reihen von Büros mit Milchglasscheiben und, wie ich wusste, einer absolut exklusiven Aussicht vom Schreibtisch aus, vorbei.

Das Büro meines Ziehvaters erreichte man innerhalb des Gebäudes offiziell nur über eine Treppe im hinteren Bereich dieser Etage. Oder indem man mit dem Hubschrauber auf dem Landeplatz des Flachdaches ankam. Sicher gab es aufgrund der New Yorker Brandvorschriften auch eine Feuertreppe, deren Zugang allerdings gut verborgen war. Ich hatte ihn bis jetzt bei keinem meiner Besuche entdecken können.

Bereits nach vier der achtundzwanzig breiten hölzernen Stufen hörte ich Jozes unverwechselbare Stimme: «Ich zahle dir kein fünfstelliges Gehalt, damit du mir sagst, dass ich scheiße aussehe!«

Uhh! Sein Shooting schien voll im Gang zu sein. Und er auf hundertachtzig – wenn er sogar *Kraft*ausdrücke verwendete.

»Stimmt, denn das zahlst du ja der persönlichen Einkäuferin dafür, dass sie mir einen Grund liefert, selbiges zu sagen! Ach nein, *Stylistin.* Weißt du, hättest du nett gefragt, hätte ich dir so wie immer besser und billiger zur Seite gestanden.«

Ich kannte die Stimme! Noch wollte mir kein Gesicht dazu einfallen.

»Herrschaften, ich darf doch sehr bitten«, vernahm ich just einen besänftigenden Herrenbariton. Neugierig nahm ich die restlichen Stufen im Sturmschritt.

Oben bot sich mir ein Bild für die Götter. Mitten im riesigen Büro-Loft saß Joze in einem Anzug, der mich aufgrund seiner blassblauen Farbe an eine Babypuderpackung denken ließ, auf einem Stuhl, der nur als moderne Kunst verstanden werden konnte. Weniger wohlwollend hätte man von einem zusammengelöteten Haufen Metallmüll sprechen können, von dem im Übrigen eine äußerst deprimierende Grundschwingung ausging.

Unbewusst zog ich die Schultern hoch und die Nase kraus.

Hinter ihm war eine riesige weiße Tapete gespannt worden, vor der an durchsichtigen Schnüren Geldbündel herunterhingen. *Aha?!* Hallo, *Mammon?!*

Vor Joze stand ein mit Kameraausrüstung beladener Mann samt klischeehaftem Bierbauch, ausgeleiertem weißen T-Shirt, Bluejeans und Glatze, der den ähnlich gekleideten aber wesentlich jüngeren Helfern rechts und links der Szene Anweisungen zurief. Spots wurden ausgerichtet, alle redeten durcheinander, es blitzte zwei Mal und ein Mann im rot-schwarz-gepunkteten Anzug bestimmte plötzlich: »Cut!«

Huch, wo kam der denn her? Hatte der sich vom Film hierherverirrt? *Ein Kostüm trug er bereits. Hust.* Oder, kam mir der beunruhigende Gedanke, das war der neue Kreative! Was ich keineswegs verstand, war, warum Joze dem bunten Treiben nicht Einhalt gebot. *Ich* würde mich garantiert *nicht* mit Dollarnoten auf einem Cover zeigen. Hieß ich Jay-Z oder was? Ich konnte mir beim besten Willen nicht vorstellen, dass das gute Publicity für eine *Bank* war.

Joze wirkte auch nicht besonders glücklich. Zweifelnd zupfte er an seinem farblich passenden Einstecktuch herum, das die Misere nicht verbesserte. Und obwohl die Person zur vorhergehenden Stimme weiterhin von mir unentdeckt blieb, konnte ich der Aussage nur zustimmen. Er sah *scheiße* aus. Erst als ich nahe genug bei Joze war und er meine Anwesenheit registrierte, hoben sich seine Mundwinkel.

»Iva!« Ich hatte ihn selten so begeistert meinen Namen rufen hören. »Ich muss mich kurz umziehen.« Er wandte sich an den *Bariton-Marienkäfer*-Anzugträger. »Wir sind fertig, oder?«

Dieser nickte. »Iva kann sich direkt in die Garderobe begeben, dann shooten wir sie jetzt sofort und können nachher schneller zusammenpacken.«

Unschlüssig sahen Joze und ich uns an.

»Heute noch!«, rief uns der Marienkäfer streng zu, während er bereits mit einem der Helfer über den Hintergrund diskutierte. Als ich sah, wie dieser daraufhin anfing, die *Dagobert Duck*-Deko abzuhängen, gab ich mir einen Ruck und nickte.

»Gut.« Ich würde ins kalte Wasser springen! *Was tat man nicht alles für die Familie?!*

Joze seufzte. Aus Erleichterung oder weil das Ganze doch ein bisschen viel zu ertragen war? »Komm«, sagte er und griff nach meiner Hand.

Hinter einer Abtrennung, die den Teil von Jozes Büro einnahm, der dem Set abgewandt war, übergab er mich an zwei Damen, die bereits warteten. Von freudigem Schnattern begleitet, wurde ich in ein blaues Designerkleid gesteckt, das meine schwarzen Haare und den elfenhaften (eine nette Umschreibung der Visagistin für blassen)

Teint unterstreichen sollte, und professionell geschminkt. Immerhin meine weißen Echt-Leder-Ballerinas durfte ich anbehalten.

Wenigen Minuten später hatten die beiden geschäftigen Damen, die Joze am Telefon erwähnt hatte, mich vom Aschenputtel zur Ballkönigin gemacht. *Was sie aus mir herausgeholt hatten, war wundervoll!*, stellte ich begeistert fest. Einfach nur … *yay!* Strahlend drückte ich ihre Hände, bevor ich mich zurück ans Set wagte.

Fotografiert wurde ich schließlich vor einem hellgrauen Hintergrund, der mit blauen, an durchsichtigen Schnüren befestigten Schmetterlingen mit rosa Flügel in Szene gesetzt worden war. Statt moderner Kunst drückte man mir einen weiß-braunen Welpen in die Hände, der mich mit kugelrunden Augen fragend ansah. Seine großen Ohren hingen ihm rechts und links zerzaust herab. Gott, war der *süß!*

Während er und ich uns an die Situation zu gewöhnen versuchten, klickte die Kamera zwei Mal, der schwarz-rote Anzugträger rief erneut: »Cut!« und der kleine Hund wurde mir zu meinem Bedauern bereits wieder entrissen. Meine fünf Sekunden des *Fames* waren damit vorbei, bevor ich realisiert hatte, dass sie angebrochen waren. Irritiert fragte ich mich, wie dabei – und vor allem für den Aufwand – anständige Fotos zustande gekommen sein konnten. Aber hey, ich war ja nicht der Chefredakteur.

Moti und Kuta, die inzwischen gemeinsam am Rand des Sets standen, grinsten vielsagend, während ich mich verlegen in Richtung meiner eigenen Kleider aufmachte. Nach dem Umziehen fühlte ich mich deutlich wohler in meiner Haut. Mit Jeans und rosa Bluse war ich wieder ich.

Nachdrücklich bedankte ich mich bei den beiden Damen, die direkt anfingen, ihre verstreuten Hilfsmittel einzusammeln, trat an all den Helfern vorbei und steuerte direkt auf Joze zu, den ich in einer Ecke des großen Raumes, hinter seinem riesigen Schreibtisch sitzend vermutete. Vermutete, da eine weitere hölzerne Abtrennung diesen vom Rest des Lofts abschirmte. Allerdings behielt ich recht. Höchst konzentriert starrte er, inzwischen umgezogen, auf den überdimensionierten Bildschirm vor sich. Seine Miene verdüsterte sich dabei immer mehr. Das war nicht gut. *Gar nicht gut.* Ich wollte doch Antworten. Nur dafür war ich hier!

»Joze, ich mache für heute Feierabend!«, hörte ich plötzlich die bekannte Stimme von vorher rufen. Sie war hinter meinem Rücken zu hören. Wie ein geölter Blitz drehte ich mich um und hielt Ausschau. Die Neugier zerfraß mich geradezu.

Zumindest dieses Rätsel wollte ich lösen!

Die *Frau* hatte mir bereits die Kehrseite zugewandt. Auffällig waren ihre langen roten Haare, die sich an den Enden stark lockten, sowie die unzähligen silbernen Kettchen, die ihre schmalen Fesseln zierten und bei jedem Schritt leise klirrten. Nun wusste ich genau, wer das war!

»Ist gut, Karen!«, rief Joze gedankenverloren, ohne den Kopf zu heben. Seine Stimme hatte etwas Erschöpftes an sich.

Karen Talbot, seine Assistentin, hatte mich bei meinen Besuchen im Kindesalter häufiger herumgeführt oder betreut, wenn Joze einen wichtigen Anruf in der Zeit hatte entgegennehmen müssen. Schon damals war sie mir aufregend exotisch vorgekommen. Die mutige Karen. Die ungezähmte Karen, die sich nichts hatte sagen lassen – nicht einmal von ihrem Chef. Die mit ihrer ehrlichen Meinung nie hinter dem Berg hielt. Ich wusste aber, dass Joze gerade das an ihr schätzte.

Zumindest von hinten war sie die Alte. Schade, dass wir uns vorher am Set nicht begegnet waren. Ich hätte sehr gerne ›Hallo‹ gesagt. Andererseits schien heute ein Tag außerhalb der Norm zu sein. Es würde sich sicher in Zukunft eine bessere Gelegenheit bieten, um ins Gespräch zu kommen und Neuigkeiten auszutauschen – jetzt, da ich wusste, dass sie noch hier arbeitete. Unser letztes Wiedersehen war wirklich lange her. Viel zu lange.

Lächelnd begann ich das letzte Stück vorsichtig an Joze heranzuschleichen, um ihn zu überraschen. Er war erneut derart in das, was es auf seinem PC zu sehen gab, vertieft, dass er von seiner Umwelt nichts wahrzunehmen schien – am allerwenigsten mich. Was er wohl las? Oder ob er seine Arbeit immer so ernst nahm? *Hm.* Die listige Seite in mir rieb sich die Hände. Gut für mich. Ich grinste. *Na warte!*

Vorfreudig beschleunigte ich meinen Gang. Doch als ich nur knapp entfernt war, spürte ich es. Kaum mit dem Auge wahrnehmbar, aber durch meine sensiblen Sinne deutlich zu erfassen, pulsierte die Luft um ihn in beständig kürzeren Abständen. Sie signalisierte eine Art Alarmbereitschaft, die mir die frisch zurechtgemachten Haare im Nacken zu Berge stehen ließ und in besorgniserregendem Maße zunahm.

Es war Wut, erkannte ich im nächsten Moment. Kalte, brachiale, rasende Wut. Diese zeichnete sich zwar nicht auf Jozes Gesicht ab, ließ seinen Körper jedoch wie eine starre, angespannte Bogensehne auf seinem schwarzen Schreibtischstuhl verharren und brachte ihn dazu, recht mühsam und unregelmäßig Luft zu holen – ohne seinen Fokus zu verlieren. Er hatte sich im Griff. *Noch.* Lange gab ich ihm nicht mehr, bis er kollabieren oder explodieren würde.

Eine seltsame Beklemmung ermächtigte sich meiner. Darüber, ob ich dann in der Nähe sein wollte oder eher ganz weit weg, war ich mir nämlich nicht im Klaren. Ich hatte ihn niemals zuvor so gesehen. Wo war der sanftmütige Joze in Desitas infantilem Bademantel, der auf seiner Sonntagszeitung Kaffeeflecken hinterließ? Was war es, das er auf diesem verdammten Bildschirm anstarrte?! Von dem er nicht die Augen zu nehmen vermochte.

Ich war versucht, ihn zu fragen. Ausschließlich seine Haltung hielt mich zurück. Da begann er auch schon zu sprechen: »Glaub mir, ich werde dir jeden Knochen einzeln brechen.« Seine Stimme war zu einem leisen Zischen gesenkt. Ich hätte ihn fast nicht gehört, wäre ich in den letzten Sekunden nicht stockstarr und völlig geräuschlos gewesen, um die Lage zu sondieren.

Während ich nun mutig einen letzten Schritt tat und ihm, nur durch den Schreibtisch und den PC getrennt, gegenüberstand, hob er nicht den Blick, nahm mich nicht zur Kenntnis, und obwohl ich mir sicher war, dass er meine Anwesenheit wahrgenommen hatte, zischte er unbeirrt weiter.

»Wobei … warte, kann ich leider nicht, denn du hast ja gar keine Knochen. Sonst hättest du Rückgrat!« Ätzend feuerte Joze die Worte auf den Bildschirm ab.

Daraufhin erklang ein leises Lachen, das definitiv nicht von Joze stammte. Der leicht abgedrehte, irre Unterton darin ließ mir einen kalten Schauer über den Rücken laufen. Ich verharrte erneut bewegungslos und begriff: Joze skypte. Oder facetimete, oder was auch immer …

Oder … *nein!* In einem kleinen Kästchen, das für mich aussah wie eine improvisierte Mausefalle, steckte ein rosafarbener Kristall, der von Drähten umwickelt war. Ein Rosenquarz? Er pulsierte im Takt der Energie in der Luft und leuchtete dabei matt. Von dem Kästchen ging ein weißes Kabel weg, das durch ein USB-Endstück mit Jozes PC verbunden war.

Wohooo! Was war denn das für ein mythisches *Gerät?* An einem Adapter? Oder was …

Meine Augen wanderten zurück zu dem eingesperrt wirkenden Stein, dessen munteres Pulsieren einem Ankämpfen gegen die metallenen Fesseln gleichkam. Sternförmige Lichtreflexe – sie erinnerten mich an Sternenglanz – ließen ihn lebendig wirken. Das war *abgespaced!* Kommunizierte Joze darüber? Oder war das eine Spielerei? Eine seltsame Lampe? Was auch immer … es steuerte die Energie in der Luft.

Voll Bangen wartete ich darauf, dass das Gespräch weiterging.

»Und *dann?*«, fragte der Unbekannte in seltsam amüsiertem Ton. Er kaute genüsslich auf dem letzten Wort, bevor er es ausspuckte. Die Drohung schien an ihm abzuperlen. Seine selbstsichere Lockerheit stand in krassem Kontrast zu Jozes zunehmender Anspannung. Die Luft um mich und der Schreibtisch, auf den ich eine Hand gelegt hatte, waren nun von der Energie ergriffen worden, die der Stein und er in seltsamem Gleichklang wellenförmig ausstrahlten.

»Dann nehme ich ein stumpfes Messer und ramme es dir in den Bauch. Wieder und wieder. Bis du endlich merkst, wie es sich anfühlt. Wie *Schmerz* sich anfühlt.«

Stille trat ein.

War Jozes Gesprächspartner sprachlos? Nervös befeuchtete ich mir mit der Zunge die Lippen. Langsam bekam ich es mit der Angst zu tun. Jozes Wut war *real*. Die Drohung kein Spaß.

»Du willst Emotionen?! Nun, ich bin bereit, sie dir zu *schenken!* Die Art Emotion, die du verdient hast!«, spie Joze. Er war völlig außer sich! Je länger ich zuhörte, desto mehr traute ich ihm zu, Ernst zu machen.

Ich blinzelte. *Okay.* Vielleicht sollte ich einen Schritt oder besser zwei … oder eher zehn … rückwärtsgehen? Nur vorsichtshalber.

»Tja, Loverboy …«, hob die Stimme fast genüsslich an und wirkte kein bisschen eingeschüchtert. »Das hast du schon. Erinnerst du dich? Damals hast *du* sie mir weggenommen. Es schien mir gerecht, sie nun dir wegzunehmen, da ich sie zufällig … *zusätzlich* fand.« Es war eine kalte Aussage. Hämisch vorgebracht. Ich fragte mich unwillkürlich, wie man so abgebrüht sein konnte. Ich hatte Angst! Verdammte Angst!

»Ich werde dich brechen – genau wie du sie gebrochen hast.« Jozes Stimme beschränkte sich auf ein Flüstern. Leise. Grausam. *Unversöhnlich.* Er wirkte überhaupt nicht – *gar nicht*, als würde er scherzen. Er wirkte vielmehr, als würde er jemanden ermorden wollen. *Jetzt. Hier.* Sein Gegenüber hatte also Glück, nicht verfügbar zu sein. Nicht der Punchingball werden zu können. Für den Moment zumindest. Denn das Gespräch war an einem toten Punkt angekommen. Es schien genau genommen beendet zu sein.

Joze saß völlig reglos da.

Ich wusste nicht, was ich tun sollte. Es wäre eine kurze Distanz, die ich überbrücken müsste, und schon könnte ich ihm eine Hand auf den Arm legen. Ihn beruhigen. Doch war unvorhersehbar, was ich in ihm auslösen würde. Ob ich ihn beruhigen konnte. *Ob er mich ließ.* Ich wollte auf keinen Fall der Blitzableiter sein und fürchtet mich davor, in die Schusslinie zu geraten – eine irrationale Handlung zu provozieren.

Was immer vorgefallen war … Wie sollte ich es einordnen, beurteilen und ihm helfen können, wenn er es mir nicht erklärte? Wer hatte wen wem weggenommen? Ging es um Desita? Und wen hatte der Fremde *gefunden?! Zusätzlich gefunden*, erinnerte ich mich. Zusätzlich zu wem?

Urplötzlich dämmerte es mir. Zusätzlich zu Iyesu! Wem denn sonst? Aber dann sprachen sie von *Mariyam*, oder?!

Blut schoss mir ins Gesicht. Adrenalin pumpte durch meinen Körper. Hatte Joze etwa den ominösen Mr Hill angezischt? Und der hatte … etwas mit Mariyam gemacht, das meinen Ziehvater in Rage brachte? Und war nicht auch die Rede von Gefühlen gewesen? Nun, zumindest trug bereits die Stimme des anderen das große fette Böse in sich, demnach konnte er nur ein Kifu sein, oder? Wieso jedoch hatte *Joze* Mr Hill Mariyam weggenommen? Und woher kannten sie sich? Und *ach* … wieder einmal war ich mit meinem – in der Schule nicht gewählten und damit sowieso nicht vorhandenen – Latein am Ende.

Als hätte er in dem Moment meine Gedanken wahrgenommen, vielleicht hatte ihn auch endlich mein inniger Wunsch zu helfen erreicht, hob Joze seinen Kopf ein Stück und sah mir direkt in die Augen. Die

Trauer, die ich in seinen las, war unbeschreiblich. Sie erschlug mich, zog mich innerhalb eines Wimpernschlags mit sich in die dunkelsten Tiefen, ließ mich nach Luft schnappen und belegte mich mit einer Schwere, die mir durch und durch ging.

Joze war nicht betrübt, er war nicht mehr wütend, er war *gebrochen.* Sein Leid übertraf alles, was ich je gesehen hatte. Es infizierte jegliches um ihn und hatte seine Wut, die gerade noch die Atmosphäre um uns vergiftet hatte, im Keim erstickt.

»Sag Tesifa und Desita: Mariyam ist tot«, war alles, was er mit belegter Stimme krächzte, bevor er sich in einer extrem schnellen Bewegung erhob, wie ich sie keinen Sewi je hatte vollführen sehen. Er flog nicht, setzte aber definitiv seine Kräfte ein.

Ich wich wortlos zurück. Erkannte ihn nicht wieder.

Vielleicht war er in diesem Moment so völlig außer sich, aber auch endlich er selbst. So, wie er wirklich war. Versteckte seine Natur nicht, sondern ließ den natürlichen Impuls zu.

Floh – vor einer Wahrheit, die er sichtlich nicht ertragen konnte, vor einer Maskerade, die er schon zu lange ertragen hatte, und vor einer Verantwortung, die ihm zu viel abverlangte. Vor mir, Desita und den Sewi? Und ein bisschen vor sich selbst.

Geschockt und nicht fähig, das Gehörte zu realisieren, sah ich zu, wie er sich rasant auf eine kleine Tür links von uns zubewegte. Wohin …? Er würde doch nicht …?! Instinktiv rannte ich ihm so schnell ich konnte – was nichts anderes bedeutete als in Sewi-Geschwindigkeit –, hinterher und kam natürlich zu spät. Schwer atmend musste ich zusehen, wie er sich am Ende des kleinen hellen Raums vom angrenzenden, ebenso schmalen Raucherbalkon stürzte.

Meine Augen stierten ihm unfokussiert nach. Die Synapsen meines Gehirns waren auf Sendepause. *Warum …? Wie …? Wo …?* Alles ging so schnell. Zu schnell für mich. Aufkeuchend schlug ich mir die Hände vors Gesicht und unterdrückte krampfhaft den Aufschrei, der mich am ganzen Körper erzittern ließ, bevor meine Beine unter mir nachgaben und ich halb kniend, halb liegend auf dem Boden zusammenklappte wie ein altersschwacher Liegestuhl.

Der Teppich dämpfte geringfügig den harten Aufprall. Mein Brustkorb hob und senkte sich ruckartig, während ich hustend nach

Luft rang. Meine Lunge brannte. Schmerzhaft biss ich mir auf die Zunge, während mir Tränen heiß und völlig unkontrolliert quer übers Gesicht rannen.

Es war zu viel. Zu viel Fragen, zu viel Aufregung, zu viel Unwissenheit, Angst und Leid. Ich war schlagartig am selben Punkt wie nach dem Unfall. Meine Wirbelsäule schien aus Gummi zu bestehen und ließ mich zusammensinken, als wären meine Klamotten nichts, ein Haufen Stoff – ohne Iva.

Er durfte einfach nicht …!

Spuckte sammelte sich unangenehm unter meiner Zunge.

Da tauchte Jozes fliegende Gestalt vor der Fensterfront, über der Balustrade des Balkons auf, um mir schuldbewusst zuzunicken – *ein letztes Mal* –, bevor er sich so schnell, dass es meine Augen gerade noch wahrnehmen konnten, schnurgerade entfernte.

Ich verfolgte seine Flugbahn, völlig fixiert auf die Bewegung, noch ein Stück weit. Dann verlor sich seine Spur in der Luft. Der *Aha*-Effekt seines erneuten Auftauchens verpuffte, ebenso wie das plötzliche Glücksempfinden daraufhin. Der Schock blieb. Ich schloss ermattet die Augen. Ich hatte allen Ernstes gedacht, er würde sich umbringen und das Ergebnis wäre genau wie … wie bei …

Sie war tot, begann ich zu realisieren.

Tot.

Tot.

Mausetot. Mariyam.

Ein kleiner Teil von mir hoffte weiterhin, dass Joze nach einer kurzen Runde über den Wolkenkratzern des Big Apple zurück ins Zimmer schweben würde. In seinem korrekten Anzug, die Trauer im Gesicht, doch den Blick in die Zukunft gerichtet.

Für ihn war ich vielleicht nur eine Schachfigur im Spiel seines Lebens gewesen. Die Tochter seines Bruders. Anscheinend nicht wert zu bleiben. Nicht wie Mariyam, der er sehr nahegestanden zu haben schien. Näher, als ich gewusst hatte! Näher als Mr Hill …?

Aber was war mit Desita?

Heiß glühten meine Wangen. Unangenehm brannte mein Rachen vom Schlucken. Ich fühlte mich einen Herzschlag lang völlig allein. Warum tauchten nie Antworten auf?

Mariyam war tot. Noch immer fühlte es sich unwirklich an. Sie war stets so voller Energie gewesen. Es gab unzählige Dinge, die ich sie noch gerne hätte fragen wollen. Dinge, die ich noch gerne mit ihr erleben wollte. Ich würde sie auf die Art und in der Rolle in Erinnerung behalten, die sie für mich dargestellt hatte – meine lustige, arbeitswütige Tante.

Vermutlich fühlte ich jetzt das, was in dieser Situation ganz normal war. Was man eben fühlte, wenn jemand, der einem nahegestanden hatte, gestorben war. Ein dumpfes Gefühl, ein Pochen. *Abschiedsschmerz.*

Ich vermochte nicht zu behaupten, dass ich sie gut gekannt hatte – nicht nach all dem, was ich nun erfahren hatte. Doch ich liebte die Figur, in die sie geschlüpft war, und die Person, die sie damit verkörpert hatte, noch immer. Es gab nichts wirklich Wichtiges, was im Weiteren zwischen uns hätte gesagt werden sollen. Trotzdem … *ich* … ob nun all ihre Entscheidungen die richtigen gewesen waren oder nicht, war mir egal. Ich erinnerte mich mit Respekt und Wehmut an sie. Möge ihre Seele Frieden finden.

Endlich schluckte ich den Speichel hinunter. Meine konsternierte Verfassung wich dadurch allerdings nicht.

Für mich war Joze das, was einem Vater am nächsten kam, selbst wenn ich das bei unserem Telefonat vorher anders hatte durchklingen lassen. Ich bereute es, bereute meine unbedachte Äußerung über den Zustand unserer Familie aus tiefstem Herzen. Wenn ich ihn damit getroffen hatte, tat es mir sehr leid. Wirklich leid. *Fucking-Inati-stell-das-Raum-Zeit-Kontinuum-zurück*-leid! Davon würde ich mir keinen Blumentopf kaufen können. Besonders nicht bei Desita.

Dennoch: Egal, was er getan hatte, was er Mr Hill oder mir antat und was kommen mochte, selbst wenn ich ihn irgendwann hassen sollte … Er würde für mich immer *mein Dad* bleiben. Mehr Vater, als es Amilaki King je verkörpert hatte. Trotzdem schmerzte es ungleich mehr, wenn Vertrauen gebrochen wurde, das bisher unangetastet geblieben war.

Kapitel 20

VOR 43 TAGEN

IVA

Große Mädchen weinen nicht!

»DIE WELT DREHT SICH VON GANZ ALLEIN WEITER.«

Der Weg nach Hause blieb eine verschwommene Erinnerung. Moti und Kuta hatten mich irgendwann auf dem Teppich eingesammelt, das Nötigste aus mir herausgequetscht und mich dann die Feuertreppe hinunterbugsiert. Durch den Notausgang, den ich ganz am Rande hinter Sybilles Platz wahrgenommen hatte, bis in die dunkle Tiefgarage zum Auto war ich getragen worden. Irgendwo auf dem Weg hatte ich losgelassen. Einfach losgelassen.

Geistig.

Körperlich.

Mich.

Denn wenn Mariyam tot war, war Iyesu es vielleicht auch. Alleine der Gedanke hatte mehr geschmerzt als jemals etwas zuvor. Es hatte sich angefühlt, als wäre mir das schlagende Herz bei lebendigem Leib mitten aus der Brust gerissen worden und ich hatte Joze plötzlich verstanden.

In mir war nur noch Chaos übrig gewesen. Unübersichtliches, erdrückendes, beklemmendes Chaos. Nichts hatte mehr zusammengepasst. Nichts hatte in letzter Zeit gelingen wollen. Und ich war schuld. Irgendwie war ich schuld. Ich hatte *niemanden* retten können.

Meine wilden Vorwürfe waren es dann, die mich auf den unaufhaltsamen Kurzschluss hatten zusteuern lassen. Mein Geist hatte angefangen, unkontrolliert zu schreien. Plötzlich hatte alles davon abgehangen, die Präsenz, die ich für Iyesu gehalten hatte, zu erreichen. Um mir zu beweisen, dass *er* lebte, dass er nicht tot war.

Als stattdessen nichts geschehen war, sich keine Verbindung aufgebaut hatte, hatte mein Unterbewusstsein mir den Stecker gezogen. Besser gesagt hatte mein Körper das für mich übernommen. Ich war komplett zusammengeklappt.

Nervenzusammenbruch, Dehydration, kam Fegegita meiner Frage, als ich das nächste Mal die Augen in meinem eigenen Bett aufschlug, zuvor.

Das Letzte, an was ich mich erinnern konnte, waren Motis starke Arme, auf denen er mich getragen hatte, während Kuta bereits am Telefon gewesen war. Wahrscheinlich war das Trimat von ihm in Kenntnis gesetzt worden.

Ob sie die Suche nach Iyesu damit einstellten? Fieberhaft versuchte ich, durch Konzentration die fehlenden Teilstücke meiner Erinnerung zu rekonstruieren.

»Und der Stein in der Box, was, wie …??«

»Du meinst Ginin?«, fragte Fegegita. Sie sah nachdenklich aus. »Beziehungsweise Yuneti«, schob sie nach.

»*Äh,* wahrscheinlich«, bestätigte ich vorsichtig. Gab es etwa zwei dieser seltsamen Konstruktionen?

Langsam ließ sich Fegegita auf dem Rand meines Bettes, direkt neben mir nieder. »Hm, das solltest du besser Tesifa fragen«, beschied sie mich schließlich.

Enttäuscht schloss ich die Augen. »Und wer hat das … *Gerät* jetzt?«, wollte ich wissen.

»Tesifa.« Fegegita wirkte zufrieden. »Das Trimat wird Ginin von nun an verwalten, wie es längst der Fall hätte sein sollen.« Geschwind stand sie auf. »Schlaf nun, Iva. Komm erst einmal zu Kräften. Die Welt dreht sich von ganz allein weiter.«

Einen Tag später lag ich unverändert im Bett. Obwohl es mir physisch besser ging und ich, wenn ich Fegegita Glauben schenkte, bald wieder Bäume ausreißen könnte – nicht, dass ich das zuvor getan hätte –, fühlte ich mich ausgelaugt.

Desita hatte die letzten beiden Tage je ein Mal nach mir gesehen, um mir übers Haar zu streichen, wie sie es früher getan hatte, und sich schließlich mit einem kurzen Kuss auf meine erkaltete Stirn verabschiedet. Gesprochen hatten weder sie noch ich. Es gab so viel und doch so wenig zu sagen. Was war wirklich wichtig? Was spielte im Moment eine Rolle?

Mariyam war tot.

Dass diese Information stimmte, zweifelte ich keine Sekunde an. Jozes Reaktion war echt gewesen und als ich nach ihm gefragt hatte, hatte Fegegita traurig den Kopf geschüttelt und gesagt: »Karen hat die Geschäfte vorübergehend kommisarisch übernommen.« Dann war er seither also nicht nach Hause zurückgekehrt. Ich hatte es mir fast gedacht. Für mich hatte er den Anschein erweckt, Abstand zu brauchen. *Von allem.*

Auch Liane hatte mich bereits gestern, da ich nicht in der Schule gewesen war, angeschrieben, um besorgt nachzufragen, was los sei. Desita hatte zwar Fegegita zufolge meine Krankmeldung im Rektorat abgegeben, aber das war nicht bis zu meinen Klassenkameraden durchgedrungen. Ich hatte ihr geantwortet, dass ich krank und Mariyam tot war, sie das jedoch für sich behalten solle, sowie einen traurigen Smiley hinzugefügt. Irgendjemandem hatte ich mich anvertrauen wollen. Irgendjemandem *musste* ich vertrauen.

Lange Zeit war der Bildschirm meines Handys dunkel geblieben. Sie hatte sicher versteckt unter der Bank schreiben müssen, da Unterricht gewesen war und Handys an unserer Schule nicht gern gesehen wurden. Auf einmal hatte ich dann gleich zwei WhatsApp-Mitteilungen kurz hintereinander erhalten. Zuerst einen tröstenden Kusssmiley, darauf folgend nur eine Zeile, die mir allerdings ein Lächeln ins Gesicht gezaubert hatte, da sie typisch Liane gewesen war.

Covergirls don't cry.

Jason hatte mir ebenfalls geschrieben, um zu erfahren, wo ich abgeblieben war, wie immer war seine Nachricht sehr kreativ gewesen und ich hatte mir, törichterweise gewünscht, ihn neben meinem Bett sitzen zu haben, um mich aufzumuntern. Gleich darauf hatte ich mich schuldig gefühlt, schließlich wusste ich nicht, was mit Iyesu geschah. Wie es ihm ging. Nach nochmaligem Lesen der Mitteilung hatte ich mich dennoch nicht des Gefühls erwehren können, dass ich über Iyesu hinwegkommen könnte, wenn ich mich auf Jason einließe, statt mich davor zu sperren.

Mein rechter, rechter Platz ist frei? Ich habe ihn extra verteidigt ... vor Julia!

Nicht auf den Kopf gefallen, vermochte er es, mir wieder auf die Beine zu helfen. Dafür war ich ihm dankbar. Und obwohl wir uns noch nicht lange wirklich gut kannten, spürte ich ein Vertrauen, das mich hoffen ließ. Schließlich musste ich die Augen vor der Wahrheit öffnen – und damit der Möglichkeit, dass Mariyams Schicksal zu Iyesus werden konnte oder vielleicht längst geworden war. Unsicher, was ich Jason zurückschreiben sollte, hatte ich ihm ebenso einen traurigen Smiley nach einem Daumen-hoch-Zeichen geschickte, der ohne Verzögerung von einem Fragezeichen seinerseits beantwortet worden war. Ich hatte keine Sekunde gezögert, weiterzutippen.

Mariyam ist tot. Behalte es bitte für dich.

Damit war er genauso gut informiert gewesen wie Liane. Für ihn würden die Dinge zunehmend rätselhafter werden, hatte ich angenommen. Und tatsächlich recht behalten, denn er hatte einen geschockten Smiley gessendet. Seine nächste Nachricht war daraufhin keine Überraschung gewesen. Ein Schmunzeln hatte sie mir nichtsdestotrotz entlockt. Ebenso wie ein Seufzen.

Hast du etwas über die Men in Black herausgefunden?

Es war verhext. Da passierte unglaublich viel, dennoch steckte ich, was einige Dinge – die wichtigen Dinge, wie ich fand – betraf, in einer

Sackgasse. So konnte das nicht weitergehen. Zumindest nicht, wenn ich ein Wörtchen mitzureden hatte – was leider eher selten vorzukommen schien. Der Widerwille, alles bezüglich meines Volkes, ohne es zu hinterfragen, hinzunehmen und mich weiterhin treiben zu lassen, hatte meine Lebensgeister wieder auf den Plan gerufen. Meine Antwort an Jason war schlussendlich meine Entscheidung zu kämpfen gewesen, statt auszuharren und darauf zu warten, dass sich von allein etwas tat.

Noch nicht, aber ich werde herausfinden, was sie im Schilde geführt haben! Verlass dich drauf!

Heute, einen weiteren Tag später, da mein Kopf nach einer zweiten Nacht der Ruhe völlig klar war, dachte ich darüber nach, wie ich am besten vorging. Ich brauchte eine Strategie. Durfte mich nicht wieder von anderem ablenken lassen.

Ich sollte die Retterin sein? Dann war es an der Zeit, die zu retten, die übrig waren. Ob ich Iyesu dazuzählen sollte beziehungsweise konnte oder nicht, wusste ich zwar nicht, trotzdem wollte ich Antworten. Ich fand, ich hatte geradezu ein Recht auf Antworten. Gerade *jetzt!*

Und war nicht heute mein Termin bei Tesifa? Ein Blick auf die Datumsanzeige meines Handys gab zumindest meinem Gedächtnis recht und ich seufzte erleichtert auf. Wollten wir doch mal sehen, was die Gute mir und meiner Entschlossenheit entgegenzusetzen hatte!

Da mein Bauch knurrte, beschloss ich, Fragen, Fakten und Argumente zu sammeln, während ich mir etwas zu essen aus der Küche holte.

»Wie können so gebildete Menschen in der Masse nur solch eine geballte Dummheit verkörpern? Da schaut sich der eine den Bullshit vom anderen ab! Man sieht es wieder und immer wieder: Das Kollektiv zu beeinflussen, ist der Schlüssel zur Herrschaft. Die Sewi sind keinen Deut besser als die Sisu, die Kifu und ihre Anhänger. *Alles Herdentiere.* Wenn sie sich einen Leithammel auserkoren haben, folgt die ganze, selbstverständlich weiße, unbefleckte Schafherde dem *einen* schwarzen, das sie unter ihresgleichen nicht als Feind wahrnehmen, denn sie sind ohne Ausnahmen *farbenblind!*«

Fegegita stand in der Küche vor dem großen Fernseher über der beigen Arbeitsfläche und hatte unser kabelloses Festnetztelefon in der Hand. Das letzte Wort hatte sie hineingeschrien. Durch das darauffolgende, beängstigend sauer wirkende Einatmen ließ ihr Busen das Oberteil ihres orangefarbenen Kleides mit den großen, leuchtend grünen Blumen unheilverkündend spannen. Ihre schwarzen Haare hatten sich angriffslustig aufgestellt. Wut blitzte mir aus zusammengekniffenen Augen entgegen. Erregt gestikulierte sie mit der freien Hand wild umher, bis sie mich in der Tür bemerkte und autoritär zu sich winkte. *Wohoo!*

Langsam näherte ich mich, war jedoch auf der Hut. Interessiert riskierte ich einen Blick zum Fernseher. Eigentlich hatte ich nur eine Kleinigkeit essen wollen, bevor ich Moti anrief, damit er mich zu Tesifa fuhr.

Was mochte passiert sein?

Ein ungutes Gefühl breitet sich in meiner Magengegend aus. Der Bildschirm war in verschiedene Quadranten eingeteilt. In einem großen Ausschnitt zeigte er einen Nachrichtensender und gleichzeitig fünf andere in klein. Ich erkannte CNN International, darunter die englischen BBC World News, die Euronews, den arabischen Sender Al Jazeera, den ich manchmal auf Englisch ansah, das extrem französisch wirkende France24, das ich sonst eher vermied, genau wie das deutsche n-tv.

Sie alle zeigten Bilder des Schreckens. Autos brannten auf den Straßen, vermummte Menschen schrien unverständlich durcheinander, während sie durch rauchgeschwängerte Luft rannten. Bewaffnete Polizisten und das Militär liefen zwischen alldem umher und bemühten sich, die Ordnung wiederherzustellen.

Die Sequenzen zeigten unverkennbar eine Großstadt. Nur welche? Es konnte überall sein.

Synchron wechselten die Sender zu einer anderen Aufnahme und ich sah, nachdem ein dunkles Flugobjekt in ein Dach eingeschlagen hatte, mehrere Häuser in Flammen aufgehen.

Okaaay. *What the fuck?!*

Was mochte das für ein Objekt gewesen sein? Eine Handgranate, eine Bombe, eine Kurzstreckenrakete? Ich hatte keine Ahnung. Eines konnte ich den Bildern dennoch entnehmen: *Das* war übel!

Leider waren die Clips damit nicht erschöpft. Langsam, aber sicher brachte mich die unheimliche Synchronität der Sender aus dem Konzept. Hatten wir ein internationales Problem? Das hieß, *Probleme* … wenn mich nicht alles täuschte.

Wieder zeigte sich ein Kriegsgeschehen. Dieses Mal fuhr ein verstaubter Panzer durchs Bild. Als sein Rohr herumschwenkte und ich beobachten konnte, wie es sich auf die Kamera ausrichtete, lief es mir kalt den Rücken hinunter.

Nein, bitte nicht.

Bitte … ich sah den Rückstoß, der durch das schwere Metallgefährt ging. Sah die Flugbahn des Geschosses, wie sie begann. Dann wurde der Bildschirm schwarz. Ein geschmackloses weißes R.I.P. erschien zusammen mit den Nachrichtensprechern der einzelnen Fernsehanstalten, die bestimmt mutige Worte über den Reporter äußern würden. *In ihren Studios gab es ja keine Panzer.*

Durften sie so was eigentlich zeigen? Ich stand wie erstarrt da.

Wenn das Kinder sahen! Wahrscheinlich hielten sie es für ein neues Computerspiel, gab ich mir selbst die Antwort. Auch ich hatte in Filmen deutlich Schlimmeres gesehen. Nur war das kein Film. Das passierte in *echt* – irgendwo auf unserer Welt. *Der einzigen Welt, die wir hatten.*

Fegegita, die ich während meines Starrens völlig ausgeblendet hatte, räusperte sich neben mir. Sie war offensichtlich am Ende ihres Gesprächs angelangt und hatte aufgelegt, ohne dass ich mir dessen bewusst gewesen war.

»Was passiert da?«, fragte ich mit beklommener Stimme.

»Aufstände in den Banlieus von Paris, mitten in Kairo, in den Townships von Kapstadt, den Favelas in Rio und in Washington D. C. vor dem weißen Haus. Raketenspielereien im Nahen Osten, leider nicht mehr ausschließlich zwischen Israel und den üblichen Verdächtigen. Kriegsspielchen an verschiedensten Schauplätzen, inklusive des altbekannten Gazastreifens, Syrien, dem Irak, Iran, Afghanistan und dem Libanon.« Sie seufzte. »Einzeln betrachtet ist es nicht außergewöhnlich, aber gestern Nacht fand besorgniserregend viel Aufruhr rund um den Erdball statt. Die Vereinten Nationen verlieren die Kontrolle über ihren Flickenteppich.«

Ich nickte. Seltsamerweise einigermaßen beruhigt. Es schien mir weit weg von hier. Von *uns.* Selbst Washington D. C. Dann brannten dort eben Autos oder Mülltonnen … hatten wir nicht ein gut ausgebildetes Militär? Die Medien klagten doch dauerhaft die Regierung wegen der hohen Kosten an. »Warum hast du dich so aufgeregt? Über die Politik, meine ich?«

»Weil wir inzwischen nicht nur ein Problem mit der zivilen Bevölkerung haben, sondern durch deren Stimmen zunehmend eines mit der politischen Führung. Die einen wollen nicht hinsehen, die anderen können es nicht und die ganz besonders Widerwärtigen genießen es, verstehst du?« Fegegita legte rüde das stumme Telefon auf der sauberen Arbeitsplatte ab. »Tesifa hat alle Hände voll zu tun, hinter ihnen aufzuräumen.«

»Was tut sie genau? Ich meine …?«

»Du meinst, dass du nicht weißt, wie unsere Fähigkeiten in diesem Fall nützlich sein könnten, weil sie dir zu sanftmütig vorkommen?« Fegegita sah mich lange an. »Eigentlich wollte ich mich aus deiner Ausbildung heraushalten.«

»*Eigentlich* wollte ich auch heute zu Tesifa. Wir haben nachher einen Termin …?«

Fegegita nickte. »Ja, deshalb hat sie unter anderem angerufen. Du siehst, was los ist. Sie muss euren Termin leider verschieben: Auf nächste Woche.«

»… gleicher Tag, gleiche Uhrzeit«, vollendete ich frustriert den Satz. Wurde man so, wenn man uralt war? So … festgefahren und berechenbar? Ich seufzte. Ich würde es beantworten können – *wenn unsere Welt bis dahin nicht untergegangen war.*

»Also gut«, riss mich Fegegita aus meinen wenig erquicklichen Überlegungen. Sie hatte ihre Hände in die Seite gestützt und musterte mich. »So kann das nicht weitergehen. Joze trauert, Desita schmollt, Tesifa ist beschäftigt und du, das sehe ich genau, bist auf dem Weg zu großen Dummheiten, wenn dir diese nicht jemand austreibt.«

Ich errötete. *Ertappt.* Na ja, Hauptsache, sie sprach mit mir.

»Wo waren wir stehen geblieben?«, fragte Fegegita.

»Was macht Tesifa?«

»Richtig«, sie nickte. »Ich weiß nicht, wie weit du mit deinen Lehrstunden bist, aber ich denke, du weißt, dass sich alles bei uns um die Elemente dreht, aus denen diese Welt, die Galaxien und das Universum bestehen?«

»Hm«, machte ich zustimmend.

»Und du weißt auch, dass wir diese intuitiv erfassen können. Wir nehmen Schwingungen wahr, die ungleich komplex sind. Bei den Sewi kommt beispielsweise nur noch die Temperatur als Information an, weil ihre Rezeptoren gewissermaßen bei der Evolution verkümmerten. Sicher hat Tesifa dir aufgetragen, dich zu fokussieren und herauszufinden, was dir die Teilchen deiner Umgebung übermitteln beziehungsweise welche Interpretation dir gelingt?«

»Ja, genau an dem Punkt bin ich«, bekannte ich.

»Es braucht Übung, schneller, besser und folgerichtiger zu werden. Ebenso spielt die Erfahrung eine große Rolle. Kannst du mir so weit folgen?«

»Klar.«

»Gut. Hat Tesifa dir erklärt, wie schweben oder fliegen funktioniert?«, wollte Fegegita wissen. »Desita meinte, Joze und sie hätten es dir bei eurem ersten Gespräch gezeigt.«

Ich nickte. »Ja, haben sie. Tesifa sagte etwas von Kreisläufen und so.«

»Und so?«, Fegegita zog belustigt die dunklen, schmalen Augenbrauen hoch. »Da ist Tesifa mal wieder von hinten durch die Wand unterwegs, was?«

Ich grinste erleichtert. *Puh!* Ich hatte schon gedacht, ich allein hätte das kompliziert gefunden. Womöglich war es gut, dass Tesifa verhindert war und ich nun mit Fegegita sprach.

»Okay, also fliegen ist im Prinzip ein einfacher Vorgang. Es ist wie alle anderen körperlichen Fähigkeiten etwas, das du einmal lernen musst. Wie damals im Kleinkindalter das Laufen. Bis du es kannst, vergeht Zeit, du investierst Kraft und Mühe. Danach kommt es dir vor, als hättest du nie etwas anderes getan. Die Vorgänge des Körpers, die dahinterstecken, sind komplex. Wir tun es dennoch intuitiv, weißt du. Wir sind wie Leistungssportler. Sie sind besonders stark oder dehnbar.

Unser Organismus kann einen schnellen Austausch von Sauerstoff und Kohlenstoff bewerkstelligen, während er gleichzeitig seine sichtbare Form hält. Die einen würden sagen: *Magie.* Die anderen: unerforschte Chemie und Physik, deren Aufschlüsselung wir in den letzten Dekaden bedeutend nähergekommen sind. Worauf ich hinauswill …«, sprach sie weiter, obwohl ich gerne hätte fragen wollen, wie ich nun fliegen lernen konnte.

»… ist die Tatsache, dass Tesifa dir sicher erklärt hat, dass in gewisser Weise für das Fliegen die Luft um einen verdrängt werden muss, das heißt, dass der Austausch einen Schub erzeugt, der die Richtung deiner Flugbahn bestimmt.« Sie schaute grübelnd drein. »Vielleicht sollten wir einen Ausflug nach Cape Canaveral machen. Die Raketen der Sewi funktionieren ähnlich. Sie arbeiten auch mit dem Schub-Prinzip. Und ich meine, die haben das dort ganz anschaulich erklärt. Obwohl diese auch im luftleeren Weltall fliegen, ist es in etwa das Gleiche.«

Überrascht schaute ich sie an. Der Gedanke war mir auch schon gekommen. Allerdings hatte ich ihn verworfen. Anscheinend war der Vergleich aber gar nicht *so* dumm gewesen. »Ich weiß, wie Raketen fliegen.«

Oh ja! Ich war ganz groß, wenn es um *Star Trek* und *Raumschiff Enterprise* ging. Ich sage nur: Win-Win-Wochenenden. Wobei ich das in letzter Zeit schleifen ließ – es bestand definitiv Nachhol- oder eher Aufholbedarf. Der Nerd in mir rieb sich regelrecht vorfreudig die Hände.

»Jedenfalls lenken wir die Moleküle, die wir an die Luft abgeben, in einen bestimmten Winkel. Und jetzt sind wir da angelangt, wo ich ursprünglich hinwollte: bei dem, was Tesifa sozusagen *macht.* Das Wahrnehmen von Schwingungen und kleinsten Veränderungen unserer Umgebung ist kein einseitiger Prozess, sondern vielmehr eine Verbindung, durch die du genauso etwas zurücksenden kannst.«

Ich starrte sie an. *Das war mir neu!* »Wie bei einer Kommunikation?«

»Genau! Es gibt einen Sender und einen Empfänger. Ganz einfach. Und wir gehen davon aus, dass sich beide verstehen, ja? Die gleiche Sprache sprechen, wenn du so willst. Die gleiche Frequenz. Stell dir vor, dein Gegenüber bringt dich zum Lachen – verursacht ein Gefühl. Step eins. Dann ist es doch möglich, dessen Meinung durch Argumente zu ändern. Oder *ihn* zum Beispiel zum Lachen zu bringen. Step zwei.«

Ich nickte. Bei den richtigen Argumenten, *klar*.

»Also … ich versuche mich mal an einem Beispiel: Ihr Teenager schickt euch gerne Smileys. Stell dir also vor, dass du ohne Handy und Emojis genau das Gefühl, das du mit diesen ausdrücken möchtest, deinem Gegenüber senden könntest. Und er würde es empfangen und es fühlen«, erläuterte Fegegita.

Ich sah sie groß an. Konnte es derart *simpel* sein? Konnte ich alles und jeden *manipulieren?* Hatte mir Tesifa deshalb nur die erste Stufe, nämlich das Empfangen gezeigt? Weil unsere Gabe auch gefährlich sein konnte – *für andere?*

»Leicht ist es natürlich nicht«, grenzte Fegegita ein. »Wie bei einem Gespräch kann man aneinander vorbeireden, eine andere Vorgeschichte implizieren, kulturelle Unterschiede haben, oder, oder, oder. Da kommt die Übung und die Erfahrung ins Spiel. Du kannst zwar jemanden beeinflussen, aber er ist schlussendlich dieser, der die Entscheidung trifft. Du kannst ihn nicht übernehmen oder gedanklich kontrollieren. Er ist keine *Marionette* – das wäre ja noch schöner.« Sie verstummte.

»Und Tesifa … bezirzt Politiker?«

»Nun, die Sewi sind in der Masse sehr viele. Und obwohl wir einige Sisu haben, die tatsächlich vom Trimat dazu abbestellt sind, sich ausschließlich um gewisse Brandherde in den Bewegungen zu kümmern, ist es gerade die Leitfigur, die eine gewisse Sicherheit ausstrahlen sollte, um den Flächenbrand einzudämmen oder gar zu verhindern.«

»Verstehe«, sagte ich und verstand tatsächlich. Ich fand es hochinteressant. »Ist das der Grund, warum Äthiopien nie von fremden Mächten besetzt worden ist? Man hat sie höflich beeinflusst ähm … trotz welcher Absichten auch immer … *nett* zu sein?« Diesen interessanten Fakt hatte ich bei meiner Internetrecherche zusammen mit den Bedeutungen der Namen herausgefunden. Damals war es mir unwichtig erschienen, jetzt zog ich die Parallele.

»In der Tat.« Fegegita lächelte. »Um die heutige Hauptstadt Addis Abeba wohnen recht viele von uns. Sie schätzen die nahe Sahara, in der Ungestörtheit noch möglich ist, und leben sehr ursprünglich. Nicht jeder hat Interesse daran, alle hundert Jahre seine Gewohnheiten umzustellen.«

»Hm« Mir kam plötzlich ein erschreckender Gedanke. Bevor ich diesen aussprach, musste ich mir jedoch erst bezüglich etwas sicher sein. Die Überlegung mutete dabei wie das Ende eines Stricks an, bei dessen Begutachtung ich unablässig neue Fäden entdeckte, die hervorstanden und verknotet werden wollten. »Zurück zum Fliegen«, bat ich. »Tesifa hat gesagt, wir würden dabei unsere Struktur geringfügig ausdehnen?«

Fegegita sah mich neugierig an. Den Themenwechsel kommentierte sie nicht. »Ja, genau. Du musst dir das wie bei einem Würfel aus Kugeln vorstellen. Bleibt der Würfel eng beisammen, können die inneren Kugeln erst, wenn alle Schichten darüber sich bereits im Kreislauf befinden und sozusagen Löcher vorweisen, ebenfalls in den Kreislauf übergehen. Das ist allerdings viel zu langsam. Geschwindigkeit, also Zeit, ist und bleibt die entscheidende Komponente. Deshalb ist es nötig, die Struktur auszudehnen, um Durchgänge zwischen den Schichten zu schaffen.«

So war das! Hätte man mir das nicht gleich anschaulich erklären können? Ich war auf einmal aufgeregt, denn meine Vermutung hatte sich damit fast bestätigt. »Aber, das bedeutet, wir können nicht nur senden und empfangen, wir können zusätzlich komprimieren und ausdehnen, richtig?«, fragte ich nach.

Stille trat ein.

Fegegitas Augen verengten sich zu Schlitzen, während sie mich abwartend musterte. »Was genau willst du wissen?«

»Na ja, können wir … *töten?*«, sprach ich es vorsichtig aus. »Ich meine Lebewesen und *Dinge* implodieren oder explodieren lassen?«, konkretisierte ich. *Zum Beispiel Autos*, fügte ich in Gedanken hinzu. Das war es, woran ich zuerst gedacht hatte. An das seltsame Gefühl beim Unfall. Es schien plötzlich Sinn zu ergeben. Aber … dann waren es Sisu gewesen, oder? Dann hatte Mr Hill mit seinem *Prada-Brillen*-Kumpel, der obendrein ein Sisu sein musste, zusammengearbeitet? War das wahrscheinlich?! Oder … »Können Kifu das auch?«

»Mit viel Fingerspitzengefühl und Kraft zu beidem: Ja«, sagte Fegegita leise und beobachtete mich.

Das hieß, meine Vermutung bezüglich des Unfalls war korrekt. Und Joze, Desita, Fegegita, Tesifa … ach, sie alle mussten es direkt danach aufgrund meiner Schilderungen *gewusst* haben. Hatten es mir dennoch nicht gesagt. Bis jetzt nicht. *Warum?!* Hatten nur Vermutungen geäußert. Dabei gab es da nichts mehr zu *vermuten*.

Noch wussten *sie* nicht, dass *ich* die Wahrheit wusste, ihr immer näherkam. Ich war also im Vorteil, oder? Falls sich mehr dahinter verbarg.

Fall jetzt nicht aus der Rolle, Iva!, sagte ich mir selbst. *Du bist dem Rätsel auf der Spur*. Also überleg … *wie könntest du das Gespräch unauffällig weiterführen?*

»Warum verstecken wir uns dann?«, fragte ich schließlich.

Denn hatte nicht Desita gesagt, dass unser Versteckspiel rein mit der Überbevölkerung der Sewi zusammenhing und damit, was sie uns antun könnten? Anscheinend konnten wir viel schlimmer als sie sein. *Viel* mächtiger. Vielleicht könnten wir sie beherrschen – möglicherweise sogar die Welt befrieden? *Welch naiver Gedanke!*, bremste ich mich sogleich.

»Hast du das Bedürfnis, die Sewi um dich herum zu töten?«, stellte Fegegita mir tonlos die Gegenfrage. »Die Herrschaft einer kleinen Minderheit hat immer zum Aufstand geführt. Die Bevölkerung wäre nicht glücklich, sie würde sich nicht freier fühlen – auch wenn sie das womöglich wären. Und wir müssten jedes Mal, in dem Moment, in dem die Ordnung auf der Kippe steht, unsere Macht demonstrieren. Müssten ein Exempel statuieren, geboren aus Schrecken, ohne es zu wollen. Müssten töten – vor den Augen der Sewi, um sie vor sich selbst zu schützen. Würdest du *das* wollen?«

Ich dachte an Liane und Jason … und an Julia … *na ja*. Hin und wieder könnte man darüber nachdenken. Aber ganz im Ernst: »Nein!«, sagte ich mit fester Stimme. Das klang grauenhaft! Und sie hatte recht. Genau das wäre der einzig mögliche Weg. Das Resultat. Warum mussten die Sewi so sein? Gut, wir Sisu waren nicht wirklich anders und die Kifu noch blutrünstiger … trotzdem *schade*. Ich hatte meine aufploppende Idee vom allgegenwärtigen Frieden gemocht.

»Schön! Außerdem kann es nicht jeder. *Töten*, meine ich. Wie du sicher erklärt bekommen hast, sind wir unterschiedlich stark, unterschiedlich einfühlsam. Eine komplexe Zellstruktur auseinanderzureißen erfordert Wissen, Können und den absoluten Willen dazu, denn kein Lebewesen ergibt sich kampflos. Brachiale Gewalt führt zum Ziel, ist jedoch äußerst kräftezehrend!«

Also musste derjenige, der das Auto zerstört hatte, stark gewesen sein. *Was sonst.* Schwächliche Bösewichte schossen vermutlich eher oder initiierten Giftmorde und planten keine Entführungen. Auch wenn ihm der Van wohl nichts entgegengesetzt hatte. Außer seiner Masse.

»Und die Kifu können *alles*, was wir können?«, wagte ich zu fragen.

»Das Böse ist in ihnen wie in uns.« Fegegita sah gedankenverloren aus. Fast melancholisch. »Es keimt auf wie eine Blüte und nährt sich beständig. Es wächst und wächst, bis es uns schließlich beherrscht, bis es uns übernimmt. Wir sind es und es ist wir. Aber dann … ist es bereits zu spät.« Ihre Stimme war leiser geworden. Ihr Blick in die Ferne gerichtet. Als schwelgte sie in Erinnerungen.

»Eine Art Sündenfall?«, versuchte ich zu begreifen, was sie sagen wollte. Ihr verständnisloser Gesichtsausdruck ließ mich stammeln: »Na ja, in der Bibel …«

»*Ah* … ja.« Unerwartet erklang ihr herzliches Lachen, das ich so mochte. »In etwa, ja. Die Entstehungsgeschichte haben sie dir wohl ein bisschen zu oft unter die Nase gerieben. Dabei ist sie nur ein Gleichnis.«

Okay. Was immer das bedeuten mochte. »Also waren die Kifu früher Sisu, böse Sisu?«

»Kindchen, wir sind uralt, aber derart alt, dass wir alles wissen, sind wir nicht. Die Inati könnte dir vielleicht diese Frage beantworten. Tesifa würde sagen, dass die ein oder andere Geschichte erzählt, dass Sisu, Zymaha und Kifu einst einer Linie entstammten, auch wenn wir das gerne vergessen würden. Fest steht, dass die Kifu gerade aktiv auf der Erde mitmischen und durch all die Gefühle, die sie absaugen, und die Geheimnisse, die sie den Sewi in die Ohren flüstern, für Furore sorgen. Sie lieben starke Emotionen, leidvolle Emotionen und ihnen gehen die Planeten aus. Das bedeutet viel Arbeit für Ibabi und da Darin, ihr Partner, die Rolle des Faulpelzes perfektioniert, tut sie zwar ihr Bestes, kann jedoch nicht überall zugleich sein. Väterchen Ludopus, der Sternenwart, hält ihr den Rücken frei, was das All betrifft, die transzendenten Übergänge in Form von Wurmlöchern kann hingegen keiner kontrollieren. Dennoch haben auch Kifu die Wahl. Gut und Böse sind nette Begriffe, aber erst die Tat, die der Einzelne vollbringt, macht ihn dazu.«

»Und wie bekämpfen wir sie? Wie können wir sie aufhalten?«, wagte ich mit der Kraft der Verzweifelten zu fragen.

»Gar nicht. Die Dunkelheit kommt aus ihnen selbst. Aus ihren Lügen, ihren Böswilligkeiten. Aus Neid, Hass und Missgunst entsteht etwas, das größer wird – *ein Geschwür.* Und irgendwann sind *sie* das Geschwür.«

Ich schwieg. Wieder kam mir der Gedanke, dass die Sewi dadurch auf Vampire gekommen waren oder auf Zombis, die wohl eher Gefühlslose bezeichneten. »Können sie jemanden leer saugen? Ich meine emotionslos werden lassen, sodass ihm alles egal ist. Selbst, ob er überlebt?« Mir schauderte allein bei der Vorstellung daran.

»Sie können. Die Frage ist nur die des Nutzens. Du kannst ja auch jemanden auf unzählige Arten töten, dafür brauchst du nicht einmal besondere Kräfte. Genau genommen ist es sogar wesentlich einfacher, jemanden zum Beispiel zu erstechen.«

»Und Mariyam wurde sie …« Ich setzte neu an. »Weißt du … oder ihr … inzwischen, *wie* und von *wem* sie ermordet wurde?«

Dieses Mal hielt Fegegitas Schweigen lang an.

Sie weiß es, wurde mir klar, oder hatte zumindest eine Ahnung. Trotzdem würde sie es mir keineswegs sagen. Enttäuschung plusterte meine Backen auf und verhärtete mein Herz. Ungläubigkeit ließ mich nichts tun, während die Sekunden verstrichen. »Habt ihr sie jemals gesucht?«, brach es bitter aus mir heraus. »Oder wurde mir das gesagt, um mich zu beruhigen?«

»Haben wir«, sie sah mich bedrückt an. »Wir hatten die Hoffnung, dass sie irgendwo auf der Erde festgehalten werden, wo wir sie befreien können. Und wir … wir wissen noch immer nicht genau, wie Mariyam gestorben ist und wer es getan hat. Wir haben eine *Vermutung*, keine Sicherheit. Die Frage kann im Moment nur Joze beantworten. Aber … du hast ihn wegfliegen sehen und warst damit die Letzte, die mit ihm gesprochen hat.« Sie seufzte schwer.

Ich würde jetzt nicht lockerlassen. »Welche Vermutung?« Und wenn wir hier bis Mitternacht saßen oder gar bis zum nächsten Monat. Wir hatten ja Zeit, nicht wahr?! *Ich hatte Zeit.* Alle Zeit, die dieser Welt blieb.

»Es ist …«, setzte sie an.

»Kompliziert?«, fragte ich ungläubig. *Wollte sie mich vergackeiern?!* Ich hatte auch eine *Vermutung* und die war ganz einfach.

»Ja, das auch.« Ein zartes Lächeln umspielte ihr rundes Gesicht. »Ich wollte eigentlich sagen: *persönlich*. Es ist nicht an mir, dir diese Geschichte zu erzählen. Und es ist keine, die man mal schnell erzählen sollte, denn niemand weiß genau, wie viel Wahrheit hinter den Worten steckt. Es geht um Gefühle, Erwartungen, Hoffnungen und *eventuell* darum, den Lauf vieler Leben – *alles* sozusagen – zu verändern.«

»Eventuell«, echote ich. »Alles.« *Klasse!* Das klang ja *sooo* wahrscheinlich.

Jetzt lächelte Fegegita gequält. »Tja, da hast du etwas begriffen, das die Protagonisten und Antagonisten dieser Geschichte selbst jetzt noch nicht begriffen haben oder nicht begreifen wollen. Dass ihr ganzes Streben, all die Enttäuschungen, die Opfer, die sie gebracht haben, für dieses mögliche *alles* vielleicht umsonst gewesen sind, wenn die scheinbare Vorsehung eher eine *Erzählung* aus nichts als falsch verstandenen Äußerungen und hochgeschaukelten Lügenmärchen ist. Wir nähern uns dem Punkt der Auflösung und wie du merkst, spitzt sich die Lage zu und die Frage bleibt: Wie wird die Geschichte enden? Wird *alles* eintreten oder werden schlussendlich *alle* vor dem großen Nichts stehen? Und wie werden sie darauf reagieren? Du musst mir verzeihen, wenn ich dich davor bewahren will, auf den fahrenden Zug aufzuspringen.«

Ich schluckte. *Okay* … das klang wirklich, als würde es bald noch turbulenter zugehen. Einerseits würde ich gerade dann gerne wissen, was der ganze heiße Brei an Gerede eigentlich verbarg. Doch wenn selbst Fegegita von Halbwahrheiten sprach, würden diese mich vielleicht tatsächlich auf die falsche Fährte lenken. *Fantastisch! Einfach nur fantastisch*, dachte ich sarkastisch. Es schien, als würde keiner wissen, was er tat, was der andere dachte und um was es für die anderen ging. Ein bisschen wie bei einer Jagd im Nebel, bei der der Jäger schnell zum Gejagten werden konnte, ohne es zu merken.

Ich beschloss deshalb schweren Herzens, es an dieser Stelle gut sein zu lassen. Nur eines brannte mir weiter auf der Seele: »Und Iyesu, weißt du, ob er …?« Ich konnte es nicht aussprechen, wusste selbst nicht, was ich hatte sagen wollen. Tot ist? Am Leben ist? Im Endeffekt kam es wohl auf das Gleiche heraus.

»Ich weiß es leider nicht«, Fegegita sah mich traurig an. »Wenn wir es wüssten, würden wir es dir sagen. Wir sind nicht perfekt in dem, was wir tun, aber wir haben zeitlebens dein Bestes im Sinn!« Sie atmete aus.

Ich hing weiter an ihren Lippen. Forderte sie auf – *nein,* schrie sie im Geist richtiggehend an –, weiterzusprechen. Sie *musste* etwas wissen. Sie war Tesifas Libi. *Ich konnte es spüren!*

»Ich denke, dass es ihm an nichts mangelt, schließlich nutzt er ihnen tot weniger als lebendig, würde ich meinen«, endete sie mit Bedacht.

»Was nutzt er ihnen überhaupt?«, dachte ich laut nach. »Ich meine, selbst wenn wir die Kräfte unseres Vaters geerbt haben sollten. *Sieh mich an!* Im Augenblick bin ich zu nichts Außergewöhnlichem zu gebrauchen! Bei ihm werden sie das ebenfalls feststellen.«

»Deine Kräfte werden zunehmen«, beschied mich Fegegita leise.

Sie klang so *sicher.* Waren Moti und Kuta doch zu meinem Schutz da, damit ich nicht auch noch entführt wurde? Wegen meiner Kräfte? Warum hatten die Entführer mich nicht direkt am Unfallort mitgenommen? Ich verstand es nicht. Irgendwie passte nichts, rein gar nichts zusammen.

»Willst du wissen, wie du schweben üben kannst?«, wechselte Fegegita abrupt das Thema.

Eine unangenehme Ruhe legte sich über uns.

Da war mehr – *noch mehr,* was es zu erfahren galt, das spürte ich jetzt deutlicher. Aber sie war sichtlich am Ende ihrer Hilfsbereitschaft angekommen, was das Thema Iyesu betraf. Gut, dann würde ich mir nicht selbst im Weg stehen und mir zumindest Tipps bezüglich des Schwebens geben lassen. Dass Tesifa damit nicht einverstanden war, da sie ja nicht wollte, dass ich allein übte, ließ ich besser ungesagt und nickte.

»Okay. Wichtig ist der Impuls …«

Oh Mann! Hatten wir das nicht schon besprochen? Und hatte Tesifa nicht gleich angefangen?! Ich stieß die Luft geräuschvoll aus.

Fegegita ließ sich allerdings nicht beirren. »… also, leg dich auf dein Bett, versuche deinen Geist zu leeren und stell dir vor, wie du statt auf der Matratze zu liegen in der gleichen Position zehn Zentimeter darüber schwebst. Eine einfache Übung, die du so lange wiederholst, bis das eintritt, okay? Und glaub mir, du wirst merken, wenn es an der

Zeit ist! Solltest du zusammenzucken und abstürzen, landest du weich und kannst noch mal von vorne anfangen.«

»So einfach?«, fragte ich ungläubig. Wieso hatte ich *das* nicht vorher ausprobiert?! *Weil ich es mir viel komplizierter vorgestellt hatte, zu schweben,* antwortete ich mir selbst. Dank Tesifa!

»Na ja, beim ersten Mal wird es wohl nicht gleich klappen, aber ja, im Großen und Ganzen ist es das. Du stellst es dir bewusst vor und es passiert. Wie mit allen anderen Bewegungen auch. Und irgendwann laufen sie automatisiert ab.«

Kapitel 21

VOR 42 TAGEN

IYESU

Bei Verstand

»DAS SEHNEN SCHRIE IN MIR, WÄHREND DIE ANDEREN GEFÜHLE MICH SCHREIEN LIESSEN.«

Das Sehnen in mir übertönte still all die anderen Empfindungen, die Tag für Tag in mein Bewusstsein drangen, seit ich hierher gebracht worden war. Es schrie in mir, während die anderen Gefühle mich schreien ließen. Das war der Unterschied. Nicht der einzige. Aber der gravierendste. Obwohl es mir nicht körperlich wehtat, zerfraß es meine Seele und machte mich kurzatmig. Mehr nach Luft ringend als alles, was sie mir bisher angetan hatten, mehr als all der körperliche Schmerz.

Das Sehnen nach Iva.

Es brannte in meinem Blut. Mit einer Intensität, die seit geraumer Zeit rasant zugenommen hatte. Es schien mich zu etwas dängen zu wollen, doch wusste ich nicht, zu was. Manchmal wurde es stärker, als wäre es gerufen worden und wolle mit aller Macht die Oberfläche meiner Haut durchbrechen. Aus mir herausspringen. Ich meinte in diesen Momenten etwas zu spüren … eine ferne Resonanz. Dann schwächte es wieder ab. Zurück blieb eine unerklärliche, bedrückende Leere. Enttäuscht wünschte ich mir in diesen Augenblicken das Sehnen zurück. Auch wenn es mich Stück für Stück verbrannte, Stück für Stück meine Persönlichkeit zu einem großen, gleichförmigen Klumpen verschmolz und jedes Mal, wenn es sich mir entzog, ein bisschen mehr emotionale Leere hinterließ.

Trotzdem war es die einzige, in gewisser Weise positive Empfindung und der Anker, der mich an mein Leben jenseits dieser Mauern erinnerte. So hungerte, hoffte und bangte ich stets, dass es zurückkehrte. Dass ich eines Tages zu Iva zurückkehren, sie wiedersehen würde. Sie, die mir in gleichem Maße wie das Sehnen wichtig geworden war. Deren Abbild in meiner Erinnerung inzwischen meinen Fixstern bildete, an den ich mich in der surrealen Hoffnung klammerte, dass er mir den Weg aus der Dunkelheit weisen würde. Mir eine Zukunft schenken würde, fernab des Wahnsinns, in dem ich mich momentan befand.

Ich erinnerte mich an den Unfall, an den Moment, bevor alles so schnell gegangen war. Wusste, dass ich mit Mariyam und Iva im Auto gesessen hatte. Kannte jedes Detail meines Lebens vor diesem Augenblick. Jetzt war ich allein. Von keinem von beiden hatte ich seitdem etwas gehört oder gesehen. Ein Glück für sie. Und in gewisser Weise für mich. Denn ihre Qualen hätten auf meiner Seele womöglich schwerer gelastet als meine eigenen.

Öfter hatte mein geschundener Geist mir vorgegaukelt, dass die Resonanz, die ich wahrgenommen zu haben meinte, Ivas Wesenszüge innehatte. Dann hatte ich mich gescholten. Ich selbst trug einen großen Teil dazu bei, den Gipfel des psychischen Irrsinns, der in meinem Kopf stattfand, zu erklimmen. Ganz ohne das Zutun der Männer, die mich jeden Tag aus meiner Zelle holten, damit ich übte. Vielleicht wurde ich langsam so verrückt wie sie, mit ihren phantastischen Geschichten und skurrilen Experimenten an mir.

»Wir ziehen dir die Zähne einzeln, wenn du dich nicht anstrengst«, hatte gestern ein älterer Typ mit Glatze in mein Ohr gezischt. Oder vorgestern? Möglicherweise war es schon länger her. Ich hatte jegliches Zeitgefühl verloren.

»Wenn der Anreiz, sich anzustrengen, und damit sein Wille stark genug ist, wird er es schaffen«, hatte daraufhin der Dunkelhaarige mit dem berechnenden Blick gesagt, während ich in meinen Qualen gefangen war. »Finde seine Schwachstelle! Brich ihn, erschaffe ihn neu und achte darauf, dass er weiß, wessen Gnade er die *Gunst* zu leben verdankt. Nur dann wird er uns nutzen. Und das muss er, sonst war aller Aufwand *um*sonst!«

Der Dunkelhaarige war der Wortführer – der *Anführer*. Eine Handbewegung und die Schmerzen nahmen zu. Eine andere und ich fühlte, wie die Erlösung in einer Welle der Erleichterung durch meinen Körper brandete.

Er war der Henker.

Der Vollstrecker.

Doch wusste ich nicht, warum er glaubte, *mich* richten zu müssen. Wusste nicht, warum ich eigentlich hier war. Was ich getan hatte, um *hier* sein zu müssen. Wo *hier* überhaupt war.

Ich begriff einzig, dass sie mir jedes Mal, wenn sie mich holten, Dinge abverlangten, die meine Fähigkeiten überstiegen – die eines jeden *Menschen*. Weiter und weiter fügten sie mir auf mein Versagen hin Schmerz zu. Gefangen in dem irrsinnigen Glauben, dass ich dadurch irgendwann Wunder zu bewirken vermochte.

Ich blendete das meiste aus. Übrig blieb das Sehnen. Damit fühlte ich mich sicher. Es war mir inzwischen fast zu einem Freund geworden. Zu einem Freund in Zeiten der ewigen Ungewissheit und des täglichen Rätselratens ob der Dinge, die ich sah, aber nicht glauben oder begreifen konnte. Und aus Gründen, die ich nicht kannte, aber längst akzeptiert hatte, standen wir uns, je mehr Zeit verstrich, immer näher. Ich und das Sehnen.

Ich und Iva, die ich mit dem Sehnen gleichsetzte.

Meine *Tagtraum-Iva*.

So war das Sehnen mein dauerhafter Begleiter. Es war ehrlich, auch wenn ich nicht wusste, ob es echt war. Es fühlte sich trotzdem gewohnt an. Etwas, das vielleicht gar nicht existierte, doch zumindest von *mir* ausging. Und dieses Wissen wog leichter als die Annahme, dass die gefühllosen Männer mit den harten Gesichtern mir etwas vorgaukelten und versuchten, mich mit einer Täuschung aus der Reserve zu locken – denn das wäre schließlich nicht das erste Mal –, sondern dass ich inzwischen so weit war, mich selbst zu belügen.

Leider blieb das Sehnen unsichtbar. Es konnte mir bei meinen Selbstzweifeln und den realen Problemen nicht helfen. Aber es lenkte meinen Geist ab, hielt mich, insofern ich das mit ironischem Unterton sagen konnte, bei Verstand, weil es mir etwas gab, auf das ich mich konzentrieren konnte, wenn sie kamen. Es hatte das bodenlose Grauen übertönt, dass mich in den ersten Tagen unermüdlich wie ein sabberndes, kaltes Monster heimgesucht hatte. Ohne mein Zutun. Ohne dass ich nachts den Wandschrank geöffnet hätte. Vielmehr war ich direkt in ihm gelandet, zwischen all den muffigen, skurrilen alten Dingen, die längst ausgedient hatten. All den Folterinstrumenten und Werkzeugen. Und in ihm wimmelte es nur so von Monstern.

Männer. Monster. Das war bei ihnen gleichbedeutend. Denn eines waren sie nicht: *Menschen.* Da war ich mir sicher. Und das machte mir mehr Angst als alles andere.

Kapitel 22

VOR 40 TAGEN

IVA

Das einsame Lamm

»EINER GAB IMMER MEHR UND WOLLTE DAFÜR AUCH MEHR.«

Birdys *People help the People* lief seit drei Stunden in Dauerschleife. Irgendwann hatte ich den Text verinnerlicht und jetzt waren da all diese … *Gedanken*.

Gott hatte also gewusst, was sich in *seiner* Welt abspielte, ja? Hatte er wirklich hinter all die Traurigkeit und Lügen geblickt – oder doch nur sich selbst betrauert, im Angesicht eines der unendlich vielen orangeroten Sonnenuntergänge über der Sahara?

Mein Vater war wohl mit einem verflucht schwachen Herz voll Liebestrunkenheit ausgestattet gewesen, das ihn unablässig an seine Einsamkeit erinnert hatte. Er war *allein* gewesen. Hätte aber nicht mehr allein sein müssen. Er hätte *uns* gehabt – Iyesu und mich. Statt uns allerdings die Hand zu reichen, hatte er seinem Heimweh nachgegeben und seine Seele zu der von Anisiti ziehen lassen. Damit war keinem geholfen. Es war die eigensüchtige Entscheidung eines *schwachen* Mannes gewesen. Absolut nicht göttlich.

Trotzdem war er ›Gott‹. *Der Gott dieser Welt.* Und ich nur die verlassene Göttertochter, von der er nichts hatte wissen wollen, aber alle Großes erwarteten.

Aufgewühlt strich ich mir die Haare aus der Stirn. Ich war mir sicher, dass Fegegita, die als Einzige zuhören konnte, da sie nebenan das Bad putzte, dachte, bei mir seien alle Sicherungen durchgebrannt. Vielleicht hatte sie recht. Gesagt hatte sie allerdings nichts. Ich fühlte mich im Stich gelassen. Das war keine schöne Empfindung. Es brannte vielmehr unangenehm heiß und unwiderruflich auf meiner Seele.

Joze war noch immer nicht aufgetaucht und Desita hatte sich entschieden, weiter an ihrer Blumenschau zu arbeiten, anstatt stumpfsinnig zu grübeln. Dafür war sie mehr oder minder *auf Zeit*, wie sie sagte, gestern zu Saki gezogen. Sie hatte mich davor gefragt, ob ich allein mit Fegegita klarkommen würde. Allerdings war ich mir bewusst gewesen, dass meine Ziehmutter eher hatte feststellen wollen, ob sie mich verletzte. Nachdem sie aber drei Mal innerhalb von fünf Minuten betont hatte, dass ich sie wie auch Saki jederzeit anrufen oder besuchen könne, war mir die Angelegenheit nur noch mittelmäßig dramatisch vorgekommen und sie hatte von mir ein »Okay!« erhalten.

Ich war, von Moti und Kuta begleitet, am Freitag wieder in die Schule gegangen. Hatte Liane und Jason getroffen, von denen ich beiseitegenommen worden war, um mehr über Mariyams Tod zu erzählen. Betrübt hatte ich sie mit einem »Wir haben von den Entführern einzig diese Information bekommen, mehr nicht«, abspeisen müssen. »Die Polizei hat keine Spur und keine Ahnung. Also bitte, haltet dicht«, hatte ich sie beschworen und dafür ein verschwörerisches Kopfnicken geerntet. »Schließlich haben sie Iyesu!«

Mit ihrer Unterstützung im Rücken hatte ich mir Julias wenig einfühlsamen Kommentar zu meiner Abwesenheit anhören dürfen und war schlussendlich irgendwie in mir versunken. Der Unterricht war einmal mehr an mir vorbeigezogen. Erst ein lautes Schnipsen von Liane hatte mir bewusst gemacht, dass wir große Pause gehabt hatten. Mein glorreiches Bedürfnis, die Welt zu retten, war, um es so auszudrücken, verpufft. Auch hatten alle Anstrengungen und das intensivste Vorstellen meiner selbst als akrobatische Flugkünstlerin keinen Erfolg gezeigt. Ich war entweder völlig talentfrei oder völlig *sewisch* (falls es das Wort gab?!).

Das *Alles* trug nicht dazu bei, dass ich mich besser fühlte. Trotzdem gab ich nicht auf. ›Wo ein Wille, da ein Weg‹, hatte Joze früher immer gesagt. Ich würde zumindest Wille beweisen.

Ich vermisste Iyesu heute wie verrückt und jedes Mal, wenn *Birdy* von Heimweh und Hand halten sang, wurde es ein bisschen mehr. Nach drei Stunden, in denen ich mich freiwillig dieser tröstlichen wie traurigen Folter unterzogen hatte, liefen mir die Tränen in dünnen, aber dauerhaften Rinnsalen herab, ohne dass ich sie aufhalten wollte oder konnte. Wenigstens waren meine Haare durch den nachlässig gebundenen Dutt, den ich am Morgen fabriziert hatte, außer Reichweite. Und da Sonntag war, konnte ich mich gehen lassen. Mein Mund hatte sich schmerzlich verzogen, meine Stirn war gerunzelt und ich konnte nur daliegen und an ihn denken.

Weich schmiegte sich mein rosa Kapuzenpulli gegen meine Wange, meine graue Jogginghose hatte sich an meinem einen Bein verheddert, die rechte Socke war irgendwie auf die untere Hälfte meines Fußspannes gerutscht.

Wenn er mich jetzt nicht hörte, würde er mich nie hören. Wenn er jetzt nicht spürte, dass ich ein Lebenszeichen von ihm brauchte, spürte ich vermutlich nie wieder etwas von ihm, war das einzig Zusammenhängende, was in meinem Kopf vor sich ging. Und ich wollte doch so sehr, dass Iyesu mich hörte.

Ich atmete tief durch, fokussierte meinen Geist auf die Erinnerung an sein Gesicht und verharrte. Sofern Gedanken nichts mehr halfen, vielleicht würde wenigstens die Musik zu ihm durchdringen.

Ich atmete ein. Ich atmete aus und ganz plötzlich war es da: Ich spürte die warme, mir bereits vertraute Präsenz und begann, unter Tränen wie eine Verrückte zu lächeln, bis ich bemerkte, wie sie an mir zu ziehen begann. Ängstlich wollte ich zurückweichen, meinen Geist wieder verschließen, doch die mentale Hand, die mich gepackt hatte, ließ mich nicht gehen.

Starr lag ich da. Die Tränen waren schlagartig versiegt. Mein Gesicht eine Maske der Konzentration und des Kampfes. Angestrengt kniff ich die Augen zusammen, schloss die Lider.

Lass mich los!, sandte ich aus. *Ohne Erfolg.*

Nach einem weiteren, äußerst unangenehmen Ruck des imaginären Seilziehens war ich frei. *Ha!* Ich riss die Lider auf. Und ich sah. Jedoch nicht durch *meine* Augen?!

Ich, nein, *nicht ich* … in wessen Körper ich auch immer steckte, hob eine Hand, ohne dass mein Geist es angewiesen hätte. Denn ich war nur der stille Zuschauer.

Allerdings … kannte ich die Hand.

Oh! Mein! Gott!

Ich kannte das braune *Armband!* Das Armband, von dem ich eines hätte haben sollen, das mir beim Unfall aber abhandengekommen war.

Ich konnte es kaum glauben. *Das war irre.* Irre abgefahren. Und realistisch betrachtet … *absolut unmöglich.* Ich konnte nicht in Iyesus Körper stecken! War ich eingeschlafen und träumte wirres Zeug? So musste es sein! Hatte nicht Tesifa gesagt, dass die Sisu im Gegensatz zu den Zymaha an ihren Körper gebunden waren? Wenn unsere Mutter tatsächlich eine Zymaha war, hätte die Fähigkeit auf uns übergehen können? Oder nur auf einen von uns? War das dann ich? Aber brauchten nicht auch die Zymaha eine *bestimmt elendig lange* Ausbildung, um das zu können?

Mamma mia! Jeden Tag eine neue Feuerprobe! Das war mein Leben und die heutige Prüfung, die ich überstehen musste.

Ich wurde neugierig und betrachtete alles, was ich sehen konnte. Da war grauer Betonboden, so weit das Auge reichte, und weiße Wände ohne jegliche Zierde – wie enttäuschend.

Als hätte Iyesu meine Gedanken mitverfolgt, hob er den Daumen seiner Hand.

Hm, was sagte mir der Daumen? Was wollte er als ›richtig‹ anzeigen? Dass ich besagte Fähigkeit hatte? Dachte er, was ich dachte?

Dieses Mal wartete ich nach dem Gedankengang, ob sich etwas tun würde. Tatsächlich klappte der Daumen ein und wieder aus. *Aha!*

Entweder ich spielte schlafend Spielchen mit meinem eigenen Unterbewusstsein oder das passierte wirklich – auf welche völlig vertrackte, abgespacete Weise auch immer. Es fühlte sich real an und ich hatte inzwischen genug seltsame Dinge gesehen, um die Chance, die sich bot, nicht auszuschlagen, einzig weil ich nicht begriff, wie etwas sein konnte.

Herrgott! Desita war in meiner Gegenwart durchs Zimmer geschwebt – was war dagegen ein kleiner Körperwechsel der eigenen Seele? Na gut, durchgeknallt klang es allemal. Extrem durchgeknallt. *Zu verlieren hatte ich dennoch nichts*, sagte ich mir.

Also an die Ja-Nein-Fragen, fertig, los! Ich wollte keine Zeit verlieren.

»Hast du sie auch?«, fragte ich in Gedanken. »Neuartige Talente?«

Daumen hoch. *Yes!* Ich jubilierte innerlich. Wir hatten eine Verständigung. Selbst wenn ich mir uns lieber Kaffee trinkend in einer netten Bäckerei vorgestellt hätte – man musste nehmen, was man bekam. »Wirst du gefangen gehalten?«

Erneut ein physisches Ja.

»Versorgen sie dich gut?«

Der Daumen wackelte auf mittlerer Höhe, allerdings sah die Hand sauber aus und die Farbe des ordentlich wirkenden Ärmels war mir neu. Dunkelgrün. Der gehörte nicht zu dem Oberteil, das Iyesu am Unfalltag getragen hatte. Die Hand erkannte ich inzwischen aber zweifelsohne – nicht nur wegen des Modeschmucks!

»Wo ist *hier?*«, dachte ich als Nächstes, bis mir klar wurde, dass das keine Ja-Nein-Frage war. Also startete ich einen neuen Versuch: »Weißt du, wo du bist?«

Der Daumen senkte sich nach unten. *Mist!* Das wäre zu schön gewesen. Na ja … gut.

»War Mariyam bei dir?«, wollte ich wissen.

Der Daumen blieb dieses Mal, wo er war. Irgendwie erleichterte mich das. Wobei ich rätselte, warum die beiden getrennt worden waren. Waren es nicht die gleichen Entführer gewesen?

»Weißt du, *warum* du entführt wurdest?«

Iyesus Daumen wanderte wieder auf mittlere Höhe. *Hm!* Wir waren wohl beide relativ ahnungslos.

»Aber du weißt, was du bist?« Ich musste darauf eine Antwort haben.

Der Daumen schnellte dieses Mal hoch.

»Und was du kannst?« Die Frage münzte ich darauf, die vorige Antwort einzuordnen.

Er blieb oben.

*Sehr sch*ön! Dann sprachen wir nicht vom *Sewi*-sein, denn was sollte man da schon Spezielles können? Jaja – klar: Einradfahren, an der Tafel in Lichtgeschwindigkeit kopfrechnen und extra weit Kirschkerne spucken. Aber darum ging es hier nicht. Das wurde langsam wirklich spannend. Um vollkommene Klarheit zu haben, sprach ich es direkt an: »Versuchen sie *es* dir beizubringen?«

Der Daumen verharrte in seiner Position. Ich fragte mich unwillkürlich, ob das nicht langsam anstrengend wurde, nun, er war der Mann ... Junge, *whatever*.

»Kannst du fliegen?«, dachte ich intensiver, da mir aufgefallen war, dass ›es‹ ja allerlei bedeuten konnte.

Nun tat die Hand etwas Unerwartetes. Sie öffnete sich und klappte in einer unverständlichen Geste nach hinten weg. Wollte er sagen: ›Hä? Fliegen?‹

Er hatte also nicht alles erklärt bekommen oder sie brachten es ihm nicht bei. Oder er konnte es nicht. *Nun ja* ... genau betrachtet: ich auch nicht. Trotzdem schien mir das ein Indikator dafür zu sein, dass sie nur gezielte Sachen mit ihm übten ... aber *welche?*

»Musst du die Sehnsüchte von Dingen erkennen lernen?«

Iyesus Daumen war wieder oben. Vielleicht wollten sie, dass er diese manipulierte. Allerdings konnten sie das doch selbst, oder? Dafür brauchten sie ihn ja wohl kaum. Die Kifu mussten sogar wahre Meister darin sein, wenn es stimmte, was Fegegita erzählt hatte. Wo wir dabei waren ...

»Weißt du, wer *die* sind?«

Sein Daumen wackelte in der Mitte herum.

»Hast du ihre Gesichter gesehen?«

Nun schnellte sein Daumen erneut nach oben.

Ob ich ihm ein Bild aus meiner Erinnerung zeigen konnte – von Mr Hill, ohne Sonnenbrille? Ich versuchte es. Und siehe da, nach längerem Daran-Denken und dem zunehmenden Eindruck, dass ich dessen Gesichtszüge bald im Schlaf erkennen würde, bewegte Iyesu seine Hand vor und zurück, als wolle er mir ganz viele Daumen zeigen. Gleichzeitig schien sein Geist meinen zu umarmen. Ich weiß nicht, wie ich es anders erklären sollte. Es war ein derart schönes und gleichzeitig intimes Gefühl, dass ich, völlig davon vereinnahmt, gar nicht merkte, wie ich in meinen Körper gelangte, bis Iyesus Geist sich zurückzog und ich erneut die Augen aufschlug. Dieses Mal die richtigen.

Erschrocken schnappte ich nach Luft. Einen Agenblick starrte ich wie paralysiert in den Raum, dann traf mich die Erkenntnis des gerade Erlebten wie ein Blitzschlag. *Iyesu lebte!!!* Er lebte und ich hatte mit ihm gesprochen! *Wie wundervoll. Wie fantastisch.*

Wie supercalifragilistischexpialigetisch!

Alles, jede Synapse in meinem Gehirn, jeder Nerv in meinem Körper, jede Zelle, die mich ausmachte, schien zu jubeln. Zumindest fühlte es sich so an. Es war wie eine Explosion der wildesten Gefühle, die ihren Ursprung irgendwo unter meiner Haut hatte. Sämtliche Glieder kribbelten und ziepten. Die Begeisterung und Freude, die mich ergriffen hatte, war übermächtig.

Dann herrschte genauso plötzlich in meinem Kopf wieder Klarheit und ich geriet in Panik. Wieso war ich zurück in meinem Körper? War einer seiner Wächter gekommen? War es für ihn zu anstrengend geworden? Für mich war es, abgesehen vom anfänglichen Schock, absolut entspannt gewesen. Oder gab es einen anderen Grund? Und vor allem: Wie hatte er das gemacht?!

Ich hatte eine Unzahl von Fragen, aber die Gelegenheit, sie zu stellen, war verstrichen. *Immerhin hast du das Beste herausgeholt*, tröstete ich mich. Ich glaubte keine Sekunde, geschlafen zu haben. So etwas konnte sich nicht einmal meine überbordende Fantasie ausdenken. Allerdings beschäftigte mich nun, wie ich Iyesu dort herausholen konnte, wo auch immer *dort* war.

Besonders viele Anhaltspunkte hatte ich nicht. Außer Mr Hill! Wieder einmal! Ich musste endlich wissen, was zwischen ihm, Mariyam und Joze vorgefallen war! Wer nun *wer* oder eher … *was* war? Und wenn der Erde der Dritte Weltkrieg samt atomarer Verseuchung bevorstand – *das war mir egal!* Also war es nicht ganz, ihr versteht schon. Aber für mich zählte nur Iyesu. Ich wollte die Wahrheit wissen. Und wenn sie mich überfuhr, tja, dann tat sie das eben! Besser, als wenn sie an mir, der scheinbar einzigen Randfigur dieses Spektakels, vorbeifuhr, war das allemal.

Deshalb rief ich nach kurzem mentalen Disput mit mir selbst Jason an. Ich bat ihn, alles stehen und liegen zu lassen, um einen weiteren Versuch zu starten mehr über dieses erste Foto herauszufinden, das er mir gezeigt hatte – das Foto von Mariyam Garcia und Mr Hill –, weil ich, so sagte ich ihm, vielleicht eine Verbindung gefunden hatte. Auch wenn diese noch nicht spruchreif war.

Er versprach, sein Bestes zu geben und sich direkt zu melden, sollte er etwas Neues finden. Dankbar säuselte ich ihm Nettigkeiten ins Ohr, bevor ich zufrieden auflegte. Es ging voran! Das war doch gut.

Mein *Nilpferdhintern*-breites Grinsen wollte gar nicht mehr weichen. Durchatmend ließ ich mich auf der Kante meines Schreibtisches nieder und stellte die Musik am Laptop aus.

Birdys Song konnte ich jetzt bei jeder kommenden Karaoke komplett auswendig performen. Wenn sich da die inzwischen fast vier Stunden nicht richtiggehend gelohnt hatten … *Jaaaa.* Zumindest hatte er mir das Gespräch – konnte man das so nennen? – mit Iyesu ermöglicht. Über das ich – wollte ich einigermaßen bei mir bleiben und nicht völlig mental abheben – nicht weiter nachdenken sollte. Und am besten, ganz in diesem Sinn, mit niemandem darüber sprechen, besonders nicht mit Liane oder Jason. Beide würden sonst denken, ich hatte begonnen, Fegegitas scharfen Bakterientöter zu inhalieren.

Das laute Klingeln meines Handys ließ mich zusammenfahren. Meine Güte, wenn das Jason war, würde ich ihm die *goldene Lupe* verleihen!

Zu meinem Bedauern – auch wenn das fies klang – war es eine aufgelöste Liane, die mich fragte, ob sie zu mir kommen könne. Erschrocken bejahte ich und versuchte herauszufinden, wo der seelische Schuh bei ihr drückte, doch sie ließ sich nicht erweichen.

»Das kann ich *hier* nicht sagen«, flüsterte sie, als wäre die NSA höchstpersönlich hinter ihr her. Ich machte mir augenblicklich Sorgen.

»Okay. Ich bin zu Hause und warte auf dich«, flüsterte ich zurück und kam mir dabei reichlich bekloppt vor. Andererseits ging es ja nicht um mich, sondern darum, dass sie sich besser fühlte.

Nachdem wir aufgelegt hatten, wanderte ich halbwegs ausgeglichen zu Fegegita in die Küche und erzählte ihr von dem gleich eintreffenden Besuch. Sie, heute in einem mit Sonnenblumen bedruckten roten Kleid und gerade beim Nudeln machen, schien mir richtig erleichtert zu sein. Liane sei *so ein liebes Mädchen!*

Äh ja … ich konnte ihr die Angst, dass ich wieder desozialisierte, richtig ansehen. Wahrscheinlich war es aber auch eine Wohltat, nicht mehr passiv von mir beschallt zu werden. Von ein und demselben Song in Dauerschleife. Aber klar, Liane *war* ein liebes Mädchen. Deshalb wurde ich richtig sauer, als ich daran dachte, dass ihr jemand wehgetan oder sie verängstigt haben musste. Hoffentlich nicht dieser Marc.

Sonst müsste ich mal ein Hühnchen mit dem Burschen rupfen. *Sein Hühnchen!*

Ein *Hühnchenfreies* Sandwich später klingelte es und ich eilte den Flur entlang durch die Vorhalle, um Liane die Haustür zu öffnen.

»Meine Mom hat mich gefahren. Ich hab ihr gesagt, dass wir zusammen lernen«, nuschelte sie und warf sich in meine Arme. Verdutzt hielt ich sie fest und versuchte herauszufinden, was mir diese Information sagen sollte. Vermutlich nichts.

Energisch schob ich sie von mir und betrachtete sie, auf Armlänge gehalten. Geheult hatte sie nicht, um die Nase zeichnete sich jedoch eine unnatürliche Blässe ab und die Ringe unter ihren Augen sprachen ebenfalls eine klare Sprache. Die Katastrophe schien sich trotzdem auf ein mittleres Ausmaß zu beschränken, so viel wusste ich von früher. Außerdem war sie hergerichtet und trug ein weißes Kleid mit großen pinken Punkten.

»Was ist denn los?«, wagte ich schließlich zu fragen.

»Es geht um Jungs … und meine Mom, die hält da nicht so viel von. Du weißt doch, dass sie alles, wirklich *alles*, das mich langfristig von der Schule ablenken könnte, missbilligt.«

»Oh!« Ich begriff. »Was hat *mir* denn dann die Ehre verschafft? Julia kennt sich doch in Jungsangelegenheiten viel besser aus, oder?«, konnte ich es mir – eigensüchtig wie ich war – nicht verkneifen zu fragen.

Das brachte Liane wieder zu sich. Im *Nullkommanichts* war sie ganz die Alte. »Ach spiel jetzt nicht die Julia-Karte aus! Mensch, Iva, begreif es! Du bist immer meine beste Freundin gewesen, daran hat Julia nichts geändert. Außerdem ist die bei so was richtig schadenfreudig.«

»Hm«, machte ich wenig überzeugt. Bei was denn? Wobei ich mir das tatsächlich vorstellen konnte. Genau so hätte ich sie eingeschätzt. Schadenfreudig. Böswillig. Hinterlistig. Aber heute ging es um Liane! Nicht um das nachhaltige Hegen meiner Feindschaften. Allerdings hatte die Julia-Karte gerade gute Dienste geleistet, das konnte ja wohl niemand bestreiten.

Gemeinsam liefen wir, nachdem sie sich ihre hellblauen Sandalen von den Füßen getreten hatte, in mein Zimmer.

»Also?«, fragte ich, während wir rücklings auf meinem Bett lagen und den Kopf mit Blick zur Wand seitlich herunterbaumeln ließen.

In dieser Position waren wir als Kinder stundenlang in die wildesten Diskussionen verstrickt gewesen. Ein roter Kopf war nicht ausgeblieben. Lange, lange war das her.

»Ich bin doch kein Passwort, bei dem er drei Versuche hat!«, rief Liane wie aus dem Nichts und erschreckte mich richtiggehend. »Meine Erinnerung an den ersten Versuch lässt sich nicht löschen!«

»*Hä?* Wer-Wo-Was?« Ich kam nicht mit. Ging es um Marc? Hatte er sie ein weiteres, also drittes (?) Mal angesprochen? Ich nahm es an. Musste, wenn es um *Jungs* ging, ja so sein, oder?

»Na ja, Marc …«, bestätigte Liane. »Ich glaube echt, der lauert mir auf!«

»Und das ist … schlecht?«, fragte ich vorsichtig. Wollte sie nicht seine Aufmerksamkeit? Also im positiven Sinn.

»Keine Ahnung. Hättest du gern einen Stalker?«

Uhhh! Das klang negativ. »Eher nicht«, entgegnete ich. »Aber …«

»Siehst du!«, triumphierte Liane, ohne mich meinen Einwand vorbringen zu lassen.

»Du magst ihn noch, oder?«, versuchte ich es erneut.

»Ja, schon.«

»Vielleicht er dich ebenfalls?« schlug ich vor. »Ich meine …«, ich wälzte mich auf den Bauch und sah sie von der Seite an. »… warum sollte er dich sonst stalken?«

»Meinst du?«

Ja, meine Herren! Klar meinte ich, was ich sagte. Musste ich sie zu ihrem Glück tragen, oder was? Wenn alle meine Probleme so einfach wären … nun gut. Vielleicht wäre ich in der Situation auch nicht objektiv. Was wusste ich denn von Jungs und Jungsproblemen.

»Ja, meine ich«, sagte ich laut. »Was hat er dieses Mal gesagt oder getan?«

»Dass er, …«, Liane wurde rot. »… ins Kino gehen will.«

»Und da hast du dich auf den Schlips getreten gefühlt?« Das konnte jetzt aber nicht wahr sein?

»Naaa, ich dachte irgendwie, er wäre mit einer anderen zusammen.«

Was?! »Und?«

»Wie *und?* Dann will ich nicht mit ihm ausgehen! So eine bin ich nicht!«, ereiferte sich Liane direkt.

Ich kicherte. »So hab ich das auch nicht gemeint. Ich meinte ›Und, ist er das‹ oder: ›Und, was hat er dazu gesagt?‹«

»Zu was?«, verständnislos sah sie mich an.

Uff! Was für ein Gespräch. »Na, zu deiner Frage, ob er nicht eigentlich eine Freundin hat, mit der er ins Kino gehen kann?«

»Das … hab ich nicht gefragt«, gab Liane kleinlaut zu. Ihre Stimme war immer leiser geworden, die Tonlage höher gerutscht.

Jetzt kamen wir wohl dem Zentrum der ganzen Aufregung näher. Hatten die beiden eigentlich nur aneinander vorbeigeredet? Oder hatte Liane einfach keine der *wirklich* wichtigen Fragen gestellt? »Hm«, machte ich. »Hast du ihm zu- oder abgesagt?«

»Nichts von beidem!«, rief sie und erntete damit einen absolut verständnislosen Blick meinerseits. »Ich hab gesagt, dass ich es mir überlege.«

»Okay.« Ich nickte. »Lass mich zusammenfassen: Du magst ihn. Er mag dich. Er will mit dir ins Kino. Du weißt nicht, ob er *noch* eine Freundin hat – was im Übrigen ganz schlechter Stil wäre. Deshalb hast du ihn vertröstet. Außerdem …« Ich hob den Zeigefinger. »… solltet ihr darüber reden, was er letztes Mal, als ihr zusammen wart, für eine Nummer mit dir abgezogen hat. So weit korrekt?«, fragte ich und ließ den Finger sinken.

Liane nickte mutlos.

Ich runzelte die Stirn. *In der Tat eine verfahrene Situation.* »Könnte ich nicht ganz zufällig in der Schule im Gang gegen seine Ex oder *auch-nicht*-Ex laufen und sie genau danach … fragen?«, schlug ich vor. Es schien mir irgendwie das Einfachste zu sein. Außerdem hatte ich keine Ahnung, was man sonst in so einer Situation machte.

»Das würdest du tun?« Liane hatte die Augen aufgerissen. Gleich würden sie mir entgegenkullern.

Natürlich würde ich das tun! Und ihm den verdammten stolzierenden *Hahnen*-Hintern versohlen, wenn er tatsächlich eine Freundin hatte …

»Schon. Ich weiß nur nicht, wer sie ist und wie authentisch das aussehen wird, wenn ich sie aus heiterem Himmel wegen ihres Beziehungsstatus anquatsche«, gab ich zu bedenken. Doch Liane wischte den Einwand mit der Hand beiseite und war vollauf zufrieden. Mehr konnte ich sowieso nicht bieten, ihr Gespräch mit ihm musste sie selbst führen.

Strahlend stürmte sie nicht einmal fünf Minuten später aus der Tür, um sich ein Taxi Richtung Innenstadt zu nehmen und schon mal ein Date-Outfit zu shoppen. *Crazy.* Da die meisten Läden gefühlt 24/7 offen hatten, aber eine Kleinigkeit. Einkaufen schien ihre Therapie für alles zu sein, die ich dennoch dankend abgelehnt hatte. Vergnügt sah ich ihrem wirbelnden blonden Haar hinterher. Flanieren war gut und schön – vor allem, wenn man sonst nichts zu tun hatte – was bei mir aber eindeutig nicht der Fall war.

Mit dem Handy in der Hand setzte ich mich wieder aufs Bett und musste unwillkürlich bei Lianes spontanem Taxi-Post, keine zehn Minuten später, lächeln:

Blond is beautiful!

Den Slogan hatte sie zu einem Foto von sich geschrieben und ihr Haar darauf toll in Szene gesetzt. So gefiel sie mir viel besser – voller Selbstvertrauen! Marc war ein Blindfisch, der sich von einem dummen *Huhn* die Augen hatte auspicken lassen, wenn er nicht erkannte, wie *herzig* Liane war!

Als mein Klingelton ertönte und ich dieses Mal tatsächlich Jasons Nummer auf dem Bildschirm sah, wurde mir unvermutet warm. Das ging hier ja zu wie im Taubenschlag! Blitzartig drückte ich auf den grünen Hörer und keuchte ein aufgeregtes »Ja?«

»Hi. Hier Jason.«

… was er nicht sagte! »Und, was hast du herausgefunden?«, drängte ich ihn direkt, mehr preiszugeben.

»Nun, ich hab die Daten des Fotos noch mal überprüft und auch wer es hochgeladen hat. Schlussendlich bin ich nach einiger Herumtelefoniererei auf einen älteren Mann gestoßen, der es zwar nicht mehr besitzt, allerdings meinte, er hätte es auf Ebay einem Nachlassverwalter zusammen mit einem Rahmen abgekauft, den er eigentlich hätte haben wollen. Die Firma gibt's leider schon länger nicht mehr, das hab ich gecheckt, also keine Ahnung, wem das Bild ursprünglich gehörte oder wie es an den Nachlassverwalter kam. Vielleicht hat es jemand in den Müll geworfen oder zum Sperrmüll gestellt, und statt in der Müllpresse ist es im Hinterhof eines Trödlers gelandet. *Aber* … und jetzt halt dich fest! Der ältere Mann ist der Meinung, sich hieb- und stichfest zu erinnern, was mit Bleistift auf der Rückseite des Bildes notiert gewesen war, denn er hat es aus dem Rahmen genommen. Und zwar: *Chelemna und Melowa Hill.* Ich hatte angenommen, dass sich das Hill in der Benennung des Bildes nur auf …« Er redete weiter, ich hörte nicht mehr zu.

Chelemna?! Ich kannte den Namen. Desita hatte so den Anführer oder König – wie war das noch gleich? – der Kifu genannt! Den, von dem sie gemeint hatte, dass es ihn freute, dass die Sewi ihn als Teufel darstellten. Oder hatte Joze das gesagt? *Egal.*

Jedenfalls … als *Teufel!* Da hätte ich früher draufkommen können, auch wenn ich Mr Hill mehr im Spaß wegen der beknackten *Prada*-Sonnenbrille so genannt hatte. Der Typ *lebte* wohl seinen selbst gewählten oder sogar selbst kreierten Titel. Schwarzen Humor schien er jedenfalls zu besitzen. *War uns das etwa angeboren?*

Und war Chelemna Hill demnach derjenige, der Iyesu gefangen hielt? Denn Iyesu hatte ihn eindeutig erkannt! Also doch ein Kifu! Nämlich deren verrückter König! Nur … was wollte er mit meinem *Libi? Und … du heilige Scheiße … Mariyam hieß gar nicht Mariyam?* Oder wie? War sie mit Chelemna verwandt oder wahrscheinlicher, entsprechend der Puzzleteile, mit ihm verheiratet gewesen? Konnte das sein? Dann wäre sie ebenfalls eine Kifu, oder? *Das machte keinen Sinn!* Wieso hätte sie unter den Sisu leben sollen, auf der Erde? Und wieso hatte sie ihren Namen geändert? Weshalb ging Joze ihr Tod so nahe? Hatte sie sich wegen *ihm* scheiden lassen?! Konnte man das denn bei den Kifu? Sich scheiden lassen? Oder gab es das Konzept nur auf der Erde? Und vor allem: Weshalb war sie tot?

Ich wurde eindeutig Weltmeisterin im Fragen stellen, die unbeantwortet blieben – wenn ich das nicht längst schon war. Wie jedes Mal, da mich ein kleiner Fitzel neuer Information zu Fall brachte, wusste ich nicht recht, wie ich reagieren sollte.

»Bist du noch da?«, hörte ich Jason fragen.

»Oh, ähm … ich. Ja, sorry.« Hatte er länger geschwiegen? Mit mir war es manchmal nicht leicht.

»Hast du mir zugehört?«

»Ja, also – bis zu den Namen …«, gab ich schuldbewusst zu.

»Dann hast du das Wichtigste auf dem Schirm.« Er schien zufrieden zu sein. Gut, unter dem Strich war ich das auch – sollte ich nicht gleich hyperventilieren, weil alles immer vertrackter wurde.

»Ach so … ich dachte, ich hab jetzt zwei Sachen bei dir gut, oder? Könnte ich die nächstes Wochenende einlösen?« Er klang unsicher. Fragend. Als erwartete er Zuspruch von mir. *Der sonst so selbstsichere Jason.*

»Ja, klar«, sagte ich. »Was möchtest du?« Seine Wünsche zu erfüllen konnte nicht schwierig sein. Und er hatte es sich redlich verdient! Ohne ihn hätte ich nie herausgefunden, was ich seit eben wusste.

»Muss ich das sagen?«, druckste er herum. *Da* wurde ich hellhörig. Was wollte er, das er mir nicht im Voraus verraten konnte?

»Musst du!«, erwiderte ich unerbittlich. Hauptsächlich aus Neugier. Wenn er es spannend machte, war er selber schuld!

»Na ja … vielleicht Picknicken gehen?«, rückte er schließlich mit der Sprache heraus.

»Picknicken?! Wo?« Oder eher *wieso?* Aber das verkniff ich mir.

»Im Central Park?«

Der Stadtpark war, wenn das Gras nicht gerade von Touristenhorden, die nicht auf den Wegen blieben, niedergetrampelt wurde, wirklich schön. Allerdings hätte ich angenommen, dass ein Junge mit einem Mädchen lieber etwas anderes tat, als zu picknicken. Ich hatte mit Bungee Jumping, Bridge Climbing oder Paintball gerechnet. Vielleicht einem Exit Game. *Gut*, vielleicht auch damit, ihn zu *McD* auf alle Burger, die in seinen Magen passten, einzuladen … aber picknicken?

»Ookaay«, fiel dementsprechend meine verwunderte Reaktion aus.

»Nicht gut?«, wollte er sofort wissen und klang geknickt.

»Öh … *doch* nette Idee! Ich hatte nur nicht damit gerechnet«, versuchte ich die Situation zu entschärfen. »Ich nehme an, ich bringe den gut gefüllten Picknickkorb mit?«

»Das wollte *ich* eigentlich.«

Jap, Jason wurde mir definitiv immer suspekter! »Und was genau mache ich?« Denn hatte nicht *er* bei *mir* etwas gut?

»Na, mit mir picknicken, dachte ich.«

Drehte sich unser Gespräch minimal im Kreis? Ich wusste nicht, wo mir der Kopf stand. Ein Picknick würde mich andererseits nicht umbringen. Zumindest theoretisch … wenn Jason die Speisen nicht vergiftete, verstand sich – wovon ich ausging.

»Also, was ist dein zweiter Wunsch?«, hakte ich nach.

Wieder schwieg er. Dieses Mal ausgedehnt.

Nervös rutschte ich hin und her. Zum Glück sah er das nicht. Was konnte schlimmer sein als picknicken? Ich meine, nicht dass das schlimm war – ich fand es eben … *ungewöhnlich*. Oder machte man das so? In Filmen kam es definitiv öfter vor – also in richtig schnulzigen Liebesfilmen, meine ich. Wenn Joze mich, Desita und Saki früher dabei erwischt hatte, so einen anzuschauen, hatte er zu sagen gepflegt, dass man da das ›Schmalztöpfchen‹ drunterstellen könne. Das hatte mich zum Lachen gebracht, denn mal ehrlich, all diese Tauben, Kutschen, Picknicke und Helikopterflüge waren doch nicht die Realität? Außerdem war die Handlung geskriptet. Irgendein Hollywood-Schreiberling bestimmte, was die Durchschnittsfrau gerne sah – und *Pling!*, wurde das Fakt. Unverkennbar war ich keine Romantikerin – glaubte ich wenigstens. Aber ich hatte solche Sachen eben selbst noch nie erlebt. Anscheinend würde sich das nun ändern.

Ich seufzte und endlich bequemte sich Jason zu antworten. »Ein Kuss.« Mehr sagte er nicht und mehr war auch nicht nötig. In banger Vorahnung war ich bereits mit dem Handy in der Hand zur Salzsäule erstarrt.

»Du sagst ja gar nichts«, bemerkte er leise.

Was dachte er sich? Mir so was am Telefon zu sagen?! Da hatte er mir gelinde gesagt die Sprache verschlagen. Ja, ich hatte gefragt. Aber doch nicht *danach*. Außerdem wusste ich nicht, ob ich das wollte. Ihn küssen, meine ich. Ich fand ihn attraktiv. Da war *etwas* zwischen uns. Eine gewisse Anziehungskraft. Und es wäre nicht mein erster Kuss, den hatte ich bereits Chris geschenkt. *Damals*. Als nicht abzusehen gewesen war, dass er sich als völlig unwürdig erweisen würde. Dennoch … ich hatte gerade erst Iyesu wiedergefunden. Und *ach* …

»Ich weiß nicht recht«, antwortete ich deshalb wenig kreativ, jedoch ehrlich, was ich dachte, und ließ ihn meine Unsicherheit spüren wie er mich seine. »Könnten wir einfach Picknicken gehen, wenn du das wirklich willst, und dann äh … sehen, wie es läuft?«

»Hm«, machte Jason. »Weißt du was, ich überleg es mir noch mal«, beschied er mich plötzlich und hatte im nächsten Atemzug aufgelegt.

Verdammt und zugenäht! War das eine männliche Unart? Einfach aufzulegen? *So* hatte das nicht laufen sollen. Obwohl ich gewusst hatte, dass Jason mich mochte, richtig mochte, oder es zumindest spätestens nach Lianes Anspielungen geahnt hatte, hatte ich es ausgeblendet. Zumindest fast. Bis jetzt. Ich runzelte die Stirn.

So was wie beste Freunde gab es zwischen Männer und Frauen offensichtlich nicht. Das war eine dieser Binsenweisheiten, bei denen man freundlich nickte und innerlich gähnte, die einen aber irgendwann einholten. Einer gab immer mehr und wollte dafür auch mehr. Mehr Liebe, Zuneigung, einfach mehr als Freundschaft.

Nur wusste ich nicht, trotz all der Schwärmerei für Jason und all der Gedanken über ihn, ob ich bereit für *mehr* war. Eigentlich, das hatte mir der heutige Tag gezeigt, gehörte mein Herz Iyesu. Hatte ihm schon immer gehört. Und auf einmal war da wieder eine reelle Chance, eine aufglimmende Hoffnung, ihn wiederzusehen! Iyesu war mein Libi, mein Sisu-Herz. Daran bestand für mich kein Zweifel. Ihn wollte ich auf keinen Fall verlieren! Für ihn war ich vielmehr bereit, *alles* auf mich zu nehmen. *Alles,* was nötig sein sollte! Ich war bereit, alles zu verlieren, nur um ihn zurück zu gewinnen.

Teil 4

Wie alles endete …

»Wärme breitete sich von der sanften Berührung unserer Münder,
über all meine Zellen in meinen ganzen Körper aus.
Es prickelte auf die gute Art –
als explodierten Tausende und Abertausende
kleine Feuerwerke überall in mir.«

Kapitel 23

VOR 36 TAGEN

IVA

Die Fäden laufen zusammen

»WO ES BEGONNEN HATTE
ENDETE ES, ODER WAS?«

Entschlossen stürmte ich mit Moti und Kuta im Schlepptau Donnerstagmittag in Tesifas Büro. Zu meiner Enttäuschung hielten die beiden in ihren steifen Anzügen problemlos, ohne auch nur außer Atem zu geraten, mit meinem furiosen Tempo mit.

Ich hatte mich, inklusive heute, fünf Tage lang geduldet. Hatte *fünf* lange Tage jegliche Puzzlestücke, die Jason zutage gefördert hatte und die, die ich aufgeschnappt hatte, wieder und wieder gedreht, um sie zu einem großen, stimmigen Bild zusammenzusetzen. Leider nur bedingt erfolgreich. Ich wusste einiges, vor allem weil ich Rätselriet. Bezüglich vieler Zusammenhänge tappte ich jedoch noch immer im Dunkeln. Irgendetwas Wichtiges fehlte. Der Schlüssel zu allem. *Das Bindeglied.* Dementsprechend ungeduldig und gereizt war ich. Warten war absolut *nicht* meine Stärke.

Tesifa sah irritiert von ihrem großen Bildschirm hoch und deutet mit einer uns drei umschließenden Handbewegung an, dass wir uns setzen sollten. Ich wollte aber nicht. Alles an und in mir war in Aufruhr. Unruhig tigerte ich vor ihrem klobigen Schreibtisch auf und ab, während sie einmal mehr weitertippte. Meine beiden Leibwächter hingegen waren die Ruhe selbst und ließen sich wie bereits bei den letzten

Besuchen auf den hellen Sesseln vor der Fensterfront im hinteren Teil des Raumes nieder. Ob sie wohl jeden Abend das, was sich angestaut hatte, herausschrien, um den ganzen nächsten Tag still sein zu können? Ich schüttelte innerlich über mich selbst den Kopf. Vielleicht sollte ich Comedian werden statt Botschafterin.

Endlich klappte Tesifa ihren Laptop in der Dockingstation zu und musterte mich stirnrunzelnd. Ich bemerkte die dunklen Schatten unter ihren blauen Augen. *Die Befriedung der Welt schien eine anstrengende Aufgabe zu sein.* Ob Mr Baldwin und Mr Martin genauso hart dafür arbeiteten? Ich konnte es nur hoffen.

»Iva, es tut mir sehr leid, dass ich unseren letzten Termin verschieben musste. Fegegita hat dir, wie ich hörte, einiges erklärt, also lass uns gleich zum Punkt kommen. Gibt es etwas Neues, deine Fähigkeiten oder Iyesu betreffend?«

Ich blieb stehen. *Hm* … das war der Moment, in dem ich die Karten auf den Tisch legen konnte. Geradezu eine Einladung, dies zu tun. War ich eben noch ganz versessen darauf gewesen, zögerte ich nun und konnte nicht einmal sagen, wieso. Die Unruhe war verschwunden. Es war endlich so weit, das konnte ich spüren. Die Wahrheit über all die verwirrenden Vorfälle der letzten Zeit lag zum Greifen nahe. *Wieder einmal.* Doch dieses Mal vertraute ich darauf, dass Tesifa sie mir verriet. *Wir würden sehen.* Man sollte den Tag bekanntlich nicht vor dem Abend loben.

»Die gibt es tatsächlich«, sagte ich mit gesenkter, fast feierlicher Stimme.

Aufmerksam sah sie mich an und rückte ihre auffällige Brille gerade. Seufzend ließ ich mich nun doch auf einen der beiden Stühle vor ihrem Schreibtisch sinken.

»Ich habe mit Iyesu gesprochen. Ihm geht es so weit gut.« Tesifas Augen wurden größer. »Chelemna hält ihn gefangen, allerdings bringt er ihm … Dinge bei.« Wer nichts riskierte, konnte auch nichts herausfinden! Also fuhr ich, da sie vorübergehend sprachlos war, einfach fort: »Was mir unklar ist, ist der Grund, aus dem er ihn festhält, und die Frage, warum Mariyam sterben musste. Wenn sie ebenfalls von Chelemna entführt worden war, was einzig Sinn ergibt, scheint es mir seltsam, dass er seine eigene Frau ermordet hat. Vor allem: Warum jetzt?! Ich meine, die … *Scheidung* … muss mindestens sechzehn Jahre zurückliegen.« Jetzt war es im Großen und Ganzen raus. Gespannt lehnte ich mich zurück. Das war einer dieser *Ha! Nimm das! So ahnungslos, wie du glaubst, bin ich nicht*-Augenblicke. Jetzt lag es an Tesifa, was sie daraus machen würde. Momentan sah sie aus, als stünde sie kurz vor einem Schlaganfall. *Spitze!* Vielleicht hätte ich meine vorlaute Klappe halten sollen? Es langsamer angehen sollen?

»Weißt du, wie lange ein Planet braucht, um sich zu entwickeln?«, fragte sie unvermittelt.

Der durchaus ebenfalls möglich gewesene Herzinfarkt schien abgewendet zu sein und irgendwie war ich nun sprachlos. Ich hatte ihr, davon war ich überzeugt, einen riesigen Schreck eingejagt, aber alles, woran sie dachte, war eine Lektion in … was? Astrophysik, Biologie oder noch mehr Chemie? Würde sie gleich noch mit dem Urknall um die Ecke kommen? *Besten Dank*, darauf konnte ich getrost verzichten! Doch wurde ich gar nicht gefragt, sie sprach einfach weiter.

»Hör mir zu! Das ist der Grundstein dessen, um was es geht! Es ist der Beginn der Fehde, die bis heute schwelt – die Ursache und das größte Übel zugleich.«

Skeptisch spitzte ich die Ohren. *War dem so?*

»Vor dreieinhalb Milliarden Jahren entwickelte sich Leben auf der Erde. Vor circa fünfundzwanzig bis dreißig Millionen Jahren das, was die Sewi die Stammform des heutigen Menschen nennen, auch unter Gibbons, Menschenaffen oder Altweltaffen bekannt – wir würden sagen, die ersten Kinder der Anisiti Amilaki. Vor fünfzehn Millionen Jahren lebten in Afrika, südlich der Sahara, die ersten Dryopithecinen, eine Art frühe, fossile Menschenaffen, die sich bis vor fünf Millionen Jahren weiterentwickelten, dann trennten sich die Rassen nach heutiger Bezeichnung in Mensch und Menschenaffe. Tatsächlich allerdings war es andersherum als die Wissenschaftler der Sewi propagandieren. Nicht der Mensch formte sich aus dem Affen. Aus dem *homo*, der sich bis zu diesem Zeitpunkt beständig entfaltet hatte – genau wie auch wir, spaltete sich eine weniger spezialisierte, harmlose Stammform ab, die in vielerlei Hinsicht verkümmerte: Der Affe. Ab dieser Zeitstufe begann die Entwicklung des Menschen, die durch die Evolution und Faktoren wie den Klimawandel, der kein neuzeitliches Problem darstellt, und

Waffentechnologien ihren Lauf nahm. Vor hundertzwanzigtausend Jahren verließ der *homo sapiens*, wie er rückwirkend bezeichnet wird, unter der Führung der einzelnen Sisu-Klans Afrika. Zuerst wurde Indien besetzt, dann der Nahe Osten, schließlich Südasien, Australien, Zentral- beziehungsweise Ostasien sowie auch Amerika und Europa. Du siehst, wie viel Zeit ins Land gezogen ist, bis die Bevölkerung auf die heutige Anzahl anwuchs.« Tesifa sah mich vielsagend an.

»Und das ist jetzt … schlecht oder gut?«, fragte ich verwirrt. War die Überbevölkerung nicht unser größtes Problem? Schweifte sie absichtlich ab oder würden wir, wie für Tesifa üblich, mit großem Umweg auf Mariyam und das von mir Gesagte zurückkommen?

»Gut für die Erde? *Nein!* Aber gut, wenn man sich von Gefühlen nährt, ist es allemal, viel Auswahl zu haben. Verstehst du?«, bedeutungsschwanger sah sie mich an. Und tatsächlich ging mir ein Licht auf. Sie sprach von den Kifu.

»Warum …«, setzte ich an.

»Weil einige Planeten dieses und anderer Sonnensysteme auf die ein oder andere Weise einmal belebt waren. Weit, weit vor der Zeit der Erde. Sie sind schon lange tot. Abgestorben, unwirtlich.« Tesifa seufzte. »Die Kifu brauchen Emotionen nicht nur, sie gieren danach, je mehr sie auf den Geschmack kommen. *Werden süchtig.* Es ist für sie wie eine Glücksdroge, wie ein Rausch.« Sie wirkte unheimlich müde. »Viele Kifu, viel abgesaugte Emotion. Wenig Emotion bedingt eine Verkümmerung von Leben. Es ist eine einfache Gleichung. Und dort, wo es immer weniger Leben auf einem Planeten gibt, stirbt dieser einen stillen Tod. Die Kifu ziehen weiter und suchen sich den nächsten und den nächsten und den nächsten. Bis … nun, nichts mehr übrig bleibt. An diesem Punkt waren wir vor deutlich mehr als dreißig Millionen Jahren, zumindest was die damals durch die Transzendenz der Wurmlöcher im Raum-Zeit-Kontinuum zu erreichenden, uns bekannten Welten betraf. Es war der Punkt, an dem der Stein ins Rollen kam, der uns heute in einer Lawine heimsucht.« Tesifa lehnte sich zurück, bevor sie weitersprach. »Dass die Kifu schließlich die Sisu ins Visier nahmen wollte Amilakis Vater nicht dulden und so gab es Krieg. Einen langen, blutigen Krieg zwischen zwei Völkern, die sich ebenbürtig waren. Den ersten bekannten *Weltenkrieg* aller Zeiten! Ein weiterer Krieg einer langen Tradition gewaltsamer Scharmützel –

nichtsdestotrotz der erste, in dem sich über viele, viele Jahre hinweg zwei ausgebildete, gerüstete Armeen gegenüberstanden. Doch siegten die Sisu mithilfe der Zymaha über die Kifu und vernichteten in der letzten Schlacht einen Großteil der Widersacher. Gedemütigt willigten die Kifu notgedrungen in einen zerbrechlichen Frieden ein. Um diesen zu wahren, wurde beschlossen, beide Völker unwiderruflich miteinander zu verbinden. Da Amilakis Vater zu diesem Zeitpunkt zwei zehnjährige Söhne hatte, nämlich Amilaki und Joze, ebenso wie Chelemnas Vater zwei Elfjährige, nämlich Chelemna und Firihati, der inzwischen dessen zweiter Berater ist, war alles so weit perfekt. Die weitere Wahl fiel auf Schwestern, von denen je eine mit dem Thronfolger beider Völker verheiratet werden sollte. Libi-Mädchen der Sisu. Es waren deshalb Kinder unseres Volkes, weil die Kifu lernen sollten, einer Sisu stellvertretend Respekt zu zollen und als versöhnliche Geste ob der erlittenen Verluste. Schwestern, um die Bindung zwischen den Königshäusern zu stärken. Böse Stimmen munkeln noch heute, dass Amilakis Vater sich damals keine Spionin nach Simeti holen wollte, im Gegenzug für den kleinen Nutzen, ein Kifu-Mädchen als Druckmittel zu besitzen. Denn ob sie dafür überhaupt getaugt hätte … wer hatte das wissen können. Die Soldaten der Kifu sterben seit jeher, ohne mit der Wimper zu zucken, für ihr Volk, das diesbezüglich keinen Finger krümmt, genau das allerdings als ›Ehre‹ betitelt. Und nichts anderes hätte man bekommen: *eine kleine Soldatin.* Womöglich war die Verbindung der Königshäuser also Augenwischerei. Trotzdem ging sie, die große Geste, in die Geschichte ein und hat noch immer Auswirkungen auf uns.«

Ich starrte Tesifa an. *Arrangierte Ehen im Kindesalter?* Das klang wie im Mittelalter. Nur dass das Mittelalter im Gegensatz zu der Zeitspanne, von der Tesifa sprach, einen Steinwurf entfernt zu sein schien.

»Da Amilakis Vater die Ehre der freien Wahl des Siegers zustand und Chelemnas Vater nur allzu gewillt war, eine Geisel – egal welche, *sein* zukünftiges Druckmittel – zu haben, fiel die Wahl auf die Kinder der Libi der Frau von Amilakis Vater: die spätere Anisiti Amilaki und Melowa, oder wie sie sich in dieser Welt nannte: *Mariyam.*«

Stille trat ein.

Ich wusste nicht, ob ich etwas sagen sollte oder nicht. *Zwangsehe.* Und das mit einem Kifu. Vermutlich wäre ich auch ausgerissen und mit neuem Namen untergetaucht. Bei *meinem* Volk! *Das sie allerdings zuvor verraten hatte …*

»Männer können so blind sein«, murmelte Tesifa zusammenhangslos. Sie schien die Geschichte, in ihre Erinnerung versunken, erneut zu durchleben. Sah vermutlich Bilder vor ihrem inneren Auge, von denen ich nichts ahnte.

»Wie meinst du das?«, fragte ich nach.

»Mariyam war von Kindesbeinen an in Joze verliebt gewesen und er in sie. Ein offenes Geheimnis. Wie das von Amilaki und seiner Anisiti. Zwei Brüder und zwei Schwestern. Seltsam, hm?«, meinte Tesifa.

Ich schaute sie perplex an. Mariyam war mit einem Mann verheiratet worden, den sie nicht geliebt hatte und der von der Eheschließung vermutlich ebenso wenig begeistert gewesen war wie sie. Einem Kifu. Amilakis Vater hatte sie wissentlich dem Bösen ausgeliefert. Hatte ihr Leben riskiert und zusätzlich von ihr verlangt, ihre große Liebe aufzugeben. Wegen eines politischen Schachzugs. Wegen des Friedens zwischen den Welten.

Das war dramatisch und heroisch. Aber nicht selbstbestimmt. Wie viel Tragik konnte eine einzelne Geschichte beinhalten? Anscheinend eine ganze Menge!

»Sie hat ihr Bestes gegeben«, sagte Tesifa, wie um Mariyam zu verteidigen. »… hatte sich von Joze losgesagt, ihn gebeten, sie zu vergessen, jemand zu finden, trotzdem glücklich zu werden und auch zu heiraten, wie sie es tun musste, als sie wegging.«

Eine bleierne Stille legte sich über den Raum. Ich blinzelte. Einmal. Zweimal. Tesifas Worte schienen noch in der Luft zu hängen … bis sie den Faden der Vergangenheit wieder aufgriff: »Alles nahm seinen Lauf. Amilaki war mit seiner Anisiti glücklich, Joze heiratete schließlich Desita. Nur Chelemna wurde über all die Jahre, die verstrichen, immer verrückter. Vielleicht merkte er, dass Melowa ihn nicht so liebte wie er sie. Denn es war das Ungeheuerliche geschehen. Das Ränkespiel deines Großvaters hatte es tatsächlich vollbracht, dass ein Kifu sich in eine Sisu verliebte. Die allerersten *Romeo und Julia* – zumindest fast.« Sie lächelte bedrückt. »Vielleicht lag es Chelemna in den Genen, wer weiß … in jedem Fall begann sich seine Zuneigung im gleichen Maße wie sein Wesen zu verändern, je älter er wurde. Je länger die Ehe bestand, desto schneller langweilte er sich und schlug über die Stränge, bis Melowa es nicht mehr aushielt. *Ihn* nicht mehr aushielt, weil sie ihn nicht mehr zurückhalten konnte, weil er danach trachtete, alles zu vernichten, was ihr wichtig war. Schlussendlich floh sie.«

»Zur Erde?«, vermutete ich leise. »Während der Vernichtung Simetis.« Auf diese Weise hatte Mariyam später wirklich unbefleckt empfangen. Iyesu war ein Stück weit ihr Sohn, weil sie sich seiner angenommen und ihn großgezogen hatte, gleichzeitig der Sohn Gottes und Joze ihre große Liebe. Die Bibel bewahrheitete sich. Zumindest sorgten ihre Akteure dafür. *Bis auf mich.* Ich war die Ausnahme. Doch konnten die Schreiber vor Urzeiten noch nicht gewusst haben, was sich heute abspielen würde. *Was waren sie?* Wahrsager? Und die Bibel eine Prophezeiung? Aber mit welchem Ausgang? Was stand uns noch bevor? Das musste ich unbedingt fragen! Wenn ich es nicht vergaß … jetzt gab es Dinge von größerer Wichtigkeit – Mariyams Geschichte und vor allem die Hintergründe dieser. Denn dass Fegegita mit ihren Andeutungen über eine sich bald entscheidende Vorsehung genau davon gesprochen hatte, dessen war ich mir nun sicher.

»Zur Erde«, bestätigte Tesifa.

»Waren die Greueltaten vor der Verbrennung von Simeti nicht genug Grund, ihn zu verlassen?«

»Was weißt du über Amendon?«, fragte Tesifa mich ruhig, ohne auf meine Frage einzugehen.

»Es ist … einer der Planeten in der gleichen Galaxie wie Aysis und Avelor – ein Nest?!«, kramte ich aus den Tiefen meines Gedächtnisses.

»Ja, könnte man sagen. Die Heimat der Flammenwesen oder auch Teufelsanbeter. Diese zweite Bezeichnung verdankt Himemi, der Letzte von ihnen, hauptsächlich seinem Paktieren mit Chelemna. Solltest du je auf die kanarische Insel Lanzarote reisen, sieh dich um: Auf den Lavafeldern sieht es ähnlich aus wie auf Amendon. Nun, eigentlich sieht es auf dem Planeten, seit Seti getötet wurde, beständig schlimmer aus.« Tesifa rümpfte die Nase. »Ich sage nur allein lebende Männer … wenn es nicht tragisch wäre, wäre es komisch.«

Ich grinste.

»Nun aber von vorne. Die Geschichte der Vernichtung Simetis wäre vielleicht nie geschrieben worden, wenn Chelemna keine Verbündeten gefunden hätte. So grollte Himemi den Sisu sowieso, da der Großvater deines Vaters vor Äonen von Jahren Seti, dessen Frau, tötete. Die Gründe dafür sind uns nicht bekannt. Es ist zu lange her. Die Drachen, wie die Sewi vor allem im asiatischen Kulturraum fälschlicherweise die Flammenwesen verharmlosen, haben ein langes Gedächtnis. Himemi half Chelemna deshalb mit Freuden, Welten einzuäschern. Es wird erzählt, dass der Teufelsanbeter selbst heute noch Hurgathen als höllisches Essen auf Rädern von Chelemna geschickt bekommt. Beide verrückt auf ihre Weise, war die Sonne der erste gemeinsame Vergeltungsschlag. Ein *zweiter*, für die Sisu weniger ruhmreicher *Weltenkrieg* war daraufhin entfacht. Nachdem die Kifu Blut geleckt hatten, griffen sie schließlich zusammen mit Himemi Simeti an. Den Rest der Geschichte kennst du.«

Oh ja, den kannte ich in der Tat. Den erlebte ich gerade unerfreulicherweise im großen Finale mit.

»Das habe ich so weit verstanden«, setzte ich an. »Aber warum hat Chelemna Mariyam getö… ich meine, wenn …«

Tesifa nestelte an ihrer Brille herum. »Chelemna hat sie einst geliebt. Mehr, als gut für beide gewesen war. Damals, in seinen jungen Jahren. Vermutlich hatten ihn seine Gefühle am meisten überrascht. Die Liebe ist nun mal nicht planbar. Doch jetzt … Ich denke, er hat ihre Emotionen so lange genossen, bis er ihrer überdrüssig wurde.« Tesifas Augen zeigten tiefes Mitgefühl. Meine waren wohl ungläubig mit Grauen erfüllt. Hatte er sie tatsächlich gebrochen? Ihr den Willen geraubt? Sie zu einem *Zombie* gemacht? Sie emotional ausgesaugt und dann einfach darauf gewartet, dass ihre Vitalfunktionen versagten?

Auch das Böse sollte Grenzen haben! *Das* war abartig. Es war verdreht, Furcht einflößend. Es war *wirklich* böse. Ein bisschen, als würde man jemanden kopfüber hängend langsam bei lebendigem Leibe ausbluten lassen. Ihm den Lebenssaft rauben. Oder passender: die Energie, die ihn antrieb. *Das* war der Beweis für mich, dass Chelemna *gar* nichts mehr fühlte. Er war so weit in verbotenes Land vorgestoßen, dass er den Rückweg nicht mehr fand. Er hatte sich verrannt und würde vermutlich nie wieder aus den mentalen Untiefen der Dunkelheit, deren Namen er trug, herausfinden.

Ich dachte an das Gespräch zurück, das ich mit angehört hatte, an die kalte Stimme. Und den Stein. »Ginin und Yuneti. Fegegita sagte, ich solle nicht sie, sondern dich danach fragen …«

Tesifa hob belustigt die Mundwinkel. Langsam nickte sie. »Ursprünglich wurden die beiden von Amilakis Vater und Chelemnas Vater gemeinschaftlich als Kommunikationsmittel für die Libi-Mädchen geschaffen, die den Friedenspakt stabilisieren sollten. Für die Anisiti und Mariyam. Schlussendlich machten die ranghöchsten Königlichen sie aber zur unregelmäßigen Standleitung zwischeneinander«, begann sie zu erklären. »Aus geschmolzenen Elementen der Umgebung entstand durch Abkühlen ein Steinherz …«

»Aus diesem formten sie zwei einzelne Edelsteine?«, fragte ich dazwischen. »Quarze?«

»Ja. Ginin und Yuneti sind Zwillinge, wie die Libi der Sisu und der Kifu. Sie wurden getrennt, nehmen aber durch ihre besondere Verbindung die Schwingung des jeweils anderen auf. Wie Sender und Empfänger, die Ton in Frequenz und Frequenz in Ton wandeln.«

Ok, *das* verstand ich. Gerade die letzten Begriffe entlockten mir ein stummes Nicken, denn wie ein Telefon funktionierte, hatte uns unlängst einer meiner Lehrer erklärt – nicht dass ich glaubte, dass das auf dem Lehrplan gestanden hatte.

Tesifa fuhr fort: »In ihrer chiralen Form, Rechtsquarz und Linksquarz, zeigen sie gegensätzliche piezoelektrische Effekte. Sie schwingen zwar bei geeigneter Erregung durch die elektrische Spannung mit einer festen Frequenz parallel zueinander, können aber gleichzeitig Hörer wie Mikrofon sein – wenn du so willst. Sie werden dabei durch unsere Kräfte angeregt.«

Wahnsinn! Ich nickte überwältigt.

»Ursprünglich stammen sie aus Simeti und sind so nicht ganz mit den heimischen Gesteinen hier zu vergleichen. Quarze, besonders Rosenquarze, kommen ihnen aber vom Aussehen recht nahe. Bergkristalle aufgrund ihrer Eigenschaften. Sie sind ebenfalls relativ einfach in Schwingung zu versetzen, deswegen nutzt man sie auch oft auf der Erde in elektrischen Schaltungen als Frequenzgeber. Ich bin mir sicher, du kennst Quarzuhren …«

»*Ahh!*« Kannte ich in der Tat.

Tesifa war gar nicht zu bremsen, derart leidenschaftlich erläuterte sie mir alle Fakten rund um die Kommunikationssteine. »Der spezielle Glanz der rosa gefärbten Quarze kommt durch den Asterismus – du würdest vielleicht sagen: Sternchen – und die Einlagerung feister Rutilnadeln.«

Ich nickte vehement. *Schön und gut.* Das hatte ich verinnerlicht und es war interessant zu wissen. Nur … gab es dringlicheres. Chelemna verstand ich immer noch nicht. »Was will er, der König der Kifu?«

Tesifa zog fragend eine Augenbraue hoch.

»Ich meine, ja, klar … wollen die Bösen nicht immer die *Weltherrschaft?*«, brabbelte ich aufgelöst. »Aber was ist mit Iyesu? Spielt Chelemna mit ihm, um uns, die Sisu, zu bestrafen? Für etwas, das unser Großvater oder Mariyam ihm einst angetan haben? Läuft der Hase wirklich so? Oder … ist da etwas anderes, nach dem er strebt?« Nervosität ließ meine Hände feucht werden. Besorgnis zeichnete mit tiefen Falten meine Stirn. Badete Iyesu die Sünden anderer aus? Das durfte nicht wahr sein, das durfte nicht passieren. *Ich erlaubte es nicht!*

Unerwartet begann die Luft um mich zu pulsieren. *War ich das?* Wenn ja, konnte ich es nicht zurückhalten.

Tesifa atmete tief durch. Musste sie sich für das Kommende erst wappnen? Langsam strich sie sich eine ihrer kurzen Strähnen aus dem Gesicht, das mir unnatürlich blass erschien. War es das schon vorher gewesen?

»Chelemna will Macht. *Deine* Macht oder die von Iyesu. Je nachdem, wer mächtiger ist, wer das Talent von Amilaki geerbt hat, nach dem er sucht. Das wird sich aber erst noch zeigen. Chelemna setzt offensichtlich auf Iyesu. Er ist damit ein nicht unerhebliches Risiko eingegangen, da es die Kifu eine Menge Kraft gekostet haben muss, ihn zu verschleppen. Vermutlich mussten sie sich entscheiden, wen sie mitnehmen. *Alter Chauvinist!* Heraus läuft es auf das Gleiche: Er will wieder ›Leben‹, um zu fühlen. Und er will es dort, wo er es einst zugrunde gerichtet hat. Auf Kekifa. Der Planet soll gedeihen, soll erblühen und von beseelten Wesen besiedelt sein«, sagte Tesifa leise.

»Aber warum …?«

»Weil Amilaki bisher der Einzige war, der bestehende Biostrukturen *so* zusammensetzen konnte beziehungsweise imstande war, sie derart zu verändern, dass aus Leben *intelligentes* Leben wurde. Es ist die Frage nach dem Bewusstsein, dem Funken Eigenständigkeit – anders ausgedrückt, den Emotionen, dem, was die Wissenschaftler der Sewi mit ihren Maschinen zu erschaffen versuchen. Sie programmieren unzählige Möglichkeiten variabler Szenarienabfolgen, um schlussendlich künstliche Intelligenz zu schaffen – oder es wenigstens so zu nennen. Amilaki hingegen hat einen Geist *er*schaffen. Etwas Impulsives, Sprunghaftes, Gefühlvolles. Gewissermaßen *aus der Natur* erwachsenes. Seine Anisiti.« Tesifas Augen glänzten feucht. »Er war machtvoll, dein Vater … doch fragte ich mich stets …« Sie verstummte.

»Was?«, stieß ich hervor.

»Die neue Anisiti Amilaki hatte viele Wesenszüge der alten. Ich hegte die Vermutung, dass der Geist Amilakis erster Frau irgendwie überlebt haben musste und Amilaki ihr auf der Erde nur einen neuen Körper gab. Ein Gefäß. Da sie sicher nicht lange ohne Haftung an den Planeten hätte bleiben können. Ihre mentale Übersiedelung wäre sonst einem Wunder gleich gekommen, da sie keine Zymaha war. Dennoch … Liebe setzt bekanntlich die stärksten Kräfte frei.«

Ich hatte den Atem angehalten. *In der Tat* konnte ich mir vorstellen, wie der Geist der Anisiti überlebt haben könnte. Wenn sie und Amilaki die gleichen Fähigkeiten besessen hatten wie Iyesu und ich und ihr Geist sich mit aller Macht an seinen geklammert hatte … war *alles* möglich. Dann hätten wir Amilaki diese Gene zu verdanken. Vielleicht hatten wir die Fähigkeit, geistig den eigenen Körper zu verlassen, um in den anderen zu schlüpfen aber auch von unserer Mutter geerbt und Amilaki hatte mit seiner Anisiti tatsächlich ihre unüberwindbare, abgöttische Liebe verbunden.

»Und ich dachte …«, sagte Tesifa mehr zu sich. »… dass Chelemna die gleiche Vermutung gehabt hatte, als er Pami schickte, um Edeni zu zerstören und die Anisiti gleich mit. Vielleicht neidete er Amilaki aber auch nur sein Glück und … mir scheint, er ist in eine neuerliche Raserei verfallen, seitdem er bemerkte, dass Melowa ihn verlassen hat.« Sie seufzte. »Es ist wirklich schwer, Verrückte einzuschätzen.«

Ich musste kichern. Möglicherweise wegen der Anspannung oder dem unerwarteten Humor der sonst stocksteifen Tesifa.

»Warum jetzt? Die Entführung. Mariyams Tod.«

»Weil es an der Zeit ist.«

»Wofür? Reichen den Kifu die ganzen Sewi samt ihren Gefühlen nicht?«

»Nun, sie müssen jedes Mal, wenn sie sich ihren *Schuss* Gefühle holen wollen, die richtige Raum-Zeit-Überlappung und damit die optimale Transzendenz zwischen den Galaxien abwarten. Je nach Sternenkonstellation besteht das Wurmloch zwischen Kekifa und der Erde nur in unregelmäßigen Abständen. Das ist natürlich *unbequem*. Außerdem sind sie auf unserem Planeten nicht gerne gesehen, immerhin bekämpfen wir sie. Keine rühmliche Situation für sie, die sie sich aber selbst eingebrockt haben! Dazu kommt: Ausschließlich die Stärksten sind widerstandsfähig genug für die Weltenwanderung. Jeder Sprung durch das Wurmloch kostet sehr viel Kraft. Die Schwachen ihres inzwischen recht kleinen Volkes siechen dahin und verenden langsam. Sie wollen also, was alle wollen würden: überleben. Sie wollen ihre Freiheit zurück. Die Freiheit, unabhängig zu sein, zwischen den Welten wandeln zu können. Die Freiheit, die ihnen wahre Stärke gäbe und die ihnen die eigene Schwäche genommen hat.« Tesifa verzog ihren Mund zu einer harten Linie. »Wie bei allen Ressourcen sollte eigentlich gespart werden, wenn sie zur Neige gehen! Das ist insbesondere bei einem Schwarm unersättlicher *Killerheuschrecken* wie den Kifu unmöglich.« Traurig sah sie mir direkt in die Augen. »Und wir werden sie ihnen geben müssen, ihre *alte* Stärke, obwohl wir wissen, was sie mit der Freiheit, die sie durch diese gewinnen, anrichten.«

»Nein, *wir* müssen gar nichts.« Jetzt wurde ich sauer. »Iyesu und ich müssen, wenn dann. Dabei haben wir keine Ahnung, ob wir es können – ob einer von uns es kann. Was auch immer *es* tatsächlich ist. Chelemna hat etwas, für das ich, wie wir beide nur zu gut wissen, alles opfern würde – *Iyesu* – prima, wenn es etwas gibt, für das *er* alles zu tun bereit ist. Dann sind wir im Geschäft! Vorausgesetzt, er lässt etwas von sich hören. Aber ich weiß nicht, warum ich *ihm* irgendetwas geben sollte, wenn er mir nichts im Gegenzug anbietet!«

»Weil er sonst die Erde *und* uns zerstören wird. Weil wir sonst mit ihm zusammen untergehen.« Es waren endgültige Worte. Zart und fast unhörbar ausgesprochen, sodass ich sie mehr von Tesifas Lippen ablas. Für mich klang das, als hätte ich an einem Etikett um meinen Hals bereits das Ablaufdatum meines Lebens hängen. Alles in mir weigerte sich, das zu akzeptieren.

»Den Ersten Weltenkrieg haben wir gewonnen. Der letzte hat uns dezimiert, hat uns dem Untergang geweiht. Jetzt warten wir, wenn wir ehrlich sind, auf den vernichtenden Schlag – *auf den dritten*. Darauf, dass Chelemna des Lebens überdrüssig wird, wenn er merkt, dass sich seine Hoffnung auf Freiheit zerschlägt, dass keiner ihm geben kann, wonach er strebt.«

Ich dachte plötzlich an all die ahnungslosen Sewi. An Liane, deren größtes Problem Marc hieß, und an Jason, der etwas besseres als mich verdient hatte. Allen voran aber ein langes Leben. Würde ich für sie kämpfen? *Natürlich würde ich das!* Weil ich auch für mich kämpfte. Für Iyesu, für meine Familie – für die Sisu.

Da draußen, im All, lauerten gefährliche Kreaturen. Kreaturen, deren Ausmaße ich mir gar nicht vorstellen konnte: Teufelsanbeter, Hurgathen, Nachtwesen. Trotzdem war ich nicht bereit aufzugeben. *Nicht schon wieder.*

Ich wollte nicht sterben. Nicht, weil es dem Teufel gerade in den Kram passte. Es musste eine Lösung geben. Konnte er nicht aufgeben? Seinen Zorn mit ins Grab nehmen? *Erlöschen?* Unwahrscheinlich.

Irgendwie fiel mir in dem Moment Miss Murray und die Legende von Siegfried dem Drachentöter ein. Der war doch auf der Jagd heimtückisch ermordet worden. Und hatte meine Lehrerin nicht etwas von magischen Requisiten erzählt? Richtig. *Tarnkappe!* Damals hatte ich direkt an den Unsichtbarkeitsumhang der *Heiligtümer des Todes* gedacht. Jetzt … kam mir die Geschichte deutlich realer vor. Handelte sie womöglich von meinem Urgroßvater? Oder einem Weltenwächter? Gleichbedeutend gab es eine Stelle, die mir verheißungsvoll erschien! Die nämlich, in der das Schwert geschwungen wurde und jemand starb!

»Können wir Chelemna nicht töten?«, fragte ich verzweifelt. Getötet wurde ohnehin … wir, er oder irgendwelche Lebewesen, die ihre Gefühle verloren. Weshalb also nicht einfach *er* und alle könnten fröhlich weiterleben? *Happily ever after.*

»Nun … Wenn du mir sagst, *wer* ihn tötet. Es ist nicht so, dass wir es nicht versucht hätten. Aber außer uns zu dezimieren, brachte keines der auf ihn angesetzten Kommandos ein Ergebnis.« Ein Hauch

Sarkasmus schwang in Tesifas Stimme. »Rückblickend waren es Selbstmordmissionen. Die Kifu sind auf der Erde meist stärker als wir, da sie ihre Kraftreserven während eines Kampfes beständig auffüllen. Sie entziehen gern arbeitenden Organismen ihrer Umgebung wahllos die Energie. Das Leben um sie stirbt, sie hingegen sind fast unbesiegbar. Unsere Vorteile bestehen höchstens in denen des Davids gegen Goliath: Täuschung, Schnelligkeit, Witz.«

Ich verstand. Gleichwohl machte es mich wütend. Wollte sie kampflos sterben? Vielleicht hatte sie zu lange gelebt, zu lange gekämpft wie Amilaki und es war an der Zeit, dass sie ihre Kräfte an die nächste Generation weitergab. Doch dazu blieb keine Zeit. Ein bisschen gehässig dachte ich: Tja, und schwierig war das auch – *ohne* Partner. Dann riss ich mich am Riemen. Wir saßen im selben Boot. *Gemeinsam.* Es brachte nichts, sich gegenseitig anzugehen. *Meine Güte!* Die Sache wuchs mir über den Kopf.

»Und die Wächter?«, fragte ich aufgebracht. »Zu was sind die eigentlich zu gebrauchen?«

Just flog die Tür von Tesifas Büro auf, ein Windstrom blies mir ins Gesicht und nachdem ich meine instinktiv zusammengekniffenen Augen öffnete, sah ich sie. *Ibabi!* Die Wächterin. Ich wusste es sofort. Es war das erste Mal in meinem Leben, dass ich eine *Aura* spürte. Ein Wort, das sonst nur Saki in den Mund nahm. Die des Wesens vor mir sprach Bände von Altertum, Macht und Überlegenheit. Sie schüchterte mich ein und zeigte mir, dass die Wesen, von denen Joze, Desita und Tesifa mir erzählt hatten, *Gänsehaut-und-Übelkeit-auslösend*-furchterregend waren. Nicht etwa, weil ihr Aussehen hässlich, widerwärtig, sabbernd oder verschlagen wirkte – zumindest nicht in Ibabis Fall. Nein, sie hatte all das gar nicht nötig. Ich spürte, dass ein Fingerschnipsen ausreichen würde, um mir das Licht auszublasen. Falls es überhaupt dessen bedurfte.

Die Tür war inzwischen wieder wie von Zauberhand geschlossen.

Moti und Kuta standen kampfbereit einen halben Meter hinter meinem Stuhl. *Wann* hatten die zwei sich bewegt? Genau wie Joze neulich! Ich war definitiv nicht auf der Höhe der allgemeinen Kraftverhältnisse hier!

Und *das* – also Ibabi – könnte, sollte, war … möglicherweise meine *Mutter?* Unmöglich … das … also nein. Einfach *nein*. In meinen Ohren rauschte es. Meine Nase juckte, meine Augen brannten und der unangenehme Geschmack von Galle machte sich auf meiner Zunge breit. Ein Hämmern setzte unversehens hinter meiner Stirn ein.

Ich kippte fast vom Stuhl, wagte aber nicht, etwas zu sagen oder mich zu bewegen – da das auch sonst keiner tat. Mein Blutdruck tickte völlig aus, das spürte ich durch das Pochen hinter meinen Schläfen, und prompt begann mein Herz sich unangenehm zusammenzuziehen. Mit eisernem Willen hielt ich mich aufrecht und wartete ab. *Heute* würde niemand diesen Raum verlassen, bevor ich nicht Ibabi die für mich entscheidende Frage gestellt hatte! Die, ob sie *tatsächlich* meine leibliche Mutter war.

Mühsam fokussierte ich meine Aufmerksamkeit auf das Geschehen. Tesifa stand breitbeinig hinter ihrem Schreibtisch. Sie sah *not amused* aus. »Wächterin, wir haben dich nicht erwartet«, quetschte sie zwischen zusammengepressten Zähnen hervor. Das konnte nicht einmal ich als einladende Geste interpretieren.

Waren die Zymaha nicht unsere Verbündeten? Langsam verstand ich es nicht mehr. Freund, Feind, alles schien ein einziges *Wischiwaschi* zu sein. Wie war das mit dem Schwarz und Weiß von Jozes, Desitas und meinem ersten Gespräch? Schon damals war ich skeptisch gewesen. *Zu Recht!*

Wahrscheinlich hätte ich Angst haben sollen. Allerdings sah ich eine durchscheinende Frau mit gefalteten Flügeln, wehenden blauen Haaren mit den roten Spitzen, obwohl sich kein Lüftchen regte, und einer Mischung aus Hochzeits- und Goth-Kleidung. *So* hatte ich mir immer einen gefallenen Engel vorgestellt. Einen coolen. Vielleicht hatte ich aber einfach zu viel *Lucifer* gesehen. Die Luft um sie prickelte auf meiner Haut wie die Bläschen einer frisch geöffneten Flasche Aqua con Gas. Nein, Ibabi brauchte kein Schild mit *mächtig* oder *gefährlich* oder *außerirdisch*. Ich verstand es auch so.

»Das habe ich herausgehört«, antwortete Ibabi belustigt, woraufhin ich rot anlief. *Waaas* … War das an Tesifa oder an mich gerichtet? Hatte sie mitgehört? Wie viel *hatte* sie gehört? Seit wann …? War die Tür etwa Effekthascherei gewesen? Konnte sie unsichtbar sein und sich nur zeigen, wenn sie es wollte?

»Kann ich, kleine Iva. Ich manipuliere die Teilchen, sodass die Lichtbrechung eine andere ist, und *tada*, ein anderes Bild entsteht.

Bringt man euch das nicht in Physik bei?« Sie hatte eine angenehme, wohltönende Stimme, auch wenn sie mich eindeutig belehrte.

Ich sah sie völlig entgeistert an.

Tada?!

Oookayy und Gedanken lesen konnte sie anscheinend mal eben *locker flockig* … oder zumindest hatte sie eine perfektionierte Einfühlungsgabe. Ich wusste nicht, wie ich reagieren sollte. Sprechen – schweigen? Gab es ein Verhaltensprotokoll für solche Situationen?

Da lachte sie herzlich und zwinkerte mir zu, woraufhin sich Tesifa, Moti und Kuta sichtlich entspannten. »Lass dich nicht von mir ärgern. Von uns allen. Du musst verzeihen, wir haben nicht oft die Chance, auf Unwissende zu treffen, die unsere Welt in Gänze kennen, viel Nachwuchs gibt es bei den Sisu oder den Zymaha nicht.« Sie ließ sich ungezwungen auf den Stuhl neben mir gleiten. Meine Leibwächter bewegten sich zurück zu ihrem Ausguck und ich vertraute ihrem Urteil. Die Situation war vorerst entschärft. Behutsam setzte ich mich wieder, nur Tesifa stand weiterhin.

»Was verschafft uns die Ehre?«, fragte sie wachsam.

Ibabi hob eine Augenbraue. »Die Wahrheit.«

»Welche?« Tesifa schaute überrascht von Ibabi zu mir.

Gab es etwa mehrere? Und worum ging es genau?

»Die einzige«, lautete die kurz angebundene Antwort. »Du hast seine Augen. Amilakis, meine ich«, wandte Ibabi sich mir zu.

Oha! Ich hatte immer gedacht, dass hörte man sonst von entfernten Tanten. Gleich nachdem sie einem gesagt hatten, dass man groß geworden war und einem daraufhin obligatorisch in die Wange kniffen. Ich wusste nicht, was ich antworten sollte. So was wie … *oh schön, dann weiß ich nun zumindest, wie seine Augen von Nahem und nicht nur auf einem verpixelten Video aussahen. Eher nicht.* Meiner Verbitterung wollte sicher niemand begegnen, beteten sie ihn selbst jetzt noch alle an. Also schwieg ich.

Die Wächterin musterte mich. »Du und Iyesu – ich habe eure *Unterhaltung* gespürt. Die Präsenz war derart intensiv, dass ich mir sicher bin, dass Chelemna es ebenfalls mitbekommen hat. Er wird aufrüsten. Mehr, als er es ohnehin das letzte Jahrzehnt über getan hat«, warnte sie.

»Wie habt ihr …?«, begann Tesifa.

»Unwichtig«, unterbrach Ibabi sie bestimmt. »Weißt du, Iva …«, wandte sie sich erneut mir zu. »Dein Vater war ein kluger Mann.«

Sie nicht auch noch! Mussten mir das alle unter die Nase reiben? Ein kluger, ein toller, ein ach so mutiger Mann, der seine Kinder allein und unwissend zurückgelassen hatte. *Grandioser Typ!* Mein Mund formte eine strenge Linie. Er mochte anbetungswürdig gewesen sein, nur hatte ich nie die Möglichkeit gehabt, ihn anzubeten. Er hatte sie mir nie gegeben. Und ob ich ihm das jemals verzeihen würde, wusste ich nicht.

Tesifa schwieg.

Ibabi lächelte. »Sicher hast du einiges über mich gehört. Deshalb werde ich es nicht schönreden. Vergangen ist vergangen – auch wenn es deshalb nicht ewig ruht. Einst wünschte ich mir, dass er mir einen Körper kreierte, nicht ihr. Aber er ließ der Liebe den Vortritt. Seiner Liebe. Und sieh, wie viele Leben er rettete. Leben, die damals noch gar nicht geboren waren. Die er erst dieser Welt *schenkte*. Wer weiß, ob das mit mir möglich gewesen wäre.« Sie schwieg kurz. »Bei euch war es genauso die Liebe, die ihn die richtige Entscheidung hat treffen lassen. Ich sehe viel von ihm in dir. Den Kampfgeist. Die Hartnäckigkeit. Die Analystin. Und ich denke, du bist auf der richtigen Spur. Im Moment bist du nicht stark, wirst es aber bald sein, da sowohl du als auch Iyesu tatsächlich einmalig seid. *Einmaliger* als alles, was dieses Universum je gesehen hat. *Mächtiger*, als es Amilaki je war.«

Kalt rann es mir den Rücken hinunter. Ihre Worte waren keine Blasphemie. Sie wollte mir keinen Mut zusprechen. Das hatte sie gar nicht nötig. Aus ihrer Stimme sprach die harte, schonungslose Wahrheit. Die Dinge waren, wie sie sie darstellte.

»Ihr vereint *alle* Stärken, *alle* Fähigkeiten der Völker in euch. Dennoch braucht jegliches seine Zeit«, fuhr sie fort, während ihre leuchtenden Haarspitzen fröhlich weiter in einem nicht wahrnehmbaren Windzug tanzten. Auf und ab, auf und ab. Ich hätte mich in der Betrachtung verlieren können, wäre nicht Ibabis durchdringende Stimme gewesen: »Denn Zeit, das hast du inzwischen sicher bemerkt, ist für uns ein relativer Begriff. Du unterliegst ihr noch viel weniger als wir. Denn du bist vom *Schicksal* geboren.«

Ich war … *what?!* Meine Atmung setzte kurzzeitig aus, während ich das Ausmaß dieses Satzes zu realisieren versuchte.

Vom Schicksal geboren. *Ja klar.* Vom *Schicksal?!* Aber hieß es nicht, dass Ibabi meine Mutter sein sollte? Okay, mir war gesagt worden ›*vielleicht* ist sie deine Mutter‹. Vom *verdammten* Schicksal hatte allerdings nie irgendwer gesprochen! *Nie!* Bis jetzt.

Vom Schicksal also?

Mir war bewusst, dass die Worte nicht wahrer werden oder sich besser anfühlen würden, wenn ich sie noch zehn oder gar hundert Mal dachte. Nichtsdestotrotz waren Gefühle nicht rational und ich fühlte im Moment eine riesige Verwirrung in mir wachsen, weil ich mir nicht sicher war, was diese Information für mich bedeutete. Fragen musste ich immerhin nicht mehr, *wer* meine Mutter war – eine Antwort auf all meine Fragen bot mir das Gesagte allerdings keinesfalls. Dass ich mit Ibabi nichts gemein hatte, war mir schon vorher unterschwellig bewusst gewesen. Aber wie kam sie darauf, dass es etwas gab, dass mich mit dem Schicksal verband?

Ratlos schaute ich von der Wächterin zu Tesifa, die einen erschrockenen Laut von sich gegeben hatte. *Jetzt* war sie definitiv noch bleicher. Dagegen konnten Julia und selbst das *wahre* Schneewittchen einpacken.

Ibabi ignorierte sie. Sie schien tatsächlich wegen mir gekommen zu sein und nur mit mir das Gespräch zu suchen. »Es ist unwichtig, wie weit Chelemna zu gehen bereit ist – für den Moment.« Ihre Mundwinkel verzogen sich zu einem bitteren Lächeln. »Die elementare Frage, die sich stellt, ist: Wie weit ist deine Mutter bereit, für dich zu gehen, Iva? Für euch, *für ihre Kinder* – für uns.«

Ich hatte plötzlich ein ungutes Gefühl. Es begann mit einem Kribbeln im Nacken und breitete sich über meine Oberarme und den Rücken bis zu den Oberschenkeln aus. So stellte ich es mir vor, wenn eine Horde Ameisen über einen herfiel. Eine unangenehme Erfahrung, auf die noch viel unangenehmere Überlegungen folgten.

Mein Vater war in allen Welten berühmter als Cristiano Ronaldo in dieser und meine Mutter sollte atemberaubender sein?, wenn ich Tesifas Reaktion zum Maßstab nahm. Wer um Gottes willen war sie? Wer war das Schicksal? Was machte die Inati zu einer solchen Machtfigur? Und was für ein Monster musste ich, *das Kind* dieser Verbindung, sein? Sicher, Desita hatte mich hin und wieder als Teufelsbraten bezeichnet. Aber … das taten Mütter doch, oder? Also … auch Ziehmütter, meine ich. Denn wenigstens mit Chelemna war ich eindeutig nicht verwandt! Ein schwacher Trost.

»Wer. Ist. Sie!« Es war keine Frage. Es war ein Befehl. Mehr brachte ich beileibe nicht heraus. Diese ganze Geheimniskrämerei brachte mich zur Weißglut, da immer ich die Unwissende blieb. Es war zum *Mäusemelken*. Hörte das nie auf? All diese Geheimnisse und Verwicklungen. Sprang gleich noch der Weihnachtsmann aus einer sich materialisierenden Torte und war mein Onkel? Fast erwartete ich es. Immerhin gab es den in der Bibel, oder? Den Nikolaus. Wobei ich mich dunkel erinnerte, dass das ein kirchlicher Würdenträger gewesen war. Damit schied die Bibel aus – kein Verwandter und kein Rudolph zum Streicheln. *Verdammt*. Zum Glück verfolgte wenigstens niemand die fantastischen Verwirrungen in meinem Kopf …

Tesifa war damit beschäftigt, Ibabi anzustarren. Die Wächterin ließ das nicht auf sich sitzen. Sekundenlang trugen die beiden ein Blickduell aus. Dann trat das ein, worauf ich Geld gesetzt hätte, hätte sich mir die Möglichkeit geboten: Ibabi gewann und Tesifa sah weg. Seltsamerweise wusste ich nicht, ob mich *das* freuen sollte. Ob Tesifa stets das Beste für mich im Sinn hatte, wusste ich nicht. Jedoch kannte ich sie zumindest schon länger und vertraute ihr eher wie der Wächterin.

»Damals, als Simeti in Flammen aufging, hatte Amilaki einen Wunsch beim Orakel frei. Ich nehme an, du kennst die Geschichte?«, setzte Ibabi schließlich an und warf ihr langes Haar in einer geschmeidigen Bewegung zurück. Ihre Kleidung raschelte dabei.

Ich richtete mich auf und nickte vorsichtig.

»Gut, dann weißt du auch, dass er ihn zurückstellen sollte. Nun, diesen Wusch hat sich Amilaki aufgespart … lange aufgespart. Bis vor siebzehn Jahren.«

»Er hat sich …«, versuchte ich ihre Erklärung zu verstehen.

»… gewünscht, dass die Inati seine Kinder austrägt«, beendete Tesifa mit bebender Stimme den Satz. Für sie schien diese Neuigkeit absolut ungeahnt und ungeheuerlich zu sein. Und das war sie …, wenn ich nur ein bisschen dessen an mir feststellen könnte, was sowohl Amilaki ausgemacht hatte als auch anscheinend die Inati charakterisierte. Dann hätte ich es eher akzeptieren können. Stattdessen war ich …

eben immer noch nur *ich*. Irgendwie eine Versagerin. Zumindest bei *der* DNA.

Ich schluckte schwer. Mir war klar, dass ich mitunter an mich selbst die höchsten Ansprüche stellte, aber bei den Voraussetzungen, den Genen … es frustrierte mich und machte mich gleichzeitig traurig. Bisher hatte ich so gar nichts erreicht. Nicht einmal alle Zusammenhänge begriffen, obwohl ich versuchte, mein Bestes zu geben.

Die Erwartungen wuchsen und wuchsen, so kam es mir zumindest vor. Jeden Tag traten weitere, unerwartete Fakten zutage. Das ließ mich keinesfalls kalt. Doch war ich schlicht überfordert, auf alles zu reagieren, alles zu realisieren. Und für mich … na ja – war alles *neu*, alles *interessant*.

»Ist das Orakel nicht … uralt?«

Ja, es hätte tausend anderer, besserer Fragen gegeben, die ich mich jedoch scheute zu stellen. Diese hingegen war so unnötig wie normal. Und vielleicht gerade deshalb ein guter Einstieg. Immerhin ging es um die … *Frau*, die mich gebohren hatte.

Ibabi schmunzelte. Tesifa sah mich ungläubig an.

»Wie gesagt, die Zeit …«, geduldig bemühte sich Ibabi.

Ich unterbrach sie erregt. »Ich weiß, ich weiß … aber ist die Inati nicht wie du … und eher noch …« Ich wedelte wild mit meinen Händen.

Es war eine Sache, sich vorzustellen, wie das ohne Körper mit dem Sex und dem Kinder bekommen geklappt hatte, eine ganz andere, sie tatsächlich zu stellen. Andererseits hatte ich keine Zeit für Prüderie. Joze hatte bei unserem ersten Gespräch irgendetwas von *materialisieren* gesagt … oder war das Desita gewesen?

Glücklicherweise befreite mich die Wächterin aus meiner Zwangslage. »Nun die Inati hat sich materialisiert und ihre sterbliche Hülle wieder abgeworfen, als auch Amilaki sich dazu entschied. Theoretisch kann ich es ebenfalls. Praktisch ist es ein unheimlicher Kraftaufwand. Die Art, auf die ihr erschaffen wurdet, stellt eine Verschmelzung von natürlich und künstlich initiierter Zellteilung dar, musst du wissen. Sich für neun Monate zu materialisieren und zwei Lebewesen den natürlichen Wachstumsprozess zu ermöglichen, hat selbst sie erschöpft. Ein Superlativ der Schwangerschaft!«

Tesifa war inzwischen auf ihrem Stuhl zusammengesunken. Ihre Wangen sahen eingefallen aus. Sie schien noch schockierter zu sein als ich es war. Das klang, als wären Iyesu und ich nur ein skurriles Experiment. Das Zusammenmischen verschiedener mächtiger Gene – in der verzweifelten Hoffnung, die *Retterin der Welt* (mein Sisu-Name schien mich in diesem Augenblick regelrecht zu verhöhnen!) zu kreieren … mit dem Risiko, das größte Monster aller Zeiten zu erschaffen. *Einen Frankenstein 2.0.* Ohne Reagenzglas. In einem ungleich unkontrollierbareren Prozess. Einen oder eine zweite Chelemna, sozusagen. Und das direkt im Doppelpack – wenn man Iyesu berücksichtigte.

»Warum hast du nie etwas gesagt? All die Jahre …«, riss mich Tesifa aus den düsteren Gedanken. Sie klang vorwurfsvoll gegenüber der Wächterin. *Resigniert. Verloren.*

»Weil du vorhin ganz recht festgestellt hast, dass es erst jetzt an der Zeit ist« erwiderte Ibabi sanft. »Es ist nicht unsere Geschichte, aber Iva hat ein Recht auf die Wahrheit und Iyesu hat es verdient, dass wir ihn aus seinem Käfig holen, bevor es zu spät ist. Irgendwann wird Chelemna merken, dass sein Traum sich zersetzt wie Schaumkrönchen, die vom Wasser hinfortgetragen werden. Weil das Universum Seelen gebärt und keiner sie schaffen kann. Nicht einmal Amilaki, dem die Inati einst in seiner Verzweiflung ein Stück von sich – die Gabe, Anisitis Seele kurzzeitig an seine zu binden – geschenkt hat. Sie fühlte sich schuldig, weil sie seinen ersten Wunsch nicht hatte erfüllen können und so viele dadurch erloschen sind. Wir anderen haben einzig die Fähigkeit, Gefäße zu schaffen, Körper, die befüllt werden können. Wir alle können Voraussetzungen generieren, hingegen keine Intelligenz. Das ist und bleibt eines der Geheimnisse der unendlichen Weiten. Und wenn du mich fragst, ist es gut so, wie es ist. Sonst würde unser Chi nicht auf Wanderschaft gehen.«

»Also … was sollen wir deiner Meinung nach tun?« Tesifa hatte sich gefangen und sah gereizt aus. »In Bezug auf Chelemna«, konkretisierte sie.

»Wir werden kämpfen, wie wir es immer getan haben. Und dieses Mal werden wir siegen. *Für immer.*«

»Wie?«, wagte ich einzuwerfen. Für mich klang jegliches, was ich bisher über mögliche Zukunftsszenarien gehört hatte, eher nach freiwilliger Schlachtbankführung als nach großem Triumph. Was war das bitte für ein Plan – ein plumpes: Wir kämpfen. Glaubte die Wächterin, wenn sie sagte, dass sie siegte, würde das *mir nichts, dir nichts* eintreten?

»Durch die weise Voraussicht deines Vaters.« Ibabi klang sicher.

»Ahh«, machte Tesifa und kniff die Augen hinter ihrer markanten Brille zusammen. Ihre Wangen färbten sich langsam rosig. »Ich beginne es zu begreifen. Es ging *nie* um die Gene. Beziehungsweise um den besonderen Cocktail dieser. Wir alle hatten es vielmehr die ganze Zeit vor der Nase und haben es nicht gesehen. Was für ein Schachzug! *Brilliant* – selbst über sein Erlöschen hinaus. Sag mir, wird sie rechtzeitig da sein?«

Wer?, wollte ich rufen, hielt aber den Mund.

Die Wächterin nickte. »Sie hat sich fast vollständig formiert, ich kann es spüren. Das Pulsieren der Zeitströme nimmt zu.«

Tesifa wirkte zufrieden. »Gut.«

Ich blickte von einer zu anderen und wieder zurück. *Hä?* Noch erkannte ich keine Brillianz.

»Und sie weiß es«, fügte Ibabi hinzu. »Dass die Nachtwesen ein Gotteskind gestohlen haben.«

Ich rätselte. Es klang, als hätten die Kifu damit ein Sakrileg gebrochen. Brandschatzen, töten, das war *okay*. Aber Verschleppen war gegen die Regeln? Wie verwirrend inkonsequent.

»Ihre Wut nimmt im selbem Maß wie ihre Kraft zu, obwohl genau die Situation zu erwarten gewesen war. Ich vermute, sie kann sich dem Instinkt nicht entziehen, ob sie will oder nicht. Und Amilaki hat genau darauf gepokert. Auf die Liebe der Inati zu ihren einzigen beiden leiblichen Kindern.«

Ach du Scheiße. Jetzt war auch bei mir der Groschen gefallen. Tränen traten mir unversehens in die Augen. Unangenehm hüllte die Feuchtigkeit meinen unteren Wimpernkranz in Nässe. Rau schlug meine Zunge gegen den Gaumen, als ich schluckte und schluckte … und dabei das Gefühl hatte, all den Unglauben, die Traurigkeit, die betonschwere Last, die seit gerade eben auf mich drückte, erfolglos mit hinunterschlucken zu wollen.

Spitze, mein Vater hatte ganz bewusst lebende Lockvögel erschaffen. *Das* war sein Masterplan gewesen. Wortwörtlich: der ganz große Wurf.

Uns. *Seine Kinder.* Ich war ein Wunschkind – *oh ja.* Doch gerade die Absurdität dieses Wortes im Zusammenhang mit Iyesu und mir war ekelerregend. Sie verschaffte mir den süßlich-metallischen Geschmack von Blut auf der Zunge. Unbewusst hatte sich mein Körper so verspannt, dass ich zugebissen hatte. *Verflucht!* Ich begriff auf einmal, wie sich die von Leihmüttern ausgetragenen Mutanten im dritten Teil von *Wolverine* vorgekommen sein mussten. Sie waren genau wie ich – zu einem bestimmten Zweck erschaffen worden. Nicht um ihretwillen. Vielmehr weil andere sie *benutzen* wollten. Immerhin ging es dabei tatsächlich um ihre Fähigkeiten, nicht darum, sie nur als Anreiz einzusetzen, um mächtigere Kreaturen dazu zu bringen, in einen Krieg einzugreifen. Diesen zu den gewollten Gunsten zu entscheiden.

Gott war *scheinheilig!* Kein Wunder, dass er nicht an unserer Kindheit interessiert gewesen war. Wir waren von ihm als Mittel zum Zweck erschaffen worden. Zumindest ging es um nicht weniger als die Rettung der Welt. *Retterin.* Dieser Titel gebührte trotzdem nicht mir. Er sollte für *meine leibliche Mutter* bestimmt sein. Oder war das bereits ein Fingerzeig in ihre Richtung gewesen? Ein Hinweis, genau wie einzig der weibliche Name auf dem Umschlag mit dem Video …

»Das ist der entscheidende Unterschied, nicht wahr? Jetzt geht es nicht mehr nur um Weltenkinder. Es geht um *ihre* Kinder«, sprach Tesifa es aus.

»Ja. Die Inati wird die Dolchspitze sein, die Chelemnas Herz durchbohrt. *Sie* wird hoffentlich den *Dritten* Weltenkrieg verhindern. Im Ansatz ersticken. Und *wir* sollten uns rüsten, bis es so weit ist«, gab Ibabi zurück.

Beide nickten sich in gegenseitigem Einverständnis zu. Sie planten bereits den Showdown, für den ich so was von nicht bereit war. Ich konnte es ihnen ansehen. *Ich* wollte nur Iyesu retten. Immerhin wollten sie das auch. Zusätzlich zu: den Bösen erstechen, Mariyam rächen und diese Welt retten.

Das schafften wir spielend … an einem Nachmittag. *Nicht.*

»Iva, wann hast du die nächsten Ferien?«, riss Tesifa mich aus den Gedanken.

Was?! Was für eine Rolle spielte *das?* Gerade war es noch um die drohende Vernichtung aller gegangen. Glaubte sie ernsthaft, da interessierte mich die Schule? »Äh … in zwei Wochen«, entgegnete ich pflichtschuldig.

War das ihr Ernst? Sorry, der Untergang oder die Rettung der Welt stand bevor und sie interessiert sich für Ferien? Tesifa richtete sich mit der Planung ihres Kampfes der Völker, oder sollte ich besser sagen, *der Urgewalten*, nicht ernsthaft nach dem Plan meiner Highschool, oder?

»Schön, das passt. Sonst hätte Desita dich befreien müssen. Dann buchen wir Flüge«, bestätigte sie Ibabis stumme Frage, die anscheinend im Raum stand, da diese sofort nickte. *Einmal korrekt, immer korrekt.*

»Gut, wir treffen uns in Äthiopien. Ich werde Darin suchen und mitbringen. Väterchen Ludopus sollten wir als strategische Rückendeckung einplanen und nicht von der Milchstraße abziehen«, bestimmte Ibabi. »Ich werde ihn über das Bevorstehende informieren.« Dann wandte sie sich an mich. »Iva, ich sage dir das nur ein Mal, aber ich möchte, dass du dich daran hältst, verstanden? Du darfst Iyesu nicht warnen – durch nichts und auf keine Weise! Verhalte dich wie immer. Das Gelingen dieses Plans, das Überleben aller hängt davon ab!«

Konsterniert nickte ich und machte große Augen.

Sie sah trotzdem beunruhigt aus. »Versuche nicht mit ihm zu kommunizieren. Halte dich zurück und denk daran: Letztes Mal hatte das Weltall Ohren, während du mit deinem Geist geschrien hast. Du bist dir dessen nicht einmal gewahr gewesen. Keiner kann garantieren, dass das nicht wieder der Fall sein wird, und es wäre gut, Chelemnas Aufmerksamkeit nicht kontinuierlich auf dich zu lenken.«

Hm. Ibabi schaffte es, dass mir die Kinnlade herunterfiel. Nachdem ich sie wieder geschlossen hatte, knirschte ich unzufrieden mit den Zähnen. So hatte ich mir das nicht vorgestellt, trotzdem nickte ich erneut.

»Wir sehen uns in Afrika«, sagte sie, bevor ich sie urplötzlich nicht mehr sehen konnte. War sie noch im Raum? In entmaterialisierter Form? *Who knows.* Wenn ihr dramatische Abgänge Vergnügen bereiteten, *bitte.* Begeistert sein musste ich davon ja nicht.

»Toll«, murmelte ich sarkastisch in die Stille, die sich über den Raum gelegt hatte. Das voraussichtlich baldige Ableben aller – der Weltuntergang – stimmte mich nicht gerade fröhlich und die Anweisung der Wächterin bezüglich Iyesu stank mir, auch wenn ich sie nachvollziehen konnte. Und nicht, dass ich nicht gerne reiste. Aber … Äthiopien. Wo es begonnen hatte, endete es, oder was?

Kapitel 24

VOR 25 TAGEN

JOZE

Hoch oben

»Die Prioritätenliste meines Herzens war die ganze Zeit über gleich geblieben, doch hatte mein Verstand das nicht wahrhaben wollen.«

Die Luft pfiff eisig an meinem Körper vorbei, indes ich immer höher stieg. Höher und höher, bereits weit oben in der Atmosphäre. Die Länder unter mir wurden beständig kleiner. Sie schrumpften, gingen ineinander über und verschmolzen zu einem großen blauen Planeten, dessen Rundung sich langsam unter mir abzeichnete.

Intuitiv holte ich alles aus den Kraftreserven meiner Zellen heraus. Mein Verstand wusste, dass ich bald ausgelaugt sein würde, würde ich die Geschwindigkeit, mit der ich flog, beibehalten. Mein Magen protestierte. Meine Muskeln prickelten unangenehm. Wahrscheinlich waren sie kurz davor, zu übersäuern. Wie ein Stein sah ich mich vor meinem geistigen Auge nach unten fallen. *Es war mir egal.*

Der Planet hatte uns damals gerettet, hatte uns ein neues Heim geschenkt, dafür war ich dankbar, doch war er für mich gleichzeitig der Inbegriff eines Gefängnisses. Eines, das Amilaki mit geschaffen hatte. Eines, zu dem es keine Alternativen gab. Nichtdestotrotz belasteten im Moment mehr Geheimnisse das Leben meines Volkes als jemals zuvor. Fliegen war selten möglich. Eine Anpassung an die Sewi, unsere eigene Schöpfung, war notwendig, um weitere Bedrohungen beider Spezies zu umgehen. Und die Geschichte unseres Volkes steckte uns allen noch immer tief in den Knochen, trotz der Millionen von Jahren, die seit dem letzten Weltenkrieg vergangen waren.

Unwillkürlich spürte ich den Drang, aufzugeben. Alle Muskeln zu entspannen und mich fallen zu lassen. *Ganz hinunter, bis zum dumpfen Aufprall.* Nicht einmal der Gedanke daran machte mir mehr Angst. Und gerade *das* war erschreckend. Leidvoll zog sich mein Herz zusammen. Schweißperlen traten mir auf die Stirn ob der Anstrengung, die es mich kostete, weiter aufzusteigen.

Hier oben war die Luft dünn. Damit ich flog, musste der Austausch von meinen Sauerstoff- und Kohlenstoffmolekülen mit der direkten Umgebung um ein Vielfaches schneller ablaufen, im Vergleich zu dem in der Luft direkt über dem Boden. Vielleicht verursachte auch das einen Teil der Taubheit, die ich empfand. Vielleicht hatten aufgrund von Sauerstoffentzug manche Bereiche meines Gehirns bereits ihre Tätigkeit eingestellt. Ich wünschte nur, es wären die, die mich fühlen ließen. Aber um nicht mehr zu trauern, zu hadern und diese schreckliche Hilflosigkeit gegenüber Mariyams Tod zu verspüren, müsste ich wohl tatsächlich ohnmächtig werden oder sterben. Mich aufgeben. Legte ich es deshalb darauf an? *Gut möglich.*

Irgendwann, während all der dunklen Stunden der Trauer, in denen ich rasant und deshalb nahezu unsichtbar durch die Gegend geflogen war, hatte ich mit Sicherheit einen Großteil meines gesunden Verstandes eingebüßt, sagte mir zumindest der letzte Rest davon. Dieser war es auch, der mich daran erinnerte, dass es sehr wohl noch jemanden gab, den ich hatte. *Der nicht tot war.* Der mich liebte. Und den ich wertschätzte. Desita – *meine Frau*, Iva – *meine Tochter*, selbst Fegegita, Saki und Tesifa waren meine Familie. Und seit einiger Zeit auch Moti und Kuta. Warum fiel es mir nur so schwer, mir das bewusst zu machen?

Weil ich für keine beziehungsweise keinen von ihnen je derart viel empfunden hatte wie für Mariyam. *Das* war die traurige Wahrheit. Eine Wahrheit, die mich einsehen ließ, dass die Prioritätenliste meines Herzens die ganze Zeit über gleich geblieben war, doch hatte mein Verstand das nicht wahrhaben wollen. Starr hatte ich mich in eine Richtung fortbewegt: in die altbewährte. Und jetzt war es längst zu spät für einen Richtungswechsel.

Jetzt war sie tot. Mariyam, die Liebe meiner Existenz.

Trotzdem flog ich immer schneller, je mehr der Schmerz in meiner Brust anschwoll. Unwillkürlich ballte ich die eng an meinem Körper anliegenden Hände zu Fäusten. Biss die Zähne aufeinander, bis sie knirschten, und kniff die Lider fest zusammen. In meiner Brust explodierte mein Herz. *Leider nur emotional.*

Ich wusste nicht, wie viele Tage ich bereits kopflos unterwegs war. Wollte nicht wissen, wie es denen, die ich zurückgelassen hatte, ging. Ich war nicht bereit, mich mit ihnen und ihrer Trauer auseinanderzusetzen. Wusste ich doch genau, dass ich mich dann in die Rolle des Trösters gedrängt fühlen würde. In die des starken Mannes, der ich gerade weder war noch sah ich mich dazu imstande, ihn vorzuspielen. Ich wollte weg von der Erde, hin zu einer Heimat, die es im All längst nicht mehr gab.

Die mir genommen worden war. *Genau wie Mariyam.*

Schmerz, Unglauben und der erlittene Verlust fochten in meinem Kopf einen sinnlosen Kampf aus. Heiße Tränen brannten unvergossen auf der Netzhaut meiner Augen. Krämpfe verzogen meinen Kiefer zu einem stummen Schrei, der mir keine Linderung schenken wollte. Der erlittene Verlust ließ meine Handflächen zittern, die so untätig gewesen waren. Die nichts hatten verhindern können. Die mir in diesem Moment einfach nur nutzlos erschienen. Wie der Rest von mir. Wie mein Leben der letzten Millionen von Tagen.

All die Jahre auf der Erde: *verschwendet.* All die Bemühungen: *sinnlos.* All die Minuten, in denen ich meiner Sewi-Arbeit nachgegangen war – ich, der große Banker: überflüssig.

Selbst das sarkastische Lachen blieb mir in Anbetracht der Höhe in der Kehle stecken. Auf was hatte ich gewartet? Warum hatte ich die Chance, das neue Leben, das sich mir auf der Erde geboten hatte, an mir vorbeiziehen lassen? Wann war der Alltag zu einer Flut von unendlichen gleichförmigen Tagen geworden, die sich nur durch die Neuerungen, die die Entwicklung der Epochen mit sich gebracht hatte, voneinander unterschieden?

Ich war derart eingelullt von meinem Trott gewesen, dass ich das Geschenk, das mir – von welchem Schöpfer auch immer – gemacht worden war, als Mariyam auf der Erde auftauchte, gar nicht wahrgenommen hatte. Als sie endlich *mein* hätte sein können. Ich hatte es verschmäht. Hatte mich hinter der Ausrede versteckt, Desita, die ich mochte und wertschätzte, nicht verletzen zu wollen. Hatten meinen Bund mit ihr, meiner Frau, vorgeschoben. Dabei fragte ich mich jetzt, ob wir das je richtig gewesen waren: Mann und Frau – verbunden für die Ewigkeit.

Der Tod von Mariyam wog für mich so schwer, dass ich mir nicht mehr sicher war, je die Wahl gehabt zu haben, wessen Partner ich sein wollte. Ob mein Herz je jemand anderem gehört hatte als ihr. Tief in meinem Inneren wusste ich, dass es nicht so war. Sie war die Liebe meines Lebens gewesen. Und ich hatte diese Tatsache seit ihrer Hochzeit erfolgreich verdrängt. Erst jetzt sprang sie mir ein Mal mehr mitten ins Gesicht und fuhr mir wie ein sengender Blitz durch die Glieder.

Ich seufzte tonlos und ächzte gleichzeitig. Mein Körper begann zu zittern. Meine Sicht verschwamm. Das Dunkel verdrängte das Helle. Der verschlissene graue Anzug fühlte sich unangenehm auf meiner Haut an. Immerhin nahm ich ihn wieder wahr. Dann war der Moment gekommen. Der, auf den ich unterbewusst hingearbeitet hatte. Weil meine Vernunft mich verlassen hatte. Zusammen mit dem Selbsterhaltungstrieb. Und weil ich zu *feige* war, Kraft meines Willens zu *erlöschen*. Weil ich anscheinend andere Mächte darüber entscheiden lassen wollte, was mit mir geschah. Weil ich eine Schuld fühlte, die nicht durch Worte, nur durch Taten beglichen werden konnte.

Es geschah ganz plötzlich – wie das Ende meistens kommt. Meine Reserven gingen schlagartig zur Neige. Die Kraft verließ mich vollständig. In der einen Sekunde bewegte ich mich vorwärts. Nach oben. In der nächsten ging es mit einer ungleich schnelleren Bewegung nach unten. Bleischwer riss mich die Schwerkraft der Erde senkrecht hinab. Zog mich zu sich – *in die Tiefe*. Und das war gut … irgendwie … denn im Weltraum konnte man nicht verwesen. Da es dort keinen Sauerstoff gab, würde der tote Körper sich in die Ansammlung an Müll einreihen, die dort oben bereits schwebte – *Weltraummüll,* von keinem beachtet oder gar vermisst. Konträr zu mir? So oder so lag das nun nicht mehr in meiner Hand.

Von einem Gefühl seltsamer Erlösung erfasst, versuchte ich deshalb nicht mit den Armen zu rudern oder hektisch das Unvermeidbare abzuwehren. Ein seit dem Gespräch mit Chelemna nie dagewesener innerer Frieden überkam mich, der mich die Situation, so wie sie war, akzeptieren ließ. Ich erkannte, im freien Fall gefangen, dass es unter all dem Leid, das ich wegen Mariyam empfand, noch andere Gefühle gab. Dass meine Gedanken, jetzt da der Aufprall und das ungewisse Resultat dieses nahte, sich ebenso um Desita und Iva drehten. Die ich beide wertschätzte, aber schändlich im Stich gelassen hatte. Weil ich nicht anders konnte.

Und ich schwor mir, als ich den Lichtern der Erde immer näher kam, dass ich, sollte ich überleben, alles dafür tun würde, um sie zurückzugewinnen. Dass ich *dieses Mal* für sie da sein würde. Sollte mir weitere Zeit auf der Erde vergönnt sein, wollte ich in Zukunft die richtigen Prioritäten setzen. Mehr nach meinem Herzen handeln, weniger nach dem Verstand. Weniger arbeiten, mehr Familie.

Wenn es dann noch den Planeten und uns gab.

Was ich angesichts der Präsenz der Kifu und Tesifas zunehmender Beunruhigung, die sich seit meiner Auszeit sicher nicht gelegt hatte, nicht für selbstverständlich gegeben nahm. Wir wussten alle, dass ein Kampf unausweichlich war. Indes hatte der Frieden uns eine lange Zeit der Sicherheit beschert, von der keiner hatte glauben wollen, dass sie endgültig vorbei sein sollte.

Allerdings war mir durchaus klar, dass selbst wenn der Aufprall mich nicht zerreißen würde, ich erst heilen musste, um wieder fliegen, geschweige denn kämpfen zu können. Und das Risiko, dass ich in einer der verlassenen Gegenden des Planeten auftraf, war hoch. Selbstverständlich wäre es gut, wenn kein Sewi den Absturz beobachten würde. Allerdings konnte mich dann auch keiner finden und ohne fremde Hilfe schwanden meine Chancen, *in time* da zu sein.

Momentan befand ich mich irgendwo in der Nähe von Äthiopien, das spürte ich wie die meisten der Sisu, die damals dort angekommen waren. Nach wie vor war dies unser Fixpunkt und würde das wohl auch immer bleiben.

Während mein Körper nach unten raste, nahm das Dunkel mehr und mehr von meinem Gesichtsfeld ein, bis es meine Sicht vollständig verschlang. Ermattet ließ ich es geschehen. Die Ohnmacht war nahe, das spürte ich. Meine Glieder zitterten vor Kälte, weil ich mich seit einigen Augenblicken nicht einmal mehr selbst warm halten konnte. Vielleicht würde ich aufgrund der Höhe, in der ich mich befand, erfrieren und schließlich eingeeist als kompakter Zapfen abgefrorener toter Zellen das Biosystem der Erde mit neuen Nährstoffen versorgen. Mein *Chi* würde in die ewigen Gründe zurückkehren und bekäme die Chance, bei meiner Liebe zu weilen. Doch wusste keiner von uns, ob wir dort bei Verstand waren. Die Neugeborenen erinnerten sich an nichts von den früheren Leben ihrer Seele. Und das war gut so, ermöglichte es ihnen jedes Mal einen Neubeginn. *Ein weißes Blatt des Lebens, das beschrieben werden wollte und nicht vorformatiert war.* Sosehr mich das reizte, so wenig war ich imstande, diesen Wunsch dringlich genug zu empfinden.

Ich wollte einen Neubeginn. Ich wollte all die dunklen Tage der Trauer und der Kriege hinter mir lassen. Aber das stete Sehnen in meinem Innersten machte mir bewusst, dass ich das unbedingt *mit meiner Familie* wollte. *Auf der Erde.*

Noch im Wegdriften hielt sich mein Geist krampfhaft an meinen schönsten Erinnerungen, an den Gesichtern von Mariyam, Desita und Iva fest, als wüsste ich, dass ich sie nie wiedersehen würde.

Es tut mir leid!, war das Letzte, was ich bewusst dachte, ohne genau zu wissen, was ich damit meinte. Dann ließ ich mich von der angenehm befreienden Decke der Gedankenlosigkeit umhüllen und gab mich meinem selbst gewählten Schicksal hin.

Kapitel 25

VOR 22 TAGEN

IVA

Abschied zur Stadt der Städte

»Das war nach meinem Dafürhalten auf einer Verliebtheitsskala von eins bis zehn mindestens die fünfzehn.«

Zwei Wochen sind verdammt lang, kann ich euch sagen. Und ich wurde, je mehr Zeit verstrich, zur personifizierten Ungeduld, das gebe ich offen zu. Kein Wunder, dass ich, zerstreut wie ich war, trotz Jasons Nachhilfeversuch keine Muße für das Lernen auf die besagte Chemiearbeit hatte und sie … *nun ja* … kurz gesagt in den Sand setzte. Gut, wahrscheinlich hätte ich das so oder so. Immerhin liefen die anderen Klausuren recht ordentlich. Um aber den gestrengen Blicken von Desita und Fegegita zu entgehen, musste ich dennoch den drohenden Weltuntergang aufs Tapet bringen – eine wirklich passable Ausrede. Vorgeschoben war der schließlich nur ein bisschen. Ich konnte diesen zwar noch nicht zu hundert Prozent ernst nehmen, allerdings taten das die Darsteller in den ganzen Apokalypse-Filmen zuerst auch nicht. Weil es völlig abwegig und an den Haaren herbeigezogen zu sein schien. Schließlich sah alles aus wie sonst.

Die warmen Sonnenstrahlen, die mich nach dem Aufstehen blendeten, verbreiteten morgens gute Laune und ich ging wie üblich zur Schule. Alltag war eingekehrt, einzig unterbrochen von meinen Bemühungen, meine Kräfte zu stärken und endlich, endlich das Fliegen zu erlernen.

›Die Ruhe vor dem Sturm‹, hatte Fegegita eines Abends gemeint. *Die* Ruhe, die eintrat, bis es an der Zeit sein würde, dass die Welt kollabierte und eine Rettung mehr Wunschdenken als reelle Chance darstellte?

Wenigstens schlief Desita wieder zu Hause. Ich hatte sie vermisst, wirklich vermisst. Mehr, als ich bei ihrer kurzfristigen Übersiedelung zu Saki vermutet hatte. Es war schwer, sie, die mein bisheriges Leben lang die Rolle meine Mutter verkörpert hatte, als losgelöste Person zu betrachten. Aber, das gestand ich mir ohne Vorbehalt ein, sie hatte nach all den Jahren das Recht auf ein eigenes, selbstbestimmtes Leben. Eines ohne ständige Rücksichtnahme.

Die Blumenschau der Schwestern war ein wahres Spektakel gewesen. Zwei Tage vorher hatte eine edle Einladung im Briefkasten gesteckt. Gemeinsam waren Fegegita, Liane und ich mit Moti und Kuta Mitte letzter Woche zu dem Schnittpunkt des Längen- und Breitengrades gefahren, der auf der zart rosafarbenen Karte gestanden hatte. Die Farbwahl hatte mir direkt zugesagt. *Oh großes Wunder.* Und die wenigen verschnörkelten Zeilen darauf hatten geheimnisvoll viel Raum für Spekulation über die Veranstaltung gelassen.

Zuerst waren wir am Zweifeln gewesen, ob wir es pünktlich schaffen würden. Nicht etwa wegen des Verkehrs. Nein, der Grund war eine plötzlich vor uns auftauchende, ziemlich hohe, verwitterte Betonwand gewesen. Gleichzeitig hatte das Navi verlauten lassen: »Sie haben ihr Ziel erreicht.« Moti, der den Wagen wie immer gelenkt hatte, war sichtlich verwirrt gewesen – wie wir anderen auch. Liane hatte einfach ihre Tür aufgerissen – mit den Worten: »Jetzt kommt schon, ihr Angsthasen, das ist *so* cool! Ich glaube, ich weiß, was hier abgeht.«

Minuten später, nachdem das Motorgeräusch erstorben war und jeder seine Habseligkeiten eingesteckt und die Glieder gestreckt hatte, hatten wir uns gemeinsam auf Erkundungstour begeben. Eine Stunde Fahrt war es bis hierhin gewesen – ich hatte große Erwartungen gehabt!

Die gänzlich erfüllt worden waren. Schnell hatte sich herausgestellt, dass wir uns auf einem alten Fabrikgelände befunden hatten, das häufig für Konzerte genutzt wurde. Alle waren durch die Koordinaten auf ihren Einladungen zu anderen versteckten Parkplätzen gelotst worden. Erst zu Fuß, in der Mitte der großen Fläche, zwischen den avantgardistisch verteilten Betonversatzstücken übrig gebliebener Gebäudewände, hatten wir einander getroffen. Dort war ein langer Runway aufgebaut gewesen, der aber nicht zum Darüberlaufen errichtet worden war. Unzählige unterschiedlich hohe Vasen darauf hatten exotische Blüten, Kelche in einer unglaublichen Form- sowie Farbvielfalt und leuchtend grüne Gräser gezeigt. Mit riesigen Blättern, die mich an Gewächse aus dem Dschungel erinnert hatten – keinesfalls an unsere heimische Fauna, war jeder dieser Sträuße vervollständigt gewesen. Weitere Blumenarrangements hatten die Seiten gesäumt und aus der Ferne ein prachtvolles Bild ergeben. Blumenmädchen in Weiß mit Tabletts hatten sich um das Wohlergehen der Eintreffenden gekümmert. Dann hatten Desita und Saki in passenden Roben die Moderation übernommen und alle aufgefordert, gerne Fotos zu schießen.

Keinen Herzschlag später war das große Blitzlichtspektaktel in vollem Gang gewesen und ich mir sicher, dass die Guerilla-Blumenschau der beiden ein voller Erfolg werden würde!

Jetzt, ein paar Tage danach, boomte das Blumengeschäft und Saki und Desita arbeiteten viel. Fegegita hatte zwar ihre Vorherrschaft in unserer Küche behalten, aber meine Ziehmutter war abends zu Hause und sah mir wie früher auf die schulischen Finger. Fast vermisste ich die Freiheit, die ich zwischenzeitlich genossen hatte. Nun ja … *die Faulheit*, sollte ich wohl sagen, da behielt Desita recht. Ich hatte die Schule bei all den ›Sisu-Dingen‹, die vor sich gegangen waren, nicht auf Platz eins meiner To-do-Liste gesetzt … und abgesehen von der wohl notwendigen Kontrolle meiner schulischen Bemühungen war es schön, wieder jederzeit mit ihr reden zu können.

Leichter wurde die Situation trotzdem für keine von uns. Joze war noch immer nicht aufgetaucht. Ich machte mir große Sorgen. Desita, der die Anspannung diesbezüglich ins Gesicht geschrieben stand, augenscheinlich weitaus größere. Ich war mir absolut sicher gewesen, dass die beiden eine glückliche Ehe führten – ineinander verliebt waren. Jetzt fragte ich mich, wie Desita damals damit umgegangen war, dass Mariyam wie aus dem Nichts aufgetaucht war. Hatte sie die Vorgeschichte der beiden zu dem Zeitpunkt gekannt, zu dem sie Joze geheiratet hatte? *Vermutlich.*

Sie liebte ihn unverändert, das sah ich ihr an. Und er … hatte er sie geliebt, wie er Melowa, also Mariyam, geliebt hatte? Die logische Antwort war *Nein*, sonst wäre seine Welt nicht völlig zusammen gebrochen, oder? Er hätte bei Desita Trost gesucht. Wäre hier geblieben – bei ihr.

Hatte sie aus diesem Grund so kläglich geweint, als Mariyam verschwunden war? Weil sie erst da erkannt hatte, wie sehr es Joze belastete? Wie viel Mariyam ihm noch immer bedeutete? Und Mariyam, hatte sie Iyesu nicht ins Gesicht sehen können, weil er sie jedes Mal an Amilaki erinnert hatte und daran, dass mein Vater seine Anisiti, ihre Schwester, nur hatte heiraten können, weil sie stattdessen ins Unglück gestürzt worden war? Der Anisiti selbst konnte Iyesu kaum ähnlich gesehen haben, oder? Aber besonders viele Gemeinsamkeiten mit Amilaki, den ich auf dem Video gesehen hatte, hatte er nicht gehabt.

Ich verzog unwillig den Mund.

Mein Großvater hatte damals Amilakis Brautwahl den Vortritt vor Jozes gegeben. Es schien, als hatte Mariyam das weder Amilaki noch dessen Vater oder Joze verzeihen können. Für sie war nach ihrer Flucht vor Chelemna nicht *alles* besser geworden. Sie hatte sich bemüht. Doch hatte die Geschichte kein Happy End für sie vorgesehen gehabt.

Joze seinerseits war es unwesentlich anders ergangen.

Beide hatten sich nach etwas verzehrt, das sie nicht hatten haben können, weil sie zuvor ein einziges Mal auf ihrem Lebensweg *falsch* abgebogen waren. Gar keine Wahl gehabt hatten. Am Ende war ihnen nichts anders übrig geblieben, als sich in der von den Sewi erschaffenen Arbeitswelt ganz auf ihre Jobs zu konzentrieren – jeder ein Workaholic.

Jozes direkte Mitarbeiter waren, soweit ich das beurteilen konnte, loyal ihm gegenüber gewesen und Großkunden schienen seinem Sachverstand und Geschick auf den unterschiedlichsten Gebieten vertraut zu haben. Warum hatte er das in den letzten Wochen nicht bei seiner eigenen Familie geschafft? Vertrauen aufzubauen, Dinge offenzulegen, Tatsachen zu ändern. Vielleicht hatte er aber auch nicht aus seiner Haut gekonnt.

Bei den Sisu musste alles einen Sinn haben, es musste einem Zweck dienen, das hatte ich inzwischen verstanden. Und Liebe, Familie, zwischenmenschliche Nähe waren dafür nicht geschaffen. Speziell beim Thema Liebe konnte ich mir allerdings an die eigene Nase fassen.

Am letzten Tag vor den Ferien hatten wir vormittags Schulschluss. Wie immer waren die Stunden hauptsächlich ein *Zeit-absitzen-und-aufgeregt-auf-den-Ballen-wippen* gewesen, bis die Uhr über der grünen Schiefertafel unseres Klassenzimmers endlich die erwünschten Ziffern anzeigte.

Nachdem Liane Julia, deren schwarze Kleidung nicht gerade auf die fröhlichste aller Gemütslagen hindeutete, ein schnelles »Bis nach den Ferien!« zugerufen hatte, trabten meine beste Freundin und ich vergnügt über den Pausenhof. Noch im Klassenzimmer hatte ich einen vorsichtigen Blick zu Jason riskiert. Er war ganz in das Tippen einer Nachricht vertieft gewesen. Also hatte ich ihn in Ruhe gelassen.

Mit Liane wollte ich Eis essen gehen und quatschen, das hatten wir gestern ausgemacht. Für mich, hatte ich mir vorgenommen, sollte es ein richtiger *Mädelstag* voller unsinniger Unbeschwertheit werden. Schließlich wusste ich nicht, was in nächster Zeit auf mich zukommen würde. Sicher keine lustigen Blödeleien.

»Hast du Julias Gesicht gesehen?«, fragte ich Liane. »Ist sie jetzt sauer?« Fast hatten wir die Grenze des Parkplatzes erreicht. Moti und Kuta liefen hinter uns. Den beiden würde unser Gegacker sicher bald auf den Senkel gehen. Fast hätte ich losgelacht. Geschah ihnen auch mal recht.

»Hm«, machte Liane. »Ein bisschen fies komme ich mir schon vor, dass ich sie andauernd abserviere. Andererseits würde das mit uns dreien nicht gut gehen und das liegt hauptsächlich an ihr.«

»Gott bewahre!«, ich blieb vor Schock stehen. »Mit uns dreien?! Da wäre Ruf*mord und Totschlag* durch äh … ausgelatschte Sneakers an der Tagesordnung! So hab ich das definitiv nicht gemeint.«

»Ich weiß!«, Liane packte mich energisch bei der Hand und zog mich weiter, zwischen den Autoreihen hindurch. »Für mich ist das momentan ein bisschen kompliziert. In der Schule sitze ich tatsächlich zwischen den Stühlen.« Sie grinste etwas angestrengt. »Und in meiner Freizeit jongliere ich irgendwie auch. Ich bin mit ihr trotzdem noch eng befreundet. Wenn wir zu zweit sind, ist sie gar nicht übel. Nur bei dir, ich weiß nicht, da brennen ihr alle Sicherungen durch.«

»Aha«, grummelte ich. War ich schuld daran, dass Julia ihren inneren Hausdrachen bei mir nicht unter Kontrolle hatte, oder was? Vielleicht *entzündete* ich das Flammeninferno, *gelegt* hatte sie es!

»Das liegt nicht an dir«, beruhigte mich Liane sogleich. »Mir gefällt diese Seite an ihr auch nicht. Und da du mir wichtiger bist, muss sie entweder lernen, damit umzugehen oder ich werde weiter auf Abstand bleiben.«

Wir hatten das Auto erreicht und blieben davor stehen, damit meine Gorillas zu uns aufholen konnten. Heute waren sie gemächlich unterwegs. Vermutlich war die Vorstellung, zwei pubertierende Teenager einen Nachmittag lang in der Stadt zu hüten, nicht ihre bevorzugte. Bisher hatten sie es mit mir leicht gehabt, mit dem *easy Job* war es allerdings vorbei.

»Aber …«, bohrte Liane nach. »… Jason hatte auch eher ein *Zehn-Tage-Regenwetter*-Gesicht statt einen *Ach-nein-wie-geil-Ferien!*-Ausdruck. Und das schon die letzten beiden Wochen.« Sie sah mich fragend an. »Geregnet hat es allerdings kein einziges Mal!«, fügte sie überdeutlich hinzu, als ich schwieg. »Ich finde, ich habe lange genug gewartet, dass du von dir aus erzählst, was da im Busch ist! Also: Gibt es etwas, das du mir zu sagen hast?« Sie hob gespielt streng eine Augenbraue.

»Nein, *Mama*.« Ich kicherte. War ja klar, dass ihrem aufmerksamen Blick nichts entging.

»*Hm*« Gespielt böse senkte sie den Kopf und verengte die Augen. Sofort fiel ihr dabei ihr langes blondes Haar ins Gesicht und sie schüttelte es sich in einer graziösen Geste hinter die Schultern, während Moti den Wagen aufschloss und wir uns alle, nachdem die meisten Sachen im Kofferraum verstaut waren, hineinsetzten.

»Iva! Erzähl!«, drängte Liane, als Moti Gas gab und Kuta versuchte, mit dem Handy herauszufinden, wie wir möglichst ohne Stau nach Downtown kommen konnten. Ich zupfte peinlich berührt an meinen schwarzen glatten Haaren herum.

Seufzend lehnte ich mich in meinem Sitz zurück, ließ mein Fenster herunter und wieder hinauf, um Zeit zu schinden.

»Okay.« Vielleicht sollte ich mich ihr wirklich anvertrauen. Nicht nur bezüglich Jason, sondern auch meine Gefühle für Iyesu. Möglicherweise war sie imstande all die Widersprüchlichkeiten für mich zu entwirren. Also atmete ich ein, versuchte meine Gedanken zu ordnen und begann: »Ich mag Iyesu sehr, das weißt du ja … und ich mag seit einer Weile irgendwie auch Jason. Iyesu kenne ich schon lange und obwohl er nicht da ist, ich … will ihn nicht verraten. Verstehst du? Deshalb habe ich Jason unbewusst wehgetan. Mit ihm ist alles einfacher, aber gleichzeitig komplizierter, weil ich nie weiß, was ich tun oder antworten soll. Es ist so verwirrend. Überhaupt nicht entspannt«, gestand ich. »Nicht mehr so, wie es am Anfang zwischen uns war.«

»Und Iyesu ist dein Cousin!«, fügte Liane leise hinzu. »Über unzählige Ecken – *dennoch*. Außerdem, in der Tat: *verschwunden.*« Der kritische Unterton entging mir keineswegs.

Richtig. Sie wusste nichts von der Libi-Sache. Und ich durfte es ihr nicht verraten. Für sie klang es wohl ziemlich seltsam, dass ich mit sechzehn *immer noch* einen Verwandten anhimmelte. Das Thema gerade heute aus der Versenkung wieder auf den Tisch brachte. Irgendwie nach Inzest. Zumindest entnahm ich das ihrem Tonfall. Früher war es cool gewesen, für seinen älteren Cousin zu schwärmen. Als es noch um Käppis und Witze ging und nicht um Küsse und ähäm … *Würstchen.* Vor allem, da wir beide davon ausgegangen waren, dass unzählige Verwandtschaftsgrade zwischen ihm und mir lagen. Dass das nicht so war, wusste sie zwar nicht, allerdings schien sich mit dem körperlich aufflammenden Interesse an Jungs – für das Marc wohl *Beweisstück A* war – auch ihre Perspektive auf die Dinge geändert zu haben. Iyesu süß zu finden, war okay gewesen, für ihn mehr zu empfinden war heute wohl ein *No-Go*. Das verstand ich. *Irgendwie.* Aber wie sollte ich nun fortfahren? *Uff!* Jetzt steckte ich mitten in meiner eigenen, höchst verworrenen Erklärung fest.

»Korrekt«, bestätigte ich schließlich. »Deshalb zurück zu Jason. In einer Klasse sind wir schon länger. Mehr als nur vom Sehen kennen wir uns trotzdem erst seit … nun, dem Tag meiner Geburtstagsparty. Seit er mich vor Julia verteidigt hat, denke ich. Davor war ich uninteressant. Und er ist ja erst seit diesem Schuljahr mein Nebensitzer«, begann ich mich zu verteidigen.

Liane nickte mit hochgezogenen Augenbrauen.

»Reden, lachen, du weißt schon … es war alles *easy*. Und dann plötzlich … überhaupt nicht mehr.« Tja, das war eindeutig mein Hauptproblem! Das ich drehte und wendete, ohne einer Lösung auch nur nähezukommen.

»Warum?«, wollte Liane wissen. Sie hörte aufmerksam zu.

Ich wurde direkt rot. Es war mir ein bisschen peinlich, vor meinen Leibwächtern über die Untiefen meines, *gut,* immerhin in Ansätzen vorhandenen *Liebes*leben zu quatschen. Ihre Frage zu beantworten war ich ihr aber schuldig, schließlich hatte ich das Thema aufgebracht. »Weil er seinen Gefallen einlösen wollte. Also inzwischen sind es zwei. *Na ja.* Du weißt …?«

»Klar!«, machte Liane und legte den Kopf schief. »Was wollte er?«

»Picknicken«, grummelte ich einsilbig.

»Hä?« In ihren Augen standen Fragezeichen.

»Ja, das hab ich auch gesagt. Mehr oder weniger.«, stimmte ich ihr aufgebracht zu.

»*Okay*, sonst wollte er nichts? Denn das hättest du ihm nicht zwingend abschlagen müssen.«

»Doch«, stieß ich hervor, bevor ich richtig darüber nachdachte. Die Rotschattierung meiner Wangen intensivierte sich bestimmt gerade. »Einen Kuss«, quetschte ich so kläglich heraus, als unterschriebe das mein Todesurteil.

»Oh!« Liane dachte nach. »Und du wolltest nicht?«, schlussfolgerte sie. Irritation schlug sich im runzeln ihrer Stirn nieder.

»Ich war überrascht, erstaunt, überrumpelt. Ich bin nicht blind. Ich habe ja vermutet, dass er was von mir wollte. Du hast es selbst gesagt! Aber … in dem Moment war das …« Ich seufzte. »Ich hab weder *Ja* noch *Nein* gesagt, trotzdem hab ich ihm wehgetan, hab ihn verletzt, obwohl ich das wirklich nicht wollte. Wahrscheinlich gerade wegen der fehlenden Euphorie … die er sich bestimmt erhofft hatte. Ich finde allerdings, ich hab das nicht allein vergeigt – da gehören zwei dazu. Warum hat er mir so was am Telefon gesagt? Und dann plötzlich aufgelegt …«

»Er hat *was?*« Liane sah überrascht aus. »Ihr habt das am Telefon besprochen?« Sie lachte lauthals. »Ernsthaft? Wow, du hast ihn wohl ganz schön verunsichert.«

»Irgendwie schon. Er meinte, er überlegt sich den Wunsch noch mal – aber die letzten beiden Wochen hat er nicht einmal in meine Richtung geschaut. Mal ehrlich, was hätte ich tun sollen? Vor der ganzen Klasse zu ihm gehen und sagen: ›Sorry, Jason, dass ich dir nicht beim Telefonieren die Erlaubnis gegeben habe, mich zu küssen?‹. Das ist lächerlich …«

Liane kicherte und klatschte sichtlich erheitert in die Hände. »Also, *das* hätte ich gerne gesehen.«

»Kann ich mir vorstellen«, murmelte ich. Meine Mundwinkel verzogen sich zu einem Lächeln.

»Nun …«, hob sie ernster an und wackelte dabei oberlehrerinnenhaft mit ihrem Zeigefinger unter meiner Nase herum. »Du hättest es ihm schreiben können. Du weißt schon, *moderne Kommunikation*, WhatsApp und so.«

Pff! »Jap, hätte ich. Nur … weiß ich noch immer nicht, ob ich ihn küssen will«, gab ich zu. *Oh ja!* Ich war schuldig im Sinne der Anklage, mich nicht entscheiden zu können.

»Uhh!« Erstaunt sah Liane mich von der Seite an. »Ähm, du bist dir im Klaren, dass das grundsätzlich keine Sache ist, die über Leben und Tod richtet?« Die Ironie war unüberhörbar. »Die du dir also dreimal überlegen musst – außer der Gute ist ansteckend. Aber …«, sprach sie weiter. »… da er nicht nur in unsere Klasse geht, sondern auch neben dir sitzt und keiner von diesen absoluten Spinnern ist, hat er wohl eine ehrliche Antwort verdient.«

»Vermutlich.« Geknickt und leicht ratlos knetete ich meine Hände im Schoß.

»Vielleicht nutzt du die Ferien, um dich zu sammeln und eine Entscheidung zu treffen«, meinte Liane.

»*Das* ist eine hervorragende Idee. Und wenn die Schule wieder beginnt, rede ich mit ihm. Ehrenwort!« *Sollte ich noch leben,* fügte ich still hinzu. Außerdem wüsste ich dann hoffentlich, wie es um Iyesu und mich stand.

Ich hatte Liane bereits erzählt, dass ich mit meiner Familie verreisen würde. Wohin, hatte ich bewusst verschwiegen und sie hatte nicht nachgefragt. Allgemein schwebte sie seit gestern auf ziemlich bauschigen Wattewölkchen, dem Glanz ihrer Augen nach zu schließen. Gestern war nämlich ihr *Kino*-Date mit Marc gewesen.

Ich hatte mich, mir ganz meiner freundschaftlichen Pflichten bewusst, Anfang dieser Woche aufgerafft, um wie versprochen die Sache mit seiner Ex zu klären. Die, wie sich schnell herausgestellt hatte, genau das war: *seine Ex.* Damit hatte den beiden nichts mehr im Weg gestanden – außer mitunter Liane sich selbst – und sie hatten sich verabredet. Nun brannte ich darauf, zu erfahren, wie es gelaufen war.

Perfekt, dass wir gerade in einem der großen grauen Parkhäuser, die wie Schandflecken die Stadt zierten, angekommen waren. Behäbig stieg ich aus, nachdem Moti eingeparkt hatte. Auto fahren lullte mich in letzter Zeit irgendwie ein bisschen ein. Fuhr man selbst, war das sicher anders. Na ja … das Thema Führerschein war in weite Ferne gerückt. Obwohl ich mich gut daran erinnerte, wie ich das letzte Mal darüber nachgedacht hatte. Es war der Tag des Unfalls gewesen. Ich hatte es deshalb trotz meines sechzehnten Geburtstags zwischenzeitlich vergessen. Und wenn ich ehrlich war, war ich auch nicht mehr besonders scharf darauf. Außerdem hatte ich in letzter Zeit genügend Action, da musste ich nicht zur Krönung Streit mit einer *Blechkiste* anfangen. *Diese* Kirsche auf dem Kuchen wollte ich mir – im übertragenen Sinn – lieber für gleich aufsparen.

»Ich brauche dringend einen Kaffee!«, rief Liane, die sich neben mich stellte, aber viel spritziger aussah als ich. Nichtsdestotrotz war ich einverstanden. Dort, wo es Kaffee gab, gab es meist Gebäck! Das klang mindestens genauso gut wie Eis – wenn nicht noch besser! Und mit dem, was aus dem echten Ofen kam, konnte man mich immer hinter dem sprichwörtlichen hervorlocken. Ich *liebte* Kuchen!

»Also, was macht der gute Marc?«, fragte ich Liane über meine *zwei* Stück Torte hinweg. *Wenn schon, denn schon, oder?* Außerdem hatte ich mich nicht zwischen Haselnuss-Krokant und Schwarzwälder Kirsch entscheiden können. Mal ehrlich, eine derart schwierige Wahl war nicht zumutbar gewesen. Aber Moti und Kuta, die einen Tisch weiter saßen, hatten ebenfalls mehrere Stücke auf ihren Tellern. Na schön, meine Leibwächter waren mindestens doppelt so groß wie ich, aber *hey*, man sollte sich doch ab und an etwas gönnen.

Nun, bei beiden Torten circa bei der Hälfte angekommen, breitete sich ein leicht unangenehmes Übelkeitsgefühl in meinem Magen aus, das ich nicht länger ignorieren konnte und an dem ich eindeutig selbst schuld war! Also pausierte ich die Nahrungsaufnahme und war voll für jegliche geistige Aufnahme bereit.

»*Maarrcc* …«, Liane seufzte seinen Namen mehr, als dass sie ihn aussprach.

Das war nach meinem Dafürhalten auf einer Verliebtheitsskala von eins bis zehn mindestens die fünfzehn. Eigentlich sagte dieses Gesäusel alles aus, trotzdem wollte ich es genau wissen. »Hat er dich bei Versuch Nummer vier geknackt?«

»Hat er. Er war ja soooo romantisch«, flötete sie.

»Im Kino? Romantisch?« Stand ich auf der Leitung?

»Ja, er kam mit einer Rose. Völlig verlegen … und märchenhaft! Dann hat er meine Hand genommen und mir einen Handkuss geben. Einen altmodischen.« Sie war zwischenzeitlich beim dritten Kaffee und nahm nun einen großen Schluck aus der Tasse. Die zu ihrer Verteidigung recht klein war.

Ich verbiss mit das ›Igitt!‹ auf ihre Äußerung. Es tickte schließlich jeder anders. Außerdem hatte Marc sich ins Zeug gelegt. Das war mehr als wünschenswert! Ich freute mich für Liane. Sie hatte es wirklich verdient!

»Habt ihr auch geredet?«, fragte ich zaghaft nach. Die beiden hatten eine Vorgeschichte, die es meiner Meinung nach zu klären galt, bevor sie sich frisch verbrüdert gegenseitig die *Heile Welt*-Masken überstreiften.

»Wir waren doch im *Kino.*« Liane guckte mir nicht in die Augen. »Da lief der *Film.*«

Im Kino lief ein Film?! *Was sie nicht sagte* … das kam ja gänzlich *unerwartet.* Ich hüstelte, um mich nicht an einer Verlegenheitsgabel voll Kuchen zu verschlucken. Interessant war eher, was sie nicht sagte. Nun, das war ihre Sache. »Wie viel hast du von dem Film mitbekommen?«, foppte ich sie trotzdem. Hatten die beiden eigentlich nur einander angeschaut … oder auch mal den Film?

»*Einiges!* Also … den Anfang hab ich vollständig gesehen!«, verteidigte sie sich und damit Marc, bevor wir uns einen Augenblick ungläubig über den Tisch hinweg anblickten und dann gemeinsam in längst überfälliges Gelächter ausbrachen.

Stunden später verabschiedeten wir uns gut gelaunt und ich versprach Liane, die ihre Ferien in New York verbringen würde, direkt anzurufen, wenn ich von meiner Reise zurückkam.

Ein bisschen schwer war mein Herz durchaus und das bemerkte meine beste Freundin, da ich sie etwas zu fest zum Abschied drückte. »Hey, ist doch nicht für lange. Bald hast du mich wieder an der Backe. Genieß die freie Zeit!«, versuchte sie mich aufzuheitern.

»Hm«, schnuffelte ich an ihrer Schulter, ließ sie dann aber notgedrungen los. Es blieb zu hoffen, dass Ibabi recht behielt und die Inati uns alle retten würde. Noch zweifelte ich. *An meiner leiblichen Mutter.*

Zurück zu Hause, nachdem wir Liane neben dem gepflegten Vorgarten des Stadthauses ihrer Eltern abgesetzt hatten, fiel mir ein Satz von Desita ein, der mir neulich, als sie ihn beim Abendessen fallen lassen hatte, treffend vorgekommen war: ›Du hast oftmals keine Ahnung, welches Sein sich hinter dem Schein verbirgt.‹ *Das hatten wir wirklich nicht.* Und dabei spielte es keine Rolle, welcher ›Rasse‹ der Einzelne angehörte.

Für Liane war ich einfach nur Iva. Ihre Freundin. Ein Mensch wie jeder andere. Sie hatte keine Ahnung von meinem Volk.

Immerhin waren bei den Sisu die Namen ein Fingerzeig. Um mich halbwegs für die *große Schlacht,* wie ich sie sarkastisch nannte, vorbereitet zu fühlen, begann ich deshalb erneut, alle frisch aufgeschnappten Namen zu googeln. An meinem Schreibtisch sitzend versuchte ich mich daran zu erinnern, welche ich von Tesifa oder Ibabi gehört hatte. Wenigstens ihre Bedeutung konnte ich mir erschließen.

MENORI hieß LEBEN.

MEBIRATI bedeutete, so mein getreuer Amharisch-Übersetzer, LICHT. Das fand ich passend. Das Trimat der Sisu wurde demnach durch Hoffnung, Leben und Licht geführt. Irgendwie klang das schön.

FIRIHATI stellte sich als FURCHT heraus. Wie furchterregend Chelemnas Bruder wohl war? Ich versuchte es mir vorzustellen, runzelte die Stirn und dachte an die Teufelsanbeter. So furchterregend wahrscheinlich nicht. Das brachte mich aber darauf …

HIMEMI, das Monster, das Chelemnas lebender Flammenwerfer zu sein schien, verkörperte den SCHMERZ. Hm … vielleicht ließ sich dieser lindern. Vielleicht konnte Himemi bekehrt werden? SETI, seine vor Urzeiten getötete Frau, war einfach: FRAU.

Außerdem fand ich heraus, dass ›Gininyuneti‹ VERBINDUNG bedeutete. *Wie treffend.* Eine Verbindung zwischen den Welten, die eine Kommunikation zuließ – wenn beide Seiten, also Völker, das wollten. Wenn beide Steine im Gleichklang schwangen. Vereint im Augenblick.

Wenn ich nur mit Iyesu hätte kommunizieren dürfen – ihn warnen dürfen. Öfter war ich versucht gewesen, obwohl ich nicht wusste, ob eine Konversation wie die, die wir geführt hatten, ein zweites Mal möglich war. Doch hatte Ibabi mich in Tesifas Büro derart eindringlich beschworen, es nicht zu tun, um Chelemna nicht vorzuwarnen, dass ich mich tatsächlich daran hielt.

Durch unser erstes Gespräch war der König der Kifu sowieso in Alarmbereitschaft, schenkte ich der Wächterin Glauben … *was ich tat.* Gleichzeitig, hatte Tesifa danach gesagt, war es möglicherweise gut für Iyesu gewesen, eine neue Fähigkeit zu demonstrieren, um Chelemna in der Wunschvorstellung zu wiegen, er könnte mit etwas mehr Zeit das, was dieser von ihm wollte.

Wertvolle Geisel brachte man nicht um.

An dieser Theorie hielt ich mich fest und verhielt mich deshalb unauffällig. Ich reichte meinem Libi unverändert, wie schon seit dem ersten Mal, jeden Abend die mentale Hand. Es war eine kurze Berührung, nichts weiter. Die Verbindung zeigte mir, dass er da war, beruhigte mich und schaffte gleichzeitig ein Sehnen nach mehr. Allerdings versuchte auch er nicht in engeren Kontakt zu treten.

Missmutig packte ich heute, am Abend vor dem Aufbruch zur *Stadt der Städte,* einige kurze Hosen, Shirts, Pullis, Unterwäsche, Socken und ein Paar Flipflops in eine große pink-rote Reisetasche. Diese war neu und sah der, die bei dem Unfall dabei gewesen war, extrem ähnlich. Das fand ich nicht gerade *prall,* da die letzte mir kein Glück gebracht hatte, aber Fegegita hatte diese hier ungefragt besorgt und etwas von leichtem Gepäck gemurmelt. Ich hielt mich daran, obwohl das negative Vorzeichen, das ich ungewollt in die blöde Tasche deutete, an mir knabberte.

Wieder einmal brach ich ins Ungewisse auf. Dieses Mal war ich allerdings nicht allein. Das verschaffte mir ein angenehm warmes Gefühl im Bauch. Wir würden das zusammen durchstehen – was immer uns erwartete. *Selbst wenn es das Ende sein würde.*

Kapitel 26

VOR 21 TAGEN

IVA

Und ich flieg, flieg, flieg!

»WIR WAREN EINES DIESER IRREN TEAMS, DIE MEINTEN, MIT WENIG TALENT UND NOCH WENIGER IDEE DIE WELT RETTEN ZU KÖNNEN.«

Am nächsten Morgen kamen wir zu absolut unchristlicher Stunde vor dem Schalter des Flughafens an – wie eines dieser sich in Slow Motion bewegenden, superepischen Superheldenteams in Filmen. Allerdings wirkte ich vermutlich ein bisschen zerknittert. Nicht nur wegen des bequemen rosa Hoodies und der Jogginghose zu meinen weißen Sneakers, die ich trug. Allen voran hatte ich einen zerzausten, ungekämmten *Wischmopp* von Haarschopf auf dem Kopf, den ich notdürftig in einen Zopf geschlungen hatte. Viel Schlaf war in dieser Nacht nicht für mich drin gewesen und meine leicht zittrigen Beine wären bei einer Aufnahme negativ ins Auge gefallen. Sie zerstörten direkt das Bild der Zeitlupe inklusive krassem Soundtrack in meinem Kopf. Aber das Wegretuschieren all dieser ›Makel‹ wäre in meinem *Gammel-Erscheinungs*-Stadium sowieso eine *haarige* Angelegenheit geworden.

Gestern Abend hatte ich meinen Geist nicht zu Iyesu gesandt und ich hoffte, dass er sich, statt sich Sorgen zu machen, des *Zeichens* bewusst geworden war. Nämlich, dass sich etwas tat.

Nach dem Check-in und der Aufgabe des schweren Gepäcks, das Moti und Kuta mitschleppten, die zur Abwechslung statt ihren Anzügen weite dunkle Stoffhosen und passende Hemden trugen, begaben wir uns direkt durch die Sicherheitskontrolle. Um diese Uhrzeit war nicht besonders viel los und wir konnten ungehindert passieren. Auf der anderen Seite angekommen, galt es, alle Schuhe einzusammeln, die gelösten Gürtel durch etwaige Schlaufen zu ziehen und die Handgepäckstücke aus den Plastikboxen zu fischen. Immerhin waren wir bequem gekleidet und daher schnell fertig.

Mit wir meinte ich: Fegegita, Tesifa, Desita, Moti, Kuta und mich. Saki war zu Hause geblieben, um die Stellung zu halten, wie Desita gesagt hatte. Menori und Mebirati befanden sich Tesifa zufolge sowieso nicht in New York. Sie bewahrten die allgemeine Ordnung auf der Erde während ihrer Abwesenheit, sodass nicht noch einer der schwelenden politischen Konflikte der Sewi in Kriegshandlungen ausartete, während wir schon alle Hände voll zu tun hatten.

Vom JFK nach Dubai dauerte es mit Emirates fast dreizehn Stunden, dann hatten wir knapp drei Stunden Aufenthalt, die wir mit Burgeressen sowie bei Starbucks verbrachten und flogen daraufhin weitere vier Stunden, bis wir in Addis Abeba landeten. Es war eine Weltreise. *Unübertrieben!* Und ich unternahm mehrere Anläufe, im Flugzeug einzuschlafen, doch die innere Unruhe ließ mich keine komfortable Position finden, so oft ich mich auch hin und her wälzte.

Während wir aus dem Flugzeug stiegen, begrüßten uns immerhin angenehme zwanzig Grad und eine moderne Ankunftshalle. Das hatte ich nicht erwartet. Und es wurde noch besser! Die beiden größten Besonderheiten der Stadt waren für mich die Höhenlage und der Geruch. Beides meinte ich im positiven Sinn.

Addis Abeba lag auf über zweitausend Meter. Die Luft war deutlich dünner, als ich – bekennende Städterin und Tiefländlerin – es gewohnt war. Ich hatte mich jedoch schnell akklimatisiert. Fegegita sah hingegen ein wenig blass um die Nase aus. Sie hatte direkt nach der Landung Schwindelgefühle entwickelt und reagierte nun mit leichter Übelkeit auf den intensiven Geruch von Kaffee und Gewürzen, der in der Luft lag.

Gespannt war ich vor allem auf die Innenstadt gewesen. Mit einem großen weißen Leihwagen, einem Van, fuhren wir nun an neumodischen Hochhäusern, Hütten und recht vielen, aus meiner Sicht verwahrlost wirkenden Baustellen vorbei – genau in dieser Reihenfolge. Tesifa hatte die Schlüssel des Wagens am Schalter einer Autoverleihfirma direkt nach der Passkontrolle abgeholt. Dabei war die Schlange an dem kleinen Counter beträchtlich gewesen. Doch schon kurz darauf, nämlich jetzt, waren wir unterwegs. Die meisten Fahrzeuge, die ich nun aus dem heruntergekurbelten Fenster sah, waren weiß – genau wie unseres. Einfach, so erklärte mir Tesifa, weil es in einem schwarzen Auto in einem Land nahe dem Äquator verdammt heiß wurde. Da sie wirklich *verdammt* sagte, wusste ich erstens, dass sie trotz des Anlasses unserer Reise entspannt war und es zweitens ernst meinte. Ob ich dann das Fenster wieder hochkurbeln sollte, auch weil Fegegita leidgeprüft ächzte? *Nein.* Dafür war die Umgebung viel zu interessant!

In den Randbereichen der Stadt, dort, wo es keine befestigten Straßen mehr nach rechts und links gab, standen provisorisch wirkende Hütten aus Holzstangen und Wellblech, an denen sich Müll sammelte, vor allem aber Plastikfolien. Wo kamen die her? *Skurril.*

Als wir schließlich auf einer Erhebung hinter der Stadt zum Stehen kamen und uns aus dem Auto drängten, schweifte mein Blick über eine Häuserflut mit angrenzendem Berg auf der anderen Seite. Es war ein wundervolles Panorama, das ich so keinesfalls erwartet hatte.

Die Stadt war erst im späten 19. Jahrhundert gegründet worden, hatte *Professor Google* mir durch Wikipedia vor unserer Abreise enthüllt, stellte aber eine beeindruckende Mischung aus Historischem und Moderne, Armut und industriellem wie technologischem Fortschritt dar. Es gab breite Straßen, die mich an andere Großstädte erinnerten, aber ebenso unbefestigte, die ganz anders waren als das, was ich kannte. Ich hatte vorher beobachtet, wie diese von unzähligen Lkw, Motorrikschas und Eselkarren befahren worden waren.

Auch trat für mich, gerade durch die Ansicht von oben, ein auffälliger Kontrast zutage: Zum dichten Verkehr, der teils modernen Architektur und den ausgebauten Straßen kam der Natur eine große Bedeutung zu. Sie wurde in die Planung mit einbezogen. Die Hauptstraßen hatten fast alle breite Mittelstreifen, die üppig bepflanzt waren. Was für mich aber noch bemerkenswerter und sehr auffällig ins Auge fiel, war der moderne Verkehr. Es fuhren nicht viele SUV herum, wenn jedoch, dann extrem teure, hochmoderne. … und auf der gleichen Straße zogen Esel vollkommen überladene Marktkarren mit Brennholz oder Getreidesäcken.

Die Bewohner repräsentierten meinem ersten Eindruck nach eine bunte Mischung. In den Autos vom Flughafen weg hatten viele Fahrgäste Businessanzüge getragen. Je weiter wir allerdings gefahren waren, desto mehr bunte Hemden, weite Hosen und verschiedenste Kopfbedeckungen waren mir aufgefallen. Reich zu sein, schien sich hier durch westliche Kleidung oder teure traditionell äthiopische Kleider auszuzeichnen. Arm zu sein, bedeutete wohl graue Lumpen zu tragen und oft nicht einmal Schuhe an den Füßen. Das bemerkte ich als größten Unterschied zwischen den einzelnen – *den Luxus von Schuhen.* Abgesehen von Moti und Kuta stachen wir heraus, denn die vorherrschende Hautfarbe war ein dunklerer Ton, der meist zwischen Kaffee und Milchschokolade variierte. Was ich sehr auffallend fand, waren die ausnehmend hübschen und fein geschnittenen Gesichter. Das hatte ich bereits bei der Ankunft bemerkt. Außerdem schien es so gut wie keine Touristen zu geben.

Nach der kurzen Schau- und Trinkpause scheuchte uns Moti, der meinte, er wolle vor Anbruch der Nacht ankommen, wieder zum Auto und gab erneut Gas. Einmal mehr hatte er die Rolle des Fahrers übernommen, die ihm keiner streitig machte.

»Hundertfünfzig Kilometer«, seufzte Tesifa neben mir und verzog das Gesicht.

Na ja … das ging doch? Zumindest in der Zivilisation. Wie lange wir hier für die Strecke brauchen würden, wusste ich nicht.

Ich *musste* gefahren werden, aber die anderen … Ich ersparte mir das obligatorische ›Du könntest ja fliegen‹. Tesifa wollte sicher ihre Kräfte zusammenhalten. Chelemna und die Seinen würden uns vermutlich noch genug abverlangen.

Viel, viel später bogen wir in Richtung eines Schildes ab, auf dem *Region Oromia* stand. Um uns war grüne Natur. Besonders die Steilhänge der Gebirge in der Ferne waren richtiggehend bewaldet. Die Formation der Berge sah außergewöhnlich aus. Das Hochland hingegen, so erklärte mir Desita vom Beifahrersitz, hatte eine lange Tradition der Bewirtschaftung hinter sich und war leider inzwischen überweidet.

Große Sträucher säumten die Straße, auf der wir fuhren, und ganze Bäume waren über und über mit Blüten übersät. Leuchtend rot, flammend pink, gelb, weiß. Dazwischen ragten vereinzelt Palmen auf. Der Himmel zeigte sich in einem intensiven Blauton, den kein Wölkchen trübte. Die Sonne strahlte herab und ließ alle Farben kräftiger wirken. Es war schön in Äthiopien, stellte ich fest. *Wunderschön.* Wie hatten die Sisu-Klans nur einst wegziehen können?

»Wäre es jetzt an der Zeit, mir zu sagen, wohin wir fahren?«, wandte ich mich an Tesifa. Meine Aufregung nahm zu und ich wollte diese zumindest mit ein paar weiteren Fakten dämpfen.

»Erklär es ihr!«, bestärkte mich Desita von vorne. »Wir haben das damals bei unserem Gespräch verpasst.« Sie saß neben Moti und hatte ihre sockigen Füße ungezwungen übereinandergeschlagen auf dem schwarzen Armaturenbrett abgelegt.

Huch, wo war ihre Vorbildfunktion hin? Säße ich dort und benähme mich so, würde *ich* mit Sicherheit einen Anschiss kassieren. *Erwachsene …*

Ich seufzte.

Desitas Bekräftigung schien Tesifa ihre Entscheidung abzunehmen. Ihr Körper spannte sich an und entspannte sich schließlich wieder. »Der Wenchi Kratersee, zu dem wir fahren, liegt hundertfünfundfünfzig Kilometer westlich von Addis Abeba, der Stadt, in der wir gelandet sind. Er befindet sich zwischen Ambo und Weliso in einem erloschenen Vulkan.«

Ich sah, wie mir Moti einen aufmerksamen Augenaufschlag im Rückspiegel widmete. Also ein See. Das klang … *gut.* So nach *Badeurlaub*. Es lag mir glatt auf der Zunge, ironisch zu fragen, ob meine beiden Leibwächter die Liegestühle und Sonnenschirme in ihrem schweren Gepäck vorsorglich dabeihatten? Sodass wir uns nach getaner *äh … Arbeit* ein bisschen Entspannung gönnen konnten.

Oh Mann!

Ich verkniff mir ein Schnauben über mich selbst und lauschte weiter Tesifas Ausführungen: »Um die dreitausenddreihundertachtzig Meter über dem Meeresspiegel liegt der Krater, der für uns Sisu ein bisschen wie für die Katholiken der Vatikan ist: *heilig.* Allerdings nicht im religiösen Sinn. Er beherbergt nicht nur einen großen See, heiße Quellen, Wasserfälle, wunderschöne Täler und Farmland. Er verbindet zu bestimmten Konstellationen Raum innerhalb einer gleichen Zeit. Tritt eine Überschneidung der galaktischen Wirklichkeiten ein, ist hier ein Übergang zwischen den Welten durch ein Wurmloch möglich. Es ist weder ein Tor noch ein sich drehender Strudel, oder was immer du von den Science-Fiction-Schreiberlingen gehört hast. Es ist genau das, was das Wort Überlagerung bedeutet. Ein parallel stattfindender Ablauf der Realität, die sich dimensionsübergreifend geografisch konzentriert, während sie doch getrennt stattfindet.«

Nun waren alle Blicke auf mich gerichtet. Nachdenklich horchte ich in mich hinein. Was ich verstanden hatte, war: Überschneidung galaktischer Wirklichkeiten. War mir also klar, was Tesifa mir zu erklären versuchte? Eigentlich schon. Fand ich es abgefahren? *Aber so was von!* Schade, dass ich, sollte ich das überleben, keinem davon erzählen durfte.

»Wie sieht so eine Überschneidung dann konkret aus?«, fragte ich neugierig nach.

»Ein bisschen als wenn du mehrere Bilder bei einer digitalen Bearbeitung übereinanderlegst«, antwortete mir zu meinem Erstaunen Kuta mit tiefer Stimme von hinten. Er belagerte ganz allein die zweite Rückbank.

»Du wirst es bald sehen«, meinte Tesifa schulterzuckend.

»Und was überlagert sich alles?« Das hatte sich mir noch nicht ganz erschlossen. Waren das nur bestimmte Welten, die sich ähnlich den Umlaufbahnen der Planeten, die ich aus der Schule kannte, mal annäherten und mal voneinander wegbewegten, oder alle Galaxien und alle Welten? *Dimensionen* war ein … nichtssagender Begriff.

»Auf einer der Halbinseln des Sees befindet sich ein altes, verlassenes Kloster mit einer Kirche«, begann Tesifa. »Es ist das genaue Ziel unserer Reise und seit einigen Jahrhunderten das Heim einiger unserer besten Astrologen, die seit Urzeiten nichts anderes tun, außer diese Zyklen und die damit einhergehenden Planetenbewegungen zu skizzieren, zu interpretieren und vorherzusagen. Eine wahrhaft komplizierte Aufgabe, die immer dann Früchte trägt, wenn *Besuch* …« Sie dehnte das Wort vielsagend aus. »… von anderen Welten in unsere dringen möchte.«

»Wir sind inzwischen in der Lage, durch Berechnung selbst verschiedenste exogene Faktoren mit einzubeziehen und können sagen, dass am

Tage des Unfalls eine Überschneidung mit Kekifa bestanden hat. Dies wird in circa einer Woche wieder der Fall sein«, schob Fegegita, die neben Tesifa saß, ein. »Damals nahm auch Ibabi kurz vor der Überlappung eine Veränderung der Schwingungen des Universums wahr und schickte dem Trimat eine Warnung. Doch schafften es Chelemna und Xanei Jones, sein bester Krieger, sich an unseren Wachen vorbeizuschleichen und ihr Unwesen zu treiben, während wir anderenorts auf sie lauerten.«

Bedrückte Stille breitete sich im Wagen aus. Einzig das Röhren des Motors gab einen gleichmäßigen Ton von sich.

»In höchst unregelmäßigen Abständen treffen die Wirklichkeit des Sees auf der Erde und Chelemnas See in seinem Palastgarten aufeinander. Man könnte meinen, sie wären Yin und Yang, die sich stets wiederfinden und vereinen«, fügte Tesifa hinzu. »Im Endeffekt hängt das Wurmloch aber von der Sternenkonstellation ab.« Sie befeuchtete sich die Lippen. »Am Anfang war Chelemna wild darauf, Mariyam in die Finger zu bekommen, dennoch konnten wir ihn abwehren. Irgendwann erlosch sein Interesse – so dachten wir zumindest. Wir wurden unaufmerksam, schweiften ab, wandten uns anderem zu … und versagten trotz Ibabis Warnung, als er zuschlug und Iyesu sowie auch Mariyam mitnahm.«

»Er ist stark!«, wandte Desita ein. »Das dürfen wir nicht unterschätzen!«

»Ja, das ist er.« Fegegita nickte. »Und das werden wir nicht. Nicht dieses Mal!«

Während sie nun still ihren Gedanken nachhingen, drehten sich die Rädchen in meinem Gehirn immer schneller. »War die Überlappung mit Simeti damals einmalig?«, wollte ich wissen.

»Nein, vermutlich nicht. Wir haben sie nur vor Inatis Hinweis nie wahrgenommen. Sie war so *schwach* und sie folgte einem viel komplexeren Algorithmus als die mit Kekifa.« Tesifa strich sich sachte eine kurze Haarsträhne zurück.

»… von dem wir nicht sicher sind, ob er durch die Vernichtung Simetis und die resultierende Veränderung in der Raum-Zeit des schwarzen Lochs überhaupt noch Bestand hat«, meinte Fegegita. »Es gibt dazu mehrere Theorien. Die für mich einleuchtendste unserer Wissenschaftler ist die, dass das Wurmloch zwischen Simeti und der Erde künstlich erschaffen wurde – vom Orakel. Oder zumindest künstlich verstärkt. Das würde erklären, warum es für uns damals so schwierig war, auf diesen Planeten zu ›springen‹. Da es wohl durch die alles andere als optimale Planetenstellung Simetis zur Erde auch sehr lang gewesen sein muss, kannst du dir vorstellen, dass ein Aufenthalt in einem … *Zustand* unendlicher Gravitation zwischen den Welten nicht gerade ‚gesund' war und uns dementsprechend einiges abverlangt hat«, sagte sie zu mir und beugte sich um ihr Libi herum. »Wahrscheinlich ist, dass gerade dabei unter anderem die Beschaffenheit eines Planeten eine Rolle spielt. Sozusagen eine Magnetwirkung hat, wie Tesifa das bereits andeutete, um es zu veranschaulichen. Damit fiele Simeti komplett aus dem Raster. Schwarze Löcher haben zwar eine unheimliche Anziehungskraft und eine große Masse, hingegen kein Volumen und eine völlig andere Beschaffenheit des physikalischen Raums. Damit dürfte der Ausgangspunkt der ursprünglichen Verbindung nicht mehr existieren. Das schwarze Loch, das jetzt an Simetis statt im Universum klafft, hat wahrscheinlich das eine Ende des ursprünglichen Wurmlochs ‚konsumiert' und das andere baumelt irgendwo lose im Weltall. Vielleicht nähert sich dafür irgendwann eine neue Welt, innerhalb einer neuen Galaxie an, wer weiß.«

Moti brummte zustimmend.

»Andere Überlappungen gibt es nicht?« Ich wollte sicher sein.

»Zumindest sind *uns* keine bekannt«, murmelte Kuta.

Das hieß, es galt *nur*, die Erde vor den Kifu zu schützen – im Moment? Na, dann … war ja fast eine Aufwärmübung. *Hust.*

»Also … alle Jahre wieder, *hm?*«, überlegte ich laut.

»Ja, alle Jahre wieder klopft der Teufel an und bringt ausschließlich die Rute mit«, bestätigte Tesifa seufzend, grinste dabei aber.

Wow, hatte sie gerade ernsthaft einen Witz gerissen? Leider fand ich die bittere Realität absolut nicht zum Lachen.

So war das also. Alle Jahre durfte sie die Welt retten. Beziehungsweise hatte das Trimat es müssen. Vielleicht hatte das Tesifa so werden lassen, wie sie sich gab: Schwarz in Schwarz. Heute waren das Trimat und die Kämpfer – eingeschlossen meine Familie –, wenn ich richtig zwischen den Zeilen alles Gesagten gelesen hatte, bestenfalls eingerostet und nach einem langen Winterschlaf erst vor, in ihren Bahnen denkend, wenigen Augenblicken wirklich aufgewacht – nämlich bei meinem Unfall.

Wie groß war die Chance, einen Kampf gegen einen Bösewicht zu gewinnen, der wahrscheinlich seit Jahren nichts anderes getan hatte, als sich auf diesen Tag vorzubereiten? Einen Bösewicht, der irgendwie sogar jenseits von Gut und Böse stand. *Dem* Gut und Böse, das ich gekannt hatte. Der seine eigene geliebte Frau ermordet hatte? Dem der Wahnsinn wahrscheinlich dick und fett von der Stirn abzulesen war.

Ich fühlte mich nutzlos, unbrauchbar und hinderlich – so ganz ohne Superkräfte. Sicher hätten sie, die Sisu und Kifu, einen anderen Grund gefunden, sich zu bekriegen, wenn es Iyesu und mich nicht gegeben hätte, doch nun waren wir nichtsdestotrotz der Grund dieser Auseinandersetzung, die womöglich für uns alle tödlich enden konnte. Dabei wusste Chelemna nicht einmal, *wessen* Kind er da eigentlich entführt hatte. Dass Iyesu Amilakis Sohn war, hatte ihn sicher zu der Tat bewogen … doch dass die Inati unsere Mutter war, das konnte er nicht wissen, oder doch? *Was für ein Desaster.*

Ich schloss für einen Moment die Augen.

»Wir sind gleich da!«, ließ uns Moti wissen und ich hob abrupt meine Lider.

Das Kloster, auf das wir zufuhren, erhob seine alten, verwitterten Mauern, deren Dächer Stroh zierte, auf einem sanften Hügel, nahe dem Seeufer. Den First krönte ein einst prächtiges Kreuz, das von einem Kranz aus sieben angeschlagen wirkenden … Eiern umgeben war. Es wirkte ziemlich auffällig und trotzdem beeindruckend. *Welchen Sinn …?*

»Straußeneier.« Tesifa war meinem Blick gefolgt. »Ist hier Tradition.«

Ein runder Turm mit spitz zulaufendem Ausguck bildete den Mittelteil. Verschieden hohe Anbauten nach allen Seiten schützten diesen vor Eindringlingen. Links, etwas abseits stand eine verwitterte Scheune, deren Holz äußerst modrig wirkte. Ich konnte die Umrisse eines großen Tores an ihrer Vorderseite erkennen. Rechts demonstrierte ein halb verfallener steinerner Kreuzgang, der lebensgefährlich aussah, dass sich, zumindest äußerlich, wahrhaft niemand um den Komplex kümmerte.

War das Tarnung? *Hoffentlich.*

Tesifa hatte direkt bei Motis Kommentar angefangen, in ihrer schwarzen Handtasche herumzunesteln und zog jetzt ihr Smartphone hervor. Geschwind tippte sie etwas und steckte es dann wieder ein.

Circa zwanzig Meter vor der Scheune, als wir nur rollten und ich mich fragte, ob Moti diese zu rammen gedachte, hob sich das Tor, eine Art elektrisches Garagentor, von allein und fuhr wie frisch geschmiert nach oben. Gemächlich lenkte mein Leibwächter unser Auto in die nun höchst modern und komfortabel wirkende Garage, deren Innenleben absolut nichts mit ihrer äußeren Erscheinung gemein hatte, und parkte neben einem teuer aussehenden tarnfarbenen Geländewagen.

Verwundert blickte ich durch die Scheiben unseres Mietwagens von rechts nach links und umgekehrt. Würden wir uns als Nächstes in eine unterirdische Schaltzentrale begeben – voller Technologie, die offiziell noch gar nicht entwickelt worden war? Das würde mich nicht erstaunen. Ich mochte *James Bond*-Filme. *Wirklich.* Aber die Vorstellung, mitten in einem gelandet zu sein, gefiel mir überhaupt nicht. Denn da starben immer viele – wenn auch meist mehr Böse und weniger Gute. Trotzdem hatte ich den bizarren Tagtraum, dass wir vielleicht *doch* alle überlebten.

Hier, an diesem Ort, realisierte ich, dass das alles kein unendlich langer Albtraum war, dass ich weder fantasierte noch in irgendeiner Weise aufgeweckt werden konnte. Wir waren nicht zum Spaß hier – keiner von uns. Wir waren eines dieser irren Teams, die meinten, mit wenig Talent und noch weniger Idee die Welt retten zu können. Doch würden wir dafür umso mehr Glück benötigen … *und einen Trumpf!* Würde uns nicht das Schicksal zu Hilfe eilen, hätten wir die denkbar schlechteste Hand aller Zeiten, eine *ohne* Ass und König. Wir würden das Spiel voraussichtlich in der ersten Partie verlieren und damit das Wertvollste, was je in einem Pott gelegen hatte: unseren Planeten, unser Leben.

»Iva!«, riss mich Tesifas ungeduldige Stimme aus dem Philosophieren. »Würdest du bitte aussteigen?«

Äh … ja. Mit klopfendem Herzen öffnete ich die Tür und rutschte von meinem Sitz. Sehr langsam trat ich um den Van herum zum Kofferraum, an dem bereits Moti, Desita, Kuta und Fegegita standen, die mich überholt hatten. Ich nahm meine farbenfrohe Reisetasche und lief hinter Desita her, die in Richtung einer Tür zu unserer rechten Seite strebte. Ich hoffte, dahinter an der frischen Luft zu stehen, um meine plötzlich aufkommende Beklemmung einfach wegatmen zu können.

Leider befand sich hinter der Tür ein kleiner, dunkler Raum, der eine, so weit ich sehen konnte, moderne Treppe hinunter ins Erdreich beherbergte. *Also doch unterirdisch.* Ich fing leise an zu lachen, so surreal war die ganze Situation.

Desita betrat die Stufen, ohne sich umzudrehen, ohne zu zögern. Um nicht allein zurückzubleiben, folgte ich ihr, bis wir nach einem kurzen Gang erneut zu einer identischen Treppe kamen, die allerdings nach oben führte.

Mein Leben wirkte auf mich in diesem Herzschlag wie ein Film, ein Computerspiel, ein Buch – gleichzeitig wäre mein Tod äußerst real. Kein Bildschirm, keine Konsole, kein Papier trennte mich von den Gefahren, die auf der Lauer lagen. Es war entmutigend, doch würde ich gerade das noch brauchen: *Mut.* Eine große Portion davon!

Als wir vor einer zweiten schlichten Tür standen, die uns von *was-auch-immer* trennte, drehte Desita sich unerwartet zu mir um. »Hab keine Angst, Iva. Sie sind auf unserer Seite!«, sagte sie und legte mir beruhigend die Hand auf die Schulter. »Ich weiß, dass das ein bisschen viel ist. Diese ganzen Informationen, die du auf einen Schlag begreifen sollst. Die sich rapide zuspitzende Lage, die … Sache mit Iyesu, Mariyam und Joze. Aber ich verspreche, dass ich dich nicht allein lassen werde! Nicht in dieser Angelegenheit.« Sie sah mir eindringlich ins Gesicht, als wolle sie so die einsame Träne aufhalten, die mir plötzlich aus dem linken Augenwinkel rann.

Verdammt, ich … hatte Angst davor, noch mehr zu verlieren. Angst vor dem Unbekannten, das jenseits meiner bisherigen Vorstellungskraft lag. Schwer schluckend nickte ich und legte meine Hand auf ihre. Es war wie damals in Jozes Büro – eine Art geheimer Pakt zwischen uns. Nur, dass *er* ihn gebrochen hatte. Nun waren es nur noch *zwei* Hände. Desitas und meine. *Die beiden, die übrig geblieben waren.*

Wiederholt drückte sie meine Schulter, dann löste sie ihre und damit meine Hand. Schwer fiel meine herunter. Es hatte, obwohl es nicht auf diese Weise gemeint gewesen war, etwas Endgültiges. Sinnend hörte ich die Geräusche der anderen, die aus der Garage kamen und uns einholten. Sie waren mir fremd wie nie. Ich konnte kaum ermessen, wie sie dachten, *was* sie dachten, was sie in ihren Leben hinter sich gelassen haben mussten, um hier zu stehen – nach all den Millionen von Jahren.

Wie viel konnte man im Leben verkraften, bis man brach – bis es einen brach? Wann wurde man selbst den großen Freuden überdrüssig und gab auf? War es immer ein Kampf?! War Leben, bloßes Überleben tatsächlich das Anrecht des Stärkeren?

Behäbig trottete ich hinter Desita durch die Tür, hinein in das blendende Licht der untergehenden Abendsonne, das durch große Glasfenster fiel. Während ich mich zu orientieren begann, die Finger schützend wie eine Sonnenblende vor den Augen, drängten auch Tesifa, Fegegita, Moti und Kuta von hinten zu uns. Sanft wurde ich ein Stück nach vorne geschoben, ohne es richtig wahrzunehmen.

Staunend hatte sich mein Blick an all den säuberlich geordneten Reihen von alten Büchern festgesaugt, die kein Ende zu nehmen schienen. Weder nach oben noch in der Tiefe der Flure. Es mussten Abertausende unterschiedliche Exemplare sein. Ledereinbände mit Gold, verblasste Stoffeinbände, dicke Bücher, dünne Bücher, sie alle stapelten sich hoch und höher, über die verschiedenen Stockwerke hinweg. Ausgetretene Holztreppen mit rotem Teppich und einige Leitern an den einzelnen Regalen verbanden das Ordnungssystem miteinander.

Es war keine optische Täuschung – das war die größte Bibliothek, die ich je gesehen hatte. Was, wenn ich ehrlich war, keine große Kunst darstellte, da ich es nicht mit Büchereien hatte, doch selbst mir als Laie war klar, dass sie unglaubliche Ausmaße umfasste.

»Schön, nicht wahr?«, fragte Tesifa leise. »Die stille Ordnung, die herrscht, vermittelt mir jedes Mal das Gefühl, ruhig und gesittet hindurchschreiten zu müssen.«

»Wie viele Bücher sind das?«, flüsterte ich ebenso leise zurück.

»Ich weiß es nicht. Vielleicht kann es Nicolas beantworten, den du gleich kennenlernen wirst. Vielleicht weiß es niemand … Innerhalb dieser Wände befindet sich das komplette Wissen, das die Sisu und die Sewi je angesammelt haben. Ein paar der Pergamentrollen, die wir besitzen, stammen aus Alexandria. Sie konnten damals vor dem Feuer gerettet werden.«

Das ließ mich staunen. War die Bibliothek von Alexandria nicht die bedeutendste antike Bibliothek gewesen? Und bis auf die Grundfesten niedergebrannt? Ich meinte mich lebhaft an Miss Murrays Entsetzen während ihrer Erzählung zu erinnern. Es war, so die Überlieferung, nichts übrig geblieben … wie konnte also hier etwas aus dem Bestand von damals stehen? Das war ungeheuerlich! *Oder … auch nicht.* Es war ja erst … *pi mal Daumen* um die zweitausend Jahre her, wenn ich richtiglag. Für meine Begleiter also gestern. Oder … *na gut*, etwas realistischer: *vorgestern.* Warum wunderte ich mich überhaupt?

Schweigend folgten wir Tesifa, die die Führung durch die engen Flure übernommen hatte. Wir liefen und liefen. Irgendwann verlor ich die Orientierung, nachdem wir zum x-ten Mal abbogen. Jedes Labyrinth war ein schlechter Scherz gegen die Anordnung dieser Bücherzeilen. Jedweder Einbrecher würde beim Herumirren kläglich verhungern, bevor er mit seiner Beute das Freie zu sehen bekäme. *Falls* er den Ausgang jemals sichtete.

Als ich mich schließlich in einer kleinen, runden Vorhalle wiederfand, atmete ich erleichtert aus. Nun gewann ich die Orientierung zurück. Wahrscheinlich befanden wir uns im mittleren Turm und die Bücher nahmen die ganzen Anbauten in Richtung der Scheune ein. Aufmerksam musterte ich den weißen Marmor unter meinen Füßen, der das gleiche Grundmurmeln besaß wie der in der Bank.

Verblüfft ließ ich mich intuitiv auf alle viere herab und legte beide Handflächen auf den Boden. *Tatsächlich!* Es war, als wären sie *Zwillinge* … soweit man das bei Stein sagen konnte. Vielleicht hatte man den Bodenbelag aus dem gleichen Bergmassiv gehauen?

Völlig versunken hatte ich nicht bemerkt, dass jemand zu uns getreten war, bis ein Schatten auf mich fiel. Ruckartig richtete ich mich auf, bereits in einer Verteidigungshaltung zurückweichend.

Noch immer stumm standen alle da, bis der Mann, der mit Glatze, ohne Schuhe und nur durch ein weißes, um sich gewickeltes Tuch bekleidet war, zu sprechen anfing: »Hallo, kleine Iva. Schön, dich kennenzulernen. Mein Name ist Nicolas. Ich bin der Bibliothekar hier – oder wie ich gerne zu sagen pflege, der lebende Staubwedel.«

Er sagte es in einem Sing-Sang derart ulkig, dass ich lachen musste.

»Jaja, ich sehe schon, du sehnst dich danach, hier einen Tag lang nach dem Rechten zu sehen und all die Bücher von ihrer ständig wiederkehrenden Staubschicht befreien zu dürfen. Aber wir können sie ja nicht alle in Glaskästen sperren. Obwohl wir es zu meinem Bedauern notgedrungen bei ein paar müssen und es Jahr für Jahr mehr werden.«

Seine Mundwinkel senkten sich. Als glaubte er wirklich daran, dass das den Büchern etwas ausmachte … nun, vielleicht tat es das ja?

Keine Sekunde später hoben sich seine Mundwinkel aber wieder. »Nun denn …«, wandte er sich meinen Begleitern zu und ich hatte das Empfinden, dass seine Präsenz im gleichen Atemzug die Luft zum Stocken brachte. Unwillkürlich schaute ich nach unten, bloß weg von ihm. Und siehe da, es klärte sich, warum er keine Schuhe trug. Er schwebte, *einfach so*. Zwar nur knappe zwei oder drei Zentimeter über dem Boden, aber da war jedwedes Schuhwerk natürlich überflüssig.

Mir kam der belustigende Gedanke, dass es, zumindest in New York, bei einigen tatsächlich betriebenen Kirchen, Klöstern und anderen Gotteshäusern so war, dass man vor Betreten die Schuhe sogar ausziehen *musste*. Nicht, dass das etwas mit ihm zu tun hatte …

Er schien jedoch auch im Gegensatz zu meinen Begleitern keine Kräfte sparen zu wollen oder zu müssen. Wobei ich eher auf *müssen* tippte, da ich nach einem Blick über die Schulter selbst Tesifa den Respekt ihm gegenüber ansehen konnte. Das erklärte auch das anhaltende Schweigen. Ob er das Späßchen nur mir zuliebe gemacht hatte? *Anscheinend.*

»Ihr habt einen langen Weg auf euch genommen. Doch mich dünkt, wir haben einen ungleich längeren vor uns. Seid wie immer willkommen in meinem Haus. Lasst uns die anderen begrüßen, um über unser gemeinsames Vorgehen zu beraten.« Er schwebte empor, bis er fast mit den Zehen über unseren Köpfen hing.

»Tesifa?«, fragte er. Seine singende Stimme hallte an den Wänden wider. Irritation ließ sie regelrecht scharf werden. Von uns hatte sich keiner auch nur einen Zentimeter bewegt.

Ich zog unwillkürlich den Kopf ein und widerstand dem Impuls, nach oben zu sehen.

Tesifa sah bedauernd zu mir und seufzte.

Desita rückte näher an mich heran.

Gänsehaut überzog meine Unterarme. *Was war los?*

»Sie kann noch nicht fliegen«, hörte ich Tesifa mit fester Stimme sagen. »Einer von uns wird sie mitnehmen müssen.«

Mitnehmen nach … *oben?!* Jetzt wagte ich es, meine Augen zu heben und war überrascht, wie viele Etagen zu sehen waren. Die Decke des

Turmes schien die Decke der Halle zu sein. Rechts und links zogen sich in gleichen Abständen kunstvolle Balustraden an den Wänden empor, die Türen erahnen ließen, die wiederum zu Zimmern führen mussten. Lebten dort die Astrologen? Freie Sicht in den Sternenhimmel hatte man von den Räumen aus mit einem Fernrohr, bestimmt!

Die sich vor mir herabsenkende Gestalt von Nicolas schreckte mich auf. »Soso. Du kannst also noch nicht fliegen.« Er sagte es mit schief gelegtem Kopf. Nachdenklich. Als wäre das … ungewöhnlich. Im *negativen* Sinn. »Aber du kannst es, sonst hätte der Boden dich nicht erkannt.«

Der Stein hatte mich *erkannt?*

»Amilaki hat diesen wie auch den in der Bank von Hand zusammengesetzt. Seine Fleißaufgabe. Ein Stück seines Geistes ist dabei eingeflossen und deshalb noch immer spürbar, wenn man genau hinhört. Das hast du getan, nicht wahr?«

Ich nickte vorsichtig.

»Der Boden hat dich ganz von allein angezogen – unterschwellig nach dir gerufen. Es liegt an deinen Genen. Er erkennt in dir etwas von sich, von Amilaki, wieder.«

»… und ich habe sie bereits schweben gesehen!«, fügte Desita eilig hinzu. Sie klang schrill, erregt, nicht ganz wie sie selbst.

War Nicolas etwa gefährlich? Er wirkte so *ruhig.*

»Gut. Dann wird es Zeit zu fliegen, kleine Iva.« Während seine Worte sich setzten, fragte ich mich, für was es noch alles *an der Zeit* war?!

Abrupt wurde ich von zwei Händen so geschwind in die Luft gehoben, dass ich erstarrte wie ein Nager im Angesicht einer Schlange.

»Bleibt!«, hörte ich Nicolas nahe meinem Kopf grollen.

Kalt spürte ich die Luft an mir vorbeipfeifen und fühlte am zunehmenden Druck in meinen Ohren, dass wir immer schneller stiegen. Der hellen Decke, über der das Dach sein musste, kamen wir unaufhaltsam näher. Ich kniff panisch die Augen zusammen.

Das war es dann wohl. Mein wenig glorreiches Ende. Bedauern schoss mir durch den Kopf, ebenso wie ein Gedanke: *Iyesu*! Da jetzt alles egal war, wollte ich gerade meinen Geist nach ihm ausstrecken, als Nicolas ohrenbetäubend brüllte. »Nein!«, gebot er mir Einhalt und ich hob die Lider. Unser Flug war beendet. Wir schwebten nahe der Decke. Unter uns war extrem viel Nichts. Also *Luft.*

»Du kannst fliegen und du wirst fliegen, also *flieg!*«, war die einzige Vorwarnung, die ich bekam, bevor er mich losließ.

Ich schrie wie am Spieß!

Die Meter sausten an mir vorbei. Die Geräusche wurden leiser, ich hörte alles nur noch wie durch Watte und ich … stand unter Schock, bis mir klar wurde, dass *ich* es in der Hand hatte. Kein Sisu würde mir helfen. Es lag ganz allein an mir. Jetzt oder niemehr! In mir regte sich der Wille zu fliegen, zu leben so stark wie nichts zuvor. Es gab nur noch mich, die Angst und diesen innigen Wunsch. Ich wollte zu Luft werden, wollte die Luft sein. Wollte es … *Jetzt!*

Ganz plötzlich und unverhofft tat ich *es.*

Abrupt kam mein Körper einige Meter über dem Boden in einer verrenkten Position zum Stillstand. *Ich schwebe*, wurde mir klar. Weil ich es so *wollte.* Intensiv versuchte ich mir daraufhin vorzustellen, wie ich mich aufrecht und ausbalanciert in der Luft hielt, zu dieser Luft wurde, und … es funktionierte *tatsächlich!*

Triumphierend blickte ich hinab in die leichenblassen Gesichter von Tesifa, Desita, Fegegita, selbst Moti und Kuta. Unangenehm wurde ich mir direkt des *was-wäre-wenn* bewusst. Was wäre nämlich gewesen, wenn ich es nicht gekonnt hätte? Hätte Nicolas es wirklich riskiert, mich sterben zu lassen? *Grrr* … diese Frage vergaß ich lieber gleich wieder.

Behände ließ ich mich stattdessen absinken. Stellte mir vor, dass schwere Gewichte meine Füße nach unten zogen, dass ich nicht mehr wie Luft, sondern ein fester, eine Menge wiegender Körper war, und kam etwas ungalant, aber immerhin *nicht* im Vierfüßlerstand auf dem Marmor zum Stehen.

»Sehr gut«, lobte Nicolas, der geräuschlos neben mir gelandet war. »Dann können wir ja nun *alle* fliegen«, stellte er leicht ironisch fest – als zweifle er allen Ernstes an den anderen, dass sie mich bisher nicht zum Fliegen gebracht hatten.

Er wirkte äußerlich wieder, als könne er kein Wässerschen trüben. Ich wusste es besser!

Meine Begleiter sagten nichts, doch sprachen ihre Blicke eine eigene Sprache von Furcht, Entsetzen, Erleichterung und Stolz. *Stolz auf mich.*

Kapitel 27

VOR 20 TAGEN

IVA

Gangmitglied-Style

»Es ist deine Entscheidung, aber auch *dein* Hintern.«

Den Schock meiner ersten Begegnung mit Nicolas hatte ich verdaut, auch wenn das Zittern und die Schnappatmung daraufhin erst richtig eingesetzt hatten.

Wow! Fliegen war wie ein Bad in Spaghetti, wie ein Himmel aus Zuckerwatte, wie Schwimmen in Fanta oder in einem Bällebad aus prickelnden Zitronenbonbons unterzutauchen. Es war irre und plötzlich völlig mühelos – für mich. Es war unglaublich und lag so offensichtlich auf der Hand wie das Atmen, jetzt, da ich es konnte.

Direkt nachdem ich mich einigermaßen im Griff hatte, schwebten wir alle, wenn auch ich nicht besonders formvollendet, zur ersten Etage. *Ich konnte es! Ganz allein.* Und es machte wahnsinnig Spaß. Nun, da ich es nicht mehr in der Theorie üben musste. Hätte man mir in diesem Moment einen Hullarock und einen Kokosnuss-BH gereicht, ich hätte sowas von auf dem Tisch getanzt – ohne jegliche Rücksicht auf Fremdschämverluste! Übersprudelnde Fröhlichkeit hatte sich meiner bemächtigt. Die ernsten Mienen der anderen ließen mich aber nach der Landung recht schnell wieder zur Raison kommen.

Augenblicke später lernte insbesondere ich die vier schweigsam und eigenbrötlerisch wirkenden Astrologen kennen, die hier wohnten. Basil

Lemming, der mitteilsamste, war ein schmaler Mann mit gezwirbeltem ergrauten Schnauzbart, der sich wie Nicolas kleidete. Ebenso seine Kollegen, die allerdings unterschiedliche Leibesfüllen zur Schau trugen. *Nicht immer ein Augenschmaus.* Thomaso Treliér war klein und dick, Kokebi Sterl hatte knochige Arme, dafür richtige *Kartoffelstampfer*-Beine. Hulu Arlé wiederum wirkte regelrecht distinguiert, genau so, wie ich mir einen der römischen Statthalter vorstellt hatte. Harte, kantige Gesichtszüge, gerade Nase, erhobenes Haupt. Dazu kam ein leicht arroganter Gesichtsausdruck, als hätte er Fähigkeiten und die Macht, diese einzusetzen, die äh … *dem Pöbel* – also uns – vorenthalten blieben.

Nach einer unangenehmen und wenig kurzweiligen gegenseitigen Musterung und einem verhaltenen »Hallo« schlug Nicolas, dessen Geduld sich stark in Grenzen zu halten schien, vor, die Räume, die uns während der Dauer unseres Aufenthaltes als Unterkunft dienen sollten, zu besichtigen.

Erleichtert verließen wir die Astrologen sowie deren Aufenthaltsraum und schwebten samt unserem Gepäck zwei Etagen nach oben. Dieses Mal hatte mich Desita beim Start an die Hand genommen. Schließlich galt es sich nicht nur senkrecht nach oben zu bewegen, sondern zuerst über die Balustrade hinweg zu schweben. Ein Absturz wäre peinlich und womöglich lebensgefährlich gewesen. Eine Schwierigkeit, die ich aber zur allgemeinen Zufriedenheit gemeistert hatte.

Auf Etage drei befanden sich vier durch den Bogengang, der an dieser entlangführte, verbundene Räume, von denen Nicolas Fegegita und Tesifa, Moti und Kuta sowie Desita und mir mit dem Finger je einen zuwies. Der vierte sei seiner, erklärte er, und dass die Astrologen die Etage unter uns bewohnen würden. Auf der ersten befanden sich die Gemeinschaftsküche, der Waschraum und zwei Aufenthaltsräume – einer für die Wissenschaftler, einer für uns.

Nach einem kurzen Stopp in den Zimmern der anderen waren Desita und ich an der Reihe.

»Iva, möchtest du die Kuppe sehen?«, fragte mich Nicholas, während ich gerade unseren Raum betrat.

»Kuppe?« Verblüfft hielt ich in der Bewegung inne.

»Er meint das Teleskop«, erklärte Desita, die vor mir gegangen war und sogleich ihre Reisetasche auf einem der beiden Betten abgestellt hatte.

»Oh! Ja!« *Klar* wollte ich. Ob man damit die gesamte Milchstraße beobachten konnte?

»Dann komm mit«, wies mich Nicolas an und wandte sich zum Gehen.

Aufgeregt stellte auch ich meine kleinere Tasche auf dem anderen Bett ab und eilte ihm hinterher, wieder aus dem Zimmer.

Draußen schwebten wir erneut bis unter die Decke. Noch immer war mir unklar, wie wir in die scheinbar darüber befindliche Kuppe gelangen sollten, da umfasste der Bibliothekar von links neben mir meinen Ellenbogen und zog mich mit sich, ganz in die rechte Ecke. Dort konnte ich die Umrisse einer unscheinbaren, fast mit der Umwelt verschmolzenen Luke mit einem runden Griff erkennen. Fingerfertig öffnete Nicolas diese, ohne aus dem Gleichgewicht zu geraten. Behände ließ er mich wieder los.

Langsam glitten wir nacheinander durch die kleine Öffnung und traten einige Meter später in einen engen, dunklen Gang, in dem aber aufrechtes Stehen möglich war. Nicolas ging vor mir. Nach einer sich anschließenden kurzen Treppe kamen wir in der hochmodern eingerichteten Turmspitze an. Die hell gestrichenen Wände zierten verworrene runde Sternenkarten, während dunkle Bildschirme vier Tische säumten, die im Raum verteilt standen. Ein riesengroßes Gerät mit einer überdimensionierten Satellitenschüssel bildete die Mitte. Das musste das Teleskop sein!

Für mich wirkte es wie eines dieser Dinge, das ich mir bei der NASA vorstellen konnte. Nun, wir waren Sisu, nicht wahr? Vermutlich sagte das alles. Frei nach dem Motto: Was konnte schon die NASA?

Supergeheim? Waren wir genauso!

Fliegen? Konnten wir besser! Schließlich brauchten *wir* dafür keine übergroße Konservendose *aka Rakete*. Ja, ich gab zu, wir Sisu nur innerhalb der Atmosphäre, aber die Zymaha zudem im luftleeren Raum!

Und Forschen? Konnten wir sowieso!

Ehrfürchtig blickte ich nach oben. Dort, wo das Objektiv (nannte man das so?) des Teleskops fast an die Decke stieß, sah ich die Umrisse einer weiteren Luke. Bestimmt wurde diese nachts geöffnet, damit das riesige Gerät unter freiem Himmel stehen und ausgefahren werden konnte. Der Turm war perfekt. Höher als alles in der Umgebung.

Eine richtige Sternenwarte! Ich war gelinde gesagt mehr als ein bisschen beeindruckt.

»Das ist die Umgebung, die es unseren Wissenschaftlern ermöglicht hat, den Zeitpunkt der anstehenden Überlappung so exakt wie möglich zu bestimmen. Hoffen wir, dass sie sich nicht geirrt haben«, erklärte Nicolas und machte eine alles umschließende Handbewegung.

Ich nickte staunend. Minutenlang wagte ich nur zu schauen, dann trat ich an den ein oder anderen Gegenstand, an diese oder jene Karte.

Die Astrologie war mir nicht fremd. Saki war ein großer Fan von Horoskopen, daher musste ich mir mindestens einmal im Jahr anhören, was irgendjemand zusammengedichtet hatte, das *vielleicht* auf mich zukommen könnte, weil irgendwelche Umlaufbahnen sich kreuzten, annäherten oder eben gerade das nicht taten … *oder so ähnlich.* Im Endeffekt, meiner persönlichen Erfahrung nach, trat meist nicht viel davon ein, deshalb hörte ich inzwischen höchstens noch mit halbem Ohr zu.

Faszinierend war es nun, die tatsächliche Wissenschaft gewissermaßen ausgebreitet vor mir zu sehen. Ich erspähte Tabellen voller Zahlen, Winkelmesser, Gradzeichen und allerlei mathematische Dinge, die mich unwillkürlich davon Abstand nehmen ließen, das hier in der Kürze der Minuten, begreifen zu wollen.

Nach einer mir wie ein Wimpernschlag vorkommenden, aber mit an Sicherheit grenzender Wahrscheinlichkeit langen Zeitspanne bedeutete mir Nicolas, dass wir gehen sollten. »Die Nacht bricht herein und unsere Astrologen schätzen es, in Ruhe zu arbeiten. Wir sollten zu deinen Begleitern zurückkehren.«

Am nächsten Tag lernte ich endlich den sagenumwobenen Darin kennen. Ibabi und er spazierten am frühen Vormittag in den größeren Aufenthaltsraum, in dem wir es uns gemütlich gemacht hatten. Türen, Tore und Mauern schienen für beide Weltenwächter keine Hindernisse zu sein. Allerdings hatte ihr plötzliches Auftauchen nur mich erschreckt. Vielleicht hatten die anderen ihre Präsenz schon früher wahrgenommen? Ich wagte nicht zu fragen.

Zu meiner Überraschung wirkte Nicolas, der bei uns saß, das erste Mal, seit ich ihn kannte, über die Maßen erfreut und schenkte Ibabi, die in ihrer halb materialisierten Form tupfengleich aussah, wie ich sie in Erinnerung hatte (inklusive ihrer Kleidung!), einen eleganten Handkuss. Lachend erwiderte sie diesen und zwinkerte dem Bibliothekar vertraut zu. »Nicolas, du alter Charmeur, liest du immer noch heimlich Groschenromane und klaust dir daraus deine Flirttipps?«

Das bewegte ihn zu einem warmen, angenehmen Lachen. Und brachte mich zum Staunen. Welche Vorgeschichte die beiden wohl verband?

«Eine rein platonische, kleine Iva«, kam Ibabi meiner Frage zuvor. »Wir necken uns gern. Das unendliche Leben kann ganz schön lang werden, weißt du? Da kommt man früher oder später auf die kleinen Freuden zurück.«

Mit heißen Wangen, Nicolas dröhnendes Lachen im Ohr, in das Desita, Tesifa und Fegegita fröhlich einfielen, ließ ich mich tiefer in meinen Sessel sinken. *Großer Gott*, bei Ibabi musste man wirklich aufpassen, was man dachte!

»Keine Sorge, du wirst noch lernen, deine Gedanken abzuschirmen«, beschwichtigte sie mich, während sie sich formvollendet auf der Lehne von Nicolas Sessel niederließ.

Darin, der sich bisher nur stumm mit den Fingern durchs Haar gefahren war, wurde daraufhin redselig. »Ihr wisst, dass ihr absolut lebensmüde seid?«, fragte er herablassend in die Runde.

Mit seinem Bad-Boy-Look, den er uns zeigte, hatte er bisher mitten im Raum gestanden. Die längeren, verstrubbelten dunklen Haaren fielen ihm fast in die Augen. Schwarze zerrissene Jeans und eine ebenfalls schwarze Lederjacke sowie unzählige Tattoos, die sich bis zu seinen Handrücken zogen, komplettierten den *Gangmitglied*-Style.

»Na ja … eigentlich ist unser Leben so oder so bald zu Ende – außer wir siegen. Das müsstest selbst du inzwischen begriffen haben«, antwortete Tesifa scharf.

»Ibabi?« Darin kam der Name einem Seufzer gleich über die vollen Lippen.

»Was?«, die Wächterin erhob sich angriffslustig. »Ich denke, du hattest all die Jahre deinen Spaß! Jetzt musst du zur Abwechslung mal etwas tun – nicht nur unsere, sondern auch *deinen* Hintern retten, um genau zu sein. Und klar, es ist deine Entscheidung, das habe ich dir schon vorgestern gesagt, aber es ist auch *dein* Hintern.« Aufgeregt wog dabei ihr auffälliges Haar wieder in einer für mich nicht spürbaren Brise. Ob das ein Zeichen ihrer inneren Erregung war?

»Und du bist mitgekommen, oder nicht? Stehst hier wie wir alle. Sei jetzt kein Hasenfuß, mach keine Szene und vor allem steh nicht da wie bestellt und nicht abgeholt. Schwing ebenjene ansehliche Hinteransicht auf einen Stuhl. Auswahl gibt es zur Genüge«, unwillig setzte sie sich wieder und Darin, nun leise vor sich hin grummelnd, ebenso.

Ich grinste – fast ein bisschen schadenfroh. Die ›Hosen‹ hatte bei den beiden Wächtern eindeutig *sie* an. Gleichzeitig war ich beunruhigt … Aus sechs einsamen Rächern waren zuerst elf und jetzt dreizehn geworden, was mir, obwohl ich überhaupt nicht abergläubisch war, erneut kein gutes Vorzeichen zu sein schien.

Kapitel 28

VOR 16 TAGEN

IVA

Die David-Taktik

»DER FRIEDEN HAT SIE ALLE IN DEN DORNRÖSCHEN-SCHLAF VERSETZT UND SO MERKEN SIE NICHT, DASS DER KUSS DES DUNKLEN PRINZEN SIE DEM TOD WEIHTE UND VIEL ZU SPÄT ERWECKEN WIRD.«

Eigentlich hatten wir keinen Plan – allerdings davon recht viel. Ich war mit den anderen geschlagene drei Tage herumgesessen und hatte zugehört, wie sie die verschiedensten Szenarien und Pläne für das Kommende durchgespielt hatten. Dabei war ich zwar nicht außen vor gelassen worden, aber Tesifa hatte mir klar zu verstehen gegeben, dass ich eher eine Belastung als eine Bereicherung im Kampfgeschehen sein würde. Weil ich nichts konnte und weil ich Amilakis sowie Inatis Tochter war – zu *wertvoll*, um leichtfertig aufs Spiel gesetzt zu werden. Mein Versteck sollte daher die Kuppe der Sternenwarte sein und ich darin untätig, beobachtend und leidlich sicher.

Der eigentliche Kampf würde durch die Kräfte der Einzelnen entschieden werden. Um nicht zu sagen, der der *anderen*. Denn obwohl ich nun fliegen konnte, war ich weit davon entfernt, meine Kräfte sinnbringend einsetzen zu können. Anfangs hatte mich der Gedanke, nicht kämpfen zu müssen, beruhigt, geradezu getröstet. Inzwischen, nach sieben Tagen, in denen ich mir sämtliche Abwandlungen von *The Day After Tomorrow* angehört hatte – mit dem kleinen, aber feinen

Unterschied, dass die Eiszeit im *Inneren* aller lebenden Wesen stattfinden würde –, wurde ich ungeduldig.

Natürlich hätte ich Angst haben können. Vielleicht hätte ich das in Anbetracht der Situation sogar haben *sollen*. Wahrscheinlich wäre es *klug* gewesen. Nichtsdestotrotz – nehmt es mir nicht übel – war ich über diesen Punkt weit hinaus und gefühlmäßig irgendwie in eine Wartehaltung übergegangen, die mich inzwischen kirre machte. Seit mir klar geworden war, das schlussendlich alles auf diesen einen Kampf hinauslaufen würde, konnte ich an nichts anderes mehr denken. Ich wollte ihn fast schon hinter mir haben. Er vereinnahmte meinen Kopf und mich.

Inzwischen waren noch mal vier jeweils einzelne Kämpfer nacheinander eingetroffen. Ihre Hautfarbe besagte, dass sie aus der näheren Umgebung kamen.

Samuri Nadye, der brutal wirkte, erinnerte mich stark an Moti und Kuta. Ihn hätte ich mir mit seinen Dreadlocks und der löchrigen schwarzen Kleidung gut als Backgroundsänger von Bob Marley vorstellen können. Wäre da nicht sein klarer Blick gewesen, der alles und jeden zu erfassen und katalogisieren schien.

Wedemu Yale, eine bemerkenswert energische Frau mit leuchtend orangefarbenen Haaren, war Nummer zwei gewesen. Sie hatte höflich am großen Eingangstor, das sich in Richtung des verfallenen Kreuzgangs öffnete, angeklopft. Irgendwie war sie mir trotzdem unheimlich gewesen. Doch sie und Desita hatten sich direkt wie alte Freunde umarmt.

»Wedemu, das ist Iva«, hatte meine Ziehmutter mich stolz vorgestellt und dabei nach vorne geschoben. Überraschend war der orangefarbene Haarschopf Wedemus daraufhin vor mir niedergesunken. *Eine Verbeugung!* Ich hatte im ersten Moment nicht gewusst, was von mir erwartet wurde. Worte? Gesten?

»Iva!«, hatte Desita schließlich gezischt und eine Aufwärtsbewegung mit dem Kinn angedeutet. *Okaay* …

»Oh, du äh … darfst dich erheben«, waren mir daraufhin chaotische Worte von der Zunge gerollt, während Verlegenheit meine Wangen rosarot überzogen hatte. *Was war das denn gewesen?*

Stunden waren vergangen, bevor Tigili Moki, dessen blitzende, mächtige Augen, die seinen schmalen Körperbau vergessen ließen, zu uns gefunden hatte – im Schlepptau Menifesi Saul, den Letzten im Bunde. Dieser war bei seiner Ankunft definitiv *high* gewesen. Sein Machtpotenzial hatte nichtsdestotrotz die Umwelt besorgniserregend pulsieren lassen.

Seit gestern waren wir damit siebzehn. Das behagte mir eindeutig mehr.

Heute stand ich an einem der Fenster der großen Bibliothek und schaute hinaus, über die grüne Landschaft, hin zum See. Dieser lag weit unter uns und wirkte friedlich, gar atemberaubend schön, wenn sich die Sonnenstrahlen darin brachen und kleine Glanzlichter auf der fast stillen Oberfläche entstanden. Es war Nachmittag und ich fragte mich, was die anderen Sisu überall auf der Welt gerade Überlebenswichtiges zu tun hatten, dass sie nicht hier, an unserer Seite waren. Dass sie die einzigartigen Möglichkeiten, die ihnen die Erde bot, um langfristig ihr Überleben zu sichern, nicht mit aller ihnen zur Verfügung stehenden Macht verteidigten.

»Nichts. Sie verschließen schlicht die Augen vor dem, was sie nicht wahrhaben wollen«, sagte Ibabi, die unbemerkt neben mich auf die Galerie getreten war. Ich schreckte zusammen, während sie bereits weitersprach. »Für sie ist der letzte Weltenkrieg viel zu lang her. Der Frieden hat sie in den Dornröschenschlaf versetzt und so merken sie nicht, dass der Kuss des dunklen Prinzen sie dem Tod weihte und viel zu spät erwecken wird. Das Trimat und ich waren in gewisser Weise zu effektiv. Die Sisu wissen längst nicht mehr, was *echte* Furcht ist, was *richtige* Angst bedeutet, Angst um ihr Leben. Sie haben es sich wie Maden im Speck auf der Erde bequem gemacht. Sind meist wie Moti und Kuta die dritte Generation. Sind lethargisch geworden und beschränken sich in ihrer Wahrnehmung auf das, was sie wahrnehmen wollen. Wir Alten sind in der Unterzahl. Von uns gibt es nicht mehr viele. *Zeitzeugen* – würden die Sewi uns nennen. Wir sind der Kopf der Schlange, die Spitze der Pyramide und doch nehmen sie uns nicht ernst.« Sie schwieg. Es war ein trauriges, resigniertes, bitteres Schweigen.

Ich konnte es nicht fassen! »Und hier und heute? Wollen sie aus lauter Angst davor, die Augen zu öffnen, hinzusehen und zu kämpfen, kampflos verlieren?«

Ibabi lächelte zaghaft. »So denkst du. Das ist die richtige Einstellung! Sie hingegen schrecken vor jeder Unannehmlichkeit zurück. Leugnen es lieber, als sich mit etwas zu beschäftigen. Allein die Vorstellung eines Krieges passt nicht in ihr geordnetes Leben. Sie haben sich unter all den Sewi ein Stück weit selbst verloren.«

»Aber wie können sie, ich meine …«

»Sie können«, hörte ich Tesifa resigniert hinter mir und Ibabi sagen.

War heute *Volkswandertag?* In die Bibliothek? Oder gab es etwas gratis, wenn man es schaffte, sich unbemerkt an mich heranzuschleichen?

»Und du solltest dir keine weiteren Gedanken darüber machen. Denn uns bleibt nur, unser Bestes zu geben«, endete sie.

Ibabi nickte zustimmend, wie ich aus dem Augenwinkel sah.

Ich schwieg. Das Gefühl feige zu sein, eben gerade *nicht* mein Bestes zu geben, ermächtigte sich meiner. Was tat ich, um diese Welt zu *be*schützen? Ich versteckte mich, um die *anderen* zu schützen. Aber war das die richtige Lösung? Wenn ich doch nur … »Ich will kämpfen!« Die Worte waren schneller heraus, als ich sie denken konnte. *Oh weh!*

Langsam wandte ich mich vom Fenster ab und schaute in zwei erstaunte, überhaupt nicht amüsierte Gesichter. Tesifa und Ibabi sahen von mir zueinander und dann wieder zu mir. Nach mehreren Sekunden nickte Ibabi schließlich, wirkte jedoch keinesfalls überzeugt. »Du hast viel Potenzial, Iva. Ich sehe und spüre es. Wir spüren es *alle*. Aber du kannst nichts davon kontrollieren – es nicht einsetzen. Du kannst dich nicht *wehren*. Ich könnte dich binnen Bruchteilen vernichten, ohne mit der Wimper zu zucken.«

Ich schluckte. Falls sie meine gerade gefundene Selbstsicherheit direkt zerstören wollte, war sie wirklich gut darin. Ihre Worte glichen der Wucht eines Vorschlaghammers. Auf der Abrissbirne, mit der sie wohl gleich ausholen würde, um auch den letzten Rest zu beseitigen, könnte ich womöglich reiten wie Miley Cirus auf dem Cover von *Wrecking Ball*.

»Dann lehren wir es sie«, überraschte Tesifa mich. Ihre Worte waren leise. Von ihr hätte ich am allerwenigsten Zuspruch erwartet.

»Lehren?« Ibabi sah aus, als hätte sie der Blitz getroffen. *Oder ihre eigene Abrissbirne*, dachte ich sarkastisch. Tja, manchmal fielen Aussagen auf einen zurück – in diesem Fall wohl die über mein Potenzial.

Ich konnte Tesifa ansehen, dass ihr die Situation eben so wenig gefiel wie der Wächterin, doch hatte sie begriffen, dass wir alle – wirklich alle – Kräfte bündeln mussten, wenn wir, *die Sisu, die Sewi, die Erde* den kommenden Kampf überstehen wollten.

Als Tesifa am Abend, nachdem alle zusammengerufen worden waren, im Gemeinschaftsraum die Entscheidung verkündete, wurde es kurz unruhig, dann hob Desita die Hand. »Hört zu!«, sagte sie scharf. Stille trat ein. »Ich finde es nicht gut, dass Iva kämpfen will. Aber ich finde es *schlimmer*, dass wir ihr bisher nicht gezeigt haben, wie sie sich im Ernstfall verteidigen kann. Es ist *ihre* Entscheidung. Und es ist an uns, sie bestmöglich dabei zu unterstützen und vorzubereiten!«

Nicolas sah mich nachdenklich an. »Mutig«, murmelte er dann. »Tatsächlich ein bisschen wie dein Vater.«

Ob *das* ein Kompliment war? Amilaki war und blieb mein wunder Punkt.

»Wir werden ab morgen alle üben«, bestimmte er. »Auch wenn wir denken, dass wir es nicht nötig haben, sollten wir uns in Erinnerung rufen, dass wir nicht nur Pläne schmieden können, die uns womöglich gar nichts bringen. Wir sollten gewappnet sein – *mental und physisch.*«

Schweigen folgte, dann stellten alle wie auf ein geheimes Zeichen hin zueinander Augenkontakt her. *Außer ich.* Ich beobachtete nur. Inzwischen hatte ich begriffen, dass sie auf diese Art die Hackordnung immer wieder neu definierten. Es war eine stille Abstimmung. Tesifa und meine Leibwächter kannte ich einigermaßen progressiv-agressiv, Fegegita machte heute einen wahrlich strengen Eindruck. Sie war sicher viel stärker, als sie es sich im Alltag anmerken ließ. Sonst hätte sie es damals nicht zur Erde geschafft. Das veränderte mein Bild von ihr. Nun, während des kurzen Ringens, sah ich die Macht im Ausdruck ihren Augen.

Langsam wurde mir das Gestarre unheimlich.

»Gut, dann wäre das geklärt«, beendete Nicolas den stillen Austausch in seinem Singsang genauso unvorhersehbar für mich, wie er begonnen hatte. »Morgen um neun Uhr möchte ich euch alle pünktlich beim Frühstück sehen. Geübt wird danach vor dem Haupteingang auf der Wiese«, bestimmte er und verließ den Raum. *Welch Freude!*

Innerlich jubilierte ich. Äußerlich behielt ich die Contenance.

Schneller als gedacht schlief ich später ein.

Während wir am nächsten Morgen nach kurzem Sinkflug zu Fuß die Vorhalle durchquerten, schwebte Nicolas mit Ibabi und Darin an der Spitze, indes wir anderen unsere Energie sparten. Als er das Tor aufschwingen ließ, traten unerwartet drei Gestalten aus den Schatten zwischen den Überresten des Kreuzganges.

Obwohl ich in der Mitte des Pulkes zwischen Moti und Kuta lief, blieb ich erschrocken stehen, wie die Sisu vor und hinter mir. Einzig Ibabi trat unbeeindruckt auf die drei zu und neigte den Kopf. »Servotka, Slavio, Senaria, ich grüße euch.« Es waren zwei Männer und eine Frau.

»Wächterin«, antwortete einer von ihnen mit tiefer Stimme.

Die drei hatte ein faltenloses Gesicht, das mich stark an Schaufensterpuppen erinnerte, militärisch kurze Haare, dunkle Kleidung aus Funktionsmaterialien und hoch gebundene Stiefel. Sie sahen so *gleich* aus.

Sisu, keine Frage. Und Kämpfer, wie es schien!

»Wir danken euch, dass ihr den langen Weg auf euch genommen habt, um an unserer Seite zu stehen«, mischte sich nun Nicolas mit äußerst ehrerbietiger Stimme ein. *Oho!*

»Wir kommen, wie du sehr wohl weißt, weil wir von Tesifa gerufen wurden«, erwiderte der Mann, der zuvor gesprochen hatte. Slavio, wenn ich das richtig mitbekommen hatte. »Wir dienen dem Trimat. Wir leben für die Verteidigung. Natürlich sind wir hier.«

»Madre de Dios … *la familia*«, hörte ich Menifesi Soul hinter mir murmeln.

Er klang wie aus einem schlechten Mafiafilm. Und hatte ich einst von einem gescherzt, so wollte ich ebenso wenig wie 007 dem Paten begegnen. Wobei die drei wirklich etwas *Horrorfilm-Bösewicht*-mäßiges an sich hatten. Sie waren zu unecht, zu still … zu *unberechenbar*. Aber vielleicht ließ sich Böses am besten mit Bösem bekämpfen? Tesifa, die Wächterin und auch Nicolas wussten sicher, was sie taten.

Ich schwieg, genau wie der Rest.

Joze, der Einzige, von dem ich mir gewünscht hätte, dass er aus dem Nichts auftauchte, war noch immer verschwunden. Stattdessen mussten wir mit diesen drei vorliebnehmen. Ich seufzte innerlich. Nun, man konnte es sich nicht aussuchen und musste in unserem Fall alle Unterstützung annehmen, die man bekam.

»Wir sind gerade auf dem Weg nach draußen, um unsere Fähigkeiten auf Vordermann zu bringen. Ich bin mir sicher, ihr könnt uns das ein oder andere zeigen«, hob Nicolas an – eine einladende Geste, die wohl alle versöhnlich stimmen sollte.

Die Frau, Senaria, nickte. »Gute Idee.« Ihre Stimme hatte einen starken Akzent. Die Worte wirkten verdreht, obwohl sie das gar nicht waren. Ich schauderte, trotz der morgendlichen Wärme.

Dann setzten wir uns wieder in Bewegung.

Draußen, auf der vor Lebendigkeit strotzenden Wiese im hellen Sonnenschein entspannte ich mich. Moti und Kuta luden ihre großen Taschen ab und ich beobachtete gemeinsam mit Desita interessiert, wie sie nach und nach den Inhalt auf dem saftigen Gras ausbreiteten, sortierten und teilweise zusammenfügten.

»Und äh … damit erschießen wir unsere Gegner?«, fragte ich belustigt. Inzwischen war mir klar, was in dem schweren Gepäck meiner Leibwächter gewesen war. Jede Menge Schutzwesten und Dinger, die wie große Wasserspritzpistolen für einen Kindergeburtstag aussahen. Zumindest nachdem die Einzelteile, die auf mich den Eindruck unglaublich vieler bunter Legosets für Kleinkinder gemacht hatten, in Rekordgeschwindigkeit von meinen Gorillas zusammengeschraubt worden waren. Deshalb hatten sie diese wahrscheinlich, ohne Aufsehen zu erregen, durch die Gepäckkontrolle bekommen. Spannend fand ich das allemal. Trotzdem war die Realität wie immer ein bisschen enttäuschend. Irgendwie hatte ich mir Alienwaffen cooler vorgestellt. Mehr High Tech, Metall, Glas … wie die Kanonen der *echten* Men in Black. Aber das hätte wahrscheinlich bei der Sicherheitskontrolle gepiepst und ein ›Blitzdings‹ gab es wohl nicht wirklich. *Äußerst schade!*

Desita stellte sich neben mich. »Nein, damit verwunden wir sie und sparen gleichzeitig unsere Kräfte. Ihre Körper sind genau wie die unsrigen sehr widerstandsfähig. Aber damit die Kifu uns nicht direkt außer Gefecht setzen, kann es nicht schaden, sich zu schützen und sie abzulenken, zu verwirren, um dann zuzuschlagen. Die *David-Taktik*. Nur dass unsere Steine ein bisschen mehr Durchschlagkraft haben. Allerdings nicht *da*durch.« Sie klopfte sich auf die Brust, wo bereits eine der Schutzwesten fest an ihrem Körper saß. Es klang seltsam hohl.

Ich musste grinsen. Unsere Waffen waren damit eher ein *Nice-to-have* als ein *Must-have*, wenn ich es richtig einschätzte. Sie waren etwas, woran wir uns festhalten konnten. Besonders ich. *NERF-Gun* stand darauf. Wie ich meine beiden lebenden Schatten kannte, waren sie vermutlich zusätzlich ein bisschen … modifiziert, um härter, schneller und weiter zu schießen. »Ist das Gewicht der Westen und Waffen kein Problem beim Fliegen?«

»Schon. Allerdings lieber das, als die Schlacht nicht mitzuerleben«, antwortete Desita schulterzuckend. Ihre bunten Gewänder hatte sie heute gegen eine enge (sah ich richtig?) Reithose eingetauscht und einen dunklen Pullover.

»Trotzdem solltest du vorsichtig damit umgehen. Das sind vollautomatische Kunststoffwaffen. Die Bolzen sind nicht weniger gefährlich als die anderer Schusswaffen. Und ihr Design … bringt jeden erst mal aus dem Konzept. Das ist ein Vorteil!«, erläuterte Kuta von links und nahm eine der *Kanonen* in die Hand.

Ich kicherte, bevor ich wieder ernst wurde. Wo er recht hatte, hatte er recht.

»Feuern!« Kuta zeigte auf den Abzug. »Laden.« Wieselflink öffneten seine großen Finger eine kleine Klappe. »Munition.« Er hielt mir eine Handvoll Magazine mit Hartplastikgeschossen entgegen. Ich steckte sie gehorsam ein und er zeigte auf einen nahen Pfosten. »Siehst du den Fleck da?«

»Ja«, sagte ich vorsichtig.

»Gut, versuch ihn zu treffen. Schaffst du das fünf Mal hintereinander, suchst du dir einen, der weiter entfernt ist. Und wenn du die Geschosse einsammelst, vergewissere dich, dass du in niemandes Schussbahn gerätst!«

»Okay«, murmelte ich leicht überfordert.

»Ist gar nicht schwer. Ich hatte nach einer Stunde den Dreh raus«, bekräftigte Moti und hielt mir eine Schutzweste hin. »Zieh die an.«

Ich tat wie geheißen, er ging zum Nächsten.

»Neumodischer Schnickschnack!«, murrte Desita, die weiterhin an meiner Seite blieb, zu Beginn des Trainings mehrmals. »Dass die beiden Tesifa *davon* überzeugen konnten ...« Gerade war sie noch so begeistert gewesen, ob ihr Unmut wohl mit ihrer sich nun zeigenden Treffunsicherheit zusammenhing? Belustigt grinste ich in mich hinein. Dann konzentrierte ich mich wieder auf mein Ziel.

Innerhalb von drei Stunden hatten Desita und ich aber beide den Bogen raus. Ein gutes Auge, eine ruhige Hand, das war es schon. Zumindest wenn es um das Zielen auf unbewegliche Objekte ging. Bewegliche, so hatte Kuta nach der ersten Stunde verkündet, würden *morgen* drankommen. Ibabi und Darin, dessen Gesichtsausdruck Bände sprach, sollten als Ziele dienen.

Die schadenfreudige Seite in mir freute sich sehr darauf – obwohl ich nicht wirklich glaubte, auch nur einen einzigen Treffer bei einem der beiden Wächter landen zu können. Nichtsdestotrotz stellte ich mir allein den Versuch als Heidenspaß vor.

Nach dem Mittagessen winkten mich die Astrologen zu sich. Sie hatten eine große Kreidetafel – die genauso alt wirkte wie sie selbst – vor dem Eingang aufgebaut und kritzelten, jeder für sich, fleißig darauf herum.

»Schau her«, wies mich Thomaso auf etwas hin, das ich aufgrund meines begrenzten Vorwissens aus dem Physikunterricht immerhin laut und recht verblüfft mit »Molekül!« identifizierte.

»Genau. Wenn wir fliegen und der Kohlenstoff dabei aus unserem Körper weicht und mit radikalen Sauerstoffmolekülen aus der Luft reagiert, entsteht Kohlenstoffmonooxid«, erläuterte er monoton. Wie wild tippte er dabei auf die Zeichnung an der Tafel. »Das ist hochgiftig! Einatmen sollte das keiner, nicht einmal wir.«

Ähh ... *ja.* Ich trat vor Schreck einen Schritt zurück.

»Deshalb musst du verfolgen, dass sich der Sauerstoff, den du freigibst, zu Kohlenstoffdioxid verbindet«, wies er mich streng an.

»Okay«, piepte ich auf seinen eindringlichen Blick hin. War Kohlenstoffdioxid nicht auch giftig? Weniger giftig, oder wie?

Ich seufzte.

Das Fliegen war mir bereits zu einer Leidenschaft geworden. Wie könnte es anders sein? Seit ich den Bogen heraushatte, übte ich jeden

Tag mindestens eine Stunde mit Moti oder Kuta, um die Feinheiten zu beherrschen. Es war jedes Mal aufs Neue unglaublich, es zu *können* und ich verstand, warum die Sewi solch ein Aufheben darum machten. Warum der Astrologe mich jetzt scheinbar in Angst und Schrecken versetzen wollte, verstand ich nicht, oder drückte er sich nur unklar aus? Er war mir ein bisschen unheimlich. »Ich werd dann mal …«, wollte ich mich gerade loseisen.

»Iva?«, hörte ich eine Stimme mit starkem Akzent.

»Ja?« Allzu willig drehte ich mich um und fand mich Auge in Auge mit Senaria wieder. *Uh …*

»Lass uns Nahkampf trainieren«, spuckte sie abgehackt aus. Noch eingeschüchterter nickte ich, wenigstens erschien mir ihr Angebot sinnvoller zu sein als der Theorieunterricht des Astrologen.

Senaria wartete auch gar nicht ab, wie ich mich entschied, sondern stellte sich breitbeinig wenige Schritte vor mich und sah einfach nur zu mir herüber. »Was weißt du über kämpfen?«

»Nichts«, murmelte ich und malträtierte nervös einige Grashalme mit der Spitze meines rechten Chucks. An andere, feste Schuhe hatte ich beim Packen gar nicht gedacht. Ich war mal wieder richtig professionell unterwegs. *Nicht.* Aber der Gedanke veranlasste mich dazu, *jetzt* halbwegs professionell sein zu wollen, die Schultern zu straffen und ihr Angebot ernst zu nehmen.

»Schlecht«, kommentierte die Kämpferin ungerührt. Dann hob sie gleichzeitig beide Hände und ich duckte mich unwillkürlich. Ich wusste nicht, was ich erwartet hatte. *Einen Angriff?* Einen Feuerball? Mein Körper hatte intuitiv reagiert.

»Schlecht«, betonte Senaria erneut, was mich zu einem Aufrichten, Durchatmen und Augenrollen brachte. *Okay*, sie hatte mir etwas voraus – *das Kämpfen*. Ich hatte ihr hingegen ebenfalls etwas voraus. Denn wenn ich nicht gerade geknebelt werden würde, könnte ich dem Gegner das Ohr wenigstens grammatikalisch korrekt und ausdrucksstark abkauen, bis er mich freiwillig in Ruhe ließ. Oder so ähnlich … War immerhin auch eine Taktik. In der *Theorie.*

Kopfschüttelnd kam Senaria erneut näher. »Ich sehe, deine Angst wird Problem. Du musst atmen. Ruhe finden. Halte eine Hand oben, andere unten. Kannst du das?«

Verblüfft nickte ich, ballte meine Finger zu Fäusten und ließ diese exakt die Positionen finden, die sie mir gespiegelt vormachte.

»Gut«, lobte sie mich dieses Mal. »Jetzt führe Hände nach vorne. Immer eine. Andere bleibt, wo sie ist.«

Zuerst behutsam, dann schneller fanden wir einen Rhythmus, in dem die jeweils gegensätzliche Faust des anderen in den persönlichen Bereich eindrang. Ich kam mir nach einer Weile, in der meine Schläge kräftiger wurden, vor wie ein *Tomb Raider* – cool, stark, ein bisschen sexy. Und zum Glück war gerade niemand da, der in meinen Kopf sah und mir mit dem Argument widersprechen konnte, dass ein Vergleich mit Angelina Jolie eine ganz schöne Hausnummer war.

»Gut. Aber Fuß sollte tanzen«, unterbrach die Kämpferin irgendwann kritisch unsere Übung.

Tanzen? Meinte sie tänzeln? Erst jetzt merkte ich, dass ich ziemlich außer Puste war. Ganz schön anstrengend, dieses Herumhüpfen. Ich sollte in Zukunft mehr Sport machen. »Wie?«, wagte ich mit neu gewonnenem Selbstbewusstsein zu fragen.

»Zu kompliziert für wenig Zeit«, wiegelte Senaria ab. Ihr Gesichtsausdruck hatte sich bisher kein einziges Mal verändert. *Creepy!* »Jeden Tag üben!«, wies sie mich an. »Hände und Kopf!« Sie tippte sich mehrmals gegen die Schläfe.

»Kopf?« Ich war verwirrt und das lag nicht an dem Sauerstoffmangel, den meine japsende Lunge beklagte.

»Kopf!«, wiederholte sie und vollführte eine ausholende Handbewegung. Erst da nahm ich die anderen um uns wahr. Am Vormittag hatten die meisten meditiert, Flugmanöver sowie das Schießen geübt und sich mit mehr oder weniger großem Erfolg zu tarnen versucht. Jetzt standen sich Zweierpaare gegenüber und starrten sich krampfhaft in die Augen.

Plötzlich fiel Moti vor Kuta mit schmerzverzerrtem Gesicht auf die Knie. Er wand sich, blickte jedoch nicht weg. Auch Kuta gab nicht auf, nicht, bis Moti wie ein Zitteraal auf der Wiese liegend nach Luft schnappte. Dann erst brach er den Blickkontakt und Motis Körper erschlaffte binnen des nächsten Herzschlags.

»Was tun sie da?«, fragte ich zutiefst schockiert, ohne mich von dem Bild, das sich mir bot, lösen zu können. Ging es Moti gut?

»Trainieren«, antwortete Senaria. »Für Kampf mit Kifu.«

Ja … neee. »Aber was …?« Ich fand keine Worte.

»Molekularstrukturen dehnen und zerreißen. Quälen. Töten.« Sie seufzte. »Wenn du Anatomie kennst, kennst du Schwachpunkte. Adern, Venen, Knochen zerstören? Ist leicht. Wille brechen?! Ist schwer.«

»Also sie … nutzen unser Einfühlungsvermögen, um die Struktur ihres Gegenübers zu verstehen und zu durchdringen, bis sie an einer schwachen Stelle ansetzen und dort, weil es am leichtesten ist, die Teilchen auseinanderreißen. Durch umgelenkte Energie, physikalische Schwingung? Dann … können sie zum Beispiel einen Schlaganfall verursachen? Oder ein Blutgerinsel oder so was?« Machte das, was ich sagte, Sinn?

»Ja«, bestätigte Senaria tonlos. »Wenn du stärker bist wie Gegner, kannst du Leid zufügen. Wenn er stärker ist, solltest du eigene Struktur bewegen. Ist dann schwieriger Schwachstelle zu finden.«

»Verstehe«, murmelte ich. *Verdammt, war das krass!* Das hieß, wir konnten körperintern Zellen hin und her schieben. Bewegte man so ständig nicht nur die Glieder, sondern auch die Zellen war man ein schweres Ziel. Vielleicht konnte man gleichzeitig auch die Dichte verändern und damit die Ausdehnung einzelner Organe? Dadurch würde es noch unübersichtlicher werden, zu bestimmen was sich gerade wo befand. Warum auch nicht? Allerdings schlotterten mir nun die Beine. Diese Kriegsführung war etwas ganz anderes als alles, was ich erwartet hatte – das war … *heiliges Kanonenrohr!* Und ich hatte gerade Boxen gelernt? Wie würde mir das helfen?

»Erwarten sie nicht«, beschied mich ungefragt die Kämpferin neben mir.

Erschrocken sah ich auf. *Nicht sie auch.* Senaria hob abschätzig eine Augenbraue. *Natürlich sie auch.* Womöglich hatte sie aber recht, der Überraschungseffekt konnte mir Zeit verschaffen – nur … Zeit wofür? Das sprach ich laut aus.

»Konzentration. Verzweiflung. Mächtige Waffen!«

»Konzentration worauf?«, langsam verzweifelte *ich* mit *ihr*. Sie legte hingegen eine Selenruhe an den Tag. Aber sie machte das ja auch dauernd – beruflich –, ich nicht!

»Darauf, zu zerreißen. Sie. Egal wo. Egal wann. Überleg, hab Bild im Kopf. Lass es wahr werden.«

Klang *super*einfach. Wenn ich erschüttert genug war … wenn ich fest genug an etwas glaubte, würde es dann geschehen? So wie beim Fliegen?

Senaria drehte sich bereits weg. Für sie schien alles gesagt zu sein. Doch ich hörte noch ihre letzten Sätze und diese ließen mir einen kalten Schauer über den Rücken laufen. »Du kannst zerstören. Du kannst erschaffen. *Das ewige Prinzip.* Energie entscheidet nicht darüber. Das tun wir.«

Kapitel 29

VOR 14 TAGEN

INATI

Der Zorn der Unbesiegbaren

»Sie waren die Ursache allen Übels und sollten nun die Lösung ebenjenes sein.«

Seit geraumer Zeit hatte sich das geruhsame Gefühl des schwerelosen, befreiten Dahingleitens und meiner alles und gleichzeitig nichts umfassenden Präsenz gelegt. Das Schwarz am Rande meiner Wahrnehmung wich und die Erinnerung kehrte in verschwommenen Schemen zurück. Ich merkte, wie sich mein träges Bewusstsein nach und nach zu formieren begann.

Bilder durchzogen in wirrer Reihenfolge meinen Geist. Bilder, die sich schließlich schärften und mich zu mir machten. Ich spürte die elementarste aller Funktionen, die mich definierte, bevor ich sie begriff: *Die Verantwortung.* Eine so universelle Verantwortung, dass sie mich vielleicht ins Stolpern gebracht hätte, wenn ich materialisiert gewesen wäre. Doch das war endgültig *passé*.

Unwillkürlich durchzog mich ein Anflug tiefer Trauer. Ein Gedankenfetzen ließ mich wissen, wie sehr es mir gefallen hatte zu gehen, zu stehen, zu greifen … mit Amilaki zusammen zu sein.

Andere, in immer schnellerer Geschwindigkeit folgende Eindrücke zeigten mir, wie kurz diese Phase im Gegensatz zu all jenen gewesen war, die ich erlebt hatte. Ich spürte noch einmal die freudige Erregung, die mich durchzuckt hatte, als die dritte Galaxie des Alls ein vielversprechendes System an Planeten geboren hatte. Das *Sonnensystem*, wie die Sewi sagten. Ich durchlebte, wie sich alle drei Galaxien näher gekommen waren. Wie die Raum-Zeit-Konstanz und der Sog der elementaren Ströme die sich entfaltenden Systeme zueinandergetrieben hatten, bis in gewissen Zyklen eine Überlappung der Sphären durch Wurmlöcher eingetreten war.

Durch unsichtbare Bande aneinandergeknüpft, hatten sie sich getrennt voneinander, doch weiterhin in verzögertem Einklang entwickelt. Waren besiedelt worden, hatten expandiert und neue Lebensformen erschaffen. Die jeweiligen Völker hatten sich angepasst, experimentiert und zu meinem Bedauern angefangen, sich gegenseitig dominieren zu wollen.

Es war seltsam gewesen, sie dabei zu beobachten. Eine Art *Zeitvertreib*. Und es hatte lange, lange vor Amilakis Existenz begonnen. Eigentlich direkt nachdem ich das erste Mal das Bewusstsein erlangt hatte. Damals waren meine Empfindungen, Gefühle und Erinnerungen verschwommen gewesen. Ein dunkler Sog mit wenigen Lichtern – *wie das All.* Nur hatten diese sich nie geklärt.

Instinktiv hatte ich gewusst, dass ich anders war und dass es kein Bewusstsein gab und geben würde wie das meine. Ich konnte das Universum lesen. Sah, was geschah – sah *wirklich* hin und nahm es wahr. Und genauso oft träumte ich von all den möglichen Wegen, die ein jeder darin wählen konnte. Schicksale waren angetreten und einige währenddessen geändert worden. Viele hatten den Ausweg, der sich immer bot, nicht gesehen, hatten die Weggabelung verpasst. Weil sie diese nicht erkannt hatten und ich nicht reagiert hatte.

Es war schlussendlich eine Frage der Schuld gewesen. *Eine Frage des Gewissens.* Die Galaxien, das Leben auf den Planeten, die Völker, sie alle und ihr Treiben hatten Licht in meine Existenz gebracht. Sie gaben mir in meiner Rolle der stillen Beobachterin einen Sinn. So fasste ich den Entschluss, ihnen durch mein Eingreifen, mein Wissen, mein Lenken etwas zurückzugeben. Mir eine Art Daseinsberechtigung zu verschaffen.

Ich hatte damals, vor Äonen von Jahren viel gelernt und ich hatte verstanden, dass das, was ich wahrnahm, in gewisser Weise eine Pflicht darstellte. Ich konnte das Leben, dass das Universum mir geschenkt hatte, verstreichen lassen, es aussitzen, oder ich konnte es *nutzen*.

Konnte mein Wissen teilen. Konnte es weitergeben und versuchen, die Völker voreinander zu schützen, indem ich Weltenwächter einsetzte und einzelne Schicksale lenkte.

Doch musste ich dafür geeignete Rekruten finden, die bereit waren, mir, einer körperlosen, ihnen fremden Erscheinungsform, Gehör zu schenken. *Ein hartes Stück Arbeit.* Jedoch hatte ein Volk die sich entwickelnde Problematik bereits erkannt und stimmte mir zu, gewisse Maßnahmen zu ergreifen. *Sisu* nannte ich sie und sie sich schließlich auch selbst, da sie mehr sahen, tiefer sahen und mehr empfanden als andere. Nachdem ich ihnen einen beliebigen Wunsch an mich offen ließ, den sie in dringendster Not einlösen durften, stimmten sie meinem Plan zu.

Eine Handvoll Freiwilliger fand sich, die ich mit Teilen meiner Präsenz kurzzeitig stärkte, um sie zu testen und schließlich die, die sich qualifiziert hatten, für immer zu beschenken und auszubilden. Die unter den wenigen Auserwählten wiederum, die die Ausbildung bis zum Ende durchhielten, schufen den Anbeginn einer neuen Rasse, der Zymaha, sowie eines neuen Zeitalters, nämlich dem der vorübergehenden Befriedung.

Unzählige Gesichter, Frisuren, Haar- und Augenfarben hatten sich im Laufe des folgenden Friedens in mein Gedächtnis eingeprägt. Sie alle waren willig gewesen, hatten gute Arbeit geleistet, um die Ordnung zwischen meinen Kindern, wie ich all die unterschiedlichen Völker im Stillen bezeichnete, aufrechtzuerhalten. *Meine Wächter.*

Bis der Tag der Tage angebrochen gewesen war. Damals hätte ich schwören können, dass die Weltenweber, die Erschaffer all dessen, meiner Universen, ihre schwieligen Finger mit im Spiel gehabt hatten. Manchmal, in solchen Momenten wie dem, in dem meine leiblichen Kinder geboren worden waren, fragte ich mich, ob sie sich einen Scherz erlaubt hatten, indem sie den Sewi eine Geschichte, die sich erst noch bewahrheiten sollte, schon viel früher zugeflüstert hatten. Denn wenn nicht sie, wer dann? Amilaki und mir waren die Namen Iyesu und Iva als Deckmantel so passend erschienen, weil sie sich – einer Art erfüllender Prophezeiung gleichend – perfekt in die Vorsehung fügten, die durch diese Geburt erst in Gang gekommen war. Ob es die Weltenweber wirklich gab, wusste nicht einmal ich, doch brachte der überraschende Tod von Seti durch die Hand eines Sisu den Lauf der Dinge damals – vor Urzeiten – auf ganz neuartige Weise aus seinem Gefüge und plötzlich begann sich nach der Ruhe ein Sturm der kommenden Ereignisse zu entwickeln, den weder ich als Weltenwanderin noch sonst jemand kontrollieren konnte.

Das sich ankündigende Unwetter aufgestauter Emotionen hatte seinen Wendepunkt erreicht gehabt. Die Völker begaben sich auf Kollisionskurs und selbst da es zwischenzeitlich so ausgesehen hatte, als wäre der Ausweg, der Weg zurück zur friedvollen Koexistenz möglich, war er nie bis zum Ziel beschritten worden.

Ich hatte mein Bestes gegeben. *Alles versucht.* Und dennoch war es nicht genug gewesen, weil sie nicht geschätzt hatten, was ihnen vom Universum gegeben worden war. Weil die Kifu immer mehr gewollt hatten, in Welten, in denen schlussendlich nichts mehr verfügbar gewesen war.

Mein Bewusstsein durchzuckte ohnmächtiger Schmerz, als mir klar wurde, was all die Bilder aussagten: Die Völker waren damals am Ende gewesen. Kurz vor der größten Schlacht seit dem Anbeginn. Sie hatten sich selbst gerichtet. Hatten sich, einfach so, dem Tod verschrieben. Und es hatte mich unendlich viel Kraft und Mühe gekostet, sie, trotz all ihrer Fehler, zu retten. Weil ich sie *auf meine Art* liebte.

Das wurde mir unwiderruflich klar.

Doch hatten alle Bemühungen nicht ausgereicht. Sie waren, realistisch betrachtet, ein Aufschub gewesen. Ein kurzer. Ich hatte das gewusst. Auch, dass ein wahrhaftiges Wunder eintreten musste, um den ewigen Zwist zu beenden. Um das angefangene Werk der Weltenweber endlich zu vollenden. Um nicht noch mehr sterbende Welten zu hinterlassen. Nur, wer hätte dieses Wunder vollbringen sollen?

Ich, die Weltenwanderin? Sicher nicht. Ich war mit meinem Plan gescheitert.

Dann also die Weltenwächter? Unwahrscheinlich. Wir hatten über die Wirren des andauernden Kriegs zwischen Sisu und Kifu die meisten verloren und übrig geblieben war nicht einmal eine Handvoll. *Nein.*

Ob die *Weltenweber* halfen, so sie dies überhaupt konnten, hatte ich zudem zu bezweifeln gewagt.

Die Völker waren auf sich gestellt gewesen. Sie waren die Ursache allen Übels und sollten nun die Lösung ebenjenes sein. Und ich hatten nur einen Weg gesehen: Amilaki meine Verantwortung aufzubürden und ihm den Wunsch, den ich den Sisu bei der Vernichtung Simetis zu meinem Bedauern nicht wirklich zu erfüllen imstande gewesen war, weiterhin zu gewähren.

Und er hatte ihn genutzt – selbstlos, aber gewinnbringend, wie ich eingestehen musste. Er hatte das Unmögliche möglich gemacht. Hatte der Welt ein Wunder geschenkt, von dem ich allerdings nicht sicher war, ob es nicht zu spät kommen würde: seine Kinder. Meine Kinder. *Unsere leiblichen Gotteskinder.*

Es schien, als hätte ich mit dem sechzehnten Geburtstag meiner Sprösslinge wieder zu erstarken begonnen. Meine Kräfte schienen mit ihren wiedergekehrt zu sein. Die Wächter mussten es vorausgeahnt haben. Meine Präsenz war unverwechselbar, sie hatte ihre ganz eigene Note.

Erinnerungen an die Zeit direkt vor meinem Black-out durchzogen nun mein Bewusstsein. Ich sah mich aufrecht stehen, blickte von oben auf … *meine* Hände. Voller Ehrfurcht drehte ich sie im Sonnenschein und konnte es nicht glauben. Ich hatte mich das erste Mal materialisiert. Hatte es nie zuvor versucht – war nie in Versuchung geraten. *Wozu?* Und doch durchlebte ich jetzt noch einmal ein Glücksgefühl, das für mich völlig neu gewesen war.

Die Erinnerung zeigte mir Amilakis geweitete Augen und seine ausgestreckte Hand, mit der er die meine ergriff. Da war zuerst so viel Misstrauen und verschämte Schüchternheit gewesen. Bis, *tja,* bis der Knoten geplatzt war und die Zärtlichkeit die Unsicherheit beseitigt hatte. Die folgenden zehn Monate waren die intensivste, hellste Zeit meines Lebens gewesen. Sie hatten mich zu einer anderen werden lassen. Hatten mir Liebe, Bindung, Treue, Hoffnung und Zuversicht in ungeahnten Dimensionen eröffnet.

Als es für mich an der Zeit gewesen war zu gehen, da die Kinder in Sicherheit hatten aufwachsen sollen, war uns beiden die Verabschiedung schwergefallen. Sie waren absolut perfekt gewesen. Unsere Gotteskinder. *Die rosa Münder. Die winzigen Finger, die gerade sprießenden Härchen.* Ich meinte, etwas von meinem Abbild, von den Zügen der ehemaligen Anisiti, an denen ich mich beim Materialisieren orientiert hatte, als ich eine Gestalt vor Augen hatte haben müssen, im Gesicht des Jungen zu sehen und viel von Amilaki in den Zügen des Mädchens.

Er und ich, wir hatten eine unschuldige Lösung geschaffen. *Zwei Lösungen*, die die Welten vielleicht retten konnten, weil sie genau das waren: Kinder mehrerer Welten, sogar Kinder einer Präsenz zwischen den Welten. *Mir.* So hatte es Amilaki gesagt und so hatte ich es geglaubt.

Schweren Herzens hatte ich dem Sog der Kraft nachgegeben, die von mir in sie hatte fließen wollen, und gleichzeitig meine solide Form losgelassen, geschwächt von einer langwierigen Geburt. Das musste mich entzweigerissen haben. Zerstreut, in alle Himmelsrichtungen. Bis jetzt.

Zu gut entsann ich mich Amilakis letzter, langer Umarmung und wie ich sie alle drei vorsichtig auf die Stirn geküsst hatte. Ihn, Iva und Iyesu – meine kleine Familie. Meine einzige. *Mein* Heiligtum. Er hatte sie zu Tesifa, seiner Stellvertreterin im Trimat, und ihrer Libi, zu Mariyam, seinem Bruder und dessen Frau bringen wollen, bevor auch er losließ. Weil es für ihn zu schmerzhaft war. Weil er sich nach ihr sehnte – *seiner Anisiti*. Jetzt, da ich, um ihn zu erfreuen, ihr Abbild gewesen war, umso mehr, weil sein Chi sich bereits zu verflüchtigen begann. Weil er aufgegeben hatte, ohne es bewusst zu tun.

Ich hatte die Verhältnisse nicht ganz verstanden. Aber Tesifa, Fegegita, Mariyam, Joze und Desita, würden gut für Iyesu und Iva sorgen, hatte Amilaki gesagt. Ich war mit allem einverstanden gewesen, was meine Kinder beschützen würde. *Ja,* ich hatte sie geboren, um eine Ehrenschuld einzulösen, um eine Lösung zu schaffen. Doch waren sie bereits im Moment ihrer Geburt unglaublich viel mehr für mich gewesen. Ich hatte nie gewollt, dass sie unter einem Chaos dieser Ausmaße litten, für dessen Verursachung sie nichts konnten. Ich hatte sie verteidigen wollen – mit Leib und Seele und *meinem Leben,* wenn es notwendig gewesen wäre.

Allerdings hatte ich nicht wie gedacht aus dem All über sie wachen können. Hatte über ein Jahrzehnt gebraucht, um mich neu zu formieren und zu mir zurückzufinden. Ein Jahrzehnt zu lange. Schließlich war Amilaki, dem ich es nach all den Schicksalsschlägen nicht verdenken konnte, aber trotzdem mehr als übel nahm, direkt nach mir von dieser Welt verschieden und auch nicht für sie da gewesen.

Erneut stieg Wut in meinem Geist auf. Ich horchte automatisch ins All, um zu erfahren, wie es meinen Kindern ging. Meinen beiden leiblichen Kindern. Immer länger hörte ich auf das Pulsieren der

Ströme, fühlte mich tiefer in Gedanken und Herzen. Beobachte eindringlicher, intensiver und war instinktiv ungeduldig … bis ich mir sicher war. Nämlich dann, als ich in einer der vielen Widerholungsschleifen der Raum-Zeit-Dimensionen Iyesus Signal wahrnahm und schließlich Iva mental schreien hörte. Sie hatte ihren Geist so laut und unkontrolliert ausgesandt, dass ich direkt zu ihr eilen wollte, *doch konnte ich es nicht.* Der Prozess meiner Rehabilitation war nicht weit genug fortgeschritten. Abgesehen davon, war es längst passiert – *Vergangenheit.*

Trotzdem war dies eine meiner schlimmsten Erfahrungen. Mit Abstand. Das war *meine* Tochter! Und sie war traurig, unendlich traurig und einsam. Ich versuchte ihr, trotz des Wissens, dass ich der Vergangenheit nachgeisterte, zu antworten, versuchte ihr zu zeigen, dass ich da war, dass ich sie hörte. Konnte den Instinkt nicht abschütteln. Sie hörte mich aber nicht. Ich war zu schwach. *Zu leise.* Und so konnte ich nichts anderes tun, als das Gespräch zwischen ihr und Iyesu zu verfolgen. Anschließend sandte ich das lauteste *Passt-auf!*-Signal, das mir möglich war, aus – vor Gram, Unglauben und schlagartig erwachendem Hass auf die Völker, die meine leiblichen Kinder nicht auf die Art behandelten, wie sie das sollten, gebeutelt.

Ob sie es hörten, wusste ich nicht, doch fiel mir auf, dass Ibabi darauf aufmerksam wurde. Sie sandte mir Bilder des Unfalls, Gedanken, Gefühle und schürte damit meinen Zorn. Gegen die undankbaren Völker, gegen die Weltenweber, das Universum und ganz besonders gegen Chelemna, der meinen *Sohn* in seiner Gewalt hatte!

Da nahm ich auch die Schmerzen wahr … die unglaublichen Schmerzen, die die Kifu meinen Sohn spüren ließen, um ihn gefügig zu machen. Um ihn dazu zu bringen, ihre Fehler auszubügeln – ungeschehen zu machen. Um ihn zu motivieren, ihnen zu Diensten zu sein.

Meine Wut schwoll mit jeder weiteren Nanosekunde an, in der ich mich tiefer in sein Leid hineinfühlte. Lodernder Hass infizierte meinen Geist innerhalb einer Stichflamme voll tödlicher Ohnmacht und katapultierte mich in einer rot glühenden Welle des Zorns schlagartig der Tobsucht entgegen.

Ich wusste, dass Ibabi einen Zweck verfolgte, mir die Informationen mit Absicht gab. Es machte keinen Unterschied. Ich musste mich gedulden, bis ich genas, aber ich würde nicht kampflos zusehen, wie die beiden in mir gewachsenen und gleichzeitig von mir erschaffenen Kinder instrumentalisiert wurden. Sie würden keine missbrauchten genetischen Waffen sein! Sie sollten ihre eigenen Entscheidungen treffen. Ihre eigenen Fehltritte bereuen, ihren eigenen Weg finden. Sie waren Sisu, sie waren Zymaha und sie waren *wie ich*.

Sie …

Eine plötzliche Ahnung überkam mich, die sich immer mehr konkretisierte. Mir war, als sei plötzlich ein Schleier gefallen und das Trugbild von einst enthüllte nach langer Zeit die Wahrheit. Amilaki hatte nicht mit den Kindern das bestehende Problem lösen wollen. *Ich war so blind gewesen – im Angesicht meines eigenen Schicksals.* Er hatte meine Liebe zu ihnen vorausgeahnt – zu den beiden Knirpsen, die ich erst geboren und dann in den Armen gehalten hatte. Den beiden, aufgrund denen ich all das Glück hatte erfahren dürfen, das mir die Monate bis zu ihrer Geburt und die Tage danach gebracht hatten. Der König der Sisu hatte meine tiefe Liebe, Verbundenheit und Fürsorge erhofft, denn er hatte nichts zu verlieren gehabt. Die Liebe einer *wahren Mutter*. Und er hatte recht behalten.

Ich. Würde. Meine. Kinder. Nicht. Im. Stich. Lassen.

Außer wenn dich deine Verfassung dazu zwingt, flüsterte die Stimme meiner Vernunft. *Schwäche* – ein neuartiges, unwillkommenes Empfinden. Wie wurde ich dieses schnellstmöglich wieder los?

Meine Seele übertönte die Bedenken jedoch sogleich. Sie war nicht still zu bekommen, vereinnahmte mein Denken, vereinnahmte mich. Schrie und schrie immer lauter – wie sie es nie zuvor getan hatte. Pulsierte schneller. Und ich hoffte, dass sie recht behalten würde, dass der Wille Wünsche in Wahrheit zu verwandeln vermochte.

Ich konnte mir jetzt keine Schwäche leisten. *Konnte* es einfach nicht – und wusste doch genauso wenig, ob meine Kräfte rechtzeitig in Gänze wiedererwacht sein würden. Um meine Kinder zu retten. Um Chelemna in seine Schranken zu weisen. Um Frieden zu schaffen – ein weiteres Mal.

Ich bangte und hoffte. Innerlich erfüllt von dem ohnmächtigen Wunsch nach etwas, das mir immer selbstverständlich erschienen war: meiner *Macht*. Bis jetzt neuartige Selbstverständlichkeiten, wie das

Eintreten für meine leiblichen Kinder, zu meinem inneren Antrieb wurden. Einem ungleich treibenderen als alles andere.

Noch war mein Geist matt, meine Fähigkeiten ein Abklatsch derer, die ich einst besessen hatte – doch fühlte ich, dass die alte Energie von Neuem in mir erwuchs. Langsam, beständig – hoffentlich *rechtzeitig*, um wenigstens etwas, *irgendetwas* zu bewirken. Denn dann wäre eines völlig klar:

Ich. Würde. Kämpfen.

Zum allerersten Mal.

Für Iva und Iyesu.

Meine Tochter und *meinen* Sohn.

Kapitel 30

VOR 12 TAGEN

IVA

Ein letzter Kampf

»Im Nachhinein ist alles ein *könnte* und *wollte* und *hätte*.«

Am Morgen des heutigen Tages sollte exakt um 13:33 Uhr – lieh man dem verschrobenen Astrologenquartett sein Ohr – die große Überlappung eintreten. Zum Kampf rüsteten wir uns in der Halle, unter den Rundgängen der Stockwerke. Ich fand es beruhigend, dass die Anzahl meiner Mitstreiter inzwischen auf zwanzig angewachsen war. *Je mehr, desto besser.*

Ich war gefasst. Ich war ruhig. Fast zu ruhig. So, als wäre ich nur eine ersetzbare Spielfigur auf einem großen Schachbrett, dessen Fläche einzig die *Spielmacher* – wer immer das sein mochte – überblickten. Als wären alle meine Gefühle über Nacht gewichen und hätten einer kalten Klarheit Platz gemacht, die mich überleben ließ. Seltsamerweise hatte ich keine Angst. Irgendwie hatte ich mich während der letzten Woche an die Vorstellung gewöhnt … des Kampfes, des Endes, des Verlustes. *Wessen auch immer.*

Gedankenverloren nahm ich von Moti, der bedächtig auf mich zukam, eine der schusssicheren Westen entgegen und zog sie über mein schwarzes, eng anliegendes Basicshirt. Ich fühlte mich bereit. So bereit, wie ich eben sein konnte.

Vielleicht würde ich heute sterben.

Vielleicht würden wir alle heute sterben.

Aber wenn, würden wir – würde ich – es aufrecht tun! In dem Wissen, dass ich nichts unversucht gelassen hatte. Dass ich *alles* gegeben hatte.

Doch noch war es nicht so weit. Noch sah ich einen Streifen silbernes Licht, einen Streifen Hoffnung am Horizont der Zukunft aufblitzen. Und ich würde um ihn kämpfen. Würde über alle – wirklich alle – Grenzen hinauswachsen, um aus diesem Streifen eine Sonne für meine Welt, die Erde, zu erschaffen. Würde beweisen, dass ich, *Iva Scott*, Amilakis Tochter war. Dass all mein Potenzial, sein Vermächtnis, seine und Inatis Gene, die irgendwo in mir steckten, zu etwas gut waren. Dass der lange Weg, den mein Volk bis zu diesem Punkt hinter sich gebracht hatte, nicht umsonst gewesen war.

Ich fühlte, dass meine Mitstreiter genau drauf hofften. Dass ich deshalb hier stand und nicht hoch oben in der Turmspitze, saß. Ich hoffte meinerseits von Herzen, dass ich sie nicht enttäuschen würde.

Keiner der anderen sagte ein Wort, während sie die Gürtel straffzogen, Haare zusammenbanden oder den Inhalt ihrer Hosentaschen checkten. Sie bereiteten sich ebenso wie ich auf die Ungewissheit vor, die wohl jede Schlacht im Vorfeld mit sich brachte.

Kuta verteilte die Waffen, die mir heute noch seltsamer und kitschiger vorkamen. Es fühlte sich unwirklich an. *So irreal.* Genau wie an dem Tag in Jozes Büro bei uns zu Hause in New York, an dem Desita plötzlich in der Luft vor mir gewebt war und die beiden mir eröffnet hatten, dass ich eine Sisu sein sollte. Die Erinnerung schien in ewiger Ferne zu liegen, dabei war sie gerade mal einige Monate her. Seitdem war viel passiert: Ich hatte Unglaubliches über die Galaxien und die verschiedenen Völker erfahren und mein ›Schneckenhaus‹ verlassen. Mariyam war gestorben, Joze verschwunden und Iyesu wieder aufgetaucht. Ich hatte fliegen gelernt – außerdem kannte ich nun die Wahrheit über meine Abstammung. *Doch was hatte mir all das gebracht?* Ich war noch immer eine unverbesserliche Träumerin, die sich nach einem Happy End sehnte.

Weiterhin schweigsam überprüfte ich abschließend meinen Munitionsvorrat. Nachdem wir alle, sogar die Astrologen, abgesehen von Nicolas und den beiden Wächtern, gleichermaßen gerüstet mit festem

Schritt vor die Eingangstür in den verwitterten Kreuzgang getreten waren, musterte ich ein letztes Mal die anderen.

»Uns bleibt nur wenig Zeit, wir sollten die besprochenen Positionen einnehmen«, durchbrach Basils dünne Stimme die schwerwiegende Stille.

Gestern Abend war in einer Art Kriegsratssitzung eine grobe Strategie besprochen worden. Nach all dem Gerede und Geplane der letzten Tage hatte es nur einer schnellen Abstimmung und der Klärung einzelner Details bedurft. Zu viele Variablen bestimmten, wie Nicolas gesagt hatte, die Gleichung. Wir waren zwanzig. Wie viele Kifu mochten es zur Erde schaffen? Kam uns Joze doch noch zu Hilfe? Würde die Inati allem ein Ende bereiten oder würde Himemi für die Kifu alles und jeden mit seinem Feuer vernichten?

Hektische Betriebsamkeit trat ein, als sich alle bemühten, Basils Bemerkung in die Tat umzusetzen. Teils fliegend, teils gehend verteilten wir uns um das dem Kloster zugewandte Ufer des Sees, während Ibabi Instruktionen schrie.

Pünktlich standen wir angespannt in den uns zugewiesenen Formationen und ließen unsere Blicke hektisch hin und her schweifen. Jedes Rascheln verursachte bei mir ein nervöses Zusammenzucken. Jede Bewegung – nur eines einzelnen Blatts – führte zu einem Fokussieren meinerseits. Meine Nerven waren zum Zerreißen gespannt. Ich schickte meine Sinne immer weiter fort von mir auf Erkundungstour. Ich wollte gewappnet sein, auch wenn ich wusste, dass das fast unmöglich war. Ich hatte alles, was mir beim Trainig gezeigt worden war, so oft wie möglich in der knappen Zeit geübt. Wahrscheinlich würde es trotzdem nicht reichen.

Dann, ganz plötzlich spürte ich eine Veränderung in der Wahrnehmung. Vor meinen Augen begann die Umgebung zu flimmern. Bewegte Bilder legten sich übereinander. Meine Hände verkrampften sich um die Waffe vor meiner Brust. Die Netzhaut vor meinen geweiteten Pupillen und den Iriden begannen zu tränen, weil ich mich davon abhalten wollte zu blinzeln. Nur um ja nichts zu verpassen. Die seltsame Verzerrung, die die parallel ablaufenden Wirklichkeiten erzeugten, verschwand nicht. Es war, als hätte man einen *Holga-Filter* in einer Bildbearbeitungsapp über mein Gesichtsfeld gelegt. Die

Welt bestand aus unterschiedlichen, einfarbigen Ebenen, die sich in wellenförmiger Bewegung voneinander fortbewegten und sich wieder annäherten. Karmesinrot, Ozeanblau und ein alles verschlingendes Schwarz überwogen in meinem Gesichtsfeld.

Ich würgte und schwankte, während eine neuerliche Welle der Distanzierung und Anziehung der Ebenen durch mein Sichtfeld zog. Mein Gleichgewichtssinn spielte verrückt und ich ruderte Hilfe suchend mit den Armen. Auch Entfernungen einzuschätzen war mir im Moment, mit dieser Optik absolut nicht möglich. Das war ungewohnt. Unangenehm. *Verwirrend.*

Noch während ich versuchte, die neuen Sinneseindrücke zu verarbeiten, der Optik Herr zu werden, um zurück in die Konzentration zu finden, war plötzlich alles wieder im Lot. Ich machte vor Schreck einen Satz, schaute mich hektisch um und entdeckte … *sie!*

Es waren Hunderte, Tausende, vielleicht sogar das ganze verdammte Volk! *Kifu,* wohin das Auge reichte!

Die uns gegenüberliegenden Berghänge zum See hin waren übersät mit silbern gewandeten Frauen und Männern, die den Sisu und den Sewi bis aufs Haar glichen. Mit der einzigen Auffälligkeit, dass sie *alle* dunkelhäutig waren. Mein Herz schlug schneller, meine Augen traten unnatürlich durch das Starren hervor. Trotzdem konnte ich mich nicht davon abhalten, weiter zu ihnen zu geifern, wie sie es ihrerseits taten. Sie waren so *viele.*

Ihre Bekleidung mutete wie eine Art Raumanzug an und erinnerte mich entfernt an die Notfalldecken, die in Erste-Hilfe-Sets waren. Doch käme hier jegliche *Hilfe* zu spät. Die Augen, die mich musterten, waren dunkel vor Begierde. Die Gesichtszüge darum herum formten harte, gefühllose Linien und Kanten. Jegliche, einst vorhandene Emotion in diesen … *Wesen* war längst erstorben, das konnte ich fühlen. Selbst von hier aus. Dort, auf der anderen Seite … standen Hüllen. Es waren keine Lebewesen mehr. Vielleicht biologisch gesehen. Nicht jedoch für mich. Nicht für den *gesunden Menschenverstand.*

Gänsehaut kroch mir die Arme empor. Schauer liefen mir unaufhaltsam über den Rücken und die Kopfhaut. Nässe benetzte meine Wangen, ohne dass ich hätte sagen können, wann ich zu weinen begonnen hatte. Eine unendliche Hoffnungslosigkeit bemächtigte sich meiner.

Das *da* war schlimmer als alles, was ich je gesehen hatte. Schlimmer als alles, was ich mir je vorzustellen gewagt hätte. Schlimmer als die Armee der Toten in *Game of Thrones*. Denn diese Wesen hatten noch ein Bewusstsein! Sie entschieden aktiv, was sie taten. Erlebten es mit. Auch wenn sie sich entschieden. Auch wenn sie nichts mehr dabei fühlten. Sie waren da drin – *in ihren Körpern!* Waren genau das, was sie taten!

Meine Atmung beschleunigte sich unwillkürlich. Die traurige Wahrheit presste mir die Luft aus meiner Lunge – zumindest kam es mir so vor. Dort drüben standen *Monster.*

Ihre Reise hierher musste anstrengend gewesen sein, trotzdem wirkten sie nicht erschöpft. Sie strahlten über den See hinweg etwas unglaublich Böses aus. Etwas Gemeines, Anrüchiges, das so einnehmend war, dass es sich mir unter die Haut zu fressen schien. Die Bereitschaft, alles zu geben – und uns *alles* zu nehmen! Sie wirkten begierig loszustürmen. Noch hielten sie sich zurück, warteten auf ein Zeichen. Das sagte ihre Haltung. *Doch von wem*?

An den Flanken der Masse an Kifu, jeweils rechts und links, scharrten zwei riesige geflügelte Löwen mit den Vorderpfoten. Mein Wunsch, diese mit eigenen Augen zu sehen, wurde nun wahr. Statt Begeisterung erfüllte mich allerdings Furcht, denn sie ließen dabei auf den begrünten Plateaus, auf denen sie standen, Furchen zurück, in deren einzelne Spuren sich später bequem Tote betten und begraben lassen würden. Sabber triefte aus ihren gereizt wirkenden Mäulern. Grauer Dampf stieg aus ihren gerümpften Schnauzen auf. Ihr silbernes Fell wirkte selbst aus der Entfernung matt und ungepflegt. Ohne Sättel thronte auf jedem von ihnen ein männlicher Kifu. Der linke hatte eine spiegelnde Glatze und trug als Schmuck zu der anscheinend üblichen Bekleidung eine Art silberne Halskrause. Er wirkte älter. Der andere sah wesentlich jünger aus. Sein Gesicht mit den kurzen Haaren war überirdisch schön, auch wenn es vom gleichen Ausdruck wie das jedes Kifus geziert wurde: gefühllose Grausamkeit.

Unwillkürlich umschlang ich die bunte Waffe in meinen Armen fester, als könne sie etwas ausrichten. Dabei war sie nur ein Spielzeug – das hatte ich stets gewusst. Doch dass die anderen und ich wie ein Haufen Kinder enden würden, die sich in dem dunklen Winkel verirrt hatten, vor dem sie von *Mommy* und *Daddy* gewarnt worden waren, das realisierte ich erst jetzt. Es gab kein Zurück. Wenn der Sturm begann – der Sturm auf uns, war es zu spät. Wenn, nicht *falls*. Denn dass dieser in absehbarer Zeit stattfinden würde, daran hatte ich keine Zweifel. *Wenn* die Kifu sich entschlossen loszuschlagen, wäre es wahrhaftig David gegen Goliath und ich wusste tief in meinem Innersten, wer gewinnen würde – so wie es die anderen auch wussten, weil dieser Ausgang unausweichlich war.

Chelemna hatte eine ganze Armee mitgebracht! *Seine Armee.*

Es gab keinen *Ausweg* mehr. Es würde nicht einmal einen Kampf geben. Sie würden uns überrennen, verfolgen und niedermetzeln. *Erst uns, dann diese Welt.* Wir hätten es wissen können. Hätten wissen *müssen*, wie aussichtlos die Lage war – und dass wir längst verloren hatten. Lange vor diesem Zusammentreffen. Lange bevor ich geboren worden war, bevor diese Welt sich entwickelt hatte. *Denn dort, wo es Gutes und Böses gab, obsiegte das Gute nicht,* begriff ich. Wie auch, wenn das Böse sich Mitteln bediente, die das Gute nie akzeptieren, nie verwenden würde?

Es war egal. Alles war zur Nebensache geworden, denn heute war es so weit. Heute würde ich sterben. Umgeben von Freund und Feind. Dessen war ich mir sicher wie nie.

Fast hätte ich laut zu lachen begonnen. Vor Hysterie. Vor Weltenschmerz. Vor Unglauben über eine Situation, die sich nicht mehr ändern ließ.

Die Kifu warteten immer noch – genau wie wir. Zögerten das Unausweichliche hinaus. Daraus schloss ich, dass Chelemna sich erst noch zeigen würde. Sein großer Auftritt stand uns damit bevor. *Ein letztes Mal Popcorn-Kino vor dem nahenden Tod?* Auf was wartete er bitte? Wir waren da. In Poleposition. *Begierig,* dachte ich sarkastisch, *ihn zu sehen.*

Ernüchtert schaute ich nach rechts und links. Von den Sisu hatte sich keiner gerührt. Ich bemerkte, dass Nicolas krampfhaft den hölzernen Stock umklammerte, mit dem ich ihn heute Morgen schon beim Frühstück herumfuchteln gesehen hatte. Die Pistole war von ihm nur mit einem müden Blick bedacht worden. Auch Ibabi und Darin hatten sich mit äußerst abwertendem Mundwinkelzucken gegen die Plastikwaffe entschieden. Als mein Blick nun höher wanderte, sah ich, wie unter den geschlossenen Lidern des Bibliothekars die Augäpfel zuckten. Kämpfte er bereits? Mit wem? Das konnte nichts Gutes bedeuten, oder?

Bevor ich jedoch weiter darüber nachdenken konnte, legte sich von hinten eine Hand auf meinen Mund. Ich zuckte erschrocken zusammen.

Was …?

Eine zweite packte mit festem Griff meine Waffe und drehte sie mir schmerzhaft aus den Fingern, bevor ich überhaupt daran denken konnte, den Abzug zu drücken. Mit lautem Klappern fiel sie zu Boden. Mehrere akustische Schläge folgten, dann trat in meiner unmittelbaren Nähe Stille ein.

»Hallo, Iva. Nun lernen wir uns endlich kennen«, flüsterte eine Stimme, die ich nie vergessen würde, nahe meinem Ohr.

Ekel ballte sich explosiv in meinem Innersten. Verstärkter Widerwille gegen die Berührung kam in mir auf. Panisch versuchte ich den Kopf zu drehen. Moti und Kuta hatten doch *direkt* neben mir gestanden? Genau wie Tesifa und Fegegita? Wo …? Ich sah die Füße meiner Leibwächter. Sie lagen am Boden.

»Ahh«, seufzte die Stimme, die ich aus Jozes Büro kannte. Die Stimme von Chelemna, wie ich annahm. »Xanei hat deine … *Freunde* kurzzeitig aus dem Spiel genommen. *Erquicklich.*«

Der Puls jagte *augenblicklich* durch meinen Körper, klopfte unangenehm in meinen Ohren. Ich hasste das Gefühl, voll Ohnmacht nur beobachten zu können. Nervosität und Unwissenheit ließen mich wie Espenlaub zittern – dabei wollte ich doch stark sein!

Da glitten zwei riesige geflügelte Schatten an uns vorbei.

Höllenhunde! Äh … Hurgathen!

Mein Herz blieb mir beinahe in der Brust stehen, so schnell schlug es. Das *mussten* die Tiere sein, die Desita beschrieben hatte, die geflügelten Löwen. Aber waren die nicht gerade … *nein,* versicherte ich mich mit einem schnellen Blick, sie waren nicht mehr dort, wo ich sie vorher entdeckt hatte. Die Plateaus waren verwaist.

»Wie schön … für *euch*«, presste ich nun zwischen den minimal gelockerten Fingern meines Angreifers hervor und überlegte, ob ich, wenn er sie noch ein bisschen löste, zubeißen konnte? Ich hatte nichts zu verlieren, konnte ihm aber genauso gut Schmerz zufügen, bevor er mich abdanken ließ. Im Krieg war schließlich alles erlaubt! Andererseits gefiel das dem kranken Widerling vielleicht.

»Findest du?«, fragte Chelemna indes gedankenverloren und drückte wieder fester zu.

Eile schien er keine zu haben. *Leben* schien ich bald keines mehr zu haben.

Ich *fand*, im Angesicht des Todes: er sollte seinen Arsch dahin schieben, wo er hergekommen war, und zwar *pronto!* Der Kampf, dieses ganze Ringen um Macht, Leben und Tod erschien mir auf einmal so *sinnlos.*

In dem Moment fing der See an zu blubbern. Das ließ mich gedanklich innehalten. Was passierte denn jetzt …? Erst waren es nur kleine, fast unmerkliche Blasen, dann immer mehr und größere. Ein übernatürliches Leuchten erhellte das ehemals dunkle Wasser von tief unter der aufgewühlten Oberfläche und verstärkte sich weiter, bis die Umgebung fast in gleißende Helligkeit gehüllt war. Angst und Hoffnung rangen in meinem Inneren um die Vorherrschaft. Wie wild begann ich gegen Chelemnas Klammergriff anzukämpfen. Fragte mich voll schauriger Vorahnung, was als Nächstes geschehen würde.

Ich sah, wie ein paar Kifu auf der anderen Seite näher an das Ufer traten. Neugierig. Interessiert – von dem Licht angezogen. Genau wie ich.

Aus dem Augenwinkel nahm ich rechts, in einiger Entfernung, die zwei großen silbernen Kolosse wahr, die uns kämpfend von Ibabi, Nicolas und den Astrologen abschirmten. Durch einen präzisen Schlag mit dem Schwanz katapultierte der Hurgathe, der von dem jüngeren Reiter – Chelemnas Bruder, Firihati, wie ich inzwischen vermutete – geritten wurde, einen der Astrologen aus meiner Wahrnehmung. Das folgende knackende Geräusch konnte nichts Gutes bedeuten. *Scheiße.*

Ich keuchte ungewollt auf.

Der König der Kifu lachte leise, als genieße er das alles.

Mutiger drehte ich den Kopf und sah links ein Dutzend Kifu mit uns zugewandten Rücken gegen Darin, Desita und den drei der Verteidigungseinheit des Trimats kämpfen. Chelemna hatte also einen kleinen Stoßtrupp angeführt, der uns in die Mangel genommen hatte, während wir noch überrumpelt zu den Kifu hinübergestarrt hatten. Der

Rest seiner Armee stand indes immer noch nur da und starrte hungrig herüber. *Hungrig nach Gefühlen?* Schonte er sie, um mit ihnen nach diesem Kampf die nächstgelegene Stadt einzunehmen? Oder Addis Abeba? Spielte das überhaupt eine Rolle?

Was sollte ich tun? Was *konnte* ich tun?!

Gut und Böse, der ewige Kampf.

Leid und mehr Leid für ein winziges bisschen Glück und Hoffnung.

Das machte mich auf einen Schlag wütend. Wir hatten jegliches getan, um nicht zu scheitern, dennoch würden wir es. Die Finger um meine Kehle drückten unaufhaltsam weiter zu. Würgten mich – und damit die Luft und das Leben langsam, bedächtig aus mir. Meine grandiose *Mutter* hatte sich bisher ebenso wenig nützlich erwiesen wie die Hinterlassenschaft meines erloschenen Vaters. Sie beide hatten mir durch ihr Erbe so viel Schmerz bereitet. Mir unbeabsichtigt das Liebste im Leben genommen, *Iyesu*, und bald auch *mein Leben*.

In meinem Brustkorb ballte sich all die Trauer, die ich empfunden hatte. All die Unsicherheit und die Aussichtslosigkeit. Ich hatte es satt, *so satt*. Ich hatte sie alle satt, *verdammt* noch mal! Und ich hatte im Speziellen Chelemna so was von *satt!* All seine kranken Spielchen. Sein überhebliches Gebaren bei Mariyams Tod – und jetzt. Was wollte er eigentlich? Alle umbringen, bis es ihn umbrachte, weil es niemanden mehr gab? War das sein grandioser *Masterplan?* War er dann *glücklich?!*

»Nicht ganz«, murmelte er leise nahe meiner Wange, als hätte er mich gehört.

Lasen inzwischen eigentlich alle meine Gefühle und damit meine Gedanken? Hatte irgendwer schon mal das Wort *Privatsphäre* gehört? *Wahrscheinlich.* Sie respektierten sie nur nicht. Wobei es darauf auch nicht mehr ankam. Ich hasste in diesem Moment alles und jeden. Wirklich *jeden!* Und ich steigerte mich in diesen Zorn hinein. Schürte ihn, trieb ihn bis zum Äußersten. *Kochte, tobte, spannte alles in mir an.* Verhärtete mein Herz. Ich fixierte meine Gedanken, meine Gefühle, meinen Verstand, mein Wesen auf eine einzige Sache: Ich. Wollte. Chelemna. Zerstören.

Wollte ihn *auseinanderreißen.*

Ihn in unzählige Teile zerfetzen.

Ihn unwiderruflich *kaltstellen.*

Die Erde unter uns bebte. Der See wurde beständig heller. Ich kniff die Augen zusammen. Ließ alles, was ich an Kraft hatte, alles, was ich entbehren konnte, in diesen einen tödlichen Wunsch fließen. Dann ließ ich unversehens den durch meinen Geist geschnürten Ballen an Macht und Gefühlen los, entfesselte all meine Kraft und richtete sie auf den Feind in meinem Rücken.

In meinem Herzen wurde es kalt. Meine Glieder erschlafften für einen Moment. Es fühlte sich an, als würde mir die Seele aus dem Leib gerissen, zumindest stellte ich mir das so vor. Mein Bewusstsein verflüchtigte sich kurzzeitig. Mir wurde schwarz vor Augen, meine Lider senkten sich als meine Sinne schwanden, dann drangen Schreie an meine Ohren und brachten mich in die Wirklichkeit zurück.

Schreie der Sisu und der Kifu.

Noch immer ächzte der Boden. *Noch immer* befand ich mich in Chelemnas Würgegriff. Doch schwebten wir jetzt über einem mehr als hundert Meter langen und zehn Meter breiten Abgrund, der, aufgerissen wie ein von einer Felsspalte gebildetes Maul, Kifu verschlang. Unzählige fielen in den rabenschwarzen Abgrund, der keinen einzigen der silbern gewandeten Leiber wieder freigab. Ihre unmenschlichen Schreie schnitten wie Messer in meinen Geist, bevor sie erschreckend schnell verstummten. Einige versuchten zu fliegen. Ich sah jedoch, wie sie scheiterten. Vielleicht hatte ihnen der Sprung auf die Erde doch zu viel abverlangt – oder sie waren ungeübt, da sie auf Kekifa zu schwach dafür gewesen waren.

Schnell vergewisserte ich mich, dass die Sisu noch da waren. Zu meiner Beruhigung konnte ich alle erspähen. Was hatte ich erschaffen? Was hatte ich *getan?*

Ich hatte gerade die fucking Erde auseinandergerissen! Ich tötete Kifu!! Und mit stoischer Gelassenheit und *mir* im festen Griff über allem zu schweben, war das Einzige, was Chelemna diesbezüglich an Gefühlregungen und Taten zeigte? *What the hell?? Ihn* hätte es treffen sollen. *Ihn allein!* Und doch lebte er, während wie so oft andere für ihn starben.

Der Schock darüber und die Erschöpfung ließen mich ungläubig hinunterstieren. Ich hatte die Erde verwundet. Nicht den König der Kifu. Hatte sie aufgerissen und ihr einen tiefen Schnitt zugefügt. Ihr, *meinem Planeten*, nicht ihm – dem Teufel in Person.

In mir mischten sich das Gefühl, versagt zu haben, mit einer tiefen Resignation, die selbst über die, die ich vorher empfunden hatte, hinausging. Ich hatte es zumindest versucht – ihn zu stoppen. Aber gab es überhaupt etwas, das dies vermochte?

Der See war inzwischen derart hell, dass er unangenehm blendete. Ich hatte nicht die leiseste Idee, warum das so war und ehrlich gesagt beschäftigte es mich im Augenblick nur bedingt. Noch wollte ich nicht von meinem eigentlichen Ziel ablassen. *Was, verdammt? Was wollen Sie von mir?*, dachte ich an Chelemna gerichtet. Sprechen war momentan … beschwerlich. Mein Geist … wie im Delirium.

Ich siezte ihn intuitiv, weil mir duzen so *vertraut* vorgekommen wäre. Und wenn ich eines nicht wollte, dann war es per Du mit dem Teufel zu sein. Das meinte ich bitterernst.

»Sing für mich, kleine Prinzessin!«

Singen?! *Hä?* Sagte man das nicht zu Gangstern, die ihre Kumpane verpfiffen? Was sollte ich ihm verraten? Was wollte er wissen? Es war wie mit Jasons Picknick. Ich begriff es nicht. *Noch nicht.* Vielleicht konnte ich es wenigstens nutzen. Vielleicht konnte ich den anderen Zeit erkaufen. Denn verraten würde ich sie niemals!

Chelemnas Hand hatte sich einen Tick gelöst, sodass ich nuschelte: »Mein ‚Gesang' hat einen Gegenwert. Wenn Sie eine Kostprobe wollen, können Sie sich eine erkaufen! Oder haben Sie in einem Plattengeschäft oder Supermarkt schon mal an der Kasse gefragt, ob Sie die Ware umsonst bekommen?«

Ich wusste nicht, wo auf einmal die Gleichgültigkeit herkam, die mich mutig werden ließ, ihm Kontra zu geben. Vielleicht erwuchs sie aus dem puren Wissen, dass ich meine Kräfte zwar nicht wirklich steuern konnte, aber eindeutig welche besaß! Tief in meinem Inneren war ich mir sowieso sicher, dass ich sterben würde – so oder so. Hatte es endlich *wirklich* begriffen. Jetzt, da ich ihn nicht hatte vernichten können.

Ich meinte außerdem gesehen zu haben, wie einer der Astrologen und damit ein weiterer Sisu gefallen war. Von hier oben hatte ich einen besseren Überblick. Es lief nicht nur schlecht für uns, es lief *miserabel.* Ganz, wie ich es erwartet hatte. Wie es insgeheim wohl alle erwartet hatten. Und es bereitete mir im Gegenzug eine bizarre Freude, Chelemna nicht zu geben, was er wollte. Selbst da es mich eher früher als später teuer zu stehen kommen würde, dessen war ich mir im Klaren. Ibabi, das sah ich just, verteidigte weiterhin Nicolas, der sich inzwischen schwer auf seinen Stock stützte und irgendetwas vor sich hin zu murmeln schien. Was tat er da eigentlich?

»Nun, ich war niemals in einem ... *Super*markt. Aber ich bin mir sicher, sie würden mir alles – und ich meine wirklich *alles* – auf einem Markt umsonst geben. Denkst du nicht? Trotzdem ... ich finde dein Argument interessant. Deshalb gestatte ich dir *eine* Frage. Ist das nicht großzügig? Wähle weise, kleine Iva. Was möchtest du am sehnlichsten wissen?«

Das musste ich mir gar nicht erst überlegen. »Wieso wurde er entführt?!« Es kam wie aus der Pistole geschossen, hatte durch seine Finger allerdings eine dumpfe Tonalität. Ich war immer noch bereit, mich an jede noch so kleine Hoffnung zu klammern – wenn man sie mir gab. Womöglich hatte Iyesu Kräfte, die uns retten konnten.

»Warum er und nicht du – das ist deine Frage?« Chelemna lachte.

Es klang hohl in meinen Ohren. *Verdammter Wichser!* Hatte er sich nur über mich lustig machen wollen?

Ich versuchte die Wut, die schneller, als sie verschwunden war, wieder jede meiner Zellen infizierte, zurückzudrängen. Bringen würde sie mir ja doch nichts. Langsam nickte ich, trotz seines Würgegriffs. *Das* war es, was mich schon lange umtrieb.

»Ganz einfach, weil Ibabi mit Xanei und mir gekämpft hat und dich retten konnte«, antwortete er.

Oh. Das war neu! Wieso hatte sie mir das nicht gesagt, als sie in Tesifas Büro von der *Wahrheit* gesprochen hatte?! Dann hätte ich ... etwas anderes fragen können! Schließlich hatte ich einen ganzen Katalog in der Hinterhand. Einen, mit dem ich anscheinend nicht einmal mental jemanden erschlagen konnte. *Klasse.* Jede Wahrheit hatte wohl zwei Seiten – vielleicht hatte Ibabi mir auch nicht gestehen wollen, dass sie nicht imstande gewesen war, Iyesu ebenfalls zu retten. Womöglich hegte sie Schuldgefühle.

»Beenden wir dieses müde Spektakel«, bestimmte Chelemna, nun offensichtlich gelangweilt. Das Thema Gesang stand wohl nicht länger auf der Tagesordnung. Oder war es die *Gefühlsspeisekarte*? »Der Planet scheint euch eure Kräfte zu entziehen. Das war ernüchternd unspektakulär.« Er verstummte. Sein kranker Spieltrieb schien nicht in dem Maß befriedigt zu werden, in dem er es sich anscheinend erhofft hatte. *Er ist unzufrieden*, begriff ich. Sollte mir recht sein.

Wieder verschwand ein Schatten am Rande meines Sichtfeldes. Explodiert. *Getötet*, nicht verwundet. Ich wollte nicht wissen, wer es war. Schloss die Augen.

»Weißt du, Iva, ich habe euch eigentlich einen Gefallen getan. Habe sozusagen eure Leben gerettet. Denn ohne mich gäbe es euch gar nicht mehr. Hätte die Sonne die Erde nicht durch ihre Wärme befruchtet, wäre sie so tot geblieben wie all die anderen Planeten«, knurrte Chelemna gereizt und nahm die Hand nun ganz von meinem Mund. Probierte er neue Methoden?

Der Klammergriff um meine Mitte und die Arme blieb. Schreien war nun möglich, aber … *sinnlos*. Es würde die anderen erschrecken und unachtsam werden lassen. Gerade Ibabi brauchte, so schien es mir, all ihre Konzentration, um Nicolas zu verteidigen. Inzwischen kämpfte sie allein gegen fünf Kifu. Ihre Gestalt war ein wirbelnder Tornado aus Tritten, Hieben und Luftstößen. *Das* war beeindruckend.

»Wie die Planeten, die ihr damals leer gesaugt habt!«, zischte ich abfällig, um Chelemna bei Laune zu halten und ihn vor allem zum weitersprechen zu animieren.

»Und wenn schon … Sie waren nichts Besonderes, die Planeten, die Sewi – sie alle sind nichts *Besonderes*. Sie sind *böse*, warum wollt ihr sie überhaupt retten? Ach, warte, eigentlich wollt ihr, selbstsüchtig wie alle anderen, nur euch retten.«

»Ist das Ihre Meinung?«, giftete ich. »Alle sind böse – außer *Ihnen*?«

»Nein, meine Erfahrung«, erwiderte Chelemna seelenruhig, sein Körper hinter meinem ein Ausbund an Kraft und stoischer Gelassenheit. »Und falsch: Alle sind böse. *Auch ich*.« Er lachte unangenehm. Als hätte er den *besten* Witz aller Zeiten gerissen.

Ich musste unwillkürlich an rostige Nägel denken, die asynchron über ein Metallblech gezogen wurden, und mir lief ein kalter Schauer den Rücken hinunter.

»Wenn du in irgendeiner, egal welcher Welt mächtig sein willst, musst du skrupellos werden. Macht innezuhaben bedeutet, ein Killer zu sein – im einen oder anderen Sinn, kleine Iva. Die Sewi müssen mich nicht mögen, ebenso wenig wie die Sisu, aber sag mir – wenn sie mich hassen –, habe dann nicht auch ich das Recht, sie zu hassen?«

Jaja … *klar.* Weil er sie dazu gebracht hatte, ihn zu verabscheuen. Wahrscheinlich stand das sogar wörtlich im ›Handbuch für Bösewichte‹.

Grundlagen, Teil 1: Bringe möglichst viele ums Eck.

Grundlagen, Teil 2: Nur wahrhafter Hass zählt als *echte* Bewunderung.

Ich schluckte, während ich daran dachte, wie oft er zum Mörder geworden war. Ich würde ein weiterer Strich auf seiner langen Liste sein. Irgendwie … *bedauerlich.* »Ich verstehe nicht, warum es Sie schert, wer wen oder was hasst?«

»Oh, wärst du auf die Gefühle anderer angewiesen, würdest du sie ebenfalls beobachten. Mich interessieren nicht ihre Intrigen, Ränkespiele und Liebschaften. Ich finde es vielmehr befremdlich, wie die Liebe und der Hass auf der Erde immer mehr abnehmen, während die Gleichgültigkeit zunimmt.« Seine Stimme hatte sich zu einem lieblichen Zischen gesenkt. Darauf fiel mir nichts ein.

Stumm starrte ich auf das Kampfgeschehen hinunter.

Das Licht im See, das ich kurzzeitig einfach ausgeblendet hatte, weil ich so auf den Kifu fixiert gewesen war, zog sich plötzlich zusammen und stieg senkrecht, von einer Kaskade aus Wasser begleitet, empor. *Woa* … ich hatte wohl rechtzeitig wieder hingesehen. Höher und höher stieg das leuchtende Nass, bis es schlagartig in einer Licht- und Wassersäule in sich zusammenbrach, um langsam von Neuem nach oben zu steigen.

Ich konnte nur noch gaffen. Das Spektakel war atemberaubend schön. Überirdisch. *Göttlich?*

Die Luft prickelte, erfüllt von blitzschnellen Teilchen, die explosionsartig in alle Richtungen schossen. Sie lud sich unverkennbar elektrisch auf. Ich war erstarrt. *Fasziniert.* Genau wie Chelemna.

Gebannt verharrten wir in der Luft – ich nach wie vor in seinem Griff gefangen, er erstaunlich still – und beobachteten, was sich unter uns abspielte.

Doch es war nicht die Inati, die auftauchte, wie ich insgeheim gehofft hatte. Ein Ungeheuer aus purem Licht hob seinen riesigen Kopf aus den

Tiefen des nun wieder rabenschwarzen Wassers und begann, mit seinen krallenbesetzten Vorderbeinen die Kifu nahe dem Ufer anzugreifen.

Reihe um Reihe fegte es mit Klauen aus purer, strahlend heißer Energie wie mit einem Rechen aus unzähligen Lichtschwertern durch die unvorbereitete Armee hindurch und hinterließ nichts außer dem unangenehmen Gestank von kokelnder Haut, Haar und Haufen voll Asche.

Schreie brandeten erneut an meine Ohren. Hektisches Gewusel brach aus – unkontrolliertes Rempeln, Schubsen und stümperhaftes Fliegen in alle Richtungen. Die bereits dezimierten Kifu stoben wie ein Bienenschwarm auf dem Gras und in der Luft auseinander. Doch das Monster aus dem See war schneller, von extremen Ausmaßen und *unerbittlich*.

Ich wusste nicht, was *es* war. Außer dass es furchterregend war. *Tödlich.* Nicht von dieser Welt. Oder?

Die quälenden Schreie der Verwundeten ersetzten den Kampflärm binnen weniger Herzschläge vollständig. Nach nur Minuten stank die Luft im wahrsten Sinne des Wortes (bis) zum Himmel. Der Geruch waberte als einer der Sorte zu mir hin, die man nie wieder aus der Nase bekam. Eindrücklich. Überfrachtend. *Widerwärtig.* Der Geruch von verbranntem Fleisch, das noch am Körper vor sich hin schwelte.

Ich war wie paralysiert. Konnte es, wollte es nicht glauben, was dieses Wesen zu tun imstande war. Fragte mich, woher es kam, was es war. Warum es für *uns* kämpfte.

Als Chelemna unruhig wurde, durchkämmte ich fieberhaft mein Hirn, das wie leer gefegt war, nach einem Aufhänger für eine Konversation. Ja, da unten geschah Schreckliches. Aber je länger *dieser* Schrecken anhielt, desto größer wurde die Chance, der Menschheit einen noch viel größereren Schrecken zu ersparen. *Ihn.* »Nun, vielleicht vergeht die Gleichgültigkeit. Wie eine Phase, ein Zyklus des Auf und Abs …«, faselte ich. Hä? *Egal!*

Der König der Kifu beäugte weiterhin skeptisch und eine Spur fasziniert das Wesen dort unten, in dessen durchsichtigem Leib es glitzerte, das aber nie ganz aus dem Wasser kam, wie mir auffiel.

»So schwach …«, murmelte Chelemna. Ich nahm an, er meinte sein eigenes Volk, das da unten starb, weil er es hierhergeführt hatte. Auf die Erde. Denn das Ungeheuer war ja eindeutig *stark*.

Er war wirklich verrückt.

Andererseits war mir das in diesem Moment das erste und vermutlich auch einzige Mal willkommen. Ich sah zu meinem Wohlgefallen, wie die beiden Hurgathen mit den zwei Kifu auf den Rücken von meinen Freunden abließen und den Kampf mit dem Ungeheuer aufnahmen. Ein unausgeglichener Kampf zwischen den Parteien, der im Keim erstickt wurde, da die Intensität der Energie, aus der das Ungeheuer zu bestehen schien, keine direkte Näherung zuließ. Doch die Reiter gaben nicht auf. Sie drängten das Wesen durch geschickte Flugmanöver und Finten in den See zurück. Dabei schlug es heftig nach ihnen.

»*Nein,* es wird nicht vergehen und es wird genauso wenig wieder gut. Um auf deine unausgesprochene Hoffnung zu antworten, die ich tief in dir spüre … aber ich habe jetzt wirklich Wichtigeres zu tun, als deine Gefühle zu ordnen. Bis gleich, kleine Iva.« Chelemna ließ mich unverrichteter Dinge los und ich fiel wie ein Stein vom Himmel.

Waaa …?

Kurz vor dem Sturz in die Tiefen des nachtschwarzen Risses, über dem wir ja geschwebt hatten, realisierte ich, dass ich, wie vor wenigen Tagen, als Nicolas das Gleiche getan hatte, etwas tun musste und stabilisierte mit einem Ruck meine Flugbahn. Ich steuerte wackelig etwas nach rechts und kam holprig auf der Erde, neben dem Abgrund, den ich verursacht hatte, auf allen vieren auf.

Die Augen panisch zum See gerichtet, beobachtete ich mit Schrecken, wie das riesige Monster gerade genauso wundersam und unvorhersehbar, wie es aufgetaucht war, in sich zusammenbrach. Eine ungewohnte Dunkelheit nach dessen gleisendem Licht, hüllte uns alle sofort in düstere Schatten. Ich rappelte mich geschwind auf und trat einen Schritt weg vom Abgrund, näher zum Kloster in meinem Rücken.

Gerade als ich mich orientierte, wo sich die anderen befanden, landete Chelemna auch schon neben mir. Dabei hatte ich die Gelegenheit, ihn im Bruchteil einer Sekunde zu mustern, bevor ich, töricht, wie ich war, versuchte davonzulaufen. Er war eindeutig der Mann vom Foto! *Mr Hill*, gar keine Frage, auch wenn er statt einem Anzug dunkle Hosen (keinen Schutzanzug wie der Rest?) und einen schwarzen Mantel mit im Nacken hochgeklapptem Kragen trug. Da die größte Bedrohung für sein Volk verschwunden war, hatte er wohl vor, sich weiter mit mir zu vergnügen. Was für eine zweifelhafte *Ehre*. Spielte er immer mit seinem ‚Essen'?

Ich schob meine kruden Gedanken beiseite, keuchte angestrengt und bemühte mich, schneller zu rennen. Er war mir dicht auf den Fersen – das hörte ich. Als er auch schon nach mir greifen wollte, entzog ich mich ihm mit einer ungewollt heftigen Bewegung. Unsere Körper trafen unvorteilhaft (für ihn!) aufeinander und ich nutzte den Schwung … Wenn jetzt sowieso alles egal war, wollte ich doch mal sehen, wie es ihm gefiel, wenn der *Klöppel* zwischen seinen Beinen mit den *Glocken* kollidierte! Vielleicht war es zu spät, den Teufel zu läutern, vor allem konnte *ich* das nicht. Aber dort läuten, wo es wehtat, sodass ihm die Ohren klingelten, das konnte ich! Mann blieb schließlich Mann. Fast verlor ich dabei das Gleichgewicht. Meinen Körper mit den Beinen abfedernd, bemerkte ich, die Sinne auf den Boden und die Umgebung konzentriert, dass während unserer sportlichen Einlage eine sehr mächtige, wirklich wütende Präsenz hinter uns aufgetaucht war. *Shit! Ich begann, das Ungewisse richtig zu hassen!*

Der König der Kifu sowie auch ich drehten uns intuitiv, um den neuen Gegner einschätzen zu können. Was mochte auf uns lauern? Mein Herz hatte sich unwillkürlich in meine Hosentasche verabschiedet, obwohl ich hoffte, fortwährend hoffte, dass *vielleicht* … die Inati?

Ja! Es war eine Frau, die fünf Meter vor uns stand und Iyesu erschreckend ähnlich sah. Energie wirbelte um sie herum, als sei sie das stille Auge ihres selbst erzeugten Hurricans, der Ursprung der weißlich funkelnden Ströme, die fast durchsichtig die Luft um sie aufpeitschten.

Ich hatte prompt das Gefühl, von einem Stromschlag getroffen zu werden, als mich einer streifte. Oder sollte das ihre Interpretation einer Begrüßungsgeste sein? *Sie war da!* Sie war wirklich gekommen! Endlich. Dabei war sie halb materialisiert, aber *atibiko*, wie ich von Ibabi gestern erst gelernt hatte, es zu bezeichnen. *Stark.* Unglaublich stark. Ihre Aura kam nichts gleich, das ich bisher gespührt hatte – nicht einmal Ibabis. Sie war ätherisch, göttlich, alles und nichts. Licht und Schatten, pure Macht. Und sie stand in einem Wirbel, der flirrend wie kleinste Diamantkristalle das Licht um sie in schillernden Facetten widerspiegelte.

Lange dunkle Haare und bloße Füße, die nun wie die des Bibliothekars knapp über dem Boden schwebten, verliehen ihr etwas Elfenhaftes.

Mein Mund stand offen ob der dekadenten Schönheit ihres Anblicks. Ich konnte fühlen, wie ein Kräftemessen zwischen Chelemna und meiner leiblichen Mutter begann, aus dem ich gänzlich außenvor gelassen wurde. Ihre Gesichter verzogen sich in konzentrierter Starrheit. Das des Teufels konnte ich nicht vollständig sehen, da wir zwar auf gleicher Höhe standen, er mir aber den Rücken zugewandt hatte. Das meiner leiblichen Mutter zeigte schäumende Mordlust. Ihre übersinnlichen Züge, die glatten Wangen, die schmale, gerade Nase, der rosige Mund – wirkten grotesk verzogen. Sie sah nicht dazu bereit aus, das winzigste bisschen nachzugeben. Die Intensität ihres Blickes wie auch des Energiefeldes, das sich weiter um sie ausdehnte, stieg ins Unermessliche. Chelemnas Kopf lief rot an. Adern traten an seinen Schläfen hervor. Ich sah, wie er die weißen Zähne bleckte und das Kinn anhob. *Verzweifelt?*

Die Inati hingegen wirkte so weit unverändert und unberührt. Was auch für ihren Zorn zu gelten schien. Weitere Energie hüllte sie just in einen Strudel aus tanzenden Teilchen, der an Geschwindigkeit zunahm. Statt schwächer, schien sie beständig stärker zu werden. Da war nichts Menschliches an ihr. Nicht einmal die Form ihrer Gestalt konnte darüber hinwegtäuschen, dass sie aus den Tiefen des Universums stammte. Weißlich schimmerte die halb materialisierte bloße Haut unter dem fließenden fliederfarbenen Gewand. Spirituell führte sie die Hände in einer fast andächtigen Geste auseinander, bevor sie sie, wie um zu klatschen, zusammenschnellen ließ.

Es dauerte keinen Wimpernschlag, bis die Kraftwelle Chelemna erreichte und er neben mir implodierte, als hätten seinen Körper zwei riesige, unsichtbare Hände gepackt und zusammengedrückt. *Einfach so.* Übrig blieb ein matschiger brauner Haufen (Erde?) auf dem Gras am Rande des Sees. Kein schöner Anblick.

Stille trat ein. Eine tragende Stille, die sich von dieser Szene auf das komplette Kampfgeschehen ausdehnte. Die alle, die lebten, ihre Aufmerksamkeit auf uns richten ließ.

Ein rosa Leuchten, fast ein Glimmen innerhalb dessen, was gerade noch der verrückte, der mächtige König der Kifu gewesen war, zog meinen Blick an. Und während ich die nahen Überreste anstierte – erschüttert, erleichtert, überfordert –, wusste ich, was das war, ohne es genau sehen zu können. Der zweite Quarz! *Yuneti!*

Da rauschte einer der Hurgathen über mir heran und setzte mit seinen spitzen Krallen haarscharf neben dem Haufen auf. Das Glimmen wurde verdeckt, aber ich sah, wie der junge, gut aussehende Reiter über die Flanke des großen Tiers geschwind hinabglitt und den Stein an sich nahm. Dann schwang er sich, ohne einen zweiten Blick auf das, was gerade noch sein Bruder gewesen war, wieder auf den silbernen Löwen und dieser entfaltete die großen Flügel, um sich mühelos in die Luft zu erheben.

Ich blieb völlig unbehelligt … vor Aufregung inzwischen kurz vor dem baldigen Herzstillstand stehend.

Immerhin: Chelemna war tot und ich fühlte Erleichterung darüber. Pure Erleichterung. Noch hatte ich es nicht richtig realisiert. Die Bedeutung dessen – für mich, uns, *die Erde und die Galaxien.*

»Es tut mir leid, *mein Kind*«, brach die Inati sanftmütig die Ruhe meines Augenblicks halb betäubter Gedanken. Der Kontrast ihres Tonfalls zur groben Gewalt, derer ich gerade Zeuge geworden war, verlangte mir fast zu viel ab. Und das war jetzt … *meine leibliche Mutter?!*

Ich schluckte. Und schluckte wieder. In meiner Kehle hatte sich ein Kloß in den gefühlten Ausmaßen eines Fußballs gebildet. Dieser Tag, dieser Kampf hatte mir bereits viel zu viel abverlangt. Ich wankte, bevor ich mich stabilisieren konnte und aufrecht hielt – erneut den Haufen Matsch anstarrend.

»Es tut mir leid, dass ich die Kraft dafür nicht früher hatte«, setzte die Inati hinzu und folgte meinem Blick, der unverändert das Häufchen am Boden musterte. »Es kommt auf sehr viele individuelle Faktoren an, die als Multiplikatoren einwirken und nachher das Ausmaß gestalten.«

Ich hatte keine Ahnung, was sie mir sagen wollte. Es war mir auch *piep*egal. Ich konnte sie nur mit aufgerissenen Augen anschweigen. Das … *war es?* So schnell … konnte es *endgültig* zu Ende sein?

Die Inati legte in einer fragenden Geste den Kopf schief. »Lass uns deinen Bruder finden.« Sie hob ihre Arme und die Luft um sie stockte in der Bewegung, während ich weiterhin starr dastand.

Dann ging ein Ruck durch meine Glieder. Ich nickte. Hatte einfach keine Worte mehr. Fand nicht die richtigen Laute, um das wiederzugeben, was mir durch den Kopf geisterte. Stand unter Schock und war gleichzeitig von einer seltsamen Wachheit, einer inneren Unruhe erfüllt. Plötzlich spürte ich meine Glieder überdeutlich, musste mich bewegen. Irgendetwas *tun*. Sofort. Ich eilte los.

Die Inati ließ ich einfach stehen, böse meinte ich es nicht. Natürlich wollte ich Iyesu finden. Aber ich … es … Iyesu … meine Mutter. Ich brauchte einfach einen Moment. Eine kurze Spanne der Normalität, in der ich *nicht* darüber nachdachte, was gerade passiert war. Und ich konnte die, die mich treu begleitet hatten, nicht reglos liegen lassen, ohne zu wissen, wie es um sie stand!

Behände sammelte ich in einigen Metern Entfernung meine Waffe vom Boden, neben Motis Füßen, ließ sie dann aber wieder fallen und begann, hektisch an seinem bewegungslosen Körper zu rütteln. Sein Brustkorb hob und senkte sich. Er atmete, stellte ich beruhigt fest, genau wie Kuta. Ich hoffte für die anderen Überwältigten, dass es stimmte, dass sämtliche Zellen vernichtet sein mussten, oder der Geist aufgeben, damit ein Sisu erlosch. Denn dann hatte ich zumindest nur einen oder eine für immer erlöschen gesehen.

Weiter kam ich nicht. Aufwirbelnde Luftmassen erfassten nicht nur meine Gestalt, sondern jeden, Sisu wie Kifu, und trugen uns einzeln, trotz der Anstrengungen, die manche dagegen unternahmen, direkt vor die Füße der Inati.

Wenig damenhaft rappelte ich mich auf und sah zu meinem Glück, dass sich Fegegita, Tesifa, Kuta und Moti mit Blessuren, aber nun wieder bei Bewusstsein, unweit von mir aufrichteten. Nicolas lag mehr, als dass er saß auf der Erde daneben. Aber er regte sich. Weiter nahm ich auf dem Boden liegend zwei der Astrologen wahr, deren fahle Gesichtsfarbe nichts Gutes vermuten ließ, über die sich jedoch bereits die anderen beiden des seltsamen Quartetts beugten.

Misstrauisch schaute ich zu den zwei Höllenhunden oder eher *Höllenlöwen* und den übrigen Verbündeten von Chelemna inklusive seiner berittenen Befehlshaber. Firihati hatte tatsächlich frappierende Ähnlichkeit mit seinem Bruder, stellte ich von Nahem fest. Xanei wirkte unverändert brutal – genau wie auf dem Foto. Pami Hanson hingegen zeigte Falten auf der Stirn und um die Augenwinkel, die im krassen Gegensatz zu seinem strengen, schmalen Mund über dem silbernen Kragen standen. Sabbernd ließ sich gerade einer der Kolosse auf den Boden vor ihm sinken und glubschte mich aufmerksam an. Der Blick des Tiers war nicht intelligent, dennoch nicht dumm. *Hurgathen sollte man eindeutig nicht unterschätzen.*

Sie waren doppelt so groß wie ich. Pranken in der Dimension meines Kopfes, die eisenbesetzte Krallen zierten, waren das eine, überdimensionierte Zähne wie die des Säbelzahntigers aus *Ice Age*, das andere. Dazu kam die schiere silberne Masse ihres Leibes, die einen wahrscheinlich wie eine unnötige Ameise zerquetschen konnte, und der über und über mit Dornen besetzte weiße Schwanz. Mich schauderte es. Zum Glück bildeten Ibabi und Darin eine direkte Barriere zwischen ihnen und uns.

»Iva!«, ließ mich ein erleichterter Ausruf herumfahren. Hinter mir löste sich Desita gerade von … Joze?! Konnte das sein? *Konnte er?* Oder fantasierte ich?! Ich blinzelte. Doch sie schaute über seine Schulter unverändert und überglücklich zu mir. Tränen standen in ihren Augen. Nun wandte sich auch Joze um – nur Meter von mir entfernt. Er wirkte müde, dreckig, am Ende (hatte immer noch den grauen Anzug an!) – aber war *am Leben!*

Ich war so erleichtert!

Wann er zu uns gestoßen war, wusste ich nicht. Ich hatte selbst genug um die Ohren gehabt. Aber wie es aussah, hatte er zumindest einen Teil des Kampfes miterlebt und mitgeschlagen, denn es verklebten Blutsprenkel seine Haare und sein Hemd.

»Iva! Ich wusste, dass ihr früher oder später herkommen würdet. Und ich … habe einfach etwas Zeit in der Stille für mich gebraucht. Es tut mir unendlich leid, dass ich dich …«, er korrigierte sich schnell. »… *euch* im Stich gelassen habe. Leider hat diese Einsicht viel Zeit in Anspruch genommen. Das ist nicht zu entschuldigen. Aber ich kam, so schnell es mir möglich war.« Schuld blickte mir aus seinen Augen entgegen.

»*Du* hast mich gerettet«, rief Desita mit rauer Stimme. »Wärst du nicht aufgetaucht, ich weiß nicht, ob ich … Ich hab ihn erst viel zu spät gesehen.«

»Natürlich, Des. Du bist eine starke Frau, du hättest den Kifu auch ohne mich abgewehrt.«

Sie umarmten sich noch mal.

Oh nein! Was …? Zum Glück standen sie beide so weit unversehrt da.

Mit wenigen Schritten eilte ich zu meinen Zieheltern und schmiss mich in das Knäuel aus Armen. Die Impulsivität warf Joze fast um, hätte Desita ihn nicht von hinten gestützt. Das war *meine Familie!* Ich war so froh, so glücklich, dass sie wohlauf waren. Doch wer war gefallen? Irgendein Sisu musste …

Geschwind blickte ich zu den letzten Gestalten, die sich sortierten, und sah statt drei nur zwei. Da wusste ich es. Slavio und Senaria standen mit versteinerten Gesichtern da. Servotka fehlte. Nicht einmal seine Leiche lag vor ihnen. Ich nahm an, dass er außeinandergerissen worden war und schluckte. Es hätte jeder von uns sein können. Und obwohl ich ihn nicht gekannt hatte, hatten er schließlich auf unserer Seite gekämpft.

Vorsichtig löste ich mich wieder von Joze, blieb allerdings direkt neben ihm und Desita stehen und sah aufmerksam zur Inati hin – wie auch die anderen. Ihre Präsenz wurde immer durchdringender. Selbst diese war mir, obwohl sie meine leibliche Mutter war, fremd.

Stille senkte sich erneut über das Geschehen.

Jeder wartete darauf, dass sie die Stimme erhob.

»Chelemna ist tot. Und ich schenke euch den Frieden – möge er lange währen.« Ihre Worte hatten etwas Endgültiges. »Alle Kifu werden nach Kekifa zurückkehren. *Augenblicklich,* denn noch ist die Verbindung offen.« Ihr Blick schweifte warnend umher. »Das ist keine Bitte«, zeigte Wirkung.

Zuerst verschwanden die Kifu, die sich um die Befehlshaber geschart hatten, nur vereinzelt. Dann wurden die silbernen Anzüge schlagartig immer weniger.

»Wir danken dir, Inati. Wir haben zwar für ihn gekämpft …«, hörte ich Firihati mit ekelhaft schmeichelnder Stimme ansetzen.

Dass er es wagte. Ich verzog abfällig den Mund. Im unterschwellig *um-sein-Leben*-betteln war er wohl ganz groß.

»Lüg dir nicht selbst in die Tasche«, wies ihn Ibabi, noch bevor er ausgesprochen hatte, zurecht und machte einen einschüchternden Schritt auf ihn zu. Ich sah ihr an, dass sie ihn nicht fürchtete. Sie sah erschöpft aus, nichtsdestotrotz wirkte sie gefährlich. ›Ihr stellten sich die Haare auf‹ erlangte plötzlich eine ganz neue Bedeutung. Ihr Haar wogte angriffslustig, die roten Spitzen bildeten die Form scharfer Nadeln nach – bereit zuzustechen, und Darin ballte hinter ihr bereits die Fäuste.

»Im Nachhinein ist alles ein *könnte* und *wollte* und *hätte*. Konntet, wolltet und habt ihr aber nicht«, beendete meine leibliche Mutter die Auseinandersetzung schneller, als sie aufgekommen war, in eisigem Tonfall. »Sonst wären allein die Gegenwart und die Zukunft existent. Ein gar seltsam anmutender Gedanke, schließlich resultiert daraus die Vergangenheit. Genau betrachtet sind es die Momente im Hier und Jetzt, die man verändern kann, die von Bedeutung sind.« Sie durchschaute Firihati mühelos und sah ihn nachdrücklich an.

Dieses Mal schwieg er. *Kluger Schachzug!*

»Bringt mir den Jungen. *Meinen* Jungen. *Jetzt!*«, befahl sie unvermittelt. Ihr Tonfall war so weit entfernt von einer höflichen Floskel, dass sogar ich die kalte Drohung den wenigen Worten entnahm. Gleichzeitig begann ich nervös mit den Füßen im Stehen auf und ab zu trippeln. Würde ich ihn wirklich gleich wiedersehen – Iyesu? Konnte das wahr sein?

»Schicksal?«, fragte Xanei scheinbar arglos, als wüsste er nicht, von was sie sprach.

Alle erstarrten, inklusive mir. Selbst die Flora und Fauna, zumindest das, was davon um den See übrig war, schien innezuhalten. *Geradezu entsetzt.* In der bangen Vorahnung, dass *das* ein Fehler gewesen war. Ein großer – der ihn einiges kosten würde. Dass seine Frechheit, sein unangebrachter Mut – der Mut eines Kriegers, der auf längst verlorenem Posten kämpfte – ihn *das Leben* kosten könnte, wie Chelemna vor ihm. Und tatsächlich: Die Luft pulsierte einmal wütend, dann explodierte Xanei, zu meinem tiefsten Unbehagen, in der nächsten Sekunde in einem wahren Sprühregen aus winzigen schwarzen Einzelteilen. *Asche.* Ohne klärende Nachfrage, ohne überhaupt ein Gespräch und vor allem ohne das geringste Zögern der Inati.

Ich starrte wie gelähmt in die leere Luft. Dorthin, wo er gerade noch gestanden hatte. Chelemnas tapferster Krieger. *Einst.* Schneller *erloschen,* als er es wohl selbst jemals für möglich gehalten hätte. Im Gegensatz zu meiner leiblichen Mutter einfach nur … schwach.

»Bringt mir meinen Sohn! Ibabi und Darin werden euch begleiten«, wiederholte die Inati gefährlich leise. »Sonst hole ich ihn – *und euch alle dazu.*« Die Zeit für gesittete Gespräche war wohl abgelaufen.

Ein unangenehmes Zittern hatte meine Hände ergriffen, die ich mir daraufhin unter die Arme klemmte. Ich fokussierte mich darauf, dass Iyesu bald bei mir sein würde, dass er Hilfe erhalten würde. Es gab nichts Wichtigeres – nicht für mich. Das machte das Grauen vor mir trotzdem nicht ungeschehen.

»Zafi!«, sagte Pami scharf zu einem der Hurgathen – anscheinend seinem.

»Abelashe«, wies Firihati das andere, jünger aussehende Reittier an.

Beide Kolosse erhoben sich simultan und beugten die Knie, um ihre Reiter aufsteigen zu lassen. Diese schwangen sich elegant auf die Rücken, zwischen die Schwingen und verschmolzen in ihren Anzügen fast vollständig mit den Tieren. Sicher war genau das beabsichtigt – eine Art *Chameleontarnung*.

Im nächsten Augenblick rauschten ohne ein weiteres Wort vier verschwommene Schatten aus meinem Sichtfeld. Da die Inati ihren Blick nach innen gekehrt zu haben schien und auch alle anderen ruhig verharrten, übte ich mich genauso im stillen Warten.

Wie lange sie wohl …?

Ein eiskalter Luftzug verursachte, dass sich die Haare auf meinen Unteramen und im Nacken aufrichteten. In knapp zehn Metern Entfernung sah ich bereits eine kleinere Gestalt zwischen Ibabi und Darin auftauchen, die diese flankierten. Die Uhren auf Kekifa – oder wo auch immer – mussten anders ticken. Langsamer, viel langsamer, als auf der Erde.

Schritt für Schritt näherte sich das Trio. Von Chelemnas Beratern war nichts mehr zu sehen. Ob sie geflohen waren? Nein, die Inati hatte ihnen den Frieden und damit die Freiheit geschenkt. Ich hoffte nur, dieser Tag würde ihnen eine Lehre sein, genau wie uns. Wir hatten verdammtes Glück gehabt! Ich hatte *unfassbares* Glück gehabt.

Glück, dass die Inati gekommen war.

Glück, dass Chelemna mich atmend gewollt hatte – wohl um Iyesu unter Druck zu setzen, ihm endlich das zu geben, das so von ihm ersehnt worden war: *Leben*. Ironisch, dass ihm gerade dieses Sehnen den *Tod* gebracht hatte.

Glück, dass vermutlich die Selbstüberschätzung des Kifu-König ihn auf Himemi hatte verzichten lassen. Denn hätte das Flammenwesen die Drecksarbeit erledigt, hätten wir keine Chance gehabt. Dann wären *wir* verbrannt, nicht die unzähligen Kifu. Und selbst das Schicksal hätte uns nicht retten können, weil sie zu spät gekommen wäre. *Welch doppelte Ironie.*

Gleichwohl war es nebensächlich, denn je näher die drei Gestalten uns kamen, desto heftiger pumpte mein Herz. Es war wie ein junges Vögelchen, das aus seinem Käfig herauswollte. Ich meinte, dass es mir gleich herausspringen würde, konnte meine Füße jedoch nicht dazu bewegen, einen einzigen Meter der Distanz zwischen mir und Iyesu zu überbrücken. Auch meine Beine waren wie festgewachsen, in Beton gegossen, geradezu stur, hatten zum denkbar schlechtesten Zeitpunkt ein Eigenleben entwickelt.

Da begann Iyesu, der erschöpft aussah, aber extrem breit lächelte, auf mich zuzurennen und ich warf endlich den Schleier der Lethargie ab und tat es ihm gleich. Während wir uns, vom ungebremsten Schwung ziemlich hart aufeinanderprallend, in die Arme fielen, hörte ich die Inati sagen: »Ich werde immer über euch wachen. Ihr seid meine Kinder. Wenn ihr mich ruft, werde ich da sein. *Egal wann. Egal wo.* Lebt ein langes, ein glückliches Leben. Lebt wohl.«

Mit der Nase an Iyesus Hals vergraben harrte ich aus, ohne aufzublicken, nicht bereit, mich so schnell von ihm zu lösen – für und um nichts auf der Welt. Nicht einmal um des Schicksals willen.

Jetzt wäre ich bereit zu sterben, selbst da es zu meiner Freude gar nicht mehr zur Debatte stand. Beruhigend spürte ich Iyesus Atemzüge auf der zarten Haut in meinem Nacken. Warm pressten sich unsere Körper aneinander. Sie passten so *exakt*. Als wären sie füreinander geschaffen. Und in gewisser Weise waren sie das ja auch.

Als das Gemurmel der anderen lauter wurde, nahm ich an, dass unsere Mutter so überraschend und geschwind gegangen war, wie sie gekommen war. Doch das verletzte mich nicht im Geringsten. Es berührte mich nicht einmal wirklich. Ich hatte den Einzigen wieder, den ich auf diese ganz besondere Weise liebte, wie es nur wahrhaftige

Partner fürs Leben tun. Hatte ihn gerade doch noch gefunden – und mit ihm, dessen war ich mir sicher, das schmerzlich vermisste Stück meines Herzens, das mir seit dem Unfall so sehr gefehlt hatte.

Kapitel 31

VOR 10 TAGEN

IVA

Das Ende vom Lied

»DIE NORMALITÄT, DIE ZUSCHLUG.«

»Wir hatten Glück – unfassbares Glück, dass Chelemna uns in all seiner Überlegenheit nur mit der Spitze seines Trupps angegriffen hat!«, sagte Desita unvermittelt. »Er wollte sich wohl selbst etwas beweisen.«

Zu siebt saßen wir im großen Aufenthaltsraum. Jeder mit einem warmen Getränk in der Hand. Geduscht, ausgeschlafen und mit sauberer Kleidung gerüstet, schien mir das Leben unfassbar herrlich zu sein. Selbst für Joze hatte einer der Wissenschaftler etwas Passendes gefunden.

Meinen Geist hatte ich zwischenzeitlich in einem *Stand-by*-Modus vor sich hin träumen lassen. Jetzt, mit Desitas Ausspruch, den ich direkt unterschreiben konnte, tauchten einige Fragezeichen in meinem Kopf auf.

»Oh ja! Wäre er auf Nummer sicher gegangen und hätte direkt seine ganze Armee in den Kampf geschickt, hätte es uns zum Zeitpunkt, als die Inati auftauchte, nicht mehr gegeben.« Fegegitas Stimme verklang vielsagend.

Tesifa nickte. »Iva hat allerdings auch ihren Teil dazu beigetragen …«

»Wahnsinn! Dass du das …«, begann nun Desita begeistert an mich gerichtet.

»Wie hast du es bewerkstelligt?«, unterbrach Fegegita sie mit neugierigem Blick. »Ich meine, mir ist schon klar …« Sie setzte neu an.

»Wir haben alle gehofft, dass sich deine Kräfte zeigen, aber es hat dir ja keiner gezeigt, wie …«, sie ließ das Satzende erneut offen, den Oberkörper unruhig hin und her bewegend.

»Ich war wütend, verzweifelt.« Ich verstummte. »Eigentlich sollte es Chelemna treffen.« *Das* nagte immer noch an mir. Sinnend ließ ich unbewusst die Handgelenke knacken.

Iyesu verkrampfte sich sogleich. Er hing halb auf der Lehne des bequemen Sessels, in dem ich saß, halb auf der Sitzfläche. Beruhigend legte ich ihm die Finger auf den Unterarm. Seine Lider waren geschlossen. Er wirkte noch immer ausgelaugt – als würde er Kraft tanken müssen.

Während ich mich weiterhin unangenehm berührt wand, lachte Joze, kein bisschen bekümmert. »Du *hast* viele Kifu getroffen! Das war große Klasse, Iva! Etwas, mit dem keiner gerechnet hat. Und du bist noch völlig ungeübt.«

Die anderen nickten einhellig.

Besänftigt lächelte ich. Er hatte ja recht. Außerdem spielte es jetzt so gut wie keine Rolle mehr. »Warum, glaubt ihr, hat Chelemna Himemi nicht mitgebracht? Auch aus Selbstüberschätzung?«, wagte ich zu fragen.

»Der Teufelsanbeter hat seinen eigenen Kopf«, warf Joze ein und fuhr sich mit einer Hand müde über die Stirn. »Das hatten sie schon immer. Du darfst dir die Flammenwesen nicht wie Haustiere vorstellen«, erläuterte er an mich gerichtet. Seine Schultern lehnten an der Wand, die nackten Fußspitzen wippten ungeduldig auf und ab.

»Ich bin fest davon überzeugt, dass Himemi nicht kommen *wollte*«, beschied Tesifa ihn von ihrem Sessel aus, trüb in die Tasse dampfenden Tees vor sich schauend.

»Warum das?«, wollte Desita wissen, während Fegegita gleichzeitig ein »*Ahhh,* ja.« ausstieß. Die beiden teilten sich ein kleines Bänkchen direkt vor meinem Sessel.

»Er muss entkräftet gewesen sein, weil er für all die Kifu Feuer gespuckt hat«, gab Tesifa für alle die Antwort. »Die Horden an Kifu mussten sich ja irgendwie stärken, um den Sprung durchs Wurmloch zu schaffen – woher sollten sie die Energie dafür haben, wenn nicht durch Himemis Feuer? Kekifa ist kahl, kalt und leer.«

»Macht Sinn«, Desita nickte.

Einige Augenblicke verstrichen.

»Und was war das für ein … *Wesen?*«, wagte ich mit großen Augen zu fragen. »Es sah fast aus wie ein Dinosaurier. Oder ein Seeungeheuer. Loch Ness? *Nessi* habe ich mir als Kind immer so vorgestellt? «

Meine Ziehmutter lachte. »Es wirkte tatsächlich an einen Diyonos angelehnt. Es war aber eine Projektion. Von Erinnerung und Vorstellungsvermögen auf Energie.«

»Eine Nachbildung«, fügte Joze hinzu. »Nicolas hat Teilchen so angeregt, dass sie fast nur noch aus Energie bestanden. Und die Energie, die dabei verloren ging, erzeugte das Licht.«

Nice. Mir stand der Mund offen. Das hieß, so etwas konnten wir auch. Energiewesen und vielleicht sogar -bälle erschaffen?! *Feuerbälle?* Also doch! Wieso hatte dann keiner … vermutlich weil es unheimlich viel Kraft kostete und wenig effektiv war, wenn man nicht *traf*, beziehungsweise das Wesen steuern musste …? Ein Roboter oder eher – eine Marionette – aus Energie. Das war *fuck* – krass! Kraft half da nur bedingt, man musste das *geistig* können. Außerdem …

Unvorhergesehen meldete sich Thomaso zu Wort. »Die Grundlage des Wesens stellten die Wasserstoffteilchen, die Nicolas zuallererst aus dem See extrahierte. Keine leichte Aufgabe«, kommentierte er. Bisher hatte er still vor einer Tasse Kaffee neben uns in einer Ecke gesessen. Da der andere Aufenthaltsraum jedoch kurzfristig zum Lazarett umfunktioniert worden war, drängte sich alles in unserem.

Das erklärte allerdings Nicolas' Gebaren während des Kampfes!

»Ja, Wasserstoff befindet sich auf einem geringen energetischen Niveau. Die Elementarteilchen können zusätzlich eine Menge umgelenkter Energie aufnehmen«, stimmte Joze zu. »Clever!«

Auf mein sprachloses Stirnrunzeln hin erklärte er: »Wir bedienen uns normalerweise allen Elementen: Luft, Wasser, Feuer, Erde – der Kraft und Reaktionsfähigkeit dieser. Die Kifu bedienen sich der Lebensenergie beseelter Wesen. Wären wir die Vegetarier, wären sie die Fleischfresser. Wir erschaffen, sie zerstören. Wir modellieren, sie reißen die Strukturen auseinander. Lapidar gesagt.«

»Und der frei gewordene Sauerstoff aus dem ursprünglichen Wassermolekül hat, als er aufstieg, die Oberfläche des Sees wie einen Whirlpool zum blubbern gebracht«, vervollständigte Thomaso nach einer kurzen Pause die Hintergründe des Wunders gestern.

Desita nickte gedankenverloren. »Eine beeindruckende Leistung. Das Fühlen, das Umlenken – alles zur gleichen Zeit.«

Dem konnte ich mich nur anschließen. Das Ungeheuer würde mich wohl noch in meinen Träumen verfolgen. Nicolas hatte wirklich *alles* gegeben. Deshalb lag er jetzt auch in seinem Zimmer im Bett und schlief.

Ob *ich* dazu eines Tages imstande sein würde? *Vielleicht.* Vielleicht auch nicht, wenn es selbst die anderen erstaunlich fanden. Iyesu und ich waren zwar nicht wie alle, aber der Bibliothekar unterschied sich definitiv ebenfalls von den anderen!

Die Verabschiedung von Nicolas und den Astrologen, die wohl alle nach längerer Bettruhe wiederhergestellt sein würden, von Ibabi und Darin, wie auch den beiden anderen Kämpfern und der Weg zu Flughafen nahmen dieses Mal zwei ganze Tage ein. Wir waren nicht in Eile gewesen, hatten eher selbst zu Kräften kommen wollen und geholfen, die Verletzten zu versorgen, bevor wir aufgebrochen waren. Der Rückflug beanspruchte einen weiteren Tag, bis wir endlich morgens in der westlichen Zivilisation von New York landeten.

Tesifa war bereits kurz darauf, ohne auf uns zu warten, mit einem Taxi in Richtung Büro gefahren, um sofort eine Trimatsitzung einzuberufen.

Ich freute mich selten so über einen Stau wie über den, in den wir anderen prompt zur morgendlichen Rushhour gerieten, nachdem uns Saki mit glänzenden Augen und dem Van des Blumengeschäftes abgeholt hatte. Sie hatte Iyesu vor der Abfahrt ein neues Handy überreicht und nun, als wir mehr standen denn vorwärtskamen, meldete er sich bei den alten Accounts an. Eine Flut von Nachrichten sowie entgangene Anrufe seiner Freunde aus dem Internat hielt ihn daraufhin in Atem. Er wirkte *so* glücklich, losgelöst, überrumpelt von der ganzen Situation. Eines seiner Augen, so kam es mir vor, war nach wie vor traurig, eines lachte unentwegt.

Es war nicht einfach, heimzukehren. Jeder wollte direkt alles wissen. Alle erwarteten die große Story. Selbst wenn sie es nur gut meinten und mitfühlten. Ich wusste nicht, wie ich mich in der Situation verhalten hätte. Er schien einfach froh zu sein. Froh, wieder nach Hause zurückzukommen. Froh, dass ihm eine so warme Flut an Glückwünschen und Begrüßungen entgegenschlug.

Zu seinen Erlebnissen, nach denen ich ihn nun zu fragen wagte, sagte er nur: »Bitte gib mir etwas Zeit, dann darfst du mich löchern, ja. Aber im Moment … will ich einfach ein Stück weit vergessen und mich freuen, dass ich hier bin – bei dir, bei *euch*, okay?«

Das war für mich völlig in Ordnung. Immerhin hatten wir nun Zeit dafür, dass ich ihn über die Geschehnisse der letzten Wochen *updaten* konnte. Ich versuchte, ihm so schnell es mir möglich war so viel wie möglich zu berichten, er blockte allerdings recht bald ab.

Erschöpfung war, wie der Stammgast einer Unterkunft, in sein Gesicht getreten. Und ich verstand: Keine ernsten Themen für heute. Also beschränkte ich mich auf das, was auch die Nachrichten zeigten, auf das Wetter und auf *Gossip* über Liane. Anschließend schoss Iyesu wesentlich gelöster ein paar Fotos von sich – wie um zu dokumentieren, dass er tatsächlich wieder zurück war. Und *schwupp*, postete er eines davon. Seine Bildüberschrift dazu lautete:

#hereIamonceagain #longstory #don'task #justparty

Damit passte sie perfekt zu dem müden, aber frechen Grinsen und dem erhobenen Daumen auf dem Selfie im Auto. Der Post erhielt in den ersten fünfzehn Minuten unglaubliche fünftausendeinunddreißig Herzen und rund vierhundert Daumen hoch und zog dadurch einen prompten Anruf der Polizei nach sich, den Joze entgegennahm, um den ersten Aufruhr abzuwiegeln.

Mein Handy vibrierte einen Herzschlag später und Liane sowie Jason sendeten mir je einen Screenshot von Iyesus Profil und einen *Daumen-hoch*-Smiley. Lächelnd beantwortete ich beide Nachrichten mit einem pulsierenden Herzen. Es war ein unglaubliches Gefühl. *Ein unglaublicher Augenblick.* Von dem ich zwar geträumt, den ich aber so nie wirklich erwartet hatte.

Nachdem wir im Penthouse durch die Eingangstür getreten waren und alles stehen und liegen gelassen hatten, um im Wohnzimmer auf die weichen Möbel zu sinken, klärte mein Ziehvater in einem einstündigen Gespräch die juristische Lage unserer Situation. *Damn!* Mr Daniels war da sicher gewieft und wusste die Tatsachen richtig hinzudrehen.

»Du hättest mich wenigstens vorwarnen können!«, warf Joze Iyesu später am Essenstisch mit erhobenem Zeigefinger vor.

Iyesu zuckte nur erschöpft die Schultern. »Es hätte so oder so Fragen gegeben.«

»Ja, allerdings nicht heute. Ich hätte dankenswerterweise erst in meinem *eigenen* Bett ausschlafen können.« Joze war angespannt, das sah ich ihm an. »Silas und ich haben die Detectives zwecks des wie, wo, was, warum auf nächste Woche vertröstet.«

»Was hat denn dann so lange gedauert?« Fegegita gab sich wie immer nicht mit den allgemeinen Informationen zufrieden.

»Genau das zu erreichen!«, knurrte Joze gereizt. »Nächsten Mittwoch müssen wir aufs Präsidium. *Alle.* Und unsere Geschichte sollte bis dahin einigermaßen glaubhaft sein, damit sie nach etwas Überzeugung die Akte schließen.«

Wir alle, auch Desita, Moti und Kuta, die mit um den gedeckten Tisch saßen, nickten einhellig. Jeder von uns wollte, dass über die Geschehnisse Gras wuchs und auf keinen Fall, dass nachgeforscht wurde.

»Habt ihr Ferien?«

Ah, da war er erneut, der Moment, auf den ich gewartet hatte. Die Normalität, die wieder einmal zuschlug. Die Frau war schon die dritte, die mich heute ansprach – seit Iyesu und ich in Jeansshorts und weißen Levis T-Shirts nur mit Flipflops an den Füßen durch New York schlenderten. *Unsere Stadt.* Eine Stadt, die nichts von ihrer drohenden Vernichtung gewusst hatte und die jetzt hoffentlich für immer verschont blieb.

Betont langsam wandte ich mich mit meiner von dem wuschelhaarigen Verkäufer in die Hand gedrückten Eiscremetüte der Dame im biederen hellgelben Rock und roséfarbener Bluse zu – eine englische Touristin, ganz klar – und sagte: »Ja. Wir genießen die letzten freien Tage, bevor es wieder losgeht. Genießen sie den Tag ebenfalls!«

Auf ihr verdutztes Gesicht hin zuckte ich nonchalant die Achseln und schickte mich an, zu Iyesu hinüberzugehen, der in der Sonne auf einer nahen Treppe saß.

Obwohl ich fand, dass ich inzwischen deutlich älter aussah als vor knapp einem Jahr, schienen das die meisten Sewi anders wahrzunehmen. Oder sie waren nicht daran gewöhnt, von einer Jugendlichen gesagt zu bekommen, dass sie den Tag genießen sollten. Aber ich konnte schlecht sagen: *Denn vorgestern hätte Ihr letzter sein können. Also nutzen Sie die neue Chance Ihres kostbaren Lebens, die Sie haben.*

Im Gehen registrierte ich in der Auslage eines kleinen, runden Kiosks zwischen anderen Zeitschriften das Time Magazine. Ich erkannte es am markanten Schriftzug des Titels. Die Aufmachung der Ausgabe sah anders aus als die, die ich damals vor dem Shooting in Händen gehalten hatte. Gespannt trat ich näher und bemerkte nun mein Konterfei auf dem Cover. Umrahmt von Joze und Desita, lächelte ich selig den Welpen auf meinem Arm an. Mein Ziehvater hatte eher einen Blick analog *Cerceis* auf dem *eisernen Thron*. Desita schaute lächelnd und ebenfalls sehr selbstsicher – wie eine *echte* Königin.

Magisch angezogen trat ich nun an den Tresen und zog das erstbeste Exemplar des Magazines mit meiner freien Hand zu mir. Ein orangeroter, auffälliger Kleber stach mir dabei ins Auge. *World war 3 – das ultimative Kriegsspiel*, stand darauf. Ich starrte ihn einige Sekunden einfach an. Das war doch … *ein schlechter Scherz.*

Hektisch blätterte ich den Innenteil auf. Und tatsächlich, nach einem mehrseitigen Artikel über die Bank, den ich nun gar nicht richtig beachtete, fand ich eine ganze Seite, die das Spiel bewarb. *3D real life simulation* – pries der Text. *Leben Sie Ihre Fantasien aus, sammeln Sie unvergleichliche Erfahrungen!*

Im Töten? Gab es jemanden, der das ernsthaft wollte? Anscheinend.

Spielen Sie sicher und bequem, statt sich in reale Gefahren zu begeben, las ich weiter. *Kaufen Sie die Optimallösung auf dem Spielemarkt! Upperclass Action garantiert – mit unserer Elektronenfeldtechnik, die alle physikalischen Größen für ein absolut echtes Umgebungsgefühl mit einbezieht!*

Ich war sprachlos. Na klar ... absolut echt und hautnah ... *Krieg* erleben. *Was für ein Highlight.* Das erfüllte meine sehnlichsten Wünsche. *Von wegen.* Mir hatte ein gänzlich hautnaher, reeller Krieg mit den Kifu, den ich knapp – durch das Wohlwollen des Schicksals – überlebt hatte, ausgereicht! Vielleicht bräuchten einige Sewi mal eine ordentliche Prise *davon*. Vielleicht würde diese *Kur* sie *kurieren*.

Angewidert ließ ich die Zeitschrift zufallen. Schob sie zurück, als hätte ich mir die Hände verbrannt, und trat vom Kiosk weg, dessen Verkäufer sich bisher sowieso nicht gezeigt hatte, als könnte ich mir die schwarze Beulenpest holen. *Diese* Ausgabe wollte ich garantiert *nicht* zu Hause haben – obwohl mein Gesicht darauf abgebildet war.

Langsamer schlenderte ich weiter und beschloss, Iyesu nichts davon zu erzählen. Ich wollte wie er nach vorne blicken und den Tag genießen. *Sorglos.* Gücklich. Völlig frei von negativen Einflüssen.

Ich seufzte still.

Manchmal, in einem schwachen Moment wie diesem, gestand ich mir ein, mich zeitweise in der Vorstellung zu verlieren, wie es wäre, wenn ich noch einmal an dem Freitag des Unfalls zur Schule gehen würde, jung und unbedarft wäre und nichts von all dem, was inzwischen geschehen war, erlebt und gewusst hätte.

Wie es wohl wäre, wieder neben Liane zu sitzen und einzig das Problem von abgesplittertem pinken Glitzerlack an meinem Daumennagel in Ordnung bringen zu wollen?

Ich seufzte erneut. Dieses Mal war es ein richtiger Stoßseufzer.

Nein, wenn ich ehrlich war, wollte ich nicht zu diesem Tag zurück. Die Klassenarbeiten und Vokabeltests fehlten mir definitiv nicht so sehr, dass ich sie alle wiederholt schreiben wollte – neue würden schließlich kommen. Wobei ich mir nicht vorstellen konnte, dass sie *irgendwem* fehlten. Vielleicht würden sie Dr. Leo fehlen, sollte er tatsächlich eines Tages in Rente gehen. Mit was konnte er sonst seine Abende verbringen – außer mit der schaurig vorfreudigen Planung, seine Schüler mit einer absurd schweren Chemieklausur zu quälen oder diese mit selten ungesundem Enthusiasmus penibel zu korrigieren?

Nun, ich jedenfalls wollte keine fünfzehn mehr sein, ebenso wenig wie sechzehn. Die Siebzehn, auf die ich mit großen Schritten zusteuerte, war genau richtig.

Bei Iyesu angekommen, ließ ich mich neben ihn auf die angenehm warme Steinfläche der Stufe plumpsen und streckte ihm gleichzeitig auffordernd das Eis entgegen, das bereits zu schmelzen begann. Vanille, Pistazie und Erdbeere mischten sich zu einer bunten Farbspirale.

Grinsend nahm er es mir vorsichtig aus der Hand und schleckte einmal rundherum, um die Flucht der einzelnen Eisbäche zu verhindern.

»Das ist die mit Abstand widerlichste Kombination aller Zeiten!«, teilte er mir daraufhin mit und verzog gequält das Gesicht. »Das schmeckt so was von künstlich, man könnte meinen, es kommt direkt aus einem BASF-Labor.«

»Jetzt sei nicht so kritisch!«, wies ich ihn energisch zurecht. Grinste jedoch breit, als ich ihm *mein* Eis, wohlgemerkt, wegnahm und selbst probierte.

Urrgghhh … er hatte recht. Reklamieren war wohl leider nicht möglich. Dabei hatte der Verkäufer so sympathisch gewirkt. Fragte sich, ob er überhaupt das Eis zusammenrührte … testen schien er es eindeutig nicht.

Iyesu quittierte meinen alles sagenden Gesichtsausdruck mit einem Lachen. »Wenn uns Chelemna nicht umgebracht hat, wird es vermutlich auch dieses Eis nicht schaffen.«

»Hm«, machte ich. »Eine Magenverstimmung ist aber nicht ausgeschlossen.«

»Ach, gib her«, meinte Iyesu und biss, nachdem er mir die Waffel entrissen hatte, ein großes Stück von ebendieser ab. »Also die schmeckt gut«, war sein Urteil, während er mir das Gesamtpaket zurückgab.

»Na, besten Dank. Und was mache ich mit dem Inhalt?«

»Woher soll ich das wissen. Ist doch dein Eis!«

»Oh Mann …« Ich war genervt und amüsiert zugleich. Andererseits waren mir grenzdebile Eis-Gespräche und -Sorgen deutlich lieber als all die Dinge, die zwischenzeitlich mein Hirn belastet hatten.

Schläfrig ließ ich meinen Kopf nach hinten und meine Lider auf Halbmast sinken. Entspannt mit Iyesu an meiner Seite dazusitzen, über nichts nachdenken zu müssen, die Leute zu beobachten, die sprießende Natur, die modernen Gebäude zu betrachten, das war Glück für mich. Das war das größte Geschenk, das man mir hätte machen können. Es war völlig normal und absolut wunderbar. So gewohnt, unaufgeregt und trotzdem etwas Besonderes für uns beide.

Ich spürte, wie Iyesu mir das inzwischen tropfende Eis abnahm und erneut geräuschvoll in die Waffel biss. Sein Körper kam meinem dabei nahe und strahlte zusätzlich zur Sonne eine angenehme Wärme aus. Ein Prickeln begann sich von der Gegend meines Herzens auszubreiten, ließ mich tief einatmen, bevor ich die Luft ausstieß. Gemächlich sandte ich meinen Geist aus, klopfte an die mentale Tür zu seinem Bewusstsein und er ließ mich, ohne äußerlich beim Essen innezuhalten, ein.

Ich schloss die Augen und schickte ihm meine Empfindungen: Die Zufriedenheit, die Glückseligkeit, die innere Ruhe. Und er hüllte mich dafür in seine liebevolle Präsenz. *Das* war mein persönlicher Fluchtweg und schaffte für mich einen zusätzlichen Rückhalt, um die Zukunft anzupacken – was immer diese für uns bringen mochte.

So verweilten wir, nur vom Knacken der Waffel begleitet, die Iyesu irgendwann ganz vernichtet hatte, inklusive der drei Kugeln. »Das Verrückte an dieser Welt ist ihre Farbenpracht. Sie betört uns, verführt uns und übertüncht dabei völlig den eigentlichen Grauton«, meinte er und zog sich plötzlich innerlich zurück.

»Nichts ist vollkommen weiß, rein, gut und unbefleckt, genau wie keine Tat automatisch schlecht, böse oder schwarz sein muss«, antwortete ich überrascht.

»Das Grau ist allgegenwärtig. Ich kann es wahrnehmen«, meinte er.

Ich war mir fast sicher, dass dies ein Überbleibsel von und gleichzeitig Indiz für seine Zeit auf Kekifa war.

»Aber *wir* können es bunt färben«, entgegnete ich deshalb. Denn dass das tatsächlich möglich war, wussten wir beide am besten. Es lag einzig und allein an uns. Selbst das Schicksal war nicht vor Fehlern, Verwicklungen und Gefühlen gefeit. Jedoch konnte es aktiv an den Fehlern arbeiten, helfen, hinsehen, sich nicht abwenden. Genau wie wir. Sie war das Vorbild. Wir die Kinder, die viel zu lernen hatten.

Ich schlug die Augen auf, rutschte zu Iyesu und legte meinen Kopf auf seine Schulter. Konnte es nicht ertragen, ihm nicht auf die ein oder andere Weise nahe zu sein. Hatte das Gefühl, ihn zu brauchen. Jetzt und *für immer*. Ohne ihn nicht vollständig zu sein. Nicht mehr. *Oder noch nie?*

»Also, dass ich dein ekliges Eis gegessen habe, war definitiv eine äußerst ehrenvolle Tat«, versuchte Iyesu den Ernst aus der Situation zu nehmen und legte vorsichtig einen Arm um mich. Sahen wir jetzt wie eines dieser ganz normalen Pärchen aus? War Iyesu sich dessen bewusst?

Er hatte recht. Wir sollten, statt über Vergangenes zu philosophieren, lieber den Tag genießen, wie ich es den drei Damen empfohlen hatte.

»Lass uns zum Time Square fahren«, schlug ich vor, von neuem Eifer beseelt.

»Das sollten wir unbedingt«, stimmte er zu und zog mich mit sich hoch. Zufällig – oder nicht wirklich zufällig – berührte meine rechte Hand seine, die von meiner Hüfte geglitten war, und sie verflochten sich miteinander.

So schlenderten wir, zwei unter vielen, zur nächsten U-Bahn-Station und gliederten uns in die Massen an Studenten, Schülern, Arbeitnehmern und Reisenden ein, die zu den Gleisen eilten.

Nach einer kurzen, ziemlich lauten Fahrt, da irgendwo im Waggon ein Fenster gekippt sein musste, spuckte uns die Rolltreppe, die nach oben führte, unter freiem Himmel aus.

Ich liebte den Time Square, besonders bei Nacht, wenn alles leuchtete, blitzte und blinkte. Doch selbst tagsüber tobte hier das Leben. Es war der einzige Platz in New York, an dem mich die Touristenhorden nicht störten. Sie gehörten dazu, waren ein Teil des Flairs, machten den Ort zu dem, was er war – genau wie all die Leuchtreklametafeln.

Leicht drückte Iyesu meine Hand, die er noch immer hielt, und manövrierte uns geschickt bis zur Mitte des Platzes, ins Herz des Sturms, an aufgeregten Sewi vorbei, die wild mit ihren Kameras herumfuchtelten. Fasziniert sah ich mich nach allen Seiten um, als wäre es das erste Mal, dass ich inmitten all dem stand. Die Geschäfte kannte ich gut, besonders liebte ich den nahen m&m-store mit seinen lustigen Maskottchen. Mit Liane hatte ich vor Ewigkeiten direkt unter der Treppe vor uns in dem Shop New Era Caps anprobiert und ich erinnerte mich, dass ich mit Fegegita und Desita öfter im Levis Store gewesen war. Auch zusammen mit Iyesu hatte ich schon einmal an dieser Stelle gestanden – allerdings hatte uns damals ein halber Meter Sicherheitsabstand getrennt. Nicht so heute.

Gerade holte er sein brandneues Smartphone aus der Tasche, zog mich enger an sich und drückte mir einen Kuss auf den Mundwinkel, während er die Auslösertaste des Handys betätigte. Bevor ich in Gänze realisierte, was er tat, inspizierte er seinen Schnappschuss, auf dem wir erstaunlicherweise trotz des Überraschungsmoments selig lächelten, und begann wild auf dem Bildschirm herumzutippen.

Er wollte ihn veröffentlichen, keine Frage. Und das wollte ich auch, besonders jetzt … *nur* … Ich nahm all meinen Mut zusammen: »Findest du es schlimm, dass das Leben uns auf andere Weise zusammengeführt hat als andere? Als … zum Beispiel zwei Menschen?«

Iyesu runzelte die Stirn. »Du meinst, weil wir uns durch das Erbe unserer Mutter, durch unsere Gene zueinander hingezogen fühlen?«

Ich nickte und schaute ihn beklommen an.

»Nein«, sagte Iyesu. Er überlegte einen Moment. »Ohne unsere *spezielle* Verbindung würde ich hier vielleicht nicht sitzen. Wir hätten nie das Gespräch führen können, während ich auf Kekifa gefangen gehalten wurde.« Er verstummte.

»Stimmt«, pflichtete ich ihm bei.

»Und wir sind ja auch nicht wie andere. Wir sind erschaffen worden. Von einer Macht, die mächtiger ist als jeder. Die … *außerirdisch* ist. Zumindest für die Menschen. Warum sollten für uns die gleichen Maßstäbe und Beschränkungen gelten als für sie. Ja, wir sind vielleicht so etwas wie Geschwister. Aber sicher nicht im herkömmlichen Sinn. Das Chi unserer Seelen stammt aus den ewigen Gründen. Unser Vater war der mächtigste Sisu aller Zeiten, der Gott dieser Welt, ihr Schöpfer. Und unsere Mutter ist das Schicksal. Entmaterialisiert. Nein, *wir sind wir.* Wir sind einzigartig, in vielerlei Hinsicht, denn es gibt von unserer Art nur uns.«

»Ich weiß«, flüsterte ich.

»Dann solltest du auch wissen, dass es dir egal sein kann, was die Menschen richtig oder falsch finden. Sie haben keine Ahnung. Wie sollen sie da einen passenden Richtspruch finden?« Er sah mich eindringlich an. »Oder fühlst du dich von unseren Genen verpflichtet, Gefühle zu empfinden, die dir unwillkommen sind?«

»Nein«, schockiert riss ich die Augen auf. Das hatte ich wahrlich nicht andeuten wollen. »Ich … ich mochte dich schon vor dem allem«, druckste ich herum. Plötzlich schüchtern.

»Oh«, Iyesu lächelte. »Ich dich auch.« Dann wurde er ernst. »Aber das beantwortet die Frage nicht wirklich, denn wir sind schließlich schon immer, wie wir sind – möglicherweise also schon seit jeher in unserem Fühlen beeinflusst.«

»Ich habe gar nichts dagegen. Ich will einfach nur glücklich sein. Und das ist ohne dich nicht möglich. *Das* weiß ich aber mir ist egal, woran das liegt!«, brachte ich hervor, was ich dachte.

Iyesu wirkte schlagartig erleichtert. »Unsere Mutter hat alle gerettet, auch die Menschen, selbst wenn diese das nicht wissen. Wenn sie ihr Leben nicht in vollen Zügen auskosten, weil sie sich seltsame Regeln und Konventionen auferlegen, ist das ihre Sache. Aber wir haben es verdient, glücklich zu sein. Zusammen.« Er sah mich eindringlich an. »Als Gott Adam und Eva erschuf, das lehrt der Religions- oder Ethikunterricht jedes Kind, hat sich auch keiner darüber mokiert, dass sie von einem Schöpfer stammten, oder? Wir hatten sogar zwei.«

»Okay, okay«, unterbrach ich seinen Redefluss. »Verstanden.«

»Sicher?«, fragte Iyesu gedehnt, hatte aber bereits ein spitzbübisches Grinsen im Mundwinkel sitzen.

»Ziemlich sicher«, bekräftigte ich mit einem anschließenden Lachen. Was er sagte, klang gut. Es war Balsam für meine Seele. Für die Fragen und Zweifel, die ich im hinterletzten Winkel vergraben hatte. Die über uns. Ich wusste, dass er recht hatte. Anscheinend hatte ich es nur noch mal von ihm hören wollen und müssen.

»Gut«, bekräftigte er und stupste mit dem Zeigefinger meine Nase an.

Während ich mir nun die Haare zurückstrich, steckte er sein Handy zufrieden grinsend ein und in meiner Hosentasche vibrierte es. Neugierig warf ich ihm einen scharfen Blick zu, den er mit einem breiten, durchtriebenen Grinsen konterte. Hatte er mir das Bild geschickt? *Hm …* ich könnte es für den Homebildschirm und den Screensaver nutzen. Eigentlich keine schlechte Idee.

Mit einem Klick auf die Benachrichtigung klappte mir allerdings der Unterkiefer herunter. Iyesu hatte das Foto für alle sichtbar gepostet. Direkt unter dem Bild, das von ihm gestern veröffentlicht worden war.

Jetzt, da ich seinen neuen Post las, konnte ich Jozes Schockmoment nachempfinden. Auch ich hätte zu einer Vorwarnung nicht Nein gesagt. Auf dem eben geschossenen und, wie ich fand, ziemlich schmeichelhaften, aber doch recht eindeutigen Foto hatte er uns beide markiert. Die Zeile darüber war es allerdings, die mir Herzrasen verursachte:

#rescuedboy #adoptedgirl #1family #1love #now&forever

Der letzte Hashtag war genau das, was ich schon vorher gedacht hatte, doch es öffentlich zu machen, würde vielleicht Unmut erregen. Allerdings ging das nur ihn und mich etwas an. Es war *unser Leben*, das wir uns so mühevoll erkämpft hatten. Und ich fand, dass es uns zustand, es deshalb, wie Iyesu gesagt hatte, so zu gestalten, wie wir es für richtig hielten. Die Liebe würde nicht vergehen, dessen war ich mir absolut sicher. Nicht bei uns beiden. Nicht bei *der* Genmischung aus Einfühlungsvermögen und Schicksal. Sie würde höchstens wachsen.

Mehrere Mitteilungen ließen mein Handy erneut vibrieren. Ich konnte mir gut vorstellen, von wem diese waren. Ich schluckte, während Iyesu mir seine Hand entzog und seine Arme von hinten zärtlich um mich schlang. Die Geste sagte: *Du bist nicht allein.* Und ich war ihm unendlich dankbar dafür.

Liane hatte mir gleich vier Smileys mit Augen in Herzchenform gesendet und darunter:

Fräulein Adoptiert, wir müssen uns dringend unterhalten, da du treulose Tomate anscheinend wieder in New York bist! Und hey, grandios, dass wir in Zukunft Pärchendates ausmachen können. Melde dich sofort. Ich will jedes schmutzige, verworrene Detail wissen!

Das Wort adoptiert, das Iyesu sicher nicht ohne Grund verwendet hatte und das meine äh … *original gefälschten* Papiere der Sewi bewiesen, war ein kluger Schachzug seinerseits. Damit schien für Liane alles paletti zu sein und mir fiel ein Stein vom Herzen. Alle anderen würden das sicher auch so sehen. Das unsägliche Inzest-Argument war damit für die Sewi entkräftet. Wir mussten kein Versteckspiel beginnen. Denn Iyesu würde, da Mariyam tot war, bei uns wohnen, das hatten wir direkt am

Tag unserer Ankunft in New York innerhalb der Runde am Esstisch beschlossen. Zwar war er eine Klasse über mir, würde so aber auch auf die gleiche Highschool gehen. Ein zusätzlicher zu beachtender Faktor. Allerdings war jetzt ja alles *in Butter*.

Jason, von dem die anderen Mitteilungen stammten, hatte mir einen traurigen Smiley gesendet und direkt darauf einen zwinkernden. Die dritte Zeile sagte:

Ich habe es geahnt. Viel Glück euch beiden!

Davon, seine Gefallen einzulösen, würde er nun wohl absehen – oder das kam noch. Für den Moment war ich einfach erleichtert, steckte mein Handy ein und drehte mich, in Iyesus Armen, zu ihm um. Er sah mich aufmerksam an.

»*Love*, ja?«, fragte ich leise.

Da grinste er und zog mich fest an sich. »*Now and forever*«, brummte er in meine Haare. »Hast du es nicht gelesen?« Amüsement sprach aus seiner Stimme. »Jetzt wissen sie, dass wir zusammengehören«, fügte er in tieferer Tonlage hinzu, bevor er mich ein Stückchen zurückschob und wir uns das erste Mal küssten, richtig küssten. Mitten auf dem Time Square, zwischen all den Fremden, Gerüchen, Werbeanzeigen und einigen gurrenden Tauben.

Zuerst lagen unsere Lippen zaghaft aufeinander, dann wurde der Kuss intensiver, vertiefte sich, wollte gar nicht enden – so perfekt war er, der eine Herzschlag, auf den ich all die Zeit gewartet hatte.

Wärme breitete sich von der sanften Berührung unserer Münder, über all meine Zellen in meinen ganzen Körper aus. Es prickelte auf die gute Art – als explodierten Tausende und Abertausende kleine Feuerwerke überall in mir. Das hellste malte Iyesus Gesicht in wundervoll kräftigen Farben wie ein Standbild auf die Innenseite meiner geschlossenen Augenlider. Es ließ mich ihn ganz genau wahrnehmen, jede Wimper, jedes Haar, jede noch so kleine Einzelheit. Ließ mich in seiner Betrachtung mit klopfendem Herzen und weichen Knien versinken, während sich unsere Seelen verbanden und eins wurden, zu *Libi mit Leib und Chi*.

Epilog

HEUTE

IVA

Komplett

Jeden Abend ein Lächeln.
Jeden Morgen die bleibende Fröhlichkeit.
Jeden Tag die gleiche Frage: »Geht es dir gut?«
Jedes Mal die zaghaft wahre Antwort: »Ja.«

Wenn ein Ding in unzählige Einzelteile zerbrochen ist,
wenn es nie wieder ganz zu sein scheint, dann ist es: kaputt.
Bis jemand sich daran wagt, es Stück für Stück zusammenzusetzen.
Es wird wieder ganz, aber es wird nie wieder *so* sein, wie es einst war.

Nun bin ich aber kein Ding.
Ich bin Fleisch und Blut, Haut und Knochen, Gefühl und Sensibilität!
Ich bin eine Sisu – ich bin: *komplett.*
Und ich glaube an mich und Iyesu, denn wir sind Libi.

Wir sind zwei Hälften eines Ganzen, wir gehören zusammen.
Das zeigt mir, dass ich gut bin, so wie ich bin!
Das beweist, dass ich nicht kaputt, sondern nur anders bin!
Das bedeutet, dass ich sogar *ganz* besonders bin!

Und glaub mir, Ihr seid es auch!
Denn nun kennt Ihr die Wahrheit über mich.

SPEZIES-/PERSONENVERZEICHNIS

Sisu (Die Einfühlsamen)

Die Sisu flohen nach der Vernichtung ihres Heimatplaneten Simeti auf die Erde. Sie können durch extrem scharfe Sinne intuitiv physikalische Schwingungen der Elemente aufnehmen, beeinflussen und steuern sowie Sehnsüchte herauslesen und (in der Atmosphäre der Erde) fliegen.

Die Göttlichen

Keni (TAG)
Fire (FURCHT)
Isirenya (GEFANGENER)
Nefisi (SEELE)
Degineti (GÜTE)
Amilaki King (GOTT)
Anisiti Amilaki King (GÖTTIN)

Ivas Familie

Joze Scott
Desita Scott (FREUDE)
Iva Adanyi Scott (/King) (RETTERIN)
Mariyam Garcia (/Melowa Hill)
Iyesu Garcia (/King)
Saki Anderson (LACHEN)

Die Angestellten

Fegegita Brown (LÄCHELN)
Moti Johnson (TOD)
Kuta Johnson (ZORN)

Das Trimat

Tesifa Brown (HOFFNUNG)
Menori Baldwin (LEBEN)
Mebirati Martin (LICHT)

Der Bibliothekar

Nicolas

Die Astrologen

Basil Lemming
Thomaso Treliér
Kokebi Sterl (STERN)
Hulu Arlé (ALL)

Die Kämpfer

Samuri Nadye
Wedemu Yale (HERZLICHKEIT)
Tigili Moki (KAMPF)
Manifesi Saul (GEIST)
Servotka
Slavio
Senaria

Zymaha (Die Weltenwächter)

Die Zymaha stammen ursprünglich von den Sisu ab. Sie sind die Wächter belebter Planeten, können durch ihre entmaterialisierte Gestalt aber auch im Universum wandeln.

Die Wächter der Erde

Ibabi (SCHLANGE)
Darin

Der Wächter des Sonnensystems

Väterchen Ludopus

Die Wächterin von Aysis

Nanna

Das Orakel

Inati (MUTTER)

Sewi (Die Menschen)

Die Sewi wurden einst von Amilaki geschaffen, als Abbild seiner verstorbenen Frau, und entwickelten sich durch die Kreuzung mit weiteren Sisu zu ihrer heutigen genetischen Vielfalt.

Ivas Mitschüler

Liane Matlock
Jason Fishburn
Julia McAllen
Fabian Doyle
Marc Stenstedt
Chris Wenworth

Ivas Lehrer

Greta Murray
Sergeij Polinski
Dr. Tanjo Lerando (Dr. Leo)
Beate Tremlin

Der Psychiater

Dr. Paul Murray

Der Anwalt

Silas Daniels

Die Angestellten der Bank

Sybill Rowland
Karen Talbot

Der Fotoladenbesitzer

Sam Heather

Kifu (Die Nachtwesen)

Die Kifu haben ähnliche Fähigkeiten und ein ähnliches Aussehen wie die Sisu, zapfen allerdings physikalische Schwingungen, die zum Beispiel durch Gefühle entstehen, ab, um ihre eigenen Kräfte zu stärken. Ihr Heimatplanet ist Kekifa.

Die Königlichen

Lelit (NACHT)
Gidiya (MORD)
Chelemna Hill (DUNKELHEIT)
Firihati Andrews (FURCHT)

Die Untergebenen

Pami Hanson (APFEL)
Xanei Jones

Hurgathen (Die Reittiere)

Die Hurgathen sind eine Art silberne geflügelte Löwen mit riesigen metallenen Krallen und einem weißen dornenbesetzten Schwanz. Sie werden als Nutz- und Reittiere von den Kifu auf Avelor gezüchtet.

Zafi (BAUM)
Abelashe (VERDERBEN)

Flammenwesen (Die Teufelsanbeter)

Die Flammenwesen sind riesig, echsenähnlich, geschuppt und haben Flügel. Ihr Nest ist der Planet Amendon. Sie sind imstande, jegliches in kürzester Zeit einzuäschern. Obwohl ihr eigenes Feuer ihnen nichts anhaben kann, sind sie vom Aussterben bedroht.

Himemi (SCHMERZ)
Seti (FRAU)

Danksagung

Diese (lange) Danksagung möchte ich all den Menschen widmen, die mich über die Jahre inspiriert, die mich gefördert und an mich geglaubt haben! *Ich möchte ganz wunderbaren, einzigartigen Menschen danken, die sich für mich interessiert und eingesetzt haben.* Glaubt nicht, ich hätte das nicht jedes einzelne Mal zu schätzen gewusst! Ich habe es und ich tue es noch heute, immer wenn eine oder einer von euch mir ein Lächeln ins Gesicht zaubert.

Und du, lieber Leser, du gehörst genauso dazu! Danke, dass du dich für mein Buch entschieden hast. Danke, dass du Ivas Reise miterlebt hast. Vielleicht hat sie dir einen kleinen Denkanstoß gegeben – behalt dir diesen und mach etwas daraus! Ach ja … und ich würde mich riesig freuen, wenn du mein Buch weiterempfiehlst und mir deine Gedanken dazu persönlich oder in Form einer Rezension mitteilst.

Für die, die es nicht wissen: Dieses (mein zweites) Buch liegt mir auch deshalb am Herzen, weil ich kurz nach dem Weihnachtsfest 2016 einen schweren Autounfall hatte und dank einem ›Weihnachtswunder‹ vom Leben eine zweite Chance bekommen habe. Die Umstände davor, währenddessen und danach waren gänzlich anders als bei Iva und ich habe im Gegensatz zu ihr wirklich keine Minute meines Lebens mehr verschwendet. Auf das Ergebnis bin ich unheimlich stolz, denn es ist dieses Buch, das auch noch im Drachenmond Verlag erschienen ist – mein absoluter Traum!

Deshalb gilt mein dickstes Dankeschön drei Personen, die beides erst möglich gemacht haben: Erstens Alex, die mir als Freundin, Autorin und Lektorin gezeigt hat, dass es wirklich Menschen gibt, die sich für andere einsetzen. Und die mich, nachdem ich ihr die Idee zu *Sisu* erzählte, irgendwie so enthusiastisch dazu animierte, die Geschichte niederzuschreiben, dass ich es schließlich tat. Zweitens Andi, der mich immer wieder mit seinen wunderbaren Fotografien mental ins Weltall schickte, bis dieses zu einer festen Komponente von *Sisu* wurde und all mein *Mimimi* des Wartens nach Abgabe des Exposés ertragen hat. Und drittens Verlegerin und Drachenmama Astrid, die meinem Buch ein (Verlags-)Zuhause gab und mich damit unendlich glücklich machte.

Als ich mit dem Schreiben Anfang 2017 begann, habe ich es mir übrigens nicht nehmen lassen und bin im Sommer 2017 nach New York gereist. Vor Ort habe ich dort für dieses Buch recherchiert, um euch das Big Apple-Feeling hautnah einzufangen. Den Teil des Buches, der in Äthiopien spielt, hat vertrauensvoll meine Autorenkollegin Irene mit ihren Landeskenntnissen für mich gegengelesen. Ein dickes Merci in deine Richtung!

Gesondert erwähnen möchte ich noch *den besten Testleser der Welt*: Simon! Danke, dass du der Ansicht bist, dass ›ich keine Ahnung habe, wie genial der physikalische Hintergrund ist, den ich erfunden habe‹ – und danke, dass du nie müde wurdest, all meine Rückfragen zu beantworten.

Außerdem danken möchte ich meiner lieben Autorenkollegin Emily vom Drachenmond, die einen hervorragenden Klappentextriecher bei *Sisu* bewiesen hat!

Mit der ›Liste der Namen‹ aller anderen beginne ich am Anfang, heißt in der Grundschule: Mein Dank gilt Frau Vögele! Buchstabenlernen war ein Traum mit Ihnen, vor allem, als wir ins große V ein Vogelnest malen durften! Es freut mich riesig, dass gerade Sie nach all den Jahren so viel Interesse an meiner Schreiberei zeigen und schon ganz gespannt auf *Sisu* sind!

Auch danken möchte ich Frau Hagmeier, die, seit ich denken kann, die Gemeindebücherei meines Ortes betreut hat. Wie wunderbar, dass meine erste öffentliche Lesung bei Ihnen stattfinden konnte!

Ein dickes Danke geht in diesem Zusammenhang vor allem an meine Familie: Danke an meine Mutter Bettina, die mich unermüdlich bei meinem ersten Roman *365 – Wenn die Masken fallen* unterstützt hat. Toll, dass du dich so sehr auf *Sisu* freust! Danke auch an meinen Vater Olaf, dass du stolz auf mich bist. Das bedeutet mir viel. Und lieber Opa Georg, dir danke ich von Herzen für dein Engagement. Dir habe ich als Erstem von *Sisu* erzählt!

Außerdem danke ich meiner Tante Elke, mit der meine beiden Cousins und ich wohl einen ›Bücher-Club‹ gründen könnten, für ihren Enthusiasmus, als ich damals die magischen Worte ›Ich habe ein Buch geschrieben!‹ sagte. Tja, nun wünsche ich viel Vergnügen beim Lesen des zweiten!

Auch möchte ich meiner Tante Lore danken, die es zuerst gar nicht glauben konnte, mein Debüt in Händen zu halten. Deine Freude war meine Freude! Nachschub folgt jetzt. Und Opa Ludwig – für dich ist insbesondere Kapitel eins von *Sisu*.

Mein Dank geht des Weiteren an die aufmerksamste Leserin der Welt, meine Großcousine Nina. Dir ist als Erste der lustigste Vertipper überhaupt in meinem Debüt aufgefallen. Was habe ich gelacht! Ich bin supergespannt, ob bei *Sisu* alles perfekt ist. *Tell me!*

Besonders danken möchte ich, wenn es allgemein ums Testlesen geht, Petra. Du hast damals, ganz zu Anfang meines Autorendaseins, meine ersten Worte für gut befunden und damit den Grundstein gelegt, ohne den ich dieses Buch womöglich nie geschrieben hätte!

Ebenso danke ich Karin, dass du ganz unerwartet so großen Zuspruch bezüglich meiner Schreiberei für mich hattest und weiterhin hast!

Im Folgenden möchte ich einigen herzlichen Menschen danken, die meinen Weg als Autorin so erst möglich gemacht haben: Danke an Jasmin von ›Bücherleser‹. Du hast mit deiner Rezension meines Debüts in mir die *schreib es*-Glocke für *Sisu* zum Klingen gebracht!

Ein lautes Danke auch an Teja von ›Gwynny's Lesezauber‹, die mir bei einigen Untiefen der schriftstellerischen Organisation ihr Ohr geliehen hat! Sollte irgendeines meiner Bücher jemals verfilmt werden, bringe ich dir das Popcorn höchstpersönlich!

Mein Dank geht zudem an Vanessa von ›Bookalicious‹ für deine Tatkraft und Ehrlichkeit sowie an Anna von ›Fuchsias Weltenecho‹ dafür, dass dich die Worte meines Debüts so bewegen konnten und für deine grandiose grafische Unterstützung damals, im Vorweihnachts-Unistess.

Danken möchte ich auch Jennifer von ›Lullaby's Bücherkiste‹, da du mich bei Aktionen stets auf dem Zettel hast; Kerstin von ›Booknerds by Kerstin‹, meinem Kaffeebuddy, für ihre ansteckende Herzlichkeit; Rebecca von ›Book«tea«ser‹, weil du immer ein liebes Wort für mich hast, sowie Sarah von ›Jane's-Kleine-Ecke‹, weil mit dir gemeinsam verrückt zu sein einfach Spaß macht! Außerdem danke ich Kerstin von ›Kerstin's Bücherstube‹, Liza von ›Liza's Bücherwelt‹, Nicci von ›trallafittibooks‹ und Julia von ›Mrs. Bookaholica‹, dass ihr für meine Schreiberei ein Plätzchen in euren Herzen und auf euren Blogs habt.

Meine ›bookish girls on the road‹ sollen auch nicht unerwähnt bleiben! Melie von ›Bonnie's Buchemotion‹, Silke und Marina, ohne euch wäre das Exposé von *Sisu* nie in Astrids Händen gelandet – welch schreckliche Vorstellung! *Merci für den besten Roadtrip aller Zeiten!*

Auch möchte ich an dieser Stelle den beiden Autorinnen Sandra und Julia vom Drachenmond danken, die besagtes Exposé vor der Abgabe mit kritischem Auge gelesen haben und einige gute Hinweise für mich hatten.

Zudem danke ich drei meiner Unimädels, nämlich Daria, die auch die talentierte Fotografin meines neuen Autorenbildes ist, Maria und Olga, dafür, meine Schreiberei nicht nur *cool* zu finden, sondern das, was ich fabriziere, auch zu lesen.

Als Vorletzte dieser ›Aufzählung‹ möchte ich meinen Dank an die Mädels richten, mit denen ich aufgewachsen bin und die ich nie ganz aus den Augen verloren habe: Laura, danke, dass du die noch unbekannte Autorin in mir als erste meiner Freunde unterstützt hast, das hat mich Freudentänze vollführen lassen! Nina, danke für den tollen Artikel auf ›Stuttgarts Kesselkind‹. Mareen, danke, für das tolle Hängematten-Lese-Bild aus Australien – ich bin richtig neugierig, wo du *Sisu* lesen wirst.

Ein letztes namentliches Danke gilt zwei für mich speziellen Personen: Meiner ältesten Freundin Anita und ihrer tollen Mutter Ute – für *alles*. Bestimmt bringt euch *Sisu* an der ein oder anderen Stelle zum Lachen.

Jetzt verdrücke ich noch ein Rührungstränchen und sage einfach …

DANKE.

Eure Isabel